Isar fluvius
Lueg ins Land
Scheibling Turm
Isartor
Isar fluvius
München

Titus Müller

Das Mysterium

Titus Müller

Das Mysterium

Roman

rütten & loening
AUFBAU VERLAGSGRUPPE

ISBN 978-3-352-00748-4

Rütten & Loening ist eine Marke
der Aufbau Verlagsgruppe GmbH

1. Auflage 2007

Einbandgestaltung Grimm Design
Druck und Binden GGP Media GmbH, Pößneck
Printed in Germany

www.ruetten-und-loening.de

Claudius und Julian gewidmet.
Ihr seid unersetzlich, Brüder!

Sommer 1356

Das Wasser in der Regentonne schimmerte schwarz. Es roch nach Blättern und Schmutz und zugleich wie ein frischer Trunk. Mathilde beugte sich über den Wasserspiegel. Wer war schon wirklich mit sich zufrieden? Sie zog eine Haarsträhne durch die Finger. Natürlich hätte sie die Locken vom Vater geerbt haben können. Statt dessen hatte sie seine schmalen Lippen bekommen und von der Mutter die breiten Wangenknochen.

Sie tauchte die Hände ins Wasser, schöpfte und wusch sich das Gesicht. Die herabstürzenden Tropfen brachen die Oberfläche auf. Krause Wellen zerstörten ihr Abbild und setzten es wieder zusammen. Indem sie mit den Fingern durch das Haar fuhr, trocknete sie die Hände ab. Nächsten Sommer würde sie schwimmen lernen. Sie konnte ja im Mühlteich beginnen, im flachen Wasser.

Sie kehrte sich zum Eingang des Warenhauses und öffnete das Schloß. Der Riegel war gefettet, er rutschte leicht beseite. Im Warenhaus atmete man wie durch einen staubigen Pelz, die Luft war dick, der Husten sammelte sich in der Kehle. Spärliches Licht fiel durch die Dachluken.

Mathilde holte den Reisigbesen hinter der alten Kirchenglocke hervor, die auf einem Podest einen tausendjährigen Schlaf schlief, und wischte, den Besen hoch aufgereckt, in den Winkeln der Regale die Spinnweben fort. Als sie mit dem Stiel gegen die Weinfässer stieß, dröhnten sie dumpf und voll.

Kaufmann war der beste Stand. Wer als Kaufmann ein wenig nachdachte, verdiente mit seinen Einfällen Geld. Da standen die Honigeimer, die Vater zu Dutzenden von einem böhmischen Händler erworben hatte. Fehpelze lagerten daneben, fünfzig geschlagene Scheiben Kupfer, Überzüge aus

Erfurt, Eisenketten. Mit all diesen Waren würden sie Geld verdienen. Das Saumzeug und die Pelze gingen nächste Woche nach Südtirol. Das lange Tuch aus Löwen würden sie auf der Frühjahrsmesse in Frankfurt verkaufen, den ungarischen Wein hier in München. Besonders gut gingen die kleinen Reisefäßchen, Adlige nahmen sie gern auf Jagdausflüge mit. Weil der Vater das wußte, hatte er die anderen Kaufleute überboten, um großzügige Mengen einkaufen zu können.

Mathilde wischte ein weiteres Netz fort. Sie stampfte den Besen auf den Boden. Spinnen fielen heraus und flohen unter das Regal. Der Vater verlud Pech und Pottasche an der Lände. Er hatte Mathilde gebeten, den Eichmeister zu empfangen. Die Zwillinge waren in der Schule bei der Peterskirche, und Vater verließ sich auf seine Tochter. Es gefiel ihr. Sie hatte Überblick. Sie wußte, Vater würde die Flößer beauftragen, nächste Woche die Pelze und das Saumzeug fortzuschaffen. Von Südtirol würden sie Kupfer und Eisenerz mitbringen, das Vater dann in Nürnberg teuer verkaufen würde, weil es dort viele Schmieden gab.

Ein Geräusch ließ sie herumfahren. Die Tür im Warenhaustor öffnete sich, und helles Licht fiel hindurch. Ein Greis trat ein. Das weiße Haar fiel ihm lang über die Schultern. Er stand aufrecht, trotz seines hohen Alters, und sah sie wortlos an.

»Kann ich Euch helfen?« fragte sie.

Er schwieg.

»Vertretet Ihr den Eichmeister? Aber wo habt Ihr das Frongelöt, um die Gewichte nachzuprüfen?«

Seine grünen Augen blickten sie unnachgiebig an. Als suchten sie eine Krankheit.

»Dies ist das Warenhaus von Kaufmann Neuhauser«, sagte sie. »Vielleicht habt Ihr Euch im Haus geirrt.«

Er sagte: »Ich suche Nemo.«

Niemand nannte ihren Vater so. Selbst Mutter sagte »Kaufmann Neuhauser« zu ihm, »mein lieber Kaufmann Neuhauser«, sagte sie, nur einmal hatte Mathilde gehört, wie sie ihn »Nemo« nannte, und das war gewesen, als die Zwillinge mit

Röteln im Bett lagen und Vater auf eine Handelsreise gehen wollte. Da hatte die Mutter gesagt: »Nemo, laß mich jetzt nicht allein.« Sonst sagte sie ohne Ausnahme »Kaufmann Neuhauser«. Woher wußte der Greis Vaters geheimen Namen? »Mein Vater ist bei der Lände. Ich kann ihn holen, wenn Ihr wünscht.«

»Dein Vater.« Er sagte es und nickte langsam. »Und wo ist deine Mutter?«

»Mutter beaufsichtigt die Mägde und die Köchin, zu Hause. Wer seid Ihr? Was wünscht Ihr von ihnen?«

»Ich bin ein alter Freund.« Er drehte sich zur Tür um. »Ein alter Freund.« Damit trat er nach draußen und schloß die Tür hinter sich.

»Wartet!« Sie lehnte den Besen an das Regal und eilte hinaus. Der Greis war fort. Ein Eselkarren fuhr vorüber, ein Junge trieb drei Ziegen vorbei. Von dem Mann keine Spur. Mathilde bekam es mit der Angst zu tun. Es war ihr Instinkt. Ihr Instinkt trog sie nie. Sie spürte es, wenn jemand log, sie ahnte Dinge, die im verborgenen geschahen, sie wußte zielsicher das Böse in den Augen eines Menschen auszumachen. Vater sagte, Aristoteles habe fünf Sinne gefunden, die den Menschen zu eigen seien, sie allerdings, Mathilde, besäße einen sechsten Sinn. Wenn sie einen sechsten Sinn besaß, dann warnte er sie gerade in einer Weise, wie er es noch nie getan hatte.

München war eine alternde ehemalige Kaiserstadt. Sie waren noch da, die prunkvollen Steinhäuser mit Ritterwappen über der Tür, auch der Kaiserhof stand noch, und hundert Türme bewachten die Stadtmauer wie ehedem. Aber auf dem Platz im Kern der Stadt, den Kaiser Ludwig damals durch Abriß vieler Häuser freigeräumt hatte, sproß Unkraut, der Marktbrunnen war bemoost, und von den prächtigen Gebäuden, die den Platz säumten, blätterte die Farbe ab. Selbst vom Rathausturm rieselte der Putz.

Es war, als sei der aufstrebende Geist der Stadt mit dem Kaiser gestorben. Gevatter Tod führte die Pest im Gefolge, die große Seuche raffte Hunderte Männer und Frauen hinweg, und seitdem ragten mahnend die unfertigen Türme der Peterskirche in den Himmel. Unwillig mauerten wenige Handwerker daran weiter. Während die steinernen Stümpfe wie durch einen Fluch nicht wuchsen, wuschen Regen und Wind die Reichsfarben von den Stadttoren ab. Nur noch bei bestem Sonnenlicht konnte man das Schwarz und das Gelb an den breiten Flankentürmen sehen. München war nicht mehr Kaiserstadt. Ein anderer regierte an einem anderen Ort.

Es gab die Brauer. Zwanzig Brauereien verarbeiteten Gerste aus dem Umland zu Bier. Sie bewahrten Stolz und Würde der Stadt wie die Goldschmiedemeister am Marktplatz, in der Weinstraße und in der Burgstraße. München besaß mehr Goldschmiedemeister als jeder andere Ort in Bayern. Sie prägten ihren Arbeiten einen Mönchskopf ein als Beschauzeichen, ganz so, als wollten sie im Gold den alten Geist der Kaiserstadt hüten.

Wie sich im Fell eines alternden Bocks das Ungeziefer einnistet, so zog auch die vormals prächtige Stadt lichtscheues Gesindel an. Nie wurde das deutlicher als in diesen Tagen im Juli. Auf dem Anger feierten und tanzten sie, die Gaukler, die wandernden Schausteller, die Streuner und Betrüger. Jacobidult hieß ihr Fest. Es gab sich den Anschein gedankenloser Fröhlichkeit. Auch das Pferderennen, das auf den Wiesen vor dem Neuhauser Tor veranstaltet wurde, trübte die Wachsamkeit der Münchner. Der Besitzer des schnellsten Pferdes erhielt ein Scharlachtuch, der Zweitplazierte einen Sperber mit Jagdausrüstung, der dritte eine Armbrust. Dem letzten, dem also, der das langsamste Pferd sein eigen nannte, übergab man unter dem Gejohle der Menge ein Schwein, die Rennsau.

In Wahrheit sollten die Einwohner der Stadt eingelullt werden, während die Späher der Schurken an den Ziehbrunnen lauerten, sich hinter die Trödler am Straßenrand duckten und heimlich die Klingen wetzten. Des Nachts rotteten sie sich in den Spelunken zusammen, die es in großer Zahl in jeder Straße gab.

Mathilde wußte davon. Sie war nicht leichtsinnig wie viele der Kaufleute, die den bunten Trubel begrüßten, in der Hoffnung, daß er Leben in die Stadt brachte. Nein, sie wußte: Wer wohlhabend war wie Vater, wurde leicht zum Opfer. Der Alte war ein Köder, man stellte Vater eine Falle.

Sie eilte durch die Stadt. Es war warm. Auf einer Fensterbank im ersten Stock lag eine Katze und schlief. Ihr Ohr zuckte, als wollte es Fliegen verscheuchen. Oder störte sie der Krach? Die Stadt keuchte laut in diesen Sommertagen. Hammerschläge hallten scharf durch die Gassen, Sägen und Schleifsteine fauchten, Kinderkreischen mischte sich mit dem Geschnatter von Gänsen.

Mathilde pochte das Herz bis in den Hals. Sie mußte Vater sprechen, sofort. Und wenn es bedeutete, daß der Eichmeister vor dem verschlossenen Lagerhaus stand. Oder täuschte sie sich, und der Greis war harmlos? Jemand aus der Anfangszeit, aus den Tagen, als der Vater reisender Krämer war und Kämme verkaufte in Andechs, Augsburg, Holzkirchen, Moosburg? Er hatte einmal erzählt, daß er den englischen Gelehrten William Ockham kannte. Aber der war seit acht Jahren tot. Nein, etwas stimmte nicht mit diesem Mann.

Sie passierte das Talburgtor und ging über die Brücke, die den Pfisterbach überspannte. Dumpf gaben die Bohlen ihre Schritte wieder, wie Trommelschläge auf einer Pauke. Es roch nach frischem Brot. Im Erdgeschoß des Rechthauses befand sich die Verkaufshalle der Bäcker. Über der Flügeltür stand in grünspanigen Kupferlettern geschrieben: *domus praetorialis.*

Die Wiese am Kaltenbach war von gelben Blüten übersät. Hahnenfuß streckte sich überall aus dem Gras in die Höhe, hin zur Sonne. Am Ufer standen Hütejungen und tränkten ihre Tiere. Breithüftige Frauen wuschen daneben Wäsche. Am Ende der Wiese drehte sich ein Mühlrad knarrend im Strom.

Mathilde trat auf die äußere Stadtmauer und das Isartor zu. Wall und Tor waren so hoch, als seien sie für Riesen gebaut. Sie verlangsamte ihre Schritte. Weshalb kamen Wachen die

Treppen von der Mauer hinuntergestiegen, acht Männer, dann zehn, dann zwölf? Der Hauptmann befahl etwas, und die Männer zogen prüfend die Schwerter einen Fingerbreit aus den Scheiden. Ein Bauer redete auf den Hauptmann ein. Sie kniff die Augen zusammen. Das war kein Bauer. Der Mann trug einen staubigen Kittel, weil er wollte, daß man ihn für einen Bauern hielt, aber an seinem Finger blinkte ein silberner Ring, und er gestikulierte auf eine Weise, wie es nur ein Mann tat, der zu reden gewohnt war. Ein Spitzel? Der Hauptmann hörte ihm zu und nickte finster. Dann rief er: »Zu den Pferden!«

Sie verstand nicht, was da geschah. Es verstärkte ihre Unruhe. Der Hauptmann drehte sich um und sah sie an. Hatte er bemerkt, daß sie ihn beobachtete? Sie ging rasch unter dem Steinbogen des Isartors hindurch. Auf der anderen Seite, vor der Stadtmauer, brachten Zöllner gerade das Zollzeichen an einem Wagen an. Die Pferde schnaubten ungeduldig und ruckten nach vorn. Die Schließen und Ketten am Gestänge klirrten, aber die Wagenbremse hielt. Sie sah sich um. Folgte ihr der Hauptmann? Nein. Sie trat aus dem Schatten des Tors in das Sonnenlicht, beschirmte die Augen.

Weit öffnete sich vor ihr die Isarniederung. Sie lag wie ein grünes Bett unter dem wolkenlosen blauen Himmel. An das Flußufer duckten sich Lagerhäuser. Dazwischen warteten Holzstapel, Fässer und Kisten auf ihre neuen Besitzer. Weiße Funken glitzerten auf den Wellen der Flußarme. Über die Isarbrücke wanderten Menschen herbei, mit bunten Bändern, sie wollten zum Jacobidult. Inmitten der Menschen Ochsen und Fuhrwerke.

An der Lände hatten zwei Flöße angelegt, Vierundzwanzigstämmer, mit einem Seil aneinandergebunden. Die Flößer luden Pechfässer auf. Vater stand dabei in seinem strahlend weiß gebleichten Hemd und redete mit zweien. Einer davon war dick und kurzhaarig, Trumm hieß er, sie kannte ihn. Kein Kaufmann verstand sich so gut mit den Flößern wie Vater. Er hatte Trumm sogar schon zu ihnen nach Hause eingeladen.

»Vater«, rief sie.

Er drehte sich zu ihr um. Ein breites Lächeln erschien auf seinem Gesicht. »Komm her, Töchterchen, du störst nicht.« Er winkte ihr. »Komm her zu uns! Hat der Eichmeister uns schon wieder Strafgeld aufgebrummt?«

Sie lief den Hang hinunter. »Es war jemand im Warenhaus«, stieß sie hervor, außer Atem, als sie bei ihm anlangte.

Vater legte ihr den Arm um die Schulter. »Sollen dir die Flößer etwas mitbringen? Aus Südtirol? Wünsch dir etwas.«

»Hörst du nicht? Jemand war im Warenhaus und hat nach dir gefragt!«

»So? Wer war es?« Er ließ sie los und bückte sich nach einem Kieselstein. Geschickt ließ er ihn über das Wasser springen. »Komm, versuche mich zu schlagen! Fünfmal ist meiner gesprungen.«

»Ein Greis. Er sagte, er sei ein Freund. Er hat nach dir gefragt, und nach Mutter.«

»Ein Greis?« Vater blinzelte in die Sonne. »Hast du ihn nach seinem Namen gefragt?«

»Nein. Aber er hat dich Nemo genannt. Er sucht Nemo. Das hat er gesagt.«

Das Lächeln in Vaters Gesicht erstarb.

»Mein Gefühl sagt mir, daß da etwas nicht stimmt. Daß er gefährlich ist.«

Vater sah ihr in die Augen. »Mathilde, hör mir zu. Du läufst nach Hause zu deiner Mutter und verriegelst alle Türen. Laßt niemanden ein. Niemanden! Und ich möchte nicht, daß du zum Fenster gehst, oder deine Mutter, ihr schaut nicht hinaus, hörst du? In den nächsten Tagen geschehen Dinge, die du nicht verstehen wirst.« Er blickte zum Tor hinüber. »Verflucht. Du darfst nie daran zweifeln, daß ich dich liebe. Hast du mich verstanden? Jetzt lauf.« Er drehte sie mit seinen Händen um und gab ihr einen Stoß.

Sie lief los. Nach wenigen Schritten blieb sie stehen. Berittene! Sie kamen aus dem Isartor herausgeprescht.

»Lauf!« rief Vater hinter ihr.

Sie gehorchte. Sie rannte auf das Tor zu. Die Reiter passierten sie und ließen sie unbehelligt. Im Laufen drehte sie sich um. Der Vater überquerte die Brücke, rannte anschließend über die Kiesbänke an der Isar. Ungläubig sahen ihm die Flößer nach. Er floh wie ein weidwundes Tier, versuchte, das Steilufer zu erreichen, dort, wo der Wald fast an den Fluß heranreichte. Die Reiter verließen ebenfalls die Brücke und galoppierten am Fluß entlang. Hufe peitschten das Wasser auf. Ein Bewaffneter sprang vom Pferd und verfolgte Vater. Zwei Reiter lösten sich aus der Gruppe, preschten zurück zum Brückenkopf und erklommen das Steilufer. Vater kletterte, zog sich an der Uferböschung hoch. Er rannte auf den Wald zu. Die beiden Reiter schnitten ihm den Weg ab. Sie ritten neben ihm, einer von ihnen warf sich vom Pferd und riß Vater zu Boden.

Schwindel erfaßte sie. »Lauf!« hallte es durch ihren Kopf. Sie taumelte, wankte nach Hause. Sie sah nichts. Vor ihren Augen riß der Bewaffnete Vater zu Boden, immer wieder.

Als Mathilde nach Hause kam, standen die zwei Hausknechte vor dem Tor, bewaffnet mit Knüppeln, und die Fensterläden waren geschlossen. Woher wußte Mutter, was geschehen war? Die Knechte öffneten das Tor um einen Spalt und ließen Mathilde eintreten. Im Torgewölbe war es kühl. Vom Hof her fiel Licht in den dunklen Bogengang. Der Wagen stand hier. Ein Huhn pickte bei den Rädern nach Ungeziefer. Die Mägde hievten Mutters Kleidertruhe auf die Ladefläche. »Was tut ihr da?« fragte Mathilde.

»Die Herrin wünscht zu verreisen«, antwortete das jüngste Mädchen.

Mutter wollte fort? Mathilde zwängte sich am Wagen vorbei in den Hof und betrat durch die Hintertür die Küche. Dort packte die Köchin unter dem großen Rauchfang Brote in eine Tasche. Mathilde fragte: »Wo ist die Mutter?«

»Sie hat sich zum Gebet in die Hauskapelle zurückgezogen.«

Mathilde eilte durch den Korridor und die Treppe hinauf. Vor der Tür zur Hauskapelle verlangsamte sie ihre Schritte und rang sich dazu durch, kurz anzuklopfen. Dann trat sie ein. Wachsduft stand in dem kleinen Kapellenraum. Mutter saß auf der steinernen Bank am Fenster. Ihr Gesicht glänzte von Schweiß, die Haut war wie Pergament. Eine Haarsträhne hing ihr in die Stirn.

»Mutter, du kannst nicht verreisen! Sie haben Vater gefangengesetzt.«

»Das habe ich erwartet.«

»Wir müssen etwas unternehmen!«

»Nein, Mathilde.«

»Ich habe einen Spitzel gesehen, er hat ihn beim Hauptmann verleumdet. Weißt du einen Advocatus? Wir müssen uns Hilfe holen.«

»Er kennt einen Advocatus. Soll der ihm helfen.« Bitterkeit sprach aus Mutters Stimme.

»Wer könnte dahinterstecken? Eine Handelsgesellschaft, der Vater das Privileg auf ein Hämmerwerk abgejagt hat? Die Handelsgesellschaft Drächsel, vielleicht die Handelsgesellschaft Wadler?«

Die Mutter stand auf. Mit langsamen Schritten kam sie auf Mathilde zu. Aber sie sah sie nicht an, sie blickte erst zu Boden und dann zur Tür hinter Mathilde. »Es ist die Inquisition.«

Mathilde faßte sich an die Stirn. »Die Inquisition? Was hat Vater denn getan? Er ist ein guter Christ. Hat er nicht erst vor kurzem den Seelfrauen drei Lämmer gespendet? Für das Leprosenhaus hat er auch gegeben. Und wir gehen regelmäßig in die Kirche. Sie haben den Falschen gefangengesetzt!«

Jetzt blickte die Mutter sie an. »Ich verlasse die Stadt. Du bist eine kluge junge Frau, Mathilde. Rette etwas vom Vermögen! Überschreibe es Leuten, denen du vertraust. Verschenke es – und merke dir, wem du Geschenke gemacht hast. Bald brauchen wir Vertraute, von denen wir Gefallen einfordern können. In ein paar Tagen sind wir *banca rotta*. Die Inquisition wird allen Besitz einziehen.«

»Aber sie kann den Besitz nicht einziehen. Vater ist unschuldig!«

Die Mutter schob sich an ihr vorbei. »Ich muß fort.«

Mathilde packte ihren Arm und stieß zwischen den Zähnen hervor: »Du gehst nirgendwohin, Mutter. Es ist dein Mann! Wie kannst du weglaufen, wenn er dich am meisten braucht? Ich finde das abscheulich von dir!«

»Dies sind Dinge, die du nicht verstehen kannst.«

»Vater wird womöglich gerade gefoltert! Und du bringst dich in Sicherheit.«

»Ich verhindere, daß mich die Inquisition als Zeugin vorlädt.« Die Mutter wand sich los. »Weil ich nicht weiß, was ich dann preisgeben würde.«

Alles, was Mathilde über die Handelsgeschäfte wußte, hatte sie von ihrem Vater gelernt. Nie war ihr Wissen so nötig gewesen wie jetzt. Nacht für Nacht saß sie in der steinernen Schatzkammer, rechnete, schrieb in die Bücher, plante. Sie wußte, wer in der Stadt Geld benötigte, weil eine Lieferung orientalischer Gewürze aus Venedig anstand. Safran, Pfeffer, Ingwer, Zimt und Muskatnuß waren teuer, das Kaufmannsgeschlecht der Ligsalz war dankbar, daß sie ihnen einen Teil des Neuhauser Vermögens überschrieb. Sie mußte nicht viel erklären. Binnen Stunden wußte jeder in der Stadt, daß ihr Vater von der Inquisition festgesetzt worden war. Mathilde bedachte die großen Handelsgesellschaften, sie verschenkte schweres Tuch und Fardelbarchent an die Ratsmitglieder Münchens, sie sandte eine Wagenladung Kupferscheiben an die Nürnberger Kaufmannsfamilie Groß, von der Vater viel hielt, weil sie zu Zeiten Kaiser Ludwigs die immense Summe von zehntausend Pfund Heller aufgetrieben hatte, als die englischen Subsidien ausblieben. Fehpelze und gegerbtes Korduanleder gab sie Magister Sighart Tückel, dem Stadtschreiber Münchens, der zugleich Rechnungsführer der Stadtkammer war. Dem Augustinerkloster schenkte sie Honig.

Im Juli hatten sie sich noch geärgert, zehn Schilling Strafe an Richter und Stadtkammer zahlen zu müssen wegen eines ungenauen Gewichts bei der Waage im Warenhaus. Vor zwei Wochen hatten sie über das erhöhte Schuldgeld geklagt, sechzehn Pfennige im Vierteljahr, für die Zwillinge zusammen zweiunddreißig. Nun verschenkte sie binnen Tagen Vaters gesamten Besitz.

Die Zwillinge ahnten nicht, wie schlimm es stand. Mathilde sagte ihnen, daß die Mutter verreist sei und der Vater sicher bald freikommen würde. Sie half ihnen bei den Schulaufgaben, brachte sie am Abend ins Bett. Natürlich gab es Gerede in der Schule. Aber die Zwillinge waren kräftig gebaut; wer es zu arg trieb, den brachten sie mit den Fäusten zum Schweigen.

Die Zwillinge würden durchkommen. Was war mit ihr, Mathilde? Sie arbeitete hart, um den Fragen zu entgehen, die alles vernichten wollten, was ihr wichtig war. In ihrem Bauch aber brannte es. Sie fühlte Zorn und Ohnmacht und große Angst. Sie ahnte, daß sie dabei war, Vater und Mutter zu verlieren.

Wieso war die Mutter davon überzeugt, daß Vater von der Inquisition verurteilt werden würde? Und warum hatte sie mit solcher Bitterkeit abgelehnt, einen Advocatus heranzuholen? Kaum daß sie aus der Stadt gewesen war, hatte sie, Mathilde, sich auf die Suche nach einem Rechtsgelehrten gemacht. Drei hatte sie gefunden. Den, der den höchsten Preis verlangte, wählte sie aus. Verloren sie den Prozeß, dann war sowieso alles Geld fort. Gewann der Advocatus aber Vaters Freiheit zurück, war jeder Preis dafür recht.

Nur was war mit Mutter geschehen? War sie nicht noch vor Tagen voller Freude Vaters Ehefrau gewesen? Sie hatte ihm sein Kissen frisch mit Federn gestopft. Sie hatte ihn bewundert für die neu eingerichtete Handelsroute für Kupfer von Schwaz und Kundl im Inntal über München nach Nürnberg. Sie hatte ihn geküßt, als er ihr überraschend ein grünes Seidenband mitbrachte, und lachend gesagt, Grün sei die Farbe der Jugend.

Es mußte am Tag passiert sein, als der Alte auftauchte. An diesem einen Tag.

Der Saal des Bischofspalasts erinnerte an das rußgeschwärzte Innere eines Ofens. Decke und Wände waren von braunen Eichentafeln bedeckt. Säulen von dunklem Holz stützten den

Saal. Selbst die weißgetünchten Steine rings um die Spitzbogenfenster waren grau geworden von Jahrzehnten angesammelten Staubs.

Die Bänke, auf denen Mönche, Kaufleute und Ritter saßen, knarrten, wann immer sich jemand bewegte. Mathilde hockte eingeklemmt zwischen einem knochigen Edelmann und einem fettleibigen Händler. Der Schenkel des Händlers quetschte ihr Bein, seit Beginn des Prozesses preßte er sich gegen sie und benetzte ihr Kleid mit seinem Schweiß. Der Händler schien es nicht zu merken.

Sie war gefangen in diesem dunklen Saal. Niemand stand ihr und Vater bei. Der Advocatus hatte ihr vor zwei Tagen das Geld zurückgegeben und gesagt, daß er nichts tun konnte. Er wollte nicht einmal mehr als Beobachter am Prozeß teilnehmen und überwachen, ob alles mit rechten Dingen zuging. Sie sah es ihm an: Er fürchtete sich vor etwas. Hier, in der pferdestallgroßen Ofenhöhle, begriff sie, was ihm angst machte. Es war der Inquisitor.

Der Inquisitor schwieg. Die Kiele der Notare kratzten über das Pergament. Mathilde haßte die beflissenen Notare, die jedes Wort festhielten. Als das Kratzen verebbte und die Federn über den Tintenfäßchen schwebten, die Hände bereit, weiterzuschreiben, da richtete der Inquisitor seinen Blick auf den Angeklagten und fragte: »Habe ich Euch richtig verstanden, Ihr widerruft Euer Geständnis?« Der Inquisitor war ein häßlicher Mann. Die Hälfte seines Gesichts war von rotem Narbenfleisch verformt. Er stand da in seinem weißen Dominikanerhabit, über den Schultern der schwarze Mantel, als wäre er von Gott persönlich als Racheengel zur Erde geschickt worden. Sie hatten einen Inquisitor für München. Warum war dieser Fremde gerufen worden? Der Münchner Inquisitor war nicht einmal zur Verhandlung gekommen, ganz so, als hätte man ihm befohlen, sich aus der Sache herauszuhalten.

»Mit den Morden hatte ich nichts zu tun.«

»Kaufmann Neuhauser, ich habe Zeugen, die Euer Schuldgeständnis unter Eid bestätigen. Ihr habt es förmlich herausgeschrien. Es war doch eine Befreiung für Euch, die Wahrheit zu sagen.«

»Ich konnte die Qualen nicht mehr ertragen«, sagte der Vater. Seine Stimme zitterte. Er senkte den Kopf, als schämte er sich. »Das Brenneisen.«

»Oder war es nicht vielmehr die Last der Schuld? Das Brenneisen hat Euch nur geholfen, indem es Euren Mund öffnete. Was Ihr gestanden habt, habt Ihr gestanden. Aber Ihr seid ja geübt darin, anderen Lügen aufzutischen, nicht wahr? Da verwundert es nicht, wie Ihr Euch vor dem Inquisitionsgericht windet. Könnt Ihr mir sagen, wer die folgenden Männer sind?« Der Inquisitor hob ein Schriftstück in die Höhe und verlas: »Arnold Minnepeck. Heinrich von Niedelschütz. Hans Schwilwatz von Schwilwatzenhausen. Heinrich Pfanzelter. Kunrad Teufelhart.«

Vater antwortete etwas. Er sprach leise, Mathilde konnte es nicht verstehen. Er stand gebeugt, gedemütigt. Wofür schämte er sich?

»Laßt es auch den Saal hören, Kaufmann Neuhauser! Eure Stimme trägt doch sonst recht gut.«

»Diese Männer bin ich.«

Ein Raunen ging durch die Menge der Zuschauer. Ritter, Kaufleute, Mönche beugten sich zueinander und sprachen. Ihre Augen waren weit geöffnet, niemand konnte fassen, was Vater gerade gesagt hatte. Verstanden sie nicht, daß er es nur der Folter wegen sagte? Er wurde zu diesen Aussagen gezwungen!

»Das waren nicht die einzigen eurer Täuschungen, nicht wahr? Ihr habt die halbe Stadt belogen. Habt Ihr die Büßerkreuze getragen, die Euch die Inquisition vor zwanzig Jahren auferlegt hat?«

»Nein, das habe ich nicht.«

»Seid Ihr nach Eurer Verurteilung zu den häretischen Versammlungen des sogenannten Perfectus zurückgekehrt?«

»Ja.«

»Habt Ihr ihm geholfen, seiner gerechten Strafe zu entgehen?«

»Herr Inquisitor und Eure hochwürdigste Exzellenz, verehrter Bischof, ich empfand seine Strafe nicht als gerecht.«

Der Bischof schüttelte mißbilligend den Kopf. Neben ihm bellte der Inquisitor: »Was gerecht ist, habt Ihr nicht zu bestimmen! Ihr seid hier, um Euch vor dem Inquisitionsgericht zu verantworten für Eure Missetaten. Und das Gericht erkennt Euch für schuldig.«

Vater drehte sich um. Er sah Mathilde an, Pein in seinem Gesicht. Dann kehrte er sich wieder nach vorn.

»Der Angeklagte wird der mehrfachen Beihilfe zum Mord schuldig gesprochen«, verkündete der Inquisitor. »Er wird schuldig gesprochen, einem verurteilten Häretiker zur Flucht verholfen zu haben. Der Angeklagte wird schuldig gesprochen, die von der Inquisition auferlegte Buße mißachtet zu haben. Er wird schuldig gesprochen, sich unverbesserlich auch nach der Ermahnung dem Irrglauben hingegeben zu haben. Deshalb ergeht folgendes Urteil: Der Angeklagte ist in strenger Haft einzuschließen, in einem sehr engen Raum, in Fesseln und Ketten, auf ewig.«

Wie eine Säule stand der Inquisitor da und ließ seine Worte wirken. Währenddessen haschte der Bischof nach einer Fliege. Er zerdrückte sie in der Hand und warf sie zu Boden. Die Notare schrieben.

Ewiger Kerker? Mathildes Rücken streckte sich. Sie preßte die Lippen aufeinander. Das Urteil paßte nicht. In ihrem Bauch summte ein Bienenschwarm, ihr Instinkt schlug so stark an, daß es sie zum Zittern brachte. Lebenslängliche Gefangenschaft. Nach allem, was man ihrem Vater vorwarf, war es das falsche Urteil. Der Inquisitor erwartete etwas von ihm, etwas, das in der Verhandlung nicht zur Sprache gekommen war. Ihr Vater hatte angeblich die Inquisition belogen, man wies ihm die Beihilfe zu mehreren Morden nach, und, was viel schlimmer wog, stellte ihn als rückfälligen Häretiker dar. Niemand, der ein zweites Mal der Ketzerei anheimfiel, entging dem Scheiterhaufen. Niemand.

Die Notare schüttelten ihre Streubüchsen, wie um das Urteil

zu besiegeln. Hatten die anderen nicht zugehört? Gab es im ganzen Saal keinen, dem die Merkwürdigkeit auffiel, nicht einmal unter den Kaufleuten, den studierten Mönchen, den Kanzleibeamten? Dieser fremde Inquisitor wollte ihren Vater nicht sterben lassen. Vater sollte leben und im Kerker liegen, bis sein Wille gebrochen war und er sprach. Wovon sollte er sprechen?

Ihr brach der Schweiß aus vor Angst, ihn zu verlieren. Wie er dort vorn stand, allein dem Bischof und dem Inquisitor gegenüber, mit seinen gelockten, angegrauten Haaren, wie er die Hände hinter dem Rücken zusammenkrampfte und wieder streckte. Er war unschuldig. Er war ihr Vater!

Das Seil knarrte über ihr, die Winde knirschte. Steinstaub rieselte auf sie nieder. Mathilde blickte auf und schaute in die häßlichen Fratzen der Wachknechte, die sie hinabließen. Tiefer und tiefer sank der Korb. Bald sah sie die Wachknechte nicht mehr. Das Fackellicht beschien Mauern, die sich nach innen neigten. Sie wollten sie erdrücken in einem steinernen Grab. Schließlich setzte der Korb auf dem Boden auf. Sie stieg hinaus. Er sauste in die Höhe, die Wachknechte lachten oben, es war ein dreckiges, furchteinflößendes Lachen. Eine Klappe schlug zu.

Suchend hob sie die Fackel. Wo war er? Fliegen summten über einem Kothaufen. Es stank süßlich. »Vater?« Ketten klirrten hinter ihr. Mathilde drehte sich um. Da stand er. Seine Wangen waren eingefallen. Er hielt sich die Hand vor die Augen. Am Handgelenk, wo die Schellen es umschlossen, schimmerte Eiter. Die Finger wirkten lang wie die der Affen, die sie in ihrer Kindheit im Hof des Kaisers gesehen hatte. Damals, als Mutter noch dort arbeitete.

»Mathilde.« Seine Stimme klang heiser.

Sie trat näher. Lumpen hingen um seinen ausgehungerten, skeletthaften Leib. Die Wochen seit dem Urteil mußten für ihn hier unten die Hölle gewesen sein. »Man wollte mich nicht zu dir lassen!« sagte sie.

»Deine Fackel. Endlich Licht, endlich ein Mensch! Die Dunkelheit ist furchtbar. Manchmal höre ich eine Krähe rufen.

Die muß hier irgendwo an einem Fenster hocken im oberen Stockwerk. Ich habe die Krähen immer geliebt. Sie waren meine Gefährten. Genauso vom Wind zerzaust wie ich, genauso hungrig, genauso namenlos. Wenn ich tot bin und sie mich hier heraustragen und die Krähen mir das Fleisch von den Knochen hacken, dann ist mir das recht. Sollen sie sich einmal den Bauch vollschlagen. Der Herr wird mich am Jüngsten Tag schon wieder zusammensetzen.«

»Was redest du da?« Vater hatte die Krähen nie beachtet. Er war auch nicht hungrig oder namenlos gewesen.

Er senkte die Hand. Sie sah nun seine Augen. Sie glänzten fiebrig. »Der Korb, in dem sie dich von der Decke heruntergelassen haben – im gleichen Korb werden sie mich hinaufziehen, wenn ich mein Leben ausgehaucht habe. Es dauert nicht mehr lange.«

»Vater! Warum bist du hier? Was will der Inquisitor von dir hören? Dieses Urteil ist doch ein Versuch, dich zum Reden zu bringen.«

»Schhhh. Hörst du das? Die Frau schreit schon seit Tagen. Sie will ihr Kind in Freiheit zur Welt bringen. Kannst du dir das vorstellen, ein kleiner Mensch, geboren in dieser Finsternis, in dieser feuchten, kalten Hölle? Die Frau wird nicht aufhören zu schreien, bis es zu Ende ist. Wenn ein Mensch so leidet, können sie da nicht Gnade zeigen?«

»Ich verstehe nichts mehr. Sie haben doch gelogen beim Prozeß. Oder nicht? Vater, bist du ein Häretiker?«

»Draußen hört man nichts von ihrem Heulen. Die Mauern sind dick. Zehn Schuh Steingefüge. Trotzdem, es sickert Wasser durch. Wasser von draußen. Manchmal lecke ich es von der Wand.« Er lachte heiser. »Verdursten werde ich nicht. Nein. So schnell kriegen sie mich nicht.« Plötzlich wurde er ernst. Er sah sie beschwörend an. »Wie geht es deiner Mutter?«

»Sie hat die Stadt verlassen am Tag, als man dich festgenommen hat. Seitdem habe ich nichts mehr von ihr gehört. Warum ist Mutter wütend auf dich? Was ist hier geschehen?« Sie ekelte sich plötzlich vor diesem Mann, vor seinem entzündeten

Fleisch, vor dem Gestank, den er verströmte. Aber sie wollte ihn lieben! Sie durfte nicht vergessen, wer er für sie gewesen war. Sie griff nach seiner Hand, drückte sie. Knöchern und kalt fühlte sie sich an.

Er versuchte ein Lächeln. »Die Trauer, hier unten festzusitzen, es ist ein Gefühl wie Angst. Das gleiche Flattern im Herzen, die gleiche Unruhe. Ich muß die ganze Zeit schlucken. Ich ersticke hier. Wie eine Ratte sitze ich in der Falle und warte auf den Tod.« Er kam rasch näher und sah sie an. »Hol mich hier raus, Mathilde.«

»Wie soll ich das machen?«

»Hast du den Kerkermeister bestochen?«

»Still! Die Wachen da oben müssen das nicht hören.«

»Am Anfang bin ich wahnsinnig geworden vor Verzweiflung. Ich habe an den Ketten gerissen, habe mir mit den Schellen das Fleisch von den Fußgelenken geschabt. Jetzt ist alles wund, und Ungeziefer hängt im Fleisch. Ich lebe nicht mehr lange, Mathilde. Ein paar Tage habe ich noch, dann verrecke ich in diesem Loch.«

»Stimmt es, was sie über dich gesagt haben bei der Verhandlung?«

»Wie hübsch du bist. Halte die Fackel näher ans Gesicht! Daß ich dich noch einmal sehen darf!«

»Vater?«

»Was schaust du so kalt?«

»Der Inquisitor, die Zeugen, die Beweise. Es hat geklungen, als wärst du wirklich schuld. Sage mir die Wahrheit. Wie soll ich dich lieben, Vater, wenn ich nicht weiß, wer du bist? Habe ich all die Jahre einen anderen zum Vater gehabt, einen Mann, den es nur in meiner Vorstellung gab?«

»Töchterchen«, flüsterte er. Er wischte sich über das Auge. »Es ist anders, als du denkst. Hör mir zu. Höre wenigstens die ganze Geschichte. Wie lange brennt die Fackel? Dieses Licht, es tut so gut, Licht zu sehen. Und dich. Du hast ein Recht darauf, die Wahrheit über deinen Vater zu erfahren. Ich werde sie dir erzählen. Ja, ich habe Amiel von Ax wie einen

Lehrmeister geachtet. Erschreckt dich das? Du verabscheust mich dafür. Aber bedenke: Du hast es leicht, heute, mit allem, was wir wissen. Ich dagegen mußte erst mühsam lernen.«

»Also stimmt es. Alles, was der Inquisitor gesagt hat, ist wahr.«

»Eine Geschichte ist nur dann wahr, wenn man sie vollständig erzählt.«

»Aber du hast sie mir nicht erzählt. Du hast mir nie gesagt, wer du wirklich bist.«

»Es tut mir leid.«

Sie wollte gehen. Fortgehen und sich irgendwo hinlegen und weinen.

»Man drohte, mir den Hals umzudrehen. Ich mußte damals untertauchen. Gehungert habe ich, zwei Jahre lang. Bei den Bauern, für die ich geschuftet habe, hingen Würste über dem Feuer, duftende Würste, die sie geräuchert haben – mir sind die Augen übergegangen, aber ich durfte sie nicht einmal berühren. Daneben hingen gesalzene Schinken. Die alten Vetteln, die man an die Feuerstelle gejagt hat, weil sie häßlich und geschwätzig geworden sind, diese alten Vetteln, die in der Küche mit den Katzen geredet haben und die Töpfe und Schüsseln gezählt haben, die aßen genüßlich schmale Schinkenstreifen, und ich bekam nichts ab. Ich weiß noch wie heute, wie sie ihre gestreiften Katzen aus Syrien mit Wurstzipfeln gefüttert haben, wie sie dazu sagten: ›Daß du mir schön die Ratten vertreibst, diese Mistviecher, ich habe erst gestern eine schwarze Ratte gesehen bei den Schweinen im Stall, wo warst du, warum hast du sie nicht verjagt?‹ Und die Katzen verschlangen die Wurst, und ich war hungrig.«

Eine erbärmliche Ausrede. Wenn der Inquisitor recht hatte, dann hatte Vater gemordet, gelogen, ketzerische Lehren verbreitet. So etwas tat man nicht aus Hunger. Er kam ihr plötzlich schwach vor, der Vater, den sie immer für einen starken Mann gehalten und bewundert hatte.

Er verstummte, kniff die Augen zusammen.

Las er ihre Gedanken?

»Du hältst dich für gut, Mathilde?« fragte er. »Was hast du verstanden vom Leben? Wenn du meinst, mit dem Urteilen schon fertig zu sein, dann laß mich hier in Frieden sterben. Ich weiß, was ich getan habe und warum. Und Gott weiß es auch.« Er rührte seinen Fuß, wankte kurz, als fiele es ihm schwer zu stehen. Die Ketten klirrten.

Für all die Jahre, die er gut zu ihr gewesen war – müßte sie ihm nicht selbst dann beistehen, wenn er ein Mörder war und ein Lügner und Ketzer? »Ich bin durcheinander. Ich will hören, wie es wirklich war. Bitte erzähle es mir.«

Er wandte das Gesicht ab und sagte in das Dunkel: »Ich habe gehungert. Ich hätte mir eine ganze Festtafel voller Speisen kaufen können, samt Dienern. Aber ich habe es nicht getan.« Er sah sie wieder an. »Die abscheulichsten Arbeiten habe ich gemacht. Ich bin mit Eimern zu den Leuten gegangen und habe sie hineinpissen lassen und habe ihnen einen Hälbling gegeben für ihren Urin. Mit den stinkenden Eimern bin ich durch die Stadt gezogen. Wo ich hinkam, haben die Leute das Gesicht verzogen. Der Gestank klebte an meinen Händen. Tag und Nacht haben sie säuerlich gerochen. Aber die Gerber haben bezahlt für die Pisse, und ich habe mit diesen Pissehänden gegessen, sobald ich meinen Lohn erhalten hatte, und habe vier oder fünf Pfennige aufgespart.«

»Du hast gehungert und hast gleichzeitig Geld gespart? Warum?«

»Wie kann ich dir das erklären? Dieses Geld war mein Weg in die Vergangenheit. Niemand wußte von dem Topf mit Münzen, den ich in einer alten morschen Mühle vor dem Neuhauser Tor versteckt hatte. Es waren harte Jahre, aber ich hätte das Geld niemals angerührt.« Er blickte in die Flamme der Fackel, als sehe er darin Bilder aus jener Zeit. »Manchmal konnte ich die Eimer stehen lassen und habe Kohlen gegraben für die Bauern rings um die Stadt. Holz zum Heizen war ihnen zu teuer, und so haben sie mich losgeschickt, daß ich in den Flözen für sie Kohle schürfe. Die meisten waren beinahe leergeschürft. Das Wasser stand darin. Bis zum Bauch habe ich im schwarzen Sud gesteckt und habe die Kohlenreste mit Hacke und Spaten herausgegraben. Dann mußte ich den triefenden Sack zum Hof schleppen, während mir das Wasser über den Rücken lief. Auch das hat mir einige Pfennige eingebracht, die ich sparen konnte.«

Wie er den rechten Mundwinkel geschlossen hielt beim Sprechen, wie er bei wichtigen Worten die Hände absacken ließ, ohne Zweifel war er es, Vater, der Mann, der sie aufgezogen und ihr beigebracht hatte, ein gutes Leben zu führen. Aber ihr Vertrauen war erschüttert. Sagte er die Wahrheit? Hielt er nun nichts mehr zurück?

»Man hat mir die unangenehmen Aufgaben gegeben«, sagte er. »Du weißt ja, der Boden ist karg rings um München, da muß man düngen, sonst wächst nichts. Sie brauchten jemanden zum Mistbreiten. Mit zwielichtigen Gestalten zusammen habe ich das gemacht. Ich war selbst so einer, ein Herumtreiber, eine hungernde Krähe. Meine Fähigkeiten habe ich verborgen.«

»Warum, Vater?«

»Du kennst den strengen Geruch von reifem Tierdung?« Er verzog spöttisch den Mund. »Selbst die Hofknechte, die auch nicht sonderlich gut riechen, haben sich vor dieser Arbeit gescheut. Schon wenn ich den großen Misthaufen vor dem Tor gesehen habe, wurde mir übel. Aber das Zeug mußte auf das Feld, und als Belohnung gab es eine zusätzliche Mahlzeit, gekochtes Fleisch mit Kohl. Niemand ahnte, wie groß meine Ersparnisse waren. Ich war ein schmutziger Herumtreiber.«

»In Wahrheit warst du das nicht.«

»Nein. Ich war untergetaucht. Nirgendwo kann man sich so gut verbergen wie im Abschaum einer Stadt. Einer allerdings hat mich ausfindig gemacht. Das war Amiel von Ax.«

I

Winter 1336

Der schwarze, glänzende Körper der Schnecke schob sich über seine Hand. Das Haus drohte seitlich abzustürzen. Ein hübsches braungestreiftes Haus. Die Schnecke richtete es auf, zog es mit. Sie begann zu fressen, aber nicht das Löwenzahnblatt, das Nemo ihr hinhielt, nein, sie nagte an seiner Hand. Feine Raspelzähnchen fuhren über die Haut. Die Schwarze streckte ihre Fühler steil in die Höhe, als würde sie voller Neugier dem fremden Geschmack nachspüren.

Was fand sie da in seinen Hautritzen? Dreck? Schweinekot? Salzigen, angetrockneten Schweiß? Es schien ihr zu schmecken. Der Raspelmund kitzelte ihn. Wie fein hatte Gott dieses Tier geschaffen! Die glänzende Haut, die kleinen Augen am Ende der Stiele – Schnecken waren ein Wunderwerk.

Und sie erinnerten ihn an etwas.

Es war nicht viel mehr als ein Gefühl, wie so viele seiner Erinnerungen. Er fühlte sich sicher mit diesem Tier auf der Hand, er fühlte sich geliebt und beschützt. Stimmen waren da, die Beine von Erwachsenen, eine Hand, die seinen Kopf streichelte. Bildete er sich das nur ein? Wünschte er es sich zu sehr? Oder war es tatsächlich ein Stück seiner verlorenen Vergangenheit?

Er hörte die Tür klappen. Der Bauer. Eilig zog er die Schnecke ab von der Hand, es ging nicht leicht, sie hielt sich fest, bis sich mit einem Schmatzen der Saugfuß löste. Er setzte sie ins Gras.

Vor dem Haus brüllte der Bauer: »Ihr dreckigen Häretiker, ihr Ketzer, raus aus meinem Garten!«

Nemo spähte um den Hauswinkel. Die Schweine waren in den Garten eingebrochen. Der Bauer trieb sie mit Fausthieben aus den Beeten. »Alles zerwühlt! Alles zerfressen!« Er trat nach ihnen. Die Tiere quiekten. Sie sprangen auf.

Nemo stürmte vor und rannte mit den Schweinen.

»Bleib stehen, Nichtsnutz! Das nennst du Schweinehüten? Sie zertrampeln den Garten, während du Löcher in die Luft starrst, ja? Den Schaden bezahlst du mir!«

Nemo rannte.

»Ich steche dich ab, Lump!«

Bis zu den Lagerhäusern am Isarufer rannte er. Dort trat er unter die Flößer und Sägewerker und sah sich um. Ein Stechen in den Seiten, der Speichel schmeckte süß. Aber der Verfolger hatte aufgegeben, er war fäusteschüttelnd stehengeblieben. Vor den Flößern hatten die Bauern Angst. Vor den Flößern hatte jeder Angst.

Nemo wischte den Schneckenschleim am Kittel ab. Er hätte eine Schüssel schmackhafter Rübensuppe erhalten fürs Schweinehüten. Aber wie sollte er aufmerksam bleiben, wenn ihn eine Arbeit derart langweilte?

Die Flößer grinsten. »Na, wieder was ausgefressen, Nemo?«

»Die Schweine. Sie haben den Garten verwüstet.«

»Und du hast faul zugesehen?« Die Flößer lachten. Der dicke Trumm reichte ihm ein Stück Brot. »Da, nimm.«

Nemo ergriff das Brot und biß ab. Es war das übliche Arme-Leute-Gebäck, nicht mit Weizen gemacht, sondern aus Gerste, Hafer und Bohnen. Zwischen den Zähnen knirschte es beim Kauen. Das Korn war in einer billigen Mühle gemahlen worden, in der sich unaufhörlich Sand vom Mühlstein löste. Dennoch nickte Nemo dankbar und schluckte die Bissen herunter. Brot. Es tat ihm wohl.

Da saß ein Mann auf einer hölzernen Kiste am Fluß. Er trank aus einer Tonflasche. Er lachte nicht mit den Flößern, und als er die Flasche absetzte und sich mit dem Handrücken über den Mund wischte, sah er zu Nemo herüber.

Wer war das? Nemo war der Blick des Fremden unangenehm. Warum saß er dort bei den Holzstapeln? Das Holz war für die Brennöfen der Ziegeleien gedacht. Gehörte er zu den

Ziegelbrennern? Er sah nicht danach aus. Er paßte nicht hierher.

»Trumm, kannst du mich als Flößer beschäftigen?« fragte Nemo.

Trumm kaute. Dann grinste er und sagte: »Dich soll ich mitnehmen? Wir fahren bis nach Wien, oder nach Ungarn. Da willst du doch gar nicht hin.«

»Warum nicht?«

»Bursche, du kannst nicht einmal ein paar träge Säue hüten. Da soll ich dir ein Floß anvertrauen, beladen mit Pech, Getreide, Wein?«

»Es war ein Versehen. Und ich würde doch nicht allein auf dem Floß stehen. Du stehst als Floßmeister vorn, und hinten stehe ich als Ruderergehilfe. Auf den schweren Flößen, den Achtzehnern und den Vierundzwanzigern, braucht ihr da nicht sogar einen zweiten Hilfsfergen? Der könnte ich sein. Ich lerne schnell.«

»Achtzehn oder vierundzwanzig Baumstämme nebeneinander, unterschätze das nicht! So ein Floß will gut gesteuert sein. Selbst wenn du nur ein Achter fährst, nein, gerade, wenn du eins der schnellen Achter fährst, das Ding setzt du an einen Brückenpfeiler, ehe du es dich versiehst, oder du kommst an einer Flußbiegung nicht schnell genug um die Kurve und gerätst in einen Nebenarm. Nemo, das ist nichts für dich. Du bist bei den Schweinen besser aufgehoben. Laß gut sein.« Trumm schlug ihm auf den Rücken.

Die Flößer durchschauten ihn nicht. Es war gut. Sie hielten ihn für einen Trottel, ahnten nicht, daß er den Weg berechnen konnte, den ihr Floß an einer Flußbiegung bei Gegenströmung nahm, daß er die Gewinne ihrer Fahrten in eine doppelte Buchführung eintragen konnte, daß er ihre Waren in griechischen und lateinischen Buchstaben in eine Güterliste schrieb, wenn es nur gefordert war.

Es war wichtig, als Trottel zu gelten. Auf diese Weise fiel er nicht auf. Er war in den zweieinhalb Jahren seit dem Unglück beinahe einer der Ihren geworden. Man hatte gern einen

Schwächling bei sich, der einem das Gefühl gab, überlegen und stark zu sein.

»Hängt ihr nicht manchmal zwei Flöße mit Stricken aneinander?« fragte er.

»Schon, aber das geht nur bis zu den Schleusen bei Mittenwald. Die Wasserfälle bei Krün, Fall, Riß! Du würdest die Waren verlieren. Und die gefährlichen Kiesbänke! Nein, Bursche. Bleib bei deinen Säuen.«

Er sah zur Stadt hin. Auf den Bleichwiesen am Isarufer waren weiße Leinenbahnen in der Sonne ausgebreitet, ringsum mit Steinen beschwert. Der Wind zupfte an ihnen, blähte sie sanft. Kein Wächter behütete sie. Es war nicht notwendig. Die harte Strafe schreckte Diebe ab: Wer an der Bleiche mehr als eine Elle Stoff stahl, wurde an den Galgen gehängt. Zur Lände hin baute man am neuen Stadttor. Steine und Holz lagen in großen Haufen bereit. Der Baumeister lief wie ein Hütehund zwischen den Handwerkern umher und begutachtete ihre Arbeit.

Vielleicht war es der letzte warme Herbsttag. Der gute Teil des Jahres ging vorüber, es kam der Winter, die Zeit, in der er bis auf die Knochen fror und nicht wußte, ob die Kälte oder der Hunger ärger zwickten. Aber er wagte es noch nicht, wieder den Kopf aus der Menge zu heben. Er mußte untergetaucht bleiben, bis man ihn vergessen hatte, bis der unglückselige Vorfall aus dem Gedächtnis der Menschen verschwunden war.

Papst Johannes XXII. hatte der Kirche zweihundertfünfzig Tonnen Gold hinterlassen. Er, Nemo, besaß gerade zweiunddreißig Schillinge. Er hatte sich alles ausgerechnet: Zwölf Pfund kostete das Pferd, dann der Hafer unterwegs sieben Schillinge und die Übernachtungen in den Herbergen samt Verpflegung etwa zwanzig. Hinzu kamen die Kosten für eine Gewandung, die ihn als freien Herrn erscheinen ließ. Sie würde mit ein bis zwei Pfund zu Buche schlagen. Alles in allem brauchte er siebzehn Pfund. Das entsprach hundertsechsunddreißig Schillingen.

Wie er im Augenblick arbeitete, würde er tausend Jahre brauchen, ehe er das Geld zusammenhatte. Aber in einigen Monaten konnte er wieder auftauchen, weil man ihn vergessen hatte. Dann würde er sich die noch fehlende Summe holen. Er war in München aufgewachsen. Er wußte, wo das Geld saß und wie man es erlangte.

Eine Asch legte an, ein Salzschiff. Es war so groß, daß zehn Schiffer notwendig waren, um es den Fluß entlangzusteuern. Mit lauten Rufen verständigten sie sich, bis das Schiff neben den Steg gebracht war. Sie banden es an den Pfeilern fest. Während ein Teil der Schiffer Knoten machte, luden die anderen bereits die ersten Kröteln aus. Im Schiffsbauch türmten sich mindestens vierzig Fäßchen zu je fünf gepreßten Salzscheiben.

Die Hafenhüter erschienen. Sie zählten die Fässer und notierten etwas auf kleinen Wachstäfelchen. Dann forderten sie die Frachtgebühr. Nemo sah Gold aufblitzen. Zwei Gulden wurden übergeben. Aber die Hafenhüter waren keine gute Beute, sie wurden von der Stadtkammer überwacht, und ihre Kassen waren verschlossen und versiegelt, sie steckten die Münzen nur durch einen kleinen eisernen Schlitz hinein.

»Du heißt Nemo?« fragte eine Stimme hinter ihm.

Er drehte sich um.

Der Fremde. Er sah ihn aus tiefgrünen Augen an. Der Bart des Fremden war aus der Form gewachsen. Eine Bö vom Fluß her hob seine grobe, dunkle Kutte an und entblößte abgenutzte Stiefel.

»Nemo, ja.«

»Kommst du aus dem Spitalorden vom Heiligen Geist?«

Mit aller Kraft riß er sich zusammen. Kein Gesichtsmuskel durfte ihn verraten. Woher, verdammt noch mal, wußte der Fremde, wer er war? Der Orden war verschwunden, der letzte Chorherr war vor Jahren gestorben, und er, Nemo, hütete seine Herkunft wie ein gefährliches Geheimnis. Er schüttelte den Kopf und sagte: »Nein. Ihr sucht einen anderen.«

»Du bist nicht bei den Brüdern der Taube und des Kreuzes

aufgewachsen? Nemo, so nennen sie Findelkinder, oder? Lateinisch, *nemo* für niemand.«

»Ich war ein Findelkind, daher hab ich meinen Namen. Aber die Franziskaner haben mich aufgezogen, nicht dieser andere Orden, den Ihr meint. Und ich kenne inzwischen meine Herkunft. Meine Familie lebt in Augsburg.«

»Warum hat sie dich verstoßen?«

»Das sage ich nicht.« Er sah zu Boden und errötete. Plötzliches Erröten hatte er lange geübt.

Der Fremde schwieg. Dann nickte er. »Du hast recht, es geht mich nichts an. Wo finde ich den Meister des Spitalordens?«

Der dicke Trumm stellte sich zwischen Nemo und den Fremden. »Herr, Ihr fragt den Falschen. Nemo kennt sich mit solchen Dingen nicht aus. Er ist einfacher Schweinehirte. Geht ins Gasthaus ›Zum Hirschen‹, dort essen die feinen Herrschaften, die Ihr so was fragen könnt. Soll Euch der Bursche gegen ein kleines Handgeld die Kiste tragen?«

»Meinetwegen, es sei.«

Trumm nahm Nemo beiseite und raunte: »Tu alles, was mein Fahrgast sagt, zu seiner vollen Zufriedenheit, ja? Dann fällt sicher was für dich ab.«

Sein Fahrgast. Der Fremde war mit Trumm hier angekommen. Er war weit gereist. Kam er womöglich aus Frankreich? Kannte er seine wirklichen Eltern, hatten sie ihn geschickt? Die Augsburger Familie war eine Erfindung, die er seit Jahren erzählte. Die Wahrheit war, daß er nichts wußte, daß er die, die ihn verstoßen hatten, bisher nicht ausfindig gemacht hatte; er vermutete allerdings, daß sie aus Frankreich stammten. Was, wenn der Fremde ihr Abgesandter war? Nemo, der Niemand, würde der Vergangenheit angehören. Er würde erfahren, wer er war.

Er stemmte die Kiste in die Höhe. Sie wog schwer. Trumm kam ihm zu Hilfe und schob sie ihm auf den Rücken. Vornübergebeugt schleppte sich Nemo voran in Richtung Torbaustelle.

Es gab auch eine andere Möglichkeit. War er ein verstoßener Bastardsohn einer reichen Familie, dann konnte es sein, daß man ihn umbrachte, um die Erbfolge zu sichern. Der Fremde könnte gut und gerne ein gedungener Meuchler sein. Er sollte vielleicht mit der Vergangenheit einer noblen Dame aufräumen, den Schandfleck Nemo ein für alle Mal beseitigen.

Oder der Dominikaner schickte ihn, der, den sie den Weisen Weißen nannten. Er hatte damals den Spitalorden verfolgt, unerbittlich, bis auch der letzte Ordensbruder tot oder geflohen war. Nemo hatte rechtzeitig untertauchen können. War man ihm nun auf die Schliche gekommen? Es genügte, daß der Fremde bei den Franziskanern nach ihm fragte, und schon wußte er, daß er belogen worden war.

»Ein neuer Mauerring?«

»Ja. Wenn das Isartor fertig ist, ist er abgeschlossen.« Die Kiste schnitt in seine Finger. Hoffentlich riß er sich keinen Holzsplitter unter die Haut.

Sie passierten die Baustelle. Danach ging es ein wenig leichter. Die Straße führte in eine Senke hinunter zum Kaltenbach. Nemo hielt sich hinter einem Eselkarren, der mit Tongeschirr beladen war. Bei jeder Bodenunebenheit schepperte es. Er schwitzte.

Auf der Angerwiese schnatterten Gänse. Frauen wuschen im Kaltenbach Wäsche. An der Roßschwemme tränkte ein Kaufmann seine Pferde. Nemo überquerte die Brücke. Der Schatten des Kaltenbachtors verschluckte ihn, er konnte im Dunkel nur wenig sehen. Dann trat er wieder ins Licht. Die Toraufbauten standen nur noch zur Hälfte, Handwerker verluden die Steine und fuhren sie zum neuen Torbau. In wenigen Monaten würde das alte Tor verschwunden sein. Niemand brauchte es. Wozu war es überhaupt gebaut worden, mitten zwischen altem und neuem Mauerring? Man dachte damals wohl, die Stadt würde nur wenig wachsen.

»Viel Platz innerhalb des neuen Rings«, stellte der Fremde fest.

Nemo sagte: »Bald werden überall Häuser stehen. München ist jetzt die Stadt des Kaisers. Jeder will hier wohnen.«

Es ging wieder bergauf. Sein Nacken begann zu schmerzen. Wenn er Pech hatte und sich verrenkte, würde er die ganze Nacht kein Auge zutun deswegen. Endlich erreichten sie das Talburgtor im inneren Mauerring. Hier stauten sich Menschen und Fuhrwerke.

»Müssen wir einen Einfuhrzoll bezahlen?« fragte der Fremde.

»Was ein Mann tragen kann, das ist zollfrei.«

»Gut.«

Fürchtete er, die Kiste öffnen zu müssen? Was enthielt sie? Wenn Nemo sie fallen ließ, würde sie vielleicht aufbrechen. Waren Messer darin, Giftfläschchen, ein Brief der Auftraggeber? Möglicherweise schleppte er aber auch kostbare Kleider für diesen Mann, mit Messingknöpfen besetzte Röcke, einen Pelzmantel, feine Kambrikhemden, und der Fremde hatte sich nur in die unauffällige Kutte gehüllt, um Straßenräubern zu entgehen. Er war ein schlechter Betrüger. Er wirkte ganz und gar nicht wie ein armer Mann. Sein Auftreten paßte eher zu Brokathemden als zu abgewetzter Kleidung. Offenbar wußte er nicht, daß die Verkleidung nur der Lauffaden im Spinnennetz war. Gesten und Blicke und die Wortwahl entschieden darüber, ob man Beute machte.

Sie standen. Es ging nicht weiter. Vorn rief ein Zöllner: »Saumtiere und Wagen nach rechts!«

Eine Männerstimme protestierte: »Ich zahle Bürgersteuer und Grabengeld. Ich leiste Wachdienst auf der Mauer. Jetzt soll ich auch noch für diesen halbleeren Wagen Zoll entrichten?«

»Ist das Trockengut?« fragte der Zöllner.

»Einerlei, was es ist. Laßt mich durchfahren.«

»Trockengut sind in Ballen verpackte Waren, Tuche, Wolle, Felle, Eisen, gedörrte Früchte, Gewürze und Seide. Ich frage noch einmal: Ist das Trockengut?«

»Es sind gegerbte Rinderhäute.«

»Also Trockengut. Du zahlst einen Pfennig je zwei Stück.«

»Räubergesindel!«

Der Fremde sagte: »Hier entlang. Sie machen eine Bahn für das Fußvolk.« Er schob Nemo an den Karren und Wagen vorüber durch das Tor.

Sie passierten das Gelände des Heilig-Geist-Spitals. Bis zum Stadtbrand vor neun Jahren hatten zu ihrer Linken die Gebäude des Spitalordens gestanden. Er achtete genau auf die Füße des Fremden. Hielt er inne? Sah er sich um? Wußte er, wo die Chorherren gelebt und gearbeitet hatten? Der Fremde lief ohne erkennbares Zögern weiter. Er fragte nicht, warum man hier neue Häuser errichtet hatte.

Dort war das Tor gewesen mit dem Wappen des Ordens, dem zwölfspitzigen Doppelkreuz und der Taube. Aus diesem Tor waren die Chorherren getreten in ihren himmelblauen Kutten mit dem weißen Doppelkreuz auf der Brust und waren losgezogen, um Kranke in ihren Häusern zu besuchen.

Andere blieben im Spital, bei den Irren, die durch ihre Räume krochen, den Kranken und Pilgern, die ein Bettlager und Brot brauchten. Findelkinder schrien. Sie wurden von Laienschwestern gefüttert. Am Sonntag wurde Konventamt gehalten im Krankensaal. Häufig gab es Bestattungen, die der Ordensmeister abhielt. Die Schwerkranken lebten nicht lange.

Das Spital gehörte zur Provinz *Alemannia Superior*, einmal im Jahr, zu Pfingsten, reiste der Meister zum Ordenskapitel, zur großen Versammlung des Heilig-Geist-Ordens, und traf sich dort mit Brüdern von San Michele und Montpellier und Stephansfeld und anderen Spitälern. Es gab eine Schwierigkeit, die er mit ihnen besprechen mußte: Der Rat der Stadt München begann sich in die Verwaltung des Spitals einzumischen. Das war die Sorge, die ihn nach außen hin belastete. Alle schienen es zu glauben. Nemo aber wußte, daß es eine Maske war. Er kannte Masken wie kein zweiter.

Der Meister trug ein Geheimnis in sich. Er empfing seltsame Besucher, tauschte Nachrichten mit ihnen aus. War der Fremde womöglich nicht wegen ihm, Nemo, gekommen, sondern tatsächlich auf der Suche nach dem Meister? Das mußte es sein. Er suchte den Meister, er war einer der Männer, die der Meister von Zeit zu Zeit empfangen hatte. Nun, er kam um Jahre verspätet. Der Meister war tot, und das Geheimnis war mit ihm gestorben.

»Links«, sagte Nemo. Sie bogen zum Rindermarkt ein. Prächtige Bauwerke säumten den Platz. Ratsgeschlechter hatten hier ihre Wohnstatt, Adelsfamilien und Angehörige des Kaiserhofs. Die Häuser waren mit Schmuckfarben und goldenen Mustern verziert. Ein Dienstbote kehrte vor einer Eingangstreppe. Er war besser gekleidet als mancher gute Bürger.

Der Gasthof. Nemo blieb stehen. »Da wären wir.« Ein feiner Messinghirsch hing als Wahrzeichen an zwei Ketten über der Toreinfahrt. Im Hof hörte man Pferde wiehern. »Soll ich die Kiste aufs Zimmer tragen?«

»Nein. Setze sie in der Einfahrt ab. Die Knechte des Gasthofs können den Rest erledigen.«

Er schleppte die Last weiter. Unter dem Gewölbe der Einfahrt ging er in die Knie, ließ die Kiste den Rücken hinunterrutschen und setzte sie ab. Er stand auf. Wie leicht das doch ging ohne Gewicht auf dem Rücken! Vorsichtig streckte er sich. Kein Knacken war zu hören, nur die Muskeln zerrten schmerzhaft.

Der Fremde zählte ihm drei Pfennige in die Hand. Ein guter Lohn. Dafür bekam man einen Halbpfünder besten Neckarweins und eine warme Mahlzeit. Auf den Wein würde er verzichten, um wieder etwas Geld zu sparen. »Ich danke Euch«, sagte Nemo.

Der Fremde drückte vor seinem Bauch die kleinen Finger aneinander. Es währte nur einen kurzen Augenblick, dann war es vorüber. Nemo stockte. Er sah dem Fremden ins Gesicht. Die grünen Augen waren nicht mehr die eines Menschen, es waren Geisteraugen. Es waren die Augen des verstorbenen Ordensmeisters. Keine Frage war in ihnen. Der Fremde wußte, daß der Meister tot war, er wußte, daß die Gebäude des Ordens niedergebrannt waren und an ihrer Stelle neue standen. Er kannte das geheime Handzeichen des Meisters, und er hatte es Nemo gezeigt. Für ihn gehörte Nemo zum Bund der Geheimnisträger.

Der Fremde durchschaute Nemos Lüge. Er war wegen ihm gekommen.

»Geh jetzt«, sagte er kalt. »Ich finde dich, wenn ich dich brauche.«

2

Der Kaiserhof lag auf einem leichten Hügel im Osten der Stadt. Man hätte ihn für ein gewöhnliches Gehöft inmitten Münchens halten können. Wären da nicht die hohe Mauer und der Wassergraben gewesen, die ihn umgaben, und das kaiserliche Wappen über dem Tor sowie die Männer, die das Tor bewachten und gelbe Waffenröcke trugen, auf denen der Reichsadler prangte. Auch ragten die Häuser des Kaiserhofes höher hinauf als die sie umgebenden Gebäude. Man hörte von Zeit zu Zeit das Brüllen eines Löwen und kurz darauf das wütende Gekreische von Affen.

Hier lebte der Herr des Kaiserreichs, der Mann, der Land und Wasser von den Meeren im Norden bis nach Italien beherrschte, dem alle Welt untertan war. Hier lebte Kaiser Ludwig mit seinem Hofstaat. Der Kaiserhof war die höchste Herausforderung. Nur zweimal hatte Nemo es gewagt, hier einzudringen. Aber er brauchte Antworten. Er mußte wissen, wer der Mann war, der ihn ausfindig gemacht hatte.

Hufschlag näherte sich. Nemo drückte sich gegen die Hauswand und preßte den Korb mit Broten an die Brust. Im Mund bewegte er den Ring, den er einem Silberschmied abgeschwatzt hatte, um ihn angeblich seiner Geliebten im Schlaf anzuprobieren. Reiter zügelten neben ihm ihre Pferde und saßen ab. Aus dem Tor eilten ihnen Knechte entgegen. Sie nahmen die Pferde an den Zügeln und führten sie zum Stallgebäude gegenüber dem Kaiserhof. Die Reiter traten währenddessen zum Tor.

Einer von ihnen trug eine schimmernde Mütze aus Atlas. Nie würde Nemo sein Gesicht vergessen, die pockige Nase, den herrischen Mund mit den eingekniffenen Ecken. Venk von Pienzenau war reich geworden durch den Fernhandel mit

Seidenstoffen, schwerem Tuch und Fardelbarchent. Jedes Fleckchen Haut, jede Bewegung der von goldenen Ringen beschwerten Hand, jeder seiner Wimpernschläge verkündete seinen Reichtum. Er war Gesellschafter der Handelsgemeinschaft Wadler. Er hatte großen Einfluß auf den Kaiser. Nemo hätte damals sein Gespür nicht unterschätzen dürfen. War es ein Fehler, auf das Fest zu gehen? Würde man ihn erkennen?

Er löste sich von der Hauswand, querte den Wassergraben über die kleine Brücke und trat vor das Tor. Er setzte das müde Gesicht eines Gehilfen auf, der schon seit dem ersten Hahnenschrei auf den Beinen war. »Eine Lieferung des Bäckers Thiene«, sagte er. »Für das Fest.«

Eine der Wachen trat an ihn heran und hob das Tuch von seinem Korb. Duftende, frische Brote lagen darin, aus bestem Weizenmehl gebacken. Der Wachmann winkte ihn durch. Obwohl Nemo gut vorbereitet war, kostete es ihn Mühe, das Herz ruhig schlagen zu lassen, bedächtig zu atmen, nicht nach Fluchtmöglichkeiten Ausschau zu halten. Er war Bäckereigehilfe, er lieferte den ganzen Tag Backwaren an Reiche und Mächtige aus. Der Kaiserhof durfte ihn nicht schrecken. Nemo trat durch den Torbogen.

Zuerst kam der Garten. Walnußbäume standen hier und Birnbäume, die mit ihren glänzenden, tiefgrünen Blättern jeden gewöhnlichen Baum häßlich erscheinen ließen. Rotbackige Kugeln hingen im Gezweig der Apfelbäume. Zwischen Heiderosenbüschen ergingen sich Frauen und Männer in rubinroten, grasgrünen, purpurroten, veilchenfarbenen Gewändern, die Frauen mit feinen Schleiern verziert, seidene Perlenbänder im Haar. Ihre Röcke schleiften über den Boden. Um die Hüften trugen sie mit Silber beschlagene Gürtel. Jede der Frauen sah wie eine Königin aus. Auch die Männer trugen goldene Armreife, und an ihren Hemden blinkten Knöpfe.

Nemo passierte das zweite Tor und trat in einen von Gebäuden gesäumten Hof. Was draußen karge, harsche Wände waren, die Unnahbarkeit ausstrahlten, vielgeschossige Häuser mit zahllosen Fenstern – drinnen war es schiere Pracht. Die Hofwände der Häuser waren mit bunten Mustern bemalt. An einer Wand prangte übergroß das Kaiserwappen: ein schwarzer Adler mit weißblauem Herzschild, umgeben von Gold.

Bestien betrachteten ihn aus kleinen Augen, sie liefen rechts und links des Tors in Käfigen auf und ab. Mähnen schmückten ihre Köpfe. Die Pranken setzten sie bedächtig auf den Boden, lautlos.

Auf dem Dach des Brunnens inmitten des Hofs hockten weitere fremdartige Kreaturen. Sie sahen aus wie Menschen, aber sie waren behaart am ganzen Körper, und ihre Gesichter waren zerfurcht wie die von Greisen. Mit langen Fingern hielten sie sich am Dachfirst fest. Statt in Füßen endeten ihre Beine in einem weiteren Paar Hände. Sie schürzten die Lippen, bettelten, und zwei kichernde Mädchen gaben ihnen Apfelstücke. Die Affen zerbissen sie mit offenem Mund.

Die Menschen! Auch hier im Hof gingen sie wie Pfauenvögel umher. Ihre Gesichter strahlten Erhabenheit aus, er sah ein Glück widerstrahlen von ihrem Blick, das den wenigsten auf Erden beschieden war. Der Kaiser schien die glücklichen, herausragenden Menschen aus aller Herren Länder anzuziehen. Gesang ertönte von einem Fenster her, dazu Harfenklänge. Niemand achtete darauf. Die Musik gehörte zum Kaiserhof wie die Tiere.

Erst auf den zweiten Blick machte Nemo den Kaiser aus. Er war umgeben von Männern und Frauen. Waren das die Gesandten aus England? Sie hatten Eduards Tochter Johanna mitgebracht, eine fünfjährige Prinzessin. Im Notfall war es das Wissen um solche Einzelheiten, das ihm den Hals rettete. Oft half nichts anderes, als aus dem Stegreif eine neue Person darzustellen, und dafür brauchte er Hintergründe. Die Prinzessin würde für drei Jahre hier in München leben, um von der Kaiserin erzogen zu werden. Kaiserin Margarete war ihre Tante, so hatte er in Erfahrung gebracht. War eines der beiden Mädchen am Brunnen die englische Prinzessin? Das linke der beiden mußte Elisabeth sein, die siebenjährige Kaisertochter. War die andere also Johanna?

Der Kaiser lachte und schlug einem Mann auf die Schulter. Mit seinem rotblonden Haar wirkte der Kaiser jünger, als er eigentlich war, nie und nimmer rechnete man ihm vierundfünfzig Jahre zu. Die Umstehenden behandelten ihn mit Ehrfurcht. Schwanenfell schmückte sein Obergewand, der weiße Flaum zitterte im Windhauch. Das Schwanenfell war den Fürsten vorbehalten. Es handelte sich um die abgezogene, nach einem geheimen Verfahren bearbeitete Haut der Schwäne samt Flaumfedern, die als kostbarer Besatz oder als Innenfutter verwendet werden konnte.

In der Nähe des Kaisers stand Konrad Groß, ein Nürnberger Kaufmann, der wichtigste Kreditgeber des Hofs. Er redete mit dem kaiserlichen Leibarzt, Doktor Marsiglio Raimondini von Padua.

Nahe den Löwenkäfigen erging sich die alte Gräfin Giselberga, eingehakt bei ihrem Kammermädchen Adeline. Im lichtblauen Mantel wirkte Adeline wie eine Märchenfee. Nie hatte sie bezaubernder ausgesehen. Wie ungehobelt er ihr erscheinen mußte in seinem schmutzigen Kittel! Sie kannte ihn nicht, wußte nicht, daß er ihr nachforschte, schon seit Monaten.

»Was stehst du hier herum?«

Der Hofmeister. Rasch senkte er den Blick, sah betreten zu Boden. »Ich –«

Der Hofmeister hob das Tuch vom Korb. »Brote bringst du? Reichlich spät, Kerl. Schaffe sie dort hinüber in die Küche. Danach meldest du dich beim Speisemeister für die Bezahlung. Verdient hättest du nichts! Die Brote sollten bei Morgengrauen da sein!«

Nemo beeilte sich, den Hof zu überqueren. Am Brunnen hörte er das kleinere Mädchen sagen: »Sweet little ape! Want my apple? Eat my apple?« Die Tochter des englischen Königs fütterte unerschrocken die Bestien.

Er betrat das Küchenhaus. Hier schritt niemand ruhig aus, niemand wiegte sanft die Hüften beim Gehen. Küchenjungen und Köchinnen hasteten durcheinander, schnitten mit flinken

Messerhieben Birnen in feine Schnitzel, schälten Zitronen, zerstampften Gemüse. Es roch nach geröstetem Fleisch, so verlockend, daß sich sein Gaumen zusammenzog. Fasane mit öliger Kruste standen dampfend auf einem Tisch. Ein Koch und zwei Küchenjungen steckten ihnen die Federn wieder an. Daneben zerhackte eine Magd Petersilie.

Nemo stellte den Korb mit den Broten ab. Er trat in eine Vorratskammer und zog sich den Kittel über den Kopf. Mit dem Fuß schob er ihn hinter ein Faß. Dann nahm er den silbernen Ring aus dem Mund und steckte ihn sich an den Finger. Er reckte die Schultern, fuhr sich durch die Locken. Das saubere Hemd, das er unter dem Kittel getragen hatte, strich er glatt. Er übte einen forschen Blick, räusperte sich, trat nach draußen.

Ohne Verzug, mit straffem Schritt, näherte er sich dem kaiserlichen Leibarzt. Der Kaufmann Groß, der mit ihm sprach, unterbrach seine Rede und musterte den Neuankömmling. Auch Doktor Marsiglio Raimondini wandte sich ihm zu. »Ihr wünscht?«

»Verzeiht die Störung. Mein Name ist Heinrich Pfanzelter. Ich suche William Ockham.«

»Vergeßt es. Der Engländer wird Eurer Einladung nicht folgen.«

»Wie meint Ihr das?«

»Nun, seid Ihr nicht hier, um ihn irgendwohin einzuladen? Seht Euch doch um! Eine englische Gesandtschaft ist zu Gast. Der Kaiser würde liebend gern seinen berühmten Gelehrten den Gästen vorstellen. Aber William Ockham ist nicht gekommen, nicht einmal dem Wunsch des Kaisers leistet er Folge. Er hat nichts für Feste übrig. Er kennt nur seine Bücher. Selbst Kaiser Ludwig muß das hinnehmen. Wenn die Tür verschlossen ist, hat jedermann William Ockham in Ruhe zu lassen. Und seine Tür ist nahezu immer verschlossen. Geht, sagt das Eurem Herrn.«

»Mich hat niemand geschickt. Ich bin nur hier, um dem Gelehrten eine Frage zu stellen. Wo finde ich ihn?«

Nun kniff der Doktor die Augen zusammen. Er hatte fast keine Brauen. Es gab seinem Gesicht das Aussehen eines uralten Säuglings. »Ihr seid doch nicht aus dem päpstlichen Lager? Es gibt einige, denen William Ockham tot lieber ist als lebendig.«

»Ich bin Student der Rhetorik.« Zu lügen hatte ihn noch nie Anstrengung gekostet. »Ich bin aus Bologna angereist, weil ich William Ockham in einer schwierigen Frage um Rat bitten möchte. Mir ist bewußt, daß viele zu ihm kommen und daß er wenig Zeit hat. Aber vielleicht wird er mir weiterhelfen. Kann ich es nicht wenigstens versuchen? Ich möchte nicht umsonst die weite Reise gemacht haben.«

»Ich glaube Euch«, sagte der Doktor, »aber seid dessen versichert, es ist zwecklos. Er ist für niemanden zu sprechen. Er sucht sich selbst aus, wen er sehen möchte. Ihr müßt die Erfahrung selbst machen, sonst glaubt Ihr mir nicht. Geht in den Ostflügel, dort durch die Tür unter der Sonnenuhr, und die Treppe hinauf.«

Nemo verschwendete keine Zeit mit einem Dank. Er überquerte den Hof. Aus dem Augenwinkel sah er einen Schatten auf sich zurasen, versuchte auszuweichen. Erfolglos. Kleine Hände krallten sich in seinen Ärmel, und von einem Augenblick auf den nächsten hing das Gewicht eines dicklichen Jungen an seinem Arm.

»Spiel mit uns!« rief der Junge. Weitere Kinder kamen herbeigesprungen. Die Kleider der Mädchen, die Röcke der Jungen waren von kostbarem Atlas, Barchent, Brokat, Damast geschneidert, grün und weiß und blau und purpurn und braungestreift. Der dicke Junge sagte: »Ich befehle es! Ich bin Wilhelm, mein Vater ist der Kaiser der Welt! Du mußt mit uns spielen. Sonst hängt er dich auf.« Unerbittlichkeit stand dem Buben ins Gesicht geschrieben.

»Habt Ihr denn kein Höflinge, die Euch dienen, Prinz Wilhelm?«

Der Kleine stampfte mit dem Fuß auf, ohne Nemos Arm loszulassen. »Natürlich habe ich Höflinge.«

»Und keine Spielgefährten?«

»Schau doch hin! Das sind alles meine Spielgefährten, und ich kriege noch mehr, wenn ich will.«

»Wozu braucht Ihr dann mich?«

»Du bist unser Gefangener!« Unter Johlen und Pfeifen stießen ihn die Kinder zu den vermoosten Fundamentresten des ehemaligen Bergfrieds. Sie sprangen auf die Mauerstümpfe, schlugen Nemo ins Genick, zogen ihn an den Haaren. Die Lage wurde ernst. Schon sahen die Hofbeamten herüber, die Gäste des Festes. Der Hofmeister kam vom Tor her, die Hände energisch zu Fäusten geballt.

»Mein Wille ist gebrochen, ich gebe mich in Eure Hand«, rief Nemo. »Ich verrate mein Geheimnis! Aber nur Ihr dürft es hören, Prinz Wilhelm.«

Die Augen des Prinzen leuchteten.

Nemo ging in die Hocke und flüsterte ihm ins Ohr: »Ich bin ein Spion des französischen Königs. Das ist der Grund, weshalb Ihr mich noch nie hier gesehen habt. Wenn Ihr mir helft, dann nehme ich Euch mit in ferne Länder zu prächtigen Königshöfen.«

»Est-ce que tu parles français?«

»Ich spreche kein Französisch«, sagte Nemo laut. Er flüsterte: »Wollt Ihr mich vor allen Hofbeamten bloßstellen? Mein Geheimnis ist so groß, daß es mich den Hals kosten kann! Seht Ihr nicht, wie sehr ich Euch vertraue?« Er zog am Lederband die Münze hervor. »Nehmt dies zum Beweis meiner Herkunft.«

Die Münze war das Kostbarste, was er besaß. Das einzige, das ihn mit seiner Herkunft verband. Es war ein Gros Tournois, ein französischer Schilling. Wie oft hatte er ihn betastet, ihn in den Fingern gedreht! Eine Burg auf der Vorderseite, mit der Umschrift TVRONVS CIVIS, die Burg Tournois. Sie war umgeben von zwölf Lilien, die den Wert der Münze anzeigten: zwölf Deniers. Auf der Rückseite ein Kreuz und der Name des französischen Königs, Philipp. Er habe den Gros Tournois im Händchen gehalten, hatte der Ordensmeister gesagt, fest im

Händchen, als man ihn vor dem Klostertor fand, und natürlich habe man sich nicht an dem kleinen Waisenknaben bereichert.

Seit Kindertagen trug er die Münze an einem Lederband um den Hals, ein Schmied hatte dafür ein Loch in das Silberstück gebohrt. Sie bedeutete ihm alles. Ein schneller Blick zeigte ihm, daß der Hofmeister nur noch wenige Schritte entfernt war. Er entriß dem Prinzen die Münze und ließ sie wieder unter dem Hemd verschwinden. »Kein Wort«, zischte er.

Der Prinz nickte. Er reckte sich hoch auf und sagte: »Das Spiel ist beendet. Der Gefangene hat sich freigekauft.« Die Kinder murrten, aber sie ließen Nemo ziehen.

»Was, bitte schön, soll das?« fragte der Hofmeister.

»Eine Sache zwischen mir und Prinz Wilhelm.« Nemo setzte das auf, was er als sein höfisches Lächeln geübt hatte. »Und jetzt entschuldigt mich. William Ockham wartet.«

Der Hofmeister schwieg und sah ihm kalt ins Gesicht. Erkannte er den Bäckergesellen wieder? Nemo baute auf die Verachtung, mit der höhere Beamte Knechten und Handlangern begegneten, sie betrachteten sie für gewöhnlich als austauschbare Werkzeuge ihrer Herren. Er nahm sich dennoch vor, dem Mann fortan auszuweichen. Er hatte ihm zu lange ins Gesicht gesehen.

Nemo ließ den Hofmeister stehen und öffnete die Tür, die ihm der kaiserliche Leibarzt gewiesen hatte. Ein Korridor führte unter einer gewölbten Decke entlang. In Nischen standen Kerzen und gaben dem Gewölbe einen weichen, rötlichen Schein. Zur Linken führte eine dunkle Treppe in die Höhe, ebenfalls von Kerzen in steinernen Nischen beleuchtet. Er ging hinauf und fand eine Tür, zugleich aber führte die Treppe weiter in die Höhe. War dies das Zimmer William Ockhams? Stimmen drangen durch die Tür nach draußen.

»Unfug, diesen Papst weiter zu umwerben!«

»Morgen brechen sie auf. Während wir reden, setzen die Notare gerade das Beglaubigungsschreiben auf, das sie als Unterhändler des Kaisers ausweist. Es ist unabänderlich, sie reisen nach Avignon.«

»Wen schickt er diesmal?« Die Stimme rollte mit einem englischen Akzent.

»Marquard von Randegg, Ulrich Hofmaier und Heinrich von Zipplingen.«

»Wie kann Ludwig immer noch hoffen, man würde den Bann gegen ihn aufheben?«

»Was soll er anderes tun, als zu hoffen?« Diese Stimme. Nemo verabscheute sie. Venk von Pienzenau sprach mit dem Gelehrten. Er sollte besser umkehren. Er ballte die Hände zu Fäusten. Wenn er sich an Venk nur rächen könnte! Vielleicht erkannte Venk ihn nicht? Er hatte damals einen Spitzbart getragen und lange Haare. Jetzt waren seine Haare kurzgelockt, der Bart war ab, er blickte anders, bewegte sich anders.

Er klopfte, bereute es im gleichen Moment und trat dennoch ein. Es war ein geräumiges Zimmer, etwa von der Fläche, die sonst eine fünfköpfige Familie bewohnte. Auf Truhen waren dicke, in Leder gebundene Bücher gestapelt. Der Tisch versank unter Pergamenten. Zwischen ihnen erkannte Nemo einen Bimsstein, und auf dem Fenstersims stand ein Tintenfäßchen. Federn lagen daneben, gute Gänsekiele. Es war lange her, daß er so etwas gesehen hatte. Es erinnerte ihn an seine Kindheit beim Meister des Spitalordens vom Heiligen Geist.

Venk ging auf ihn los. »Du wagst es, Bursche, hier einzudringen?« Da, eine Handbewegung, und der Ratsherr hielt inne. So gehorchte Venk von Pienzenau dem Engländer? Nemo betrachtete ihn. Seine Stirn zeigte braune Altersflecken. Der Mund war in der Mitte dick, füllig, zum Rand hin aber waren die Lippen schmal. Ein Krötenmund. Die Augenbrauen waren die eines Greifs; sie waren lang und stachen vom Gesicht ab. William Ockham sah ihn an mit einer Art amüsierter Neugier, wie ein Jäger, der ein seltenes Tier entdeckt hat und es noch ein wenig betrachten will, bevor er es tötet und ihm die Haut abzieht. »Laßt ihn«, sagte er, »ich brenne vor Wißbegier, zu erfahren, was er hier sucht.«

Venk nickte. »Sag deinen kleinen Vers, Bursche, und dann verschwinde wieder!«

Nemo konnte den Blick nicht vom englischen Gelehrten lösen. Er bekam es mit der Angst zu tun. Diesen Mann zu belügen? Er fühlte sich, als sei der Jüngste Tag hereingebrochen und er stünde vor Gott. Er hätte von vornherein den Kaiserhof meiden sollen! Aber nein, er hatte eindringen müssen, um seine Antworten ausgerechnet von dem Mann einzuholen, der als der klügste im ganzen Kaiserreich galt. Wie belog man einen wie ihn? Nemo verneigte sich. »Ich muß mit William Ockham sprechen. Aber wo ich hier bin: Ihr seid Venk von Pienzenau, nicht wahr?«

Mißtrauisch musterte ihn Venk. »Ich kenne dich. Irgendwoher kenne ich dich.«

»Vielleicht sieht mir jemand ähnlich, den Ihr kennt.« Unter der Narbenhaut an Nemos Oberarm pulste es. Würde Venk seinen Dolch ziehen und sich auf ihn stürzen, wie damals? Vielleicht wich er diesmal nicht schnell genug aus, und die Klinge landete in seiner Brust, statt sich nur in den Arm zu bohren. Er sagte: »Ich hörte am Tor einen Knecht nach Euch fragen. Er sagte, er gehöre zur Handelsgemeinschaft Wadler, er müsse Euch dringend sprechen. Den Rest habe ich nicht verstanden, er hat irgend etwas von welschem Tuch und einem Brand im Gewandhaus gesagt.«

Venks Augen wurden groß. »Meine Gewölbe im Gewandhaus brennen?« flüsterte er. Ohne ein weiteres Wort verließ er das Zimmer.

»Da habt Ihr ihm keine frohe Botschaft gebracht«, sagte William. Glaubte er ihm? Der Gelehrte stand dort in einer Würde und Ruhe, daß es Nemo um so mehr verunsicherte.

»Ich dachte, daß es für ihn wichtig sein könnte.«

»Besucher platzen bei mir nicht einfach herein. Welchen Grund habt Ihr für Eure Unhöflichkeit?«

»Mein Name ist Heinrich Pfanzelter. Bitte entschuldigt mein Benehmen. Ich wußte nicht, daß die Tür geradewegs in Eure Studienkammer führt. Ich bin Student der Rhetorik. Ich bin hier, um Euch –«

»Wo studiert Ihr?«

»In Bologna.«

»Und Rhetorik? Welche Freude! *Optime, Latine loquamini. Estisne Bononienses?*«

Verdammt. Wie hatte er sich so schlecht vorbereiten können, ausgerechnet auf die Begegnung mit William Ockham! Er konnte das Vaterunser in Latein aufsagen und verstand einige Brocken, dank der Mühen des Ordensmeisters. Aber nie und nimmer würde er den berühmten Gelehrten damit überzeugen, ein Student aus Bologna zu sein, schon gar nicht ein Student der Rhetorik. »Mein Latein würde mich sehr beschämen. Es ist besser für Eure Ohren, wenn ich darauf verzichte, Latein zu sprechen.«

»So?«

»Was ich Euch fragen möchte, betrifft den schwierigen –«

»Ich sprach gerade mit dem Herrn von Pienzenau über die Franzosen«, unterbrach ihn William Ockham und machte einen Schritt zum Schreibpult hin. »Wie würdet Ihr das Verhältnis der Deutschen zu den Franzosen einschätzen?«

Für gewöhnlich fiel es ihm leicht, Menschen zu durchschauen. Er wußte, was sie von ihm hören wollten. Für jeden konnte er der gewünschte Gesprächspartner sein. Schon in seiner Kindheit hatte er immer gespürt, wer er sein mußte, um den anderen zu gefallen, was er tun mußte, um nicht zu stören, um geliebt zu werden. Dabei ahnte er, daß sie nicht ihn liebten, sondern das, was er darstellte; dennoch war es eine Form von Liebe, und er dürstete danach.

Der englische Gelehrte allerdings gab ihm Rätsel auf. Stellte er ihn auf die Probe mit seinen Fragen? War es seine Art, einen Fremden kennenzulernen? Es war ein Gespräch, und doch schien es eine Prüfung zu sein. »Die Deutschen bewundern die Franzosen. Wir fühlen uns geringer als sie. Sie haben die Universität von Paris, der keine andere gleichkommt. Deutsche schätzen sich glücklich, wenn sie dort studieren dürfen.«

»Das sagt Ihr, als Student aus Bologna? Ich bin mir dessen sicher, wenn es in den deutschen Landen eine Universität gäbe, würde sie sich als Konkurrentin der Sorbonne sehen.«

»Wer soll es mit Paris aufnehmen? Das dominikanische Generalstudium?«

»Immerhin gegründet von Albertus Magnus.«

Um Gottes willen. Er spürte seinen Atem rascher gehen, jeden Augenblick würde sein Lügengebäude in sich zusammenstürzen. »Das kann man doch nicht mit Paris vergleichen! Außerdem haben sie die französische Ritterschaft, trotz einiger Niederlagen die vorbildlichste der Christenheit. Und niemand ist so reich und so mächtig wie der französische König. Dazu Avignon und der Papst.« Er begann zu schwitzen.

»Avignon gehört nicht zu Frankreich. Genaugenommen untersteht es dem römisch-deutschen König. Das wißt Ihr nicht? Der Graf von Provence ist dem Kaiser lehnspflichtig.«

Eindeutig eine Prüfung. Sein Gespür hatte ihn zu Recht gewarnt. Wie war es mit dem Grafen von Provence? Er durchforschte sein Gedächtnis. Bevor er es vor drei Jahren gewagt hatte, sich als Adliger auszugeben, hatte er sich lange mit den Fragen der Adligen befaßt. Etwas mußte hängengeblieben sein. »Ihr vergeßt, daß dieser Graf zugleich König von Sizilien-Neapel ist. Er schert sich nicht um die Lehnshuldigung für den Kaiser.« Ja, nun wußte er es, er hatte sich mit Venk von Pienzenau darüber unterhalten, damals. »Tatsache ist, daß der König von Frankreich ihm viel schwerer im Genick sitzt. Nur ein paar Meilen flußaufwärts von Avignon liegt auf dem rechten Ufer der Rhône Beaucaire, der Sitz des französischen Seneschalls. Man muß sehr gutgläubig sein, um nicht zu durchschauen, wie das französische Königshaus Einfluß ausübt auf den Papst in Avignon. Schaut Euch an, was sie mit dem Orden der Templer getan haben!«

»Viele Gründe für die Deutschen, die Franzosen zu hassen. Warum sprecht Ihr dann von Bewunderung?«

»Es ist Haß, und es ist Liebe. Wir verabscheuen die Franzosen. Zugleich bewundern wir ihre Eleganz. Sie sind anmaßend und eitel, und sie werden eines Tages vom Thron gestürzt werden, soviel steht fest.«

»Ihr profitiert auch von ihnen.«

»Wie das?«

»Nun, niemand möchte, daß Ludwig den Kaisertitel verliert. Wenn das Heilige Römische Reich der Deutschen untergeht, wird der König von Frankreich nach dem Kaisertitel greifen, und er hat wirklich die Macht, alle anderen Königreiche zu unterjochen.«

William verlor sein Mißtrauen, das spürte Nemo deutlich. Schaffte er es? Täuschte er den klügsten Mann des Kaiserreichs? Es fehlte noch ein letzter Beweis, eine Kenntnis, die der Gelehrte ihm nicht zugetraut hätte. Was hatte er durch die Tür gehört? Venk und William Ockham hatten über kaiserliche Unterhändler gesprochen, die zum Papst ausgesandt wurden. Daraus mußte er etwas machen. »Genauso aber weiß es der König von Frankreich zu verhindern«, sagte er, »daß sich Ludwig mit dem Papst versöhnt und der Kirchenbann aufgehoben wird, so heißt es in Bologna. Jedesmal, wenn die Verhandlungen kurz vor einem Durchbruch stehen, kommt eine Delegation Philipps nach Avignon zum Papst, trifft heimliche Abreden mit ihm, und der Papst verschließt sich in der Folge jeder Annäherung an den Kaiser.«

William runzelte die Stirn. »Was redet Ihr da für einen Unsinn?«

Alles war verdorben. Er vergaß zu atmen, spürte, wie ihm erneut der Schweiß ausbrach, obwohl er zugleich fror. »Ich meinte nur –«

»Die Delegationen mag es geben, aber sie sind doch nichts als ein Vorwand. Der Papst will Ludwig nicht akzeptieren. Und man sollte nicht mit diesem Ketzerpapst verhandeln, andernfalls sagt man damit, daß man ihn als Papst akzeptiert, und das sollte ein ernsthafter Christenmensch nicht tun.« Er lächelte. »Ihr gefallt mir, Heinrich Pfanzelter. Warum seid Ihr hier?«

Nemo atmete aus. Atmete wieder ein. Er war am Ziel. Wie lautete seine Tarnfrage, die er zuerst stellen wollte, um dann anschließend beiläufig, wie aus dem Augenblick heraus, das eigentliche Thema anzusprechen? »Ich möchte Euch in einer

Studienfrage um Rat bitten. Es geht um die Verbindung von zwei Prämissen, Obersatz und Untersatz, wenn ihnen ein Mittelbegriff gemeinsam ist. Ist das immer möglich?«

»Eine gute Frage.« William Ockham trat an das Schreibpult heran. »Schaut her.« Er nahm einen frischen Bogen Pergament, tunkte die Feder ins Tintenfaß und schrieb. Nemo sah ihm über die Schulter. William schrieb schnell, man merkte ihm die Übung an. Es war Latein. Glücklicherweise einfache Begriffe. ... *igitur omnis asinus est homo.* Also ist jeder Esel ein Mensch. Nein, das konnte nicht sein. Übersetzte er falsch? William hatte in Latein die Gleichung aufgestellt:

Jeder Mensch ist ein Lebewesen.
Jeder Esel ist ein Lebewesen.

Also ist jeder Esel ein Mensch.

»Erkennt Ihr, was an diesem Beispiel falsch ist?« fragte William.

»Daß ein Esel kein Mensch ist.«

»Das ist offensichtlich. Ich meine, warum es nicht funktioniert? Wartet, ich schreibe ein weiteres auf, vielleicht seht Ihr es dort.« Er schrieb:

Dieser Hund ist deiner.
Dieser Hund ist Vater.

Also ist dieser Hund dein Vater.

Nemo nickte anerkennend. Das mußte er sich merken. Es würde ihm nützlich sein, wenn er einmal einen Gelehrten beeindrucken mußte. Wie der Engländer auf solche Rätsel kam! Was mußte in einem Menschen vorgehen, daß er sich so etwas ausdenken konnte?

»Die Lage wird klar, wenn wir einen leichteren Fall zum Vergleich heranziehen. Alle Menschen sind sterblich. Sokrates ist ein Mensch. Also ist Sokrates – was?«

»Sterblich.«

»Richtig. Und warum kann ich dieselbe Argumentation nicht bei den Beispielen von Hund und Esel anwenden?«

Er rieb sich das Kinn. Würde ein Student der Rhetorik die Antwort wissen?

»Wir kombinieren hier zwei Prämissen«, sagte William, »Obersatz und Untersatz, und das ist möglich, weil ihnen ein Mittelbegriff gemeinsam ist. Aber nicht alle Schlußformen sind zulässig. Im Hundebeispiel liegt ein Fehlschluß vor, weil man nicht sagen kann: Der da ist dein Vater, also ist er dein. Das Prädikat ›dein‹ bedeutet in der Wortverbindung ›dein Vater‹ nicht, daß der Vater dein Besitz ist. Allerdings bedeutet es einen Besitz, wenn ich sage: Dieser Hund ist deiner. ›Dein‹ wird also in dem einen Satzgefüge anders verstanden als im anderen. Und doch können wir uns ohne Mißverständnisse verständigen. Ist das nicht erstaunlich?«

»Allerdings. Ihr seid ein überaus kluger Mann!« Der Boden war bereitet. »Sagt, vielleicht könnt Ihr mir noch in einer anderen Frage helfen. Habt Ihr von einem Geheimbund gehört, dessen Mitglieder dieses Handzeichen machen, um sich zu erkennen?« Nemo legte vor dem Bauch die kleinen Finger aneinander.

»Die Reinen«, sagte der Engländer und schwieg. Das Wort hing wie ein Fluch in der Luft. »Wer seid Ihr wirklich?«

»Student, wie ich gesagt habe. Was tun die Reinen?«

William musterte ihn. »Ihr seid in Wahrheit wegen dieser Frage gekommen. Ihr habt mich getäuscht.«

»Ich ... ich brauchte Rat.« Er hatte das Gefühl, aus Glas zu sein. Der Gelehrte durchschaute ihn, er blickte mitten hinein in sein Innerstes. Er konnte diesen Blick nicht ertragen. »Ich wollte Euch nicht erzürnen. Bitte, vergebt mir!«

»Ich warne Euch. Haltet Euch fern von den Reinen. Es sind Dualisten. Sie lehnen Aristoteles ab, folgen Platon, aber nicht in einer philosophischen, sondern in einer tödlichen Art.«

3

Der Splitter saß tief im Fußballen, Vizenz konnte ihn sehen unter der Hornhaut, ein dunkler Strich war es, der in seinem Fleisch verschwand. Wenn er nicht so wehleidig wäre! Bei jedem Schritt stach ihn der Splitter, Vizenz humpelte seit dem Morgen. Ob Menschen Schmerz verschieden stark empfanden? Dann gehörte er zu der bedauernswerten Gruppe, die nahezu Unerträgliches zu erleiden hatte.

Du bist Inquisitor! schalt er sich. Er nahm das Messer fest in die Hand, um die Klinge in den Ballen zu bohren. Aber alles, was ihm gelang, war, daß er die unempfindliche obere Schicht der Hornhaut ritzte. Zitternd legte er das Messer weg.

Und wenn er den Splitter herauspreßte, wenn er die Daumen ansetzte und allen Mut zusammennahm? Er drückte zu. Einem glühenden Schürhaken gleich jagte Schmerz in seinen Fuß. Vizenz keuchte auf.

Der Splitter blieb unerreichbar. Nichts konnte er tun, er war dem Plagegeist ausgeliefert. Die Vorstellung, daß das spitze Holz mit jedem Schritt tiefer in sein Fleisch eindrang, trieb ihm den Schweiß auf die Stirn.

Verzweifelt nahm er das Messer und schnitt. Er stöhnte auf, bebte am ganzen Körper. Mit den Fingernägeln griff er das Ende des Splitters. Es ragte aus der blutenden Wunde. Er zog, verlor es, faßte nach und zog erneut. Der Splitter kam heraus.

Vizenz atmete auf und besah sich die blutige Spitze. Dann schnippte er sie in die Glut des Kamins. Er war stolz auf sich. Wieviel Überwindung ihn diese Tat gekostet hatte! Endlich konnte er die hinausgeschobene Aufgabe angehen und seine Spitzel aufsuchen.

Er zog eine Handvoll Stroh aus dem Bettsack und füllte sie in den rechten Stiefel. Das Stroh würde das Blut aufsaugen.

Den linken Stiefel zog er rasch an, in den rechten schob er behutsam seinen wunden Fuß. Er machte ein paar Schritte zur Probe. Wenn er rechts nur mit der Ferse auftrat, ging es.

Konnte er die Glut zurücklassen? Der Wassereimer stand bereit zum Ablöschen, aber er entschied sich, die Asche glühen zu lassen. So würde noch ein wenig Wärme im Zimmer sein, wenn er zurückkehrte.

Er nahm den Umhang vom Haken, legte ihn sich um und trat nach draußen. Im Kaiserhof hatte es heute eine große Feier gegeben. Einer seiner Spitzel war dabeigewesen. Er würde viel zu berichten haben. Immer mehr Ketzer scharte der Kaiser um sich, Männer, an die Vizenz nicht herankam, die ungehindert ihr Gift verspritzen konnten. Aber er sammelte, er bereitete Akten vor. Eines Tages würde der Kaiser fallen. Er, Vizenz, war bereit. Es würde einen großen Ketzerprozeß geben.

Die gekalkten Hauswände der Augsburger Straße leuchteten rötlich im Licht der untergehenden Sonne. Eine Familie reinigte die Straße, der Vater fegte, die Mutter und vier Kinder sammelten Abfälle in einen Kübel. Verarmte Bürger wohl, denen der Rat die Steuern erlassen hatte für eine gewisse Anzahl von Arbeitstagen. Sie verneigten sich vor Vizenz. Gnädig murmelte er einen Segen und schlug das Kreuz über ihnen.

Für den Inquisitor durfte es keinen Winkel der Stadt geben, den er fürchtete oder aus Eitelkeit mied. Vizenz kannte die krummen Gassen, wo das Mauerwerk der Häuser brüchig war und Buschwerk Wurzeln faßte in seinen Rissen. Er kannte die Hinterhöfe und die stinkenden Katen der Krüppel und Tagelöhner. Da ihn vor allem der Bericht vom Fest interessierte, würde er die anderen beiden Spitzel heute nur kurz abhandeln. Er bog in einen schmalen Pfad ein, der sich wie durch eine Schlucht zwischen den Häusern entlangwand, kaum breit genug für einen Mann. Vor einem kleinen Tor stieß er einen Pfiff aus.

Niemand kam.

Er pfiff erneut. Wartete.

Endlich öffnete sich das Tor, und sein Spitzel steckte den Kopf heraus. »Herr Inquisitor! Ich bin ... ich komme sogleich zu Euch, bitte wartet nur einen Augenblick.«

Vizenz packte ihn am Kragen. »Was verbirgst du, Bursche?« Er hielt ihn fest und stieß währenddessen mit dem Ellenbogen das Tor auf. Venk von Pienzenau stand da, der feine Pinkel, der Pfeffersack, der mit dem ketzerischen Kaiser buhlte! Venk war reich, mit Geld hatte er ihm den Spitzel abspenstig gemacht, dessen war sich Vizenz sicher. »Was habt Ihr hier zu schaffen?« herrschte er ihn an.

»Das ist allein meine Sache.« Venk rückte die Mütze aus feinem Atlas zurecht, die im sanften Abendlicht glänzte. An seinen Fingern schimmerten goldene Ringe.

Wenn es etwas gab, vor dem Vizenz keinerlei Respekt hatte, dann war es Geld. Ein starkes Herz war unbestechlich, fand er. Menschen, die wie Venk ihren Reichtum zur Schau stellten, machten ihn wütend. »Ihr denkt, Ihr seid mächtig genug, um Euch mit der Inquisition anzulegen?«

»Ich verfolge eigene Geschäfte, Herr Inquisitor, die Euch nichts angehen.«

»Ach ja?« Er bedeutete dem Spitzel, daß er verschwinden solle. Er würde sich später um den Untreuen kümmern. »An Eurer Stelle wäre ich vorsichtiger. Ihr wollt mir einen meiner Männer abspenstig machen? Dann richtet Euch auf Schwierigkeiten ein. Es ist schon so mancher untergegangen, der meinte, das Geld könne ihn vor dem Zorn der Kirche bewahren.«

»Ihr droht mir?« Venks pockige Nase errötete, und der Mund verzog sich.

»Ich werde Euch überprüfen lassen, Venk. Wenn ich einen Makel finde, ein Stäubchen von Ungläubigkeit – ein Verfahren ist rasch eröffnet.«

»Einem ehrenwerten Mann macht Ihr Vorwürfe, aber der Betrüger geht frei durch diese Stadt. Das ist München! Ha! Das ist München!«

»Von wem redet Ihr?«

Venk ballte die Hände zu Fäusten. »Heinrich von Niedelschütz!« spie er vor Vizenz hin. »Der Schurke ist immer noch hier, und er hat mich heute erneut gedemütigt. Mich, den Freund des Kaisers!«

Ein Mann, der Venk von Pienzenau demütigte? Das weckte Neugier. »Die letzte Bemerkung will ich überhört haben. Sagt mir, wer dieser Heinrich von Niedelschütz ist.«

»Er tauchte vor drei Jahren bei mir auf und gab sich als Gesandter des Markgrafen von Meißen aus. Geleitbriefe hat er mir gezeigt! Betrügerisches Schundwerk. Ich habe ihm geglaubt, habe ihn bei mir aufgenommen und ihn wochenlang durchgefüttert. Eine neue Silbermine hätte man aufgetan bei Meißen, hat er mir zugeflüstert. Der Markgraf brauche dringend Geld. Er wolle die Mine verpachten. Tag um Tag haben wir verhandelt. Von Niedelschütz wollte einen Vorschuß. Als ich aber Sicherheiten einforderte, tat er beleidigt. Ich hätte kein Vertrauen in seine Person, sagte er, diese Kränkung werde er nicht hinnehmen. Er werde einen anderen Partner ausfindig machen für das Geschäft.«

»Das hat er getan?«

»Er hat Briefe ausgesandt. Ich wurde mißtrauisch. Ich habe einen der Briefe abfangen lassen. Leeres Gewäsch! Mit List habe ich eine Versöhnung vorgetäuscht, habe ihn hingehalten und währenddessen auf Antwort aus Meißen gewartet. Niemand kannte dort einen Heinrich von Niedelschütz. Ich habe den Betrüger gestellt. Er ist mit einer Verwundung am Arm entkommen. Wochenlang habe ich nach ihm suchen lassen. Ohne Erfolg. Er war fort, als hätte ihn der Erdboden verschluckt.«

»Und heute hat er Euch erneut gedemütigt, sagtet Ihr.«

»Ich habe ihn nicht erkannt! Ich sage Euch, er kann sein Gesicht verwandeln. Das geht nicht mit rechten Dingen zu. Kümmert Euch lieber um Leute wie ihn!«

»Warum seid Ihr damit nicht zu mir gekommen?«

»Diesmal verliere ich keine Zeit. Ich weiß, daß er in der Stadt ist. Er muß es gewesen sein, zu dieser Art von Tücke ist nur einer in der Lage. Nun kenne ich sein gegenwärtiges Gesicht. Ich schnappe ihn mir. Er wird büßen!«

Jedesmal nachdem sie ihrer Herrin, der verwitweten Gräfin Giselberga, beim Auskleiden geholfen hatte und zu Bett geschickt worden war, betrat Adeline ihren kleinen Schlafraum im zweiten Stock des Ostflügels. Diesen Augenblick wollte Nemo abpassen. Er mußte sich beeilen. Die Sterne funkelten bereits am Himmel. Er klopfte an die Tür des Jägerhauses, das vor den Mauern des Kaiserhofs stand.

Ein Jagdgehilfe öffnete. »Du schon wieder!«

»Ich will zum Alten.« Die Münzen in seiner Hand waren heiß. Er hielt sie seit Stunden fest umklammert. Heute brauchte er eine Stärkung, er konnte das Geld nicht sparen, er mußte Frieden suchen, indem er Adeline betrachtete.

»Ich habe ihm die Stiefel ausgezogen, er legt sich gerade schlafen.«

»Jetzt schon?«

»Wir hatten das goße Fest am Hof. Der Alte ist voll wie ein gestopfter Ganter. Besoffen außerdem.«

Nemo zwängte sich am Jagdgehilfen vorbei und hastete die Treppe hinauf.

»He, hast du nicht gehört, was ich gesagt habe?« rief ihm der Junge hinterher.

Es war dunkel, er hätte ein Licht mitnehmen sollen. Immer langsamer wurde er. Mühsam ertasteten seine Füße die Stufen. Im zweiten Stockwerk streckte er die Hände aus, bis er die Tür des Alten fühlte. Er klopfte. »Seid Ihr noch wach? Ich bin es, Nemo.«

Ein Stöhnen im Innern, dann das Knarzen des Bettes. Schritte schlurften heran. Die Tür öffnete sich. Nemo konnte Fingerspitzen spüren, die ihm gegen den Bauch drückten. »Das Geld.« Der Atem des Jägers roch säuerlich.

Nemo legte die Münzen in die ausgestreckte Hand.

»Jetzt kannst du gaffen, du geiler Bock.« Der Jäger schlurfte zurück zum Bett.

Nemo trat ein und schloß die Tür. Mit raschen Schritten war er am Fenster, öffnete es. Er sah über die Straße hinweg ins Nachbarhaus.

Sie saß auf dem Bett und kämmte sich das Haar. Im Schein der Kerze, die auf der Kleidertruhe stand, schimmerte ihr Haar wie Gold. Ruhig zog sie den Kamm hindurch, vom Scheitel bis zu den Haarspitzen. Sie hielt die Augen geschlossen dabei. Dieses feine Gesicht! Sie war der unschuldigste Mensch des Kaiserreichs. Vermutlich konnte sie noch nicht einmal eine Mücke erschlagen. Er liebte das an ihr, weil er selbst überhaupt nicht so war, weil sein Inneres längst zerfressen war von Boshaftigkeit und Neid und Wut. Ob sie sich die Haare kämmte oder ein Kleidungsstück flickte oder verstohlen gähnte, ganz gleich, sie strahlte kindlichen Frieden aus dabei.

Jetzt kauerte sie sich vor die Truhe, öffnete sie, verstaute den Kamm darin. Sie rückte die Schuhe vor dem Bett gerade, ging dann zur Tür, um abzuschließen, und kehrte zum Bett zurück. Ihr zierlicher Körper faszinierte ihn. Sie war nicht groß, wenn er vor ihr stand, mußte sie zu ihm aufblicken. Allein die Vorstellung beschleunigte seinen Atem. Wie konnte eine junge Frau so zierlich sein und doch erwachsen und unerreichbar für ihn?

Nachdem sie die Bettdecke aufgeschlagen hatte, blies sie das Licht aus. Auch wenn er nun nichts mehr erkennen konnte, sah er weiter hin. Er stellte sich vor, wie sie sich entkleidete. Wie sie ins Bett stieg und unter die Decke schlüpfte. Ihre Wange würde sich an das Kissen schmiegen, und dabei entspannte sich ihr Gesicht. Was gäbe er darum, sie einmal so zu sehen, und dann, wenn sie die Augen öffnete, von ihr angeschaut zu werden!

Es blieb dunkel. Er schämte sich. Hier zu sitzen und ins Zimmer eines Mädchens zu starren! Er bezahlte Geld dafür, das er sich sonst vom Munde absparte für die wichtigste Reise seines Lebens. »Geiler Bock« hatte ihn der Jäger genannt. Wie tief konnte er noch fallen? Er nahm sich vor, Adeline endlich zu lassen.

Wäre nicht vieles einfacher gewesen, hätte er vor zweieinhalb Jahren der Stadt den Rücken gekehrt? Hier hatte er seine Verstecke, ja, und er kannte die Mächtigen und wußte Gefahren auszuweichen und Schwächen auszunutzen. Aber die Wahrheit war auch, daß er Adeline sehen wollte. Immer wieder sie ansehen, eine bittersüße Sucht war es.

Der Jäger nuschelte etwas.

Nemo stand auf. »Was habt Ihr gesagt?«

»Hast schon richtig gehört. Ich habe mit Adeline gesprochen.«

»Warum? Warum habt Ihr das getan?«

»Vorhin, beim Fest. Mußte doch herausfinden, wem du da hinterhergeierst.«

»Habt Ihr etwa von mir erzählt?«

»Die Gräfin hat gleich böse geguckt. Dabei wollte ich nur nett sein. Hab die Kleine gar nicht angefaßt.«

»Weiß sie von mir?«

»Ich hab ihr nichts gesagt. Du kannst weiter deinen Spaß haben.«

»Worüber habt Ihr gesprochen? Was hat sie gesagt?«

»Nichts hat sie gesagt. Sie ist rot geworden, als ich sie angesprochen hab, und wollte mich nicht ansehen. Ich habe ihr erzählt, daß ich Jäger bin.«

»Das war alles?«

»Ja, ja. Hab noch gefragt, ob sie mit auf die Jagd kommen möchte, ob ich sie mal mitnehmen soll. Aber da hat sie den Kopf geschüttelt und ist weitergegangen mit dem Weinkrug. Süße kleine Schnepfe. Schüchtern ist sie! Und die Gräfin hat jetzt einen Haß auf mich.«

Nemo atmete auf. Darum liebe ich sie, dachte er, gerade deshalb. Sie läßt sich nicht berühren.

4

Der Staub wölkte mannshoch über den Platz und wollte sich nicht niedersetzen. Rinder fing er ein, Ziegen, Viehhändler, Schafe, Hunde. Ochsen brummten in dem Wolkenleib. Lämmer blökten. Dazwischen riefen menschliche Stimmen: »Das Lamm für siebzehn Pfennig!« »Tadelloses Zugrind, jochgewöhnt, für achtunddreißig!« Wo am Donnerstag noch Bedienstete in beschaulicher Ruhe das Straßenpflaster gefegt hatten, lagen heute Kuhfladen, Schafdung und Stroh.

Nemo blieb unter dem Messinghirsch stehen und schüttelte sich den Staub vom Kittel. Dem Kleidungsstück sah man nicht mehr an, daß es einmal weiß gewesen war. Es war fleckig braun, und unter den Achseln klafften Löcher. Die Ärmelenden waren schwarz. Er krempelte die Ärmel hoch, um sie zu verbergen. Er war wieder Nemo, der Tagelöhner, und als Tagelöhner das Gasthaus »Zum Hirschen« zu betreten war eine Frechheit. Besser, man sah ihm die Arbeit in den Kohleflözen nicht auf den ersten Blick an.

Seine Füße ließen sich nicht verstecken. Jeder, der barfuß lief, hatte schmutzige Füße. Nun gut, vielleicht keine krustigen, dunkelfleckigen, aber einem Tagelöhner würde nicht einfallen, zum Bach zu laufen, um die Füße darin einzutauchen. Er durfte dem Fremden keinen Anlaß geben, noch mehr an ihm zu zweifeln.

»Haltet Euch fern von diesen Menschen«, hatte William Ockham geraten, »es sind Verdammte, und sie bringen Verdammnis, bis in die Ewigkeit.« Aber was nützte ihm das, wenn er nicht wußte, wer der Fremde war und woher er ihn, Nemo, kannte? Womöglich hatte ihm der Ordensmeister etwas über ihn erzählt. Gab es Dinge, die man dem Waisenkind verschwiegen hatte? Er würde vorsichtig sein. Den Fremden um eine Arbeit bitten. Einen kleinen Botendienst, eine Besorgung. Dabei würde er die Augen offenhalten. Er würde herausfinden, was der Mann wußte.

Gerade als er eintreten wollte, wurde er im Genick gepackt.

»Habe ich dich!«

Er versuchte, sich aus dem Griff zu winden, und trat nach hinten. Er verfehlte den Angreifer. Erneut trat er zu. Von beiden Seiten kamen weitere Männer heran. Sie hatten ihn in der Zange.

»Der Gulden ist uns sicher. Los, schaffen wir ihn zum Haus dieses Venk von Pienzenau.«

Venk hatte ein Kopfgeld auf ihn ausgesetzt? Dann hatte er ihn erkannt. »Laßt mich laufen. Ich bezahle Euch einen Gulden und zehn Silberpfennige«, keuchte er.

Der schmierige kleine Kerl zu seiner Linken zog einen Dolch aus dem Gürtel. »Einer wie du hat niemals soviel Geld.«

Man packte seine Arme.

»Ich besorge es, hier, im Gasthaus«, sagte er. »Ich kenne einen reichen Mann.«

»Ach? Und kennt er dich auch?«

»Laßt mich einen Augenblick hineingehen. Nur einen Augenblick! Ihr könnt mich immer noch abliefern, wenn ich ohne Geld wieder rauskomme.«

Sie sahen sich an.

»Zehn Silberpfennige mehr, das ist nicht zu verachten«, sagte einer mit vernarbtem Hals.

Sie ließen ihn los. Der Kleine sagte: »Wenn du versuchst, uns reinzulegen, stechen wir dich ab, und wir liefern dich tot aus, verstanden?«

Mit zitternden Knien ging er zum Gasthaus, trat ein und schloß die Tür hinter sich. Das war knapp, dachte er. Natürlich würde er ihnen das Geld nicht bringen. Sie wollten es ihm abknöpfen und ihn trotzdem ausliefern, um doppelt zu kassieren. Er wußte, wie Betrüger dachten. Irgendwie mußte er aus dem Haus gelangen, ohne daß sie es merkten.

Er sah sich um. Kerzen brannten und malten Lichtkreise auf

die weißen Tischdecken. Feine Menschen saßen sich gegenüber. Sie sprachen leise miteinander. Es roch nach gerösteten Tauben, nach Pfeffer und Ingwer. Neben ihm verspeiste jemand in Honig eingelegte Feigen. Man trank aus verzierten Bleibechern.

Die einzige Gemeinsamkeit mit den gewöhnlichen Schenken der Stadt bestand in dem Zinnkrug auf dem Schanktisch, der das eingeprägte Eichmaß Münchens trug. Es gab hier keine Bierlachen, keine schnarchenden Säufer, kein Würfelgeklapper. Die Gäste blickten auf und musterten ihn erstaunt. Ein Tagelöhner gehörte hier nicht hin.

Der Mann, den er suchte, befand sich nicht im Saal. Und er kannte nicht einmal seinen Namen. Die Wirtin trat aus einer Tür, in den Händen ein Brett, das mit dampfenden Schüsseln beladen war. Als sie ihn sah, stellte sie es ab und eilte auf ihn zu. »Das ist nicht der Ort, wo deinesgleichen verkehrt«, zischte sie. »Geh, verlaß das Haus, ehe es ein Aufsehen gibt!«

»Ich möchte ja gar nichts essen oder trinken. Ich suche einen Herrn, der gestern hier angekommen ist.« Er ließ seinen Blick schweifen, als suche er noch nach ihm.

»Hast du eine Botschaft für ihn? Dann gib sie mir und warte draußen.«

Vor der Tür lauerten sie. Hinauszugehen kam nicht in Frage. »Er hat mich gestern gebeten, ihn aufzusuchen.«

»Sein Name?«

Er schwieg.

Die Wirtin drängte ihn zur Tür. »Hör mal, die Gäste werden unruhig. Du gehst jetzt besser.«

»Er trägt einen Bart. Ich habe ihm eine Kiste hergetragen. Er wünscht meine Dienste.«

»Ich weiß nicht, von wem du sprichst. Wenn du dich nicht augenblicklich dünn machst, lasse ich dich von den Hausknechten rauswerfen. Hast du verstanden?«

Als einfacher Tagelöhner kam er hier nicht weiter. Er mußte in eine andere Haut schlüpfen. Er trat nahe an die Wirtin heran und raunte ihr ins Ohr: »Also hat er dir gesagt, du sollst ihn verleugnen, der alte Hund, ja? Ich bin hier, um Geld abzuholen, und ich gehe erst wieder, wenn ich es habe. Öffne die Tür, Frau, und schau dir die Männer an, die dort warten. Entweder, du läßt mich zu deinem Gast vor und wir regeln das in aller Stille, oder die Burschen sind gezwungen, in deinem Gasthaus ein Blutbad anzurichten. Wird einiges aufwirbeln bei den Gästen.«

Die Wirtin wich zurück und sah ihn ungläubig an. Sie öffnete die Tür. Sofort schloß sie sie wieder. Sie wurde blaß um die Nase. »Das sind deine Spießgesellen?«

»Sie sind nicht sonderlich geduldig.«

»Also gut. Geh die Treppe rauf. Er bewohnt das dritte Zimmer zur linken Seite. Ein komischer Kauz. Ich wußte, er hat Dreck am Stecken.«

Er ließ sie stehen und erklomm die Treppe. Nur fort von der Tür, weg von den Bluthunden! Vor der Zimmertür hielt er inne. Er klopfte.

Stille.

Er klopfte erneut.

Nichts.

War er nicht da? Dann war es das beste, sich im Zimmer des Fremden zu verstecken. Vorsichtig drückte er gegen die Tür. Sie gab nach und schwang langsam auf. Er betrat einen hellen Raum mit breitem Bett und geweißten Wänden. Vor dem Fenster kniete der Mann. Er hatte die Hände rechts und links seines Hauptes zum Himmel emporgehoben. Statt der groben Kutte umhüllte ihn ein feiner, blauer Kapuzenmantel, ein Mantel, wie ihn Fürsten trugen.

Die Bracke lag vor dem Eingang zum Nordflügel in der Vormittagssonne. Den Kopf mit den braunen Hängeohren hatte sie auf die Vorderpfoten gelegt. Die Brauen ruckten nach oben, als sie der Flugbahn einer Fliege nachsah.

»Hinübersteigen können wir nicht«, sagte Adeline und hoffte, daß die Gräfin ihr nicht widersprechen würde. Das Tier war groß. Die weißen herunterhängenden Lefzen und die gewaltige Schnauze flößten ihr Respekt ein.

»Da hast du recht.«

»Ich hole einen Hundeführer, ja?«

»Nein.« Giselberga schüttelte den Kopf. »Du bringst den Hund hinüber ins Hundehaus.«

Adeline wich einen Schritt zurück. »Gräfin, das könnt Ihr nicht verlangen. Ich hatte schon als Kind Angst vor Hunden.«

»Meinst du, ich kenne dich nicht inzwischen? Du hast Angst vor allem. Vor Hunden. Vor Pferden. Vor Menschen. Du kannst von Glück reden, daß ich dich unter meine Fittiche genommen habe.«

Ihr Gesicht wurde warm, sie spürte, wie sie errötete. »Ich bin auch dankbar, Frau Gräfin. Aber bitte, dieses eine Mal, erlaßt mir den Auftrag. Ich gehe gern und hole einen der Hundeführer, nur mag ich diesen Hund nicht anfassen.«

»Adeline, du wirst ihn zum Hundehaus führen.« Der faltige Mund der Gräfin zeigte Härte. Giselberga hatte sich die Sache in den Kopf gesetzt, und wenn Adeline sich weigerte, würde es die Gräfin nur noch weiter in ihrem Entschluß befestigen.

Sie war eine Frau von starkem Willen. Obwohl seit vielen Jahren niemand mehr Tasselmäntel trug, kleidete sich die Gräfin Tag um Tag in einen weitfallenden Mantel. Die Damen des Hofes trugen neue Kleider, die in der Taille eng waren und die Hälfte des Busens offenbarten. Gräfin Giselberga aber legte nach alter Sitte zwei Finger auf das Band, das ihren Mantel vorn zwischen den zwei metallenen Schließen zusammenhielt, den Tasseln. Es kümmerte sie nicht, was die anderen über sie dachten. Und jetzt würde es sie nicht kümmern, ob es Adeline behagte oder nicht, ihren Auftrag auszuführen.

Wenn der Hund sie ansprang, würde er sie mühelos umstoßen. Ein Jagdhund. Einer, der es gewohnt war, die Hälse von Wildgänsen durchzubeißen. Gestern noch hat er die Hirsche durch den Wald gehetzt, dachte sie, hat geknurrt und gebellt und zugeschnappt. Sie war starr vor Angst.

»Geh hin und greif ihn am Lederband, das er um den Hals trägt.«

»Und wenn er mich beißt?«

»Dann geben wir Waldrosenwurzel auf die Wunde, und sie verheilt wieder.«

Entsetzt sah Adeline die Gräfin an. Sie hatte erwartet, daß sie abwiegeln würde, daß sie sagen würde, ein Jagdhund beiße keinen Menschen. Waldrosen auf die Wunde? Also dachte auch Giselberga, daß er wahrscheinlich zuschnappte? Er kannte Adeline nicht. Seinen Pflegern mochte er gehorchen, sie hatten sich vom Welpenalter an Autorität verschafft. Aber eine Unbekannte, die einfach sein Halsband ergriff? Er würde sie mit Sicherheit anfallen.

Ein Muskel zuckte unter dem Fell der Bracke. Dieses Zucken ängstigte Adeline noch mehr. Das Tier bestand aus Fell und Muskeln, da war kein Quent Fett, kein bißchen Gelassenheit. Alles an ihm war Sprung, Angriff, tödlicher Biß.

Zögerlich tat sie einen Schritt auf den Hund zu. »Steh auf«, sagte sie leise. »Bitte.«

Er nahm keine Notiz von ihr.

Sie sagte: »Ich glaube, er möchte lieber hier liegenbleiben, als zu den anderen Hunden zu gehen.«

»Die Frage ist, was du möchtest, Mädchen.«

»Ich kann ihn nicht zwingen!«

»Doch, du kannst.«

Sie tat einen weiteren Schritt, bereit, zurückzuspringen, falls der Hund sich plötzlich gegen sie wandte. »Hunde spüren es, wenn man Angst vor ihnen hat.«

»Eben darum solltest du forsch vorantreten und das Lederband greifen.«

Adeline holte zitternd Atem. Das ist mein Ende! dachte sie. Dann griff sie nach dem Halsband. Sie hielt es fest.

Nichts geschah. Der Hund sah sie nicht einmal an. Er lag da und döste. Sie zog am Band. »Bitte steh auf.« Es war, als sei der Hund festgewachsen. Er bewegte sich nicht einen Fingerbreit. »Wenn Ihr ihm sagen würdet, daß er aufstehen soll, würde er sicher gehorchen.«

»Möglich. Aber ich möchte, daß du es ihm sagst. Zieh kräftiger am Halsband! Schlage einen harten Ton an!«

Adeline stiegen Tränen der Verzweiflung in die Augen. In diesem Augenblick haßte sie die Gräfin. Konnte sie nicht hinnehmen, daß ihr Kammermädchen sich fürchtete? Mußte diese Qual sein? Bei einem Befehlston würde die Bracke sich angegriffen fühlen, sie würde zubeißen, kein Zweifel.

Adeline ging in die Hocke. Sie flüsterte: »Du willst nicht aufstehen, ich weiß. Wenn ich entscheiden dürfte, könntest du auch gern hier liegenbleiben. Ich habe furchtbare Angst vor dir. Du kannst mich totbeißen, und ich kann gar nichts tun. Aber die Gräfin befiehlt es, verstehst du? Bitte steh auf.«

Der Hund wandte ihr den Kopf zu. Das schreckliche Maul öffnete sich, die Zunge kam heraus. Der Jagdhund hechelte. Adeline konnte seine spitzen Zähne sehen. Für einen Moment dachte sie, er würde sie packen, aber dann begriff sie, daß er sie anders ansah, mit Interesse. Seine Brauen waren aufgestellt, und die Hundeaugen musterten ihr Gesicht.

Sie streckte die Hand aus. Die Finger zitterten. Trotzdem strich sie tapfer über das kurze, weiße Fell. Zuerst streichelte sie den Rücken. Dann wagte sie es, den Kopf zu berühren. Durch das Fell konnte sie den riesenhaften Schädel des Hundes fühlen. Sie spürte einen leichten Druck gegen ihre Hand. Es war, als strecke der Hund sich ihr entgegen. Er zwinkerte und stieß ein leises Fiepen aus. Mochte er es, gestreichelt zu werden?

»Gehen wir ein Stück?« flüsterte sie. Immer kräftiger fuhr sie mit der Hand über den Kopf der Bracke. Der Schwanz des Hundes schlug auf den Boden, und er schloß bei jedem Handstreich für einen Augenblick die Augen.

Sie erhob sich. Die Bracke stand ebenfalls auf und schüttelte sich. Sie reichte Adeline bis zur Hüfte. »Komm«, sagte Adeline und ging ein paar Schritte. Die Bracke folgte ihr, schwanzwedelnd. Der Hund war zweifellos stärker als sie. Aber er freute sich, ihr zu folgen.

»Komm, wir gehen zum Hundehaus.«

Die Gräfin nickte leicht.

Nemo wartete. Er betrachtete den Fremden, der dort kniete und betete. Seine Schultern hoben und senkten sich in ruhigen, regelmäßigen Atemzügen. Es schien ihn nicht zu stören, daß jemand den Raum betreten hatte.

Endlich senkte der Fremde die Arme und sagte, ohne sich umzudrehen: »Hast du dich entschlossen, nicht mehr zu lügen?«

Das Fenster zeigte zum Hof hinaus. Eine Amsel sang draußen in den Bäumen. Der Fremde konnte unmöglich gehört haben, was Nemo der Wirtin im Flüsterton vorgelogen hatte. Empfing er Botschaften von Gott? Konnte er die Gedanken anderer Menschen hören? Er wurde ihm immer unheimlicher. Nemo sagte: »Ja.«

»Merke dir das für die Zukunft. Wenn du es nicht ertragen kannst, die Wahrheit zu sagen, dann ist es besser, du schweigst.« Langsam stand der Fremde auf und drehte sich um. Sein Bart war jetzt gestutzt und geölt. Die grünen Augen musterten Nemo. »Wie alt warst du, als dich deine Eltern dem Spitalorden übergeben haben?«

»Ich kann mich an meine Eltern nicht erinnern.«

»Aber der Meister hat es dir erzählt, nicht wahr?«

»Ich war noch keine drei Jahre alt, hat er gesagt.«

»Haben sie dir zum Abschied etwas gegeben?«

»Ich weiß doch nicht einmal, wer sie waren! Ich weiß nichts.«

»Setze dich auf das Bett.«

Nemo gehorchte. Es war weich. Was wollte der Fremde von ihm?

Er zog sich einen Stuhl heran und nahm Nemo gegenüber Platz. »Ich bin Amiel von Ax. Deine Eltern haben etwas für mich aufbewahrt. Ich möchte, daß du dir vor Augen rufst, wie sie sich von dir verabschiedet haben.«

»Wäre schön, wenn ich das könnte. Ich erinnere mich an nichts.« Dieser Mann kannte seine Eltern? Wie viele Jahre hatte er, Nemo, versucht, etwas über sie herauszufinden, und jetzt saß da jemand, für den sie etwas aufbewahrt hatten! Zumindest behauptete er es. Sehnsucht wallte in ihm auf, Sehnsucht nach den Unbekannten, die sein Ursprung gewesen waren. Er mußte aufpassen, er war verletzlich, viel zu verletzlich.

»Schließe die Augen. Du wirst dich erinnern. Wie sah der Eingang des Ordenshauses aus? Ich habe das Tor nie gesehen. Du aber tausendmal. Mach die Augen zu, und beschreibe es mir.«

Er hatte das Tor nie gesehen? Dann mußte er den Meister woanders getroffen haben. Zu Pfingsten bei den Ordensversammlungen vielleicht, bei den Kapiteln? Nemo schloß die Augen. Öffnete sie wieder. »Draußen warten Schurken auf mich. Sie fordern Geld, zwei Gulden, sonst liefern sie mich an Venk von Pienzenau aus, und mit dem ist nicht zu scherzen. Wenn Ihr mich als Diener in Eure Dienste nehmen würdet, dann könnte ich es ihnen bezahlen. Ich lerne schnell, Herr Amiel.«

»Du bekommst das Geld. Jetzt denke nach. Wie sah das Tor aus?«

»Ihr gebt mir die Summe?«

»Wenn du dich jetzt bemühst. Schließe die Augen.«

Also konnte er Lügen doch nicht erspüren. Oder er zeigte es diesmal nicht. Nemo gehorchte und kniff die Augen zu. »Das Tor war alt. Und groß.«

»Genauer!«

Er entspannte die Augenlider. Ein Bild erschien. »Die Balken waren schadhaft. Wenn es geregnet hat, haben sie sich mit Wasser vollgesogen. Dann hat es unten getropft, als würde Wasser aus dem Tor laufen, und das Holz war schwarz.«

»Gut. Mach weiter.«

»Zwischen den Balken hing Moos. Grüne dunkle Batzen. Und die Angeln des Tors haben geknarrt, jedesmal, wenn es geöffnet wurde.«

»Jetzt erinnere dich, wie du es zum erstenmal gesehen hast.«

Nemo bemühte sich, aber es fiel ihm nichts ein. »Das geht nicht«, sagte er.

»Was siehst du?«

»Ich habe meine Eltern nie gesehen, und an meine Ankunft beim Spitalorden kann ich mich nicht erinnern.«

»Du hast keine Erinnerungen?«

»Ich …« Nemo zögerte. War es klug, das zu sagen? Seine Instinkte warnten ihn davor, allzuviel preiszugeben. »Ich habe manchmal diese Bilder im Kopf, diese Lichter, diese Stimmen. Sie fühlen sich an, als wären es Wege in eine ferne Zeit.«

»Erzähle mir davon.«

Der Ordensmeister hatte gesagt, es seien gefährliche, böse Gedanken. Er hatte gesagt: »Manch guten Mann haben solche Träume zugrunde gerichtet, vergiß sie, Nemo.« Er aber mochte sie, er mochte den sehnsüchtigen Schmerz, der mit ihnen kam. Nicht, daß er gerne litt! Der Schmerz schien ihm wirklicher zu sein als alles, was er in seinen Täuschungen und Betrügereien erlebte. Manchmal war ihm das Leben, das er führte, wie ein Traum. Der Schmerz der Erinnerungen drang zu ihm durch aus der Wirklichkeit, wollte ihn wecken. Seit langem wünschte er sich aufzuwachen. Es gelang ihm nicht.

»Nemo?«

»Ja, ich rufe sie mir vor Augen.« Deckengebälk. Stühle und der Tisch von weit oben, er saß auf den Schultern eines Mannes, mit dem Kopf stieß er fast an die braunen Balken. Er hielt sich an den Haaren des Mannes fest. Der Mann lachte mit tiefer Stimme, schnaubte wie ein Pferd und rannte durch den Raum. Nemo juchzte. Hatte er sich diese Erinnerung damals als Waisenkind im Spitalorden einmal erträumt, weil er sich danach sehnte, Eltern zu haben, und inzwischen hatte er sie sich so oft vorgestellt, daß sie ihm wirklich erschien? Oder war es wahrhaftig geschehen?

Eine Hand, die ihm über den Kopf strich. Die weiche Stimme einer Frau. Er traute diesen Erinnerungen nicht. Wie sollte er wissen, ob es nicht die Phantasien eines kleinen Jungen waren, Wunschbilder? Ein Löffel, der ihm Brei zuführte und rings um seinen Mund strich. Heißes, sehr, sehr heißes Badewasser.

»Was siehst du?«

Sollte er Amiel davon erzählen? Es bewirkte womöglich, daß ihm der Fremde im Gegenzug ebenfalls etwas preisgab, etwas über die Eltern. »Ein Bild geht so«, sagte er zögerlich, »es ist unwirklich und beängstigend: Ich kaure im Dunkeln. Ein Mann und eine Frau sind bei mir. Sie halten mir den Mund zu, ich darf mich nicht rühren. Wir haben Angst.«

»Ja«, sagte Amiel von Ax. Seine Stimme war plötzlich rauh. »Ja. Erinnerst du dich an mehr?«

Etwas sperrte sich in seinem Hals, und der Kehlkopf schmerzte. War da mehr?

»Ich kenne deine Eltern. Ich werde sie dir beschreiben, und du sagst mir, was dir in den Sinn kommt, wenn du sie vor dir siehst.«

Er schluckte. Ein flauer Hauch ging durch seine Brust. Mit aller Kraft hielt er die Augen geschlossen. Er sagte: »Ich bin bereit.«

»Stelle dir einen Mann vor, Schnurrbart, ein Auge von einer schwarzen Klappe verdeckt. Behaarte Arme. Die Statur eines Schmieds. Entsinnst du dich?«

»Ich weiß nicht.«

»Eine Frau, braune, lockige Haare. Der Mund schmal. Ein flinkes Wesen, die Hände ruhen niemals. Sie hält dich auf dem Arm, schleppt dich herum, den ganzen Tag.«

Er sah ihr Gesicht. Für den Bruchteil eines Augenblicks sah er ihr ins Gesicht, und sie schaute ihn mit großen Augen an. Dann war alles fort.

»Erinnerst du dich?«

Er schüttelte den Kopf. Er verspürte plötzlich unsagbare Angst davor, sich an seine Eltern zu erinnern. Er riß die Augen auf, sah zum Fenster, sah in den Hof zu den Bäumen. Er wollte nicht an die Eltern denken.

»Schließe die Augen!« sagte Amiel.

Die Augen brannten. Er behielt sie offen.

Amiel griff an seinen Gürtel und zog ein kleines Fläschchen hervor. »Du willst doch wissen, wer sie sind. Du willst dich erinnern. Ich kann dir helfen. Dieses Fläschchen gehörte einst deiner Mutter. Sie hat es mir vor ihrer Abreise gegeben.«

Eine Reise? Die Reise, die aus Frankreich nach München geführt hatte? Hatte sie Amiel das Fläschchen wirklich gegeben? Oder hatte er es ihr gestohlen?

»Du wirst jetzt die Augen schließen, und ich werde das Fläschchen öffnen.«

Er senkte langsam die Lider. Sein Herz stolperte wie ein alter Karren über einen steinigen Weg.

Der Korken löste sich aus dem Flaschenhals. Die Flasche gab einen Ton von sich. Plötzlich ein Duft: Milch und Rosen.

Nemos Brust verkrampfte sich. Er schluckte. Er rang um Luft. Tränen stiegen ihm in die Augen. Sie perlten unter den zugepreßten Lidern hervor und liefen ihm über die Wangen. Der Duft tat ihm weh.

Milch und Rosen.

Das Gesicht tauchte wieder auf, die Frau sah ihn mit großen Augen an. Strengen Augen, die seine Aufmerksamkeit verlangten. Dabei hörte er eine tiefe Stimme, die Stimme seines Vaters. Die Stimme sagte: »Paß jetzt gut auf.« Er ertrug es nicht. Er riß die Augen auf, keuchte, würgte. Etwas stimmte nicht mit der Erinnerung. Warum quälte sie ihn? Er stand auf. »Ich muß hier weg.« Er mußte fort von diesem Duft. Die Knie bebten, er wankte. Würde er überhaupt gehen können?

»Du erinnerst dich, nicht wahr?« Auch Amiel erhob sich. Er hielt Nemo an der Schulter fest.

»Ich habe ihr Gesicht gesehen«, flüsterte er.

»Schau genau hin«, sagte Amiel von Ax. »Geben sie dir etwas?«

Nemo wischte sich mit dem Ärmel über das tränennasse Gesicht. Seine Hände zitterten. »Warum haben sie mich verstoßen? Warum wollten sie mich nicht haben?«

»Setze dich.«

»Wißt Ihr es?«

»Setze dich. Stelle dich der Erinnerung. Du bist jetzt ein Mann, du kannst es ertragen.« Er drückte Nemo mit einer

Hand nach unten. Die andere Hand hielt das Fläschchen, das grauenvolle.

Nemos Knie gaben nach. Er fiel mit dem Gesäß auf das Bett nieder.

»Du schließt jetzt deine Augen«, sagte Amiel.

Er tat es. Er sah den Mann mit der Augenklappe und die Frau mit dem schmalen Mund und den flinken Händen. Mutter und Vater. Es war Nacht. Die Mutter sah ihn an mit diesem strengen, Achtsamkeit erzwingenden Blick. Der Mond schien ihr ins Gesicht. Sie zeigte fort von sich, er sollte sie nicht anschauen, er sollte etwas anderes sehen. Wohin zeigte sie? Da kniete der Vater. Er vergrub etwas. Die Mutter zeigte Nemo die Bäume und den Fluß und etwas, das in seiner Erinnerung verschwommen war, etwas Großes, das sich bewegte. Was war es?

Er wollte mit dem Haar der Mutter spielen, aber sie schüttelte den Kopf und schob seine Hand fort. Sie war angespannt, das konnte er spüren. Sie duftete nach Milch und Rosen. Sie hatte Angst. Nun bekam auch er Angst. Sie gingen eine Anhöhe hinauf. Häuser. Häuser. Ein dunkles Tor. Nemo bekam einen Kuß auf die Stirn, einen langen Kuß, einen Kuß, der gar nicht enden wollte. Die Mutter weinte! Der Vater nahm ihn ihr aus den Armen und legte ihn nieder. Er fiel, er fiel und fiel und fiel und landete nicht. Es wurde dunkel. Es war kalt. Er war sehr allein.

»Sie haben mich verlassen«, wisperte er, in seiner Brust eine peinigende Enge. »Warum haben sie das getan?« Er wollte sich niederlegen und sterben, auf der Stelle sterben. Er konnte die Einsamkeit nicht ertragen. Sie fraß sich wie Wurzelwerk in seine Glieder, von der Brust ausgehend, streckte sich in seinem ganzen Körper aus und quälte ihn. Seine Eltern hatten ihn verlassen.

»Haben sie dir etwas gegeben?«

Das Vergrabene. Mit letzter Kraft hielt er seine Lippen geschlossen. Er hörte auf zu atmen, um den Duft auszusperren, den Duft, mit dem Amiel Macht über ihn gewonnen hatte.

Amiel von Ax konnte der Feind seiner Eltern sein! Was, wenn sie das Ding vergraben hatten, damit es nicht in seine Hände geriet?

Auf der Treppe, im Dämmerlicht, öffnete er die Faust. Die beiden Gulden lagen darin. Er hob eine der Münzen vor sein Gesicht. Ein bayerischer Schildgulden. Mit Mühe entzifferte er die Umschrift: *Ludovicus dei gratia Romanorum imperator.* Ludwig, von Gottes Gnaden Römischer Kaiser. Die Münze zeigte ihn auf seinem Thron, in der Rechten das Schwert. Drohend ragte es gen Himmel. Die Linke hielt den Schild mit dem Reichsadler.

Er hatte das Gefühl, seine Eltern verkauft zu haben. Für die Mutter ein Goldstück, für den Vater ein Goldstück. Amiel von Ax war tatsächlich gefährlich, William hatte recht behalten. Wer war er, Nemo, in seiner Gegenwart gewesen? Nicht der Tagelöhner jedenfalls. Er war zu einer geknechteten Seele verformt worden. Er war der Wirklichkeit nahegekommen, die er lange Zeit ersehnt hatte, und hatte sie doch verfehlt, unter Qualen. Amiel von Ax hatte Gold, und er hatte Antworten. Was er dafür verlangte, war ein unmenschlicher Preis.

5

William stand neben der zerfallenen Mühle und blickte über das Land. Es erinnerte ihn an die Grafschaft Surrey, an seine Heimat. Er hatte das kleine Dorf Ockham nie wiedergesehen, die Felder, die Hecken, die Schafe. Aber wenn er hier stand mit dem Rücken zur Stadt und die Bauern beim Pflügen beobachtete, dann fühlte er sich in seine Kindheit zurückversetzt.

Drei Felder hatte er im Blick, und auf allen dreien zogen Bauern mit dem Pflug ihre Bahnen. Am Ende machten sie kehrt und liefen dann neben der vorangegangenen Bahn, immer geradeaus. Einer der Bauern hatte seinen Sohn dabei und pflügte mit zwei Pferden, die beiden anderen Bauern hatten vier Ochsen vor ihre Pflüge gespannt. Der mit den Pferden pflügte schneller. William zählte die Bahnen und rechnete. Er war um die Hälfte schneller als die anderen. Sahen sie das nicht? Sie sollten ebenfalls Pferde nehmen.

Die Herbstsonne stand im Zenit. Sie wärmte sein Gesicht. Es roch nach Gras und nach fruchtbarer, guter Erde. Am Himmel schwebte lautlos ein Greifvogel. Der Größe nach mußte es ein Falke sein.

Ein Bauer stellte den Pflug am Feldrand ab und ließ die Ochsen grasen. Die anderen Bauern sahen es. Sie beendeten ihre Bahn und taten es ihm gleich. Sie trafen sich am Anfang der Felder, redeten, zeigten auf ihn, William. Dann kamen die drei Männer und der Knabe den Hang hinauf.

Der Junge hatte das passende Alter. So alt wäre das Kind jetzt, hätte er, William, ein warmes Herz gehabt und ihm geholfen. Aber er war unfähig gewesen, konnte nur Ratschläge geben, ein studierter Mann mit kaltem Herzen, das war er. Die Trinkerin war ihm geradezu in die Arme getorkelt! Deutlicher konnte Gott die Aufforderung nicht machen. William war ein Mönch und befolgte nicht das wichtigste Gebot: Du sollst deinen Nächsten lieben wie dich selbst.

Sie hatte den Säugling in den Armen gehalten. Der Kopf des Säuglings hatte geschwankt wie ein schweres Gewicht. Dabei rollten seine Augen. Er war betrunken vom Alkohol im Blut der Mutter. Sie hatte ihn gestillt und ihn damit betrunken gemacht. Was tat er, William? Er sagte: »Tauche den Kleinen in einen Badezuber mit kaltem Wasser, mache ihn immer wieder naß, hörst du?« Dann war er weitergegangen und hatte die Trinkerin stehengelassen. Er haßte sich dafür.

Wenige Tage später hatten sie für die Beerdigung des Kleinen gesammelt. Und kurz darauf für die Beerdigung der Mutter. So war das, starb ein Habenichts, dann ließ man einen Topf herumgehen, um für seine Beerdigung zu sammeln. All die Bürger, die den Habenichts verhungern lassen hatten, warfen mit einem gönnerhaften Gesichtsausdruck einen Pfennig in den Topf, damit er unter die Erde gebracht werden konnte. Er, William, war keinen Hälbling besser! Er sollte es sein. Er wußte doch, was Gott forderte, nein, wozu Gott in seiner grenzenlosen Weisheit aufrief, denn Gott wußte, was Nächstenliebe bedeutete, daß nichts leben konnte ohne sie.

Sie trugen einfache Kittel. Der graue Stoff war von Schweiß durchnäßt, obwohl es nicht warm war. Den Pflug zu führen und ihn mit dem Körpergewicht in den Boden zu stemmen mußte außerordentlich anstrengend sein.

»Mittagszeit?« sprach er sie an. Sie wußten nicht, wer er war, und das war gut so. Die Hofbeamten, die ihn am Kaiserhof umwarben, die Boten anderer Fürsten, die Bittsteller und Briefschreiber und Bewunderer, sie alle kannten ihn nicht. Sie waren nicht in der Lage, den wahren William zu sehen. Diese Bauern aber sahen in ihm einfach einen Mönch, der hier stand und über die Felder schaute, und waren damit der Wirklichkeit womöglich näher, als es die Bewunderer je sein würden, auch wenn sie jede Zeile hundertfach lasen, die er verfaßte.

»Wollt Ihr für Euer Kloster einen Acker kaufen?«

»Ich stehe nur und schaue ein wenig.«

Sie knüpften ihre Bündel auf und holten Käse und Brot heraus. »Möchtet Ihr?«

»Gern.«

Er bekam ein Stück Käse und einen Kanten Brot. Er murmelte: *»Benedictus benedicat.«* Dann biß er genüßlich ab. Die Speisen am Kaiserhof waren besser, aber er aß gern unter freiem Himmel. Er fragte, kauend: »Warum pflügt ihr nicht alle mit Pferden?«

»Ochsen sind stärker«, sagte einer der Bauern.

»Stärker? Und doch braucht ihr vier, während das Pferdegeschirr nur zwei Tiere ziehen?«

Der Bauer sagte: »Man braucht vier Ochsen. Sie werden sonst müde, bevor das Feld zu Ende umgepflügt ist. Die Pferde haben mehr Ausdauer. Dafür sind die Ochsen nicht so teuer im Futter. Pferde brauchen Hafer und Heu. Zum Eggen leihe ich mir manchmal den Gaul meines Bruders aus. Ein Vielfraß ist der. Da sind mir die Ochsen lieber.«

Die Bauern bedachten nicht, was es bedeutete, das Feld um die Hälfte schneller gepflügt zu haben. So konnten mehr Felder mit denselben Zugtieren bearbeitet werden und mit demselben Pflug und mit demselben Arbeiter. Sie mußten es nicht wissen. Solange sie im Frieden und ohne zu hungern lebten, war es gut.

»Was ist Euer Handwerk?« fragte der Knabe.

»Der Mann ist ein Mönch«, sagte sein Vater. »Er betet.«

William lächelte. »Und ich schreibe.«

Der Boden unter seinen Füßen erzitterte. Hufschlag donnerte heran. Er drehte sich um. Zwanzig Ritter kamen den Hang hinaufgaloppiert. Einer hielt die kaiserliche Fahne in den Wind: Gelb und Schwarz, und übergroß der Reichsadler. Neben der Mühlenruine zügelten sie die Pferde und saßen ab. Jetzt erst entdeckte er unter ihnen den Kaiser. Er trug den Umhang mit dem Zobelpelzkragen, den er liebte, und darunter ein Hemd von goldenem Stoff. Der Wind wehte ihm ins rotblonde Haar und stellte es auf. Er lachte sein übermütiges Lachen. »William!«

Die Bauern fielen nieder auf ihr Gesicht. Der Kaiser beachtete sie nicht. Er tat ganz so, als seien sie nicht da, und blickte allein William an. »Habe ich doch richtig gelegen. Das konntet nur Ihr sein. Wieder mal allein auf Feld und Flur unterwegs?«

»Steht es einem Franziskaner nicht gut zu Gesicht? Unser Ordensgründer hat mit den Tieren gesprochen, als seien sie seinesgleichen. Ich bin überzeugt, ein Mensch bleibt nur dann wahrer Mensch, wenn er sich dem Wind und der Sonne und den Kreaturen stellt.«

»Das klingt gut, verehrter William. Aber ist es nicht bloß ein frommer Spruch?«

»Mitnichten! Kommt her, laßt es mich Euch zeigen! Die Schöpfung zu sehen, das vermittelt eine Empfindung für das Wesen Gottes.«

Ludwig rief den Rittern zu: »Wartet hier!« Er ging mit William einige Schritte am Hang entlang. »Wieder einmal das neue Landrecht. Zwei Jahre ringe ich nun schon darum, und die Bayern wollen und wollen es nicht begreifen.«

William stellte sich mit dem Rücken zur Stadt und blickte weit über das Land. Er schwieg. Die Sonne schien ihm ins Gesicht. Er wußte, der Kaiser nutzte ihn für seine Ränke und Machtkämpfe, er war für ihn nur eine Schachfigur, wenn auch eine, die er hochschätzte und nicht vollständig verstand. Nun, es sei. Er konnte seinerseits auch Ludwig beeinflussen.

Er sah aus dem Augenwinkel, wie sich die Bauern vorsichtig erhoben und an der abgewandten Seite des Hangs hinabstiegen. Sie wandten sich immer wieder um und blickten voller Erstaunen auf den Kaiser. So nahe waren sie ihm mit Sicherheit noch nie gewesen.

Es war ein guter Tag. Er atmete tief ein und schloß die Augen. Das Leben war nicht so geordnet, wie man es sich wünschte, es überraschte und verärgerte und verletzte. Aber es wies noch Spuren der ursprünglichen Art ihrer Existenz auf, wie sie Gott sich gedacht haben mußte.

Der Kaiser fragte: »Worüber sinnt Ihr nach?«

»Darüber, wie das Leben mitunter spielt.«

»Es entbehrt nicht eines gewissen Hohns, nicht wahr? Allein die Geschichte Eures unglücklichen Ordens.«

»Wie meint Ihr das?«

»Nun, Ihr habt Euch abgegrenzt vom Reichtum der Kirche, habt Armut gepredigt, habt als Bettler gelebt. Das aber hat Euch soviel Sympathie beim Volk eingebracht, daß man Euch regelrecht mit Spenden und Stiftungen überhäuft hat. Wie sollen Mönche in Armut leben, während eine Flut von Geschenken über sie hereinbricht?«

»Ich verstehe, was Ihr meint. Der Orden hätte die Geschenke zurückgeben sollen.«

»Vielleicht hätte Franziskus das befohlen. Aber der Ordensgründer war ja tot, und Ihr dachtet, eine gute Lösung gefunden zu haben.«

Er öffnete die Augen wieder. »Mir gefällt der Tonfall nicht, den Ihr anschlagt, Majestät. Hätte der Papst nicht aus Wut auf unsere Güter verzichtet – wann war das, im Dezember 1322? – und uns damit gezwungen, reich zu sein, während wir doch arm sein wollten, es wäre alles gut gegangen. Wir wollten nur Verwalter sein, versteht Ihr? Die Güter gehörten doch rechtlich dem Papst, wir haben sie im Grunde weitergeschenkt!«

»So spielt das Leben. Wer reich sein will, bleibt arm, und wer arm sein will, wird reich. Aber im Ernst gesprochen: Die Halsstarrigkeit von Papst Johannes hat aus dieser Begebenheit ein Gebräu gemacht, das ganze Völker vergiftete, ist es nicht so? Hätte er nicht die Lehre für häretisch erklärt, daß Jesus Christus und seine Apostel nichts besaßen, dann hätte er nicht den Widerstand Eures Ordens herausgefordert.«

»Es war mit Sicherheit kein Versehen. Wenn er es nicht schon wußte, dann haben es ihm seine Berater gesagt. Nichts leuchtet rascher ein, als daß man den Bettelorden ihre Grundlage entzieht, sobald man die Armutslehre verbietet.« Der Falke schien etwas gefunden zu haben. Er flog auf der Stelle, rüttelte mit den Flügeln und schaute dabei hinab. Dann stieß er in die Tiefe.

»Ihr habt recht getan, Johannes als Ketzer zu bezeichnen. Wer eine falsche Lehre über Christus verbreitet, sollte von der Kirche gemaßregelt werden, sei es nun ein Schuhflicker oder der Papst daselbst. Ich bereue es trotz der hohen Kosten für meine Person nicht einen Tag, daß ich mich auf Eure Seite und damit gegen den Papst gestellt habe.«

William dachte: Wäre es nicht dieser Anlaß gewesen, dann hättet Ihr einen anderen genutzt, um Euch vom Papst loszusprechen.

Für Ludwig ging es nicht um die Frage, ob Christus wirklich arm war. Für ihn ging es um Macht. Wie auch immer, ohne seinen Schutz wäre William nicht mehr am Leben. Sie brauchten einander. Der Kaiser brauchte ihn als Gelehrten, damit er für ihn Kampfschriften verfaßte und Kirchenoberhäupter davon überzeugte, daß der Papst sich irrte. Und William brauchte den Kaiser, um zu überleben, trotz der vielen Feinde, die er sich über die Jahre mit seinen Schriften gemacht hatte.

»Oft ist es eben auch der blanke Irrsinn, der den Schaden verursacht«, sagte der Gelehrte. »Nehmt meine Studienzeit. Warum bin ich ohne Magisterabschluß von der Universität geworfen worden? Es gab Streit um den Status der Lehrer in Oxford. Wie steht die theologische Fakultät im Verhältnis zur philosophischen Fakultät da? Das war die Frage. Ist ein philosophischer Abschluß eine notwendige Voraussetzung für die Lehrer der Theologie? Die Mehrheit an der Universität wollte das, ich aber war dagegen, weil ich die Eigenständigkeit der Theologie bewahren wollte und ihren Ruf als echte Wissenschaft, als Wissenschaft von Gott. Später hat man den Ketzerprozeß gegen mich aufgerollt, aber das war doch nur noch ein Schauspiel.«

Der Kaiser schmunzelte. Die energischen Flügel seiner langen Nase wölbten sich. »An so etwas denkt Ihr, wenn Ihr hier friedlich über die Landschaft blickt! Da macht es doch keinen Unterschied, ob Ihr in Eurer Studierstube sitzt oder auf diesem Hügel steht.«

»O doch. Es holt mich zurück auf den Boden. Wie sagte schon Cicero? ›Was kann in menschlichen Angelegenheiten demjenigen groß erscheinen, der die Ewigkeit und die Größe der ganzen Welt kennt?‹«

Plötzlich lachte Ludwig aus vollem Halse los. Er zeigte auf den Teich unten am Hang. »Seht Ihr das Huhn dort?« Er lachte und lachte und wischte sich Tränen aus den Augenwinkeln. Endlich brachte er heraus: »Es hat Entenjunge!«

William sah, was der Kaiser meinte. Ein Huhn lief am Teich entlang, hinter sich eine Kette von Entenküken, die ihm folgten, als sei es eine Ente. »Tatsächlich.«

Unvermittelt bog eines der Entenjungen ab und sprang in den Teich. Es tauchte den Kopf unter und hob ihn wieder aus dem Wasser, schüttelte sich, wackelte mit dem kleinen Schwänzchen. Als die anderen Entenjungen es bemerkten, verließen sie ebenfalls die Glucke und sprangen ins Wasser.

Jetzt erst sah das Huhn das Unglück. Es rannte zum Ufer, lief am Wasserrand auf und ab und rief in schrillen Tönen nach den Küken. Die Entenjungen hörten nicht darauf. Sie badeten vergnügt.

»Was ist da los?« rief William den Bauern hinterher, die auf dem Weg zu ihren Pflügen waren. Er zeigte auf das Huhn.

»Haben der Glucke Enteneier untergeschoben«, rief ein Bauer herauf.

»Warum?«

»Die Ente hat der Fuchs geholt. Und die Glucke wollte unbedingt im Herbst brüten. Ist nicht so gut, die Hühner werden dann nicht richtig groß, sie wachsen im Winter zu langsam. Ich dachte mir, warum nicht, so überleben die Entlein.«

William nickte. »Danke, ich verstehe!«

Der Bauer verneigte sich tief, und eilig taten es ihm die anderen nach.

Der Kaiser lächelte. »Jetzt weiß ich, was Ihr meint. So etwas erlebt man nur, wenn man sich Wind und Sonne stellt. Ich hege Bewunderung für Euch, wißt Ihr das? Ihr seid ein Mann der Studierstube, gelehrt wie kein zweiter in meinem

Reich, und doch habt Ihr diesen Blick, den nur die Kinder kennen.«

Die Fenster waren mit Lumpen zugehängt. Eine kleine Talglampe stand auf dem Schreibpult und beschien das Pergament. Hinter Amiel brannten zusätzliche Kerzen. Er tunkte die Feder ins Tintenfaß ein und schrieb:

N q5d grın dzmpnıggd 6 z5rz s2nt pd3rd!

Der gesamte Brief war ein Gewühl von Ziffern und Buchstaben, fein angeordnet und doch scheinbar ohne Sinn. Sorgfältig tunkte Amiel die Feder ein und unterschrieb mit *ımh2l*. Er legte die Feder weg, nahm die hölzerne Büchse und streute Sand über das Pergament. Er blies darüber, nahm es hoch, schüttelte den restlichen Sand ab. Dann faltete er es zusammen. Er hörte die Tür hinter sich knarren. »Tretet näher«, sagte er. »Ihr werdet künftig Bartholomäus heißen.«

Der Frankfurter sah ihn verwirrt an. »Warum gebt Ihr mir einen neuen Namen, Perfectus?«

»Weil ich mit Euren Diensten zufrieden bin. Ich habe mich entschieden, daß Ihr einer von denen sein werdet, die mir in den letzten Tagen zur Hand gehen werden. Einer von elf Männern.« Durch die Wand hörte man Stimmengewirr. Das benachbarte Wirtshaus »Zum Raben« war zur Mittagsstunde gut besucht. Darum hatte er diese Schreibstube ausgewählt, hier konnten sie nicht belauscht werden.

Der Frankfurter verneigte sich ehrfürchtig. »Ich danke Euch, Perfectus.«

»Gelobt Ihr, die Kirche der Reinen nicht aus Furcht vor Feuer oder Wasser oder vor einer anderen Todesart preiszugeben?«

»Ich gelobe es.«

»Ihr müßt den Geboten Gottes gehorchen und diese Welt hassen.«

»Das will ich.«

Amiel übergab ihm den Brief.

Bartholomäus nahm ihn entgegen, blieb aber noch stehen. »Herr, draußen ist ein Adliger. Er sagt, man habe ihm dieses Haus genannt, er sei hier, um einen Heinrich von Niedelschütz abzuholen.«

»Schickt ihn herein.«

Bartholomäus kniete nieder. Er küßte Amiels Hände. Dann stand er auf und ging hinaus. Kurz darauf polterte ein Mann herein, der es offenbar gewohnt war, daß man auf ihn hörte. Sein Gesicht war gerötet vor Wut. Er trug ein mit Messingknöpfen besetztes Wams und dazu schmale, abnehmbare Ärmel. Sie waren mit Bändern am Wams befestigt. Über dem Arm lag ein violetter Mantel mit Pelzkragen, innen mit grüner Seide ausgeschlagen. »Man hat mir versprochen, mir hier den verruchten Heinrich von Niedelschütz zu übergeben. Wo ist er? Und warum läßt der Glatzkopf da draußen meine Knechte nicht ein, wie soll ich sonst diesen Heinrich mit mir führen, ohne Bewaffnete?«

»Heinrich von Niedelschütz ist nicht hier.«

»Ihr wißt wohl nicht, wen Ihr vor Euch habt? Ich bin Venk von Pienzenau, Ratsherr, bedeutender Fernhändler, Ritter. Mit mir scherzt man nicht!« Er schnaufte. »Wo ist Eugen, der Notar?«

»Er ist wohlauf. Ich gebrauche nur für einige Stunden seine Stube. Ich habe Euch gerufen, um Euch zu warnen. Heinrich von Niedelschütz gehört mir. Ich bestimme den Tag seines Todes.«

»Euch hat er wohl auch reingelegt? Solange ich keinen Beweis habe, daß er tot ist, erhaltet Ihr keinen Lohn.« Der Blick des Ratsherrn wanderte zum Schreibpult, dann zu den verdunkelten Fenstern.« Er zögerte. »Aber Ihr macht nicht den Eindruck, als hättet Ihr Interesse an einem Lohn. Wer seid Ihr?«

Der Krämerladen war kaum größer als Adelines Kammer, aber er enthielt in Regalen, an Haken und in Kisten eine entzückende Tausendzahl an Dingen: Gewürze, Holzspielzeug,

Nestel, Geschmeide, Anhängsel, Gürtel, Seidenborten, Beutel, Paternoster aus Korallen, Spiegel, Wachs, Tischtücher, Alaun, Schwefel, eiserne Fingerhüte, Messingnadeln, Zinngeschirr. Und er duftete! Der Geruch von Zimt und Wachs lag in der Luft, dazu der Duft frischer Leinentücher.

Adeline drückte sich an den Türpfosten. Sie wollte nicht drängeln, dem Krämer am besten gar nicht ins Auge fallen, bevor er nicht die anderen Käufer bedient hatte. Sie sah auf das Lederbündel mit Schlachterabfällen in ihrer Hand. Ob es ihn störte, daß sie es in seinen Laden trug?

Als sie am Krämerladen vorbeigelaufen war, hatte sie plötzlich das Verlangen verspürt, dem Hund ein weiteres Geschenk zu machen, eines, das haltbarer war als ein binnen Augenblicken verzehrter Leckerbissen. Eine dieser seidenen Kordelschnüre vielleicht, um sie ihm umzubinden. Oder eines der buntgefärbten Tücher. Sie kaufte Geschenke für einen Hund. Adeline lächelte. Manchmal ging das Leben ungewöhnliche Wege.

Eine dickleibige Frau bestellte beim Krämer: »Ein halbes Pfund langen Pfeffer, einen Beutel Gewürznelken, ein halbes Pfund Muskatblüte.«

Der Händler eilte von Kistchen zu Kistchen, wog ab, schaufelte in kleine Leinensäcke. Seine Nase war schief, eines der Nasenlöcher war dauerhaft an den Nasenschaft gezogen und fast verschlossen. Dennoch strahlte das Gesicht eine merkwürdige Lebendigkeit aus. Es war nicht Gier, nicht kühle Geschäftstüchtigkeit. Es war Glück.

»Und von dem Ingwer dort. Hast du Mohn da?«

Der Krämer hielt inne. »Mohn ...« Er lachte auf kauzige Art. »Ja, ich denke, ich erinnere mich. Habe ihn irgendwo hinter den Kisten mit den Wachskerzen versteckt.«

»Wieso versteckst du den? Den stiehlt dir doch keiner.«

Er kletterte auf eine kleine Leiter und langte tief in ein Regalfach. »Nicht wegen der Diebe. Ich tue es für mich! Nichts ist schöner, als Dinge wiederzufinden. Wenn man sie schon vergessen hatte, verstehst du? Letztes Jahr habe ich einen

Handspiegel zwischen den Winterkleidern versteckt. Gestern habe ich ihn entdeckt. Du glaubst nicht, wie ich mich gefreut habe!«

Der Krämer war verrückt.

Der junge Mann, der vor ihr stand, drehte sich um. Als sich ihre Blicke begegneten, sah er gleich wieder fort. Er war eindeutig erschrocken, als würde er sie kennen, es aber nicht zugeben wollen. Sein Wegsehen war kein zufälliges Umherschauen mehr. Es wirkte, als zwinge er sich, auf natürliche Weise den Laden zu betrachten.

Wer war das? Er trug ein sauberes Hemd, und sein gelocktes Haar war über dem Nacken ordentlich geschnitten. Vielleicht ein Kanzleigehilfe. Oder der Lehrling eines Gewandschneiders. Hatte sie ihn nicht schon einmal gesehen?

Männer waren eine Bedrohung. Sie forderten zuviel. Sie füllten den Raum aus mit ihren lauten, tiefen Stimmen, packten mit groben Händen an, was ihnen gefiel, und scherten sich nicht um Empfindsamkeiten. Männer konnten fröhlicher sein als Frauen, aber sie zahlten einen Preis dafür: Sie sahen weniger. Indem sie Dinge vergaßen, brachten sie sich in die Verfassung, aus voller Kehle zu lachen. Indem sie die entscheidenden Kleinigkeiten des Lebens beiseite schoben, schufen sie sich die Kräfte, Großes zu erreichen. Manchmal kamen ihr Männer vor wie ein fremder Menschenschlag grobschlächtiger Geschöpfe.

Der junge Mann kam an die Reihe. Er bestellte: einen Krug, zwei Schüsseln, einen Holzlöffel, einen kleinen Kessel, ein Bettlaken, einen Kissenbezug.

Der Krämer strahlte über das ganze Gesicht, es sah aus, als würde sich die Nase geraderichten. Er legte ein Ding nach dem anderen auf den Tisch. »Wie wirst du bezahlen? Schwäbische Heller gelten bei mir nur einen Hälbling. Es ist ungünstig, sie zu nehmen. Sie werden bald abgewertet. Du verstehst schon! Das Geld aus Böhmen und Schwaben enthält einfach zu wenig Silber. Die legen uns aufs Kreuz!«

»Ich bezahle hiermit.« Der junge Mann legte einen Goldgulden neben die Waren.

Einen Augenblick lang stand der Händler reglos da und sah vom Goldstück zum Kanzleigehilfen und zurück. Dann sagte er: »Das ist gutes Gold. Sei nicht böse, ja? Die Münzen! Man muß vorsichtig sein. Italiener bringen Florentiner Gulden nach München und venezianische Dukaten. Die habe ich gern. Über den Salzhandel allerdings kommt der schwäbische Heller. Manche Kaufleute bezahlen mit Berner Mark. Von der Donau her: Regensburger und Wiener Pfennige und böhmische Gulden und Groschen. Man muß den Überblick behalten.«

»Und zwei Wolldecken, bitte«, sagte der junge Mann.

»Die Stadtkammer ist ja für viele die öffentliche Sparbank. Witwen legen ihre kleinen Vermögen an, Dienstboten bringen ihre Sparpfennige hin. Jeder kauft Leibrenten. Aber ich sage: Unsinn ist es! Wer Sicherheit sucht, sollte sein Angespartes besser in Goldgulden umtauschen. Warum? Na, denk doch einmal nach! Erstens hört deine Rente auf, wenn du stirbst, und die Stadt behält das eingezahlte Vermögen. Und dann: Wozu verkauft die Stadt die Leibrenten? Weil sie ihre Schulden auszugleichen sucht! Sonst würde sie das niemals tun. Wer eine Leibrente kauft, wird Gläubiger der Stadtkasse, und die steckt in großen Nöten. Kein vernünftiger Kaufmann kann dir dazu raten. Was sagst du?«

»Zwei Wolldecken, bitte«, wiederholte der junge Mann.

Der Krämer sah über den Verkaufstisch, als sei er aus einem Traum aufgewacht. »Wie willst du das alles forttragen?«

Der Kanzleigehilfe stutzte. Offenbar hatte er darüber noch nicht nachgedacht. Adeline mußte lächeln. Er stand jetzt da wie ein kleiner Junge, ratlos und beschämt. In dieser schutzlosen Lage gefiel er ihr.

Es war erstaunlich, daß er so viel einkaufte. Hatte er geheiratet und mußte einen Hausstand einrichten? Für gewöhnlich heiratete man erst, wenn die Lehrzeit hinter einem lag. War er bereits im Besitz eines Meisterbriefs? Sie ertappte sich dabei, die Frau des jungen Mannes zu beneiden. Er war sicher gut zu ertragen. Er wirkte nicht bedrohlich.

»Ich komme ein paarmal«, antwortete er dem Krämer. »Kannst du die Sachen für mich aufbewahren?«

»Selbstverständlich. Du bezahlst gleich alles? Es macht fünfundzwanzig Pfennige und einen Hälbling. Ich gebe dir für das Wechselgeld einen Beutel.« Der Händler zählte 188 Silberpfennige und 41 Hälblinge in einen kleinen Ledersack. Dann war seine Kasse leer. »Sechs Pfennige fehlen. Wenn du vielleicht warten möchtest, bis die junge Frau bezahlt hat?«

»Nein, das ist für den Lederbeutel, dann stimmt es.«

Er war reich. Reiche Leute kauften ihr Geschirr bei den Fernhändlern, oder sie ließen es sich nach eigenen Wünschen von den Töpfern anfertigen. Reiche Leute beauftragten Schneider, ihnen Bettzeug zu nähen. Warum war er hier?

Der junge Mann stellte die Schüsseln in den Kessel. Seine Hände zitterten. In Adeline stieg Zuneigung auf. Es war ihm unangenehm, er schämte sich vor dem Krämer und vor ihr. Es ging ihm genau so, wie sie sich oft fühlte. »Soll ich helfen?« fragte sie.

»Nicht nötig, es geht.« Er schlug den Blick nieder, als er den Kessel an ihr vorbeitrug.

Nemo schaffte es nicht bis zum Goldschmied bei der Rueßwurm-Brauerei. Amiel hatte ihn angewiesen, den Hausrat in das zweite Stockwerk des Gebäudes zu bringen, aber er stellte den Kessel ab und sank beim »Raben« auf eine Steinbank nieder. Er verbarg das Gesicht in den Händen. Seine Brust war angefüllt mit Adeline.

Zum Narren hatte er sich gemacht. Sie hatte seine zitternden Hände gesehen, ihr Blick war an ihnen hängengeblieben. Das Schlimme war: Er liebte sie noch mehr nach dieser Begegnung. Die Sehnsucht schnürte ihm schier den Atem ab.

»Was darf es sein?«

»Ist mir gleich«, sagte er, ohne aufzublicken. Er litt unter Brustschmerzen, als quetschte eine Riesenklaue seinen Oberkörper zusammen.

»Ein Maß Bier also.«

Es war einer der seltenen Momente, in denen er sich nach den Brüdern der Taube und des Kreuzes sehnte. Wie gern würde er einen Bruder zum Krankenbesuch in die Stadt begleiten, neben der himmelblauen Kutte hergehen, schweigen.

Es half, an die Kindheit zurückzudenken. Es machte ihn ruhiger. So gelang es vielleicht, Adeline aus seinen Gedanken zu verbannen. Allein ihr Name stach ihn wie ein Dolch. Adeline. Nein, er wollte jetzt einfach nur an die Kindheit denken. Wie aufgeräumt war damals das Leben gewesen!

Zugegeben, die meiste Zeit war er ungehorsam gewesen bei den Kreuzherren. Es war einfach nicht seine Sache, täglich hundertdreiunddreißig Vaterunser zu beten. Auch das Konventamt im Krankensaal ermüdete ihn. Aber der Ordensmeister! Nemo und die anderen Waisenkinder waren sein Steckenpferd gewesen. Er versuchte, ihnen Griechisch und Latein beizubringen, lehrte sie Lesen und Schreiben.

Während der Schulstunden ritzten sie heimlich anzügliche Zeichnungen in ihre kleinen, wachsbeschichteten Holztafeln und zeigten sie dem Tischnachbarn. Einer der Jungen lief immer rot an, wenn er versuchte, das Lachen zu unterdrücken. Einmal war es so schlimm, daß er sich die Hand vor den Mund pressen und einen Hustenanfall vortäuschen mußte. Bis heute wußte Nemo nicht zu sagen, ob es der Ordensmeister durchschaut hatte.

Er seufzte. Adeline. Ein Bierkrug stand vor ihm auf dem steinernen Tisch. Er hatte überhaupt nicht bemerkt, wie die Wirtin ihn gebracht hatte.

Daß sie ihn überhaupt bediente, zeigte ihm, daß der Barbier ganze Arbeit geleistet hatte. Die gute Rasur und die geschnittenen Haare sorgten offenbar dafür, daß man ihn nicht wiedererkannte. Der Tagelöhner Nemo hatte im »Raben« so hohe Schulden angehäuft, daß man ihm hier nichts mehr gab, nicht einmal eine Schüssel Arme-Leute-Suppe, die aus Küchenresten gekocht wurde und deshalb jeden Tag auf andere Weise erbärmlich schmeckte. Nun, er war nicht der Tagelöhner Nemo. Er trug ein neues Hemd und duftete nach Seife.

Nemo setzte den Krug an die Lippen und trank einen Schluck des kühlen Biers. Es gab Wichtigeres zu tun in diesen Tagen, als von einer Frau zu träumen. Er hatte eine Spur zu seinen Eltern gefunden. Er mußte diesen Amiel von Ax knacken.

»Ihr habt es nicht leicht.«

War das nicht die Stimme des Fremden? Nemo blickte auf. Amiel stand leibhaftig da, in der einfachen Kutte und den staubigen Schuhen, die er an der Lände getragen hatte, und redete mit drei Standweibern. Sie waren hinter ihren Tischen hervorgekommen, um mit ihm zu plaudern.

Wie ihn die Frauen ansahen! Sie pflückten mit ihren Blicken jedes Wort von seinem Mund. War das der gleiche Amiel, der so geheimnisvoll und mächtig gewirkt hatte? Er schien plötzlich wie ausgewechselt zu sein: Er redete, und seine Augen blitzten fröhlich dabei. Weit holte er mit den Armen aus, gestikulierte, lachte.

Bald traten weitere Frauen hinzu, die kleine, dickliche ließ ihre Käfige mit den Hühnern stehen, eine andere schleppte einfach ihr Feuerholz mit heran und setzte es bei der Runde seiner Zuhörerinnen auf den Boden.

Wie zog er sie in seinen Bann? Waren es die grünen Augen? Waren es die grauen Strähnen im Haupthaar? Die Frauen himmelten ihn regelrecht an. Anfangs hatten noch sie erzählt, und er hatte ihnen freundlich nickend zugehört. Jetzt aber redete nur noch er.

Was, wenn er gar kein Verschwörer war, sondern ein genialer Dieb? Dualist, hatte William Ockham gesagt, und etwas von Aristoteles und Platon. Es sah eher danach aus, als würde er jeden Augenblick der linken Krämerin den Geldbeutel abschneiden und ihm in seinem Ärmel verschwinden lassen. Nemo richtete sich auf, um besser zu sehen. Er achtete genau auf Amiels Hände.

»Natürlich, es gibt Freuden auf Erden. Ihr kocht eine schmackhafte Mahlzeit. Euer Kind lernt ein neues Wort. Oder ihr erfreut euch am Anblick eines gutaussehenden Mannes.«

Die Frauen lachten.

»Aber schaut dahinter! All dies ist nichts als bröckelnder Putz. Die Mahlzeit kann euch zur Sünde verführen, wenn sie euer Denken beherrscht. Das Kind, wehe, wie ist es zu bedauern! Wäre es doch nie in die Wirren und Nöte dieser Welt geboren worden! Die Schönheit des Mannes weckt böse Lüste in euch. Denkt daran, sage ich, eines Tages hat es ein Ende, und ihr kehrt zu Gott zurück. Gebt euch nicht den Verführungen dieser Welt hin.«

Männer kamen hinzu, und Amiel begrüßte jeden von ihnen mit einem freundlichen Nicken, ohne seine Rede zu unterbrechen. »Paulus schrieb: ›Denn jedes Geschöpf Gottes ist gut.‹ Die Kirche lehrt euch, die Welt sei Gottes Schöpfung mit allem, was darinnen ist. Merkt ihr, wie das eurer Erfahrung widerspricht? Die Welt ist böse, jeder spürt das. Alles, was in der Welt ist, stachelt die Begierde des Fleisches an. Dennoch hat Paulus recht. Unsere Seelen sind gut. Die Welt aber kann niemals Gottes Schöpfung sein. O ihr Unvernünftigen, wer hat euch so umgarnt, daß ihr dies nicht versteht!«

Immer noch hing der Geldbeutel griffbereit am Gürtel der Krämerin. Hatte Amiel es aufgegeben, ihn zu stehlen? Die Blicke zu vieler Menschen ruhten auf ihm, wenn er tatsächlich ein Dieb war, dann hatte er sich durch seine Freundlichkeit die Beute verdorben. Er stand nun inmitten einer kleinen Menschentraube. Nemo mußte aufstehen, um ihn noch sehen zu können.

»Es beginnt mit der Speise. Meint ihr, eine Schale Mehlsuppe sei ohne Sünde? Jesus hat nichts gegessen, nicht eine Krume Brot. Er wußte, welche Gefahren in den geschaffenen Satansdingen liegt. Zur Frau am Jakobsbrunnen sagte er: ›Meine Speise ist die, daß ich den Willen dessen tue, der mich gesandt hat.‹ Verführerische Nahrung dieser Welt mied er, denn er war ein Geistwesen.«

Was redete Amiel da? Und warum widersprach ihm niemand? Jesus hatte doch sehr wohl gegessen! Hatten nicht seine Jünger Fische für ihn gebraten? Es war doch ausdrücklich berichtet, wie er sie aß. Und hatte er nicht mit ihnen vor seinem Tod zu Abend gegessen?

Eine Schwangere passierte die Gruppe. Amiel trat heraus. »Frau«, sagte er, und hielt sie am Arm fest.

Sie blieb stehen, sah ihn erstaunt an. »Kenne ich Euch?«

»Wenn du willst, bete ich dafür, daß dir der Dämon aus dem Bauch genommen wird.«

Es erschien Nemo, als sei die Straße plötzlich still. Alle sahen Amiel von Ax an: Die Händler, die biertrinkenden Männer an den Tischen des »Raben«, die Vorbeilaufenden.

Die Schwangere erblaßte. »Was habt Ihr da gerade gesagt?« flüsterte sie.

»Du hast gesündigt«, sagte Amiel. »Aber dir kann vergeben werden, wenn du dich hinfort rein hältst. In dir wächst ein Seelengefängnis heran. Ein Dämon. Du solltest ihn nicht zur Welt bringen. Ich bin bereit, für dich zu beten, daß du davon befreit wirst.«

Sommer 1356

»Was schimpfst du? Glaubst du, mir war es nicht unheimlich, ihn so reden zu hören? Allen war es unheimlich, der Schwangeren, den Krämerinnen, mir. Wir konnten vor Entsetzen nicht atmen.«

Mathilde schüttelte den Kopf. »Vater, wenn es so gewesen wäre, hättest du ihm nie und nimmer die Treue geschworen!«

»Das kannst du nicht verstehen. Du warst nicht dabei. Du hast nicht sein Gesicht gesehen, den glühenden Blick. Vollmacht hat ihn umgeben. Er hat das Schreckliche nicht einfach so dahingesagt. Was er gesagt hat, klang, als sei es jahrhundertealt.« Er sah sie an mit großen Augen. »Es klang, als sei es wahr.«

»Wahr ist dieses nasse Loch hier!« Sie hielt die Fackel an die schimmelige Wand. »Du wurdest von einem kirchlichen Orden aufgezogen. Erzähle mir nicht, daß dich die erstbeste Ketzerpredigt auf der Straße umgeworfen hat.«

»Ich hatte nicht das Gefühl, daß er gegen die Kirche predigt, zumindest damals nicht. Hat er nicht ihre Lehren nur verschärft? Der Kirche gilt das Zeugen eines Kindes genauso als Sünde. Sie lehrt das nicht offen, aber wird es nicht durch die Strafe deutlich? Weil man nicht genau weiß, wann das Kind gezeugt wurde, wird die Strafe nach der Geburt verhängt. Hast du dich nie gefragt, warum es einer Wöchnerin verboten ist, eine Kirche zu betreten? Sie wird als unrein betrachtet, bei einem Jungen vierzig Tage lang, bei einem Mädchen achtzig Tage. Ich hätte Amiel von Ax anzeigen sollen damals? Denkst du wirklich, ich hätte erkennen können, was er vorhatte?«

Ja, das hättest du, dachte sie. Sie rief: »Wache!«

»Ich rede die Dinge schön. Das denkst du, nicht wahr? Töchterchen, ich sitze in einem kalten, nassen Drecksloch und warte auf den Tod. Da redet man nichts schön. Ich weiß sehr wohl, wie ich in diesen Kerker geraten bin. Er ist dafür verantwortlich. Ich habe keinen Grund, ihn besser darzustellen, als er ist.«

Eine viereckige Öffnung erschien weit über ihr. »Obacht!« rief eine Stimme. Seil zischte, und der Korb kam heruntergerast. Rasch trat sie beiseite. Der Korb landete hart auf dem Boden. Staub umwölkte ihre Fackel.

»Die Wahrheit erzähle ich dir, Töchterchen, und nichts anderes. Bitte, bleib. Willst du den Rest nicht hören?«

»Ich soll mir anhören, wie mein Vater zum Mordhelfer wurde? Ich soll hören, daß alles, was du mich gelehrt hast, eine Lüge ist?« Sie sah ihn an, und es erschien ihr plötzlich richtig, daß der ausgemergelte Mann starb. Sie schämte sich für diesen Gedanken. Dennoch, sie konnte nicht anders: In ihren Augen hatte er den Tod verdient. »Im Bischofspalast, da habe ich noch gehofft, daß man dir Dinge anhängen will, die du gar nicht getan hast. Ich bin hierhergekommen, weil ich dachte, du würdest alles aufklären und mir den Glauben an dich wiedergeben.«

»Mathilde, ich bitte dich um nichts weiter als ein wenig Geduld. Du wirst verstehen –«

»Das habe ich längst«, unterbrach sie ihn. »Ich habe verstanden.« Sie stieg in den Korb. Während man sie langsam hinaufzog, sah sie hinab. Vaters Blick folgte ihr. Stumm stand er da und sah ihr nach.

Die Wachen hievten den Korb fort vom Loch und schlossen es mit einer Klappe von schwerem Eichenholz. Sie halfen ihr aus dem Korb, nahmen ihr dienstbeflissen die Fackel ab. Warum waren sie so höflich? Der Kerkermeister stand hinter ihnen, ein kleiner Mann mit schmalem Gesicht, unrasiert. »Kommt, ich geleite Euch hinaus«, sagte er ruhig. Seine Zähne waren beneidenswert gesund.

Gehorsam erklomm sie die Treppe. An ihrem oberen Ende öffnete der Kerkermeister ihr eine Pforte. Warme Luft schlug ihr entgegen. Mathilde blinzelte. Das Tageslicht schmerzte in den Augen. Aus Hinterhofgärten drang Vogelgezwitscher.

Menschen liefen geschäftig umher, trugen Bündel, Kiepen, Körbe. An den Häuserecken standen sie beisammen und schwatzten. Zarte Wölkchen verzierten den Himmel.

Sie machte sich auf den Weg nach Hause. Sie dachte: Vater ist schuldig, die Gerichtsverhandlung war kein Schauspiel. Er hatte sie all die Jahre belogen. Ein bitterer Geschmack verbreitete sich in ihrem Mund.

Und die Freundlichkeit des Kerkermeisters? Sagte ihr nicht der Instinkt, daß es dafür eine andere Ursache gab als die dreißig Silberpfennige und den Krug Wein, mit denen sie ihn bestochen hatte? Sie spürte doch, man erhoffte sich etwas von ihr. Hatte der Kerkermeister ihr Gespräch mit dem Vater belauscht? Wartete er darauf, daß der Vater ein Geheimnis preisgab, daß er ihr, Mathilde, erzählte, was die Inquisition aus ihm herauspressen wollte?

Selbst wenn es so war, es war nicht ihre Sache. Mit den abscheulichen Machenschaften ihres Vaters hatte sie nichts zu tun, und sie würde sich darin nicht einmischen. Ihre Aufgabe war es, den Verlust des Vaters zu erleiden und zu begreifen, daß sie ihn schon vor ihrer Geburt verloren hatte. Ihre Kindheit war eine Lüge gewesen, jedes freundliche Wort, jeder Abend auf Vaters Knien, jede Puppe, die er ihr aus Stroh gebunden hatte.

Sie erreichte das Haus. Die Knechte und Mägde hatte sie entlassen müssen, aber das Haus war erhalten geblieben. Sie hatte es einem Ratsherren geschenkt, bevor die Inquisition es einfordern konnte, und aus Dankbarkeit ließ er sie noch ein wenig darin wohnen. Jeden Tag konnte es geschehen, daß er sie hinauswarf, weil er einen Käufer gefunden hatte. Dennoch, die Entscheidung war richtig gewesen. Einem Ratsherren konnte die Inquisition das Haus nicht streitig machen.

Mit dem Schlüssel in der Hand näherte sie sich der Eingangstür. Sie stutzte. Das Vorhängeschloß fehlte. Hatte der Ratsherr es von einem Schmied aufbrechen lassen? Wollte er sie so bald schon loswerden? Sie ballte die Fäuste. Das waren seine gütigen Worte also wert gewesen. Allein um das Geld war es ihm gegangen. Wohin sollte sie nun gehen?

Sie trat ein. Es war still im Haus. Sie sah in den Wohnstuben, Schlafkammern, Gesinderäumen nach – alles war an seinem Platz. Als sie die Küchentür öffnete, schrak sie zusammen. Jemand saß am Tisch und hielt das Gesicht in den Händen. »Mutter?«

Die Mutter sah auf. Ihre Augen waren verquollen. »Ist er …?«

»Tot? Nein. Er ist im Kerker.«

»Er lebt?«

»Ich würde sagen, er hängt zwischen Tod und Leben.«

»Du hast ihn also besucht.«

Mathilde nickte. »Er hat uns angelogen, Mutter. Es ist alles wahr, die Morde, die Ketzerei.«

»Ich weiß.«

»Vater ist gar kein Kaufmann. Er ist ein Betrüger. Ein Halsabschneider.«

»Das stimmt nicht, Mathilde. Er ist rechtschaffen geworden vor vielen Jahren.«

»Wie willst du das wissen? Verstehst du nicht, daß er ein Lügner ist, wie es keinen zweiten auf der Welt gibt? Du willst doch nur nicht einsehen, daß du einen Mann geliebt hast, den es in Wirklichkeit gar nicht gibt.«

»Ich kenne deinen Vater, Mathilde.«

»Ach? Wenn du alles wußtest, warum bist du dann fortgegangen? Warum warst du dann wütend auf ihn?«

Die Mutter schloß die Augen und preßte die Lippen fest aufeinander. Sie schüttelte den Kopf. Sie legte wieder die Hände vor das Gesicht.

Er drückte das Bündel mit Brot und Käse an sich und seufzte vor Glück. Ohne es fortzulegen, hob er den Krug an den Mund und trank mit großer Vorsicht einige Schluck Milch, als fürchte er, etwas zu verschütten. Er leckte sich die Lippen. »Adeline schickt dich? Sie ist zurück?«

»Mutter hat mich gebeten, dir etwas zu essen zu bringen.«

Er ließ den Krug sinken, sah an ihr vorbei. »Sie selbst wollte nicht kommen.«

»Es tut mir leid.« Mathilde zog das Wachstäfelchen und den Griffel hervor. Sie leuchtete ihm mit der Fackel, während er las: *Wir werden belauscht.*

Er hielt das Täfelchen nahe an die Flamme, wartete, bis die Oberfläche zerlaufen war, dann schrieb er: *Ich weiß.*

»Aber es ist gut, daß du hier bist«, sagte er. »Vielleicht kannst du ihr erklären, warum ich so gehandelt habe, wie ich es getan habe.« Er schrieb: *Hilfst du mir zu fliehen?*

Sie sah ihn an.

Er hielt ihren Blick. Dann nickte er langsam. Er begriff wohl, daß er sie nicht überzeugt hatte bisher, im Gegenteil. Leise sagte er: »Hörst du mir noch einmal zu? Ich will es dir erklären.«

»Was gibt es da zu erklären? Du hast Amiel deine Dienste angeboten. Den Hausrat, von dem du erzählt hast – du hast ihn für ihn gekauft, nicht wahr? Damit ihr eure geheime Wohnung beziehen konntet, euer Mördernest.«

»Du darfst nicht vergessen, daß ich Amiel von Ax für einen Dieb hielt. Ich wollte ihm auf die Schliche kommen und in Erfahrung bringen, was er über meine Eltern wußte.«

»Also? Was hast du getan?«

»Versprichst du mir, daß du mir bis zu Ende zuhörst?«

»Du verstehst das nicht, oder? Es ist eine Folter für mich, dir zuzuhören. Mit jedem Wort raubst du mir ein Stück des Vaters, den ich –« Sie stockte. Den ich geliebt habe, hatte sie sagen wollen.

»Doch, das verstehe ich. Und es dauert mich sehr. Ich muß dich trotzdem bitten, mir zuzuhören. Vielleicht kann ich dir auch etwas geben. Einen anderen Vater. Und den Mann, der ich wirklich bin.«

6

Winter 1336

Diesmal war es kein Geld, das er stehlen wollte. Diesmal ging es um Wissen. Amiel von Ax wußte, wie er seine Eltern finden konnte. Nemo wich dem Fremden nicht mehr von der Seite. Er mußte rasch das Gewünschte erfahren, sei es, indem er sich das Vertrauen Amiels erschlich, sei es, indem er dessen Kiste durchsuchte in einer unbeobachteten Stunde. Jeder Tag in seiner Nähe war eine Gefahr. Je eher er die Geheimnisse Amiels ergründet hatte, desto eher konnte er ihn auch wieder verlassen.

Er war schon Hauptmann gewesen, Gesandter eines Markgrafen, Jude, Tagelöhner, Fernhändler, Leibrentenverkäufer. Er würde rasch lernen, wie er sich als Leibdiener zu verhalten hatte. Obwohl sie nicht darüber sprachen, verstand es sich mehr und mehr von selbst, daß er Amiel diente. Natürlich mußte er bei seinem Herrn wohnen.

Das Haus des Goldschmieds, in dem Amiel sich eingemietet hatte, besaß drei Stockwerke. Im Erdgeschoß befand sich die Werkstatt. Tagaus, tagein hörte man den Goldschmied darin hämmern. Das erste Stockwerk bewohnte der Schmied mit Frau und Kindern. Amiel stand das Dachgeschoß zu. Das Gebäude war mit Wein bewachsen; winterlich braunem Gezweig, das an den pechgeschwärzten Balken und der getünchten Wand bis zum Dach hinaufkroch.

In Amiels Stockwerk gab es zwei Räume, dazu eine Küche, einen kleinen Korridor und eine Vorratskammer. Ein Abort fehlte, sie mußten einen Kübel verwenden, den Nemo regelmäßig in die Senkgrube im Hof ausleerte.

In der ersten Nacht, die er bei Amiel verbrachte, regnete es. Es war ein feines Trommeln auf dem Dach über ihnen, ein beständiges Klopfen. Unten auf der Straße plätscherte ein

Rinnsal. Der Regen roch frisch und erdig. Dennoch war es Nemo, als weinte der Himmel über ihn. Als wollte er ihn mit dem Klopfen mahnen, das Weite zu suchen, ehe es zu spät war.

Am Morgen schickte Amiel ihn nach Amberkraut zum Apothekarius. Nemo verließ das Haus über die Außentreppe im Hof, aber anstatt sich, wie aufgetragen, auf den Weg zum Apothekarius zu machen, verbarg er sich hinter dem Brunnen. Die Gänse im Verschlag des Schmieds betrachteten ihn neugierig. War es nicht anstrengend, den ganzen Tag den Kopf so weit oben zu halten? Solange sie ihn nicht mit Schnattern verrieten, war es ihm recht.

Kurze Zeit später erschien Amiel auf der Treppe, stieg hinab. Er verließ das Grundstück. Nemo folgte ihm. Er hielt Abstand, damit Amiel ihn nicht bemerkte. Glücklicherweise war die Leimgasse bereits geschäftig, es war nicht schwer zu erreichen, daß sich immer Leute zwischen ihnen befanden. Ab und an blieb Nemo an einer Verkaufsbude stehen, nahm einen Kamm in die Hand oder einen Gürtel und spähte Amiel dabei aus dem Augenwinkel hinterher.

Der Fremde bog zum Marktplatz ab. Nemo eilte ihm hinterher und sah gerade noch, wie er durch die schnitzwerkverzierte Tür eines prächtigen Hauses verschwand, eine Tür, die er sehr gut kannte, eine Tür, durch die er selbst Dutzende Male getreten war, in anderer Kleidung, unter anderem Namen. Er sah am dreistöckigen Haus hinauf. Seine weiße Fassade war mit roten und silbernen Ornamenten bemalt. Amiel besuchte Venk von Pienzenau.

Der Fürstenmantel fiel ihm wieder ein. Natürlich, Amiel von Ax verkehrte unter den feinen Herrschaften der Stadt. Aber Venk von Pienzenau? Es hieß, daß kurz nach dem vergangenen Weihnachtsfest sogar der Kaiser und die Kaiserin zu Besuch gewesen waren bei ihm, hier, in seinem Haus. Was verband Amiel mit dem mächtigen Ratsherrn und Fernhändler? Wunderte es Venk nicht, daß er in so einfacher Kleidung bei ihm erschien, ohne Diener, ohne Schwert?

Nemo kaufte warmen Rübenkuchen an einer Imbißbude. Die Tür behielt er im Auge. Wie kam es, daß seine Eltern Amiel kannten? Hatten sie für ihn gearbeitet? Er beschloß, auf ihn zu warten. Vielleicht war er in Begleitung, wenn er wieder aus dem Haus trat. Oder er trug etwas bei sich.

Der Himmel zog sich zu, und die Händler begannen, ihre Waren von den Tischen zu räumen. Um sich die Zeit zu vertreiben, beobachtete er einige Kinder. Sie legten einem Huhn eine Spur aus Körnern. Das Huhn folgte, pickte gehorsam Korn für Korn auf. Es sah sehr ernst aus dabei. Die Kinder lachten. Das Huhn folgte dem Spiel, als wäre es eine wichtige Arbeit. Es schielte seitwärts, pickte, hob den Kopf, spähte aus, pickte, pickte, prüfte, pickte. Die Kinder lockten es mit der Körnerspur bis zu einem Bottich, den sie schräg in die Höhe hielten. Das Tier ging in die Falle. Sie stülpten ihm den Bottich über und tanzten darum herum.

Starke Arme umklammerten ihn. Es war, als würde sich eine Eisenspange um seinen Körper schließen, mit dem Ziel, alles Leben herauszupressen. Der Rübenkuchen fiel zu Boden. Nemo wollte schreien, aber heraus kam nur ein Ächzen. Der eiserne Griff drückte alle Luft aus seinen Lungen und gestattete ihm nicht, neuen Atem zu schöpfen. Er wurde in eine Seitengasse gezerrt, kämpfte dagegen an. Die Atemnot drohte ihm die Besinnung zu rauben. Er trat um sich, versuchte, seine Arme zu befreien. Der Peiniger besaß unbezwingliche Kraft. Sein Griff wurde noch fester. Etwas knackte. Ein rasender Schmerz schoß Nemos Rücken hinab.

Er sah eine Kutte. Sie gehörte zu Amiel von Ax. Der Fremde gab ein Zeichen, und man ließ ihn los.

Er sank zu Boden. Keuchte. Bei jedem Atemzug stach ihn der Rücken, als steckte eine Klinge darin.

»Das nennt man, das *ælioramentum* zu vollziehen«, sagte Amiel. »Indem du vor mir kniest, erkennst du meine Stellung an. Nun neige dreimal den Kopf zu meinen Händen und küsse sie.«

Hinter Amiel stand der Schatten seines Peinigers an der

Wand, breit, mächtig. Noch einmal in seinen Todesgriff zu geraten würde sein Ende bedeuten. Er küßte Amiel von Ax die rechte Hand. Sie war warm und weich.

»Sage nun: *Benedicite, parcite nobis.*«

Er verlangte, daß er ihn um Segen bat? War er ein Geistlicher? Gehörte er einem Orden an? Er sagte: *»Benedicite, parcite nobis.«*

Die Antwort erfolgte in fremder Sprache. *»De dieu las aiatz e de nos.«* Amiel machte ihm ein Zeichen, daß er aufstehen sollte. »Du bist mir nachgelaufen. Sicher möchtest du mir sagen, daß dir eingefallen ist, was deine Eltern dir gegeben haben.«

Wußte er auch diesmal, daß er ihn angelogen hatte? Nemo sah sich nach dem Peiniger um. Ein Glatzkopf. Wo hatte er ihn schon einmal gesehen? In den Gewölben beim Talburgtor? Doch, kein Zweifel. Er hatte ihn in den Gewölben gesehen. Der Glatzkopf arbeitete als Fleischhacker bei den Schlachtbänken. »Nein«, sagte er, wieder zu Amiel hingewandt, »ich wollte nur noch einmal nachfragen, ob Ihr das Amberkraut getrocknet oder frisch benötigt, der Apothekarius wollte das von mir wissen, und ich habe es nicht entscheiden können.« Dieser Schmerz beim Atmen!

Amiel musterte ihn. »Du bist durch und durch ein Lügner. Das erste, was du mir an der Lände gesagt hast, war eine Lüge, und seitdem kriechen nur falsche Krötenworte aus deinem Mund. Du hast nicht alles erzählt, dessen du dich erinnerst.«

»Doch, alles«, beteuerte er.

»Wenn du dich an mich hältst, Nemo, kann deine Seele befreit werden. Aber wie soll ich dir vertrauen?« Er griff sich an den Gürtel und zog ein zusammengefaltetes Stück Pergament hervor. »Beweise, daß du auf meiner Seite stehst. Bringe dem Gelehrten William Ockham diesen Brief. Nur ihm persönlich gibst du das Pergament, niemandem sonst, hast du mich verstanden? Er soll es lesen und gleich darauf vor deinen Augen verbrennen.«

»Aber die Wachen, wie soll ich in den Kaiserhof –«

»Vor mir wirst du in Zukunft kein Schauspiel mehr spielen. Hast du mich verstanden? Ich weiß, wer du bist. Es ist für dich keine Schwierigkeit, irgendwo hineinzugelangen, und wenn es der päpstliche Palast ist! Du bist der gerissenste Betrüger weit und breit. Und du hast auf dem Fest mit William Ockham gesprochen. Also wird es dir ein zweites Mal gelingen. Geh und tue, was ich dir aufgetragen habe.«

Die ersten Regentropfen landeten auf Amiels Gesicht. Er streckte die Hände aus und fing den Regen darin auf. Er fiel hinein wie kleine Küsse. Der Regen war sanft. Eine Fürsorge des Himmels? Er ballte die Hände zu Fäusten. Die Künste des Bösen waren verführerisch. Nichts an dieser Welt war gut.

Die Gänseblümchen am Straßenrand hielten ihre halbgeschlossenen Blüten dem Regen hin, unwillig und doch notgedrungen fügsam. In einer Seitengasse sah er Mädchen, die das Herbstlaub zu Häusergrundrissen zusammengefegt hatten und darin spielten.

»Kommst du in die Küche, Liebster?« rief eines.

»Gleich«, antwortete das andere.

»Ich habe Tauben für dich gekocht.«

Diese Stadt war gefährlich für ihn. Der Böse hatte das Schlachtfeld gut vorbereitet. Er versuchte, ihn von seiner Aufgabe abzulenken. Er ließ seine Dämonen tanzen.

Amiel zog die Kutte am Hals zusammen. Er dachte an Frankreich, an das Jurastudium in Toulouse. Damals hatte er Gesindearbeiten verrichtet, um die Magister zu bezahlen. Von seinen Eltern nahm er kein Geld. Er war froh gewesen, sie abzuschütteln, diese Liebe, die so unzuverlässig war.

Auch die Versprechungen der anderen Studenten waren falsch gewesen. Sie schworen unerschütterliche Freundschaft. Dann aber saßen sie in Wirtshäusern und betranken sich, die Wohlhabenderen, während er schuftete. Wegen der unterschiedlichen Herkunftsländer gab es Streitereien. Franzosen bezeichneten die Engländer als Trunkenbolde und triebhafte Tiere; die Engländer antworteten, Franzosen seien hochmütig, verweichlicht und aufgeputzt wie die Weiber. Die Brabanter spotteten, die Lombarden seien geizig und feige. Die Lombarden ihrerseits sagten, die Brabanter seien Wüstlinge. Jeden Abend prügelten sie sich. Freunde, die ihm Veilchen schlugen, weil er Franzose war.

In Toulouse lernte er, der Schwäche zu widerstehen. Er lernte, sich nicht reizen zu lassen, obwohl er damals von dem Wissen nur ahnte, das später seine Seele durchdringen würde. Er lernte, die Bosheit in jedem Menschen zu sehen. Er erkannte das ihm innewohnende, verzweifelte Geschöpf, das sich danach sehnte, den Körperkäfig zu verlassen. Nichts an dieser Welt war gut. Ihr zu entfliehen, das war das Lebensziel.

Er hatte seine eigene Kanzlei eröffnet, hatte hart gearbeitet, aber von Tag zu Tag litt er ärger. Dann begegnete er dem großen Autier. Autier zeigte ihm den Weg zurück ins Paradies.

Autier war tot. Jetzt war es an ihm. Er würde die perfekte Kirche gründen. Nichts konnte ihn aufhalten, solange er sich den Rücken freihielt. Der Junge würde ihm nicht noch einmal folgen und alles verderben.

Das Talburgtor. Amiel drehte sich um und entließ den Fleischhacker mit einem langen Blick. Er wartete, bis der Glatzkopf im Schlachthaus verschwunden war, dann klopfte er an die Tür des Turmes.

Ein Wächter öffnete.

Amiel sagte: »Holt Hauptmann Ermenrich.«

Der Wächter nickte und verschwand im Turm. Kurz darauf erschien der Hauptmann, schwarzbärtig, dunkeläugig.

Wie von selbst vollzogen Amiels Finger das geheime Zeichen.

Der Hauptmann drückte ebenfalls vor seinem Bauch die kleinen Finger aneinander. »Womit kann ich Euch dienen, Perfectus?«

»Ein Baum, der keine guten Früchte bringt, muß umgehauen werden. Jemand wird sterben. Noch heute.«

»Ich verstehe nicht.«

»Ihr werdet die Bluttat verschleiern.«

»Was muß ich tun?«

»Es wird im Angerviertel geschehen, für das Ihr zuständig seid. Sorgt dafür, daß der Tote vergessen wird.« Er griff sich an den Gürtel und löste das Bündel. Deutlich fühlte er das trockene Brotstück. Er reichte es Ermenrich. »Der Herr richte und verdamme die Unvollkommenheiten des Fleisches.«

Die Augen des Hauptmanns leuchteten.

Kalter Wind blies Regentropfen und Herbstlaub um die Straßenecken. Adeline fröstelte. Ein unangenehmes Wetter! Nur den Herbstgeruch mochte sie. In der Stadt allerdings war er durchmischt mit Aschestaub und dem Gestank der Sickergruben. Wenn sie mit der Gräfin morgen aufs Land ausritt, würde sie in tiefen Atemzügen die gute Luft genießen.

Die Gräfin durfte noch nicht vom Mittagsschlaf erwachen. Wenn sie Adeline rief, damit sie ihr beim Ankleiden half, und es kam keine Antwort – das würde Folgen haben. Was, wenn es mit der Geduld der Gräfin plötzlich ein Ende hatte?

Sie sah auf. Die Kirche des heiligen Laurentius warf bereits ihren Nachmittagsschatten auf die nasse Wand des kaiserlichen Wagenhauses. Adeline beschleunigte ihre Schritte. Sie bog rechts ein, folgte dem Wassergraben und der Mauer des Kaiserhofs. Gegenüber befanden sich das Haus der Jäger und das Hundehaus. Manchmal, wenn sie in der Nacht nicht schlafen konnte, hörte sie einen Hund heulen. Das Geräusch war ihr immer raubtierhaft und bedrohlich erschienen. Ein solches Raubtier besuche ich, dachte sie. Sie war stolz auf sich.

Sie trat durch das große Tor und ließ ihren Blick über die Zwinger streifen. Überall im Hof standen sie, ein Käfig am anderen. In manchen befanden sich dünne, langhaarige Kreaturen, die man Windhunde nannte. Sie waren leicht und schmal, sahen aus, als könnten sie fliegen. Aus anderen Käfigen starrten Doggen herüber, die Ohren aufgestellt, der Blick starr. Sie witterten Adeline wie ein Tier, das es zu jagen galt. Ihre kurzen Schnauzen kräuselten sich, und sie knurrten.

Auch Bracken gab es, Hetzhunde mit dicken Köpfen und Hängeohren. Sie betrachtete sie, suchte nach einer, die freundschaftlich mit dem Schwanz wedelte, um sie zu begrüßen.

»Schöne Tiere, nicht wahr?« Ein Hundeführer legte ihr den Arm um die Schultern.

Adeline nickte. Unter der Berührung des Mannes verspannte sich ihr Nacken. Sie wollte den Arm wegschlagen, wagte es aber nicht, weil sie fürchtete, den Hundeführer zu erzürnen. Der Mann und sie standen in der Toreinfahrt im Trockenen. Die Hunde schüttelten sich den Regen vom Fell.

»Hast du mal gesehen, wie eine Meute Doggen einen Bären stellt? Die springen ihn an und kämpfen und ringen ihn nieder – das ist ein Schauspiel!«

»Was tun die Bracken?«

»Bracken hetzen das Rotwild. Der Leithund nimmt die Fährte auf, und dann lassen sie sich nicht mehr davon abbringen. Im besten Fall ist ein kräftiger Hirsch dabei. Sie jagen ihm nach und treiben ihn den Jägern vor den Bogen.«

Vorsichtig befreite sich Adeline vom Arm des Hundeführers. »Verzeiht.«

»Jaja, ich sollte ein Bad nehmen, ich weiß. Willst du mich ins Badehaus begleiten, Süße?«

Sie schluckte. »Ich denke nicht. Ich bin hier, um die Bracke zu besuchen, die ich vorgestern hergebracht habe.«

»Knochen? Den Ausreißer?«

»Ihr nennt ihn Knochen? Aber warum?«

»Der dort heißt Kuhblume, der da Hüftstück, die hier nenne ich Mädchen, den da Schurke, und der daneben mit dem braunen Flecken im Gesicht heißt Stumpf. Die Namen habe ich mir ausgedacht.«

»Wo ist Knochen?«

Der Hundeführer lief auf einen der Käfige zu. Er befahl: »Knochen, hierher!« Im Gewühl der aufgeregten Hunde drängelte sich eine Bracke nach vorn zur Käfigtür. »Ihr anderen bleibt!« Der Hundeführer öffnete die Tür um einen kleinen

Spalt. Mit Mühe zwängte sich die Bracke hindurch. Sofort schloß er die Tür wieder. Hundegeheul und wütendes Bellen waren die Antwort.

»Du hast ein Glück«, sagte der Mann zur Bracke. »Eine wunderschöne Frau kommt dich besuchen. Da will man glatt Hund sein.«

Knochen kam schwanzwedelnd angelaufen und steckte seine Nase in das Lederbündel. Wenn er nun zubiß und ihre Hand mit erwischte? Adeline hob das Bündel in die Höhe. Der Hund sprang und schnappte danach.

»Aus!« Der Hundeführer packte ihn am Halsband und drückte ihn zu Boden. Er versetzte ihm einen Hieb mit der Faust. Knochen winselte.

»Verzeiht«, sagte sie. Wegen ihr wurde der Hund geschlagen!

»Was hast du da drin?«

»Schlachterabfälle, die ich ihm mitgebracht habe.« Hastig knotete sie das Bündel auf. Sie legte es zu Boden und faltete das Leder auseinander. Knochen stürmte voran und grub seine Schnauze in das Fleisch. Er fraß so hastig, daß man meinen konnte, er habe wochenlang nichts bekommen. Einen Bissen nach dem anderen warf er sich mit ruckhaften Kopfbewegungen im Maul zurecht und schlang ihn hinunter.

Über den Hof hallte das Wutgebell der anderen Hunde. Der Hundeführer lachte. »Das findet ihr ungerecht, was? Und du, Knochen? Wie hast du die Süße beeindruckt?«

»Ich habe Hunde nie gemocht. Aber er war gut zu mir. Darf ich ihn morgen ein wenig spazieren führen?«

»Durch die Stadt? Der läuft dir weg, kaum daß du durch dieses Tor gegangen bist. Einmal war er für drei Wochen verschwunden. Dann ist er verlaust und halb verhungert bei den Seelfrauen von Sankt Christoph aufgetaucht, und die haben ihn uns zurückgebracht. Knochen hat eine Vorliebe für Frauen.« Der Hundeführer grinste und entblößte faulige Zähne.

Knochen leckte die letzten Reste vom Leder. Dann hob er den Kopf und schnupperte an Adelines Hand.

Adeline streichelte über den warmen, muskulösen Hunderücken. »Schön, dich zu sehen«, sage sie leise. Sie zog das rote Tuch hervor und band es ihm um den Hals. »Für dich. Gefällt es dir?«

»Wo die Liebe hinfällt.« Der Hundeführer rollte die Augen.

Adeline erhob sich. Sie fühlte sich unwohl in seiner Gegenwart. »Kann ich ihn trotzdem morgen abholen?«

»Es steht keine Jagd an. Ich könnte ihn dir an die Leine legen, dann kann er nicht weglaufen. Überleg dir das mit dem Badehaus.«

Sie sah zu Boden. »Ja.« Eilig ging sie zum Tor.

Knochen folgte ihr. Er wedelte mit dem Schwanz.

»Du mußt hierbleiben«, sagte sie. Sie zeigte auf den Hof. »Bleib! Ich hole dich morgen, dann laufen wir ein bißchen durch die Stadt, ja?«

Der Hundeführer befahl: »Knochen, hierher!«

Der Hund zögerte.

»Geh schon, sonst kriegst du Ärger.« Sie mußte sich eingestehen, daß ihr das Zögern der Bracke guttat. Der Hund mochte sie. Er wollte lieber mit ihr gehen.

»Knochen, hierher!« donnerte der Hundeführer erneut. Der Hund zuckte zusammen und gehorchte dem Ruf.

Lächelnd drehte sich Adeline um. Sie trat durch das Tor auf die Straße. Der Regen füllte erste kleine Pfützen auf. Sie mußte sorgfältig auf ihre Schritte achten, sonst würde sie hineintreten und das Dreckwasser an den Saum ihres guten blauen Kleides spritzen.

Im Wassergraben schwammen Enten. Sie schien der Regen nicht zu stören. Um sie herum malten die Tropfen Kreise auf das Wasser, Hunderte von Kreisen, unaufhörlich.

Am Eingang zum Kaiserhof gab es ein Handgemenge. Die Wachen in ihren gelben Waffenröcken bogen einem jungen Mann die Arme auf den Rücken. Wieder einer dieser aufdringlichen Bittsteller. Sie erwarteten, daß der Kaiser ihre kleinen, persönlichen Wünsche erfüllte, für alles und jedes machten sie ihn verantwortlich und dachten überhaupt nicht daran, daß er auch nur *ein* Mann war, ein einzelner Mensch. Wie sollte er die Schwierigkeiten von aber Tausenden Untertanen lösen, jeden anhören, jeden beschenken, retten, reich und glücklich machen? Er mußte sich um ganze Länder kümmern, um Völker, Städte, Meere. Es war gut, daß sie die Bittsteller am Tor zurückwiesen.

»Ich will nicht zum Kaiser«, rief der Jüngling. »Ich möchte zu Amiel von Ax!«

Die Wachen stießen ihn von sich. Er landete hart auf der nassen Straße. »Was glaubst du, wie oft wir diesen Kniff hören. Erfundene Namen, erfundene Botschaften, nur um an den Hof zu kommen.«

»Amiel von Ax ist nicht erfunden, er ist hier in München.« Feiner Flaum hing dem Jüngling am Kinn. Das Haar war leicht und dünn und zu einem Zopf gebunden. Er strahlte Ernsthaftigkeit aus, trotz der Schlammflecken, die jetzt sein Gesicht verunzierten. Wie ein Betrüger sah er nicht aus.

»Dann suche ihn woanders. Hier am Hof ist er nicht.«

Der Jüngling stand auf. *»Velha malnada!«* Es mußte ein Fluch sein. »Der Mann ist in Gefahr. Ich bin hier, um ihm zu helfen! Ihr tragt die Schuld, wenn ihm etwas zustößt.« Er stampfte davon.

Vizenz schob hastig das Schriftstück unter den Stapel frischer Pergamente. Die Laien brauchten nicht zu wissen, daß er sich die päpstliche Vollmacht zur Verfolgung und Verurteilung von Ketzern ansah. Sie war ja vermutlich nicht einmal vom Papst gesiegelt worden, das erledigte seine große Kanzlei. Aber dieses Schriftstück gab ihm, Vizenz, Würde. Es war die Grundlage seiner Arbeit. Jeden Tag betrachtete er es, und wenn er es in der Hand gehabt hatte, fühlte er sich stark.

»Was gibt es?« fragte er barsch.

»Pater Vizenz, wir haben hier eine Frau, die einen Vorfall melden möchte.«

»Führt sie herein.« Sein Dienstzimmer lag zum Hof hin. Je weiter die Zeugen von der Straße entfernt waren, wenn er sie verhörte, desto eher waren sie bereit, belastende Aussagen zu machen. Abseits vom gewöhnlichen Leben empfanden sie die Pflichten stärker, die sie der Kirche und Gott gegenüber hatten.

Er rieb sich den Nacken. Seit er heute erwacht war, schmerzte er ihn. Er mußte Zug abbekommen haben. Vielleicht ein Riß im Fenster? Er würde sich darum kümmern müssen, wenn er nicht morgen wieder diese Nackenschmerzen haben wollte.

Die Frau betrat das Zimmer. Sie war keine Schönheit. Die Nase war zu kurz, der Mund schief. Das aber waren manchmal die ehrlichsten Leute. Ihr Bauch wölbte sich, offenbar war sie schwanger. Ihren Blick konnte er noch nicht beurteilen, sie hielt die Lider gesenkt. Oft hatten die Menschen Angst vor ihm. Er mußte ihnen erst Vertrauen einflößen. »Weshalb kommst du zu mir?« fragte er sanft.

Sie sah ihn kurz an, blickte danach aber sofort wieder zu Boden. Was sie murmelte, konnte er nicht verstehen.

»Rede laut und deutlich. Du kannst mir vertrauen, Frau, auch dunkle Geheimnisse solltest du nicht vor mir verbergen.«

Erneut murmelte sie etwas.

»Ich schicke meine Männer hinaus. Dann wirst du dich mir offenbaren.« Er winkte. Die drei Laien verließen den Raum.

Als die Tür geschlossen war, trat sie einen Schritt näher heran und sagte leise: »Ich bin einem Ketzer begegnet, Pater.«

»Berichte.«

Sie zögerte. »Ich habe Angst, daß er meinem Kind etwas Böses anhext, wenn ich ihn anzeige.«

»Du weißt, wer der Verpflichtung nicht nachkommt, Häretiker anzuzeigen, wird von der Kirche und ihren Sakramenten ausgeschlossen.«

»Und wenn meinem Kleinen etwas zustößt?«

»Hab keine Furcht. Bei einem Inquisitionsprozeß werden die Namen der Zeugen nicht bekanntgegeben. Er wird nie erfahren, daß du hier warst.«

Sie flüsterte: »Er weiß es. Er kann es spüren.«

Sie schien wirklich Angst zu haben. Vizenz kniff die Augen

zusammen. Es klang nicht wie einer dieser Verleumdungsfälle, wo ein Streithahn den anderen anzuschwärzen versuchte. Die Frau sagte die Wahrheit. »Wo hast du ihn getroffen?«

»Auf der Straße, beim ›Raben‹ in der Leimgasse.«

»Hast du dem Häretiker etwas gegeben?«

»Nein, Pater.«

»Hast du ihn besucht?«

»Bitte, Ihr müßt mir glauben! Zu Hause wartet mein Mann, er hat gesagt, ich soll zu Euch gehen. Ich will mein Kind nicht verlieren, und ich will nicht in den Kerker! Ich habe den Ketzer nur dieses eine Mal gesehen. Ich habe ihm nichts gegeben und ihn nichts gefragt und habe gleich, nachdem er weitergegangen war, drei Kreuze geschlagen und ein Paternoster gebetet. Bitte, glaubt mir!«

»Ich glaube es«, sagte er. Da war jemand in seiner Stadt und forderte ihn heraus. Nun, er würde der Sache auf den Grund gehen und das Unkraut mit Stumpf und Stiel ausreißen. Nicht umsonst vertraute ihm der Bischof, nicht umsonst setzte auch der Papst in Rom sein Vertrauen in ihn. Er würde seine Männer ausschwärmen lassen und auch selbst einige Quellen anzapfen. Wenn er den Häretiker gefunden hatte, der es wagte, München anzugreifen, würde er ihm eine Falle stellen. »Woran hast du erkannt, daß es sich um einen Ketzer handelt? Was hat er getan?«

»Er hat gesagt, er wird dafür beten, daß der Dämon aus meinem Bauch verschwindet. Ein Seelengefängnis ist das, was da in mir entsteht, hat er gesagt. Er wollte mir die Sünden vergeben, wie ein Priester.«

Vizenz' Blick ruckte zu dem Stapel mit Briefen hin. Er faßte sich an den Hals. »Was hast du gerade gesagt?«

»Er hat behauptet, in meinem Bauch ist ein Dämon. Seelengefängnis, so hat er mein Kind genannt.«

Die Briefe der französischen Amtsbrüder sagten die Wahrheit. Ein Schauer lief ihm über die Schultern. »Danke. Du kannst gehen.« Er ist da, dachte Vizenz.

7

In Böen blies der Wind letzte Tropfen vor sich her. Nemo hatte in einer Toreinfahrt gewartet, bis der Schauer zu Ende war. Jetzt ging er in der Mitte der Straße, um nicht naß zu werden. Rechts und links troff von den Dachkanten das Wasser. Leere Verkaufstische glänzten, das regennasse Holz fing das Licht ein, es spiegelte den bewölkten Himmel.

Bei jedem Atemzug stach ihn der Rücken. Hatte der Fleischhacker eine Rippe zerknackt? Er wagte es nicht nachzutasten. Drohen und Locken. Wie oft hatte er es mit ahnungslosen Kaufleuten oder Adligen oder Wirtshausbesuchern gespielt. Es hieß: Wenn du das Geschäft nicht mit mir machen willst, dann gehe ich zu einem anderen! Amiel von Ax spielte Drohen und Locken mit ihm. Er gab ihm Gold, versprach ihm eine Fährte zu seinen Eltern, hetzte zugleich aber den Fleischhacker auf ihn. Er band ihn an sich, um ihn sich zu Willen zu machen.

Worum ging es in diesem Machtkampf? Ging es darum, wer der bessere Betrüger war? Nemo hatte bisher so gut wie nichts über Amiel erfahren. Amiel aber wußte viel über ihn. Nur in einem irrte er sich: Er unterschätzte ihn. Er bildete sich ein, daß er ihn eingeschüchtert hatte, daß er Nemo nur genug drohen mußte, dann würde er einknicken. Aber er, Nemo, kannte noch ein weiteres Spiel, eines, bei dem niemand anderes als er selbst die Regeln festsetzte.

Er ging am Graben des Kaiserhofs entlang. Heinrich Pfanzelter, Student der Rhetorik, sagte er in Gedanken, ich überbringe einen Brief für William Ockham.

Vor ihm gingen drei junge Männer mit Instrumenten über die Brücke. Einer trug ein Trumscheit, der nächste besaß eine Schalmei, der dritte eine Fiedel. Die kaiserlichen Wachen stellten sich ihnen in den Weg, Diener des Reichsadlers, der auf ihren Waffenröcken prangte wie ein lebendiger Greif. Nemo überquerte die kleine Brücke und stellte sich hinter den Musikern an.

Was taten die Wachen da? Sie packten die Musiker bei der rechten Hand und schoben ihre Hemdsärmel hinauf, als wollten sie –

Der Atem setzte ihm aus. Sie wollten ihn fangen.

Venk von Pienzenau mußte sie unterrichtet haben. Es war eindeutig, daß sie seine Narbe suchten. Hatte womöglich Amiel das veranlaßt, in Absprache mit Venk? Wollte er ihn, Nemo, mit dem Brief an William Ockham in diese Falle schikken?

Das Blut rauschte in seinen Ohren. Er durfte sich nicht gehen lassen, durfte keine Angst zeigen. Er versuchte, das Unwetter in seinem Bauch in kühle, berechnende Wut zu verwandeln. Bald wirst du mächtige Feinde haben, dachte er, du wirst zu mir angekrochen kommen, Amiel.

Die Musiker durften durch das Tor zum Kaiserhof eintreten. Nun wendeten sich die Wachen ihm zu. Auf der Brücke umzudrehen und einfach davonzugehen, kam nicht in Frage. Es würde Verdacht erregen, und sie würden ihm nachkommen. Er sagte: »Seid gegrüßt, edle Männer. Ich würde mir gern eure Waffenröcke ansehen.«

Sie stutzten.

Die Flucht nach vorn. Nun hatte er ihre ganze Aufmerksamkeit. Aber womöglich konnte er sie lenken, anstatt ihr ausgeliefert zu sein. Schnell trat er auf einen der Männer zu und griff nach dem gelben Stoff seines Rocks. Er rieb ihn zwischen den Fingerspitzen. »Soso«, sagte er und näherte das Gesicht, bis er mit der Nasenspitze beinahe die Brust des Mannes berührte. Er folgte mit den Augen den Nähten des Reichsadlers.

»Was soll der Unsinn?« herrschte ihn der Wächter an. Er umschloß mit der Hand seinen Hals und zwang Nemo in die Höhe.

»Ich bin Schneider«, würgte er hervor. »Ich wollte fragen, ob vielleicht Waffenröcke benötigt werden? Ob ich vielleicht einen kaiserlichen Auftrag erhalten könnte?«

Der Wächter stieß ihn von sich. Nemo taumelte zurück. Im Rücken stach es, als bohre ihm jemand von hinten ein Schwert in den Körper.

»Hermann Glaespeck ist seit acht Jahren kaiserlicher Hofschneider. Wenn du dich vorher erkundigt hättest, hättest du das gewußt. Du willst ein guter Schneider sein? Daß ich nicht lache! Verzieh dich!«

Ein anderer Wachmann ergänzte: »Und laß dich hier nicht wieder blicken!«

Nemo trottete davon, an der Westseite des Kaiserhofs entlang, und bog an seinem Ende gen Osten ein. Er blieb stehen und schöpfte Atem. Beinahe hätten sie ihn gehabt. Es war gerade noch einmal gut gegangen. Nun mußte er auf andere Weise in den Kaiserhof eindringen.

Vor dem Wassergraben an der Nordseite des Hofs blieb er stehen und sah an der Mauer hinauf. Mehrere Mannslängen ragte sie in die Höhe ohne Fenster, ohne einen erreichbaren Sims. Dann begannen die Bogenfenster, von denen eines zu Adelines Kammer gehörte. Den Graben konnte er überspringen, aber wie sollte er an der Mauer hinaufgelangen?

An der Ecke des Gebäudezugs setzte eine niedrigere Mauer an die höhere an. Wenn es ihm gelang, diese niedrigere Mauer zu erklimmen, würde er so die Wachen umgehen. Zumindest gelangte er in den Garten. Von dort aus würde er weitersehen. Er drehte sich um. Die Straße lag verlassen da. Nemo nahm Anlauf und sprang über den Graben. Hart landete er auf der anderen Seite am Fuß der Mauer. Der Schmerz im Rücken war kaum zu ertragen. Er biß sich in die Faust. Nach einer Weile ließ das Stechen nach. Und die Mauer? Von ihrem Fuß aus betrachtet, sah sie höher aus als zuvor, sie glich einem zweigeschossigen Haus.

Ihre Oberfläche war rauh. Steine ragten heraus. Es mußte möglich sein, an ihr hinaufzuklettern. Er durfte keine Zeit verlieren. Wenn jemand ihn auf dieser Seite des Grabens sah, war er geliefert.

Er streckte die Arme in die Höhe und tastete nach Ritzen zwischen den Steinen. Mit aller Kraft klammerte er sich fest und zog sich hinauf. Die Füße drückten auf Mooslappen, auf Steinvorsprünge. Er schob. Er schrammte mit dem Bauch an der Mauer entlang. Sein Rücken brannte dabei wie Feuer.

Auch die Fingerkuppen schmerzten. Er mußte weiterklettern, höher hinauf! Vorsichtig löste er eine Hand und fühlte über die Mauer. Eine neue Ritze. Er klemmte die Finger hinein. Den linken Fuß hob er an und drückte ihn gegen einen rundlichen Stein. Er stemmte sich in die Höhe. Der Fuß rutschte ab. Hastig trat er aus, suchte neuen Halt. Ein winziger Vorsprung rettete ihn, er war gezwungen, alles Gewicht auf ihn zu legen, um seine pulsierenden Finger zu entlasten.

Er keuchte. Hitze stieg ihm in den Kopf. Weiter! Er sah hinauf. Die Mauerkuppe war zwei Armlängen entfernt. Den rechten Fuß hob er an, winkelte das Knie, suchte einen gewagten, weit oben liegenden Halt. Er zog den linken Fuß nach. Einen Augenblick lang hing sein Körpergewicht an den Fingerspitzen. Dann fand er einen dicken Mooslappen, auf den er sich mit dem linken Fuß stützen konnte. Er schmiegte sich an die Mauer, spürte sie naß und kalt an der Wange.

Was würde er sagen, im Falle, daß sie ihn schnappten? »Ich habe Hunger und wollte Brot stehlen.« Nein, im neuen Hemd, rasiert und gewaschen – das glaubte man ihm nicht. »Ich wollte einmal im Leben den Kaiser sehen.« Das klang lächerlich.

Mit großer Anstrengung hievte er sich hinauf. Der Rücken fühlte sich an, als würde er in zwei Hälften reißen. Seine rechte Hand tastete, der Arm weit ausgestreckt. Die Kuppe! Er umklammerte sie, faßte mit dem linken Arm nach, stemmte sich hinauf. Endlich konnte er das Bein über die Mauer schwingen. Rittlings saß er oben. Sein Herz raste.

»Du wirst nachlässig, Adeline.« Gräfin Giselberga löste eine der Schleifen, die ihr Kleid an der Seite schlossen. »Binde sie noch einmal. Aber diesmal so, daß sie hält, Kindchen.«

Adeline band die Schleife erneut und zog sie fest zu.

»Schon besser.«

Als sie die Treppe hinaufgekommen war, hatte die Gräfin schon nach ihr gerufen. Es war knapp gewesen. Sie sollte so etwas nicht wieder tun. Kurz nach dem Erwachen war Giselberga übellaunig. Adeline nahm sich vor, in den nächsten Tagen ein musterhaftes Kammermädchen zu sein.

»Reiche mir meinen Mantel, den weinroten.«

Sie nahm den Mantel aus der Truhe und hielt ihn weit auf. Die Gräfin schritt hinein. Adeline legte ihr das schwere Tuch über die Schultern, eilte um sie herum und fügte die metallenen Tasseln mit dem Schließband zusammen.

»Wir werden uns ein wenig im Garten ergehen.« Giselberga legte die Finger auf das Band vor ihrem Hals. »Ich hatte einen Traum, den möchte ich dir erzählen.«

»Es hat geregnet, Herrin, die Wege sind naß.«

Die Gräfin hob eine Braue. »Sehe ich aus wie diese verweichlichten Dämchen, die hier versuchen, die Edelleute zu becircen?«

»Nein, Herrin.« Adeline senkte den Blick. Sie zog das weiße Laken über dem Bettlager straff, dann ging sie zur Tür. Zu gern hätte sie von den Pomeranzen gegessen, die in der silbernen Schale lagen. Aber es schickte sich nicht, danach zu fragen. Sie waren für die Gräfin bestimmt, nicht für ihr Kammermädchen.

Sie hatte vor der Dame die Treppe hinunterzugehen, um sie auffangen zu können, im Falle, daß sie stolperte. Was würde passieren, sollte Giselberga tatsächlich stolpern? Es war eine gräßliche Vorstellung. Vermutlich würde sie die Gräfin an unmöglichen Körperstellen berühren. Dann würden sie im Fallen gemeinsam Halt finden und sich just in diesem Moment bewußt werden, wie ungehörig es war, daß das Kammermädchen die Gräfin umklammert hielt. Adeline hoffte inständig, daß es nicht geschah. Es würde für immer zwischen ihnen stehen, es würde eine Abscheu hervorrufen, die nie wieder zu lösen war.

»Von einem Mann habe ich geträumt«, sagte die Gräfin.

Die Gräfin nahm selten das Wort ›Mann‹ in den Mund. Daß sie in jungen Jahren verheiratet gewesen war, konnte sich Adeline nicht vorstellen.

Die Gräfin raunte: »Es war ein unschicklicher Traum, wenn du verstehst, was ich meine.«

Adeline begann zu schwitzen. Warum gestand Giselberga das? Was sollte sie dazu sagen? Ein gefährlicher Augenblick, mit einem falschen Wort konnte sie alles verderben. »Gräfin?«

»Geh weiter, dummes Ding! Wir können nicht hier auf der Treppe davon sprechen.«

Sie traten hinaus und gingen an den Löwen vorüber, die träge in ihren Käfigen lagen. Die Tiere stanken nach Urin und Kot. Die Gräfin zog zum Tor hin. Auf der anderen Seite öffnete sich der Garten ihrem Blick, tropfend, naßglänzend. In einem der Birnbäume sang eine Amsel.

»All die Jahre, und nun regt sich wieder die Sehnsucht in mir. Ich hätte nicht gedacht, daß Wünsche solcher Art noch in mir leben. Aber ich weiß, woher sie rühren. Es gibt da einen Mann, der mir gefällt. Er ist überaus klug und hat einen vortrefflichen Charakter.«

Adeline spürte, wie sich die Hand der Gräfin fester um ihren Unterarm schloß. Leise fragte sie: »Habt Ihr mit ihm gesprochen?«

Stare stakten über die Wiesen. Es sah aus, als versuchten sie zu schleichen, so sorgfältig setzten sie ihre Krallen in das Gras. Sie äugten, pickten, sahen ängstlich auf. Es tropfte aus dem Geäst. Die Luft war frisch und klar.

»Nein, das ist gänzlich undenkbar«, sagte die Gräfin.

»Ist er –« Adeline schluckte. »Ist er verheiratet?«

Ein strenger Ruck an ihrem Arm. »Kindchen! Ich bitte dich.«

Was bedeutete das? Daß sie es zu laut ausgesprochen hatte?

Oder hieß es, daß sich die strenge Gräfin, die sich kaum ein Lächeln gestattete, in einen verheirateten Mann verliebt hatte?

»Er ist nicht verheiratet. Dennoch ist er unerreichbar.«

Hinter ihnen gab es ein dumpfes Geräusch. Es folgte leises Stöhnen.

»Was ist das? Wir werden belauscht!« Die Gräfin drehte sich um. Sie stieß Adeline an. »Geh, Kind, schau nach!«

Ausgerechnet sie! Sie hatte schon Angst, wenn sie in ihrer Kammer den Schatten sah, den der Schemel auf den Boden warf. Nun sollte sie einen Gauner stellen? »Ist es nicht besser, die Wachen zu rufen?«

»Keine Wachen. Der Hauptmann würde den Frevler zum Reden bringen, und dann würde unser kleines Gespräch ans Licht geraten und am Hof die Runde machen. Geh, Adeline, sieh nach, wer es ist! Wir werden mit ihm verhandeln.«

Adeline seufzte. Sie setzte vorsichtig Schritt für Schritt ins feuchte Gras, bereit, sich herumzuwerfen und zu rennen. Was, wenn jemand mit gezücktem Dolch hinter diesem Heiderosenbusch lauerte?

Da war niemand. Ihre Füße wurden naß.

Aber dort, beim Walnußbaum! Ein Mann lag am Boden. Vorsichtig schlich sie näher. Er hielt sich mit schmerzverzerrtem Gesicht den Rücken. Sie kannte ihn! Sie hatte ihn heute beim Krämer gesehen. Es war der Kanzleigehilfe. »Was tust du hier?« zischte sie.

Er riß die Augen auf. »Adeline! Bitte geht weiter. Tut so, als hättet Ihr nichts gesehen.«

»Woher kennst du meinen Namen?«

»Geht weiter!«

»Das ist wohl schwerlich möglich, wo mich Gräfin Giselberga zum Nachschauen geschickt hat. Man hat dich deutlich gehört. Bist du wahnsinnig, hier einzudringen? Die Wachen schneiden dir die Kehle durch!«

Die Gräfin kam heran. »Wer ist es?«

Der Kanzleigehilfe richtete sich auf. Mit beiden Händen hielt er seinen Rücken.

»Da ist der junge Mann wohl auf eine Nuß gefallen«, sagte Giselberga kühl. »Wer hat dich beauftragt, mich zu belauschen?«

»Niemand«, sagte er.

»Erzähle mir nicht, du wolltest Nüsse stehlen!«

Er zögerte. »Ich bin hier, um eine Botschaft zu überbringen.«

»An mich?« Die Gräfin hob das Kinn. »Von wem ist sie?«

»Nein. An William Ockham.«

»Gib sie mir.«

Er stützte sich am Stamm ab und erhob sich mühevoll. Unter dem Hemd holte er ein kleines Pergamentstück heraus. »Hier ist der Brief, zum Beweis.« Er hielt ihn hoch. Dann drückte er ihn an seine Brust. »Aber ich werde ihn nur persönlich überbringen.«

»Du könntest ein gedungener Meuchler sein! Papst Benedikt würde William gern tot sehen.«

Er ist kein Meuchler, wollte Adeline sagen, er hat heute beim Krämer Hauswaren gekauft. Aber sie biß sich auf die Zunge und schwieg. Schließlich durfte sie ihn dort nicht gesehen haben. Sie hatte keinen Auftrag gehabt, den Hof zu verlassen.

»Bitte«, sagte er. »Ich trage keine Waffe. Und ich muß diesen Brief überbringen.«

»Der Bericht eines Spions vielleicht?« Ein Lächeln kroch über das Gesicht der Gräfin. »Wie geheimnisvoll.« Sie musterte den Kanzleigehilfen und dachte nach. Schließlich sagte sie: »Adeline, begleite ihn zu Williams Gemach. Laß ihn nicht aus den Augen. Ich möchte wissen, was es mit dieser Sache auf sich hat.«

»Komm mit«, sagte Adeline.

Nemo folgte ihr. Der Rücken schmerzte höllisch bei jedem Schritt. Es fühlte sich an, als würden die Nüsse, auf die er geprallt war, in seinem Fleisch stecken. Dazu dolchte die gebrochene Rippe bei jedem Atemzug in seine Eingeweide.

Sie traten unter den Bäumen hervor auf einen breiten Kiesweg. Nemo stutzte. Nun galt es. Wenn die Wachen auch am zweiten, inneren Tor die Arme der Eintretenden nach der verräterischen Narbe untersuchten, war hier sein Weg zu Ende. Vorsichtig sah er zu Adeline hinüber. Sie ging schnurstracks auf die Männer zu.

Handschuhe steckten in ihren Gürteln. Die Hände ruhten auf dicken Schwertknäufen. Ich muß zügig und selbstsicher vorübergehen, dachte er, vielleicht halten sie mich dann nicht an. Sie wandten ihm ihre bärtigen Gesichter zu. Adeline würdigten sie keines Blickes, sie passierte die Wachen wie selbstverständlich. Nemo beschleunigte seinen Schritt, wie um sie einzuholen, und rief: »Adeline, so wartet doch!« Als er an den Wachen vorüberlief, musterten sie ihn mißtrauisch.

Er war froh, daß ihn der Schatten des Torbogens nach ein paar Schritten ihren Blicken entzog. Konnten sie ihm ansehen, daß er über die Mauer geklettert war? Das Hemd war verschmiert vom feuchten Moos.

Auf der anderen Seite des Torbogens blieb er stehen. Mit breiten Schwingen erhob sich der schwarze Adler, das Kaiserwappen, auf der Häuserwand. Er hatte das Gefühl, zu weit zu gehen, zuviel aufs Spiel zu setzen.

Adeline überquerte bereits den Hof und ging auf die ihm bekannte Tür im Ostflügel zu. Da merkte sie, daß er nicht bei ihr war. »Hier hinein«, rief sie.

Er kam ihr nach, folgte in das Gebäude. Im Korridor, unter der gewölbten Decke, brannten in Nischen immer noch Kerzen, sie wurden offenbar regelmäßig ersetzt. Kostbare Wachskerzen, die sich kaum jemand in München leisten konnte, bis auf die großen Kirchen. Sie gaben dem Gewölbe einen weichen, rötlichen Schein.

Adeline wartete am Fuß einer Treppe.

Er stellte sich hinter sie. Obwohl er nichts anderes tat, als zu atmen, stach es im Rücken.

Sie verharrte.

»Was ist?« fragte er.

Sie deutete auf die Treppe. »Ich warte darauf, daß du hinaufgehst!«

»Vor Euch? Aber warum sollte ich das tun? Ich kenne den Weg nicht.« Im Kerzenschein glühte ihr blondes Haar. Sie standen so nahe beieinander! Sie war wirklich klein, mindestens einen Kopf kleiner als er.

»Der Herr geht vor der Dame die Treppe hinauf.«

»Das wußte ich nicht.«

»Hast du das nicht gelernt? Es ist, damit er ihr … Du weißt schon.« Sie hob ein wenig ihr Kleid an und sah zu Boden dabei. »Verstanden?«

Sie trug niedliche kleine Schuhe. Sie waren vom Tau genäßt. Darüber konnte er zarte Knöchel sehen. Er schluckte. »Ja, verstanden«, sagte er und stieg die Treppe hinauf. Warum war er nur ein solcher Tolpatsch? Ein Mann sollte einer Dame nicht unter das Kleid sehen. Deshalb gehörte es sich, daß er voranging. Diese süßen Knöchel. Sein Bauch erwärmte sich.

»Halt«, sagte sie. »Hier, die Tür.«

Natürlich. Nemo stieg wieder einige Stufen hinunter. Er stellte sich vor die Tür und klopfte.

»Ich lese«, drang Williams Stimme hindurch. »Belaßt mir meine Ruhe.« Der englische Akzent verfremdete die Wörter.

»Es ist dringend, Herr William Ockham«, sagte Nemo. »Heinrich Pfanzelter ist hier. Ich habe eine Botschaft für Euch.«

Augenblicke später öffnete sich die Tür. Williams Gesicht erschien im Spalt, die Augenbrauen lang und abstechend. »Tischt mir diesmal keine Lügen auf!« Er machte ihm Platz und ließ ihn ein.

Nemo betrat das Zimmer, gefolgt von Adeline.

»Ihr habt eine junge Frau mitgebracht?«

Adeline errötete. »Die Gräfin wollte sichergehen, daß Euch keine Gefahr droht.«

»Ach, und Ihr hättet mich verteidigt?« fragte der Engländer. Er verzog seinen Krötenmund zu einem spöttischen Lächeln.

Was William Ockham an Büchern fand! Dick in Leder und Holz eingebunden lagen sie auf Truhen, Pulten, Beistelltischen. Nemo hatte den Verdacht, daß William mit ihnen redete, wenn niemand hier war. Waren sie nicht um ihn gruppiert, wie ein Mädchen Puppen und Holztiere um sich stellte? Es roch nach Tinte. Williams Gemach war vollgestopft mit Schreibwerkzeugen und Schriften. »Ich habe einen Brief für Euch«, sagte Nemo. »Er muß sofort gelesen werden, und dann sollt Ihr ihn verbrennen.«

»Wo habt Ihr ihn her?«

»Ein Mann gab ihn mir. Großgewachsen, schlank, der Bart pechschwarz, gestutzt und geölt.«

»Verbrennen soll ich ihn, ja? Gebt her.«

Nemo reichte ihm den Brief.

William faltete das Pergament auseinander. Er las. Mit jeder Zeile rückten seine Greifenbrauen tiefer. Dabei spreizten sie sich gefährlich. Er sah auf und blickte Nemo an. Es war ein stechender, harter Blick. »Wie lange dienst du schon diesem Amiel von Ax?«

Nemo schluckte. Er verlor Williams Wohlwollen. »Ich diene ihm nicht. Er hat mich nur gebeten, Euch den Brief zu überbringen.«

»Papst Benedikt XII. ist in Saverdun nahe Ax geboren.«

»Vielleicht kennen sie sich? Es muß eine große Ehre sein, den Heiligen Vater zu kennen.«

»Der Papst ist ein Ketzer. Das habe ich dir schon einmal erklärt.«

Nemo zögerte. »Ich verstehe nicht.« Er hatte William gegen Amiel ausspielen wollen. Statt dessen hatte er sich nun einen weiteren Feind gemacht. Der Gelehrte war zu mächtig, er eignete sich nicht als Werkzeug. Wie hatte er sich einbilden können, es würde ihm gelingen, William Ockham auch nur irgendeinen Gedanken unterzuschieben?

Der Gelehrte fragte kühl: »Wem habt Ihr noch Briefe überbracht?«

»Niemandem.«

»Ihr habt offensichtlich meine Warnung in den Wind geschlagen und Euch mit den Reinen eingelassen. Ich habe Euch gesagt, daß sie den Tod bringen. Nun werde ich verhindern müssen, daß die Seuche Kreise zieht.« Er rief: »Wache!« Und noch einmal, lauter: »Wache!«

8

Mit einem brennenden Stück Werg entzündete Vizenz ein weiteres Talglicht. Dann warf er das Werg in eine Schale und sah zu, wie es verkohlte und verlosch. Es wurde Abend, und er hatte noch kein Ergebnis. Nichts. Nicht einmal den Anfang eines Anfangs. Er spürte, dies war der Prüfstein seiner Amtszeit. Brachte er Amiel zur Strecke, würde womöglich selbst der Papst davon hören. Wurde er aber von ihm zum Gespött der Stadt gemacht, sah es schlecht aus. Dann waren seine Tage im Amt gezählt. Er würde als einfacher Leutpriester jeden Morgen an einem Altar eine Totenmesse abhalten. Vorausgesetzt, er bekam überhaupt eine Stelle.

Daß es in der Stube dunkel war, tat ihm wohl. Drei Talglichter, das genügte. Er war in seinem Versteck, in seiner sicheren, warmen Höhle. Hier mußte er seine Pläne schmieden. Nur mit guten Plänen konnte es gelingen, Amiel von Ax zu vernichten.

Die Tür sprang auf. Einer seiner Gehilfen trat ein.

»Was willst du?« warf ihm Vizenz entgegen. »Warum klopfst du nicht an?«

Der Gehilfe schöpfte Atem. »Herr Inquisitor, er ist im Gasthaus ›Zum Hirschen‹ gewesen. Dort hat er seine ersten Geschäfte abgewickelt.«

Haben wir dich, dachte er. »Und weiter?«

»Danach verliert sich die Spur.«

»Wo ist die Wirtin?«

»Wie meint Ihr das?«

»Für ihre Zeugenaussage!«

»Aber ich habe doch ihre Aussage gerade wiedergegeben, Herr Inquisitor.«

Er schlug die Faust auf den Tisch. Eines der Talglichter

hüpfte ein Stück und verlosch. »Amiel von Ax ist Jurist! Wir brauchen perfekte Prozeßakten mit einem unfehlbaren Register. Wir brauchen einen tadellosen Prozeß, wenn wir ihn zu Fall bringen wollen. Also schaffe die Wirtin her, damit ich sie anständig verhören kann!«

»Ja, Herr Inquisitor.«

Der Gehilfe hastete hinaus und prallte mit jemandem zusammen.

»Gemach, Gemach«, sagte eine Stimme. Und dann: »Ich bin hier, um den Inquisitor zu sprechen.«

»Verzeiht, Herr. Dort entlang.«

Ein alter Mann in brauner Franziskanerkutte trat in die Amtsstube, seine Stirn zerfurcht, die Augen voller Feuer. Er trat an den Tisch und legte ein Pergamentstück darauf. »Hier, lest das.«

War das William Ockham? Dieser Mann war einer der größten Feinde der Kirche. Ihm allein war es zu verdanken, daß der Kaiser inzwischen zwölf Jahre unter dem Kirchenbann lebte und noch immer Kaiser war, daß sein Reich fortbestand, obwohl der Papst ihm seine Gunst entzogen hatte. Vizenz erhob sich, es geschah von allein, obwohl er dem Ketzer keine Ehrerbietung zeigen wollte; die Ausstrahlung des Franziskaners zwang ihn dazu, wider seinen Willen. »Ihr besucht mich?« brachte er heraus.

Der Mönch hob die Brauen. »Schwierige Zeiten erfordern ungewöhnliche Schritte.«

Er war ohne Begleitung gekommen. Hätte Vizenz doch Bewaffnete hier gehabt, er hätte den Franziskaner fesseln lassen und ihn außer Landes schaffen können, bevor der Kaiser etwas dagegen unternehmen konnte. Es wäre ein vernichtender Schlag gegen die Krone gewesen. Wieso begab sich der Mönch wehrlos in die Amtsstube der Inquisition? »Ihr habt sicher einen guten Grund für Euer Kommen.«

William Ockham schob ihm das Pergamentstück hin. »Lest.«

Vizenz faltete das Pergament auf und las: »Dem hochverehrten Magister William Ockham.«

»Er schmiert mir Honig um das Maul. Ich bin nur Bakkalaureus, alle Welt weiß, daß man mir in Oxford keinen Magistertitel geben wollte, weil die theologische Fakultät meine Meinung nicht akzeptieren konnte. Ein tückischer Hund, der mich Magister nennt!«

So sah er das? Die theologische Fakultät konnte seine Meinung nicht akzeptieren? Er hatte an den Fundamenten der Kirche gerüttelt und hatte seither nichts anderes getan, als ihr Schaden zuzufügen.

»Lest weiter.«

»Vom Diener Gottes, Amiel von Ax.« Er schluckte. Amiel hatte mit William Ockham Verbindung aufgenommen? Dann verbündeten sich die stärksten Gegner der Kirche. Es würde noch ärger werden als in Frankreich. Er warf einen kurzen Blick auf den Gelehrten.

Die weißen Haare, die ihm wie Spinnwebflusen über die Ohren hingen, zitterten. Der Engländer bebte vor Zorn. »Dieser Amiel von Ax baut darauf, daß uns der Kampf gegen den Papst vereint. Nur vergißt er, daß ich Franziskaner bin. Ich trete für Gottes Liebe ein. Er hingegen … Man muß ihn dingfest machen, ehe er großen Schaden anrichtet!«

Vizenz las.

Eine neue Kirche soll erbaut werden, aus lebendigen Steinen, aus Menschen, die ein fehlerloses, Gott wohlgefälliges Leben führen. Die Kirche Papst Benedikts ist zerrüttet und falsch. Ihr habt das längst erkannt, William. Mit Eurer Hilfe werde ich die Stadt und den Kaiser gewinnen, jede Begierde des Fleisches und jegliche Unreinheit abzulegen, wie ich es getan habe. In Zukunft soll es keine Nachsicht geben mit dem Fleisch, das aus der Verderbtheit geboren ist, sondern Barmherzigkeit mit dem Geist, der eingekerkert ist, auf daß wir ihn befreien und dem Himmelreich zuführen.

Trefft mich heute nacht im Bad des Meisters Jörg. Eure Klugheit und mein sündloser Lebenswandel werden uns befähigen, diese Kirche zu errichten. Es ist unsere Aufgabe, und Ihr wißt es.

Geht ihr nicht länger aus dem Weg, beugt Euch der göttlichen Vorsehung.

Vizenz räusperte sich. »Warum kommt Ihr zu mir?«

»Er ist einer von Euch.« Der Franziskanermönch beugte sich über den Tisch. »Ihr seid für ihn zuständig.«

»Was soll das heißen?«

»Wie Ihr glaubt er nicht an Gottes Liebe. Er denkt, man müsse sich durch eigene Taten retten, fehlerlos sein. Ihr denkt es auch.«

»Das ist eine Lüge. Ich bin mir selbstverständlich dessen bewußt, daß jeder Mensch Fehler macht und Sünde auf sich lädt, und so sieht es auch die Kirche.«

»Ja. Diese Sünden aber arbeitet der Mensch selbst wieder ab, indem er auf den Knien nach Rom rutscht, indem er Geld spendet, indem er sich mit der Geißel züchtigt oder eine Vielzahl an Gebeten spricht. Das ist nicht der Glaube, den Jesus Christus gelehrt hat. Christus sprach von Gnade, von Vergebung Gottes. Eure Kirche braucht Gottes Liebe nicht, sie fordert, daß der Mensch sich am eigenen Schopf aus dem Sumpf zieht.«

Vizenz spürte am Hals sein Blut pulsieren. »Darum seid Ihr aus der Kirche ausgeschlossen worden, William Ockham. Ihr meint, die Heilige Schrift und Gottes Willen besser zu verstehen als Tausende von Geistlichen, die über Jahrhunderte treu in Gottes Kirche gedient haben.«

»Eine interessante Quaestio, die Ihr da stellt, Herr Inquisitor. Ihr sagt, ich irre mich aus zwei Gründen. Zum einen, weil viele Menschen anderer Meinung sind als ich. Zum anderen, weil über Jahrhunderte eine andere Ansicht Geltung hatte. Bedeutet das, daß aus der Summe von eins und zwei die Zahl vier ensteht, wenn nur genug Menschen über einen ausreichend langen Zeitraum daran glauben?«

»Ihr schwingt eine mutige Rede, wenn man bedenkt, daß Ihr Euch als verurteilter Ketzer im Amt der Inquisition befindet.«

William Ockham schöpfte geräuschvoll Atem. »Ihr wißt genau, daß Euch der Kaiser nur duldet in seiner Stadt, um ein Zeichen des guten Willens zu setzen.«

»Und Ihr wißt, daß ich ebenso aus gutem Willen keine Strafen verhänge gegen die Geistlichen hier in München, die so tun, als hätte Papst Johann XXII. nicht am 11. Juli 1324 Bann und Interdikt über die Anhänger Ludwigs des Bayern verhängt. Eigentlich dürfte seit zwölf Jahren in den Kirchen weder die Messe gelesen noch gesungen werden. Es dürfte keine kirchlichen Begräbnisse geben. Ich zucke jedesmal zusammen, wenn widerrechtlich die Glocken läuten.« Er hatte einen Einfall, in diesem Augenblick hatte er einen Einfall, der ihn mit Stolz erfüllte. Er würde William Ockham einen Fehler nachweisen. Diesem über die Maßen klugen Mann würde er beweisen, daß er nicht handelte, wie er sprach. »Ich staune, William«, sagte er, »daß Ihr einerseits die Kirche und die Inquisition verdammt, andererseits aber hierherkommt, um uns den Häretiker Amiel von Ax auszuliefern.«

Der Engländer nickte. »Ihr fangt an, zu den guten Fragen vorzudringen. Kann etwas, das böse ist, dem Guten dienen? Ich bin dieser Fragestellung schon einmal nachgegangen, bei der Quaestio, ob Gott befehlen kann, daß man etwas Böses tun soll. Dafür spricht, daß er den Israeliten befohlen hat, alle Einwohner der Stadt Ai auszulöschen. Zu töten ist etwas Böses. Also hat Gott Böses befohlen. Dagegen spricht, daß er nur befehlen kann, was er auch wollen kann. Gott kann das Böse nicht wollen, er ist ja durch und durch gut. Ist also die Zerstörung, der Tod nicht immer böse, sondern mitunter auch dem Guten dienlich? Die Antwort darauf muß ja lauten. Und heute, Herr Inquisitor, ist der strafende Arm der Kirche dem Guten dienlich. Amiel von Ax wird großes Leid über die Menschen dieser Stadt bringen, wenn er nicht aufgehalten wird.«

Dieser Verblendete!

Aber William hatte ihm den Brief gebracht. Konnte er ihm womöglich auch darüber hinaus von Nutzen sein? Vizenz massierte sich mit den Fingern die Stirn. Vielleicht war es klug, sich für einige Zeit mit William Ockham zu verbünden. Die Inquisition hatte schon in anderen Fällen mit Ketzern zusammengearbeitet, um weitere Ketzer zu fangen. »Werdet Ihr hingehen zum Badehaus, heute nacht?«

»Nein. Übernehmt Ihr das. Erwartet Amiel dort mit Euren Häschern.«

Sie hörte nicht zu. Alles, an das sie denken konnte, war Heinrich und wie er sich vor Schmerzen gekrümmt hatte. Die Waffenknechte hatten ihm einen Speerschaft in die Seite gestoßen. Als er am Boden lag, traten sie ihn und schlugen ihn mit Fäusten. Dann trieben sie ihn die Treppe hinunter wie ein Tier.

»Nicht gar so arg, bitte.« Das war alles, was William Ockham dazu sagte.

Und sie, Adeline? War sie besser? Wie ein Kind hatte sie dabeigestanden und zugeschaut. Tief innen drin hatte sie ihre Feigheit verabscheut. Sie hatte die Wachen anschreien wollen, ihnen in den Arm fallen wollen. Sie wollte Heinrich aufhelfen. Getan hatte sie nichts davon.

Die Gräfin klatschte in die Hände. »Wo bist du mit deinen Gedanken? Ich habe gesagt, du sollst mir das Kissen mit frischen Federn auffüttern.«

Adeline nahm es, ging zur Truhe hinüber und öffnete sie. Aus dem Sack griff sie eine Handvoll Federn und stopfte sie in die Leinenhülle.

»Und zieh nicht so ein Gesicht. Wenn William Ockham ihn für einen Ketzer hält, dann ist er einer. William irrt sich nicht. Er ist der hellste Kopf, den wir hier am Hofe haben.«

Sie legte das Kissen auf das Bett.

Die Gräfin zog es zu sich und stopfte es sich unter den Kopf. »Besser.«

Es war zwecklos, ihr zu widersprechen. Trotzdem mußte sie etwas sagen, sie konnte nicht länger schweigen. »Heinrich Pfanzelter kann nichts dafür. Er hat nur eine Botschaft überbracht. Es ist ungerecht, ihn deshalb in Ketten zu legen.«

»So, wie du den Burschen verteidigst, kommt mir ein übler Verdacht, Kind.«

Und Ihr verteidigt den Engländer, als sei er Euer Gemahl, dachte sie, wahrscheinlich ist er der Mann, von dem Ihr träumt: nicht verheiratet, und doch nicht zu haben, weil er das Mönchsgelübde abgelegt hat – meint Ihr, ich durchschaue Euch nicht? »Es ist nicht so, wie Ihr denkt«, sagte sie.

»Das wollte ich dir auch geraten haben. Er ist ein Nichtsnutz. Wähle einen der Knappen oder einen Edelknecht hier am Hof, und dein Leben bekommt eine Zukunft. Sie haben zwar höhergestellte Damen zur Wahl, aber du bist hübsch anzuschauen. Wenn du nur einmal lächeln würdest! Bevor du das Licht löschst: Lächle noch einmal für mich.«

»Ich kann nicht.«

»Du kannst.«

Adeline seufzte. Sie fälschte ein Lächeln.

»Siehst du. Wie bezaubernd!« Giselberga zog sich die Decke bis zum Kinn. »Und nun öffne das Fenster.«

Sie klappte das Fenster auf.

»Nicht so weit. Soll ich erfrieren?«

Sie schloß es wieder, bis auf einen kleinen Spalt.

»Gute Nacht, Mädchen. Das Licht kannst du mitnehmen, damit du nicht stolperst.«

Adeline knickste und verließ das Gemach der Gräfin.

Er steckt in der kleinen, dunklen Zelle neben der Wachstube, dachte sie. Nebenan hört er die Büttel würfeln und lachen. Er ist allein. Niemand gibt ihm zu trinken. Niemand legt Waldrosenwurzeln auf seine Wunden.

Sie betrat ihre Kammer, stellte das Licht ab. Aus dem Krug füllte sie Wasser in ihren hölzernen Becher. »Ich weiß, wie du dich fühlst«, flüsterte sie. Wenn die Mutter damals betrunken gewesen war, hatte sie, Adeline, sich vor ihr in der Kleidertruhe versteckt. Sie hatte den großen, schweren Deckel über sich zugemacht, und der Geruch der Kleider hatte sie getröstet. Die Truhe erschien ihr von innen um ein Vielfaches größer als von außen. Eine eigene Welt gab es dort drinnen in der Schwärze, eine große, weite Welt, in der sie sicher war. Von draußen drangen dumpfe Geräusche herein: das Poltern der Mutter, ihre wütenden Rufe. Sie aber steckte in der riesigen Kleidertruhe und hielt vor Angst den Atem an.

»Ich helfe dir«, flüsterte sie.

Sie nahm den Becher und das Licht, ging die Treppe hinunter und wendete sich unten im Hof dem Westflügel zu. Der Mond schien. Sein Licht war kalt und abweisend. Es war eine Nacht der Grausamkeit, eine Nacht des Hasses. In dieser Nacht war jeder für sich allein.

Neben dem Tor lag die Wachstube. Durch die dicke Eichentür hörte sie die Stimmen der Männer, tief, dunkel. Sie stellte das Licht ab. Ohne anzuklopfen, trat sie ein. Ein Becher klapperte, Würfel knallten auf den Tisch. Dann war es still. Niemand sah nach dem Würfelergebnis. Alle starrten Adeline an.

Sie sah die Bierkrüge, die geröteten Gesichter. Sie sah die wäßrigen Augen der Männer und die Blicke, die über ihren Körper wanderten. Mit zitternder Hand zog sie die Tür hinter sich zu. Dann sagte sie: »Ich bringe dem Gefangenen Wasser.«

Endlich sagte einer: »Du bist eines von den Kammermädchen, nicht? Das ist das weiche Herz der Weiber. Geh schon, bring ihm den Trunk.«

»Augenblick!« rief ein anderer, der einen spitzen Bart trug in einem fetten, schwitzenden Gesicht. »So einfach soll sie hier nicht durchkommen. Wir würfeln, Mädchen. Hast du die höhere Zahl, lassen wir dich zu ihm. Verlierst du, mußt du mich küssen. Dann ist der nächste an der Reihe.«

Die Männer sahen sich an. In ihren Augen rangen Gewissen und Gier miteinander. »Das sollten wir nicht machen«, sagte einer. Sein Nebenmann grinste: »Nein, sollten wir nicht. Trotzdem will ich von ihr geküßt werden. Du etwa nicht?«

Die Vorstellung, ihre fauligen Münder zu berühren, verursachte Adeline Übelkeit. »Ich habe noch nie einen Mann geküßt.«

Der spitzbärtige Dicke stellte sich zwischen sie und die

Tür. »Höchste Zeit, Mädchen.« Er schob sie zum Tisch und zwang sie auf den Schemel nieder, auf dem er gesessen hatte.

»Ich möchte das nicht«, sagte sie. »Ich bin nur hier, um dem Gefangenen Wasser zu bringen.« Sie stand wieder auf.

Der Dicke würfelte. Er knallte den Würfelbecher auf den Tisch, hob ihn an. »Siebzehn«, frohlockte er. »Das wirst du nicht überbieten.« Er klaubte die Würfel auf, warf sie in den Becher und hielt ihn ihr hin.

»Ich gehe besser.« Sie wandte sich zur Tür.

Er packte ihr Handgelenk. »Spiel ist Spiel. Da geht man nicht einfach.« Grob zwang er ihr den Becher in die Hand.

Herr im Himmel, betete sie, du weißt, warum ich hier bin. Rette mich!

Sie schüttelte den Becher, schüttelte, schüttelte. Dann ging sie zum Tisch und schlug ihn darauf nieder. Es war still. Aller Augen waren auf den Becher gerichtet. Sie hob ihn an. Die drei Würfel zeigten: Eins. Vier. Drei. O Gott, warum?

Eine starke Männerhand faßte ihre Hüfte und zwang sie, sich umzudrehen. Feucht und schwer preßte sich ein Mund auf ihre Lippen. Barthaare stachen ihre Haut. Eine Zunge drückte, versuchte, in ihren Mund einzudringen. Sie biß die Zähne aufeinander und stieß den Mann mit aller Kraft von sich. Endlich ließ er ab. Er lachte. Auf ihren Lippen klebte Biergeschmack.

Da hörte sie ein Hämmern an der zweiten Tür des Raumes und eine Stimme, die Unverständliches rief.

»Sie kommt noch früh genug zu dir, Bürschchen!« rief der Spitzbärtige und trat gegen die Tür. Es wurde ruhig.

Sie wischte sich die Lippen ab. In ihren Augen sammelten sich Tränen. Sie blinzelte sie fort. Nicht weinen vor den Männern, nur keine Schwäche zeigen! »Ihr seid Ungeheuer«, sagte sie.

»Mag sein.« Ein weiterer Mann griff sich den Würfelbecher, schüttelte ihn, knallte ihn auf den Tisch. »Vierzehn«, sagte er, sammelte die Würfel auf und gab sie ihr mit dem Becher. »Mein Kuß wird länger dauern.«

Wenn die Gräfin hörte, was hier geschehen war, würde sie Adeline davonjagen. Man würde das Geschehene verfälschen, würde sagen, daß sie alles gewollt habe, daß sie die Wachen zum Küssen herausgefordert habe. Aber es gab kein Zurück mehr. Sie würfelte. Alle drei Würfel zeigten eine sechs. Danke Gott, danke, danke, danke! dachte sie.

Der Mann, gegen den sie angetreten war, sagte: »Du betrügst doch, Kleine!« Er zog sie an sich und küßte sie. Dann wurde er fortgestoßen, der nächste kam heran, preßte ihr seine Lippen auf den Mund. Einer nach dem anderen zwang sie zum Kuß. Sie biß fest die Zähne aufeinander. Es ist bald vorüber, sagte sie sich, obwohl die Angst ihr die Kehle eng machte.

Endlich kam sie frei und wurde zur Gefangenenkammer geschoben. Ein Wächter zog den Riegel vor der Tür beiseite. »Da, mit ihm kannst du weiter üben.« Die Männer lachten. Er öffnete die Tür. »Sag ihm, er soll endlich Namen herausrücken. Sonst zieht sie ihm der Folterknecht mit der Zange aus dem Hals.«

Adeline ging zurück zum Tisch und nahm ihr Trinkgefäß auf. Sie trug es vorsichtig hinüber, bemüht, nichts zu verschütten, trotz der vor Scham und Wut bebenden Hand. Sie trat ein. Hinter sich schob sie die Tür zu bis auf einen Spalt, um Licht hineinzulassen, und kauerte sich nieder.

Allmählich gewöhnten sich ihre Augen an die Dunkelheit, und sie sah Heinrichs Gesicht. Er blickte sie an. »Diese Schweine«, sagte er. »Es tut mir so leid!«

»Wie geht es dir?« fragte sie leise.

»Sie hätten das nicht tun dürfen. Sie werden dafür büßen!«

»Hast du Schmerzen?«

Er schüttelte den Kopf. »Nein.«

»Du hast Blut im Gesicht. Und ich habe gesehen, wie sie dich getreten und geschlagen haben. Hör auf zu lügen.«

Er sah zu Boden. »Wenn du hier bist, vergesse ich all das.«

Wie konnte er so etwas sagen? Ihr wurde warm. »Trink«, sagte sie und reichte ihm den Becher.

Er nahm ihn und trank. In einem Zug trank er ihn leer.

»Du bist durstig.«

»Ich habe lange nichts getrunken.« Er gab ihr den Becher zurück. Dabei klirrte eine Kette. »Danke.«

»Haben sie dich …?« Sie versuchte, hinter ihn zu sehen. Von seinem Fuß führte eine schwere Eisenkette zur Wand. »Das ist doch unnötig! Ich weiß, daß du kein gefährlicher Mann bist. Du hast einfach eine Botschaft überbracht. Du bist Student, nicht wahr? William Ockham hat das gesagt.«

»Darf ich dich um etwas bitten?« fragte er. »Kannst du ins Gasthaus ›Zum Hirschen‹ gehen und Amiel von Ax sagen, was geschehen ist? Er muß mich hier herausholen. Wenn sie mich foltern … Ich weiß doch gar nicht, was sie von mir hören wollen!«

Sie nickte. »Ich tu's, ich gehe zu ihm.«

»Sage ihm, daß ich mich jetzt erinnere. An alles. Ich erinnere mich an alles.«

»Wie meinst du das?«

»Sag es ihm einfach. Er weiß, was gemeint ist.«

»Gut.«

»Es tut mir so leid, daß du … daß sie dir das angetan haben. Ausgerechnet dir!«

»Es geht schon wieder.«

»Jetzt lügst *du*.«

Sie mußte lächeln. »Im Gasthaus ›Zum Hirschen‹ finde ich ihn also.«

»Wenn du ihn im Gasthaus nicht antriffst, suche einen glatzköpfigen Fleischhacker in der städtischen Schlachterei. Er weiß, wo sich Amiel von Ax aufhält.«

Licht strömte in die Kammer. »Seid ihr fertig?«

Adeline erhob sich. »Ja, er hat getrunken.« Zum Beiweis kehrte sie den leeren Becher um. Er tropfte. Sie trat an dem Mann vorbei in die Wachstube. Hastig drängelte sie sich am Tisch entlang, zur Tür hin.

Einer der Wächter stellte sich ihr in den Weg. »Das Spiel geht weiter. Ich war noch nicht an der Reihe.« Er befeuchtete sich die Lippen.

»Diese Nacht ist irgendwann zu Ende«, sagte sie, »und dann wird Gräfin Giselberga erfahren, was Ihr getan habt. Ihr werdet es sehr bereuen.«

»Oh, Gräfin Giselberga!« Er verstellte seine Stimme zu einem hohen, piepsenden Ton. »Ohne Gnade wird sie mich niederstrecken! Giselberga!«

Angst stieg in ihr auf. Sie war diesen Männern ausgeliefert. »Giselberga schert dich nicht. Aber ihr Geliebter schon, würde ich doch meinen.«

»Wer soll das sein?«

»William Ockham.«

Es wurde still in der Wachstube. Dann sagte der Wächter: »Na und? Soll er kommen. Ich küsse dich jetzt, ich bin an der Reihe.«

Aber schon waren andere Männer da und zogen ihn von der Tür weg. »Still jetzt«, sagten sie, »sonst bist du morgen deinen Posten los. William Ockham! Der braucht dem Kaiser nur deinen Namen zuzuflüstern, und du wünschst dir, nie geboren zu sein, so übel werden sie dich zurichten.«

Adeline verließ die Wachstube. Sie überquerte den Hof, stieg hinauf in ihre Kammer. Sie wußte, daß sie einen Fehler gemacht hatte. Ändern ließ es sich nicht mehr. Sie goß Wasser aus dem Krug in die Schüssel und wusch sich das Gesicht. Immer wieder rieb sie sich über die Lippen. Das Gefühl, daß fremder Speichel an ihnen klebte, wollte nicht weichen. Sie trocknete sich ab, strich hart und gründlich mit dem Tuch über den Mund. Dann schlüpfte sie in den blauen Mantel.

Am Tor sagte sie: »Gräfin Giselberga schickt mich in die Stadt. Ihr ist nicht wohl, sie braucht frisches Riechsalz.«

Man ließ sie passieren.

Mit jedem Mal fiel ihr das Lügen leichter. Ihr war, als habe sie eine Schale abgeworfen, als sei das Böse, das sie nun zur Schau stellte, schon immer ihr wahrer Kern gewesen. Dabei stimmte das nicht! Sie verabscheute Lügen. In Wahrheit zeigte sie nicht ihren Kern, sie hatte sich beschmutzt, das war alles.

In der Schwabingergasse, kurz vor dem Marktplatz, wurde sie von einer Nachtwache angehalten. Der Nachtwächter hob die Laterne. »Heda! Stehenbleiben!«

Sie gehorchte.

Er kam näher und leuchtete ihr ins Gesicht. »Was gehst du des Nachts durch die Stadt, und ohne Licht?«

»Ich wußte nicht, daß es schon so spät ist.«

»Das soll ich dir glauben? Du glaubst nicht, wie oft ich das zu hören kriege. Der eine hat die Abendglocke nicht gehört, der andere hat sie wohl gehört, wußte aber angeblich nicht, daß man nach dem Glockenschlag heimzugehen und dazubleiben hat – es sind immer die gleichen Ausreden. Wo willst du hin?«

»Ins Gasthaus ›Zum Hirschen‹.«

»In welcher Sache?«

Sie schwieg. Sollte sie wieder lügen? Zog eine Lüge hundert weitere Lügen nach sich, und jede von ihnen weitere hundert?

Er musterte sie. »Ich verstehe. Armes Ding. Komm. Du sollst nicht im Dunkeln allein durch die Straßen laufen. Weißt du nicht, wie gefährlich das ist?«

Sie überquerten den Marktplatz, bogen auf den Rindermarkt ein. Irgendwo im Geäst saß eine Nachtigall. Sie sang mitten in den pechschwarzen Himmel hinein. Adeline erschauderte. Das Lied des Vogels war überwältigend schön. Hier war die Reinheit, die sie verloren hatte. Wie eine Mahnung sang die Nachtigall, zart, verletzlich, aber frei von Schuld.

»Da«, sagte der Nachtwächter und hob die Laterne. Sie strahlte den Messinghirsch über der Toreinfahrt des Gasthauses an. »Paß auf dich auf, Mädchen.«

»Ich verspreche es. Habt Dank.«

Er machte kehrt und ging davon. Das Licht ging mit ihm. Es wanderte über die Hauswände wie der Widerschein eines Engels. Er muß einsam sein, dachte sie. Mochte er es, in der Nacht durch die stillen Straßen zu laufen, durch die tote, schlafende Stadt?

In einem Fenster des Gasthofs brannte eine Lampe. Dennoch scheute sie sich anzuklopfen. Wenn ich es nicht tue, dachte sie, wird Heinrich morgen übel zugerichtet, und er hat überhaupt nichts getan! Sie schlug gegen das Tor. Die Lampe verschwand; dann schien Licht unter dem Tor hervor. Ein Riegel knirschte, und die Tür wurde um einen Spalt geöffnet.

»Was wollt Ihr?« fragte eine Frau. »Wir schenken nichts mehr aus.«

»Ich suche Amiel von Ax.«

»Kenne ich nicht. Hab den Namen nie gehört.« Sie schloß die Tür und schob von innen den Riegel vor. Das Licht entfernte sich.

Adeline schluckte. Heinrichs Rettung war dahin. Mit Zangen würden sie ihm zu Leibe rücken, sie würden ihm spitze Eisen in Arme und Beine stechen, ihm die Daumen quetschen, das Fleisch anzünden. Sie hämmerte gegen das Holz. Unnachgiebig schlug sie dagegen, wieder und wieder, auch wenn sie selbst vor dem Krach erschrak.

Das Licht kehrte zurück. Die Tür öffnete sich. »Bist du wahnsinnig? Du weckst meine Gäste! Dummes Miststück! Ich hole die Hausknechte, die bringen dir bei, was es heißt, in der Nacht Radau zu machen!«

In einigen Fenstern wurde es hell. »Hört, es ist dringend«, sagte Adeline. »Ich muß Amiel von Ax sprechen. Er wohnt hier, hat man mir gesagt.«

Die Wirtin packte sie am Arm und zog sie näher. »Mädchen, hör mir gut zu. Vergiß diesen Namen. Hast du mich verstanden?«

»Warum sagt Ihr das?«

Stumm sah ihr die Wirtin in die Augen. »Es ist zu deinem eigenen Besten. Vergiß ihn, geh nach Hause, und lebe dein Leben, als hättest du nie von ihm gehört.«

9

Nemo schob mit den Fingern ein Häufchen Staub zusammen. Er klopfte mit der Hand darauf. Schob es wieder zusammen. Er sehnte sich nach der alten Mühle. Dort war er frei gewesen. Durch die Löcher im Dach hatten die Sterne in der Nacht gefunkelt, und er hatte die Mäuse gehört, wie sie mit ihren Zähnchen einen neuen Gang durch die Holzwände nagten oder wie sie miteinander redeten in hohen Fieptönen. Er konnte tun und lassen, was er wollte. Aufstehen und durch die taunassen Wiesen laufen. Ein Bad in der Isar nehmen. Ein Floß aus Gräsern bauen und es im Wasser aussetzen. Waren es nicht, im Rückblick betrachtet, gute Tage, gute Jahre gewesen, trotz des Hungers, trotz der Kälte?

Aber war er er selbst gewesen als Tagelöhner? Er hatte ja seine Fähigkeiten verleugnet. Wer war er wirklich? All die Verwandlungen, all die Täuschungen, die Namen. Kunrad Teufelhart. Arnold Minnepeck. Heinrich von Niedelschütz. Hans Schwilwatz von Schwilwazenhausen. Heinrich Pfanzelter.

Konnte er jeder sein, der er sein wollte, weil er in Wirklichkeit niemand war? Nemo. *Niemand.* Er war nicht stolz auf seine Fähigkeit. Er haßte sie. Sie ermöglichte ihm den Lebensunterhalt, das war alles. Ob er eines Tages wie ein Handwerker Geld verdienen würde, ohne zu betrügen, ohne sich für einen anderen ausgeben zu müssen?

Er mußte das hier überleben, irgendwie. Dann würde er von Amiel die Namen seiner Eltern in Erfahrung bringen und schließlich nach Paris reisen, um sie zu suchen. Wenn sie nicht in Paris waren, würde er in weitere Städte reisen, so lange, bis er sie gefunden hatte. Er mußte dieser Fährte in seine Vergangenheit folgen. Wie sonst sollte es ein Ende nehmen mit den Verstellungen?

Morgen kamen sie mit Zangen, mit Spießen, mit Daumenschrauben. Er hatte die Hölle vor sich. Welche Namen wollten sie von ihm hören? Am Ende würde er Namen brüllen, irgendwelche Namen, in der Hoffnung, daß man ihm glaubte und von seinem Körper abließ. Vielleicht sollte er sie sich jetzt schon überlegen.

Oder würde Amiel ihn retten, wenn ihm Adeline von seiner Lage berichtete? Er hörte immer noch ihre sanfte Stimme, wie sie fragte: »Hast du Schmerzen?« Für sie war er nicht wertlos. Sie versuchte ihn hier herauszuholen.

Das Würfelklappern und Lachen verstummte nebenan. Eine Weile war es still, dann wurde der Riegel seiner Tür beiseite geschoben. Kamen sie jetzt schon? Wollten sie ihm die Augen ausstechen oder die Zehen abtrennen? Sein Herz flatterte.

Einer der Wachmänner öffnete die Tür. Er sagte: »Hoch mit dir!«

Nemo stand auf.

Der Wachmann zog einen kleinen Schlüssel hervor, bückte sich und öffnete das Eisenschloß an seinem Fuß. Er packte Nemo am Arm und zog ihn in die Wachstube. »Geh, du bist frei.«

Frei?

Mit weichen Knien passierte Nemo die Männer in der Wachstube. Niemand stieß ihn, niemand packte ihn und warf ihn zu Boden. War es eine Falle? Trieben sie ihren Spott mit ihm? Draußen stand ein Mann. Nemo konnte ihn nicht erkennen, er stand im Dunkeln und drehte ihm den Rücken zu. Aber er sah die goldenen Ringe an den Fingern.

»Nein«, sagte er. »Ich gehe nicht.«

Die Wachleute sahen ihn verblüfft an.

»Ich gehe nicht«, wiederholte Nemo.

Da drehte sich Venk von Pienzenau um. Der Pelzbesatz seines Mantelkragens sträubte sich im Nachtwind. Er sah Nemo ernst ins Gesicht und drückte vor dem Bauch die kleinen Finger aneinander.

Am Talburgtor blieb Adeline stehen. Wie sollte sie den Fleischhacker finden? Es war Nacht. In irgendeinem Haus, wahrscheinlich hier im Angerviertel, schlief der Mann seinen verdienten Nachtschlaf. Aber sie mußte ihn sprechen, sie mußte verhindern, daß Heinrich gefoltert wurde! Vielleicht holten sie ihn beim ersten Hahnenschrei. Dann war alles zu spät.

Der stumpfe, bleierne Geruch von Blut hing in der Luft. Adeline betrat den Sandershof. Sie näherte sich dem städtischen Schlachthaus. Eine Katze fauchte und vertrieb eine Feindin von einem Faß an der Wand. Sie jagten sich quer über den Hof, mauzend, keifend. Adeline sah ihnen nach. Kaltes Wasser netzte ihren Fuß. Eine Pfütze. Rasch nahm sie den Fuß heraus und schüttelte ihn.

Das Schlachthaus war dunkel. Allerdings schien es, als stünde das Tor zur Verkaufshalle um einen Spalt offen. Hatten sie vergessen, die Halle zu verriegeln? Sie trat näher heran. Ein schwacher Lichtschein glomm im Inneren der Halle. Welches Glück! Jemand arbeitete in der Nacht, einer, den sie nach dem Glatzköpfigen fragen konnte!

Adeline blieb stehen. Was, wenn es kein Fleischhacker war? Wenn Straßenräuber im Schlachthaus untergeschlüpft waren oder diebisches Gelichter darin die Schlachtabfälle zusammenklaubte?

Heinrich brauchte ihre Hilfe. Sie mußte den Glatzköpfigen finden. Sie nahm allen Mut zusammen, atmete tief ein und wieder aus und schlüpfte durch das Tor.

In zwei langen Reihen standen die Fleischbänke dicht an dicht. Blutige Häute lagen darauf, Reste von Gedärmen, Knorpel, Sehnen, Knochen. Es stank stärker als draußen nach Blut, bleiern und stumpf, hier drin kam dazu der säuerliche Geruch von totem Fleisch.

Am anderen Ende der Halle brannte eine Fackel. Dort standen drei Männer und redeten.

»Was habe ich dir gesagt? Was passiert, wenn du mir noch einmal nachreist?«

»Ich bin hier, um dich zu warnen, Vater! Um dir zu helfen!«

»Mich warnen willst du.«

Sie ging auf die drei Männer zu. Einer von ihnen trug eine Glatze, ein Mann mit baumstarken Armen, vielleicht war es der, den sie suchte. Da nahm der, der zuletzt gesprochen hatte, ein Beil von einem Tisch. Sie erstarrte. Etwas stimmte hier nicht. Waren das wirklich Fleischhacker?

Fliegen surrten über dem Gekröse und den blutigen Häuten auf den Fleischbänken. Ihr schwindelte vor Angst. Die Halle war tagsüber von Verkaufsgeschrei erfüllt. Jetzt aber war sie düster und still, bis auf das Lohen der Fackel, bis auf die wenigen Worte. Etwas Abscheuliches geschah hier. Sie hatte hier nichts zu suchen.

Ihre Knie wurden weich. Was, wenn die Männer sie entdeckten? Eilig ging sie hinter einer Kiste mit Unschlitt in die Hocke. Sämtliche Kraft war aus ihr gewichen, ganz so, als sei ihr Untergang unausweichlich. Niemand sieht mich, sagte sie sich, mir wird nichts zustoßen.

»Die Inquisition hat dir Boten nachgesandt. Man weiß Bescheid über dich. Sie werden dich vor Gericht bringen!«

»Man weiß Bescheid, ja?« Der Mann mit dem Beil trat auf seinen Sohn zu.

»Was willst du mit dem Beil, Vater?« Der Sohn drehte sich um. Hinter ihm stand der Glatzkopf mit verschränkten Armen. »Du wirst mir nichts tun. Du bist Perfectus, du tust nicht einmal Tieren ein Leid an.«

»Nein? So gut kennst du meine Lehre.«

Jetzt erkannte sie den jungen Mann. Er war am Tor des Kaiserhofs gewesen und hatte nach Amiel von Ax gefragt. Er sei in Gefahr, hatte er gesagt. War also der Mann mit dem Beil Amiel von Ax und dieser dort sein Sohn?

Amiel sagte: »Ich habe dich gewarnt. Ich habe dir gesagt, daß du das Fleisch beherrschen mußt. Aber du konntest von den Frauen nicht lassen. Du bist zur Schande geworden für mich. Wir sind nicht länger Vater und Sohn. Ein Baum, der keine guten Früchte bringt, muß umgehauen werden.«

Der Glatzkopf packte den jungen Mann und drehte ihm die Arme auf den Rücken. Der Jüngling schrie auf. Seine Hüfte zuckte, die Beine traten aus, unwillentlich, als seien es selbständige Wesen. Die Stimme war plötzlich hoch und dünn, wie Katzenschreie klang es: »Aber ich habe gute Früchte gebracht! Ich habe Jura studiert, wie du, Vater, ich kann dir helfen, der Inquisition zu entkommen!« Sein Kinn zitterte, es sah aus, als nickte er und schüttelte gleichzeitig den Kopf.

»Ich soll in die Arme der heuchlerischen Kirche heimkehren? Das würdest du dir wünschen, nicht wahr? Sie haben dir angst gemacht, und du willst es an mich weitergeben. Aber das lasse ich nicht zu.«

»Zwei Monate, Vater, zwei Monaten habe ich keine Frau mehr berührt!« Dem spitzen Aufschrei folgte ein ununterbrochenes Gemurmel. »Bittebittebittebittebitte.« Dann warf der Jüngling den Kopf herum und brüllte: »Ich kann es schaffen! Wenn du nicht willst, daß ich zur Kirche gehe, dann werde ich nie wieder eine betreten!«

»Du hast abscheuliche *feresa* gegessen. Du hast gepraßt. Du hast nach der Anerkennung der Welt gesucht. Du hast dich in widerwärtigen Gedanken gesuhlt.«

»Ich möchte mich ändern. Ich möchte so stark werden, wie du es bist. Das ist nicht einfach!«

»Mit heldenhaften Erklärungen wirst du deine Seele nicht befreien. Du mußt die Welt hassen. Dein Geist muß die fleischlichen Begierden besiegen.«

»Laß es mich noch einmal versuchen, Vater, noch ein einziges Mal!«

»Ich mache deiner Schande ein Ende. Ich befreie deine Seele aus diesem widerwärtigen Käfig, sie ist zu schwach dazu, sich selbst zu helfen.« Er schlug ihm das Beil in den Hals. Blut spritzte auf Amiels Kutte. Er blieb stehen, ließ zu, daß der Sterbende den Kopf an ihn lehnte. »Es ist besser für dich. Deine Qualen führen doch zu nichts.« Der Sterbende rutschte langsam an ihm hinunter. »Auch Mose hat rechtmäßig gemordet in Ägypten, als man sein Volk wie Sklaven hielt. Du warst Sklave deiner Begierden, mein Sohn, und nun bist du frei geworden.« Er ließ ihn zum Boden herab, kniete sich daneben.

Eine lange Zeit war es still im Schlachthaus. Nur die Fliegen summten. Dann sagte Amiel, zum Glatzkopf gewandt: »Sorge dafür, daß die Leiche verschwindet.« Er stand auf, drehte sich zum Tor hin. Er betrachtete Adelines Kiste. »Komm heraus, Mädchen.« Amiel gab seiner Stimme einen freundlichen Klang. »Ich kann dir helfen, zu verstehen, was du gesehen hast.«

Er schob noch ein weiteres Scheit in den Ofen. Die Flammen umspielten es, bogen einzelne Späne von der hellen Oberfläche ab und ließen sie verglühen. Das Scheit bekam braune Flecken. Hitze schlug William entgegen, sie wärmte seine kalten Hände und die kalte Nasenspitze, die Wangen. Es war eine Winzigkeit zu heiß, um angenehm zu sein. Er schloß die Ofentür.

Müde kehrte er zum Schreibpult zurück. *Breviloquium de principatu tyrannico* stand über dem großen, leeren Pergamentstück, seit Stunden. Er hatte sich lange Zeit darüber Gedanken gemacht, wie die Rechte von Königen zu denen der Kirche standen, und hatte sich darauf gefreut, seine Erkenntnisse niederzuschreiben. Nun aber dachte er fortwährend an den Inquisitor und das Badehaus und Amiel von Ax. Es vergällte ihm die Schaffensfreude. Er tunkte die Feder ins Tintenfäßchen und hielt sie über das Leder. Er schrieb:

Mein lieber William, du hast dich fein herausgezogen, wieder einmal. Die Feder ist deine Waffe, ja? Auf dem Schlachtfeld aus Pergament bist du mutig. Aber wenn es an Leib und Leben geht, fliehst du wie eine Maus in ihr Loch.

Das Pergament war damit verdorben. Er konnte nur noch den unteren Teil abtrennen und für ein minderwertiges Schriftstück verwenden. Er tunkte erneut die Feder ein und kratzte mit dem schwarzgefärbten Kiel über das Pergament. Gebogene

Linien, kleine Beine. Eine Maus. An die Nase malte er lange, dünne Tasthaare.

Es ist gut, daß dich das ärgert. Es ist nicht zu spät, um dazuzulernen. Der Ärger kündigt an, daß du wachsen wirst. Du wirst es lernen, dich mit allem, was du bist, in die Waagschale zu werfen.

Er versuchte, einen Löwen zu zeichnen. Mit den Augen fing er an, dann malte er die runden Ohren und die Mähne. Die Augen waren zu groß, sie reichten auf beiden Seiten bis in die Mähne hinein. Wie machte das Leonhard bloß, der Kalligraph und Miniaturmaler des Kaisers? »Nicht das auch noch«, murmelte er. »Es genügt, sich eine Sache abzuverlangen.« Vielleicht war es noch nicht ausgestanden mit diesem Amiel. Wenn erneut ein Eingreifen nötig wurde, würde er nicht mehr feige sein.

Hinter Amiel von Ax lag die Leiche seines Sohnes. Ein dunkelroter See kroch über den Boden. Amiel sagte: »Ich habe ihm geholfen, verstehst du das?«

Sie erhob sich hinter der Kiste. Wie eine Säule stand sie da, unfähig, sich zu rühren. Er würde auch sie umbringen. Er würde ihr das Beil in den Hals schlagen. Sie spürte schon den Hieb und das warme Blut, das über ihr Kleid herabfloß, obwohl er noch ein Dutzend Schritte von ihr entfernt war.

»Komm, laß uns beten. Du wirst sehen, ich kann beten, ich weiß, daß ich das Richtige getan habe.« Er sagte: »O Herr, richte und verdamme die Unvollkommenheiten des Fleisches. Habe keine Nachsicht mit dem Fleisch, das aus der Verderbtheit geboren ist, zeige aber Barmherzigkeit mit dem Geist, der eingekerkert ist. Lenke für uns die Tage, die Stunden, die Ehrerbietungen, das Fasten, die Gebete und die Predigten, auf daß wir nicht mit den Missetätern beim Jüngsten Gericht verdammt werden. Amen.«

Der Glatzkopf sagte: »Wir müssen sie still machen.«

»Nein, laß sie«, sagte Amiel, »siehst du nicht, wie sie sich fürchtet? Du machst es nur schlimmer. Die Arme hat Angst vor uns.« Er kam einen Schritt näher. »Du brauchst keine Angst zu haben. Dir geschieht nichts. Wie heißt du?«

Das Summen der Fliegen wurde immer lauter. Auch bei der Leiche kreisten sie. Da, sie setzten sich auf die Lippen, drei Fliegen tummelten sich dort. Aber die Lippen zucken nicht, der Tote duldet die Fliegen, er mußte sie in alle Ewigkeit dulden, bis zum Jüngsten Tag.

Amiel tat noch einen Schritt. In der Hand hielt er das blutige Beil. »Es dauert mich, daß du das hier sehen mußtest. Es dauert mich ehrlich. Du hältst mich für ein Scheusal, nicht wahr? Ein Vater, der seinen eigenen Sohn umbringt. Aber er brauchte Hilfe! Er hat es allein nicht geschafft. Die Begierden haben ihn gequält. Jetzt ist er frei, seine Seele fliegt zu einem neuen Körper, er kann von vorn beginnen. Möchtest du mir nicht deinen Namen verraten?«

Ihr Atem ging schnell. Das Herz pochte in der Kehle. Sie warf sich herum und rannte.

10

Im Nachbarraum tropfte Wasser von einem Kippeimer in einen halbgefüllten Trog. Drip. Drip. Drip. Drip. Vizenz befingerte die Handtücher, die neben ihm auf der Bank lagen. Roch Amiel die Gefahr? Würde er schon an der Tür kehrt machen und wieder verschwinden?

Seine Leute hatten sich verborgen zu halten, bis er ein Zeichen gab. Ein einziges Talglicht war auf einem Beistelltisch plaziert. Das Licht ersoff auf halbem Wege durch den Badesaal. Vizenz wußte Waffenknechte und Mitarbeiter der Inquisition in der Dunkelheit am Ende des Saals verborgen, sowie links und rechts des Bogeneingangs. Er selbst saß im Halbschatten und hoffte, daß Amiel ihn für William Ockham hielt.

Die untere Eingangstür schlug zu. Fackelschein kam die Treppe hinauf und die Schritte eines einzelnen Mannes.

Vizenz umklammerte die Bank. Wie sah Amiel von Ax aus? Er stellte sich einen feisten, schweinsäugigen Mann vor. Er würde salbungsvoll sprechen und dabei lächeln wie ein Kaufmann, der auf Gold aus war. Dabei war er tückisch. Er schreckte vor nichts zurück. In Frankreich hatte er erfahrenere Inquisitoren an der Nase herumgeführt.

Ein Mann betrat den Raum, großgewachsen, schlank. Im Fackelschein glänzte sein Bart wie Pech. Das Haupthaar zierten graue Strähnen. Er warf einen billigen Umhang ab und entblößte darunter einen blauen Kapuzenmantel von bestem Stoff. Seine Augen erfaßten Vizenz. »Keine Sorge, Meister William, ich bin allein.«

Vizenz begriff sofort, daß dies Amiel von Ax war. Der Mann besaß eine solche Ausstrahlung, daß sie den ganzen Raum erfüllte wie eine unsichtbare Kraft. Der Kampf beginnt, dachte er. Er stand auf. »Nun, ich für meinen Teil bin nicht allein.« Er schnalzte mit der Zunge. Das vereinbarte Zeichen. Die Schergen traten aus dem Dunkel, und auch er trat in den Fackelschein.

Offensichtlich hatte Amiel nicht mit einer Falle gerechnet. Sein Blick huschte von Mann zu Mann. »Ihr seid nicht William Ockham«, brachte er heraus.

Euer erster Fehler, mein Bester, dachte Vizenz. »Ich bin Vizenz Paulstorffer, der Inquisitor der Stadt München, Träger einer päpstlichen Vollmacht zur Verfolgung und Verurteilung von Ketzern. Man hat mich über Euch in Kenntnis gesetzt. Meine Amtsbrüder aus Frankreich haben Erschreckendes zusammengetragen. Ich werde dafür sorgen, daß Ihr Euch verantwortet.«

»Sie wissen nichts über mich. Gar nichts.«

»Ehe ich es vergesse: William Ockham dankt für Euren Brief. Er konnte leider nicht erscheinen.«

Amiel von Ax faßte sich. Sein Körper verlor an Anspannung. Er hatte sich wohl entschieden, die anderen außer acht zu lassen, denn er sah allein Vizenz an. Moosgrün waren seine Augen. »Ich weiß von keinem Brief.«

»Schämt Ihr Euch nicht, so dreist zu lügen? Eure häretischen Lehren sind mir von den Amtsbrüdern aus Frankreich genauestens mitgeteilt worden. Mag sein, daß es dort an Zeugenaussagen mangelte. Hier aber werde ich Euch zu packen wissen.«

Amiel verzog den Mund. »Ihr meint, mich zu kennen? Kennt Ihr die Opfer, die ich bringe? Kennt Ihr meine Ziele? Nichts wißt Ihr, gar nichts!«

Etwas mußte seine Wut erregt haben. Das war gut. Es brachte ihn womöglich dazu, Unüberlegtes zu sagen. »Ihr bringt Opfer? Die Opfer sind die armen Menschen, die Eurer düsteren Lehre verfallen! Ihr führt sie geradewegs in die Hölle, das wißt Ihr genau!«

»In die Hölle, o ja. Indem ich ihnen helfe, ihre Begierden zu besiegen. Indem ich Stärke wecke, Sünden verurteile. Ich pflanze Reinheit, Vizenz. Ihr aber könnt nur zerstören.«

Der Ketzer wagte es, ihn, den Inquisitor, anzugreifen. »Teufel!« fuhr Vizenz ihn an. »Ich habe die Aussage einer Frau, zu der Ihr sagtet, in Ihrem Bauch wüchse ein Dämon heran! Ich werde Euch der Ketzerei überführen. Ihr werdet brennen!«

»Seid nicht so vorschnell. Das ist noch keinem Richter gut bekommen.«

»Wie bitte?«

»Ein Ketzerverfahren kann entweder durch *accusatio* oder durch *denuntiatio* begonnen werden. Ihr werdet keine *accusatio* vornehmen, denn dann würdet Ihr als Kläger die gleiche Strafe erleiden, die ein verurteilter Ketzer erleidet, im Falle, daß ich meine Unschuld beweise. Eine gute Regelung. Sie verhindert wildes Herumklagen. Aber es gibt ja noch die *denuntiatio*, die man neuerdings für die Ketzeranklagen verwendet. Wenn Ihr mich denunzieren wollt, wo ist Euer Delator?«

Vizenz' Mund wurde trocken. Die Franzosen hatten die Wahrheit gesagt: Amiel von Ax wußte Bescheid wie ein Rechtsgelehrter der Universität.

»Soll ich Euch auf die Sprünge helfen? Ihr braucht einen Delator, der erklärt, daß er nicht anklagen will, sondern denunzieren. Damit geht er straffrei aus, falls man mir nichts nachweisen kann. Eine häßliche Regelung. Daß er seinen Wahrheitseid gebrochen hat mit seiner Aussage, kümmert niemanden. Findet Ihr nicht, daß dieses Gesetz geändert werden sollte?«

»Für heute brauchen wir noch keinen Kläger.«

»Ich verstehe.« Amiel nickte. »Ihr seid hier, um mich zu ermahnen, von meinem falschen Weg abzulassen. Ich habe Eure Mahnung vernommen. Damit ist die *admonitio caritativa* erledigt. Ihr könnt nun über mich herfallen. Sucht Euren Delator. Aber seid gewarnt, ich bin womöglich ein besserer Jurist, als Ihr einer seid.«

»Versteigt Euch nicht auf Verfahrensschritte. Es geht um Eure Irrtümer!«

»Oh, es geht sehr wohl um Verfahrensschritte. Ihr möchtet

doch nicht, daß ich an den Papst appelliere? Oder das Verfahren vor den Kaiser bringe? Ein kleiner Fehler, Vizenz, und Ihr fallt darüber. Das verspreche ich Euch.«

Sie maßen sich mit den Augen. »Noch nie hat es ein Ketzer gewagt, mir derartig zu drohen«, zischte Vizenz. »Es wird mir eine Genugtuung sein, Euch niederzuwerfen!«

Amiel nickte. »Das Vorverfahren ist abgeschlossen. Ihr habt mich ermahnt, also sucht einen Delator und beginnt das Beweisverfahren. Wollen wir sehen, wie gut Ihr darin seid, Menschen zu verhören!« Er machte kehrt und trat auf den Bogeneingang zu, der zur Treppe führte. »Denkt daran«, sagte er im Gehen, »einem halben Beweis, der *probatio semiplena*, dürft Ihr als Richter auch nur halben Glauben schenken. Und jedem vollen Beweis kann ich einen gleichen vollen Beweis entgegenstellen, oder zwei halbe Beweise, die sich zu einem *probatio vera* addieren und damit Euren Beweis aushebeln.«

Zwei Schergen versperrten ihm den Weg.

»Laßt ihn gehen«, sagte Vizenz. Sie machten Platz. Er wartete, bis Amiel die Treppe hinabgestiegen war und er die Tür klappen hörte. Dann sagte er: »Folgt ihm.«

Adeline lehnte sich an die feuchte Holzwand eines Schuppens. Sie keuchte. Ihre Lunge brannte. Die Beine gaben nichts mehr her. Wenn der Abscheuliche jetzt mit dem Beil ausholte, sie hätte kaum noch die Kraft, ihm auszuweichen.

Sie riß die Augen auf. War da ein Schatten auf ihr Gesicht gefallen? Wieder einer. Fledermäuse. Sie lauschte. Wenn er ihr nachschlich, dann tat er es geräuschlos. Vielleicht war er längst an der Ecke. Vielleicht streckte er die Hand aus nach ihr. Sie drehte sich um, spähte um den Winkel des Schuppens. Nichts.

Im Kaiserhof bin ich sicher, dachte sie. Die Wachen ließen niemanden ein. Sie hatte einen weiten Bogen gemacht durch die ganze Stadt, aus Angst, daß er ihr Ziel erraten hatte und sie auf der kürzesten Strecke abfing. Nun waren es nur noch zwei Gassen, die sie überqueren mußte.

Er hatte ihr Gesicht gesehen. Sie würde nie wieder ohne Angst durch diese Stadt gehen. Selbst in ihrer Kammer würde sie bei jedem Geräusch zusammenzucken. Sie hatte einen Mord beobachtet. Amiel von Ax würde versuchen, sie zu töten.

Zwei Gassen. Sie sagte sich: Adeline, sei tapfer. Du schaffst das.

Sie wartete, bis sich ihr Atem beruhigt hatte, dann sah sie wieder um die Ecke. Die Straße lag verlassen da. Wo war der Nachtwächter? Jetzt wurde er gebraucht! Was, wenn er Amiel angehalten hatte? Womöglich lag der arme Mann längst in einer Blutlache in irgendeinem dunklen Winkel.

Sie stieß sich vom Schuppen ab und lief los. In rascher Folge sah sie nach links, nach rechts, hinter sich, wieder nach vorn. Gott, hilf mir! betete sie in Gedanken. Die erste Gasse. Vorn das Tor mit dem kaiserlichen Wappen. Die zweite Gasse. Jetzt würden sie die Wachen hören, wenn sie um Hilfe rief, er konnte es nicht wagen, so nahe bei ihnen über sie herzufallen.

Adeline erreichte das Tor und schlug hastig dagegen.

In der kleinen Luke erschien ein Gesicht.

»Öffnet!« sagte sie.

Die Tür, die in den linken Torflügel eingelassen war, schwang auf. »Hast du das Riechsalz bekommen?«

Der Reichsadler auf den Waffenröcken gab ihr Zuversicht. Mit dem Kaiser würde er sich nicht anlegen. Nicht mit dem Kaiser! »Ja. Eine gute Nacht Euch.«

»Dir ebenso, Adeline.«

Sie hätte dem Wächter um den Hals fallen mögen für das friedliche Gesicht, mit dem er das sagte. Hier war die Welt in Ordnung. Hier war sie in Sicherheit.

Als sie den halben Garten durchquert hatte, hörte sie hinter sich schwere Schritte. Augenblicklich schlug ihr Herz mit doppelter Geschwindigkeit. Sie drehte sich um. Es war der Wächter. Er kam ihr nach.

»Ich habe etwas vergessen«, sagte er auf halbem Wege. Er hielt beim Laufen die Hand auf dem Schwertknauf.

»Sprich.«

Er erreichte sie. »Ich soll dich grüßen von dem jungen Burschen, den wir in der Gefangenenkammer hatten. Er bedankt sich.«

»Wofür?« Den sie in der Gefangenenkammer *hatten*?

»Nun, sie haben mir erzählt, du hast ihm Wasser gebracht. Das wird er wohl meinen. Er hat deinen Namen gesagt, deswegen dachte ich, vielleicht kennt ihr euch, und du freust dich, wenn ich dir seinen Dank ausrichte.«

»Warum sagst du, daß ihr ihn in der Gefangenenkammer *hattet*? Wo ist er jetzt?«

»Er ist auf freiem Fuß. Hat mächtige Freunde, der Bursche.«

»Ich verstehe nicht.«

»Venk von Pienzenau hat seine Freilassung befohlen. Höchstpersönlich ist er gekommen, mit einem Gefolge von Knappen und Edelknechten, und hat den jungen Kerl auf einem eigenen Pferd sitzen lassen. Es war sein erstes Mal, das hat man deutlich gesehen. Er reitet wie ein Bräuknecht.«

»Hat Venk von Pienzenau gesagt, warum Heinrich freigelassen werden sollte?«

»Ich war nicht in der Wachstube, ich stand hier draußen am Tor. Aber muß ein Mann wie er seine Befehle begründen? Was er sagt, gilt, als käme es vom Kaiser.«

Die Nachricht beunruhigte sie. Was kümmerte Venk von Pienzenau ein kleiner Student? Warum machte er sich die Mühe, ihn des Nachts aus der Zelle zu holen? Man hätte Heinrich gefoltert, um die Namen derer zu erfahren, denen er Briefe gebracht hatte für Amiel von Ax. Wäre Venks Name dabeigewesen, hatte er Heinrich deshalb herausgeholt? Das würde bedeuten, daß Venk von Pienzenau zu den Dualisten gehörte!

»Du siehst nicht gerade aus, als würdest du dich freuen. Du hast ihm doch Wasser gebracht. Hast du dir nicht gewünscht, daß er freikommen würde?«

Sie brachte nichts heraus. Mühsam nickte sie und ließ den

Waffenknecht stehen. Am inneren Tor sah sie durch die Wachen hindurch, als seien sie Luft. Sie hörte nicht, was sie sagten. Wie im Traum überquerte sie den Hof.

Sie faßte sich an die Kehle. Venk von Pienzenau hatte in Amiels Auftrag gehandelt. Das hieß, Amiel war mächtig genug, auch in den Kaiserhof einzudringen. Wußte Heinrich, mit welcher Macht er sich da eingelassen hatte?

Ihre Gedanken krochen zäh voran. Wenn Venk von Pienzenau für Amiel arbeitete, dann war sie nirgendwo sicher. Dieser Amiel war kein Mensch, er war der Satan. Wie eine dunkle Plage hatte er die Stadt befallen, und er hatte sich sie, Adeline, als sein nächstes Opfer ausersehen.

Sie betrat den dunklen Korridor im Ostflügel. In der klebrigen, schwarzen Finsternis stockte sie und blieb stehen. Sie sah Gespenster auf sich zukriechen. Wabernde Hände faßten wie Tücher nach ihr. Tentakel ringelten sich um ihre Fußknöchel und hielten sie fest. Ein Paar großer weißer Hauer näherte sich, ein aufgesperrtes Maul, winzige schwarze Äuglein, die sie anstarrten.

In ihrem Hals steckte ein Schrei. »Tapfer, Mädchen. Du mußt jetzt tapfer sein«, flüsterte sie.

Die Gespenster zogen sich ein wenig zurück, und das Maul schloß sich enttäuscht. Die Äuglein blickten sie an, lauernd.

Adeline tastete an der Wand entlang. Sie fand eine Nische und die Kerze darin, dazu Feuerstein, Stahl und Werg. Sie zupfte etwas Werg vom Ballen, legte es an den Rand der Nische und schlug. Nichts. Es blieb dunkel.

Die Gespenster kicherten.

Tränen stiegen ihr in die Augen. Sie schlug erneut gegen den Feuerstein. Kein Funke erhellte die Dunkelheit. Das konnte nicht mit rechten Dingen zugehen! Es gab immer Funken, wenn man Feuerstein und Stahl zusammenschlug, immer!

Die Gespenster jauchzten böse. Die Tentakel krochen ihre Beine empor. Sie konnte den Hauch des großen Mauls in ihrem Nacken spüren. Hauerspitzen bohrten sich in ihre Schultern.

Mit aller Kraft schlug sie den Stahl auf den Stein. Ein Funke sprang und nistete sich im Werg ein. Eine Flamme schlug heraus. Rasch hob sie das Werg zum Docht und entzündete die Kerze. Die Dunkelheit wich zurück, sie floh in die Winkel und hinter die Kanten des Deckengewölbes. Die Gespenster mußten sich klein zusammenkauern. Auch der große Schwarze floh, er fürchtete das Licht.

Sie atmete aus. Sie hatte die Dunkelheit besiegt. Gestärkt stieg sie die Treppe hinauf. Vor der Tür des englischen Gelehrten blieb sie stehen. Er schlief. Wie greulich es war, von einem Pochen geweckt zu werden. Er würde wütend sein, er würde schimpfen. Was würde er von ihr denken? Daß sie kein Benehmen kannte und ihn nicht achtete. Aber sie war in Not!

Adeline klopfte an.

»Ja«, antwortete es.

»Ich bin das Kammermädchen, das heute mit dem Boten bei Euch war. Ich weiß nicht, an wen ich mich sonst wenden soll. Bitte, ich brauche Hilfe.«

Eine Weile war es still. Dann ging die Tür auf. William Ockham sah alt aus, noch älter als tagsüber. Sein Gesicht war zerfurcht, die Augenlider hingen tief. Aber zu ihrer Verwunderung war er nicht wütend. »Komm rein«, sagte er. Der weiße Haarkranz stand in wirren Büscheln ab. »Da, setz dich.«

Es war warm. Auf dem Schreibpult brannte ein Licht. War er noch wach gewesen? Adeline nahm Platz auf dem Truhendeckel. Sie redete. Sie erzählte, wie sie Nemo Wasser gebracht, worum er sie dabei gebeten hatte und wie sie zum Schlachthaus gegangen war. Als sie den Mord berichtete, war es, als würden ihr kalte Hände den Rücken heraufkriechen. Konnte sie denn William Ockham vertrauen? Was, wenn auch er eine Rolle spielte in dem tödlichen Spiel dieses Amiel von Ax?

Der Engländer wartete, bis sie geendet hatte. Dann räusperte er sich. In seinen Augen stand Wasser, Adeline war sich sicher, daß es keine Tränen waren, denn sein Blick war klar. Es mußte mit dem Alter zu tun haben. »Ich habe es befürchtet«, sagte er. »Er kennt keine Vergebung. Ein Mensch, der keine Vergebung kennt, schleudert Verderben um sich wie ein Vulkan.«

»Er hat mich gesehen.«

»Wir müssen diese Nacht noch stillhalten. Der Inquisitor hat ihm eine Falle gestellt. Wenn wir jetzt Radau schlagen, wird er nicht hineintappen.«

»Er hat ihn getötet, seinen eigenen Sohn!«

»Wir werden den Mord ahnden, morgen, mit aller Schärfe. Auch Venk von Pienzenau stelle ich zur Rede.«

»Wie kann es sein, daß ein Mann wie Venk sich dem Bösen anschließt?«

»Oh, du darfst nicht denken, daß er sich Amiel unterworfen hat. Er spielt mit dem Feuer, das ist alles. Geheimlehren sind beliebt unter den Höflingen. Jeder beschäftigt sich mit etwas anderem, selbst die Hofdamen, ob es Zahlenmystik ist oder Zauberei oder Alchemie. Morgen wird sich herumsprechen, daß Venk von Pienzenau den Studenten befreit hat, und damit wird der Verdacht auf ihn fallen, er habe den Dualisten decken wollen und seine eigene Verbindung zu ihm. Dieses Gerücht macht ihm Freude. Er weiß nichts von den Fürchterlichen, die sich die Reinen nennen. Glaub mir, er hält ihre Lehren für ein vergnügliches, schauriges Spiel.«

»Was soll ich machen? Wie kann ich mich vor Amiel verstecken?«

»Der Kaiserhof ist nicht sicher. Mit Venk auf Amiels Seite können wir nicht einmal den Wachen trauen, er lenkt sie wie Puppen. Kannst du irgendwo unterschlüpfen? Hast du Verwandte in der Stadt?«

»Meine Mutter. Aber ich … wir sind uns fremd. Und ich müßte durch die halbe Stadt laufen, durch die dunkle Stadt. Er wartet auf mich da draußen. Ich möchte nicht hinaus. Ich fürchte mich.«

Der Engländer strich sich über den Nasenrücken. Schließlich nickte er, als habe er einen Entschluß gefaßt. »Du bleibst hier. Ich lese noch ein wenig, und du kannst dort auf meinem Bettlager ausruhen.«

William Ockham, der größte Gelehrte an des Kaisers Hof, erlaubte ihr, einem einfachen Kammermädchen, in seinem Bett zu schlafen? »Und wann schlaft Ihr?«

»Es ist nicht die erste Nacht, die ich lesend zubringe.« Er ging zur Tür und schob den Riegel davor. »Jetzt geh, und leg dich hin.« Er nahm ein Buch von einem Stapel und trug es zum Pult. Ohne Adeline weiter zu beachten, öffnete er die Schließen und klappte den schweren Deckel auf.

Sie ging nach hinten, zog die Schuhe aus und legte sich auf das Bettlager. Stroh knisterte. Das Laken war kühl.

II

Aus den Wiesen stieg der Morgennebel auf. Die ersten Sonnenstrahlen blinzelten über den Wald und gaben der Mühlenruine Glanz. Sie thronte auf dem Hügel mit ihrem brüchigen Gemäuer und verströmte ein Gefühl von Vertrautheit. Sein Unterschlupf war sie gewesen, sein Haus für die vergangenen Jahre.

In der dunklen Zelle im Kaiserhof hatte Nemo bezweifelt, daß er diesen Ort je wiedersehen würde. Nun stand er am Fuß des Hügels, und seine Mühle begrüßte ihn. Hier hatte er sich versteckt Woche um Woche. Hier hatte er gespeist und gehungert.

Daß es dazu kommen mußte, daß sie geradezu vorherbestimmt gewesen war, sein Unterschlupf zu werden, das hatte er in der dunklen Kammer begriffen. Die Mühle war es gewesen. Sie war das große Ding, auf das die Mutter gezeigt hatte. Es hatte Arme besessen wie ein Mensch, ein Riese mit vier Armen war es, und die Arme ruderten, kreisten.

Deshalb hatte er sich all die Jahre zu ihr hingezogen gefühlt. Sie hatte ihn näher an seine Eltern gebracht, sie war seine einzige Verbindung zur Vergangenheit gewesen.

»Erinnerst du dich an den Platz?« fragte Amiel von Ax.

»Ja.« Die Erinnerung tat weh, denn sie bedeutete Abschied, grausame Trennung. Hier hatte er die letzte Umarmung der Mutter erhalten, den letzten Kuß. Danach folgte Kälte.

»Wo genau ist es?«

Er ging ein Stück über die Wiese. »Dort war der Fluß. Und hier standen Bäume. Das Buschwerk hat sich verändert, aber es muß dieser Platz gewesen sein.«

»Mitten am Hang?«

»Damals gab es hier einen Strauch.«

Amiel von Ax war nicht zufrieden. »Hoffen wir, daß wir nicht den ganzen Tag graben und am Ende mit leeren Händen dastehen.« Er wies den Tagelöhnern den Ort, und sie stießen ihre Spaten in den Boden, hebelten, hievten, warfen Erde und Grasbüschel, stießen erneut hinein. Es waren Männer, wie Nemo noch vor wenigen Tagen einer gewesen war: ausgemergelte Körper in schmutziger, zerschlissener Kleidung. Wirr wachsende Bärte. Die Hände schwielig, die Füße schwarz vor Dreck. Sie begannen zu schwitzen.

Er wußte, was in ihnen vorging. Sie fragten sich, ob der feine Herr zusätzlich zum vereinbarten Lohn eine Mahlzeit spendieren würde, wenn sie besonderen Fleiß zeigten. Sie fragten sich, ob die nächste Woche genauso schlecht laufen würde wie diese. Ob sie am Sonntag vielleicht etwas Nahrung erbetteln konnten an den Türen, ohne dabei von der Stadtwache erwischt zu werden.

»Vorsichtig!« zischte Amiel. »Ihr zerstört es, wenn ihr so hart mit den Spaten in den Boden stoßt.«

Sie setzten ihre Spaten flacher an.

Nach einer Weile sagte Nemo: »Das ist zu tief. So tief hat mein Vater nicht gegraben.«

»Hört auf!« Amiel machte eine schneidende Handbewegung. Als die Tagelöhner innehielten, sah er Nemo an. »Wo also?«

Er betrachtete die Mühle, den Fluß. Ging einige Schritte. »Hier vielleicht?«

Die Tagelöhner folgten ihm. Er machte ihnen Platz. Sie gruben los. Es war ein seltsames Gefühl, sie zu beobachten. Würde er für Amiel noch Wert besitzen, wenn das Ding gefunden war, das sein Vater vergraben hatte?

Unsinniger Gedanke! schalt er sich. Amiel hatte ihm einen Botenauftrag gegeben, er hatte ihn den Kaiserlichen aus den Klauen gerissen. Es würde weitergehen. Er würde ihm neue Aufgaben geben. Und er, Nemo, würde Weiteres über seine Eltern erfahren und am Ende das Ding stehlen, das sein Vater verborgen hatte, und sich nach Paris absetzen.

Wieder fanden sie nichts. Nemo schlug einen weiteren Grabeplatz vor. Amiels Blick folgte ihm unwillig.

Da rief einer der Tagelöhner: »Ich habe was!« Er legte den Spaten beiseite, fiel auf die Knie und grub mit den Händen. »Hier.« Es war ein schmutziges Lederbündel von der Größe eines Schuhs.

Amiel nahm es dem Tagelöhner aus der Hand. Er wickelte das Leder auf. Ein Lächeln zog über sein Gesicht. Er hielt einen Hammer in die Höhe.

Nemo stutzte. »Mein Vater hat einen Hammer für Euch aufbewahrt?«

»Habe ich dir nicht gesagt, daß er Schmied ist?« Amiel strich die Erde herunter, spie auf den eisernen Hammerkopf und rieb ihn blank.

Nemo konnte am Hammer nichts Besonderes erkennen, er trug keine Verzierungen, war nicht von Silber gemacht. Wozu sollte man einen gewöhnlichen Hammer vergraben? »Ich verstehe das nicht. Wofür ist er gut?«

»Du wirst sehen.«

Sie hasteten durch die Straßen. »Das ist ein Geschenk des Himmels«, sagte Vizenz. »Damit haben wir ihn in der Hand!« Mord war eine eindeutige Sache. Diesmal würden auch Amiels juristische Spitzfindigkeiten ihn nicht retten. Ob er nun hang oder verbrannt wurde, was spielte das für eine Rolle?

Der Engländer in seiner Mönchskutte schwitzte stark. Er war offenbar keine körperliche Anstrengung gewöhnt. »Mir wäre es lieber gewesen, Ihr hättet ihn heute nacht festgesetzt. Ich habe dem Mädchen gesagt, sie kann sich wieder ohne Angst durch die Stadt bewegen. Wäre ich nicht zu Euch gekommen, wann hättet Ihr mir gesagt, daß Ihr gescheitert seid?«

»Nicht gescheitert. Wir mußten ihn nur fürs erste zurücklassen. Aber jetzt holen wir ihn uns. Kommt, schneller!«

Der Engländer konnte nicht schneller. Immer weiter blieb er zurück. Es gab Vizenz zusätzliche Kraft. Mit herrischer Gebärde trieb er die Krämer auseinander, die Kräuterhändler, die Lebkuchenverkäufer, jene, die auf Bauchläden Gürtelschnallen verkauften. Er drängte sich an Tuchscherern vorüber, an Seilern und Mühlknechten. Nichts wußten diese Menschen von der Gefahr, in der die Stadt schwebte!

Vizenz sah in die Höhe. Immer noch waren die zwei Westtürme der Peterskirche eingerüstet. Die Kirche würde viele weitere Jahre eine Baustelle bleiben. Erst 1294 war sie eingeweiht worden, eine herrliche große Basilika, finanziert durch Ablaßgelder. Dann hatte das Feuer sie zerstört. War das nicht, übertragen gesehen, das Schicksal, das der Stadt drohte? Amiel von Ax legte Feuer. Was er zerstörte, würde schwer wieder aufzurichten sein. Sie mußten ihn niederwerfen, bevor er die Fackel ins Gebälk hielt.

Obwohl das Rechthaus noch nicht zu sehen war, roch er bereits das frische Backwerk. Im Rechthaus befanden sich im Erdgeschoß die Brotbänke, vierunddreißig Verkaufsplätze für Brot und Backwaren. Er bemitleidete die Amtsleute, die im Obergeschoß den ganzen Tag diesen Duft ertragen mußten, während sie arbeiteten.

»Kommt schon!« rief er und bog in die Straße nach Salzburg ein. Er unterquerte den Bogen des Talburgtors, schob sich durch die Menschenmeute, die sich am Zolltisch staute. Das Rechthaus stand neben der Brücke über den Pfisterbach, prächtig, kaum zwanzig Jahre alt mit starker Fassade aus weißgetünchten Steinen. Über der Flügeltür prangten kupferne Lettern: *domus praetorialis.*

Hier wartete er, bis ihn William erreichte. Gemeinsam schritten sie auf das Rechthaus zu. »Der Hauptmann«, sagte Vizenz. »Reden wir zuerst mit ihm. Er muß Amiel festsetzen.«

Hauptmann Ermenrich saß vor dem Rechthaus an einem Tisch, ihm gegenüber ein dunkelhäutiger Mann, in fremdartige, bunte Tücher geschlungen. Sie spielten Schach. Nun, das Spiel würde ein rasches Ende finden.

William Ockham griff nach Vinzenz' Arm und hielt ihn fest. Wollte er erst Atem schöpfen, ehe sie die beiden ansprachen? Vermutlich. Vizenz ließ ihn gewähren und blieb stehen.

Der Dunkelhäutige wies auf eine Figur. »Wie nennt Ihr diesen?«

»Läufer«, erklärte der bärtige Hauptmann.

»Aus dem *Ualfil*, dem Elefanten, wurde ein Mensch bei Euch. Warum nennt Ihr ihn Läufer?«

»Man könnte sagen, weil auf einem Schlachtfeld dem Heeresführer Boten zur Seite stehen. Aber das würde die Sache überbewerten. In Italien heißt er Fahnenträger, in Frankreich Narr, in England Bischof. Es ist nicht so wichtig.«

Der Dunkelhäutige wog den Kopf. »In meinem Land ist es sehr wohl wichtig. Wir haben dieses Spiel erfunden.« Er setzte seinen Turm nach vorn und schlug einen Bauern. »Wie nennt Ihr diesen?« Er tippte auf den Turm.

Der Hauptmann lachte. »Es ist der Turm.« Er setzte seinen Springer.

»Ein Turm? Wie kann sich ein Turm bewegen? Bei uns ist es das *Rukh*, das Kamel.« Der Dunkelhäutige wies auf die Königin. »Und was hat die Frau auf dem Schlachtfeld verloren? An ihre Stelle gehört der *Fers*, der Wesir.«

William Ockham zog Vizenz beiseite. »Es ist zwecklos. Er wird dem Mord nicht nachgehen.«

Was sagte er da? »Ermenrich ist der Hauptmann dieses Viertels, er muß den Mörder ausfindig machen und ihn stellen. Das wird er auch tun. Ich arbeite seit Jahren mit ihm zusammen, er hat nie gepfuscht.«

Der Engländer schüttelte den Kopf. »Er wird sich um den Mord nicht kümmern.«

»Woher wollt Ihr das wissen?«

»Er erwartet uns. Und er ist fest entschlossen, den Mord nicht zu verfolgen. Ihr habt mir gesagt, daß Ihr Amiel von Ax diese Nacht nicht gefangennehmen konntet, weil er ein gewiefter Jurist ist. Meint Ihr, ein Mann wie er würde sich durch einen unbedachten Mord alles verderben? Er hat das Mädchen gesehen, er weiß also, daß er heute verklagt werden wird. Und er hat Vorsorge getroffen.«

»Auf welche Weise?«

»Er gebraucht den Hauptmann als Werkzeug. Habt Ihr Euch das Schachspiel angesehen? Hauptmann Ermenrich ist offenkundig ein Kenner, sonst wüßte er nicht, wie die Figuren in Frankreich, England und Italien heißen. Wenn Ihr Euch aber das Spielfeld anschaut, seht Ihr, daß es keine fünf Züge dauern wird, und er ist matt gesetzt. Dennoch lacht er und konzentriert sich nicht. Er spielt wie ein Anfänger.«

»Das könnte tausend Gründe haben. Vielleicht möchte er den Muselmanen gewinnen lassen.«

»Der Hauptmann ist beunruhigt, auch wenn er nach außen hin Gelassenheit vortäuscht. Er ist nicht bei der Sache. Und er sitzt vor dem Rechthaus. Warum? Weil er sichergehen möchte, daß man ihn zuerst anspricht auf den Mord, wer auch immer etwas bemerkt haben könnte.«

»Was nützt es ihm, wenn er zuerst angesprochen wird?«

»Er wird die Klage abweisen. Deshalb hat er sich einen Spielpartner gesucht, der das hiesige Rechtssystem nicht kennt. Der Araber, mit dem er hier sitzt, wird wohl kaum seine Entscheidungen in Zweifel ziehen.«

Vizenz biß sich auf die Lippe. Es klang überzeugend. Andererseits – warum sollte Ermenrich dem Ketzer helfen? Mißtrauen keimte in ihm auf. Der Engländer warf ihm Steine in den Weg. Er wollte verhindern, daß der Mord Amiel von Ax zu Boden zog. Warum tat er das?

Auch William Ockham war Häretiker. Bekam er Skrupel? Auf keinen Fall würde er sich von einem Ketzer abhalten lassen, einen anderen Ketzer niederzustrecken. Er kannte Ermenrich. Die Argumente des Engländers waren verlogen. »Hauptmann Ermenrich!« Er trat auf die Schachspielenden zu.

Der Hauptmann setzte die Figur wieder ab, die er in der Hand gehalten hatte, und sah auf. »Vizenz, Ihr seid es!« Er erhob sich und bot ihm seine breite, behaarte Hand dar.

Es sah nicht im geringsten so aus, als würde er etwas zu verbergen versuchen. Vizenz nahm die Hand, schüttelte sie. »Ich störe Euch ungern beim Schachspielen, aber es gibt Arbeit für Euch. Ein Mörder muß dingfest gemacht werden.«

Der Hauptmann hob die schwarzen Brauen. »Mord? Mir ist noch gar nichts gemeldet worden.«

»Es ist heute nacht passiert. Ein Fremder, Amiel von Ax, hat im Schlachthaus seinen eigenen Sohn umgebracht.« Er forschte im Gesicht des Hauptmanns, aber da war kein Zeichen von Furcht zu erkennen, keine Unsicherheit.

»Im Schlachthaus? Die Fleischhacker sind seit dem Morgengrauen bei der Arbeit, und es hat niemand eine Leiche gefunden. Wer hat Euch diesen Mord gemeldet?«

»Ein Kammermädchen vom Kaiserhof. Sie hat die verruchte Tat mit eigenen Augen beobachtet.«

»Habt Ihr nur ihre Aussage?«

»Ihre Aussage, ja, und ich bin sicher, wenn wir –«

»Das ist ein wenig schwach, Vizenz«, unterbrach ihn Ermenrich. »Ich glaube, man bindet Euch einen Bären auf. Was hatte das Mädchen in der Nacht im Schlachthaus zu suchen? Das würde ich zuerst fragen. Und sollen wir einen Mann des Mordes bezichtigen, obwohl weder eine Leiche vorhanden ist, noch jemand vermißt wird? Nach Blutspuren brauche ich im Schlachthaus gar nicht erst zu suchen.«

»Die Sache ist in Eurem Viertel geschehen, Ermenrich. Ich erwarte, daß Ihr Nachforschungen anstellt.«

»Natürlich. Schafft mir das Mädchen heran. Dann sehen wir weiter. Ich werde aber nicht die Ehre eines Mannes durch den Schmutz ziehen, ohne klare Beweise zu haben.« Er setzte sich wieder und spähte über das Schachfeld.

Vizenz konnte es spüren: Amiel von Ax entwischte ihm ein weiteres Mal. Er hatte ein Netz über die Stadt gelegt. Selbst der Hauptmann war darin verfangen. Die klebrigen Fäden zogen sich von Haus zu Haus, von Turm zu Turm, von Mensch zu Mensch.

Es stand nicht gut um ihn, Vizenz Paulstorffer.

Die Bracke riß so kräftig an der Leine, daß sich Adeline mit ihrem ganzen Körpergewicht nach hinten lehnen mußte, um sie aufzuhalten. »Knochen!« rief sie. »Hör auf zu zerren!«

Der Hund schien einer Spur zu folgen. Er hielt den Kopf dicht über den Boden. Die braunen Hängeohren berührten die Straße.

»Ich weiß ja, daß du ein Jagdhund bist, aber wir sind jetzt in der Stadt, und ich möchte gar nicht jagen!«

Knochen hob abrupt den Kopf und blieb stehen. Er fiepte. Etwas hatte seine Geruchsspur gestört.

Jetzt roch es auch Adeline. Ein Geruch wie faule Eier. Böse Rufe schollen aus der Peterskirche. Ein Lehrling stolperte heraus, gefolgt von seinem Meister, der ihn wieder und wieder ohrfeigte.

Der Lehrling hob die Arme vor das Gesicht, um sich vor weiteren Schlägen zu schützen. »Ich kann doch nichts dafür! Die Farbe ist von allein schlecht geworden!«

»Du hast sie in der Kirche stehengelassen. Die ganze Nacht. Weißt du, wie lange es im Gotteshaus stinken wird? Wie kann man nur so dumm sein!«

»Der Regen gestern –«

»Der Regen ist schuld, ja?« Es setzte weitere Schläge. »Ich werde dir sagen, was jetzt passiert. Ich gehe zum Schlachthof und hole frisches Ochsenblut, dann kaufe ich Kalk. Das wirst du bezahlen. Und du schüttest die verdorbene Farbe weg. Wenn ich wiederkomme, möchte ich nichts mehr davon sehen! Strohkopf!«

»Komm, Knochen«, sagte sie. Diesmal war sie es, die weitergehen wollte. Aber sein kräftiger Körper hielt ihrem Zug ohne Mühe stand. Endlich hatte er das verdorbene Blut deutlich gewittert und lief wieder los. Er blaffte eine Ziege an, die sich unbeeindruckt mit dem rechten Horn den Rücken kratzte. Ein Kutscher steuerte seinen Pferdewagen rückwärts in eine Toreinfahrt hinein. »Zurücke!« rief er. »Zurücke!« Er zog an den Zügeln.

München war voller Leben. Die Stadt mit ihren einhundert Türmen und acht Toren, mit ihren zehntausend Menschen und ihrem Vieh und ihrem Häusermeer, sie war Adeline nie so kostbar und wohltuend erschienen wie heute.

Keine Angst mehr zu haben! Sie war aus einem Alptraum erwacht. Der Mörder war gefangengesetzt, und Gräfin Giselberga hatte ihr den Vormittag freigegeben.

Hände legten sich ihr über die Augen. Eine Stimme fragte: »Wer bin ich?«

Sie schluckte. Der Mörder, der Mann mit den grünen Augen, dachte sie. Amiel von Ax. Dann kam ihr in den Sinn, daß er sich niemals so kindisch benehmen würde. »Ich weiß nicht«, sagte sie.

»Ratet!«

»Der heilige Nikolaus?« Die Leine in ihrer Hand wurde locker. Sie hörte Knochen grollen, aus tiefster Kehle, es war ein Geräusch, das ihr die Nackenhaare aufstellte. Sofort verschwanden die warmen Hände von ihrem Gesicht.

»Wem gehört diese Bestie?«

Adeline drehte sich um. Heinrich stand da und starrte auf den Hund.

»Er heißt Knochen. Gehört dem Kaiser.«

»Konntet Ihr Euch nicht einen kleineren Hund aussuchen zum Spazierenführen?«

»Wenn ich ehrlich bin, der Hund hat mich ausgewählt, nicht andersherum.« Sie ging in die Hocke. Knochen sah furchteinflößend aus: Die Lefzen heraufgezogen, die Zähne bis zum Fleisch entblößt, das Fell der gewaltigen Schnauze gekräuselt. Er sah einem Wolf ähnlicher als einem Hund. Was, wenn sie ihn nicht beruhigen konnte? Wenn er Heinrich anfiel und ihn totbiß? Sie flüsterte: »Es ist in Ordnung, Knochen. Er ist ein guter Mensch. Hör bitte auf, den armen Heinrich anzuknurren.«

Langsam senkten sich die Lefzen. Der Blick des Hundes war nach wie vor stechend, aber das Knurren verebbte.

»Ich danke Euch«, sagte Heinrich. »Er scheint jedes Wort zu verstehen, das Ihr zu ihm sprecht.«

»Wir sind Freunde geworden.«

Heinrich lachte. Mittendrin brach er ab und verzog das Gesicht. Er schöpfte keuchend Atem, hielt sich die Brust.

»Was ist?« Sie faßte seinen Arm, hielt ihn.

»Geht schon wieder. Das ist nichts.« Er lächelte mühsam.

»Ich bin froh, daß du wieder freigekommen bist.«

Er legte seine Hand auf die ihre. »Danke für Eure Hilfe! Was hätte ich ohne Euch getan?«

Die Berührung wirkte ungeplant, ganz so, als sei er sich ihrer nicht bewußt. Adeline zog ihre Hand nicht zurück. Überrascht stellte sie fest, daß sie die Berührung mochte. Er darf meine Hand halten, dachte sie. Er darf es. »Bitte, sag du zu mir. Ich bin ein einfaches Kammermädchen.«

»Am Kaiserhof.«

»Am Kaiserhof, ja. Aber danken mußt du mir wirklich nicht. Ich habe ja gar nichts erreicht. Und das Wasser ... Ich hätte dir helfen sollen, als sie dich geschlagen haben.« Ihr kam ein schrecklicher Gedanke. »Rühren daher deine Schmerzen?«

»Nein. Und wie meinst du das, nichts erreicht? Ich wurde freigelassen, weil du Amiel von Ax verständigt hast!«

»Ich habe ihn nicht verständigt. Weißt du nicht, was geschehen ist?«

Seine Hand löste sich von ihrer. »Was?«

Auch sie nahm ihre Hand zurück. »Amiel wurde diese Nacht festgenommen. Er hat etwas Furchtbares getan, er hat –« Sie stockte. Das Wort wollte nicht über ihre Lippen.

»Ich weiß nicht, von wem du redest, aber Amiel von Ax wurde sicher nicht festgenommen. Er hat mich ja gerade ausgesandt, fünf Forellen zu kaufen, damit der Koch uns eine Mahlzeit richten kann. Da habe ich Euch gesehen, ich meine ... dich gesehen.«

»Das kann nicht sein. Er ist festgesetzt. Und das ist gut so, dieser Mann hätte dir Böses angetan. Mag sein, daß er sich zu verstellen weiß, aber er ist finster und grausam. Ich habe mit eigenen Augen beobachtet, wie er seinen Sohn niedergeschlagen hat.«

»Das glaube ich nicht. Es muß ein anderer gewesen sein. Aber ich bedaure es, daß du so etwas mit ansehen mußtest.«

»Es war Amiel von Ax! Bald werden sie ihn verbrennen. Der Inquisitor hat ihn im Gewahrsam, Amiel wird seine Untaten gestehen. Die Inquisition hat ihre Methoden.«

Nemo grinste. »Mag sein, daß ein Mann hingerichtet wird. Amiel von Ax ist es nicht. Er ist auch nicht beim Inquisitor gefangen. Ich war gerade erst mit ihm auf den Wiesen vor der Stadt und bringe nun Fische für unsere Mahlzeit. Glaube mir!«

Adeline hielt den Atem an. Was, wenn er recht hatte? Wenn Amiel sich auf freiem Fuß befand? Heinrich hatte er auch mit Leichtigkeit aus der Zelle befreit. »Bist du sicher?« fragte sie.

Ein Mann stellte sich vor sie. »Seid Ihr Adeline?« Er hatte lange Wimpern und einen weichen Mund. Sein Gesicht wirkte beinahe weiblich. Knochen knurrte und duckte sich zum Sprung.

»Ja«, sagte sie. »Und wer seid Ihr?« Sie sah ihn zum erstemal.

»Bartholomäus«, sagte er. »Ich soll Euch dies hier geben.« Er reichte ihr einen Tonkrug, dessen Öffnung mit einem Lederlappen zugebunden war.

Heinrich sagte: »Ich muß weiter. Amiel wartet auf die Fische. Habe mich gefreut, dich zu sehen!« Er rührte noch einmal kurz an ihren Arm, dann ging er.

»Ich mich auch!« rief sie ihm hinterher.

Bartholomäus lächelte. »Mein Herr sendet es als kleine Erinnerung.« Er verbeugte sich, warf noch einen verunsicherten Blick auf die Bracke und verließ sie ebenfalls.

Welcher Herr? Sie zog den Lederlappen vom Krug. Der Inhalt stank erbärmlich. Fliegen stiegen aus der Öffnung auf und summten davon.

12

Er lief die Leimgasse hinunter, die Sonne strahlte ihm ins Gesicht, und alles, woran er denken konnte, war Adelines Hand. So weich war sie gewesen, so klein! Er sehnte sich danach, sie wieder zu halten. Einen kaiserlichen Jäger hatte Adeline abgewiesen – ihm aber schenkte sie Wohlwollen.

Vor der Brauerei der Familie Rueßwurm stand ein Bierkarren. Fässer wurden über die Rampe hinaufgerollt. Die stämmigen Brauereipferde stampften mit den Hufen auf das Straßenpflaster. Ihnen wuchs Fell an den Flanken; es ließ sie um so kräftiger erscheinen.

Nemo passierte die Pferde und kam zum Nachbarhaus. Glockenhell drang das Hämmern des Goldschmieds aus der Werkstatt. Es war ein feines Haus, die Balken schwarz mit Pech überzogen, die Wandabschnitte dazwischen weiß getüncht. Wein rankte an der Mauer empor.

Durch die Toreinfahrt trat er in den Hof. Neben dem moosbewachsenen Brunnen schnatterten die Gänse im Verschlag, als wollten sie Nemo begrüßen. Der Brunnen war ein großes Glück: Er gehörte zum Haus; während die anderen am Morgen beim Straßenbrunnen Schlange standen, konnte er hier Wasser schöpfen. Seine anderen Aufgaben: Amiel die Stiefel auszuziehen, Waschwasser zu bringen, einen Botendienst zu erledigen. Es war ihm mehr als recht. Auf diese Weise gab es Gelegenheiten, Gespräche zu belauschen oder unauffällig Fragen zu stellen. Nach und nach würde er Amiel auf die Schliche kommen.

Er ging die Außentreppe hinauf. Als er im Dachgeschoß angelangt war, drehte er sich um. Nur wenige Häuser besaßen drei Stockwerke, er konnte herrlich über die Dächer schauen. Das Eremitenviertel überblickte er bis zum Augustinerkloster, deutlich war die alte Stadtmauer zu sehen und die Brücke, die den alten Stadtgraben und die Mauer überspannte. Da befand sich der Abort der Augustiner, sie ließen ihre Exkremente einfach in den Bach hinunterfallen, oft genug schimpften die Tuchfärber darüber. Dabei brauchten die Augustiner ja selbst das frische Wasser für ihre Brauerei! Der kaiserliche Mundschenk kaufte ihr Bier, Ludwig zog es allen anderen Brauereien vor.

Nemo kehrte sich zur Tür um. Er stutzte. Jemand hatte Lumpen um die Angeln gewunden, und auch die Kanten der Tür waren mit Lumpen bedeckt. Er öffnete die Tür. Sie quietschte nicht mehr. Lautlos schwang sie auf, und lautlos schloß sie sich hinter ihm. Amiel mußte zusätzlich zu den Lumpen veranlaßt haben, daß die Angeln geölt wurden. Warum das alles?

Ein Mann mit Doppelkinn und hundert Zöpfen trat auf ihn zu. »Endlich die Fische! Wo hast du dich so lange rumgetrieben?« Er riß ihm das Bündel aus der Hand, rollte es auf, legte die Fische säuberlich nebeneinander auf den Tisch.

»Ich bin Nemo, Amiels Leibdiener. Wer –«

»Schön. Mach dich nützlich, Nemo«, unterbrach ihn der Mann. »Schneide ihnen die Köpfe ab. Dann schlitzt du längs den Bauch auf und entfernst die Gräten. Hast du Salzfäßchen und Salzstößel besorgt?«

»Davon wußte ich nichts.«

Der Mann rollte die Augen. »Es ist immer dasselbe.«

»Du bist Amiels Koch?«

»Ein eigener Koch wäre Verschwendung für diesen Mann. Genaugenommen bin selbst ich eine Verschwendung, auch wenn ich nur vier Tage in der Woche über Mittag für ihn arbeiten soll.«

Nemo schnitt einen Fischkopf ab. Es ging sehr schwer. Die Wirbel knackten, als er sie mit dem Messer durchtrennte. Er sagte: »Ein Mann von seinem Stand kann es sich leisten, einen Koch zu beschäftigen.«

»Es scheitert nicht am Geld, es scheitert am Willen! Montag, Mittwoch und Freitag fastet er bei Wasser und Brot. Und an den verbleibenden Tagen hat er seine Vorstellungen. Nie darf ein Tropfen Tierfett diese Töpfe berühren, hat er gesagt. Ich soll nur mit Öl braten, nicht mit Butter. Außerdem darf ich keine Milch verwenden.«

»Warum nicht?«

»Er ißt nichts, was geschlechtlich gezeugt wurde. Kein Fleisch! Auch sonst nichts, was von Tieren stammt.«

Er sah auf die Fische. Amiel hatte doch ausdrücklich gesagt, daß er fünf Forellen kaufen sollte!

»Die Fische ißt er. Wenigstens sie. Über das Entstehen von Fischen weiß man nichts, das ist mein Glück. Was soll ich sonst zubereiten?«

»Also gibt es immer Fisch?«

»Du verstehst? Das ist meine Lage. Schön, ich kann Kohl in Öl braten oder eine Brühe aus Nüssen kochen. Maiskuchen würden noch gehen, und Gemüsebrei. Etwas mit Linsen, etwas mit Rüben. Hechtsuppe. Apfelkuchen. Dann hört es auf. Ich hab für so einige Herrschaften gekocht. Keiner von ihnen war leicht zufriedenzustellen. Aber das hier ist die Krönung.«

Warum stellte Amiel diese merkwürdigen Regeln auf? Waren sie Teil seines Blendwerks? Es erschien ihm unsinnig. Kaum jemand würde bemerken, was er in seiner Kammer aß. Welchen Grund gab es für sein Verhalten? Entweder war Amiel ein meisterhafter Betrüger, von dem er noch eine Menge lernen würde. Oder er war, wie viele große Männer, übergeschnappt. »Weißt du, warum Tür und Angeln mit Lumpen umwickelt sind?«

»Ein alter Kniff. Ich vermute, er hat eine Konkubine, und er will nicht, daß die ganze Nachbarschaft es hört, wenn sie in der Nacht kommt und geht.« Der Koch sah ihm auf die Finger und schüttelte den Kopf. »Hör auf. Du zerstörst den Fisch! Sorgfältig auftrennen, das habe ich gemeint. Du zerschneidest das gute Fleisch. Gib mir das Messer.«

Nemo legte es auf den Tisch.

Der Koch griff es und schnitt mit einer Bewegung des

Handgelenks den Fisch auf, klappte ihn auseinander, löste die Wirbelsäule mit Gräten heraus. »So.« Es sah beeindruckend aus, wie ein jahrelang eingeübtes Kunststück.

»Ich glaube, ich hole besser Salzfäßchen und Stößel.«

Wie lange stand sie schon hier? Sie konnte sich nicht überwinden, in die windschiefe Kate einzutreten. Knochen saß geduldig neben ihr, schaute nur von Zeit zu Zeit auf, als versuchte er zu verstehen, was sie da tat.

Die Straße war schmutzig. Obwohl es der Rat der Stadt verboten hatte, schütteten die Leute hier ihren Abfall vors Haus. Rübenschalen faulten neben einer vertrockneten Hühnerkralle. Eine Krähe hackte nach einem Stück blutigen Knorpels. Tonscherben ragten aus dem Dreckwasser heraus, ein Lumpenfetzen lag vollgesogen darin. Adeline konnte sich nicht erklären, daß ihr diese Straße einst Heimat gewesen war. Aber es war ihre Straße. Es war ihr Elternhaus.

Die Kate lag am Rande des alten Mauerrings. Als die Mutter jung gewesen war, hatte es die neue Mauer noch nicht gegeben. Da war dieses Haus »draußen« gewesen. Während Adeline aufwuchs, wurde Jahr um Jahr die neue Mauer gebaut. Erst umschloß sie den Anger, dann verleibte sie sich das Augustinerkloster ein, schließlich wuchs sie auf der anderen Seite der Stadt zur Isar und den Länden hin. Dieser Tage schloß sich mit dem Isartor der Kreis. München war beträchtlich gewachsen.

Diese Straße blieb arm. Hier gab es keine Bettler. Es war nichts zu holen bei den Menschen, die hier lebten. Die Häuser waren mit Stroh gedeckt statt mit Dachschindeln. Nur durch ein Wunder waren sie dem Stadtbrand vor neun Jahren entgangen. Gott hatte den häßlichsten Teil der Stadt erhalten, wie zum Hohn.

Hier im Matsch hatte Adeline als Kind gespielt. Sie hatte ihn mit einem kleinen Stöckchen umgerührt, hatte ihre Puppe damit beschmiert und sie anschließend in einer Pfütze rein gebadet. Als sie zur Welt kam, war ihre Mutter siebzehn Jahre alt und der Vater auf Gesellenreise gewesen. Damals wußte noch niemand, daß er nicht nach München zurückkehren würde. Trotzdem sagten die Großeltern: Laß es wegmachen! Bring es nicht zur Welt!

Aber Adeline war störrisch, sie ließ sich nicht wegmachen. Sie kam zur Welt. Die Mutter pflegte sie, damit die Nachbarn nicht schlecht von ihr dachten. Die Haare wurden durchgefilzt mit dem Kamm, so hart, daß sie büschelweise ausrissen. Eiserne Haarspangen steckte die Mutter ihr an. Sie schabten über die Kopfhaut wie scharfe Nägel. Adeline wurde herumgestoßen, gescholten, mußte stundenlang am Tisch sitzen, vor einer Speise, die sie nicht herunterbrachte.

Heute ist alles anders, sagte sie sich. Mutter hat sich geändert. Und der Mörder findet mich hier nicht. Sie straffte ihre Haltung. »Komm, Knochen«, sagte sie. Der Hund stand auf, schüttelte sich.

Sie klopfte an die Tür. Vor ihrem inneren Auge sah sie die Mutter Stopfpilz und Nadel beiseite legen, sah sie aus dem Stuhl sich aufrichten, am Tisch abgestützt, und zur Tür humpeln. Sie zählte die Schritte. Sie hörte den Riegel, und das Gesicht der Mutter erschien im Türspalt.

Mutter trug das Kopftuch, das einst mit Blumen bestickt gewesen war. Heute war es kaum noch ein grauer Fetzen, die Farben ausgeblichen, die Ränder zerfranst. In ihrem Gesicht war nichts gerade. Der Mund schief, die Nase schief, der Scheitel schief. Nur die Augen waren die einer jungen Frau. »Adeline!« Sie lächelte. Drei Zähne waren noch vorhanden.

Wie alt ist sie jetzt? fragte sich Adeline. Siebenunddreißig?

»Komm rein! Wie schön. Du warst lange nicht da.« Sie öffnete weit die Tür. Eine dicke Katze entwich und rannte davon. Knochen sah ihr nach, rührte sich aber nicht vom Fleck. Die Stube schien ihn mehr zu interessieren. Er ging hinein, schnüffelte in den Ecken.

Sie trat ein. Die Stube sah aus wie immer: Der große Eichentisch, die Zinnschüsseln auf dem Bord und der große Wasserkrug, Mutters Bett. Sie hatte immer bei der Mutter im Bett geschlafen, und doch war es Mutters Bett und sie nur Gast darin gewesen. Die Kleidertruhe schien geschrumpft zu sein. War sie nicht wenigstens halb so groß wie der Tisch gewesen? Aber der zerkratzte Deckel war derselbe. Über der Feuerstelle hing der Kupferkessel, der Boden schwarz vom Ruß.

»Setz dich!«

Sie gehorchte. Wieviel Zeit hatte sie an diesem Tisch verbracht, kurz davor, sich zu erbrechen. Warum war sie so schwierig, was das Essen betraf? Sie konnte keine Holzlöffel mit Suppe zwischen die Lippen führen, es jagte ihr Schauer über den Rücken, wenn sie das rauhe Holz spürte. Überhaupt mußte sie bei Suppen alles ausspucken, was faserig und hart war. Sie konnte es nicht schlucken. Fleischstücke untersuchte sie zwischen den Schneidezähnen auf Sehnen oder Fettbrocken oder Knorpel und fingerte sie sorgfältig heraus. Einmal sollte sie Ziegenmilch trinken. Sie trank mit Widerwillen. Dann hatte sie plötzlich ein Ziegenhaar im Mund. Sie übergab sich vor Ekel. Seitdem hatte sie nie wieder Ziegenmilch angerührt.

»Gut siehst du aus.« Die Mutter tätschelte ihr die Hand.

Adeline wich ihrem Blick aus. »Seit wann hast du eine Katze?«

»Ein halbes Jahr. Sie ist trächtig. Wenn es mit der Mäuseplage so weitergeht, bekomme ich zwei Pfennige für jedes Katzenjunge.« Mutter zog die Hand zurück. »Ich bin so froh, daß sie dich genommen haben. Wo wärst du heute, ohne deine Stelle als Kammermädchen?«

Natürlich. Es war der einzige Glücksfall ihrer Familie. Für gewöhnlich bekamen nur Mädchen von Geblüt eine solche Stelle, damit sie im Dienst einer hochgestellten Adligen das gesellschaftliche Leben kennenlernten.

»Und wer ist das?« Mutter bot Knochen ihre Hand dar, und er schnupperte daran. Sie streichelte ihm den Kopf. »Du bist ja ein Lieber. Und siehst so edel aus. Ein echter Kaiserhund?«

»Ein echter.«

»Hast du deine Angst vor Hunden überwunden? Du wirst

immer größer, Mädchen, und tapferer. Das Hofleben tut dir gut, nicht wahr? Diese Hütte hier wäre doch nichts mehr für dich. Und schau, ich sitze den ganzen Tag am hinteren Fenster und stopfe anderer Leute Sachen. Ich bin so froh, daß du ein besseres Leben hast.«

»Ja.«

»Und ohne deine Unterstützung wäre ich längst verhungert.« Sie lachte leise. »Auch das sollte man nicht vergessen. Danke, daß du die Rente gekauft hast für mich. Ach, dein goldenes Haar! Es war immer mein Sonnenschein.«

Jetzt sah Adeline sie an. »Nein, Mutter, das war es nicht.«

Die Mutter wich erschrocken zurück. Dann sah sie zu Boden. »Du bist immer noch wütend auf mich.«

Sie schämte sich dafür. Es war ungerecht! Oft genug hatte die Mutter sie um Vergebung gebeten. Mit welchem Recht erhielt sie diesen Zorn aufrecht?

»Ach, Kind. Was kann ich tun, um es wiedergutzumachen? Du weißt, da war dieser Zorn in mir auf deinen Vater. Ich konnte ihm nicht verzeihen. Das hast du wohl von mir geerbt, wir sind beide so, daß wir Böses nie vergessen. Und nun trifft es mich. Ich weiß, ich habe dich schlecht behandelt. Ich konnte nicht sehen, welchen Schatz ich in dir hatte. Was glaubst du, wie ich dich vermisse! Ich hab mich gefreut über deine Stelle, sie war ein Wunder, ein erhörtes Gebet! Aber ohne dich ist es dunkel und leblos in diesem Haus. Erst als du weg warst, habe ich begriffen, wie falsch ich mich verhalten habe.«

»Bitte entschuldige. Ich bin ungerecht.«

»Ich war dir keine gute Mutter. Ich weiß, daß ich darin versagt habe. Gott möge es mir verzeihen! Er tut es. Er vergibt uns allen. Aber wie kann ich deine Vergebung verdienen? Ich wünschte, du könntest noch einmal fünf sein und hier bei mir leben. Ich würde dich an den Füßen kitzeln am Morgen und würde dir hundert Küsse aufdrücken. Ich würde dir Spielzeug geben – und wenn wir dafür hungern müßten. Ach, ich würde so vieles anders machen!«

»Mutter, es tut mir leid! Ich möchte nicht mehr so sein. Du

bist schon seit Jahren ganz anders, du bist gut zu mir, und du bereust auch, daß du mich früher gequält hast. Aber es ist, ich …« Die Worte blieben ihr im Halse stecken. Ihr Gesicht wurde heiß, und sie spürte, wie Tränen aufstiegen und sich in den Augen sammelten. Sie wischte sie heraus. »Ich bekomme diese beiden Menschen nicht zusammen. Beinahe wünsche ich mir die alte Mutter zurück, damit ich sie hassen kann; ich bin noch nicht fertig mit dem Hassen. Es ist schwer für mich, wieder zu Hause zu sein. Bist du mir böse? Vergib deiner törichten Tochter. Ich wünsche mir ja, verzeihen zu können! Aber es ist so schwer, es ist zu schwer für mich.«

»Dann geht es dir wie mir mit deinem Vater. Du weißt, daß du von ihm das goldene Haar hast?«

Adeline sah auf. Das wußte sie nicht.

»Ich habe dir nie die Wahrheit gesagt. Dein Vater ist nach München zurückgekehrt, als du acht Jahre alt warst. Er hat mich um Verzeihung gebeten, und wer weiß, vielleicht hätten wir heiraten können, und es wäre dieser Familie endlich gut ergangen. Er war Eisenkettenschmied geworden. Aber ich konnte ihm nicht vergeben. Er wollte dich sehen, nur ein einziges Mal. Ich habe ihm die Tür gewiesen, habe ihn angeschrien und ihn fortgeschickt auf Nimmerwiedersehen.«

Der Koch stellte die Schüssel auf den Tisch. Die Fische dampften. Gelbe Soße schmückte ihre weißen Bäuche, darüber waren Kräuter gestreut. Safranduft erfüllte den Raum. Nemo war sich sicher, daß die Fische himmlisch schmecken würden, auch wenn der Koch ihm nicht gestattet hatte, auch nur eine Fingerspitze zu naschen.

»Was ist mit meinen Händen?« Amiel sah auf. »Nemo! Schale, Wasser, Tuch!«

Es gehört zur Täuschung, sagte er sich. Ich diene ihm und spiele den Schwächeren, damit er mich unterschätzt und unvorsichtig wird. Mit Mühe rang er seinen Stolz nieder. Er stellte eine leere Holzschale vor Amiel hin und hob den Krug über seine Hände. Sorgfältig goß er ihm Wasser darüber, so, daß es in die leere Schale floß, und reichte ihm anschließend ein frisches Leinentuch.

Amiel von Ax trocknete sich die Hände ab. »Setzt euch.« Zum Koch gewandt, sagte er: »Schneide Brot. Auch für euch.«

Der Koch teilte einen flachen Laib in zwei Hälften und legte je eine vor sich und vor Amiel hin. Ein weiteres Brot zerschnitt er und gab eine Hälfte Nemo. Das Brot würde die Grundlage bilden, über der sie den Fisch verspeisten.

»Verteile die Fische.«

Der Koch legte zuerst Amiel, dann sich selbst und zum Schluß Nemo eine Portion auf das Brot. Die köstliche Soße sickerte in den frischen Laib. Der Fisch duftete verlockend. Nemo machte ein Kreuzzeichen darüber. Sobald Amiel die Speise angerührt hatte, würde er nicht länger warten, er würde die saftigen Stücke in den Mund schieben.

»Was hast du da getan?« fragte Amiel.

»Ich habe ein Kreuz geschlagen.«

»Laß das in Zukunft. Es ist zu nichts anderem nütze, als die Fliegen zu vertreiben.«

Warum sagte er so etwas? »Herr, damit rufe ich die Dreieinigkeit an.«

»Indem du ein Kreuz schlägst? Nein. Christus hat nicht am Kreuz gehangen, es wäre seiner unwürdig gewesen.«

»Aber –« Nemo stand der Mund offen.

Er schlug auf den Tisch. »Ich bin jetzt dein Meister! Vergiß die Kirche. Priester, die eine Geliebte haben – wie können sie mit ihrer unwürdigen Hand die Sakramente darbieten? Ihre Hand ist entweiht! Priester, die sich bereichern am Gut der Gläubigen – wie kann aus ihrem Mund die Wahrheit kommen? Die Messe eines Priesters, der in Sünden lebt, ist ungültig. Die Sakramente aus seiner Hand sind wirkungslos. Nur wer vollkommen rein ist wie ich, kann Erlösung bringen. Ich habe die Sünde abgelegt, ich beherrsche die bösen Gelüste und schlage sie nieder, wann immer sie sich regen wollen. Vergiß, was dir gefallene Priester sagen! Hast du mich verstanden?« Etwas Mörderisches blitzte in den grünen Augen Amiels.

Nemo nickte. »Ja, Herr.« Er dachte an das, was Adeline gesagt hatte. Aber es konnte unmöglich Amiel gewesen sein, wer auch immer im Kerker saß, Amiel war frei, er war ja seit den Morgenstunden mit ihm unterwegs gewesen. Allerdings hatte sie recht, er war ein gefährlicher Mann, möglicherweise war er zu einem Mord fähig.

»Schwöre, daß du nie wieder ein Kreuzzeichen schlagen wirst.«

»Nie wieder? Es gibt so viele Gelegenheiten, zu denen es sich gehört, ein Kreuz zu schlagen. Auch nicht beim Betreten der Kirche?«

Amiel schwieg eine Weile. »Du hast recht, es würde dich verdächtig machen, wenn du in der Kirche kein Kreuz schlägst. Deshalb will ich dir diese Ausnahme gestatten. Wenn du beobachtet wirst, zeige das Kreuz und sage folgenden Vers: *Aysi es le front et aysi es la barba et aysi la una aurelha et aysi l'autra.*«

»Ich verstehe nicht.«

»Es ist Okzitanisch. Es bedeutet: Hier ist die Stirn, hier ist der Bart, hier ist ein Ohr und da das andere. Du wirst es noch lernen.«

Er schluckte trocken. Was, wenn Amiel von Ax kein Betrüger war? Wenn er wirklich glaubte, was er da sagte? Es wurde still am Tisch. Der Koch knirschte mit den Zähnen. Er hielt den Blick gesenkt. Nemo konnte förmlich spüren, wie er unter der Mißachtung seiner Speise litt.

Amiel starrte auf die dampfende, duftende Mahlzeit. Seine Augen wurden feucht. Am Hals ruckte sein Adamsapfel.

»So nehmt!« sagte Nemo. Hatte Amiel nicht gestern gefastet? Er mußte rasenden Hunger verspüren.

Amiel von Ax lehnte sich zurück. Mit verächtlich verzogenem Mund sagte er: »Der Wille ist stärker als das Fleisch. Ich widerstehe.«

Nun konnte der Koch nicht länger an sich halten. Er platzte heraus: »Ihr wolltet, daß ich die Fischterrine koche! Wie kann man Gottes Gaben so verachten!«

»Ich übe meine Selbstbeherrschung an dieser Speise. Laß sie hier stehen. Ich will mich einige Stunden an ihr messen.«

Und wir? dachte Nemo. Essen wir auch nichts? Der Duft lockte, der weiße, weiche Fischbauch vor ihm rief förmlich danach, aufgebrochen und geschluckt zu werden.

»Laßt mich allein«, sagte Amiel.

13

»Mein lieber Amiel«, sagte er, als sich die Tür hinter dem Koch und dem Streuner geschlossen hatte, »mein lieber Amiel.« Er schüttelte den Kopf. »Hattest du insgeheim vor, den Fisch zu essen?« O ja, er hatte es vorgehabt, sein schwaches Fleisch hatte ihm diesen Wunsch untergeschoben wie ein scharfkantiges, böses Geschenk.

Was hatte seine Seele zu leiden in diesem Gefängnis, in dieser Hölle! Sie blutete. Es verlangte sie nach dem Himmel. Nach Freiheit und Güte. Unnachgiebige Strenge war der einzige Weg dorthin.

Er schloß die Augen, saß einfach mit geschlossenen Augen da und atmete. Du hast deinen Sohn getötet heute nacht, dachte er. Der Gedanke schnürte ihm den Hals zu.

»Befreit!« sagte er. »Befreit habe ich ihn! Er war zu schwach. Er konnte es nicht schaffen in diesem Körper.« Seine Seele war gewiß zu einem neuen Körper geflogen, er würde von neuem beginnen, vielleicht als Pferd, vielleicht als Karpfen.

Er ist tot, sagte eine Stimme in ihm. Amiel schlug mit der flachen Hand auf den Tisch. Der Knall und der Schmerz in der Hand ließen die Stimme verstummen. Diese Welt war das Werk des Bösen, und er würde ihr entfliehen, er würde es schaffen. Keine Versuchung, keine böse innere Stimme würden ihn daran hindern.

Gelogen hast du außerdem, klagte ihn die Stimme an, als der Inquisitor dich in die Enge getrieben hat, hast du gelogen. »Aber es war wie bei David«, erwiderte er. Auch David hat sich verstellt. Er hat sich verrückt gestellt, um Abimelech zu entgehen!

Diese Lüge und dieser Mord, sie waren ihm aufgezwungen

worden vom bösen Herrn der Welt. Er wollte rein sein, er war rein, er war Perfectus. Eben deshalb stellten ihm die Dämonen Fallen. Sie wollten, daß er aufgab, daß er sich für zu schwach hielt, weil sie ihm einen Mord und eine Lüge abgenötigt hatten. Einen Scheinmord, eine Scheinlüge. Schreckgespinste. Geistereien.

»Ich bin stark«, sagte er.

Er sah sich in der Mitte der Perfecti, Autier stand neben ihm und hielt das Buch über seinen Kopf, fragte: »Gelobst du, kein Fleisch, keine Eier oder Käse oder tierisches Fett mehr zu essen? Keinen Eid zu schwören, nicht zu lügen, keinerlei körperliche Begierden zu befriedigen – für den Rest deines Lebens?«

»Ich gelobe es.«

»Gelobst du, die Kirche der Reinen nicht aus Furcht vor Feuer oder Wasser oder vor einer anderen Todesart preiszugeben?«

»Ich gelobe es.«

»Du mußt den Geboten Gottes gehorchen und diese Welt hassen.«

»Das will ich.«

Das Buch berührte seine Stirn, und alle legten ihre Hände auf seinen Kopf. Autier sprach die Segenssprüche. Amiel küßte das Buch. Da war er Perfectus geworden. Die anderen fielen vor ihm auf die Knie und erwiesen ihm die Ehre, selbst Autier, selbst der große Autier.

Er öffnete die Augen. Die Fische dampften immer noch. Auf ihren Bäuchen lockte die gelbe, mit Kräutern verzierte Soße. Ihr Duft aber erschien ihm nicht mehr verführerisch, er erkannte ihren wahren Charakter. Der Geruch der Soße biß ihn in die Nase. Sie stank zum Himmel. Mit diesem billigen Trick wollten ihn die Dämonen fangen. Er durchschaute ihren Spuk.

»Nemo!« rief er.

Der Streuner trat ein. Sein Blick ruhte auf den Fischen. Er erkannte die Täuschung der Dämonen nicht.

»Dich lockt die Speise, nicht wahr? Ich habe ihr widerstanden. Du kannst sie hinausschaffen. Tue mit ihr, wozu dich dein schwaches Fleisch verführt. Ich werde dir danach vergeben.«

Die Augen des Streuners verrieten Gier, auch wenn er widerstrebend die Hände hob.

»Noch verstehst du sehr wenig«, sagte Amiel. »Aber du wirst heute zu abendlicher Stunde einer Versammlung beiwohnen. Dort wirst du das Geheimnis der wahren Kirche erfahren. Fege diesen Raum und lüfte ihn. Dann verspritze einige Tropfen aus der Phiole, die auf dem Bord über der Küchentür steht.« Er erhob sich. »Wenn nach Einbruch der Dunkelheit die ersten Gäste kommen, begrüße sie und führe sie hierher. Ich bereite mich in meinem Zimmer darauf vor, zu euch zu sprechen.«

Es klopfte an die Tür. Nemo öffnete sie, ließ eine Frau ein. Er sagte: »Von Herzen willkommen. Amiel von Ax wird Euch bald persönlich begrüßen. Bitte nehmt solange in diesem Raum Platz.« Er wies ihr den Weg.

Die Frau gab ihm zwei Stränge Wolle. »Für den Perfectus.« Sie setzte sich und schwieg.

Es klopfte erneut. Ein Mann gab ihm einen Viertelscheffel Mehl in einem guten, neuen Sack. »Für den Perfectus.« Er setzte sich.

Es klopfte. Zwei Schwestern überreichten einen kleinen Beutel mit Minze. »Für den Perfectus.« Sie sagten es leise, ehrfürchtig.

Bald waren es acht Besucher. Es klopfte erneut. Nemo öffnete. Ein Schrecken durchfuhr ihn. Er blickte in die dunklen Augen Hauptmann Ermenrichs. Die geheime Versammlung mußte verraten worden sein.

Aber der Hauptmann stand schweigend da und musterte Nemo mißtrauisch, dann ging er ohne Wort zu den anderen.

Er gehörte dazu? Der Hauptmann gehörte zu den Anhängern Amiels? Nemo verstand es nicht. Mit welcher Macht zog Amiel die Menschen an sich? Und was meinten sie, wenn sie ihn »Perfectus« nannten?

Venk von Pienzenau kam. Er lächelte Nemo an. In seinem Blick sah man Haß und daß er Nemo den grausamsten Tod wünschte. Warum gehorchte er Amiel? Er trug einen violetten Mantel mit braunem Pelzkragen. Gleich nach dem Betreten des Raumes zog er ihn aus und überreichte ihn Nemo. »Für den Perfectus«, sagte er. Der Mantel mußte kostbar sein. Wohlhabenden Menschen fiel es schwer, Geschenke zu machen. Sie brachten es nicht einmal übers Herz, einem Krüppel einen Heller in den Bettelnapf zu werfen. Und doch verschenkte Venk hier ein Vermögen. Als Nemo den Mantel entgegennahm, spürte er Seide. Er sah nach. Der Mantel war innen mit grüner Seide ausgeschlagen. Sie fühlte sich kühl an und zugleich wie zarte Haut.

Er legte den Mantel ab und führte Venk in den Versammlungsraum. Der Ratsherr zog ein Taschentuch hervor, feines, weißes Leinen, mit bunten Ornamenten bestickt. Damit wischte er über den Stuhl, besah sich das Ergebnis und setzte sich. Hauptmann Ermenrich grüßte ihn mit einer stummen Handbewegung, aber Venk von Pienzenau übersah es.

»Korduanleder«, flüsterte eine Schwester der anderen zu und zeigte verstohlen auf Venks Schuhe.

Sie saßen da, warteten. Niemand sprach.

Dann hörte man Schritte. Zehn Rücken steiften sich. Erwartungsvoll sahen alle zur Tür.

Amiel betrat den Raum, im feinen, blauen Kapuzenmantel, das Gesicht friedlich. Die Versammelten fielen auf die Knie. Das Ritual! schoß es Nemo durch den Kopf. Das Stechen in seinem Rücken wurde unerträglich. Wie der Fleischhacker ihm alle Luft aus den Lungen gedrückt hatte, das Knacken! Mühevoll zwang sich Nemo, mit den anderen niederzuknien, obwohl er das gar nicht wollte.

Der Hauptmann rutschte bis zum Perfectus, neigte dreimal den Kopf bis zu dessen Händen und küßte sie. *»Benedicite, parcite nobis«*, sagte er.

»Von Gott und von uns«, erwiderte Amiel.

Der Hauptmann schloß die Augen, als flösse eine Kraft durch ihn hindurch.

Venk von Pienzenau bediente sich einer fremden Sprache. Er sagte: *»Bon crestia la benediction de dieu e de vos.«*

Amiel nickte glücklich dazu und antwortete: *»De dieu las aiatz e de nos.«*

Sie sahen ihn an wie einen Heiligen, wie ein Wesen, das nicht von dieser Welt war. Sie staunten. Sie sahen zu einem Mächtigeren auf. Es riß Nemo mit. Seine Ehrfurcht vor Amiel stieg. Er kämpfte dagegen an, doch zugleich strömte Freude durch seinen Körper, eine Freude, die er nicht kannte und die ihm Jauchzer in die Kehle sandte. Nur mit Mühe hielt er den Mund. Was, wenn Amiel tatsächlich ein Heiliger war? Wenn er, Nemo, die Ehre und das Glück hatte, einem heiligen Mann dienen zu dürfen? Er wünschte sich, daran zu glauben.

Amiel machte eine Geste. Die Besucher setzten sich. Auch Nemo nahm Platz auf seinem Schemel.

»Ich weiß, wie ihr kämpft«, sagte Amiel. »Wie ihr darunter leidet, in euren sündigen Körpern gefangen zu sein. Es ist eure reine Seele, die um Freiheit ringt.«

Alles, was er durchlitten hatte, fiel in eine Ordnung. Nemo atmete tief ein. Wie eine Lanze durchstieß ihn der Schmerz. Die Rippe, dachte er. Nein, die Seele! Amiel hatte recht. Er sehnte sich nach Freiheit! Er litt unter seinem verderbten, von Gelüsten zerrissenen Körper.

»Das dämonische Gefängnis läßt sich nur mit einem Leben ohne Sünde durchbrechen. Lange genug lag München im Dunkeln. Es gibt eine Kirche, die im geheimen wächst. Eine reine, starke Kirche. Diese Kirche hat euch einen Abgesandten geschickt, einen Perfectus. Ich bringe Vollkommenheit in diese Stadt. Glaubt nicht, daß ich allein bin. Überall im Reich und außerhalb leben die Glieder der reinen Kirche, als Weber, Schneider, Hufschmiede, Müller, Gastwirte, Fuhrmänner, selbst unter katholischen Priestern und Mönchen sind wir vertreten. Wir erkennen uns und unsere Nachfolger durch das geheime Handzeichen.« Er drückte vor seinem Bauch die kleinen Finger aneinander.

Die Anwesenden ahmten es nach.

»Ich werde euch in das Mysterium einweihen, wenn ihr eure Würdigkeit beweist und zeigt, daß ihr mein Vertrauen verdient. Es gibt große Geheimnisse. Oh, wenn ihr wüßtet, welche Gnade die erwartet, die sich mir anschließen!«

Nemo fragte sich, welcher Art die Geheimnisse waren, die Amiel enthüllen würde. Er sprach mit solcher Überzeugung davon! Als seien es atemberaubende Dinge.

»Wir erleben Verfolgung. Viele von uns wurden von den Häschern der Inquisition getötet. Aber Gott sieht nicht untätig zu. 1244, als unsere Burg Montségur fiel, ging den Kreuzfahrern Jerusalem verloren. Glaubt ihr, das war ein Zufall? Später blendete Gott den Inquisitor von Carcassonne, als er in Ax nach uns fahndete. Er quartierte sich ausgerechnet bei Arnaud Barre ein, der zu uns gehörte. So waren wir jederzeit gewarnt. Der Besitz ist es! Er macht die falsche Kirche blind. Das vornehme Haus Barres täuschte den Inquisitor, denn er dachte, wir seien arm und nur in kleinen Kämmerchen versteckt. Aber die reine Kirche hat Kraft!« Er sah Venk von Pienzenau an.

Nach kurzem Schweigen sprach er weiter. »Als man den großen Autier am 9. April 1310 vor Saint-Étienne verbrannte, hat er sich nicht geängstigt. Er wandte sich zur Menge hin und sagte ruhig: ›Wenn ich zu euch predigen dürfte, würde ich euch alle bekehren.‹ Er trug ein weißes Opfergewand. Das Feuer fraß es ihm vom Leib. Es verzehrte die Stricke. Es ließ ihn am Pfahl zusammenbrechen. Ich war da. Diesen Anblick vergesse ich nie.«

So endete man, wenn man Amiel folgte? Der Hauptmann, die Frauen, sie sahen ihn an mit dem Bedürfnis, furchtlos und heldenmütig zu sterben.

»Die Inquisition hat die Leichname Vollkommener ausgegraben, solcher von uns, die ihnen bis zum natürlichen Tod entgangen waren, und hat sie durch die Straßen getragen, um zu zeigen, daß die Häresie über das Grab hinaus wirkt, daß einem Häretiker der geweihte Boden verwehrt wird. Sie haben die Leichname öffentlich verbrannt. Es war eine Drohung an die Verborgenen, daß auch sie noch an die Reihe kommen würden. Aber wir haben keine Angst. Ich fürchte mich nicht vor diesen Wölfen.«

Amiel breitete die Arme aus. Er strahlte. »In Mirepoix gab es einst ein Konzil von sechshundert Reinen. Diese Zeiten werden wiederkommen! Wir werden nicht ewig im verborgenen bleiben. München wird der Anfang sein. Von hier aus wird ein Sturm der Reinheit über das ganze Kaiserreich ziehen. Ich bin auserwählt, eine neue Kirche zu errichten. Eine Kirche ohne Sünde.«

Unvermittelt sah er Nemo an. »Hole Brot«, sagte er, »und ein Messer.«

Nemo stand auf. Als er mit Brot und Messer aus der Küche wiederkam, war Amiel verändert: Er trug ein Tuch um den Hals, eine Stola, wie ein Priester. Er nahm das Brot und das Messer entgegen, murmelte ein Gebet. Dann zerteilte er das Brot. Jedem der Anwesenden gab er ein Stück davon. »Dies ist geheiligtes Brot«, sagte er. »Nehmt und eßt.«

Sie aßen, auch Nemo. Das Brot schmeckte anders. Es war weicher, es war süßer. Der Perfectus hatte es auf irgendeine Weise verändert.

»Nun hole den Weinkrug und einen Becher.«

Nemo erhob sich. Auf dem Weg in die Küche hatte er das Gefühl, die Rippenschmerzen hätten nachgelassen. Heilte ihn das Brot auf wundersame Weise? Er brachte Krug und Becher und gab sie Amiel.

Der Perfectus goß Wein in den Becher und reichte ihn Venk von Pienzenau. »Möge Gott dich segnen.«

Venk trank.

Der Perfectus reichte den Becher der Frau, die neben Venk saß. »Möge Gott dich segnen.«

Sie trank.

So ging es weiter, bis die Reihe an Nemo kam. Der Perfectus sagte zu ihm: »Nimm und trink. Der Herr richte und verdamme die Unvollkommenheiten des Fleisches.«

Da stand Venk auf. »Es ist Dienstag«, sagte er, »und die Ratsglocke hat geläutet.«

»Was meinst du damit?« fragte Amiel.

»Ich bin einer der *Zwölfer*, Amiel, und muß der Ratssitzung beiwohnen.«

»Was geschieht, wenn du zu spät erscheinst?«

»Wer vor dem Ende des dritten Läutens nicht kommt und die erste Frage des Sprechers an die Ratsherren verpaßt, zahlt sechs Pfennige Buße, wer gar nicht auftaucht, zahlt zwölf Pfennige. Geschieht das zu oft, kann man sein Amt verlieren.«

»Das ist alles?«

»Man verliert das Badgeld und Trinkgeld, außerdem Geld für den Jahresrock und weitere Vergünstigungen. Warum fragt Ihr danach, Perfectus?«

»Du vergißt das Wichtigste, Venk von Pienzenau! Denkst du, die Pfennige kümmern mich? Denkst du, es kümmert mich, ob du dein Amt verlierst? Du mußt pünktlich zur Ratssitzung erscheinen, damit unser Treffen geheim bleibt! Bringe uns nicht noch einmal in Gefahr, hast du mich verstanden?«

Nemo erwartete, daß der Edle eine harte Erwiderung geben würde. Aber er schwieg, neigte den Kopf und verließ den Raum. Das war die Kunst Amiels von Ax. Er zeigte keine Furcht, auch wenn ihm jemand überlegen war. Die Menschen gehorchten ihm, einfach, weil er es voraussetzte, ohne einen einzigen Augenblick daran zu zweifeln.

»Jeder von euch ist ein Engel«, sagte Amiel. »Einer von denen, die mit dem dunklen Fürsten Luzifer aus dem Himmel verstoßen wurden. Und ihr könnt nur zurückkehren, wenn ihr im Körper eines Perfectus sterbt.«

»Heiliger Perfectus«, sagte eine Frau, »darf ich eine Frage an Euch richten?«

»Nur zu.«

»Was geschieht mit uns, wenn wir sterben?«

»Ihr wandert durch sieben oder neun Körper. Die Erlösung für die Seele einer Frau ist, als Seele eines Mannes wiedergeboren zu werden. Selbst die Seele einer Perfecta verwandelt sich auf dem Weg in den Himmel in die Seele eines Mannes. Die sieben oder neun Schritte können auch über Tiere laufen. Man wird als Kröte, als Esel geboren. Denkt in Zukunft daran! Tötet keine Tiere! Befreit Mäuse aus der Falle. Laßt die Mücken an eurer Brust saugen, und wartet geduldig, bis sie fett geworden sind vom Blut und wieder auffliegen. Es steckt eine Engelsseele in ihnen!«

»Aber wie gelangt die Seele in einen neuen Körper?«

»Stirbt jemand, dann verläßt sein Geist den toten Körper und fliegt zu einem neuen Körper, so schnell, daß er bei Regen auf dem Weg von der Leiche in Rom bis zum neu gezeugten Menschen in München nur von drei Wassertropfen benetzt wird.«

»Woher wißt Ihr das?« fragte Hauptmann Ermenrich. »Wer hat es Euch kundgetan?«

»Ein Gerber starb. Seine Seele verließ den Körper und bewohnte fortan den eines Pferdes. Ein Edelmann ritt das Pferd. Eines Nachts wurde er von Feinden verfolgt und ritt über Felsen und Steine. Da blieb das Pferd mit einem Huf zwischen zwei Steinen stecken. Als es ihn wieder herauszog, blieb das Hufeisen in den Steinen zurück. Jahre später starb das Pferd, und seine Seele wanderte in den Körper des großen Autier. Er kam mit mir und anderen Schülern an der Stelle vorbei, an der er als Pferd sein Hufeisen verloren hatte, und erzählte uns von der Begebenheit. Daraufhin suchten wir zwischen den Steinen nach dem Hufeisen und fanden es.«

Nemo sah sich die Gesichter an. Sie glaubten Amiel. Er eröffnete ihnen eine neue Welt, eine Welt der Geister, Seelen und Engel.

»Ich habe die Vollmacht, Sünden zu vergeben, zu binden und zu lösen.« Der Perfectus wendete sich einer der Frauen zu. »Höre auf, dich zu betrinken.«

Sie fuhr zusammen.

Er sah den Hauptmann an. »Du weißt, was Ehebruch bedeutet? Beende deine Beziehungen zu verheirateten Frauen.«

Ermenrich stiegen Tränen in die Augen. Er nickte. »Das will ich tun.«

Amiels Blick fiel auf Nemo. Er sagte: »Dein Leben ist ein einziger Betrug. Du belügst dich selbst. Stelle dich der Wahrheit!«

Du zuerst, dachte Nemo. Aber er nickte.

Sommer 1356

Vater kaute an den letzten Bissen von Brot und Käse. Er pflückte die Krümel vom Tuch und steckte sie sich in den Mund. Dann stockte er. Er sagte: »War das meine Henkersmahlzeit?«

»Das habe ich schwerlich in der Hand. Du tust so, als hätte ich dich hier in Ketten gelegt.«

Er flüsterte: »Wenn du mir glaubst, dann hilf mir zu fliehen!«

Ihm zu glauben, das war die eine Sache. Darum ging es ihr nicht mehr. Sie glaubte ihm. Aber konnte sie die haarsträubenden Dinge gutheißen, die er berichtete? Hatte er nicht den Kerker verdient, jeden Fingerbreit davon? Sie warf einen raschen Blick nach oben. »Wie soll das gehen?« Auf das Täfelchen schrieb sie: *Wenn du versuchst zu fliehen, bringen sie dich um.*

Er sagte laut: »Glaubst du mir denn? Darf ich weiter erzählen? Ach, früher hast du mir so gern zugehört. Ich hab dir von König Drosselbart erzählt, von Artus und Merlin, von Siegfried, von der grünen Mume, vom Hasenkönig. Kannst du deinem alten Vater noch ein wenig Zeit geben? Laß mich weiter erklären.« *Erst wenn sie haben, was sie haben wollen*, schrieb er.

Sie hielt das Täfelchen an die Fackelflamme und ließ die Wachsoberfläche zerlaufen. Sorgfältig blies sie darauf. Dann grub sie mit dem Griffel hinein: *Was ist das?* Sie reichte ihm die Tafel. Laut sagte sie: »Ich verstehe nicht, wie du bei Amiel bleiben konntest. Du hast doch gewußt, daß er ein schlechter Mensch ist!«

»Du weißt nicht, wie das ist, wenn man anderen nur gefällt, solange man sich verstellt. Ich wußte nicht, wer ich wirklich war. Irgendwo auf dem Weg der Verstellungen habe ich mich selbst verloren. Vielleicht hatte ich mich auch nie wirklich gekannt. Man braucht seine Eltern, man braucht einen Ursprung, um zu wissen, wer man ist.«

Ja, dachte sie. Und deine Lügen haben meinen Ursprung zu Staub zerfallen lassen.

Er schrieb: *Ich erkläre es dir später.* Laut sagte er: »Wer bin ich? Das habe ich mich gefragt. Lebt jemand auf dieser Welt, der es weiß? Leben meine Eltern? Lebt ein ferner Onkel?« Er rückte nahe an ihr Ohr und flüsterte: »Hast du Gold versteckt vor der Inquisition? Damit könntest du die Wachen bestechen.«

Sie schüttelte den Kopf. »Es sind zu viele«, raunte sie. »Ich habe ein paar Schildgulden aus den Rechnungsbüchern gestrichen und sie vergraben, aber die werden kaum für fünf Männer reichen. Mag sein, daß die Wachen käuflich sind, aber zu welchem Preis? Es genügt, wenn ein einziger uns verrät!«

Er sprach wieder laut, als würde er ihr weiter aus der Vergangenheit berichten. »Ich hatte zwar das Zimmer bei Amiel. Trotzdem bin ich immer wieder zur verfallenen Mühle gegangen, dahin, wo das Dach kaputt war und es hineingeregnet hat, wo Birken und Büsche inmitten der Ruine wuchsen. Ich hatte da den Topf mit Geld versteckt. Wenn ich meine Münzen gezählt habe, hat mich das beruhigt.«

Er flüsterte: »In der Nacht sind es weniger, mit Sicherheit. Wenn du in der Nacht kommst, mußt du nur zwei oder drei bestechen. Versuche es!«

Sie nahm ihm das Täfelchen aus der Hand und schrieb darauf: *Ich denke darüber nach.*

Komm heute nacht! schrieb er.

Sie blickte ihn an. Er sah aus wie ein Toter, die Wangen eingefallen, der Leib kaum mehr als ein hautbespanntes Skelett. Aber die Augen brannten, und sie flehten um Rettung. Dünne, kalte Finger griffen nach ihrem Arm.

Er flüsterte: »Ich habe nicht mehr lange Zeit. Als ich jung war, habe ich mich gefragt, ob man es spürt, wenn man bald stirbt. Es ist wirklich so, Mathilde. Man spürt es. Ich möchte mich nicht schlafen legen auf diesem feuchten Stroh. Ich weiß, wenn ich es tue, dann wache ich nicht wieder auf. Heute nacht!«

Er hatte Abscheuliches getan. Aber er war ihr Vater. Sie nickte. Am oberen Ende des Schachtes hörte sie die Klappe knirschen. Natürlich, man konnte ihnen nichts mehr ablauschen und vermutete deshalb, daß sie Geheimnisse austauschten. Sie sah hinauf.

»Seid Ihr soweit?« rief der Kerkermeister und öffnete die Klappe ganz.

Staub rieselte herab. Mathilde mußte das Gesicht senken und blinzeln, bis die Augen den Staub hinausgespült hatten. »Ja«, sagte sie.

»Geht beiseite! Der Korb!«

Sie trat an die Kerkerwand. Am zischenden Seil sauste der Korb heran. Er krachte auf den Boden. Mathilde stieg nicht ein. Sie wendete sich ihrem Vater zu. Ausgemergelt wie er war, ob er nun Nemo hieß oder Kaufmann Neuhauser oder anders, er hatte ihr zwanzig Jahre lang Gutes getan, war der zärtlichste, abenteuerlichste, beste Vater gewesen. Sie hielt die Fackel am ausgestreckten Arm beiseite und schloß ihn in eine Umarmung. Es fühlte sich fremd an, Vater hatte sich anders angefühlt, weicher, größer; jetzt war er hart und knochig. Aber er klopfte ihr auf den Rücken, wie er es immer getan hatte. Die Ketten rasselten dabei.

Sie stieg in den Korb. Während sie bereits hochgezogen wurde, hörte sie ihn leise sagen: »Ich danke dir.«

Das Seil knarrte. Wie war es für ihren Vater, im Dunkeln zurückgelassen zu werden? Mit ihr, Mathilde, schwebte das Fackellicht nach oben, und wenn die Klappe zuschlug, war er allein mit der Finsternis.

Die Mauern des steinernen Grabs wurden enger. Dann folgte die Luke. Nachdem sie den Holzrahmen passiert hatte, kam der Korb zum Stehen. Er schwankte leicht. An seiner Seite stand der Kerkermeister und bot ihr den Arm dar.

Diese Höflichkeit machte sie rasend. Er brachte ihren Vater

um! Sie stieß den Arm fort und kletterte mühsam aus dem Korb. Aber sie mußte freundlich zu den Wachleuten sein! Sie würde heute nacht zwei von ihnen wiedersehen und würde versuchen, sie zu einer Tat zu überreden, die alle den Hals kosten konnte. War es überhaupt wahrscheinlich, daß ein paar Gulden sie dazu brachten, die Stadt und ihre Familien aufzugeben und zu fliehen? Hierbleiben konnten sie nicht, wenn sie einem Gefangenen zur Flucht verholfen hatten.

Sie sagte: »Vermißt Ihr das Sonnenlicht? Der Turm ist schattig, den ganzen Tag.«

Die Wachleute lachten unbeholfen.

»Wer bringt Euch Speise, wenn Ihr hungrig seid?«

Ein junger Wachmann sagte: »Den anderen bringen die Eheweiber was, und ich gehe rasch rüber ins Wirtshaus. Wenn der Kerkermeister es erlaubt.«

»Kommt«, sagte der Kerkermeister und schob sie weiter. Auf der Treppe nach oben zischte er: »Ihr bringt sie durcheinander. Laßt die Männer in Ruhe.«

Draußen blieb sie stehen. Sie fühlte sich schuldig, weil sie frei war und frische Sommerluft atmete.

»Bringt nächstes Mal wieder einen Weinkrug und ein wenig Geld mit«, sagte der Kerkermeister hinter ihr.

Sie nickte. »Ich verspreche es.« Vater würde womöglich nie wieder das Tageslicht sehen. Er würde nicht diesen Hahn hören, der mitten am Tag krähte, würde die Spatzen nicht sehen, die sich laut tschilpend auf der Straße um einige heruntergefallene Körner balgten.

Hinter ihr klappte die Tür. Der Riegel knirschte. Mathilde drehte sich um. Sie sah am Turm hinauf. Bei den Münchnern hieß er, seit sie denken konnte, der Turm beim Weinwirt Krug. Die Steine waren dunkel und nur grob behauen, und doch war es einer der größeren Türme in der Mauerbefestigung. Von seinem Fundament aus betrachtet, füllte er den Himmel aus wie eine Festung. Je länger Mathilde an ihm hinaufsah, desto stärker wurde ihr Empfinden, daß er im Begriff war, auf sie zu stürzen.

Ein Fuhrwerk hielt neben ihr. Männer sprangen herab und begannen, Bündel mit Schwertern auszuladen. Sie trugen sie die Außentreppe des Turms hinauf. In seinem Inneren befand sich die städtische Rüstkammer. Über dem Vater lagerten also Kettenhauben und Schilde und Brustpanzer und Truhen mit Armbrustbolzen. Bedeutete es, daß dort in der Nacht eine weitere Wache stand?

Was war ein einzelnes Menschenleben dieser pulsierenden, strömenden Stadt wert? Niemand kümmerte sich um ihren Vater, obwohl er ein angesehener Kaufmann gewesen war. Das Leben ging weiter, als sei nichts geschehen. Die entstandene Lücke füllten andere, im Handumdrehen.

Sie wandte sich ab und machte sich auf den Weg nach Hause. Sollte sie Mutter von dem Fluchtplan erzählen? Besser war es, sie behielt die Sache für sich.

Ein flachsblonder Junge hielt sie an. »Bitte, ich muß mit Euch sprechen.«

Sommersprossen übersäten seine Wangen. Er hatte das freche Gesicht eines Lügners. Ihr Instinkt warnte sie. Sie lachte bitter in sich hinein. Der unfehlbare Instinkt. Jahrelang hatte er versagt, was ihren Vater anging. Nun versuchte er, alles nachzuholen, indem er sie vor allem und jedem warnte. Vor dem Kerkermeister, vor dem freundlichen Ratsherrn, der sie noch in ihrem Haus wohnen ließ, vor einem kleinen blonden Jungen, der doch nur eine Botschaft weitergab. »Ja?« sagte sie.

»Ein alter Mann hat mir gesagt, ich soll Euch sagen, Ihr sollt wieder zurück in den Turm gehen. Er will Euch helfen, daß Kaufmann Neuhauser freikommt.« Dem Jungen fehlte ein Schneidezahn.

»Wie sieht der alte Mann aus?«

»Er hat weiße Haare, bis hier.« Der Junge zeigte auf seine Schultern. »Und schöne grüne Augen.«

Plötzlich fiel alles an den vorgesehenen Platz. Es war ihr, als würde sie die Straße, die Häuser, den Jungen klarer sehen. Ihre Gedanken waren mit einemmal messerscharf. Der Greis, der im Lagerhaus nach Nemo gefragt hatte, war Amiel von

Ax. Hatte nicht Vater erwähnt, daß er grüne Augen besaß? Jetzt wollte er wiedergutmachen, was er angerichtet hatte.

Andererseits ... wiedergutmachen? Dieser Mann? Nein. Er mußte aus anderen Beweggründen handeln. Wollte er erlangen, was die Inquisition von ihrem Vater zu erpressen versuchte? »Wann soll ich in den Turm gehen?«

»Jetzt gleich.«

Manche Ziele konnte ein Fernkaufmann nur erreichen, wenn er mit seinem Konkurrenten zusammenarbeitete. Vater hatte sowohl mit der Handelsgesellschaft Drächsel als auch mit der Handelsgesellschaft Wadler zeitweise gemeinsame Unternehmungen geführt. Amiel von Ax hatte verloren, wenn Vater in den Händen der Inquisition blieb. Wahrscheinlich wollte er ihn tatsächlich befreien. »Was wird er tun, wenn ich im Turm bin?«

»Das weiß ich nicht.«

Es war kein weiter Weg, sie war gerade erst um eine Häuserecke gekommen. Sie ging zurück. Vor der Tür zum Turm blieb sie stehen. Das Fuhrwerk war fort. Hatten die Männer so schnell die Schwerter ausgeladen?

Sie klopfte.

Es dauerte lange, ehe der Kerkermeister öffnete. »Ihr? Was gibt es?«

»Ich muß mit Euch sprechen.« Was sollte sie sagen? Irgendwie mußte sie ihn hinhalten. »Darf ich eintreten?«

Er nickte. Hinter ihr schloß er die Tür. In einer Halterung an der Wand hing eine Fackel. Ihre Flamme ließ rings um den Kerkermeister Schatten tanzen. Sie zuckten rechts, zuckten links, vergrößerten und verkleinerten sich.

»Meinem Vater geht es nicht gut«, sagte sie.

»Niemandem geht es im Kerker gut.«

»Könntet Ihr möglicherweise ... Wäre es möglich, daß Ihr ihm trockenes Stroh gebt? Und könntet Ihr ihm die Ketten abnehmen?«

Der Kerkermeister schüttelte den Kopf. »Ihr wißt, es ist Teil des Urteils, daß er in Ketten liegt.«

»Wohin soll er fliehen? Ich meine, was kann denn schon passieren? Er ist alt und schwach, und an den Eisenschellen eitert sein Fleisch.«

»Es klingt sicher grausam in Euren Ohren, Jungfrau, aber er hätte sich das überlegen sollen, als er der Kirche und dem rechten Glauben den Rücken zugekehrt hat.«

»Und wenn er jetzt widerruft?«

»Dafür ist es zu spät.«

»Was muß er tun? Ich meine, es muß doch etwas geben, das er tun kann!« Wenn nicht bald etwas geschah, würde sie den Turm wieder verlassen müssen. Wie konnte sie noch Zeit gewinnen? »Ich weiß, daß er bald stirbt. Vielleicht schon heute nacht. Bitte, darf ich ihn noch einmal sehen? Ein letztes Mal?«

»Ihr wolltet mir etwas mitbringen. Ich bin kein Freund von gebrochenen Versprechen.«

»Ich werde Wein holen und Geld, aber ich habe Angst, daß er dann schon tot ist. Kann ich ihn vorher sehen? Ich bitte Euch!«

»Ihr wart doch gerade erst bei ihm.«

Es klopfte an der Tür.

Der Kerkermeister rollte die Augen. »Was ist heute nur los!« brummte er und öffnete.

Der blonde Junge stand da. Er sagte: »Ich möchte eine Meldung machen.«

»Und was willst du melden, Kleiner?«

»Ich weiß, wo sich der alte Mann versteckt, den die Inquisition sucht.«

»Hast du ihn gesehen?«

»Ja. Ich kann Euch zeigen, wo er ist.«

Der Kerkermeister rief die Treppe hinunter: »Zu den Waffen! Ich will euch gerüstet hier oben haben, und zwar sofort!« Der laute Schrei hallte von den Turmwänden wider. Der Hals des Kerkermeisters wurde rot.

»Bekomme ich eine Belohnung?« fragte der Junge.

»Ein Stück Honigkuchen sollst du haben, meinetwegen.«

»Zwei.«

»Dann zwei Stück Honigkuchen.«

Die Wachen kamen die Treppe hinaufgepoltert. Im Gehen schnallten sie sich die Waffengurte an, zogen Armschienen zurecht, schoben Dolche in die Stiefelschäfte.

»Dieser Junge hat Amiel gefunden«, sagte der Kerkermeister. »Der Alte darf uns auf keinen Fall durch die Lappen gehen.«

»Und die Gefangenen?«

»Ich bleibe hier. Mit der Frau werde ich alleine fertig. Jetzt geht, laßt euch vom Jungen den Weg zeigen! Schafft Amiel heran! Das gibt eine stattliche Belohnung.«

Der Blondschopf ging voran, die vier Wachmänner folgten ihm. Hinter ihnen schloß der Kerkermeister die Tür. »Nun sind wir allein«, sagte er.

Ein Kribbeln zog Mathilde über den Nacken. Seine Stimme klang anders als zuvor. Warum sah er sie so merkwürdig an?

Der Kerkermeister hob die Hände vor den Bauch und drückte die kleinen Finger aneinander. »Machen wir uns ans Werk«, sagte er. »Bevor sie zurückkehren, solltet Ihr an einem sicheren Ort sein.«

Der kleine Mann führte sie bald von der Straße herunter, in die engen Gassen der Handwerker und Kleinkrämer. Hier waren die Gesichter der Menschen schmutzig, und ihre Kleidung trug Flicken. Eine junge Frau, die ihren ausgemergelten, kranken Vater stützte, fiel nicht sonderlich auf.

Vater ächzte bei jedem Schritt. Mit großen Augen sah er die Häuser an, an denen sie vorübergingen, die Menschen, die Hunde. Es mußte ein beglückendes Gefühl sein, dem Tod von der Schaufel gesprungen zu sein.

Der Kerkermeister bog in eine Toreinfahrt ein. Sie durchquerten einen Hinterhof. Tropfende Wäschestücke hingen von zwei Leinen. Ein Dreijähriger saß auf dem Boden und rupfte am Gras. Seine Schwestern jäteten Unkraut im Garten.

Ein weiteres Tor schloß sich an, und die Passage führte

abermals in einen Hof, kleiner als der vorhergehende. Hier drückten sich die Hütten von Knechten und Tagelöhnern an die Wände der umliegenden Häuser. Neben einer der Hütten wölbte sich Jauche über die Ränder einer Sickergrube. Es stank nach Kot.

Der Kerkermeister hob an der Rückwand des Hauses, unter dem sie hindurchgegangen waren, eine Kellerklappe an. »Hier hinein«, sagte er. »Bleibt da drin, bis es Nacht geworden ist. Dann geht zum Sendlinger Tor. Fragt nach einem Diener Amiels, die Wache weiß es zu deuten.«

»Ihr verlaßt uns?« fragte Mathilde.

»Ich habe einen anderen Fluchtweg. So zwingen wir die Verfolger, sich aufzuteilen.« Er drückte vor dem Bauch die kleinen Finger aneinander. »Der Herr richte und verdamme die Unvollkommenheiten des Fleisches.« Er verschwand durch das Hoftor.

Sie half Vater die dunkle Treppe hinunter und stieg erneut hinauf, um die Klappe zu schließen. Durch die Ritzen der Klappe fiel spärliches Licht. Sie tastete sich die Stufen hinab. Unten fand sie den Vater an genau dem Platz stehen, wo sie ihn verlassen hatte. »Nun wird doch noch alles gut«, sagte sie. »Du bist gerettet.«

»Da bin ich nicht so sicher.«

»Ich kann die Gulden holen und uns davon Pferde mieten. Wenn sie uns durch das Sendlinger Tor lassen und wir einmal aus der Stadt sind, wird es schwer, uns wieder einzufangen.«

»Mathilde.«

»Ja?«

»Dieser Kerkermeister war kein Freund Amiels.«

»Aber er hat das geheime Zeichen gemacht!«

»Genau das meine ich. Er kennt Amiel nicht.«

»Du meinst, man stellt uns eine Falle?« Sie schluckte. »Dann laß uns von hier verschwinden, unverzüglich!«

»Nein. Sie würden Verdacht schöpfen, wer auch immer hinter dem Kerkermeister steckt. Wir bleiben, bis zum Einbruch der Dunkelheit. Dann gehen wir durch das Sendlinger Tor.

Ich bin sicher, daß man uns beobachtet und uns folgt. Wir werden einen Weg suchen müssen, auf dem wir die Verfolger abschütteln können.«

»Vater, es tut mir leid. Ich hatte eine Ahnung, daß da etwas nicht stimmt. Aber ich weiß nicht mehr, wann ich meinen Ahnungen trauen soll.«

Er strich über ihren Arm. »Du hast es gut gemacht. Sie sind mächtig genug, uns aus der Stadt zu bringen. Das machen wir uns zunutze.« Er tat einige Schritte ins Dunkel. »Meinst du, hier gibt es eine Bank oder etwas anderes, auf das ich mich setzen kann?«

Mathilde begann, den lichtlosen Raum zu durchforschen. Sie machte ihre Schritte langsam, um nirgendwo anzustoßen, und hielt die Hände nach vorn ausgestreckt. Unter ihren Füßen raschelte es. Sie bückte sich. Es waren weiche, faulige Rübenblätter. Irgendwann hatten hier Rüben gelagert. Sie stand auf und ging weiter. Bald stieß sie mit den Händen an eine nackte Wand. »Hier ist nichts. Du könntest dich auf die Treppe setzen. Warte, ich sammle dir ein Polster zusammen.« Sie wischte mit den Händen über den Boden, bis sie einen dicken Haufen Rübenblätter beisammen hatte, und legte ihn auf die zweitunterste Stufe. Anschließend führte sie Vater dorthin und half ihm, sich zu setzen.

»Ich danke dir, Töchterchen. Was für ein Glück, daß ich dich habe.«

Sie setzte sich neben ihn und nahm seine Hand.

»Willst du wissen, warum der Kerkermeister kein Nachfolger Amiels sein kann?«

»Wegen der Zeichen, hast du gesagt.«

»Ich erkläre es dir.«

14

Winter 1336

Die Hirsche kamen aus den Alpen herab. Sie zogen in die Flußauen, auf der Flucht vor dem Winter. Rings um München sah man Hirschrudel, die vom jüngsten Tier angeführt wurden, Rudel von Hirschkühen und Einjährigen. Man sah Einzelgänger, große alte Hirsche. Ihr Vorderhals war mit langem Haar bewachsen, als trügen sie einen Bart. Sie rieben ihre Köpfe an Bäumen, als wollten sie die Stämme mit ihrem Geweih umschieben. Das Gerücht ging um, daß ein Tier unter ihnen sei, das vollständig weiß war. Tagelang sprach man von nichts anderem. Man wußte, es war ein böses Vorzeichen.

Der November brachte Kälte. Sonnenblumen standen tot in den Gärten und an den Feldrändern, im Stehen verfault, braune Blumenleichen mit gesenkten Köpfen. Die Luft war feucht wie kalte Lappen. In den Häusern der Reichen heizten die Öfen. Kohle und Holz wurden teuer.

Adeline kniete in der Küche vor einem Bottich. Drinnen im heißen Wasserbad lag die Leibwäsche der Gräfin. Adeline schüttete Asche hinzu, tauchte die Hände ein, auch wenn sie schon schrumpelig waren, und rieb den Stoff. Längst hatte sich ihre Haut rot gefärbt bis zu den Unterarmen, verbrannt war sie, weil sie das heiße Wasser nicht gewohnt war. Die Haut zwickte, juckte.

Sie sah sich um. Zwei Köchinnen stopften einen Fasan, ein Gehilfe rührte den großen Kessel um. Sie war nicht allein. Paß auf, daß du niemals allein bist, hatte William Ockham gesagt. Und wenn die Köchinnen zu Amiel gehörten? Sie sahen so seltsam zu ihr herüber.

Diese ständige Angst! Am Abend konnte sie nicht einschlafen, obwohl sie die Truhe vor die Tür ihrer Kammer geschoben hatte. Sie fürchtete, daß jemand durch das Fenster einsteigen könnte. Lange vor Sonnenaufgang kroch sie aus dem Bett, gerädert und krank vor Schlaflosigkeit. Daß man ihr Knochen an die Seite gegeben hatte auf Williams Geheiß, war ihr einziger Trost. Er leckte am Morgen ihre Hand, versuchte, sie zu besänftigen. Aber sie wußte, daß er käuflich war. Ein Stück Fleisch genügte, und er wechselte die Seiten.

Wäsche zu waschen, das war keine Arbeit für ein Kammermädchen. Sahen sie die Köchinnen deshalb so an? Sie verrichtete Strafarbeiten, seit Tagen tat sie das. Es war der Wunsch der Gräfin. Giselberga sprach nicht mehr mit Adeline. Dabei hatte doch sowieso niemand das Gerücht geglaubt. Weder Giselberga noch William Ockham traute man eine Liebschaft zu.

Sie tauchte das Waschbrett in den Bottich und schrubbte mit einem Wäschestück darüber. Ihre Fingerknöchel schlugen gegen die Streben. Wenn sie durch die harte Arbeit wenigstens die Gunst der Gräfin zurückgewinnen könnte! Aber es war aussichtslos. Sie war gefallen. Sie hatte Giselbergas Schutz für immer verloren.

Knochen sprang auf die Beine. Die braunen Hängeohren ruckten, der Blick war starr auf die Tür gerichtet. Seine Nase weitete sich. Was witterte er? Adeline ließ das Wäschestück ins Wasser sinken und stand auf. Ihr Herz zitterte. Kam er, sich zu rächen? Sie hatte den Mord verraten, sie hatte Amiel von Ax in Schwierigkeiten gebracht. Er würde das nicht auf sich sitzen lassen, dessen war sie sicher.

Die Tür schwang auf. Einer der Knechte trat ein. Von beiden Händen baumelten tote Vögel. Der Hund fiepte. Er stieß sie mit der Schnauze an. Es war nichts. Wieder hatte sie sich umsonst geängstigt.

So geht es nicht weiter, dachte sie, ich kann so nicht leben. Sie wischte die nassen Hände an der Schürze ab. »Komm«, sagte sie und ging zur Tür. Auf dem Hof blieb Knochen stehen. Sie folgte seinem Blick. Zu den Löwenkäfigen sah er hin. Dort schob man gerade mit langen Spießen rohes Fleisch zwischen den Eisenstangen hindurch. Die Löwen kamen hochmütig heran, schnupperten, begannen zu fressen.

»Da hast du Respekt, nicht wahr?« Sie streichelte Knochen den Kopf. »Den Löwen würdest du nichts wegschnappen.« Genau das war sie: Ein Fressen für den Löwen Amiel. Sie kannte nur einen, der ihm gewachsen war.

Vor dem Aufgang zu William Ockhams Gemach wies sie auf den Boden und sagte: »Bleib! Leg dich hin!« Aber die Bracke hörte nicht darauf. Sie folgte ihr die Treppe hinauf.

Der kaiserliche Leibarzt, Doktor Marsiglio Raimondini von Padua, stand in Williams Tür. Plötzlich wurde sich Adeline ihrer schmutzigen Schürze bewußt, der nassen, geröteten Arme, der ungekämmten Haare. Sie wußte gar nicht mehr, was sie sagen wollte, mit welchem Recht sie den englischen Gelehrten bei der Arbeit störte, was ihn ihr Schicksal überhaupt anging. Unmöglich konnte sie in das Gespräch des Leibarztes mit dem Gelehrten hineinplatzen. Sie lief weiter die Treppe hoch, vorüber an Doktor Marsiglio.

»Der Klosterfriedhof ist bei den Münchner Bürgern beliebt«, hörte sie den Leibarzt sagen. »Jedes Begräbnis bringt eine gute Gebühr in die Baukasse.«

Hatte er sie bemerkt? Im oberen Stockwerk kauerte sie sich nieder und hielt Knochen den Kopf. Er durfte jetzt keinen Laut von sich geben. Der Leibarzt war ihr nicht geheuer.

»Trotzdem werde ich noch eine lange Zeit am Kaiserhof bleiben«, antwortete der Engländer. »Das Geld reicht einfach nicht, um das Kloster zügig wieder aufzubauen. Die Mönche schlafen derzeit in einem ehemaligen Hühnerstall, wußtet Ihr das?«

»Wie kommt Ihr mit Eurem *Dialogus* voran?« fragte Marsiglio. Er hatte das Gesicht eines Kleinkinds, das uralt geworden war. Über den Augen nackte Haut, fast keine Brauen. Jeden Morgen ging er zum Kaiser, um ihm einen Schutztrank gegen Vergiftung zu verabreichen. Verbarg sich im Arzt ein Hexer?

»Ich würde besser vorankommen, wenn Ihr mich nicht fortwährend von der Arbeit abhalten würdet.«

Hinter der Tür zu ihrer Rechten hörte sie leises Lautenspiel. Hadamar von Laber übte ein neues Lied. Der Minnesänger dämpfte offenbar bewußt seine Stimme, niemand sollte hören, wie er die rechten Töne suchte, abbrach, von neuem ansetzte.

Der Leibarzt verabschiedete sich gekränkt, er sagte: »Ja, schon recht« und zog die Tür zu. Er stieg die Treppe hinab. Die Stufen knarrten. Knochen sah Adeline erwartungsvoll an. Aus seinem Maul roch es, als habe er Mist gefressen. Der treue, gehorsame Blick stimmte sie nachsichtig.

Sie erhob sich. Zögerlich schlich sie Stufe für Stufe hinunter. Sie mußte ihn um Hilfe bitten! Was blieb ihr anderes übrig? Wenn William ihr nicht half, würde Amiel sie erwischen und ihr einen Dolch in die Brust stoßen.

Sie klopfte.

»Was ist es nun wieder?«

Er klang ungehalten. Und wenn sie rasch ging? Er würde denken, er habe sich das Klopfen eingebildet. Nur weil sie einmal in seinem Bett geschlafen hatte, hatte sie doch längst kein Anrecht auf seine fortwährende Hilfe! Sicher fiel sie ihm zur Last.

Sie öffnete die Tür. William stand vor dem Schreibpult. Eine geflochtete Matte unter seinen Füßen schützte vor der Kälte. Er schnitt mit einem kleinen Messer einen Gänsekiel zurecht. »Adeline, schön. Die Bracke folgt dir auf dem Fuß, was?«

Sie sah zu Boden. »Bitte, es tut mir leid, daß ich Euch störe. Ich habe kein Recht dazu, Euch andauernd zur Last zu fallen. Was kümmert Euch ein Kammermädchen? Aber ich –«

»Augenblick«, unterbrach er sie. Er legte Feder und Messer fort. »Ich glaube, wir müssen erst einmal etwas klarstellen. Glaubst du, daß Gott dich zu ewigem Leben erlöst?«

»Ich wage es, darauf zu hoffen.«

»Glaubst du, daß Gott das aus Liebe tut?«

Sie zögerte. Liebte sie Gott? Ein Kammermädchen ohne große Fähigkeiten, ohne Bedeutung, ohne Namen? Aber er liebte ja selbst die Ehebrecherin. Sie nickte.

»Also weißt du es. Gott liebt dich.«

»Aber hier auf Erden – wenn ich sterbe, wird es niemanden stören. Ihr seid ein berühmter Gelehrter, was Ihr schreibt, lesen der Papst und der Kaiser und viele andere wichtige Menschen. Was tue ich? Ich wasche Wäsche. Das kann auch jemand anderes tun. Ich sollte Euch nicht stören.«

Falten gruben sich in seine Stirn. »Was du tust, sagt nichts über deine Bedeutung aus. Wenn wir sprechen, benutzen wir Namen wie William in Verbindung mit Verben, also: William sagt. Wir brauchen aber auch Adverbien, Konjunktionen, Präpositionen. Dringend brauchen wir sie! Es ist ein Unterschied, ob ich sage: Wenn der Kaiser kommt, läute ich die Glocke. Oder: Falls der Kaiser kommt, läute ich die Glocke. Vielleicht denkst du, das Wort ›Kaiser‹ hat mehr Gewicht, aber glaube mir, ohne Wörter wie ›falls‹ oder ›wenn‹ kämen wir nie im Leben aus, auch wenn wir ihnen die meiste Zeit über nur wenig Beachtung schenken. Du bist auf dieser Welt kein großer Name, das mag sein. Man spricht nicht über dich in Paris oder in Oxford, wie man über mich spricht. Du bist eine Konjunktion, ein Wort, wie es ›wenn‹ eines ist. Was würde ein William Ockham ohne ›wenn‹ anfangen? Er wäre verloren.«

Es fühlte sich an, als sei ein Kelch mit warmer Flüssigkeit in ihren Bauch geschüttet worden, auch wenn sie nicht bis ins letzte verstand, was William gesagt hatte. »Danke. Ihr seid gut zu mir.«

»Warum bist du gekommen?«

»Ich halte es nicht mehr aus. Auch hier nicht. Bei Mutter war es schlimm, weil wir allein waren, zwei wehrlose Frauen, das ging nicht. Aber selbst hier am Hof habe ich Angst. Ich kann so nicht mehr leben. In der Nacht kann ich nicht schlafen, und am Tage schrecke ich andauernd zusammen. Irgendwann wird er mich erwischen, ich weiß das. William, ich fürchte mich davor. Lieber töte ich mich selbst, als von ihm umgebracht zu werden.«

»Ich kann dich nicht bei mir aufnehmen. Es gibt schon genug Gerüchte über mich. Die Leute vergessen, daß ich Franziskanermönch bin.«

Hoffentlich erfuhr er nie, daß sie die Schuld an den Gerüchten trug. »Das meine ich gar nicht. Es ist nur: Solange Amiel auf freiem Fuß ist, finde ich keinen Frieden.«

»Du weißt, es hat sich als schier unmöglich erwiesen, ihm etwas nachzuweisen. Ich habe mit Venk von Pienzenau gesprochen, habe ihm gesagt, daß Amiel ein Mörder ist. Willst du seine Antwort hören? ›Jeder. Nicht Amiel.‹ Solche Suggestivkraft hat dieser Mann! Was wir brauchen, sind Zeugenaussagen. Ihm aber gelingt es, selbst gestandene Edelleute wie Venk von Pienzenau einzuschüchtern.«

»Heißt das, ich bin verloren?« flüsterte sie.

Er fuhr mit Daumen und Zeigefinger über die langen weißen Greifenbrauen und schwieg. »Vielleicht weiß ich einen Ausweg. Eine Sache können wir noch versuchen. Bist du bereit mitzuhelfen?«

Der Mond hing riesig über den Bäumen am Horizont, wie ein Stern, der die Erde besuchte. Er war bedrohlich eingefärbt, fiebergelb. Amiel fror und schwitzte zugleich. Er schöpfte kurz Atem, dann schleppte er das Rehkitz weiter. Es zitterte in seinen Armen, die eingeknickten Beine, das Fell, der Kopf. Unaufhörlich blickte es ihn an, Entsetzen in den Augen.

Er hatte versucht, den Armbrustbolzen aus seinem Leib zu ziehen, dieser aber war mit Widerhaken versehen, das Fleisch wollte ihn nicht hergeben. Wenn er ihn mit Gewalt herauszog, riß er dem Rehkitz den Leib auf. Es brauchte die Hilfe eines Baders.

Die Stadttore waren mit Sicherheit bereits geschlossen. Er würde um die halbe Stadt herumlaufen müssen, bis zur kleinen Pforte auf der Südseite, die sie Zyfers Tor nannten. Dort würde man ihn gegen eine Gebühr hineinlassen.

Der Wind blies kalt gegen seine schweißnasse Stirn und wehte unter den Umhang. Amiel fröstelte. »Bist du es, mein Sohn? Du kannst nicht sprechen, ich weiß. Aber keine Sorge. Ich kümmere mich um dich. Du wirst nicht sterben.« Das Kitz war noch jung, es konnte in jener Nacht geboren sein, in der … Amiel drängte die Erinnerung beiseite, das blutige Beil, den Blick des Sterbenden. Dieses Rehkitz lebte, es zitterte unaufhörlich, und er konnte es retten.

Einmal würde er die Kaiserlichen zur Rechenschaft ziehen für ihre Grausamkeit. Am besten den Kaiser selbst. Ja, der Kaiser sollte leiden wie dieses Rehkitz, das seine Jäger angeschossen hatten. Er würde dem Tod ins Auge blicken. Wenn er, Amiel, ihn dann rettete, würde Ludwig ihm für alle Zeit verpflichtet sein.

Vor dem schwarzblauen Nachthimmel ruhten grau die Mauern Münchens. Fackeln schimmerten in großen Abständen darauf wie Leuchtkäfer. »Du hast es bald geschafft!« sagte er. Das Rehkitz verdrehte die Augen, er sah das Weiße darin. Es begann zu zappeln, versuchte, von seinem Arm zu springen. Er rang mit ihm. »Halt still! Du machst es nur schwerer für dich. Ich helfe dir doch!«

Es streckte den Kopf aus, gab einen seltsamen Laut von sich, eine Art Atmen und Brummen zugleich.

»Halte noch eine kleine Weile aus.«

Wieder brummte es. Dann ließ es den Kopf niedersinken und hielt plötzlich still.

»So ist es gut.«

Nichts zitterte mehr: nicht die Beine, nicht das Fell. Der Kopf hing kraftlos hinab. Amiel blieb stehen. Er hob das Rehkitz näher an sein Gesicht, faßte nach dem schlaffen Hals. »Nein«, flüsterte er. Er kniete sich nieder, mitten auf dem Feld. Stoppeln knickten. Feucht und kalt empfing ihn die Erde. Er legte das Rehkitz zu Boden, drehte sich nach dem Wald um, der dunklen Wand von Bäumen. Er sah wieder nach vorn. Seine Hand streichelte das warme Fell. »Nein! Wach wieder auf!«

Es war tot. Es war in seinen Armen gestorben. Hatte er zu fest zugedrückt? Er hätte vorhin nicht versuchen sollen, den Armbrustbolzen herauszuziehen. Wäre er statt dessen gleich losgegangen und hätte einen Bader aufgesucht, dann wäre das Tier noch am Leben. Er war schuld an seinem Tod.

Er dachte an die Schwester, den Zwilling. Sie hätte genauso ausgesehen wie er. Gemeinsam waren sie im Bauch der Mutter gewesen. Als sie zur Welt kamen, lebte er. Die Schwester war tot. Irgendwie hatte er sie im Bauch umgebracht. Ihr die Nahrung geraubt, vielleicht den Hals umgedreht, er wußte es nicht. Aber er sah in den Blicken der Mutter, daß sie das Mädchen vermißte.

Jedesmal, wenn sie ihn liebevoll anblickte, sah sie die Schwester. Sie wünschte sich dann heimlich, daß er gestorben wäre und das Mädchen an seiner Stelle lebte. Nie sprach sie es aus, aber er wußte, daß sie ihm den Mord an seiner Schwester zum Vorwurf machte. Ein Mädchen hätte das nicht getan, ein Mädchen wäre nicht so grausam gewesen im Mutterbauch, es konnte nur das Werk des Jungen sein, der Junge lebte, das Mädchen starb.

Wie er sich bemühte, für die Schwester mitzuleben! Wie er sich bemühte, die Liebe und Vergebung der Eltern zu verdienen! Aber seine Versuche waren unzureichend. Die Eltern hätten lieber das Mädchen gehabt, das Mädchen mit seinem Gesicht, seinen Augen, seinem Haar. Sie hätte ihre volle Zuwendung erhalten.

Erneut hatte er durch Nachlässigkeit getötet. Seine Hand auf dem Rehkitz erschlaffte. Wenn es sein Sohn war, hatte er ihn ein zweites Mal auf dem Gewissen. Wie schwer konnte ein Gewissen werden? Wie lange konnte er noch Gewichte darauf häufen, bis es ihn am Ende erdrückte? Er sehnte sich nach einem Ort, wo er es erleichtern konnte, sehnte sich danach wie nach nichts anderem auf der Welt. Gott würde ihm vergeben. Aber er ließ ihn erst vor, wenn er sich geläutert hatte. Er mußte es schaffen, sündlos zu werden, gehorsam, stark. Er durfte nicht mehr fallen, nicht wieder hinfallen.

Nemo lehnte sich gegen die steinerne Mauer, die den Marktbrunnen umlief. Er stand im Mittelpunkt Münchens; hier kreuzte die große Handelsstraße von Augsburg nach Salzburg ihre Schwester, die von Regensburg nach Innsbruck und über den Brennerpaß führte. Es war Mittwoch. Bauern aus den Weilern boten auf dem Wochenmarkt Milch feil, Butter, Eier, Rüben, Äpfel, Käse. Vor dem prachtvollen Markthaus der Familie Impler standen fünf Karren mit Weinfässern; diesen Teil des Marktplatzes nannte man im Volksmund »Weinmarkt«. Wer gut gekleidet und mit prallem Geldbeutel dort hinging, bekam eine Weinprobe eingeschenkt und wurde vom Händler fest umarmt, ganz so, als gehöre er zur Familie.

Fische wurden verkauft, silbrige pralle Leiber, ohne Lücke nebeneinander aufgereiht. Im Wasserfaß lebten noch einige. Häute, Felle, Bälge gab es zu kaufen. Reisigbündel. Körbeweise Kohlen, von Männern, die schwarz waren im Gesicht und an den Armen. Getrocknete Kirschen gab es, Honig, Tongeschirr, Schmalz, lebende Hühner.

Der Marktplatz war das Herz Münchens. Die Stadtbewohner kamen herbei, in Scharen, wogen in den Händen, befühlten, kosteten. Sie öffneten ihre Geldsäckchen und zogen Münzen hervor. Kauften, rafften. Füllten ihre Körbe und Bündel.

Rings um den Marktplatz befanden sich dichtgedrängt Weinkeller, Geschäftshäuser, überwölbte Bogengänge, in denen sich Krämer, Tuchscherer, Seiler, Schneider und Kürschner mit ihren Verkaufstischen eingemietet hatten. Da war die Ratstrinkstube, da war die Hütte der jüdischen Geldwechsler. Neben dem Ratsturm arbeitete in mehreren Gebäuden die Stadtverwaltung.

Nemo sah all das und dachte: Ich gehöre dazu, ich bin ein Stadtbewohner wie sie. Er trug ein Säckchen mit Silbermünzen am Gürtel. Er war interessant für die Bauern, für die Händler, die Handwerker. Er konnte Dinge kaufen. Konnte auswählen, was ihm schmeckte, gebratene Gänseleber mit Äpfeln und Zwiebeln an der Bude dort drüben oder Nußkuchen oder ein Bier. Er konnte es bezahlen und verzehren. Die Stadt spie ihn nicht mehr aus in der Nacht. Sie duldete ihn, umsorgte ihn.

Sie gab sich zufrieden mit seiner Oberfläche. Mit dem Anschein, den er sich gab. Darunter lagen Verflechtungen, die ihn jeden Tag das Leben kosten konnten. Amiel hatte ihn gefunden. Wenn Amiel wußte, daß er zum Orden gehört hatte – wer wußte es dann noch?

Die Arbeit für den Perfectus, wie er sich nannte, war nicht schwer. Er mußte Stiefel fetten, den Mantel ausbürsten, die Stube kehren, einkaufen. Amiel schlug ihn nicht, wie es andere Herren mit ihren Dienern taten, und er brüllte ihn nicht an. Andererseits erwies es sich als schwer, einen Blick hinter die Fassade dieses Mannes zu erhaschen. Weder hatte er in Erfahrung gebracht, was Amiel über den Verbleib der Eltern wußte, noch hatte er das wahre Ziel von Amiels Aufenthalt in München entlarven können.

Auf welche Weise hing der Fremde mit den Geheimnissen des Ordensmeisters zusammen? Der Spitalorden vom Heiligen Geist war nicht zufällig untergegangen. Es hatte für jedermann so ausgesehen, ganz nach dem Wunsch der Kirchenmächte. Die Chorherren vom Heiligen Geist aber waren einer nach dem anderen verschwunden, weil man den Orden auslöschte, weil man mit der Totensense dazwischenfuhr. Warum, das hatte er damals nicht verstanden. Er wußte nur eines: daß er nicht mit dem Orden untergehen wollte. Deshalb war er abgetaucht.

Gelächter scholl über den Platz. Bei den Köhlern hatte sich eine Traube von Menschen versammelt. Was war dort los? Er ging zur Menschenmenge hinüber, stellte sich auf die Zehenspitzen, um über die Köpfe hinwegzuspähen.

Ein langer, dünner Kerl stand dort. Er stieß einen Schrei aus, spreizte die Finger. Etwas Lebendiges steckte in seinem Hemd. Es wölbte den linken Arm, beulte den Bauch, die Brust. Der Kerl zuckte, machte ein Gesicht, als litte er Schmerzen. Schließlich zeigte sich an seinem Hals ein Wieselkopf. Die Menge lachte. Der Mann ergriff das Wiesel im Genick und zog es heraus. Es entblößte seine spitzen Zähnchen.

»Flink wie ein Wiesel«, sagte er. »Das bin ich. Wer von euch ist schneller? Wer tritt gegen mich an? Wir laufen um die Wette rings um den Marktplatz. Ich fordere euch heraus, Münchner. Setzt mir den schnellsten Läufer entgegen, den ihr habt!«

In der Menge wurden Namen laut. »Herwig! Herwig ist der Schnellste!«

»Nein, Anton Taufkirchner ist schneller.«

»Was ist mit Lienhart, dem Sohn vom Leismüller?«

»Den Ewald schlägt keiner. Der ist doch Läufer für den Stadtrat!«

Der Kerl sagte: »Ihr könnt Wetten abschließen. Bei mir. Zehn Pfennige gegen zwei, daß ich euren Läufer besiege.«

Adeline wollte ihn treffen. Etwas in seinem Bauch zog sich zusammen. Er sehnte sich nach ihr, nach der kleinen weichen Hand, nach ihrem Lächeln. Daß sie ihn treffen wollte, bedeutete es, daß er ihr gefiel?

Zwei Knaben zu Nemos Seite zählten laut: »Fünfundvierzig, sechsundvierzig, siebenundvierzig – los, gib auf! –, achtundvierzig, neunundvierzig – deiner ist schon ganz blau!« Sie hatten sich jeder ein Hanfband um den Zeigefinger gewickelt. Tatsächlich verfärbten sich die Finger. Die Knaben schüttelten ihre Hände vor Sorge, hielten die Fäden aber straff und zählten weiter. Keiner wollte aufgeben. Den Läufer sah er nicht mehr, der war umringt von Münchnern, die ihm Wettgelder zusteckten.

Da berührte ihn eine Hand am Rücken. Es war keine lange Berührung, und sie war so sanft, als wäre sie fast nicht geschehen. Dennoch brachte sie sein Herz zum Stehen. Er drehte sich um.

Sie sah ihn an. Lächelte. »Heinrich«, sagte sie, nichts weiter.

Wenn er sich ihr doch nur offenbaren könnte! Was nützte es, daß sie den Studenten Heinrich liebte! Schweiß brach ihm aus. Er sagte: »Schön.« Und dann: »Ich grüße dich.«

»Wollen wir ein wenig über den Markt spazieren?«

Sie gingen los. Nemo hörte und sah nichts, der Markt war plötzlich fort. Er nahm nur Adeline wahr, ihr kindliches Gesicht, den Glanz der Augen, die Schritte, jeden ihrer Schritte liebte er. Er dachte: Sie bringt mich durcheinander, ich sollte sie meiden! Aber während er das dachte, wollte er es nicht, nie und nimmer wollte er von ihr lassen.

»Geht es dir besser? Du hattest doch Schmerzen.«

»Meine Rippe? Das tut nicht mehr weh.« Es tat noch weh, jeden Tag. Aber er hatte sich daran gewöhnt. Er hatte seine Atmung daran angepaßt, wußte genau, wie er sich bewegen mußte, um möglichst keinen Schmerz hervorzurufen. Und in diesem Augenblick, während Adeline neben ihm herging, schmerzte nichts. »Hast du den Schnelläufer gesehen? Er ist mutig, nach München zu kommen. Wir haben gute Läufer hier.«

»Ein Schnelläufer ist das? Ich habe mich schon gefragt, was die Menschentraube bedeutet. Bin zu klein, ich sehe da nichts.«

»Adeline, darf ich dich um etwas bitten? Nenne mich Nemo. Ich heiße nicht wirklich Heinrich.«

»Warum hast du dich Heinrich genannt?«

»Ich kann dir das heute nicht sagen. Vielleicht später einmal. Versprichst du mir, daß du mit niemandem darüber redest?«

Sie zögerte. »Ich verstehe das nicht.«

Warum zögerte sie? Seine Sinne erwachten. Er sah den Marktplatz wieder, roch das schmutzige Gefieder der Hühner, hörte die Werberufe der Verkäufer. Etwas stimmte nicht an diesem Zögern. Adeline dachte nicht nur an sich, sie dachte an jemand anderen. Hatte sie jemandem versprochen, von ihrer Begegnung mit ihm zu berichten?

Er drehte sich um. Zwei kräftige Männer traten hinter ihnen an einen Stand mit Tongeschirr. Sie nahmen Krüge auf und besahen sich die eingebrannten Kerbemuster. Männer, die sich für Tongeschirr interessierten? Ihm wurde schlecht. Er steckte in Schwierigkeiten.

Wie konnte ihm Adeline das antun? War ihre Zuneigung von Anfang an gelogen gewesen? Sie hatte ihm geholfen, als er von William Ockham gefangengesetzt worden war, sie hatte für ihn Amiel aufgesucht!

Er sah nach vorn. Denk nach, befahl er sich. Er mußte aus dieser Schlinge schlüpfen. Die Enttäuschung über Adeline hatte zu warten, sie durfte ihn jetzt nicht ablenken. Vor ihnen lief ein Jude mit gelbem Hut und Schläfenlocken. Er übertrieb es mit den Erkennungszeichen. Gehörte er zur Falle? Nemo besah ihn genau. Blitzte da am Kragen nicht eine Reihe von Eisenringen? Der »Jude« trug ein Kettenhemd unter dem Wams! In dem Bündel, das unter seinem Arm klemmte, war sicher ein Schwert verborgen. Verdammt!

Er löste das Säckchen von seinem Gürtel und hob es in die Höhe. »Das Geld verdopple ich! Ich setze auf Ewald. Wetten, der schlägt den fremden Läufer?« Ohne eine Antwort abzuwarten, nahm er Adelines Arm und zog sie mit sich. Er ging zwischen zwei Verkaufstischen hindurch. Lachte, um die Verfolger zu beruhigen.

Adeline sah ihn verstört an.

Er schob sich in die Menschentraube, hob noch einmal das Säckchen über die Köpfe und rief: »Ich setze!« Dann aber bog er inmitten der Meute ab, ging nicht mehr in Richtung des Läufers, sondern wandte sich zum Rand des Marktplatzes hin.

Mit gezielten Knüffen und Ellenbogenstößen verschaffte er sich Raum. Er konnte nur hoffen, daß sie auf dieser Seite des Platzes niemanden postiert hatten. Dann würde sie die Menschenmenge vor den Blicken der Verfolger schützen.

Er nahm Adelines Hand und rannte los.

»Was tust du!« keuchte sie.

Unerbittlich zog er sie mit sich. Er stieß die Tür der »Schenke zum güldenen Rad« auf und zerrte Adeline hinein. Hinter ihr schlug er die Tür zu und drückte ihre Handgelenke dagegen. »An wen hast du mich verraten?«

»An niemanden. Ich wollte dich sehen. Ich wollte mit dir reden! Das ist alles.« Ihre Brauen waren vor Verzweiflung schräg gestellt. Die blauen Augen sahen ihn bittend an.

»Hör auf zu lügen. Das ist nicht dein Geschäft, Adeline, du bist keine Lügnerin. Wem erstattest du Bericht?«

Sie schlug den Blick nieder.

»Wem? Rede!«

»William Ockham.«

Er hieb eine Faust gegen die Wand. »Ockham! Willst du, daß er mich wieder in Ketten legt? Sollen sie mich foltern? Ist es das, was du willst?«

Sie wimmerte Unverständliches.

Mit hartem Griff nahm er ihren Arm und zog sie fort von der Tür. Sie durchquerten den Schankraum. Die Blicke der Trinker kümmerten ihn nicht. Er betrat die Küche. Kohlsuppe kochte in einem Kessel über dem Feuer. Der Koch ließ erstaunt den Löffel sinken, von dem er gerade gekostet hatte.

Nemo öffnete die Tür zum Hof. Er zog Adeline an der Sickergrube vorbei. Hinter einigen Brombeerbüschen befand sich ein hölzerner Zaun, der den Hof vom Nachbarhof abgrenzte.

Sie blieb stehen. Mit einer Kraft, die er ihr nicht zugetraut hätte, entwand sie ihm ihren Arm. »Heinrich! Oder Nemo, meinetwegen Nemo. Du vertraust Amiel von Ax, du glaubst seinen Lehren, richtig? Dann laß mich dich eines fragen: Warum sprechen Kinder nicht sofort nach ihrer Geburt, wenn doch eine alte erfahrene Seele in sie hineingeschlüpft ist?«

»Wie bitte?«

»Er lehrt, daß wir Seelengefängnisse sind und unsere Seele vorher in einem anderen Körper steckte. Warum müssen wir dann immer wieder neu das Sprechen erlernen?«

»Das hat dir William Ockham eingeflüstert.«

»Ja, so ist es. Na und? Beantworte mir diese Frage.«

Er wollte jetzt nicht über Williams tückische Fragen nachdenken, er mußte fort von hier, mußte verschwinden, bevor die Häscher ihnen nachkamen.

»Warum arbeitest du für Amiel von Ax?« fragte sie. »Ich könnte dir eine andere Arbeit beschaffen.«

»Ich will nicht fort von Amiel. Die Arbeit als Leibdiener gefällt mir.«

»Das ist nicht die Wahrheit. Du bist doch Student! Du bist zu klug dafür. Und Amiel ist gefährlich, er ist tückisch. Er wird dir schaden.«

Sie glaubte, daß er seinen eigenen Sohn erschlagen hatte. Vielleicht stimmte das sogar. Je länger er bei Amiel war, desto mehr Grausamkeit traute Nemo ihm zu. »Bevor es soweit kommt, verlasse ich ihn. Ich habe gewisse Ziele, wegen derer ich noch eine Weile bei ihm bleiben muß.«

Sie strich sich die blonden Haare aus der Stirn. »Kannst du ihn bitte – für mich! – ein einziges Mal prüfen? Geh in seine Kammer, wenn er nicht da ist, schau dir seine Sachen an. Wenn du etwas entdeckst, das ihn belastet, dann sage es mir.«

Hatte sie seine Pläne durchschaut? Er rührte mit der Hand an seine Brust, wo er die Zeichnung für den Feinschmied verbarg. »Du verlangst, daß ich ihm in den Rücken falle?«

»Aber wenn es wahr ist, daß er ungefährlich ist, dann wirst du nichts finden. Dann war es auch nicht schlimm, daß du seine Kammer betreten hast.«

»Ein Diener schnüffelt seinem Herrn nicht hinterher.« Eilig trat er das Brombeergesträuch nieder und faßte die Streben des Zaunes. Seine Beinkleider hingen in den Dornen fest. Er riß sie los. Wenn der Nachbarhof einen Ausgang in die Salzburger Straße besaß, würde er den Häschern entkommen. Er stemmte sich hoch. Sein Rücken zerplatzte vor Pein, aber er ließ nicht los.

»Du bist kein Diener, Nemo«, rief sie ihm nach.

15

»Und wenn er das Schwert zieht und uns angreift?«

»Dann schießt Ihr.«

Der Anführer der Armbrustschützen schüttelte den Kopf. »Wir schießen nicht den städtischen Hauptmann über den Haufen!«

Vizenz faßte ihn scharf ins Auge. »Hindert Euch etwas daran, gegen den Ketzer vorzugehen?«

Einige Atemzüge lang maßen sie sich mit Blicken.

Der Söldnerführer unterlag. »Nein.« Er drehte sich zu seinen Männern um und befahl: »*Sagitarii*, spannt die Armbrüste!«

Von der Isarbrücke scholl Geschrei herüber. Vizenz ging die Wand des Zollhauses entlang bis zur Ecke und spähte aus. Menschen sammelten sich an der Brüstung der Brücke und gafften hinunter auf den Fluß. Hatte ein Floß die Brücke gerammt? Es würde mitsamt seinen Waren dem Zöllner verfallen; es sei denn, ein Münchner war der Flößer, dann hatte er nur für die Reparaturen an der Brücke aufzukommen. In jedem Fall gab es Streit und Aufsehen. Sehr gut. Das würde den Hauptmann ablenken.

Er faßte die Baustelle am anderen Ufer ins Auge. Zwischen den Holzgerüsten würde er hervortreten, dort, wo man den Mauerring durch ein gewaltiges, neues Tor abschloß. Das Hämmern der Steinmetze dröhnte herüber. Flaschenzüge knarrten. Der Baumeister brüllte knappe Befehle.

Er hatte den Ort gut ausgewählt. War er einmal auf der Brücke, blieb dem Hauptmann keine Fluchtmöglichkeit. Die Isarbrücke spannte sich hoch über die Insel, die den Fluß in zwei Arme teilte. Sieben Pfahlpaare, darüber Deckbretter, die kaum mehr als vier Schritt in die Breite reichten, dazu die hohe Brüstung: diese Brücke war eine Falle. Hinter Ermenrich würden die Büttel drohen, vor ihm die Armbrustschützen. Er mußte sich ergeben.

Vorausgesetzt, man hatte ihn nicht gewarnt. Fünfundvierzig *Sagitarii* standen im Sold Münchens. Vizenz hatte unmöglich alle mitnehmen können, hinter dem kleinen Zollhaus hätten sie niemals Platz gefunden, und es wäre übertrieben gewesen, für einen einzelnen, wenn auch gefährlichen Mann so viele Schützen aufzubieten. Was, wenn einer der Zurückgebliebenen ihn gewarnt hatte? Er konnte nur hoffen, daß die Schützen genug Respekt vor der Inquisition der Kirche besaßen.

Der Zöllner trat auf die Brücke und lieferte sich über die Brüstung hinweg ein Wortgefecht mit dem Flößer, der offenbar nicht einsah, daß er seiner Ware und seines Floßes verlustig gegangen war. Wenn Ermenrich jetzt kam, konnte es besser nicht passen, er würde glauben, man habe ihn wegen des Unfalls gerufen.

Da! Er passierte die Baustelle. Ich danke dir, Gott! dachte Vizenz. Er warf nach hinten: »Macht Euch bereit!« Die Schützen legten Bolzen ein und hoben die Armbrüste. Er spähte wieder nach vorn.

Ermenrich betrat die Brücke. Offenbar begriff er sofort, was vorgefallen war. Er schob einige Leute beiseite und trat an die Brüstung heran. »Fremder!« sagte der Hauptmann. »Fahrt Euer Floß ans Ufer! Wir haben Gesetze in dieser Stadt, an die Ihr Euch zu halten habt. Wollt Ihr, daß ich Euch in Ketten legen lasse?«

»Jetzt«, sagte Vizenz. Er trat hinter dem Zollhaus hervor. Mit einem kurzen Blick vergewisserte er sich, daß die Armbrustschützen hinter ihm Stellung bezogen. Von der Baustelle her kamen die Büttel und postierten sich mit blanken Schwertern am gegenüberliegenden Brückenkopf.

Ermenrich rief zum Wasser hinunter: »So ist es recht.« Er sah auf. Sein Körper straffte sich. »Vizenz?«

Das Volk, das sich auf der Brücke befand, heulte. Männer und Frauen duckten sich und hielten die Hände über den Kopf. Als würden Knochen und Fleisch vor einem Armbrustbolzen schützen! Ermenrich blieb als einziger stehen. Er hielt sein schwarzbärtiges Gesicht stolz erhoben. »Was tut Ihr hier?« fragte er.

»Ich, Vizenz Paulstorffer, Inquisitor der Stadt München, mache hiermit Gebrauch von meiner päpstlichen Vollmacht zur Verfolgung und Verurteilung von Ketzern. Ihr wurdet von verläßlichen Zeugen der Ketzerei beschuldigt. Ich fordere Euch auf, mich zum Verhör zu begleiten.«

»Nach Jahren der besten Zusammenarbeit wagt Ihr es?« Die dunklen Augen des Hauptmanns funkelten vor Zorn.

»Ich rate Euch, überlegt weise, was Ihr tut.«

Die Bauleute starrten von den Gerüsten. Die Salzwache starrte, die Flößer blickten von ihren Gefährten herauf. Es war still, an einem Platz, an dem es sonst niemals ruhig war. Ermenrich war öffentlich bloßgestellt. Er würde gegen Amiel aussagen, er mußte! Anders konnte er sich nicht mehr aus der Schlinge ziehen.

Du hast mich verraten, dachte Vizenz. Du hast mich an den Franzosen verraten. Nun trage die Folgen, Ermenrich.

Der Hauptmann hob die Arme zum Schwertgurt. Die Schützen richteten die Armbrüste aus, Vizenz konnte es an den langgestreckten Schatten sehen, die vor ihm auf den Boden fielen. Ermenrich würde sich doch nicht in den sicheren Tod stürzen, indem er sie angriff?

Der Hauptmann löste den Gurt. Das Schwert schlug dumpf auf der Brücke auf. Er streckte die Arme in die Höhe.

»Eine gute Entscheidung.« Vizenz nickte.

Da packte der Hauptmann das Geländer der Brücke und schwang sich hinüber. Anderthalb Mannslängen stürzte er hinunter. Er klatschte ins Wasser der Isar. Vizenz rannte zur Brücke. Die Leute, die sich eben noch geduckt hatten, sprangen auf, sie standen ihm im Weg, drängten ebenfalls zur Brüstung. Alle gafften hinunter auf das Wasser.

Er befahl den Bütteln: »Seht vom Ufer aus unter der Brücke nach!« Endlich erreichte er die Brüstung. Strudel sah er, sich kräuselnde Wellen. Der Hauptmann war verschwunden. Sein

Kettenhemd zog ihn zum Grund des Flusses, er mußte ersaufen in der kalten Flut.

Nemo berührte die Tür zur Kammer des Perfectus. Das Holz erschien ihm seltsam lebendig unter seiner Hand. Es war der Eingang zu einem verbotenen Reich. Er zog den Schlüssel hervor und steckte ihn ins Schloß. Dem Perfectus hatte er einen falschen Schlüssel an den Lederriemen geknüpft, einen, der diesem ähnelte. Der Feinschmied hatte ihn nach seiner Zeichnung für ihn angefertigt. Wenn Amiel zurückkehrte, würde er bald das Zimmer betreten wollen. Es würde nicht genug Zeit bleiben, um die Schlüssel wieder auszutauschen.

Ich lasse die Tür unverschlossen, dachte er. Dann glaubt Amiel, unachtsam gewesen zu sein, und steckt den falschen Schlüssel ungenutzt wieder fort.

Der Plan war gewagt. Wenn Amiel ihn in seiner Kammer erwischte, dann gab es keine Ausflüchte. Adeline hatte recht, der Perfectus war grausam. War nicht erst vor einer Woche Hauptmann Ermenrich schweißgebadet und mit tränennassem Gesicht aus dieser Kammer gewankt? Was sie geredet hatten, was der Perfectus getan hatte, wußte Nemo nicht.

Aber war er in der Lage, einen Menschen zu töten? Nemo kannte niemanden, der sich selbst beherrschen konnte, wie es der Perfectus tat. Was ging im Inneren dieses Menschen vor? Immer häufiger waren ihm in letzter Zeit Blicke aufgefallen, Handbewegungen Amiels, Worte, die ihm unheimlich waren.

Er schob die Tür auf. Das Herz schlug ihm weit oben in der Kehle, er meinte, es im Mund zu fühlen. Jederzeit konnte der Perfectus wiederkehren, und dann erwischte er Nemo in seiner Kammer, beim Vertrauensbruch.

Da lagen Schriftstücke auf dem Tisch. Briefe. Er nahm einen auf und versuchte, ihn zu lesen. Was war das? Buchstaben und Zahlen standen in wirrer Folge. Wie konnte der Perfectus sie lesen? Ein Geheimnis mußte die Buchstaben und Zahlen verbinden, dessen Kenntnis es Amiel erlaubte, ihren Sinn zu verstehen.

Daneben lag ein Buch. Er befühlte das rote Leder, in das es eingeschlagen war. Roch daran. Es duftete herbe. Er schlug das Buch auf. *Interrogatio Johannis*, stand auf der ersten Seite. Seine Fingerspitzen kribbelten. Dies waren also die Geheimnisse, die der Perfectus hütete? Nemo blätterte vorsichtig um. Der Text war mit erlesenen Bologneser Lettern verziert, in blauer und zinnoberroter Tinte. Nemo las lateinische Worte, deren Bedeutung ihm seltsam unwirklich und geisterhaft auf der Zunge lag, Worte vom Sturz Satans, von den Engelseelen, von Gefangensein, von Sehnsucht nach Befreiung.

Ein Geräusch an der Tür.

Hastig legte Nemo das Buch nieder. Es rauschte in seinen Ohren. Der Pulsschlag schmerzte an seinem Hals, als wollten die Adern platzen. Kam der Perfectus? Es blieb still. Er wußte genau, daß er diesen Raum schleunigst verlassen mußte. Aber wie von einer unbezwingbaren Macht getrieben, trat er an die Kiste heran, die er dem Perfectus damals in die Stadt geschleppt hatte.

Er öffnete den Deckel. Kleider. Obenauf lag der Hammer. Nemo nahm ihn in die Hand. Der Hammerkopf wackelte. War er schon lose gewesen, als sie den Hammer ausgruben? Er befühlte ihn. Zog daran. Der Hammerkopf löste sich vom Stiel. Der Stiel war hohl! Das Ende eines Pergaments schaute heraus. Nemo zog es mit den Fingerspitzen aus der hölzernen Hülle.

Depositum

Das war der Titel. Darunter eine feine, pechschwarze Schrift. Dieses Dokument stammte von seinem Vater! Der Vater hatte es in der Hand gehabt, er hatte es vergraben, als Nemo noch ein kleines Kind war, kurz vor ihrem Abschied.

Es war nur halb, das Pergament endete zur rechten Seite in einem Zick-Zack-Schnitt. Wer hatte das Schriftstück entzweit? Der Vater? Wo befand sich die andere Hälfte?

Schritte von der Treppe.

Er mußte das Zimmer verlassen. Er überflog den unvollständigen Text, unfähig, ihn fortzulegen, und erfaßte einzelne

Wörter. Tommaso di Arnolfo ... Florenz ... eine *Compagnia* gewährte zwölf Prozent Zinsen. Auf welche Summe? Das mußte auf der anderen Hälfte des Schriftstücks stehen.

Die Außentür klappte. »Nemo?« Die Stimme des Perfectus.

Eilig rollte er das Pergament zusammen und schob es in den Stiel. Er hob den Hammerkopf auf. Er steckte den Hammerkopf an den Stiel und schloß den Deckel der Kiste.

In diesem Augenblick betrat Amiel von Ax die Kammer. Er wurde schlagartig kreidebleich. Dann verfärbte sich sein Gesicht zu Zornesröte. Ein Ruck ging durch seinen Körper. Mit drei Schritten war er heran. Seine Hand umschloß Nemos Hals und preßte zu. »Nichtswürdiger!«

Nemo röchelte, faßte den Arm des Perfectus, um sich zu befreien. Der Griff Amiels drückte ihn auf die Kiste nieder. Er reißt mir die Kehle heraus! dachte Nemo. Er schlug nach Amiel.

Der Perfectus zückte ein Messer. »Wer?« fragte er und bohrte ihm die Klingenspitze in die Stirn. »Wer steckt dahinter? Du hintergehst mich. Wer hat dich angestiftet?«

»Niemand«, krächzte er. Der Laut schmerzte in der Kehle.

»Es war dieses Kammermädchen vom Kaiserhof, nicht wahr? Adeline. Die, mit der du dich auf dem Marktplatz getroffen hast.«

Wie hatte Amiel davon erfahren? Blut rann Nemo von der Stirn, es floß warm an der Nase entlang und tropfte vom Kinn. Er mußte sich dumm stellen, er durfte seine Täuschung nicht aufgeben. »Ihre Frage ... Ich wußte nicht ...«

»Welche Frage?« Unerbittlich bohrte sich der Eisendorn in seinen Kopf.

»Wie es kommt, daß Kinder nicht sofort nach der Geburt sprechen, wo sie doch eine alte, erfahrene Seele erhalten haben.«

»Die überkluge Adeline soll ihrerseits eine Frage beantworten. Wie kann es sein, daß Kinder weinen, wenn sie auf die Welt kommen? Sollten sie nicht glücklich sein und lachen? Aber nein, sie leiden, denn eine Seele wird in ihren kleinen Körper gesperrt, eine Seele, die frei sein möchte.« Der Perfectus nahm das Messer von ihm und ließ auch seine Kehle los. »Du kennst das Wesen der Frauen nicht. Macht sie dich glauben, daß sie dich liebt? Nimmt sie dich ein mit der Art ihrer Blicke, mit ihrem Körper? Das sind ihre Mittel. Das ist ihre Lüge. Ihr Ziel ist es, dich zu verletzen! Glaubst du wirklich, Adeline liebt dich? Welchen Grund sollte sie dafür haben? Was ist an dir wert, geliebt zu werden?«

Obwohl Nemo die Absicht Amiels durchschaute, verletzte ihn die Frage. Sie hallte in ihm wider: *Was ist an dir wert, geliebt zu werden?* Etwas zerbrach in ihm. Plötzlich dachte er: Ja, warum sollte sie mich lieben? Ich bin ein Nichts. Ein Niemand.

War er auf Schmeicheleien hereingefallen, ausgerechnet er? Er paßte doch nicht zu einer wunderschönen Frau wie Adeline. Sie spielte mit ihm. Sicher wußte sie seit langem, daß er sie begehrte. Sie nutzte seine Schwäche aus.

»Es würde mich nicht wundern, wenn William Ockham sie auf dich angesetzt hat. Hast du nicht erzählt, daß du sie auf der anderen Seite der Mauer getroffen hast, als du in den Kaiserhof eingedrungen bist in meinem Auftrag? Glaubst du, das war ein Zufall? Sie sollte dir auflauern. Prüfe sie, Nemo. So, wie du mich in ihrem Auftrag bespitzelt und mich unschuldig gefunden hast, so wirst du sie schuldig finden, die Hexe. Erscheint sie dir wehrlos und schwach? Erscheint sie dir zauberhaft schön? Das sind Hexen, Nemo. Lerne es.«

Die Tür sprang auf, und jemand polterte durch die Küche. Im Türrahmen blieb er stehen, keuchend, triefend von Wasser. Es war Hauptmann Ermenrich. »Verrat«, dröhnte er. »Verrat! Wir haben einen Spitzel unter uns. Er hat der Inquisition meinen Namen gesteckt.« Rings um ihn wuchs eine Pfütze auf dem Boden, streckte Tentakel aus, fingerte nach allen Richtungen. Seine Unterkleider hingen schief. Der Rock fehlte, das Kettenhemd, die Stiefel.

»Mäßige dich!« befahl Amiel.

Ermenrichs Blick sprang vom Perfectus zu Nemo. »Du!« Er zeigte auf ihn. »Du warst es. Du hast mich an den Inquisitor verraten.« Er stürmte auf Nemo los.

Amiel stellte sich ihm in den Weg. »Nein, Ermenrich. Du täuschst dich.«

Mit Mühe kam der Hauptmann vor Amiel zum Stehen.

»Nemo dient uns treu«, sagte der Perfectus. »Er hintergeht weder mich noch die reine Kirche, noch dich, Hauptmann.«

»Gut.« Der Hauptmann sprach es wie einen Fluch. »Gut. Und was soll ich tun? Mich anstecken lassen und auf dem Scheiterhaufen zu Tode krümmen? Sie haben mir aufgelauert, Perfectus. Sie haben mich bloßgestellt vor allem Volk, vorn auf der Isarbrücke, und jetzt jagt mich die Inquisition, bis sie mich zu fassen kriegt und mich im Verhör schuldig spricht.«

»Das wird nicht geschehen. Warum vertraust du mir nicht?« Wenn Amiel über den Vorfall entsetzt war, dann verbarg er es gut. »Sie wollen nicht dich. Sie wollen mich. Um mich zu verurteilen, braucht der Inquisitor mein Geständnis, oder er braucht Zeugenaussagen, die mich belasten. Geh zum Verhör, Ermenrich.«

»Seid Ihr von Sinnen?«

»Du vergißt, mit wem du sprichst.«

Eine Weile stand der Hauptmann da, tropfte. Er atmete schwer. Aber er schwieg.

»Man wird dir Fragen stellen, die dir eine bestimmte Antwort in den Mund legen. Man wird fragen: Hast du nicht etliche Male vor dem Perfectus die Knie gebeugt?«

»Was, wenn sie mich foltern?«

»Das muß nicht geschehen. Die Folter ist eine letzte Möglichkeit, von der die Inquisition im Notfall Gebrauch macht – nichts anderes. Den Inquisitoren sind Bekenntnisse lieber, die aus freien Stücken dem Inneren des Zeugen entstammen. Sie gelten auch stärker vor Gericht.«

»Der Inquisitor wird mir nicht glauben! Wenn er mir mit seinem kalten Blick geradewegs in die Seele schaut, wie soll ich da lügen? Er erkennt es ja doch.«

»Die Inquisition unterscheidet zwischen der vollkommenen Reue und der unvollkommenen Reue. Die unvollkommene Reue geschieht aus Angst. Es ist leicht, sie dem Inquisitor vorzuspielen. Weigere dich zunächst eine Weile, und dann, wenn er mit Strafen droht und hart in dich dringt, zeige Angst. Zittere. Schwitze. Weiche seinem Blick aus! Und endlich fällst du auf die Knie und sagst, daß du alles beichten willst, und gestehst etwas Minderwertiges, sagen wir, daß du einmal aus Neugier zu mir kamst und um ein Stück geweihten Brotes batest. Das genügt völlig, um dich glaubwürdig als reuigen Sünder darzustellen, und ist zugleich für ihn wertlos. Er wird das Interesse an dir verlieren.«

»Was, wenn man mir auf die Schliche kommt? Dann habe ich unter Eid gelogen! Was ist die Strafe für Meineid?«

»Gefängnis. Aber das würde in diesem Fall nicht deine Sorge sein. Was wiegt der Meineid gegenüber deiner Ketzerei? Dafür ist die Strafe viel schlimmer. Wie kannst du ernsthaft erwägen, dem Inquisitor die Wahrheit zu sagen? Kaufe dir einen Strick und hänge dich auf, das kostet dich weniger, als in die Hände der Inquisition zu fallen, wenn du dich als Ketzer offenbarst!«

Der Hauptmann preßte die Faust gegen das Kinn. »Und wenn ich die Wahrheit sage und dazu erkläre, daß ich nicht wußte, daß es falsch ist?«

»Das haben schon andere versucht. Der Inquisitor antwortet, daß du der Nachlässigkeit schuldig bist, aus Faulheit deine Unkenntnis behalten zu haben, und zwar in wichtigen Fragen des Glaubens. Er würde dich mit Strenge verurteilen.«

Der Hauptmann riß sich am Bart. Er sah furchterregend aus. Geradeso, als würde er jeden Augenblick aus der Haut fahren. Sein Blick fiel wieder auf Nemo. Es flackerte darin. »Wenn du der Verräter bist, Bursche, ich knicke dich um wie einen Halm!«

»Geh jetzt«, sagte der Perfectus. »Und laß sie glauben, sie hätten dich gegen deinen Willen eingefangen.«

Der Zahnschmerz trieb ihn zur Weißglut. Es fühlte sich an, als klopfe ein eiserner Finger gegen den Backenzahn in nervtötender Regelmäßigkeit. Ab und an war ein stärkeres Pochen darunter, das bis in den Kiefer hinabreichte und Vizenz zusammenzucken ließ. Er schwitzte. Alle Blicke im Saal des Freisinger Bischofspalastes ruhten auf ihm. Neben ihm saß der Bischof in seinem prunkvollen Rochett. Es unterstrich seine Würde: über und über mit goldenen Stickereien und glänzenden Edelsteinen verziert, die engen Ärmel aus geraffter Seide. Hinter dem Angeklagten standen zwei Notare an Pulten und schrieben jedes Wort auf, das aus dem Mund des Hauptmanns kam. Mußte er gerade heute an Zahnschmerzen leiden?

Der Hauptmann kniete nieder. Vizenz wünschte sich, er würde nicht knien. Er hatte gehofft, aus Ermenrich mehr herauszuholen. Für diese Brosamen an Beichte hatte er den Bischof belästigt!

Und wenn der Hauptmann ihm nur etwas vorspielte? War seine Reue nicht um eine Winzigkeit zu inbrünstig? »Hebe die rechte Hand zum Schwur!« befahl er.

Der Hauptmann hob Mittelfinger und Zeigefinger.

»Schwöre vor Gott, daß du die Wahrheit sagst!«

»Ich schwöre es vor Gott.« Er hatte tatsächlich Tränen in den Augen.

»Verpflichtest du dich, jede Buße anzunehmen, die dir im Urteil verkündet werden wird?«

»Ich will jede Buße annehmen.«

Vizenz faßte sich an die Wange. Dieses Pochen, dieses schmerzhafte Hämmern! Er sagte: »Führt ihn ab.« Vielleicht würde der Hauptmann in der Haft zu einem weitergehenden Geständnis finden. Er würde Angst leiden, und Angst war ein gutes Mittel gegen die Verstockung.

Der Hauptmann sah auf. »Die Strafe wird mir gar nicht mitgeteilt?«

»Es sind noch weitere Zeugen zu vernehmen. Du wirst deine Strafe noch früh genug erfahren.«

Sie führten ihn hinaus. Er hatte seine kraftstrotzende Ausstrahlung verloren. Wie ein Kind sah er aus, das sich vor den Schlägen des Vaters fürchtete: Den Kopf hatte er eingezogen, die Schritte waren klein und unsicher. Haarschopf und Bart waren zerzaust.

Der Bischof beugte sich zu Vizenz hinüber, faßte ihn am Arm und raunte: »Mein Lieber, da habt Ihr wahrlich etwas aufgetan. Ein Hauptmann, verwickelt in solche Ketzereien! Wen wollt Ihr als nächstes vorladen?«

Der Bischof würde ihm keine Hilfe sein. Entwischte ihm Amiel, dann würde er Vizenz enttäuscht fallenlassen. Ihn aber zu unterstützen, das würde dem Bischof in hundert Jahren nicht in den Sinn kommen.

Oh, wenn er, Vizenz, wie der große Dominikaner wäre! Der Weise Weiße, wie sie ihn nannten – er wäre all dem besser gewachsen. Er konnte sich wahrhaftig Inquisitor nennen. Amiel von Ax zur Strecke zu bringen, es wäre ihm ein würdiges Amt, eine Aufgabe, die ihm Freude bereitete. Aber dies war keine Aufgabe für ihn, Vizenz Paulstorffer! Dieser Amiel war ihm überlegen, er drohte, *ihn* zu Fall bringen, *ihn*, den Inquisitor. Er fürchtete es seit jener Nacht im Badehaus.

Einen kurzen Augenblick setzte der Zahnschmerz aus. »Venk von Pienzenau. Ihn laden wir als nächstes zum Verhör.«

Die Hand des Bischofs zuckte zurück. »Was? Wollt Ihr uns in den Untergang stürzen?«

Das Pochen begann erneut, stärker als zuvor. »Ich habe keine weitere Spur.«

16

Etwas war anders mit Nemo. Er wirkte selbstbewußter. Sein Schritt war fest, seine Stimme ruhig. Hatte er ihr verziehen? Andere Männer protzten, spielten sich auf vor den Frauen. Er hingegen respektierte sie. Er machte keinen Versuch, ihre Hand zu ergreifen, war nicht von anbiedernder Gesprächigkeit. Still spazierten sie die Straße entlang in die Felder. Es gefiel ihr.

Seine Stirn war verletzt, eine häßliche, blutverkrustete Wunde. Wie war das passiert? Ein Sturz? Trug sie möglicherweise die Schuld daran, weil sie Williams Wächter auf seine Fersen gebracht hatte? Die Wächter waren nur zu ihrem Schutz dagewesen, sie sollten doch Nemo gar nicht fangen! Sie mußte ihm das erklären.

Männer zogen mit Spaten Kanäle zum Trockenlegen der Straße. Sie leiteten das Wasser aus den Lachen in die Gräben. Adeline und Nemo wichen zum Straßenrand aus. Die Männer füllten Gruben und Schlaglöcher mit Holzkeilen, die Keile bedeckten sie mit Weidenzweigen aus dem Weidicht bei Föhring. Dann schütteten sie Kies darüber. Jeder Wagen, der leer über die Isarbrücke hinausfuhr, wurde mit Sand und Geröll beladen, das er kostenlos zum Straßenbau fahren mußte. Hier standen sie, die Wagen, und wurden entladen.

In der kalten Novemberluft lag stechender Uringeruch. »Riechst du das?« fragte sie.

»Was?«

»Es stinkt.«

Er zeigte auf das abgeerntete Feld zu ihrer Rechten. »Sie haben Mist ausgefahren, zum Düngen. Hab ich früher auch machen müssen. Siehst du ihn? Dort in den Furchen.«

Das war für lange Zeit ihr letztes Wort. Sie erreichten Haidhausen. Die Dorfkirche war umgeben von Hunderten Kreuzen aus dunkel angelaufenem, nassem Holz. Es verlieh ihr einen düsteren Charakter, als versammelten sich die Toten um ein böses Artefakt. Nebelschwaden hingen zwischen den Gräbern.

Adeline faßte Nemos Arm. Sie spürte Wärme durch den Wollstoff seines Hemdes. Er zog den Arm nicht weg, aber er lächelte auch nicht. Vielleicht täuschte sie sich, und es war nicht Selbstsicherheit, sondern Trauer, die er zeigte? Sie sagte: »Darf ich dich etwas fragen?«

»Nur zu.« Er sah sie nicht an.

»Warum hast du mich zum Spazierengehen eingeladen? Ich finde es schön! Aber du bist seltsam, ich weiß nicht.«

Dachte er nach? Er schwieg, bis sie das Dorf hinter sich gelassen hatten. Als sie einen Heuschober passierten, sagte er: »Wollen wir reingehen und uns aufwärmen?«

Seine Stimme klang merkwürdig. Sie schluckte. Furcht kroch an ihr hinauf. Was war mit ihm los? Ruhig! schalt sie sich. Er sorgt für dich, er will nicht, daß du frierst, das ist doch ein Zeichen seiner Zuneigung.

Sie traten zwischen die Heuhaufen. Das Heu roch säuerlich. Trotz der Ritzen in den Bretterwänden hielt der Schober den kalten Wind ab. Hier drin erst merkte sie, wie kalt es draußen gewesen war. »Da hinauf?« sagte sie. Ohne auf Antwort zu warten, ließ sie Nemo los und kletterte die Leiter hoch. Oben war es sogar noch ein wenig wärmer. Unter ihren Füßen knisterte das Heu. Sie stützte sich an der Dachschräge ab und lief geduckt zur Stirnseite des Schobers. Dort stieß sie eine Luke auf, um Licht einzulassen.

Zwei Hirten waren zu sehen mit ihren Schafen. Die Herden vermischten sich am Berghang, und während die Tiere grasten, plauderten die Hirten, auf ihre Krummstäbe gestützt. Dicke, schwere Mäntel schützten sie vor der Kälte. Vor den Mündern der Hirten standen Dampfwolken.

Es raschelte hinter ihr. Sie drehte sich um. Nemo sah sie an. Sein Blick war nicht mehr ruhig und selbstsicher, er war schwer von Leid.

Sie fragte: »Was ist mit dir? Du sagst gar nichts, und du siehst unglücklich aus.«

»Adeline«, sagte er. »Ich habe dich immer bewundert. Ich habe dich beobachtet vom Fenster des Jägers aus. Ich wollte mit dir sprechen und … dein sein.«

Mit allem hätte sie gerechnet, nicht aber mit einem Liebesgeständnis. Ihr wurde warm in der Brust. Beobachtet hatte er sie? Er hatte sie schon geliebt, bevor sie ihn überhaupt kannte? »Aber das ist doch kein Grund, traurig zu sein. Wir sind hier, Nemo! Wir sind beieinander. Und mir gefällt es auch.«

»Ich weiß nicht. Ist es wirklich so?«

»Du kannst mir glauben.« Sie lächelte.

Er lächelte nicht zurück. Seine geduckte Haltung ließ ihn erscheinen, als erwarte er einen Schlag, eine Verletzung.

Warum glaubte er ihr nicht? Sie trat auf ihn zu und hob die Hand zu seinem Gesicht, streichelte über die Wange. Bartstoppeln knisterten. Er sollte nicht so traurig dreinblicken.

Plötzlich zog er sie an sich und küßte sie. Wie ein Ertrinkender küßte er sie, küßte, küßte. Er bedeckte ihr Gesicht mit Küssen, umfaßte ihren Kopf, umarmte sie, küßte sie erneut. Lange hielt er seine Lippen auf den ihren.

Sie schob die Angst weit fort und ließ sich in seine Arme fallen. Sie küßte ihn zurück – das erstemal, daß sie mit Hingabe jemanden küßte. Auf den Lippen kribbelte es und fuhr von dort bis in die Zehenspitzen. Sie wollte mehr von ihm spüren als nur seine Hände auf ihrem Rücken; ein ungekanntes Bedürfnis. Sie umschlang ihn und zog ihn an sich.

Er wehrte sich. Taumelte zurück. Wie ein Betrunkener fiel er ins Heu. Er zog die Knie an sich, umklammerte sie mit den Armen. Er zitterte und weinte.

Nemo spürte jeden Muskel im Körper, alles war verkrampft. Sie liebte ihn nicht! Sie küßte ihn, weil William Ockham es ihr befohlen hatte. Sie küßte ihn, weil er schwach war und ihr ergeben und wehrlos. Wie konnte es derart überzeugend wirken, während es das Schaustück einer Lügnerin war!

Sie wirkte wie das unschuldigste Geschöpf, das er je gesehen hatte. Aber gerade diese scheinbare Unschuld verriet ihre Kunst. Sein Herz sagte ihm, daß sie keine Hexe war, daß sie liebenswert und gütig und warmherzig war. Sein eigenes Herz log ihn an.

Amiel hatte recht. Es war ein böser Zauber. Was sollte eine begehrenswerte junge Frau wie sie an ihm finden? Sie war klug, sie war wunderschön, sie hatte eine Anstellung am Kaiserhof, sie konnte jeden haben! Nemo, der Taugenichts, war nur ein Spielzeug für sie.

Wie sie da stand! Die Augen voller Unverständnis und Erschrecken, die Brauen mitfühlend emporgezogen. Er senkte die Augenlider, um sie nicht sehen zu müssen. Er konnte nicht einmal sagen, ob er sie hatte halten oder vertreiben wollen, als er sie küßte.

War die Wahrheit nicht noch bitterer? Er konnte es nicht ertragen, daß Adeline ihn ertrug. Diese Verdächtigungen, ob sie ihn wahrhaftig liebte, bedeuteten sie nicht eine Flucht vor ihrer Liebe? Er war so anders als sie. Adeline war nicht innerlich zerrissen wie er. Sie war glücklich aufgewachsen, mit einer Familie. Sie führte ein sauberes, gutes Leben.

Deshalb liebte er sie. Er wünschte sich, von ihr anerkannt zu sein, und hoffte, daß diese Anerkennung seine Zerrissenheit heilte. Aber bedeutete Liebe nicht, dem anderen Gutes zu wollen? Wann hatte er sich darum geschert, wie er Adeline helfen konnte? Wann hatte er sich gefragt, was für sie das Beste war? Immer war es ihm nur um ihn selbst gegangen.

Auch jetzt saß er hier und heulte um sich. Adeline hatte er einfach stehengelassen. Wie ging es ihr? Geküßt und dann fortgestoßen zu werden – würde sie sich nicht betrogen fühlen und ungewollt? Er wischte sich über die Augen und sah nach ihr. Sie hatte ihm den Rücken zugekehrt, stand an der Luke.

Er erhob sich und näherte sich ihr. Beim Geräusch raschelnden Heus zuckte sie zusammen, blieb aber stehen. Was sagte sie da, zum Fenster hin?

»Der Herr ist mein Hirte, nichts schadet mir. Er hat mich

an einen Platz mit frischem Gras geführt und gibt mir köstliches Wasser.«

»Ich kann mich selbst nicht verstehen«, sagte er. »Ich weiß nicht, wie das gerade geschehen konnte.«

Sie nickte, ohne ihr Reden zu unterbrechen. »Er hat meine Seele mit Gutem beschert. Er leitet mich auf der Straße des Rechtes, um seines Namens willen.«

»Was sagst du da auf?«

»Den dreiundzwanzigsten Psalm. Die Gräfin hat eine deutsche Fassung, die ich ihr manchmal vorgelesen habe.«

»Ich möchte mich bei dir entschuldigen. Ich hätte dich nicht küssen sollen.« Er stockte. »Oder nicht wegstoßen.« Was redete er hier? Aber er hatte das Bedürfnis, bis auf die Knochen ehrlich zu sein gegenüber Adeline. »Ich bin zerissen in mir drin. Ich weiß, daß ich dir nicht weh tun möchte. Das möchte ich wirklich nicht.«

»Siehst du die Hirten dort?« Sie zeigte auf den Berghang. »Sie rufen, darum teilen sich die Schafe auf in zwei Herden. Jedes Schaf geht mit seinem Schäfer. Sie folgen der Stimme, die sie kennen. So ist es auch mit uns und Gott. Wir kennen seine Stimme, und darum folgen wir ihm. Davon handelt der Psalm.«

»Ich habe sie nie gehört, die Stimme von Gott.«

»Wenn du ganz still bist, hörst du sie. Manchmal.«

Sie schwiegen. Draußen riefen die Schäfer ihre Tiere. Die eine Herde strömte hangaufwärts, die andere in die Senke hinab. Nemo lauschte, aber etwas anderes als das Blöken der Schafe und die Rufe der Hirten und das Kläffen der Hütehunde hörte er nicht.

»Verlangt es dich nur nach mir? Oder hast du mich wirklich gern?« Ihre Stimme zitterte.

Nemo schluckte. Er faßte nach ihrer Schulter, wagte dann aber nicht, sie zu berühren. »Adeline, ich habe nie jemanden geliebt so wie dich.«

Sie drehte sich um und sah ihn an. In ihren Augen standen Tränen.

Er sagte: »Ich bin ein Schurke, das solltest du wissen. Ich

habe viele Menschen belogen. Mich eingeschlossen. Oft weiß ich nicht, was richtig ist. Ich weiß, ich bin kein guter Mensch. Aber ich weiß, daß ich dich liebe.«

Sie näherte sich seinem Gesicht. Dann gab sie ihm einen Kuß auf den Mund, so sanft, daß es sich anfühlte, als habe ein Schmetterlingsflügel seine Lippen gestreift. Sie trat wieder zurück.

»Ich habe das nicht verdient«, flüsterte er.

Sie nickte. »Doch, das hast du.«

»Ich werde bald die Stadt verlassen, für immer. Ich mache mich auf die Suche nach meinen Eltern.« Er zögerte. »Willst du –?« Er brach ab.

»Ich komme mit dir.«

»Das willst du tun?«

Sie sah zu Boden. »Wenn mich Amiel nicht vorher umbringt.«

»Ich muß ihm nur noch etwas abjagen, das mir gehört. Dann können wir verschwinden. Er wird uns nicht finden. Ich bin ein Meister im Verstecken.«

»Hast du seine Sachen durchsucht?«

»Ja. Ich habe ein grausiges rotes Buch gefunden, und geheime Dokumente.«

»Du könntest gegen ihn aussagen vor der Inquisition, und wir wären ihn los!«

»Sobald er festgesetzt wird, nehmen sie das mit, das mir gehört, und ich gelange nie wieder daran.«

»Ich könnte dafür sorgen, daß du es erhältst.«

»Es dauert nicht mehr lange, Adeline. Ich weiß jetzt, wo es ist, ich muß nur noch einmal an seine Truhe gelangen. Bitte vertraue mir!«

Amiel zerdrückte die weichen, weißen Körner mit der Zunge. »Wie nennt Ihr es?«

»Reis. Kaufleute bringen es aus dem fernen Kastilien. Eine köstliche Speise, nicht wahr? Auch das Gewürz ist teuer und von weit her. Man nennt es Muskatnuß.«

Er nahm eine weitere Handvoll. Die weißen Körner klebten aneinander. Sie zu essen machte durstig. Er trank einen Schluck Wein. Venk von Pienzenau sparte an nichts. Es war der feinste Wein, den er je getrunken hatte, würzig, zart. Auf dem Tisch standen Gemüsepasteten, die ein Diener vor seinen Augen mit Buccheckernöl übergoß und anschließend mit Dill und Petersilie verzierte. Dazu duftende Zimtäpfel, Datteln, Feigen und Rosinen. Fleisch fehlte, und aus Rücksicht auf ihn hatte der Koch sämtliche Töpfe mit Asche ausgescheuert, bevor er die Speisen zubereitete, damit kein Tropfen Tierfett in die Mahlzeit gelangte. Das hatte Venk ihm zugesichert.

Amiel stellte sich einen gebratenen Fasan zwischen den Schüsseln mit Gemüsebreis vor. Er konnte den Duft in sich wachrufen, auch wenn es lange her war, daß er Fleisch gegessen hatte. Der Fasan würde bestens gewürzt sein in diesem Hause. Knackig gebraten. Das weiße Fleisch würde von Fett triefen.

Fort mit dem Gedanken! Dieser Tisch war nicht gut für ihn. Er durfte sich dem feinen Essen nicht hingeben. Womöglich war ein Fasan im Haus? Der Koch könnte ihn zubereiten, wenn er, Amiel, nur den Wunsch danach äußerte. Der Speichel lief ihm im Mund zusammen.

Da mußte er innerlich lachen. Die bösen Mächte wußten, daß ihnen von ihm Gefahr drohte. War das nicht eine Bestätigung seiner Aufgabe? Er war auf dem richtigen Weg, und sie versuchten verzweifelt, ihn davon abzubringen. Er befand sich kurz vor dem Ziel!

Er sah vom Tisch hoch. Die Wände des Speisesaals waren mit Ornamenten verziert. Blüten in roter, blauer und brauner Farbe sprossen von grünen Zweigen. In den Fenstern hingen bunte Scheiben, teures Glas wie in einer Kirche. Das Licht, das durch sie fiel, malte verschwommene farbige Flecken auf die Wand. Venk von Pienzenau war reich, er hatte sicher einen Fasan in der Küche. Womöglich briet ihn der Koch bereits, um ihn Venk aufzutischen, sobald der seltsame Gast gegangen war. Es kümmerte ihn nicht. Jeder Sieg über eine Versuchung machte ihn stärker, irgendwann war er unbesiegbar. Noch in dieser Woche würde er den Beweis seiner Macht liefern und Kaiser und Reich zeigen: Die Zeit der *Perfecti* brach an.

»Ihr denkt also, die Vorladung zum Verhör stellt keine Gefahr für mich dar?« Venk zerteilte einen Zimtapfel mit dem Messer und spießte ein Stück auf. Er schob es sich in den Mund und kaute genüßlich.

»Sie ist völlig ungefährlich für Euch. Spielt den Ehrlichen, den Schuldlosen. Wenn Vizenz versucht, Euch in die Enge zu treiben, dann sagt diese Formel: Ich habe nie Ketzer gesehen, ihnen nie geglaubt, sie nie verehrt und ihnen nichts gegeben. Damit seid Ihr unangreifbar.«

»Wird er das nicht durchschauen? Daß ich eine Formel sage, die ich auswendig gelernt habe?«

»Sicher. Aber er kann es nicht wagen, Euch der Lüge zu bezichtigen.«

»Und wenn er aus Verzweiflung – ich meine, wenn er zu weit geht? Angenommen, er fügt mir Schmerzen zu, und ich sage etwas, das mich belastet.«

»Wenn er Euch mit Folter droht, dann verlangt Ihr einen Advokatus zu Eurer Verteidigung. Diesen Wunsch darf man Euch nicht abschlagen, solange Ihr den Advokatus selbst bezahlt, zumindest kennt Vizenz Paulstorffer nicht die Winkelzüge, die das ermöglichen würden. Der Advokatus kann vor dem Inquisitionsgericht nachweisen, daß Ihr nur aus Furcht der Häresie verfallen seid. Damit erwirkt er eine milde Strafe. Aber glaubt mir, so weit kommt es nicht. Bleibt bei Eurer Aussage, und es wird Euch nichts geschehen.«

Venk von Pienzenau nickte zufrieden. »Diese Aufregung! Es wird am Hof in aller Munde sein, daß mich eine Geheimlehre bis vor die Inquisition gebracht hat. Sie werden vor Neid erblassen!« Eine nach der anderen steckte er die Fingerspitzen in den Mund und leckte sie ab. »Wie geht es Hauptmann Ermenrich?«

»Sie halten ihn fest. Keine Nachricht von ihm bisher. Der Inquisitor wird in Eurem Verhör sagen, Ermenrich hätte alles gestanden, sie wüßten es bereits, daß Ihr dazugehört. Das ist eine Falle, hört Ihr? Laßt Euch davon nicht einschüchtern.«

»Noch etwas Wein? Wir hatten vergangenes Jahr eine besonders gute Ernte an der Mosel. Der Spätsommer war so gut, daß sie den Wein in Trier ›Die Tränen des heiligen Petrus‹ nennen. Herrlich, oder?« Venk lachte.

Oh, wie weit war dieser Mann von der Erlösung entfernt. Er würde es nicht schaffen. Dennoch, er brauchte Venk, um Zugang zum Kaiserhof zu behalten. »Nein, danke«, sagte Amiel.

»Dann eine in Zuckerwein gedünstete Birne? Die dürft Ihr doch essen? Oder soll ich ein Fruchteis holen lassen? Man hütet für mich ein tiefes Felsenloch, in dem Eisblöcke vom vergangenen Winter gelagert werden. Schön mit Holz verkleidet und mit Stroh abgedeckt. Ihr glaubt gar nicht, wie gut das schmeckt: geschabtes Eis, dazu Fruchtmark von Himbeeren oder Pomeranzen. Meine Frau ist verrückt danach.«

»Die Ehe«, sagte er, »ist Prostitution. Eines Tages werdet Ihr Euch von Eurem Weib trennen müssen.«

»Wie bitte? Wie könnt Ihr so etwas sagen! Die Ehe ist von Gott eingerichtet, er hat uns so geschaffen, daß wir uns als Mann und Frau ergänzen.«

»Es gibt keine Ehe außer der Ehe der Seele mit Gott.«

Venks Stirn legte sich in Falten. »Ihr geht zu weit, Amiel. Was soll an der Ehe Sünde sein?«

Jetzt erst fielen ihm die Flecken auf Venks Kambrikhemd auf. Venk von Pienzenau hatte sich beim Essen bekleckert. Der reiche, mächtige Mann erschien ihm plötzlich schwach. »Sie lenkt von Gott ab. Der Geschlechtsverkehr ist innerhalb der Ehe noch abscheulicher als außerehelicher Geschlechtsverkehr, denn er wird ohne jedes Schamgefühl vollzogen. Ist es nicht so?«

»Mein Bett geht Euch nicht das geringste an.«

»Trennt Euch von ihr! Sonst könnt Ihr nicht erlöst werden. Es ist auch wirtschaftlich klüger für Euch. Solltet Ihr als Ketzer verurteilt werden, verliert Eure Frau gleichfalls ihren Besitz und ihr Land, nur die Mitgift erhält sie zurück, sofern sie schwört, Euch damit nicht zu unterstützen. Wenn Ihr Euch rechtzeitig von Ihr trennt, könnt Ihr sie noch mit Besitztümern ausstatten.«

Venk erblaßte. Er stand auf. »Ich dachte, es besteht keine Gefahr? Ihr habt doch eben noch gesagt, daß man mir nichts anhaben kann!«

»Wollt Ihr das Leben ohne Preis geschenkt haben? Wenn Ihr nicht loslaßt, Venk, was Ihr in den Händen haltet, dann werdet Ihr mit allen Euren Gütern untergehen. Habt Ihr die Größe unserer Unternehmung immer noch nicht erfaßt? In den nächsten Tagen werden Dinge geschehen, die Euch erschaudern lassen. Vielleicht begreift Ihr dann, wie ernst ich es meine.«

Adeline blies die Kerze aus. Sie entkleidete sich. Der Steinboden war zu kalt für nackte Fußsohlen, sie stellte sich auf die Schuhe. Fröstelnd tastete sie nach dem wollenen Nachthemd. Unter der Bettdecke fand sie es, zog es hervor und schlüpfte hinein. Es würde eine kalte Nacht werden. Schon jetzt fror sie.

Sie legte sich ins Bett und deckte sich zu. Die Strohsäcke unter ihr waren kühl, es würde lange dauern, bis sie angewärmt waren. Ihre Zähne rasselten. Der Hundeführer war so unfreundlich gewesen vorhin! Warum hatte er ihr Knochen nicht geben wollen? War er beleidigt, weil sie den Hund für die Zeit des Spaziergangs mit Nemo zurückgegeben hatte?

Der linke Fuß war nicht zugedeckt. Sie zog ihn an das rechte Bein heran. Kalt rührte er an ihre Wade. Wäre doch Nemo hier, um sie zu wärmen! Eines Tages würde es soweit sein. Der Gedanke ließ sie lächeln, ins Dunkel hinein, niemand sah es. Nemo liebte sie!

Ein Geräusch. Knochen war heute nicht hier, er konnte es nicht gewesen sein. Sie erschrak. Die Truhe! Sie hatte vergessen, die Truhe vor die Tür zu schieben! Adeline spähte in die Finsternis.

Ein fremder Atemzug.

Voller Entsetzen hielt sie die Luft an. Lauschte.

Nichts.

Sie atmete aus. Auf bloßen Füßen lief sie zur Truhe, stemmte sich gegen sie, schob. Das Holz knirschte über den Steinboden. Adeline tastete nach der Tür. Das mußte reichen, die Tür würde sich nicht öffnen lassen.

Sie eilte zurück zum Bett, zog die Decke straff um ihren Körper, stopfte die Seiten der Decke fest und grub auch die Arme darunter ein. Bald würde ihr warm werden. Wie gut, daß ihr die Truhe eingefallen war.

Hoffentlich fand Nemo rasch, was er noch von Amiel an sich bringen mußte. Sie wollte München hinter sich lassen. Hier würde sie niemals sicher sein, solange Amiel in der Stadt war.

Atmen. Diesmal war sie sicher. Etwas atmete in ihrer Kammer. Sie riß die Augen auf, versuchte zu sehen. In der Schwärze tanzten bunte Lichter. Vorsichtig langte sie nach Feuerstein, Werg und Stahl. Und wenn sie ihr eigenes Bett in Flammen setzte, sie mußte sehen, sie brauchte Licht!

Ihr Arm wurde gepackt und nach oben gerissen. Gleichzeitig preßte sich eine Hand auf ihren Mund. Sie schrie. Ein Körper beugte sich über sie, kam rittlings auf ihr zu sitzen und drückte sie nieder. Sie schlug um sich, traf fremde Schultern.

Da saß plötzlich eine Klinge an ihrem Hals. Kalt. Todverheißend.

Ein Raunen: »Ich muß dich töten. Du weißt, warum.«

Ihre Bewegungen erlahmten.

»Glaube nicht, daß ich es ohne Bedauern erledige. Es ist schade um ein junges Mädchen wie dich.«

»Bitte«, flüsterte sie. »Tut mir nichts!«

Eine Hand spielte mit ihrem Haar. »Es ist ein Jammer.« Einige Augenblicke war es still. Dann sagte die Stimme: »Du könntest Perfecta werden, Adeline. Heilig und sündenfrei. Du mußt nur allen Begierden abschwören und lernen, die Welt zu hassen.«

Ihre Gedanken rasten durcheinander, so schnell, daß sie keinen zu fassen bekam. »Was tut eine Perfecta?« flüsterte sie. Ihr Hals tat weh dabei, es war schwer, die Luft zum Flüstern hindurchzupressen, während er vor Angst zugeschnürt war. Er brachte sie um! Er stieß ihr jeden Augenblick die Klinge in die Kehle!

»Perfectae erziehen Kinder anderer Leute zu guten Menschen. Sie machen sie zu Angehörigen der geheimen Kirche. Es ist für eine Frau die größte Ehre und Erfüllung, zu den Vollkommenen zu gehören. Du würdest ewiges Leben gewinnen.«

Sein Atem wärmte ihre Wange. Es ließ sie erschaudern vor Abscheu.

»Ich biete dir die Rettung an, Adeline. Man wird vor dir knien, man wird dich um Rat fragen. Du wirst eine Priesterin sein, und wenn du dereinst alt und betagt stirbst, wird deine Seele sich in die eines Mannes verwandeln. Auf diese Weise wird sie aus dem Kreislauf der Körper entkommen und zu Gott heimkehren.«

Die Klinge drückte beständig gegen ihren Kehlkopf. Schnitt sie schon? Oder war der Schmerz nur Einbildung? Wenn sie jetzt ja sagte, würde dann genug Zeit bleiben, um Amiel von Ax der Inquisition in die Hände zu spielen, bevor er ihre Lüge durchschaute?

»Du sagst nichts? Anstatt mir zu danken, suchst du Ausflüchte. Ich weiß genau, was in dir vorgeht. Du willst mich hinhalten. Du willst dein Leben retten ohne echte Hingabe an die Kirche der Vollkommenen.« Er näherte sich ihrem Ohr und zischte hinein: »Du kannst mich nicht täuschen!« Er stockte und verharrte in dieser Haltung. Sie hörte, wie er schluckte. »Oh, du riechst gut! Verführerische Hexe!« Sein Gesicht näherte sich ihrem, bald rührte Wange an Wange. Seine Nase fuhr ihre Ohrmuschel entlang. Sie hörte seinen Atem beben. »Du Hexe! Hexe! Laß mich los! Laß mich in Frieden. Du darfst mich nicht verführen. Niemals.«

Er sprang auf. »Was tust du? Was tust du mit mir? Ich bin Perfectus, ich bin über Versuchungen erhaben. Ich rühre keine Frau an. Dein Hexenwerk ist wirkungslos an mir! Wage es nicht!« Er stöhnte. »Dieses Verlangen!«

Sie vernahm Schritte, dann hörte sie ihn an der Truhe zerren. Endlich öffnete er die Tür und entkam.

Lange lag Adeline da, steif vor Angst. Sie atmete und starrte mit weit aufgerissenen Augen in die Dunkelheit.

17

Die Hausdächer schnitten ein Stück Himmel aus. Nemo sah vom Hof hinauf. Der Wind bewegte den Rauch der Esse wie eine Fahne. Weit oben streckte sich ein Schwarm Wildgänse aus zum schwarzen Himmelsseil, ballte sich, klumpte, dann wurde es wieder ein Faden, eine Kette einzelner Vögel. Sie kreischten und schnatterten beim Fliegen. Über das Dach des Goldschmiedehauses hinweg verschwanden sie. Die Gänse unten im Hof riefen ihnen aufgeregt hinterher.

Er bückte sich und schichtete Holzscheite in den Korb. Der Winter kündigte sich an. Nachts hörte man den Wind im Schornstein fauchen, er forderte, daß man Holz in den Ofen schob und ihn heizte.

Die Augen des Perfectus' blitzten heute nicht. Er wirkte verschüchtert. Beinahe demütig bat er Nemo um Handreichungen: das Geschirr zu spülen, den Koteimer auszuleeren, frisches Wasser heranzuschaffen. Beim Frühmahl hatte er sehnsüchtig davon erzählt, wie sie damals zu mehreren gewesen waren, fünf Perfecti, die sich bei der Familie de Area in Quié in einem geheimen Raum verbargen. Man erreichte die Kammer nur durch eine große Getreidekiste, hatte er berichtet. Wein, Brot und Rosinen schickte man ihnen in einer bemalten Schüssel hinab. In der Nacht trafen sie sich mit ihren Nachfolgern auf Dachböden, in Kellern, Scheunen und Taubenschlägen. »Die Zeit der Verfolgung«, hatte der Perfectus gesagt, »war eine gute Zeit. Ich war nicht allein damals.«

Fühlte er sich einsam? Er sah traurig aus, ja. Gleichzeitig bemerkte Nemo eine Art Anspannung bei ihm, als stünde ein großes Ereignis bevor. Wenn der Perfectus doch endlich wieder das Haus verließ, für einen Besuch, ein verschwörerisches Treffen, was auch immer! Er mußte das Dokument in die

Hände bekommen. Es gehörte ihm! Der Vater hatte es für ihn vergraben.

Amiel schien zu ahnen, daß ihm Verrat drohte. Neuerdings schliefen im Flur verschiedene Männer, die ihm anhingen, darunter der Glatzkopf von den Fleischbänken und ein Mann namens Bartholomäus mit einem weiblich anmutenden, zarten Gesicht. Auch am Tage war immer einer von ihnen da und wachte über die Tür zu Amiels Raum, unauffällig, mit irgendeiner Aufgabe betraut, dem Kneten von Teig für geweihtes Brot, dem Zerstampfen von Gemüse für eine Pastete, dem Flicken von Untergewändern. Nemo war nicht blind. Sie trugen lange Dolche im Gürtel. Sie waren zu Amiels Schutz da.

Er legte eine letzte Reihe Holzscheite in den Korb. Das kantige Holz roch harzig. Es war durchgetrocknet und würde fabelhaft brennen. Vielleicht konnte er dem Perfectus einen Handel vorschlagen? Ihm das Dokument abkaufen für die Summe Geldes, die er für die Reise angespart hatte?

Der Glatzkopf kam die Außentreppe hinunter, und mit ihm die beiden Männer, die seit gestern oben bei Amiel gewesen waren, Bartholomäus und Jakobus, ein rauher Geselle mit fleckigen Zähnen, der mit Vorliebe Mäusefallen aufstellte. Der Perfectus schickte sie alle fort? Eine solche Gelegenheit würde sich so bald nicht wiederholen.

Die Männer beachteten ihn nicht. Wortlos verließen sie den Hof. Nemo sah ihnen nach. Wenn er jetzt hinaufging und Amiel überrumpelte, dann konnte er sich den Hammer aus der Truhe greifen und verschwinden. Er hob den Korb an.

Es wurde ruhig. Der Schmiedehammer klickte nicht mehr, und der Blasebalg hatte aufgehört zu rauschen. Offenbar machte der Goldschmied eine Pause. Männerstimmen tönten aus der Werkstatt. Dazwischen die aufgeregte Stimme der Frau des Goldschmiedemeisters. Ihr Gesicht erschien kurz im Spalt der Hintertür, dann verschwand es wieder. Nemo nahm die ersten Stufen der Treppe. Er hörte zahlreiche Schritte, sah sich um.

Lukas betrat den Hof und mit ihm weitere Zimmerleute. Sie waren sicher nicht hier, um ein Haus zu bauen. Sie dienten der Stadt. Er hatte sie im Krieg kennengelernt, als sie mit Windhaspeln und Spanngurten die Riesenarmbrüste schußbereit machten. Die Geschütze feuerten drei schwere Bolzen zugleich ab. Die Zimmerleute bedienten sie im Wechsel mit den gewaltigen Wurfmaschinen, die Steinblöcke auf das Heer Heinrichs von Niederbayern schleuderten. Was wollten sie hier? Warum trugen sie Knüppel?

»Kein Wort«, sagte Lukas. »Komm hier herunter und schweige.«

»Warum seid –«

»Du hast Mist gebaut, Nemo. Halt den Mund. Ich kann nichts für dich tun.«

Er nannte ihn Nemo? Dann war seine Deckung aufgeflogen. Er stieg die Treppe hinunter. Im Krieg hatte er unter dem Namen Kunrad Teufelhart als Hauptmann gedient, hatte sich mit angeblicher Erfahrung in Kriegsführung beim Stadtrat beworben. Offenbar wußte Lukas inzwischen, daß das eine Lüge gewesen war. Nemo stellte sich neben den Brunnen.

Hinter den Zimmerleuten kamen drei weitere Männer auf den Hof, einer davon ein Geistlicher im Chorrock. Der dunkle Rock reichte bis über die Knie. Der Geistliche trug rote Handschuhe, auf deren Oberseite ein goldenes Kreuz gestickt war. Eine runde Kappe bedeckte seinen Kopf. »Ich bin Vizenz Paulstorffer«, sagte er. Plötzlich zuckte seine Hand zur Wange hoch, er rührte daran, als schmerze ihn ein Zahn. Er ließ die Wange los. »Inquisitor der Stadt München, Träger einer päpstlichen Vollmacht etcetera. Du bist der Diener Amiels von Ax, hat der Goldschmied uns mitgeteilt. Ist es so?«

Sie kamen, um den Perfectus zu holen. Nemo schluckte. »Ja«, sagte er.

»Festsetzen«, befahl der Inquisitor.

Schwere Hände legten sich auf seine Schultern. Einige Zimmerleute stiegen die Treppe hinauf. Der Inquisitor folgte ihnen, geruhsam, als erledige er ein wichtiges Amt, das keine Überstürzung duldete.

Sie standen im Hof und warteten. Keiner der Zimmerleute sprach ein Wort mit ihm. Die Inquisition nahm ihn gefangen, an diesem hoffnungslosen Fall wollte sich niemand anstecken. Man konnte sich den Tod holen.

Nach kurzer Zeit kamen sie mit dem Perfectus. Er trug seinen gefütterten Mantel. Am Kragen sahen die Iltispelze hinaus. Der Perfectus war ein Jagdopfer inmitten einer Meute Bluthunde. Hoffentlich hatten sie nicht das Dokument im Hammer entdeckt. Einmal in den Händen der Inquisition, würde es schwer wiederzubeschaffen sein.

Man gab Nemo einen Stoß. Gehen sollte er, nicht gaffen und grübeln. Er war jetzt kein geachteter Mensch mehr, er war ein Schuldiger, der seiner Strafe zugeführt wurde. Die Prozession verließ den Hof und trat auf die Straße. Einige Frauen schlugen sich erschrocken die Hand vor den Mund. Ein Mann spie aus und sagte: »Ketzerpack! Ausbrennen muß man es.«

War der Perfectus deshalb so angespannt gewesen? Hatte er mit seiner Festnahme gerechnet?

Adeline! Sie stand am Straßenrand. Ihr Blick ließ Nemos Sicherheit innerhalb eines Atemzuges zusammenbrechen. Er keuchte unter diesem Blick, verschluckte sich. Was stand da in ihr Gesicht geschrieben? Mitleid? Reue? Sie rechnete offenbar mit dem Schlimmsten. Würde man ihn und Amiel hinrichten? Wußte sie das bereits?

Neben ihr stand William Ockham, weißhaarig, mit seinem Krötenmund. Sie hatte geredet! Sie hatte dem Engländer vom roten Ketzerbuch erzählt, endlich der Beweis, den sie brauchten, um Amiel den Prozeß zu machen, und er, Nemo, sprang zwangsläufig mit über die Klinge. Sie opferte ihn, für ihre eigene Sicherheit?

Amiel blieb stehen. Er sah William Ockham an. »Die Welt haßt uns, seht Ihr es? So, wie sie auch unseren Herrn haßte. Hat man Jesus Christus nicht verfolgt? Hat man seinen Aposteln nicht nachgestellt? Die Aufrechten, die Standhaften werden gefoltert, gekreuzigt, gesteinigt. Daran kann man sie erkennen. Wenn ich nicht verfolgt werden würde, müßte ich mich fragen, ob ich etwas falsch mache.«

Man zerrte ihn weiter. William Ockham erwiderte nichts. Er legte den Arm um Adelines Schulter, wie um sie zu beschützen.

Die Kirche war leer, außer ihr und den Zisterziensermönchen war niemand hier. Nur auf der Empore oben, wo sonst während der Messe der Kaiser mit seiner Familie und den höheren Rängen der Hofbeamten saß, fegte ein Lakai den Boden.

Hier war Adelines Platz, im Gesindebereich. Daß sie die Hofkirche überhaupt betreten durfte, war ihr immer als Geschenk erschienen. Hier wurden die Reichsinsignien gehütet. Die Reichskrone, die der Legende nach schon Karl der Große getragen hatte, mit ihren blauen, grünen und roten Edelsteinen und dem großen Opal. Die heilige Lanze. Das Reichsschwert, in dessen Scheide Bildnisse von vierzehn Kaisern und Königen vergangener Zeiten eingraviert waren. Das Zepter. Der Reichsapfel. Die Krönungsgewänder. Die Kirche des heiligen Laurentius war der Ort, an dem der Kaiser Gott begegnete.

Solange der Lakai da oben fegte, konnte sie nicht beten. Sie mußte dringend beten. Aber das Fegegeräusch störte ihre Gedanken, es verhinderte, daß sie sich innerlich sammelte. An die Anwesenheit der vier Zisterziensermönche war sie gewöhnt, Tag und Nacht waren vier von ihnen hier, um die Reichsinsignien zu bewachen, Zisterzienser aus dem Kloster Fürstenfeld, das einst Ludwigs Vater gestiftet hatte. Sie gehörten zur Kirche wie die Fenster. Aber der Lakai störte sie.

Oh, sie war verzweifelt. Sie war zerrüttet. Alles, was ihr Leben ausgemacht hatte, lag zerbrochen am Boden. Gräfin Giselberga verachtete sie und wollte ihre Dienste nicht mehr haben. Amiel begehrte und haßte und bedrohte sie. Ihr Überleben hing am seidenen Faden. Durch die Liebe zu Nemo wurde dieser Faden gedreht und schwang in weiter Bahn durch den Raum, wirbelte sie herum, bis ihr schwindelig war. Sie hatte

Nemo der Inquisition ausgeliefert! Sein Blick war fürchterlich gewesen, er hatte ihr noch ärger weh getan, als sie es ohnehin befürchtet hatte.

Was nützten Williams Beteuerungen, daß man ihn nicht töten würde? Sie hatte sein Vertrauen verspielt. Nie hätte Adeline gedacht, daß sie zu einem solchen Verrat fähig wäre. Die Angst hatte sie dazu getrieben, aber sie bereute es, nun, wo es zu spät war, das Gesagte zurückzunehmen.

Die Kirche war groß, sie wölbte sich baldachinhaft über ihr, und doch hatte sie das Gefühl, in eine gewaltige Kleidertruhe geflohen zu sein. In Gottes Kleidertruhe. Er mußte ihr helfen!

Sie bemerkte, daß sie sich fortwährend über den Mund fuhr. War sie dabei, den Verstand zu verlieren? Bete, Adeline! sagte sie sich. Ob es rasch ging, daß man den Verstand verlor? All die Gestörten, Verrückten, Durchgedrehten, sie waren doch auch einst wach gewesen. Wieder fuhr sie sich mit bebender Hand über den Mund.

Es gab schönere Kirchen in München. Die Fenster zur linken Seite waren um ein Drittel länger als die zur rechten Seite, das lag daran, daß die Kirche eine alte Wehrmauer des Hofs als Kirchenschiffwand vereinnahmte. Hinter der Mauer gen Norden lag der Wassergraben. Die kurzen Fenster befanden sich oberhalb der ehemaligen Mauerkrone. Eine Kleidertruhe mußte nicht schön sein. Sie mußte Sicherheit geben.

Der Lakai verließ die Kaiserempore durch den angrenzenden Trakt zu den kaiserlichen Gemächern hin. Er durfte dort entlanggehen mit seinem Kehricht. Allen anderen war es verboten, aber er zählte nicht. Seine Aufgabe war es, den Kaiser zu pflegen.

Sie legte sich nieder auf das Gesicht und breitete die Arme aus. »Gütiger Gott«, sagte sie, »laß Amiel vernichtet werden! Und rette Nemo!« Es war die alles entscheidende Stunde. Der Inquisitor verhörte sie. Adeline war heilfroh, daß sie ihre Zeugenaussage im Ketzerprozeß nicht in Anwesenheit des Angeklagten hatte geben müssen. Vor den giftgrünen Augen des Verruchten hätte sie kein Wort herausgebracht.

»Gott, bitte laß Nemo kein Haar gekrümmt werden. Und vernichte Amiel. Bitte, bitte vernichte ihn!« Gott würde ihr Gebet erhören. Schließlich war Amiel ein Ketzer, und Gott konnte keinen Ketzer vor seinem Angesicht dulden. Nemo aber hatte nichts Boshaftes getan, er wollte doch nur erlangen, was ihm gehörte.

Weinerlich fügte sie hinzu: »Nemo hat nichts getan.« Tränen stiegen ihr in die Augen. »Bitte«, flüsterte sie, »rette ihn. Ich brauche ihn! Und wenn ich ihn nicht bekommen soll, wenn das meine Strafe sein soll, dann laß ihn dennoch nicht durch meine Schuld verlorengehen.« Amiel in ihrem Bett kam ihr in den Sinn, wie er rittlings auf ihr gesessen hatte, wie er mit ihrem Haar gespielt und an ihr gerochen hatte. Plötzlich fühlte sie sich unwürdig. Wie konnte sie, die Beschmutzte, diese Kirche entweihen? Wie konnte sie auf Gottes Beistand hoffen?

Ihr Blick fiel auf den Altar im vorderen Bereich der Kirche. War nicht auch der Kaiser ein Ketzer? Diesen Altar zu Ehren des heiligen Laurentius hatte er weihen lassen, obwohl er, Ludwig, unter dem Kirchenbann stand. Er nahm das Gebot des Papstes nicht ernst.

Sie spürte Amiels Hauch an ihrem Ohr. Ihr wurde schlecht. »Gott, ich weiß, du bist gnädig mit Ludwig, unserem Kaiser. Aber sei es nicht mit Amiel. Er verdient den Tod! Bitte vertilge ihn. Ich kann nicht leben, wenn er lebt!« Und rette Nemo. Rette Nemo. Rette, rette, rette ihn! Alles ging durcheinander in ihrem Kopf. Sie wurde wahnsinnig.

Schritte und gedämpfte Stimmen näherten sich. Sanfte Hände halfen ihr auf. »Gott ist da«, sagte ein Mönch, »er hat dein Gebet gehört.« Der zweite Mönch legte ihr seinen Mantel über die Schultern. Er war noch warm. »Habe Geduld. Gott handelt, schon jetzt, während wir sprechen. Du kannst ihm vertrauen.«

18

Zur Urteilsverkündung strömten eine Menge Leute herbei. Recht so. Sie sollten sehen, wer Amiel von Ax war. Sie sollten seine Demütigung sehen. Den halben Marktplatz füllten sie schon aus, die Färber, Kistler, Lederer, Bäcker, Gewandschneider, Wagner. Juden waren da. Seelfrauen. Klarissen vom Unteren Anger. Selbst den ältesten Sohn des Patriziers Mäusel konnte er ausmachen und die Frau des Edlen Pötschner.

Aus den Weinkellern rings um den Marktplatz hastete die Kundschaft heraus, um zuzuschauen, und in den Fenstern der Geschäftshäuser zeigten sich Gesichter von Adligen. Einige Kinder kletterten auf den Brunnen, um besser sehen zu können.

Vizenz hob den Bußbrief in die Höhe. »Vor dem Herrn Rechtsberater Hans Rosenbusch, vor den Notaren und der versammelten Bürgerschaft Münchens verlese ich im Namen der heiligen Inquisition der Kirche Gottes das Urteil über Amiel von Ax.«

Der Eisenfinger klopfte gegen seinen Backenzahn. Von Tag zu Tag wurde der Schmerz schlimmer. Er hätte zum Zahnbrecher gehen sollen, vor der Verkündung. Vizenz drückte mit der Zunge gegen den Zahn, aber es half nicht, sie kam an den Schmerz nicht heran, er quälte weiter, ohne Gnade. Würde es nicht noch schlimmer weh tun beim Zahnbrecher? Er hatte von Leuten gehört, denen ein Stück des Kiefers mit herausgebrochen worden war, oder Nachbarzähne. Gesunde, kräftige Männer waren nach der Behandlung krank geworden und kurz darauf gestorben. Vielleicht verschwand der Schmerz wieder, wenn er nur lange genug ausharrte und ihn erduldete?

»Ihr seid als Häretiker der *infamia* preisgegeben.« Oh, welche Genugtuung, endlich diese Worte auszusprechen! Natürlich, die Zeugenaussagen durch Adeline und die Schwangere waren nicht besonders nützlich. Für ein Todesurteil reichte es noch lange nicht. Aber Amiel war zumindest als Ketzer verurteilt! Es ging bergab mit ihm.

Hätten sie das versprochene Ketzerbuch gefunden, dann wäre alles einfacher gewesen. Aber dieser Fuchs hatte sie bereits erwartet, er war vorbereitet gewesen. In seiner Kammer hatte sich nichts gefunden, das ihn belasten konnte, keine Briefe, kein geweihtes Brot.

»Ihr verliert Euer Recht, als Bürger in ein öffentliches Amt gewählt zu werden. Ihr verliert zudem die Würdigkeit, ein Amt als Richter, Advokat oder Notar auszuüben, ungeachtet Eures Studiums des Rechts. Darüber hinaus habt Ihr eine Geldstrafe von zehn Pfund zu entrichten.« Eigentlich hatte er die stattliche Summe von zwanzig Pfund angesetzt, was in etwa dem Kaufwert eines halben Hauses entsprach, aber Amiel hatte sie geschickt auf zehn Pfund halbiert, weil er durch die Aussagen von Frauen verurteilt wurde, und Frauen waren zwar als Zeuginnen zugelassen, nur war dabei generell ein geringeres Bußgeld zu bezahlen, als wenn die Zeugen Männer gewesen wären. »Das Bußgeld fällt zu einem Drittel an die Stadt München, zu einem Drittel an die Zeugin, die den ersten Hinweis gab auf Eure Sünde, und zu einem Drittel an mich. Außerdem werdet Ihr zu sechzig Rutenschlägen verurteilt.«

Darauf hatte das Volk gewartet. Das Raunen schwoll an. Er sagte laut: »Das Urteil wird sofort vollstreckt.«

Der Henker trat an Amiel von Ax heran. Er hieß ihn, die Hände vor die Brust zu strecken, und band sie mit Weidenruten zusammen. Der Henker trug keine Kapuze. Das war auch nicht notwendig. Nach dem Aberglauben der Leute konnten ihn nur Todgeweihte mit ihren letzten Blicken verfluchen. Er zückte ein Messer, stellte sich hinter Amiel und schnitt ihm auf dem Rücken das Hemd entzwei. Die Inquisition würde ihm das Büßerhemd in Rechnung stellen, selbstverständlich.

Der Ketzer fror. Seine Lippen waren blau. Noch stand er aufrecht. Bald würde er zerknirscht vor ihm, dem Inquisitor, knien. Amiel von Ax rief: »Wenn ich predigen dürfte, ich würde euch alle bekehren!«

Da fuhr der erste Schlag auf seinen Rücken nieder. »Eins.« Der Henker sagte es ruhig. Er war ein unerbittlicher, hartgesottener Mann.

»Zwei.«

»Drei.«

Wo blieb die Schadenfreude des Volkes? Die Menschen standen mit unbewegten Gesichtern. Niemand feixte, niemand zählte höhnend mit. Beim siebten Hieb erdreistete sich jemand zu rufen: »Laßt den heiligen Mann frei!« Vizenz gab den Wachen ein Zeichen. Sie zerrten den Rufer aus der Menge und schleppten ihn fort.

Der Ketzer stand aufrecht und nahm die Hiebe hin. Die Rute war längst blutig. Im Gesicht des Henkers mehrten sich rote Sprenkel. Warum schwiegen die Münchner? Vizenz hatte so etwas noch nicht erlebt. Das Volk haßte Ketzer, es war doch froh über einen Schauprozeß, in dem das Böse niedergerungen wurde!

Diesen aber liebten sie. Da war Mitgefühl im Volk, da war Ärger auf ihn, den Inquisitor. Amiel wirkte wie ein Märtyrer, der bereit war, um seines Glaubens willen zu leiden. Man bewunderte ihn für sein Opfer. Wie war das möglich? Der Blick Amiels richtete sich unvermittelt auf ihn, als lese er seine Gedanken. Er hielt ihn fest, sah ihm bis auf den Seelengrund. Hatte er all das geplant, hatte er den Prozeß dahin gelenkt?

Amiels Blick bohrte sich in ihn. Ihm war, als würde eine dunkle Kraft Widerhaken in sein Fleisch senken. Der Ketzer war nicht vernichtet. Im Gegenteil. Er gewann mit jedem Rutenhieb an Kraft.

Als die Schläge aufhörten, stand Nemo wie benommen da. Er fühlte sich, als wäre *er* geschlagen worden. Der Inquisitor verlas nun seinen Bußbrief, aber es drang nur dumpf in sein Bewußtsein, wie aus weiter Ferne. »Der Büßer hat von jetzt an und für immer auf seinen Kleidungsstücken, außer den Hemden, gelbe Kreuze zu tragen. Dabei soll eines vorn auf die Brust und das andere zwischen die Schultern genäht werden. Der Büßer hat sich weder innerhalb noch außerhalb seines Hauses ohne diese Kreuze zu bewegen.«

Um das Urteil sichtbar zu machen, befestigten ihm zwei Gehilfen des Inquisitors mit wenigen Stichen Kreuze am Kittel. Er wurde gekennzeichnet als einer, der Obacht geben mußte, weil er der Hölle nur knapp entronnen war und wieder in ihre Klauen geraten konnte, endgültig. Es mochte sein, daß man ihn fortan in manche Schenke nicht hineinließ, daß er auf dem Markt nicht überall Waren erhielt.

Aber was bedeutete das! Er war Zeuge einer Macht geworden, wie er sie nie zuvor gesehen hatte. Amiel von Ax beherrschte die Volksmenge. Obwohl er der Bestrafte war, obwohl er zu Boden geworfen wurde von der Inquisition, war er in den Augen der Menschen aufgerichtet und über jedes Urteil erhaben. Wer war dieser Mann? Wie in aller Welt gelang es ihm, die Herzen der Menschen zu lenken?

Dort vorn lief er, gefolgt von einer Menschenmenge. Man gab ihm zu trinken. Er trank, dann ging er weiter. Nemo folgte ihm. Bis zum Goldschmiedehaus ging er inmitten einer Menschentraube. Vor dem Haus hob der Perfectus die Arme und segnete die Menge. Die Leute erfreuten sich daran, viele verneigten sich. Er sagte: »Fleisch und Blut können das Reich Gottes nicht ererben. Die Kirche lehrt euch, daß Gott eines Tages eure Leiber auferweckt aus der Erde und euch neues Leben schenkt. Das ist eine Lüge. Eure Körper sind nur Gefängnisse für die Seele. Sie sind Teil dieser bösen Welt. Gott hat euch nicht geschaffen. Ihr seid Verfluchte, das ist es, was ihr seid.«

Die Menschen lauschten mit offenen Mündern.

»Ihr steckt einem Sterbenden eine gesegnete Kerze in den Mund. Meint ihr, das bringt etwas? Ihr könntet sie ihm genausogut in den Hintern schieben. Verachtet die Körper, sage ich! Verachtet die Verlockungen dieser schwarzen Welt! Nur dann könnt ihr gerettet werden. Ihr seid Geistwesen! Ich werde euch den Weg weisen, der zur Freiheit führt. Züchtigt euch selbst, vernichtet jede Begierde! Die Lust, die euch nach Liebe dürsten läßt, nach Schönheit und Festmählern und berauschender Musik, sie ist eine trügerische Falle. Nichts zu wollen als allein die Ewigkeit, das ist der Weg zur Befreiung.« Er sah schweigend über die Menge. Dann machte er kehrt und ging auf den Hof. Auch hierhin folgten ihm noch einige Menschen. Erst als er die Treppe erklomm, ließen sie ab von ihm. Mit ihm gingen nur Simon und Jakobus und Bartholomäus und der Glatzkopf von den Fleischbänken.

Nemo stieg hinter ihnen die Treppe hinauf. Er trat in die Wohnung.

Der Perfectus sank auf einen Schemel nieder. Er sah müde aus. »Der Rücken«, sagte er und verzog das Gesicht dabei. »Du wirst mir die Wunden auswaschen, Nemo. Dann gehst du zu einem Apothekarius und kaufst Heilkräuter und Tuchstreifen.«

»Ja, Herr.«

»Vorher reißt du diese albernen Kreuze von deinem Kittel.«

»Die Kreuze? Aber ich bin verpflichtet, sie zu tragen! Man wird auf mich achtgeben.«

»Fürchtest du, daß man dich schlägt, wie man mich geschlagen hat? Fürchtest du diesen lachhaften Inquisitor? Was heute geschehen ist, war notwendig. Sonst hätte ich es nicht zugelassen. Die perfekte Kirche hat die Herrschaft über diese Stadt übernommen. Bald wird sie das ganze Kaiserreich in ihrer huldvollen Hand halten. Kein Inquisitor, kein Büttel kann dir ein Haar krümmen, wenn ich es nicht will.«

Entweder, Amiel überschätzte sich maßlos, oder er lenkte Kräfte, von denen niemand etwas ahnte. Am besten war es, zunächst Gehorsam vorzutäuschen. »Was soll ich mit den Kreuzen tun?«

»Du verbrennst sie. Wirf sie in den Ofen. Was sollen die Kreuze in den Kirchen! Ein Mann sollte den Galgen zerschlagen, an den sein Vater gehängt wurde. So muß man auch die Kruzifixe zerschlagen, anstatt sie zu verehren. Christus wurde daran aufgehängt! Wenn auch nur dem Schein nach.«

»Wie meint Ihr das, nur dem Schein nach?«

»Glaubst du, er hätte wirklich an einem Kreuz gehangen? Das wäre seiner unwürdig gewesen.«

Nemo löste mit seinem Messer vorsichtig die Kreuze vom Kittel. Er befühlte sie. Er würde die Kreuze brauchen, wenn er sich der Seite anschloß, die gegen Amiel kämpfte.

»Wirf sie in den Ofen, habe ich gesagt!«

Vor dem Ofen kniete der Glatzkopf und schob Holzscheite hinein. Nemo kniete sich neben ihn, und während er sich niederließ, steckte er sich eines der Kreuze unter das Hemd. Das andere warf er ins Feuer. Es krümmte sich, dann schlugen Flammen heraus und verzehrten es. Die Hitze des Ofens brannte auf seinem Gesicht. Hatte der Fleischhacker bemerkt, daß es nur ein Kreuz gewesen war?

»Hole jetzt frisches Wasser!« befahl Amiel.

Nemo ging hinaus. Was bezweckte der Perfectus? Er wollte ihn ungehorsam machen gegenüber der Inquisition und damit abhängiger von seiner Gunst. Er meinte wohl, auf sich allein gestellt würde Nemo ihr niemals entgehen können. Er kannte nicht Nemos Fähigkeiten.

Stufe für Stufe ging Nemo die Treppe hinunter und dachte dabei nach. Ohne Zweifel stand ein großer Kampf bevor, an dessen Ende der Perfectus untergehen mußte. Oder die Stadt München. Vorher mußte er verschwunden sein, mit dem *Depositum*, das ihn auf die Fährte seiner Eltern leiten würde.

Er hatte lange genug versucht, es als Amiels Diener an sich zu bringen. Zum Teil verstand er sogar Adelines Verrat. Es war Zeit, daß er sich verwandelte. Es mußte eine gewagte Verwandlung sein, eine, die so unmöglich war, daß sie selbst den Perfectus täuschte.

Die Tore des Augustinerklosters waren verschlossen. Auf dem Weg durch das Eremitenviertel sah Nemo nicht einen einzigen der schwarzen Mönche. Hatte der Prior dem Konvent befohlen, heute den ganzen Tag im Kloster zu bleiben? Ein Menschenhaufen stand an der nördlichen Ecke des Klosters. Als

Nemo sie passierte, drehte sich einer der Männer nach ihm um. »Keine Büßerkreuze, recht so!« rief er. »Dein Mut steht dir gut zu Gesicht, Bursche.«

Eine Frau sagte: »Wenn jemand büßen sollte, dann Vizenz Paulstorffer. Einen Heiligen zu verurteilen! Sag deinem Herrn, daß wir zu ihm stehen.«

»Die Kirche geht den Bach runter«, sagte ein Dritter. »Erst wollen sie uns die Gottesdienste verbieten, und jetzt das. Sollen wir ewig nur schweigen?«

»Ich verstehe euch«, murmelte Nemo und ging weiter. Er besah den Blutfleck an seinem Ärmel. Amiels Blut. Er hatte dem Perfectus die Wunden gewaschen, nun sollte er Heilkräuter kaufen beim Apothekarius. Amiel hatte ihm acht Silberpfennige mitgegeben dafür. Nemo würde nicht zurückkehren. Amiel mußte glauben, er habe sich mit dem Geld aus dem Staub gemacht. Die Verurteilung durch die Inquisition machte eine Flucht verständlich. Wer würde an seiner Stelle nicht ebenfalls Angst verspüren? Glaubwürdig zu verschwinden gehörte zu einer gelungenen Verwandlung.

Was mochten die Mönche von der Lage halten? Er sah an der Brücke hinauf, die den alten Stadtgraben und die Mauer überspannte. Aus dem Abort fiel Kot herab und platschte in den Graben. Daß sie sich im verborgenen hielten, verhieß nichts Gutes. Offenbar waren auch sie überzeugt davon, daß eine dunkle Zeit anbrach für die Stadt.

Die Luft war stumpf. Es roch nach Schnee. Ob jeder Mensch dachte, er lebe in ungewöhnlichen Zeiten? Konnte es schon einmal Jahre gegeben haben, die so erschreckend gewesen waren wie diese? Amiel hatte eine große dunkle Pauke geschlagen. Spürbar drang ein Unglück herauf.

Die Büsche in der Gartensiedlung waren mit Reif bedeckt. Alles Leben zog sich zurück vor dem Winter. Spatzen saßen mit aufgeplustertem Gefieder in den kahlen Obstbäumen und tschilpten. Eines Tages würde das Häusermeer bis hierher wuchern und die Gärten verdrängen, die sich in den Schatten der neuen Stadtmauer duckten.

Selbst das Neuhauser Tor glänzte von Reif. Man hatte davor Sand auf den Weg gestreut. Unter dem Sand funkelte schwarz eine Eisfläche. Nemo ging zwischen den zwei Flankentürmen hindurch in den Wehrhof. Hier hatte der älteste Stadtbüttel bereits den Wolfstisch aufgebaut. Felle lagen darauf und blutverschorfte Köpfe erlegter Wölfe. Ein Bauernjüngling legte gerade ein Bündel zwischen sie, schnürte es auf. Der Büttel zog drei tote Wolfswelpen heraus. Für jeden jungen Wolf, den man am Neuhauser Tor ablieferte, gab es vierundzwanzig Pfennige Lohn, für jeden Kopf eines alten Wolfes zehn Pfennige. Vergangenes Jahr, so hatte Nemo gehört, waren insgesamt hundertvierundsechzig alte und zweiundsiebzig junge Wölfe abgeliefert worden. So versuchte die Stadt, die Rudel fernzuhalten, die mit dem hereinbrechenden Winter ihre Kreise immer enger um die Stadtmauern zogen und Mensch und Vieh anfielen.

Er unterquerte den Haupttorturm. Am Zolltisch vor der Stadt blies sich der Zöllner warmen Atem in die geröteten, frierenden Hände. Hier wurde das Salz verzollt, das auf Packpferden und in Wagen über den alten Hallweg von den Salzbergwerken, Salzbrunnen und Pfannstätten der Voralpen durch Bayern nach Schwaben und Franken gebracht wurde. Er hatte sich einmal als Salzhändler verstellt und eine große Lieferung verkauft, die es überhaupt nicht gab. Nemo bog von der Straße ab. Über die gefrorene, knisternde Wiese lief er geradewegs hinüber zum Fluß. Dort stand die alte Mühle. Heute kümmerte es ihn nicht, ob man ihn beobachtete. Er würde sein Versteck nie wieder aufsuchen.

Die kleine, fahle Sonne stand knapp über dem Wald. Sie vermochte kaum, die grauen Wolken zu durchbrechen mit ihrem Licht. Von den Bäumen am Waldrand flogen Krähen auf. Sie krächzten.

Er stieg den Mühlenhügel hinauf. Die verfallenen Flügel, das brüchige Gemäuer, das kleine Fensterloch – dies war seine Heimat gewesen. Er trat durch die niedrige Tür. Ins Innere der Ruine fiel wenig Licht. Es roch nach Steinstaub und vermoderndem Holz. Nemo berührte jeden Steinvorsprung, jeden

Zweig, der aus den Mauerritzen sproß, jeden Moosballen. Es galt, sich von der alten Mühle zu verabschieden.

Bei den Birken, die durch eine Kluft im Gemäuer nach draußen wuchsen, kniete er nieder und wischte mit der flachen Hand die Erde vom Boden. Er zwängte die Fingerspitzen in eine Steinspalte und löste einen flachen Stein heraus. Darunter gähnte ein Loch. Er griff hinein und hob den tönernen Topf heraus. Ein Lederlappen verschloß den Topf. Er zog ihn herunter. Die Münzen schimmerten verlockend. Die Zeit drängte, er durfte sie jetzt nicht zählen. Bald schon würde ihn der Perfectus suchen lassen.

Entgegen seinem Entschluß wälzte er doch den Topf um und schüttete die Münzen auf den Boden. Das Klirren jagte ihm einen wohligen Schauer über den Rücken. Da waren Münchner Silberpfennige, daumennagelgroß, mit einem Mönch mit Kapuze darauf und einem Kreuz. Da waren goldene bayerische Schildgulden, Hälblinge, Schwäbische Heller. Obwohl er ihre Zahl kannte, konnte er nicht widerstehen. Er begann, die Münzen in Stapeln von zehn aufzuhäufen.

Wenn er sie zählte, wenn er sie durch die Finger auf einen Stapel fallen ließ, dann klickten sie leise. Er fühlte sich sicher, wenn er dieses Klicken hörte. Er fühlte sich geborgen. Er schloß die Augen, um es noch deutlicher hören zu können.

Plötzlich sah er den Vater vor sich, den Schnurrbart, die schwarze Augenklappe, die behaarten Arme. Der Vater saß vor einem mächtigen Tisch und zählte Münzen. Ihm, Nemo, hatte man eine Münze gegeben. Er spielte damit auf dem Fußboden. Warf sie hin. Hob sie wieder auf. Versuchte, sie zu rollen.

Nemo riß die Augen auf. Er zog am Lederband um seinen Hals, holte den Gros Tournois hervor. War das sein Spielzeug gewesen? Er betrachtete die Burg Tournois auf der Vorderseite und die zwölf Lilien. Warum ließ jemand sein Kind allein? Die Eltern hatten ihm sein Spielzeug gegeben und ihn verlassen.

Er ballte die Hände zu Fäusten. Du mußt dich jetzt zusammennehmen, dachte er. Diese Verwandlung mußte gut gehen, oder er verlor alles, was er sich in Jahren mühsam zusammengespart hatte, und das nackte Leben noch dazu.

Drei Goldgulden, hundertsiebzehn Silberpfennige, hundertachtundsechzig Hälblinge, achtundsiebzig Schwäbische Heller. Er schüttete sie mit beiden Händen wieder in den Topf, stopfte zum Schluß den Lederlappen hinein.

Er trat aus der Mühle ins Freie. Der Wind rauschte in den Bäumen. Die Luft war frisch und klar. Die Jahre, die er sich hier versteckt hatte, um nicht umgebracht zu werden wie die Chorherren des Spitalordens, und die Jahre, die er sich vor Venk von Pienzenau verborgen hatte, waren es nicht am Ende gute Jahre gewesen? Er hatte in der Mühle gespeist und gehungert. Er hatte gelebt.

In der Ferne heulte ein Wolf. Weitere Wölfe stimmten ein. In Nemos Brust zog sich etwas zusammen. Der Ruf der Wölfe trug Trauer in sich. Er bedeutete Sehnsucht und unerbittliche Gewalt.

Er hatte eine Fährte gefunden, die zu seinen Eltern führte. Die Ruhe war vorüber. Womöglich hatte er das letzte Mal weggeworfene, verwelkte Kohlblätter gegessen und den Flößern einen Dummkopf vorgespielt. Es war Zeit, daß er alles Ersparte und sein Leben in die Waagschale warf.

19

Über der Flamme des Talglichts schmolz das blaue Siegelwachs. Es tropfte auf den Brief. Weißer Dampf stieg auf. Als der Fleck groß genug war, nahm Vizenz den Silberstempel und drückte sein spitzovales Zeichen in die blaue Masse. Er blies darauf, um sie zu trocknen.

An der Tür erschien der Gehilfe. »Herr, ich bin zurück mit dem Boten.«

»Gut.« Er erhob sich. Das Geld hatte er bereits ausgezählt. Er nahm das Säckchen und den Brief und ging zur Tür. Draußen in der Schneedämmerung tänzelte das Pferd des Boten. Er stand davor und tätschelte ihm den Hals, um es zu beruhigen.

Vizenz überreichte Brief und Säckchen.

Der Reiter wog den Beutel kurz, dann saß er auf und ritt davon. Vizenz blieb stehen und sah ihm nach. Er atmete durch den Mund und sog dabei Schneeflocken ein. Kalt rührten sie an seine Lippen. Sie schmolzen zu stumpfem Wassergeschmack.

Kinder liefen mit zum Himmel gerichteten Gesichtern über die Straße. Sie versuchten, auf der ausgestreckten Zunge Schneeflocken einzufangen. O ja, der Blick zum Himmel. Er erinnerte sich. Wie in seinen Kindheitstagen richtete Vizenz das Gesicht nach oben. Die Schneeflocken sanken in endloser Folge auf ihn nieder. Soweit er blicken konnte, kamen immer neue nach.

In der Luft lag der Geruch von Holzfeuer. Ein Karren fuhr vorüber. Alle Geräusche waren gedämpft: Das Knarren der Räder, das Scheppern des Ochsengeschirrs, die aufmunternden Rufe des Wagenlenkers. Auch das Hundegebell aus dem Nachbarhof drang leiser an sein Ohr. Es war, als würde der

Schnee das Leben verlangsamen, als würde er die Menschen zum Innehalten ermahnen.

Er war zu schwach. Wie damals, als ein Spitzel hinter die geheimen Machenschaften des Spitalordens kam, mußte er sich Hilfe holen. Allein schaffte er es nicht, Amiel niederzuwerfen, so schwer es ihm auch fiel, sich das einzugestehen.

Was hatte William Ockham hier verloren? Der englische Gelehrte spazierte die Straße entlang, offenkundig gut gelaunt. Er war unberührbar, und er wußte es. Während sich der alte Ordensgeneral der Franziskaner, Michael von Cesena, in strenger Klosterhaft befand, wagte man sich an William Ockham nicht heran. Dabei stand er genauso unter dem Bann der Kirche. Aber man behandelte den Ketzer wie einen Heiligen, man fürchtete und achtete ihn.

Ihr letztes Gespräch war nicht gerade fruchtbar verlaufen. Vizenz hatte eine Menge preisgegeben, beinahe alles, was er über Amiel aus Frankreich wußte. Die erwartete Gegenleistung Williams war aber ausgeblieben. Weder hatte er die Pläne des Kaisers offenbart noch ihm geraten, wie Amiel im Zaum zu halten war.

Der Alte trug eine Fellmütze auf dem Kopf, und seine Hände steckten in dicken Fäustlingen. Die Augen blitzten voller Lebenslust. »Mein lieber Pater Paulstorffer, wollt Ihr Euch erkälten? Zieht Euch besser etwas über.«

Eine Frechheit, ihn so anzusprechen. »Ihr übertreibt«, gab Vizenz zurück, »mit Euren Fäustlingen.« Aber William hatte recht, ihm wurde kalt. Nur konnte er es jetzt nicht mehr einfach zugeben.

»Kommt, wir laufen ein Stück. Ich will raus zum Wald, ich weiß dort eine Stelle, wo Schlehen wachsen. Vielleicht war noch niemand dort. Ihr wißt doch, nach dem ersten Frost sollte man Schlehen pflücken, vorher saften sie nicht.«

»Was wollt Ihr mit den Beeren?«

»Ich überbrühe sie mit kochendem Wasser und lasse sie einige Stunden ziehen. Heraus kommt eine Art Kirschsaft. Er schmeckt köstlich!«

»Ihr brüht Saft? Ein Gelehrter? Das ist Arbeit für Mägde.«

»Mag sein. Es tut mir gut, diese Welt nicht aus den Augen zu verlieren. Gott hat sie geschaffen. Kommt mit, dann werdet Ihr es verstehen.«

William Ockham wollte mit ihm, dem Inquisitor, Schlehen pflücken? Er war ein Feind der Kirche. Kaum besser als Amiel von Ax. Sich mit ihm zu zeigen gab Anlaß für ungutes Gerede. »Danke, ich habe zuviel Arbeit, um mitten am Tag spazierenzugehen.«

»Redet doch nicht. Ihr schmollt wegen der Sache auf dem Marktplatz gestern. Aber Ihr werdet sehen, die frische Luft hilft, die Dinge klarer zu sehen! Ich warte hier, während Ihr Euren Mantel holt.«

Ich habe längst Vorsorge getroffen, dachte Vizenz. Der Bote war schon unterwegs. Aber er schwieg und nickte. »Meinetwegen.« Lieber redete er im Wald als hier auf offener Straße. Der Engländer wollte anscheinend etwas loswerden.

Bald stiegen sie Seite an Seite den Weg am östlichen Isarufer hinauf. Über die Kiesbänke unterhalb des Steilufers zogen Kalksteinsammlerinnen, gebückt, den Blick immer zu Boden gerichtet. Sie füllten ihre Säcke mit Steinen, die sie an die Kalkbrenner verkaufen würden.

Am Leprosenhaus kamen sie vorüber. Hier lebten Aussätzige. Selbst für aussätzige Kinder gab es eine Stube. Sie kauften ihre tägliche Speise von Almosen, die aus dem ganzen Land herbeiflossen, zusammengebettelt durch unermüdliche Almosensammler.

»Also, was haltet Ihr von diesem Amiel von Ax?«

William Ockham sah hinüber. Auf den langen, vom Gesicht abstechenden Augenbrauen saßen Schneeflocken. »Eine interessante Quaestio.« William nickte. »Wißt Ihr, ich reflektierte immer auch die Gegenmeinung und ihre Argumente. Häufig wird das mißverstanden, weil die Leute denken, was ich sage oder schreibe, denke ich in jedem Falle selbst. Dann verteidige ich mich und erkläre, ich sagte das in referierender Weise, ich trug eine Meinung vor, die andere haben, sei sie nun falsch oder wahr, katholisch oder häretisch. Wie soll ich denn Argumente beleuchten, wenn ich sie nicht aussprechen darf?«

»Also seid Ihr zu Unrecht als Ketzer gebrandmarkt worden? In Euren Schriften stehen anderer Leute böse Worte?«

»Spart Euch Euren Spott. Ich stehe zu meinen Äußerungen.«

»Dann bekennt gerade heraus: Amiel ist eine Gefahr für die Stadt und das Kaiserreich. Seine Lehren vergiften die Vernunft.«

»Vernunft ist die Fähigkeit des Verstandes, Prinzipien zu erkennen und mittels ihrer Anwendung Schlüsse zu ziehen. Ein Beispiel. Mein Tastsinn erfaßt, daß ein Topf warm ist. Daraufhin erkennt auch mein Intellekt, daß er warm ist und daß er andere Dinge, die man ihm annähert, erwärmt. Ich erkenne also: Dieses Warme erwärmt. Nun erkennt die Vernunft das allgemeine Prinzip: Jede Wärme erwärmt. Denn es gibt keinen Grund dafür, daß die eine Wärme Dinge erwärmt und die andere nicht.«

»Was hat ein Topf mit Amiel von Ax zu tun?«

»Er macht deutlich, warum die Antwort nicht einfach ausfällt. Der Topf ist ein leichtes Objekt für Schlußfolgerungen. Zumeist werden aber zum Erkennen eines Prinzips viele Einzelfälle gebraucht, bevor eine Aussage mit Sicherheit getroffen werden kann. Es ist nicht leicht zu wissen, daß dieses Kraut jenen Kranken heilt oder dieser Heiltrank jenen Kranken. Eine Wirkung kann von verschiedenen Ursachen stammen.«

»Wollt Ihr nun antworten, William, oder nicht?«

»Was ich von Amiel von Ax halten soll, weiß ich wohl: Er ist ein boshafter Mensch, vielleicht ohne es zu wissen, aber er ist boshaft.«

»Na also.«

»Die Frage ist, was ist mit seinen Lehren.«

»Ihr unterscheidet zwischen Ketzer und Ketzerei? Das ist absurd.«

»Wir müssen zunächst bedenken: Was spricht *für* die Lehren Amiels? Cluny beispielsweise spricht dafür, und seine Art, den Gottesdienst zu feiern – diese Art, die sich wie ein schweres, goldenes Tuch würgend über die Lande legt. Ich kann verstehen, daß das Volk es nicht mehr erträgt. Amiel hat recht, wenn er nach einer Alternative strebt, die schlicht und nüchtern ist und die zum Ursprung des Christentums zurückkehrt.«

Vizenz ballte die Fäuste. Wie konnte der Engländer den Gottesdienst kritisieren, während Amiel von Ax Gefangenschaft und Sünde und Lästerei unter die Menschen brachte? »Ihr geht auf dünnem Eis«, zischte er.

»Seht Ihr? Auch Ihr verkraftet es nicht, wenn ich Für und Wider abwäge. Es fällt den Menschen schwer, eine Frage wirklich von allen Seiten zu beleuchten. Also gut, überspringen wir Amiels berechtigte Vorwürfe. Ein Aspekt, in dem er mit großer Sicherheit irrt, ist die Selbsterlösung durch perfektes Verhalten. Pelagius war der Meinung –«

»Pelagius!« stieß Vizenz hervor.

»Ich sage doch nicht, daß ich mit ihm einer Meinung bin! Ich referiere nur seine Ansicht. Also, Pelagius lehrte, daß wir uns göttliche Belohnung durch gute Taten verdienen können. Augustin hat dagegengehalten, und die Synode von Karthago im Jahr 418 hat ihm recht gegeben. Nicht wir selbst bauen uns eine Leiter zum Himmel hinauf. Gott hat die Leiter herabgelassen zu uns. Jesus sagte es sehr deutlich: Ich bin der Weg!«

Es war seltsam. Auf verschlungenen Wegen gelangte William Ockham zum Kern der Dinge, und plötzlich benannte er ihn so klar, wie Vizenz es seit Jahren in Kirchenkreisen nicht mehr erlebt hatte. Ehrfurcht keimte in ihm auf, Ehrfurcht für diesen Häretiker, der ohne zu zögern dem Weg seiner Gedanken folgte.

William schwang den Fäustling vor seinem Bauch hin und her, als rede er von einer Kanzel herab. »In gewissen Gedankenschritten kann ich Amiel verstehen. Alles ist von Geburt an auf die eigene Vervollkommnung ausgerichtet. Das Kind will lernen, der Erwachsene will reifen, der Alte will die Dinge mit seinem Verstand durchdringen. Und doch: Etwas kann nur dann unser Verdienst sein, wenn es in unserer Macht steht. Gottes Liebe zu uns steht aber nicht in unserer Macht. Unser freier Wille erlaubt uns, sie anzunehmen oder abzulehnen. Das bedeutet nicht, daß es unser Verdienst ist, wenn wir gerettet werden. Seht Euch das an!«

»Was?«

William wies auf einige verschneite Büsche. »Da ist uns jemand zuvorgekommen. Letztes Jahr war ich der erste. Wem habe ich von dieser Stelle erzählt? Irgendwer hat alles abgepflückt.« Er trat an die Büsch heran und bog die Zweige auseinander. »Nicht eine Beere hat man uns gelassen!«

»Das sind die Schlehenbüsche?«

»Ja, gleich bei meinen Bienen.«

»Ihr züchtet Bienen?« Natürlich hatte er Kenntnis davon. Seine Gehilfen hielten den Gelehrten unter ständiger Beobachtung.

»Seht Ihr? Dort drüben, die Körbe. Vier Völker habe ich.« William Ockham lächelte. »Ich liebe alles, was kleine Flügel hat und durch die Lüfte schwirrt. Vielleicht ist es Neid.« Er lief hinüber zu den Körben, stellte sich vor jeden von ihnen und lauschte eine Weile. Er wies auf den rechten Korb. »Das sind meine Sorgenkinder. Das Volk ist im Herbst nicht stark genug geworden. Ich fürchte, es wird sterben.«

Daß es den berühmten Gelehrten kümmerte, ob einige Bienen starben! »Dann gebt Ihnen zu fressen.«

»Dafür ist es zu spät. Ein schwaches Volk kann im Winter nicht genug Wärme erzeugen. Es erfriert vor dem Frühling.«

»Wo Ihr von Erfrieren sprecht, wollen wir noch länger hier im Wald herumstehen? Es ist kalt.«

»Wir können gern umkehren. Seht Ihr jetzt, wozu die gut sind?« Er hob die Fäustlinge in die Höhe.

Nach einigen Schritten fragte Vizenz: »Obwohl Ihr selbst als Ketzer unter dem Kirchenbann steht, denkt Ihr also, daß in Amiels Fall die Kirche recht hat.«

»Es geht mir nicht um Amiel. Ich betrachte lediglich seine Aussagen. Und die sind, so denke ich, falsch. Ihr wißt ja, jeder Mensch hat gegen die von Gott erlassenen Gesetze des Universums verstoßen. Jeder Mensch verstößt täglich dagegen. Wenn wir dennoch straffrei ausgehen, dann allein aus Gnade. Gott rettet uns in die Unsterblichkeit trotz unserer Fehler. Weil er uns liebt, macht er uns unbestrafbar.«

»Unbestrafbar? So lehrt es die Kirche nicht.«

»Da seht Ihr: Die Kirche ist häufig näher an Amiels Sicht der Dinge, als sie denkt. Es schleichen sich Rituale ein, mit deren Hilfe man sich Gottes Wohlwollen zu erarbeiten sucht. Bußreisen, Spenden, Selbstzüchtigung, zerknirschte lange Gebete, die mehr Arbeit sind als Gespräch mit Gott. Erlösung ist keine Belohnung für etwas! Gott schenkt sie uns ohne Verdienst, das liegt in seiner Macht. Ein König kann seinem Feind eine Beleidigung verzeihen, auch ohne daß dieser ihm ein Geschenk gegeben hätte.«

»Habt Ihr nicht in Oxford Theologie studiert? Die Heilige Schrift fordert unmißverständlich, daß wir uns an die Gesetze Gottes halten.«

»Ach ja? Als Vorbedingung? Paulus hat Gottes Stimme gehört. Obwohl er zuvor die Christen verfolgt hat, obwohl er sich an ihrem Tod erfreute! Es kann keine Belohnung für sein Handeln gewesen sein, daß Gott mit ihm gesprochen hat. Und doch hat ihn Gott zu sich gerufen und hat ihn angenommen.«

»Paulus hat seine Taten bereut.«

»Nachdem Gott ihn zu sich rief, nicht vorher. Das ist der Fehler, den Amiel macht. Er meint, erst wenn er perfekt ist, kann er sich Gott nähern. Dabei handelt die ganze Heilige Schrift von Vergebung!«

»Ihr geht etwas zu weit, William. Im Eifer, natürlich. Bedenkt bitte, Gott will, daß wir aufhören zu sündigen. Gott haßt die Sünde, er –«

»Das steht in der Heiligen Schrift«, unterbrach ihn der Engländer. »Aber auch Gottes Verfahren wird erklärt, mit dem er uns von ihr befreit. Es heißt, wir sollen Christus anziehen. Wir sollen uns also als ›Sohn Gottes‹ verkleiden. Unter der Verkleidung sind wir immer noch sündige Menschen und brauchen Gottes Vergebung. Indem wir ›Sohn Gottes‹ spielen, werden wir ihm allerdings auf behutsame Weise ähnlicher. Ist das nicht ein herrlicher Weg, den Gott sich da ausgedacht hat?«

Man hatte ihn, Vizenz, als Inquisitor berufen, weil es hieß, er sei ein scharfer Denker. Wie aber sollte er der Kirche zum Sieg verhelfen, wenn er es mit Ketzern wie William Ockham zu tun bekam, die mit teuflischer Klugheit gegen ihn kämpften? Schlimmer noch, mit einer Liebe, die er kaum von sich zu weisen vermochte! Dieses Gespräch mit William Ockham bewies erneut: Er war der Aufgabe nicht gewachsen. Der Engländer entlarvte ihn, er entblößte seine Hilflosigkeit. Vizenz versagte, genauso, wie er im Kampf gegen Amiel versagt hatte.

Er schwieg den Rest des Weges und ließ den Engländer reden. Als sich der Gelehrte vor der Inquisitionskanzlei verabschiedete, murmelte Vizenz: »Ad Deum« und schloß rasch die Tür hinter sich.

»Ich bin hier, um mich zu verabschieden, Mutter.« Schneeflocken glitzerten auf Adelines blauem Mantel. Sie wollte sich nicht hinsetzen. Sie wollte die Handschuhe nicht ausziehen. Im Grunde war sie gar nicht mehr in der Stadt, sie war bereits auf der Flucht, fort von dem Ort, an dem Amiel von Ax, der Verruchte, lebte.

»Kind!« Die Mutter stellte sich vor die Tür, wie um ihr den Weg zu versperren. »Wo willst du hin?«

»Ich weiß nicht. Nach Flandern. Nach England. Je weiter weg, desto besser.«

Der schiefe Mund der Mutter wurde ernst und schmal. »Was ist passiert?«

»Nichts. Es war schön, daß wir noch in der Kirche die Weihnacht feiern konnten, Mutter. Wie jedes Jahr, der Siebenundzwanzigste, der Weinkrug und die alten Segenssprüche, ›trinke die Stärke des heiligen Stephanus‹. Daran habe ich mich von Herzen erfreut. Aber nun muß ich gehen.«

»Was ist passiert?«

»Mutter, ich möchte nur Lebewohl sagen, nichts weiter, ich möchte nicht mit dir streiten. Es ist alles bestens. Ich gehe einfach fort von hier.«

»Vor wem läufst du davon?«

Die Mutter kannte sie besser, als sie gedacht hatte.

»Ist dir klar, daß du nicht in England oder Flandern ankommen wirst? Daß du in den Tod gehst? Wo willst du schlafen? Wo willst du dich aufwärmen? Kind, es schneit da draußen. Es ist dunkel und kalt, und du hast nichts zu essen.«

Adeline setzte sich an den Tisch. Sie zögerte kurz, dann zog sie doch die Handschuhe aus. »Warst du Anfang der Woche auf dem Marktplatz?«

»Zwei Ketzer wurden verurteilt. Ich habe es zufällig bemerkt, weil ich einen fertig geflickten Rock ausliefern mußte. Aber ich stand weit hinten, viel gesehen habe ich nicht.«

In der Kate war es kalt. Eigentlich konnte sie die Handschuhe wieder anziehen. Man sah den eigenen Atem als weiße Wolke vor dem Mund. »Der ältere, Amiel von Ax. Er will mich töten. Er hat schon einmal gemordet, kaltblütig und grausam. Genauso wird er es bei mir tun.« Warum erzählte sie das? Was ging das die Mutter an?

»Er wurde doch als Ketzer bestraft. Die Städtischen kümmern sich um ihn.«

»Nein, Mutter. Sie kriegen ihn nicht zu fassen. Er will mich vernichten, und er wird es schaffen. Ich tue seit einer Ewigkeit kein Auge mehr zu.«

»Mädchen.«

Adeline sah auf. Es war dasselbe ausgeblichene Kopftuch, dieselbe schiefe Nase, derselbe schiefe Mund. Dennoch erschien ihr die Mutter plötzlich stark.

»Komm her«, sagte die Mutter.

Was meinte sie damit?

Sie breitete die Arme aus und sagte noch einmal: »Komm her.«

Adeline erhob sich. Sie ging auf die Mutter zu. Da griffen schon Mutters Arme nach ihr und zogen sie heran. Sie strichen ihr über den Rücken, als hätten sie Übung darin, als hätten sie nie etwas anderes getan.

Die Mutter umarmte sie.

Sie standen lange so. Adeline schluckte. Spürte die Mutter, was ihr das bedeutete?

Die Mutter nahm Adeline bei den Schultern und sah sie an. »Ich verstehe, daß du weglaufen willst. Aber weißt du auch, was du hier verlierst? Deine Anstellung am Kaiserhof, dein warmes Bett, Lohn und Brot. Du wirst das nie wieder zurückbekommen. Wenn du deine Reise überlebst, wirst du enden wie ich. Schau mich an! Ich bin krumm und fast zahnlos. Ein Hutzelweib bin ich. Deine Rente bewahrt mich vor dem ärgsten Hunger. Aber ich sitze in dieser dunklen Hütte und nähe mir die Finger wund, und es ist feucht und kalt und stinkt. Willst du so werden wie ich?«

»Mutter, Amiel von Ax ist zu stark! Nicht einmal die Wachen des Kaisers können mich vor ihm beschützen.«

»Dann sag es dem Kaiser.«

Adeline befreite sich aus dem Griff der Mutter und ging auf die andere Seite des Tischs. Sie konnte die Nähe nicht mehr ertragen. Etwas Kaltes brach in ihr auf. »Man merkt, daß du den Hof nicht kennst. Nicht einmal die Prinzessinnen und Prinzen können zum Kaiser gehen, wann sie wollen. Auch nicht Wilhelm, der wißbegierige Bengel, obwohl es heißt, daß Ludwig ihn abgöttisch liebt. Anna und Elisabeth schon gar nicht. Was meinst du, wie oft die ihren Vater sehen, wie oft er Zeit für sie hat? Kaum einmal im Jahr. Und da soll ich, ein schlichtes Kammermädchen, um eine Audienz bitten, weil ich nachts nicht schlafen kann? Das ist lachhaft.«

»Hast du es denn versucht? Hast du gefragt und bist abgewiesen worden?«

Sie schwieg.

»Bevor du dich in den Tod stürzt, Mädchen, ich finde, bevor du das tust, solltest du alles versuchen.«

Innerlich wand sie sich. Es war alles entschieden, sie war auf der Flucht, sie wollte doch längst fort sein! Aber die Mutter hatte recht. Sie gab ihr Leben auf, ohne das letzte versucht zu haben. »Du hast recht, Mutter«, sagte sie. War es nicht auch des Kaisers Sache, wenn jemand in seiner Stadt mordete? Wenn jemand sich Zugang zum Kaiserhof verschaffte und eine Frau bedrohte, geradewegs unter den Augen des Kaisers?

Neben der Truhe saß die Katze auf einem Lumpenberg. Ihre Jungen tapsten um sie herum. Sie drehten sich und versuchten, ihre eigene Schwanzspitze zu fangen. Sie drückten den Bauch des Muttertiers mit den Pfoten, um sie zum Spiel herauszufordern. Die Mutter blinzelte nur. Leise maunzten die Katzenkinder.

Adeline zog die Handschuhe wieder an. Konnte sie einen Weg finden, zu Ludwig vorzudringen? Würde der Kaiser ihr zuhören? Sie preßte die Lippen aufeinander. War sie überhaupt stark genug, um noch weiter zu kämpfen?

»Du gehst?« fragte die Mutter. »Wohin?«

Sie sagte: »Zum Kaiser.« Sie stand auf.

Die Mutter lächelte und tätschelte ihr den Arm. »Das ist mein Mädchen.«

Adeline umarmte sie noch einmal, kurz, schüchtern. Sie hatten das sonst nie gemacht. Dann ging sie hinaus. Kälte empfing sie. Obwohl es erst früher Nachmittag war, herrschte Dämmerlicht. Es schneite seit Tagen. Schneeflocken setzten sich auf Adelines Gesicht, auf ihre Hände, ihren blauen Mantel. Sie stapfte los. Der Schnee knirschte unter ihren Füßen, schmutziger Stadtschnee, auf den sich reiner weißer Neuschnee setzte.

Nach wenigen Schritten blieb sie stehen. Diesmal mußte sie Nemo warnen. Sollte der Kaiser ihr tatsächlich zuhören und Amiel in seiner Faust zerquetschen, dann durfte nicht wieder Nemo darunter leiden. Sie hatten sich seit dem Gerichtsverfahren nicht wiedergesehen, er war mit Sicherheit wütend auf sie. Sie würde ihn nicht erneut ans Messer liefern.

Aber zum Goldschmiedehaus zu gehen, geradewegs zu Amiel? Auch wenn es Tag war, dem Boshaften durfte sie nicht unter die Augen treten, er war unberechenbar. Sie sah sich nach Kindern um. Beim Hof der »Goldgrübler« lieferten sich einige

Mädchen eine Schneeballschlacht. Ihre Väter leerten gegen Lohn in der ganzen Stadt die Senkgruben aus, seltsamerweise bekamen die »Goldgrübler«, von wenigen Ausnahmen abgesehen, allesamt Mädchen. Schon in Adelines Kindertagen war das so gewesen. Ein Junge stand bei den Mädchen und sah zu, wie sie sich mit Schneebatzen bewarfen. Als Junge hatte man bei den Goldgrüblermädchen nicht viel zu sagen. Adeline sprach ihn an. »Tust du mir einen Gefallen? Wenn du einen Dienst für mich erledigst, zeige ich dir die Löwen im Kaiserhof.«

Er sah sie lange an. Dann sagte er: »Da darf doch keiner rein.«

»Doch, ich arbeite dort als Kammermädchen, ich kann dich hineinbringen.«

»Und ich sehe die Löwen?«

»Ja.«

»Was muß ich machen?«

»Du läufst zum Goldschmied in die Leimgasse und sagst, du hast eine Botschaft für Nemo. Kannst du dir das merken?«

»Leimgasse, Nemo«, sagte er.

»Nemo ist der Diener von Amiel. Du sagst diesem Diener, daß er sofort hierherkommen soll. Es ist wichtig.«

Der Junge machte ein ernstes Gesicht. »Leimgasse. Nemo. Herkommen.« Dann kehrte er auf der Ferse um und rannte los.

Zwei Mädchen kamen neugierig heran. Ihre Haare waren wirr wie Krähennester, und am Flickenkleid hingen Schneereste. »Was hast du unserem Bruder aufgetragen?« fragte die eine.

Die andere zog die Nase hoch. »Und was kriegt er dafür?«

»Ich zeige ihm die Löwen«, sagte Adeline.

Die Augen der Mädchen wurden groß. »Dürfen wir die auch sehen? Wir sind älter als er! Es ist ungerecht, wenn er schon die Löwen sieht und wir nicht. Er ist erst fünf!«

Die anderen Kinder kamen ebenfalls heran. »Löwen?« fragten sie. »Was ist mit Löwen?«

Es war gut. Solange sie von den Kindern umringt war, konnte ihr niemand gefährlich werden. Die »Goldgrübler«

würden ihre Schar unnachgiebig verteidigen. Sie war sich sicher, daß längst einige Augenpaare sie durch die Fenster beobachteten. »Ich kann nur einen reinlassen. Sonst bekomme ich Ärger. Aber wenn ihr wollt, erzähle ich euch von den Löwen.«

Die Kinder stellten sich im Halbkreis vor ihr auf, und sogleich gab es eine Rangelei, wer vorn stehen durfte. Die Hinteren packten die Vorderen und zogen sie zurück, diese stießen mit den Ellenbogen nach hinten, traten, verteilten Knüffe.

Adeline begann: »Die Löwen kommen aus einem fernen Land, in dem immer die Sonne scheint.«

Schlagartig waren die Kinder still. Sie standen da und sahen sie mit großen Augen an.

»Dort leben sie in Rudeln beisammen, wie bei uns die Wölfe.«

»Gibt es da keine Wölfe?« fragte eine Kleine.

»Das weiß ich nicht. Ich glaube, die Löwen sind dort die Wölfe. Mit ihren mächtigen Pranken erschlagen sie jedes Tier, das sie fressen wollen. Niemand wagt es, sich ihnen in den Weg zu stellen. Auch kein Jäger. Sie sind die Könige der Tiere.«

»Und wo schlafen die Löwen?«

»In Höhlen, glaube ich. Die Löwen, die der Kaiser besitzt, können uns nichts tun, weil sie mit eisernen Stangen gefangengehalten werden. Durch die Stangen hindurch bekommen sie jeden Tag frisches Fleisch. Wenn man den Arm in den Käfig stecken würde, würden sie ihn binnen Augenblicken abbeißen.«

Die Kinder bogen ihre Finger zu Krallen, begannen, sich gegenseitig zu kratzen, und brüllten dabei wie wilde Tiere. Das Brüllen der Löwen, dieses mächtige laute Gähnen, kannte jeder in der Stadt. Es war weit über den Hof hinaus zu hören.

Eine Hand zupfte an ihrem Arm. »Bitte, ich habe alles gemacht.«

Sie drehte sich um. Der Junge stand dort und hielt sich die Seiten. Er keuchte. Sein Gesicht war rot verfärbt.

»Kommt er?« fragte sie.

»Nein. Als ich nach Nemo gefragt habe, hat einer mit einer Glatze gesagt: ›Der kommt nicht wieder.‹ Ich habe gefragt: ›Warum nicht?‹ Da hat er gesagt: ›Der ist verschwunden und kommt nicht wieder.‹ Da bin ich wieder hergerannt.«

Entsetzt starrte sie den Kleinen an. Amiel hatte Nemo etwas angetan.

Sie sah das Schlachthaus vor sich, Amiel mit dem Beil in der Hand. Ohne zu zögern, hatte er es in den Hals seines Sohnes gehauen. Und nun hatte er wieder gemordet. Er hatte Nemo auf dem Gewissen, den unaufdringlichen, ruhigen, guten Mann. Er hatte ihm Gewalt angetan, er hatte ihn erschlagen! Etwas Ungekanntes glühte in ihr auf, weiß und brennend. Es fraß an ihr. Sie haßte Amiel.

Ich töte dich, dachte sie. Dafür töte ich dich.

20

Die Wirtin rang die Hände. »Butter ist im Winter so, das könnt Ihr mir glauben, hoher Herr!«

»Ich esse nicht zum erstenmal Butter.« Er wies auf das Fäßchen. »Diese Butter ist aschfahl, sie ist fade! Ich möchte anständige Butter haben.«

»Hoher Herr, Winterbutter ist immer heller gefärbt.« Sie sah ihn flehend an. »Man bekommt in der ganzen Stadt keine dunklere.«

»Das ist unerhört!« Er schlug mit der flachen Hand auf das Tischtuch. Die Kerzenflamme zuckte. Die anderen Gäste hoben die Köpfe. Er sagte laut: »In Frankreich gibt es das nicht. Ihr verkauft hier minderwertige Ware!«

»Im ›Goldenen Hirschen‹ wird nur das Beste aufgetischt«, flüsterte sie, »das Beste, was zu bekommen ist! Bitte, dämpft Eure Stimme. Seit Jahrzehnten sind die Gäste zufrieden mit uns.«

Er sagte: »Gebt mir anständige Butter. Das ist doch wohl das mindeste, was man bei einem Haus wie diesem verlangen kann.«

»Die Kühe fressen Heu und kein frisches Gras mehr wie im Sommer, sie fressen keine frischen Kräuter. Das nimmt der Butter die Farbe. Es ist nicht unsere Schuld.«

»Ach so? Am Futter liegt es? Bekommt mein treuer Wallach draußen in Eurem Stall etwa auch dieses bleichmachende Heu, diese Krankmachermahd? Wenn das Pferd Schaden nimmt durch Euer Futter, ich sage Euch, dann hat das Folgen! Billige Butter, billiges Tierfutter … Ich bin enttäuscht, ja, sehr enttäuscht bin ich.«

Die Wirtin war den Tränen nahe. »Bitte! Ich tue doch alles, selbst hohe Herrschaften waren immer zufrieden mit mir.«

Sie tat ihm leid. Womöglich genügte es. Seit dem Nachmittag hatte er seine Botschaft gestreut, am Stadttor, beim Kaufmann, von dem er den Beutel erworben hatte, beim Pferdehändler. Die Spitzel Amiels würden den Perfectus über den Fremden aus Frankreich in Kenntnis setzen. »Lassen wir es darauf beruhen«, sagte er. »Ich will hoffen, daß in den nächsten Tagen eine Verbesserung eintritt.«

»Wir geben unser Äußerstes, die Köche und ich, verlaßt Euch darauf, Herr.«

»Dann bringt mir jetzt geröstete Rebhuhnstreifen, und dazu einen guten Moselwein.«

Man konnte ihn nicht übersehen. Er trug eine goldbestickte französische Schecke, ein Jaquette. Es lag eng am Körper an, dafür hingen von seinen Ärmeln lange Stoffbahnen herab, die mit Pelzwerk gefüttert waren. Die Beinlinge trug er in leuchtendem Rubinrot. Sie waren direkt am Wams angenestelt. An einem neuartigen Gürtel aus glänzenden Silberplatten, dem Dupsing, hing seine Ledertasche mit dem restlichen Geld. Auf die Heuke hatte er verzichtet und sich statt dessen einen Pelzmantel gekauft, der ihn wärmen würde, wenn schon der Rest der Kleidung unpraktisch und ausschließlich auf das noble Äußere hin ausgewählt war.

Er mußte nur warten. Amiel wollte die Macht übernehmen in der Stadt. Da durfte er einen Mann wie ihn nicht unbeachtet lassen. Er würde herausfinden wollen, wer er war und warum er nach München gekommen war.

Die Narbe an Nemos Oberarm pulsierte. Sein letzter großer Auftritt, dann würde er München verlassen. Würde ihm Gott einen neuen Anfang ermöglichen, in Frankreich, im Elternhaus? Oder hatte er sich das Lügen so sehr angewöhnt, daß er nie wieder davon ablassen konnte, und er blieb lebenslang ein Betrüger?

Schon im Kleinkindalter hatte es begonnen mit seiner schwarzen Seele. Mit einer Mischung aus schlechtem Gewissen und Erregung hatte er das Holzpferdchen eines Spielkameraden in den Kamin geworfen und zugeschaut, wie es verglühte.

Nur Tage später zerfetzte er die Puppe eines kleinen Mädchens und zertrat die Überreste, es tat ihm wohl, das der Puppe und dem Mädchen anzutun. Mit ihm hatte man es ja genauso gemacht! So dachte er damals.

Dann das Stehlen, jahrelang, von Feldern, von Marktständen, aus Hinterhöfen. Die Prügeleien. Die lüsternen Gedanken. Die vielen Gottesdienste, die er geschwänzt hatte. Warum sollte Gott einem wie ihm helfen?

Er hatte seine Gelegenheit gehabt. Die Brüder des Ordens vom Heiligen Geist hatten ihm christliche Liebe vorgelebt. Ein jeder von ihnen besaß nichts weiter außer der himmelblauen Kutte mit dem weißen zwölfspitzigen Doppelkreuz auf der Brust. »Die Armen sind unsere Herren«, hatten sie immer gesagt und sich um Kranke, Waisen, Irre und Pilger gekümmert, und um Findelkinder wie ihn. Nemo hatte erlebt, wie sie Tote bestatteten auf dem Friedhof des Ordens, er hatte die Mahnung der Begräbnisse verspürt: Das Leben ist eines Tages zu Ende, lebe weise! Die Brüder hatten ihn gelehrt, wie man betete, wie man Kirchenlieder sang. Er aber war mißtrauisch geblieben.

Hatte er nicht recht behalten damit? Der Meister hatte geheimnisvolle Männer empfangen, immer wieder. Und dann waren die Chorherren verschwunden. Jede Woche fehlte ein weiterer. Einen fand man, aufgedunsen, in der Isar. Ein anderer lag zerschmettert vor dem Turm der Frauenkirche. Manche tauchten nie wieder auf. Als eines Tages der Meister nicht zum Konventamt in den Krankensaal kam, wartete Nemo nicht länger. Er verließ das Spital der Taubenbrüder und tauchte unter. Irgendwann wären sie auch ihm nachgekommen, wer auch immer den Orden vom Heiligen Geist vernichtete, er würde gründlich sein. Er aber wollte nicht mit dem Leben bezahlen für die Sünden des Ordensmeisters.

Anderthalb Monate nach Nemos Flucht war der Orden verschwunden. Er war einfach nicht mehr da, die Chorherren verschollen oder tot, die Laienpfleger, Schwestern und Oblaten in alle Winde zerstreut. Die Stadt eröffnete ein eigenes

Spital, um den Orden zu ersetzen. Eine Weile rätselten die Münchner und sprachen hinter vorgehaltener Hand von einem Fluch. Dann kehrten sie zum Tagesgeschäft zurück. Nemo wußte, daß der Fluch immer noch auf ihm lastete. Wer auch immer den Orden zerstört hatte, würde nicht ruhen, bis der Letzte der Brüder ausgemerzt war. Er war doch gezwungen gewesen, in eine fremde Haut zu schlüpfen! Und wovon sollte er leben? Sich zu verwandeln, andere zu täuschen, das war nun einmal die Fähigkeit, die er besaß.

»Dürfen wir uns zu Euch setzen?«

Nemo schreckte aus seinen Gedanken hoch. Drei junge Damen standen vor seinem Tisch und lächelten. Was schauten sie ihn so an? Richtig, er war ein reicher französischer Ritter. Er sagte: »Sicher, gern.«

Die Frauen setzten sich. Die jüngste von ihnen trug Wangenrot und hatte offenbar ihre Augenbrauen geschwärzt. Es stand ihr gut. Sie lächelte und sagte: »Das sind meine Cousinen Dorothea und Margret«, und wies auf die anderen. »Ich heiße Diemut. Ihr seid neu in der Stadt?«

»So ist es. Heute erst aus Augsburg angereist.«

»Ihr kommt aus Augsburg?«

»Meine Damen!« Er rollte die Augen. »Das war nur ein Zwischenaufenthalt. Ich komme aus Frankreich.«

Sie lachten. Unter dem Tisch rührte eine Frauenhand wie versehentlich an sein Bein. Margret sagte: »Das war mir völlig klar, daß jemand aus Augsburg nicht so wunderbar modern gekleidet sein könnte. Ist das ein Jaquette, das Ihr da tragt?«

»In der Tat.«

»Darf ich einmal den Stoff …?« Ohne seine Antwort abzuwarten, befühlte sie seine Schulter. »Seidenbrokat?«

»Mit Goldfäden durchwirkt, ja. Es gibt da einen fabelhaften Schneider in Paris, den ich gern von Zeit zu Zeit beauftrage. Woher er seine Stoffe hat, weiß ich allerdings nicht zu sagen.«

Die Cousinen warfen sich Blicke zu. »Und welcher Silberschmied hat Euren Dupsing hergestellt?« fragte Dorothea.

»Das weiß ich nicht. Er ist ein Geschenk.«

»Ihr bekamt ihn von einer jungen Frau, nehme ich an?« Margret schob in gespielter Enttäuschung die Unterlippe vor.

»Könnt Ihr den langweiligen Herren in München nicht beibringen, wie man sich in Frankreich jetzt kleidet?« fragte die Jüngste, Diemut, und legte ihren Fuß auf den seinen. Er war warm, sie mußte ihn gerade erst aus dem Schuh gezogen haben. Sie sah ihn an mit einem Leuchten in den Augen, das ihm sagte, daß sie ganz genau wußte, wie ihn ihre Dreistigkeit erregte. Der Fuß blieb. Dies war nun keine Berührung mehr, die man als zufällig abtun konnte. Die junge Dame machte ihm ein Angebot. Ihm wurde warm. Hoffentlich errötete er nicht. Auf keinen Fall durfte er die Sache weiter hinnehmen. Ein Aufsehen, eine Anklage des Vormunds der Mädchen konnte Nachforschungen in Gang setzen.

Je länger sie ihn anschaute, die Kerzenflamme in ihrem Blick wie Sternenfunkeln, und je länger ihr warmer Fuß auf dem weichen Leder seines Schnabelschuhs ruhte, desto heftiger hämmerte sein Herz gegen die Brust. Zieh den Fuß weg! sagte er sich. Aber er ließ ihn ihr. »Ich bin kein Gewandschneider«, sagte er, »ich kann nur einige Kleidungsstücke verschenken. Manche Farbe steht mir doch nicht so recht zu Gesicht, und so gibt es einige Hemden und Jaquettes, die ich nie trage.«

Die Cousinen lachten. Die Wirtin brachte einen Weinkrug und drei verzierte Bleibecher. Der Reihe nach goß sie ihnen ein. Auch Nemos Becher füllte sie auf. Die Cousinen tranken. Er nippte einen kleinen Schluck, um den Schein zu wahren. Wenn diese Frauen auf seine Verwandlung hereinfielen, würde die Täuschung dann auch bei Amiel gelingen? Alles hing davon ab.

Hinter ihm klappte die Tür der Gaststube. Er versuchte, in den Gesichtern der Frauen zu lesen. Einem hohen Adligen stand es nicht an, sich nach der Tür umzudrehen. Die Münder der Cousinen schlossen sich, und sie versteiften die Rücken. Verwirrung stand ihnen ins Gesicht geschrieben.

Es war soweit.

Vier Männer traten vor den Tisch und verneigten sich. Sie trugen schwarze Kutten, auf die mit weißer, schimmernder Seide eine Taube genäht war. Eine Taube wie im Wappen des Spitalordens vom Heiligen Geist. »Herr, Amiel von Ax lädt Euch höflich ein, ihm die Ehre eines Besuchs abzustatten.«

Vizenz Paulstorffer war nicht abergläubisch. Dennoch gab es zur Zeit der Zwölf Nächte immer eine leichte Anspannung in ihm, die er nicht zu lösen vermochte. Sie war ihm in frühester Kindheit beigebracht worden. »Kerstmis«, hatte seine Tante Brunhilde zu Weihnachten gesagt und von den Seelenjägern gesprochen, die zur Zeit der Rauhnächte nach dem 25. Dezember umgingen.

Lange vor der Priesterweihe hatte er aufgehört, daran zu glauben. Und doch rechnete er damit, wie mit einem Verwandten, der gestorben war, dessen Besuch man aber doch jedes Jahr wieder erwartete, und sich daran erinnern mußte, daß er nicht kam, daß er überhaupt nicht kommen konnte. Als Vizenz mitten in der Nacht von einem Pferdewiehern geweckt wurde, waren alle Geschichten Tante Brunhildes wieder da. Augenblicklich dachte er an die Seelenjäger. Er setzte sich im Bett auf. Welches Datum schrieben sie? Gestern war der zweite Januar gewesen. Die neunte Rauhnacht.

Vom Fenster her klang es, als risse das Pergament mitten entzwei. Ein kalter Hauch wehte herüber. Er lauschte ins Dunkel. Eine Diele knarrte. Er krallte die Hände in die Bettdecke, hielt den Atem an.

Es konnte nicht sein, es gab keine Seelenjäger, das waren Ammenmärchen! Ein Dieb, es mußte ein Dieb sein, der sich Zutritt verschaffen wollte zu den Prozeßakten, um sein Wams rein zu waschen. Vizenz sank lautlos in das Kissen. Er mußte sich schlafend stellen. Dann tat man ihm nichts und ging davon aus, daß er nichts gehört hatte.

Etwas berührte seinen Mund. Das Herz setzte ihm aus. Ein weicher Stoffhandschuh preßte sich auf sein Gesicht. Die Hand, die darin steckte, war kräftig. Sie drückte fest zu.

Hände packten ihn an Armen und Beinen. Sie hoben ihn aus dem Bett, schleppten ihn durch das Zimmer. Er wand sich, brüllte. Versuchte zu beißen.

Sie verloren den Halt bei seinem Bein, er kam frei mit dem rechten Fuß. Vizenz trat und kämpfte. Sie ließen ihn zu Boden fallen. Ein Hieb traf seinen Kopf. Feuer tanzte vor den Augen. Eine Faust landete im Magen. Er wurde an den Haaren genommen und mit dem Kopf gegen den Boden geschlagen. Alles schwand dahin. Er spürte nichts mehr, hörte die Schläge wie aus weiter Ferne. Das ist das Ende, dachte er.

Er erwachte. Der Kopf platzte schier vor Schmerzen. Im Mund steckte der Handschuh, er war vollgesogen mit Blut, ein Knebel hielt ihn fest am Platz. Vizenz bekam keine Luft. Er atmete mühsam durch ein freies Nasenloch. Ihn schwindelte. Er meinte zu schweben, Häuserreihen neben sich, einige schneeumrahmte Fenster schwach beleuchtet von Funzeln. Schnee knirschte unter Stiefelsohlen. Aber er lief doch gar nicht!

Er lag auf einem Pferderücken. Sie brachten ihn fort. Sein Herz begann zu rasen. Die Atemnot wurde schlimmer. Hände und Füße waren gefesselt. Er blökte Hilferufe in den Knebel. Man achtete nicht auf ihn. Es war ihnen gleichgültig, daß er erstickte!

An einer Straßenkreuzung hielten sie an. »Lukas, warte. Da kommt jemand.« Sie führten sein Pferd und ein zweites, das über und über mit Wasserschläuchen beladen war, zu einer Toreinfahrt. Er hörte Schritte näher kommen. Er mußte sich bemerkbar machen!

Vizenz krümmte sich, geriet ins Rutschen. Er fiel vom Pferd. Hart landete er auf dem Boden. Das Gesicht drückte sich in den Schnee. Er wand sich. Da lag er, die Wange in den Schnee gepreßt, und blickte auf die Straße wie eine verendende Ratte. Der Blutgeschmack im Mund, der schmerzende Schädel, die verdrehten Arme!

Schnabelschuhe betraten sein Gesichtsfeld. Ein Adliger? Ein rotes Seidentuch fiel in den Schnee. Der Adlige bückte sich danach. Er faßte mit Samthandschuhen das Tuch und blickte Vizenz in das Gesicht. Der Adlige erschrak, ganz offensichtlich. Hatte er ihn erkannt?

Helft mir! brüllte Vizenz in den Knebel.

Jemand sagte: »Kommt, gehen wir weiter. Überlaßt diesen Vorfall den städtischen Bütteln.«

Vizenz verdrehte die Augen, um den Mann zu sehen. Der Adlige stand da und betrachtete ihn unschlüssig. Er trug einen feinen, schimmernden Vollbart. Hinter ihm warteten Männer in Kutten.

Er hörte Schritte im Schnee. Seine Peiniger traten aus der Toreinfahrt. »Ein Schurke. Wir haben ihn im Auftrag der Stadt gefangengesetzt. Kein Grund zur Beunruhigung.«

Der Adlige räusperte sich. »Ein Schurke, ja?« fragte er.

»Ein Schurke.«

»Dann ist es gut.« Die Schnabelschuhe gingen weiter, gefolgt von den Kutten.

Hilfe! blökte Vizenz.

Er wurde in den Rücken gestoßen. Ein Mann beugte sich über ihn. Er sah ihm gerade in die Augen. »Ich bin Jakobus. Wenn du noch einen Laut von dir gibst, breche ich dir die Knie.« Die Zähne des Mannes waren fleckig braun. »Ich weiß, wie man Knie bricht. Es macht mir auch nichts aus, dir deine Knochen zu zerhauen.« Kein Zweifel, er meinte, was er sagte.

Sie stemmten ihn hoch und legten ihn wieder auf den Pferderücken. Dann führten sie die Tiere weiter. War ihnen nicht bewußt, daß die Kirche diese Mißhandlung nicht hinnehmen würde? Sie verspielten ihr Leben. Man würde sie an den Galgen hängen.

Warum hatten sie keine Angst? Sie waren nicht einmal vermummt, er würde den Kerl mit den fleckigen Zähnen wiedererkennen, die anderen ebenso, den schielenden Rotschopf, den Mann mit dem Ziegenbärtchen. Fürchteten sie sich nicht vor dem Zorn des Bischofs?

Daß sie keine Angst hatten, konnte nur einen Grund haben. Der Gedanke kroch durch seine Glieder wie Eis. Sie würden ihn töten. Sie hatten keine Angst, weil er nie wieder sprechen würde. Er würde nie wieder essen, nie wieder schlafen, nie wieder die Sonne sehen. Es war seine letzte Nacht.

Ein Sausen in seinen Ohren. Er schluckte. Er war nicht bereit zu sterben! Er mußte leben! Das konnte doch nicht das vorgesehene Ende für ihn sein. Er war nicht bereit, in dieser Nacht sein Leben auszuhauchen!

Es ging in die Senke am Kaltenbach hinab. Die Peiniger überquerten mit ihm die Brücke. Das Haus der Bäckerbruderschaft stand da im Sternenlicht, stumm, schlafend. Deutlich sah er das Wappen der Bruderschaft, die Brezel und den Königsadler. Seit Ludwig den Bäckern das Haus geschenkt hatte, trugen sie ihn im Wappen. Sie hatten das Haus und das Wappen als Lohn für die Schlacht von Ampfing erhalten, in der die bewaffneten Bäckergesellen dem König das Leben gerettet hatten.

Er, Vizenz, war damals als Geistlicher mit zu Felde gezogen. Ludwig war noch nicht exkommuniziert gewesen. Er zog mit einem großen Aufgebot aus den Städten des Landes gegen Friedrich den Schönen. Auch die Münchner Bürger zogen für ihren König in den Krieg. Ludwig war bankrott, das wußten nicht viele, er aber, Vizenz, wußte es vom Beichtvater des Königs, daß Ludwig nur noch elf Pfund Haller Pfennige in der Kriegskasse hatte. Er mußte die entscheidende Schlacht führen, länger konnte er sein Heer nicht zusammenhalten, die schweren Reiter, eintausendachthundert Ritter und Edelknechte, und die viertausend Kämpfer zu Fuß nebst Bogenschützen.

Es war ihm damals so erschienen, als könne er nicht sterben. Er wußte, Gott war mit ihm. Auch als ihnen die vier Heerhaufen der Österreicher gegenüberstanden, war er ruhig geblieben. Gelassen musterte er sie. Die Steirer unter dem Befehl der Herren Ulrich und Heinrich von Walsee. Den Heerhaufen des feindlichen Königs, vom Gegenkönig daselbst angeführt, die rot-goldene Sturmfahne des Reiches in den Händen des elsässischen Herrn von Geroldseck. Die Rotte von

Friedrichs Bruder Heinrich unter dem Banner Österreichs. Die vierte Rotte, bestehend aus den Rittern und Edelknechten des Erzbischofs von Salzburg.

Über eintausend Menschen starben auf dem Schlachtfeld. Daß es ihn, Vizenz, nicht getroffen hatte, war ihm selbstverständlich erschienen. Andere starben, ja. Hätte man ihn gestern nach dem Tod gefragt, er hätte gesagt, daß er das Sterben für eine von Gott gesetzte, dem Lauf der Dinge entsprechende Sache hielt. Er hätte gesagt, daß er sich nicht vor seinem Tod fürchtete, schließlich bestimme Gott Tag und Stunde, und er wisse, daß der Herr es recht machen werde.

So allerdings fühlte es sich nicht an. Es fühlte sich falsch an. Es war falsch, wenn er in dieser Nacht starb. Furchterregend falsch. Er war nicht bereit. Alles, worauf er hoffen konnte, war der Moment, wenn sie ihm den Knebel abnahmen. Er würde nicht viel sagen können, es würde kaum Zeit sein. Jedes Wort mußte dann stimmen, wenn es ihn retten sollte.

Der Inquisitor! Ein fahler Geschmack breitete sich in Nemos Mund aus. Sie verschleppten den Inquisitor. Die Männer trugen dieselben merkwürdigen Kutten, also gehörten sie zu Amiel. Wie konnte er so etwas wagen? Wer war vor ihm sicher, wenn er selbst davor nicht zurückschreckte, den städtischen Inquisitor zu verschleppen? Er spürte eine unangenehme Enge in der Brust.

Er durfte sich nichts anmerken lassen. Jeder Fehler konnte zum Verhängnis werden, jede falsche Geste, jedes falsches Wort. Zumal einer der vier Männer, die ihn abholten, ihn womöglich erkennen konnte. Es war Bartholomäus, der Mann mit den langen Wimpern und dem weichen, frauenhaften Gesicht. War es nicht besser, einfach zu verschwinden, dann eben ohne das Pergament, ohne Spur zu den Eltern, solange er das nackte Leben rettete?

Mit den Schuhen hatte er übertrieben. Er trug nicht zum erstenmal Schnabelschuhe, als Heinrich von Niedelschütz und als Hans Schwilwatz von Schwilwazenhausen hatte er sich darin bereits geübt. Diesmal aber waren sie so lang, daß er ständig drohte, über ihre Spitzen zu fallen. Er mußte den Eindruck eines überaus wohlhabenden und einflußreichen Adligen erwecken, und es galt die Regel: Je länger die Schnabelschuhe, desto einflußreicher ihr Träger. Für längere Wege über frischen Schnee waren solche Schuhe allerdings nicht gedacht. Dazu das enge Jaquette, das unter den Achseln kniff. »Hättet Ihr nicht sagen können, daß es ein weiter Weg ist? Ich hätte das Pferd aus dem Stall geholt!«

»Verzeiht, Herr.«

Sie wahrten den Schein. Das war alles. Sie taten ehrerbietig, aber er spürte, die vier Männer in den Kutten würden ihn zu Amiel bringen, sei es im guten oder mit Gewalt. Es blieb nur, die Sache durchzuführen, wie er sie geplant hatte.

Warum bogen sie nicht in die Leimgasse ab? Ging es nicht zu Amiels Stockwerk über der Goldschmiedewerkstatt? Wohin brachten sie ihn? Er spürte seine Schläfen pochen. Diese Wendung gefiel ihm nicht.

Vor einem prunkvollen Ritterhaus blieben sie stehen und klopften an, eine rhythmische Folge von Schlägen. Was war das für ein Haus? Die weißgetünchten Steinmauern glommen geisterhaft im Nachtlicht. Über dem Tor ein Wappen ... Nemo schluckte. Er kannte das Wappen. Roter Grund, silberner Balken, ein Pfeil, der von der Sehne schnellt. Dies war das Haus des vornehmen Geschlechts der Pötschner. Der Vater der Familie gehörte dem inneren Rat an, er war einer der *Zwölfer* wie Venk von Pienzenau und Hauptmann Ermenrich. Dieser Ratsgeschworene durfte wie die Ritter des Kaisers ein Schwert tragen, er überwachte den Stadtbau, zog im Kriegsfall an der Spitze der Bürger ins Feld. Wieviel Macht hatte Amiel schon an sich gezogen?

Eine kleine Klappe öffnete sich in der Tür. Jemand fragte: »Wer da?«

»Bartholomäus, Andreas, Johannes und Philippus, mit einem Gast.«

»Tretet ein.« Die Tür schwang auf. Der alte Pötschner höchstselbst ließ sie ein. Er war ebenfalls in eine Kutte gekleidet. Durch einen Empfangsraum führte er Nemo und die anderen zu einem Flur, und in diesem Flur zu einer Tür, die über und über mit Schnitzwerk bedeckt war. Er öffnete sie. Nemo blickte in eine hell erleuchtete Halle. Den Boden zierten weiße Kalksteinplatten. Ein bronzener Kronleuchter hing von der Decke herab, sechzehn teure Wachskerzen brannten darin. In Wandnischen rings um den Raum flackerten Dutzende weiterer Kerzen. Es war warm. Ein mächtiger Ofen mit silbergrauen Kacheln stand an der Stirnseite des Saals, ohne Ofentür, offenbar beheizte man ihn aus dem Nachbarraum, kein Aschestäubchen beschmutzte diesen Saal. Hohe Fenster blickten wie schwarze, gläserne Augen von der Wand. Darunter waren steinerne Bänke eingelassen.

In der Mitte des Saals stand ein runder Tisch, dessen Beine in Löwenpranken von poliertem Holz endeten. Zwölf Stühle umgaben den Tisch, nicht Bänke, wie sonst üblich, auch nicht dreibeinige Hocker, sondern Stühle, ein jeder auf eigene Art gestaltet, mit hoher Lehne und Armstützen und erhöhter Sitzfläche, die eine Fußbank erforderte. Solche Stühle waren Ehrenbezeugungen für jeden, der in ihnen sitzen durfte. Einer der Stühle war besonders prunkvoll gestaltet und etwas größer als die anderen. In diesem Stuhl saß Amiel, gekleidet in seinen blauen Kapuzenmantel. Der Bart war kohlenschwarz. Die grünen Augen faßten Nemo und hielten ihn fest, während jeder seiner Begleiter auf einen der Stühle zutrat. Venk von Pienzenau saß bereits in einem der Stühle, ebenso der Glatzkopf von den Fleischbänken und ein Gastwirt, den er kannte. Neun Stühle waren besetzt. Jeder der Männer hier trug eine seidene Taube auf der Kutte.

Drei Kuttenträger fehlten. Die drei, die den Inquisitor verschleppten. Wie hatte der Perfectus es geschafft, diesen Kreis aufzubauen, ohne daß er, Nemo, etwas davon merkte? Er war ein Beweis dafür, wie sehr ihm Amiel mißtraut hatte.

Der Perfectus sagte: »Danke für Euer Kommen. Ich bin

Amiel von Ax. Ihr seid aus Frankreich, wie ich hörte? Mit welchem Anliegen besucht Ihr München?«

In diesem Augenblick entstand ein neuer Plan in Nemos Kopf, rasend wie eine Feuersbrunst. Wenn er glückte, würden der falsche Vollbart, die hochmütige Haltung und die verstellte Stimme eine Läuterung erfahren, die seine Wandlung beinahe unantastbar machte. Alles stand und fiel mit einer Frage: Sah sich Amiel als einen der Zwölf? Offenbar gaben sich die Männer dieser Runde die Namen der Jünger des Herrn Jesus Christus, sie nannten sich Johannes und Philippus und Bartholomäus. Wie nannte sich Amiel? War er Simon Petrus? Oder nahm er als Perfectus das Amt des Erlösers wahr? Zwölf oder Dreizehn. Das entschied alles. Nemo machte einen festen Schritt auf den Tisch und die Männer zu und sagte: »Wo ist mein Stuhl?«

Amiel runzelte die Brauen. »Wie?«

»Ich möchte wissen, wo sich mein Stuhl befindet. Ihr habt Euch doch nicht erdreistet, ihn fortzulassen im Rat der zwölf Jünger?«

»Euren Stuhl? Ich verstehe nicht.«

»Offenbar wißt Ihr nicht, wen Ihr vor Euch habt. Dann wird es Zeit, daß Ihr mich erkennt, ich habe diese beschwerliche Reise nämlich nicht auf mich genommen, um hier im Stehen empfangen zu werden wie ein Fremder!« Er legte die kleinen Finger vor dem Bauch zusammen, wie es der Meister des Spitalordens getan hatte. »Ich bin ein Abgesandter der französischen Kirche der Perfekten. Ich bin hier, um Mitbruder dieses Kreises zu sein.«

Amiel erhob sich. »Die französische Kirche ist vernichtet.«

»Das ist sie nicht. Meint Ihr, der große Autier hat allein Euch geweiht, bevor er bei Saint-Étienne verbrannt wurde? Auch mein Herr ist Perfectus, neben einigen anderen, und er hat mich hierher gesandt, um Euch zu unterstützen.«

Amiels Kinn bebte. »Wer seid Ihr?« fragte er leise.

»Nennt mich Judas.«

21

Sie warfen ihn im Wald zu Boden. Der Kuttenträger mit dem Ziegenbärtchen kniete neben ihm nieder und löste seine Fesseln. Er nahm ihm auch den Knebel ab. Vizenz schöpfte rasselnd Atem. Ließen sie ihn frei?

»Zieh dich aus«, sagte der Kerl mit den fleckigen Zähnen.

»Ich bin Träger einer päpstlichen Vollmacht.« Vizenz stand auf. Der kalte Schnee schmerzte an den Fußsohlen. »Man wird euch erbarmungslos verfolgen. Wenn ihr klug seid, laßt ihr mich gehen.«

Der schielende Rotschopf und der Mann mit dem Ziegenbärtchen schwiegen. Der mit den fleckigen Zähnen sagte: »Dein Papst kümmert uns nicht. Zieh dich aus.«

»Ich kann mich für ein gnädiges Urteil einsetzen. Noch ist es nicht zu spät!«

»Zieh dich aus.«

»Was wollt ihr von mir? Geht es um die Inquisition? Wenn ihr mich tötet, kommt ein neuer Inquisitor. Die Inquisition wird nicht verschwinden.«

»Hast du dem Dominikaner geschrieben?«

Was war die richtige Antwort? Und wie konnten sie überhaupt von einem Brief wissen? Vizenz nickte zögerlich. »Ja, das habe ich.«

»Dann läuft alles wie gewünscht.« Der Kerl machte einen Schritt auf ihn zu und packte ihn. Die beiden anderen Kuttenträger begannen, Vizenz die Kleider vom Leib zu reißen. Sie zogen ihn nackt aus. Anschließend wurde er zu einem Baum geführt und daran festgebunden.

Die kalte Nachtluft strich beißend über seine Haut. »Wollt ihr, daß ich erfriere?«

»Du stehst der neuen Kirche im Weg. Die alte Kirche ist gefallen. Wir gründen die Kirche der Reinen. In ihr gibt es keinen Platz für dich.«

Amiel steckte dahinter! Diese Kuttenträger waren Gefolgsmänner Amiels von Ax! »Wie kann es rein sein zu morden? Ihr gründet eure Kirche auf Blut!«

Die Männer luden die Schläuche vom zweiten Pferd. Der Rotschopf öffnete einen der Schläuche. Er trat an Vizenz heran.

»Was habt ihr vor?« Er zitterte am ganzen Leib, vor Angst und vor Kälte.

Der Rotschopf hob den Schlauch über Vizenz' Kopf und übergoß ihn mit Wasser. Es rann in eisigen Bahnen an ihm herab, benetzte den Rücken, die Brust. Mit nassen Fingern lief es an den Beinen hinunter. Das Zittern wurde schlimmer, seine Muskeln bebten, als wollten sie ihn zerreißen. Sein Atem ging in Stößen.

Sie brachten den nächsten Schlauch. Ein neuer Schwall von Wasser floß über ihn. Der Wind biß nun noch unbarmherziger in seine Haut. Ich sterbe, dachte er, und der Gedanke erfüllte ihn mit rasender Trauer. »Vater im Himmel«, sagte er, »ich bin dein. Rette mich! Rette mich!«

Die Kälte zertrümmerte ihm den Schädel, so fühlte es sich an. Haarsträhnen hingen ihm ins Gesicht, Eiszapfen. Zitterte er noch? Er konnte es nicht mehr fühlen. Ein weiterer Schlauch, wieder ein Schwall von Wasser. War es warm? War es kalt? Die Haut zog sich zusammen, als wollte sie reißen.

Er konnte seine Füße nicht mehr spüren. Vizenz sah hinunter. Schimmerndes Eis umgab sie. Die Zehen glänzten wie Glas. Er würde zu einer Eissäule gefrieren. Müdigkeit lähmte ihn. Er starb. Er starb! Er dachte: Vater im Himmel, ich bin dein. Ich habe immer große Scheu vor dir gehabt. Ich weiß, ich bin dir ausgewichen, ich habe selten mit dir gesprochen, weil ich mich gefürchtet habe, etwas Falsches zu sagen. Du warst mir unheimlich. Aber ich bin dein! Erlöse mich!

Die Müdigkeit enführte ihn sanft. Er riß die Augen auf. Er spürte nichts mehr, sein Körper war verschwunden, fort. Die

Schlehenbüsche! Dort waren Williams Schlehenbüsche, und seine Bienen. Welche Ironie. Seine letzten Gedanken galten einem Ketzer.

Das Butterfaß erzitterte unter ihren Stößen. Adelines Arme schmerzten, mit solcher Wucht schlug sie den Rahm. Der Rahm wurde schwer. Die Butter würde ihre Wut in sich tragen, fette Butter würde es sein.

»Was ist in dich gefahren?«

Adeline hatte nicht gehört, wie die Köchin hinter sie getreten war. Sie ließ den Stößel los. Er sank langsam im Faß nach unten. »Ich mache Butter, wie du mir aufgetragen hast«, sagte sie.

»Ich habe nicht gesagt, daß du dabei das Faß zu Kleinholz machen sollst.«

»Tut mir leid.«

»Nicht dein Tag, was? Aber ich bin nicht hier, um dich zu tadeln. Gräfin Giselberga schickt nach dir. Geh, ich lasse jemand anderen weitermachen.«

Die Gräfin wollte sie sehen? Adeline löste die Schleife an ihrem Rücken und zog sich die Schürze über den Kopf. Sie legte sie auf den Tisch. Was wollte Giselberga? Adeline ging hinaus. Draußen stand Prinz Wilhelm auf dem Fundament des alten Bergfrieds und reckte ein Holzschwert in die Höhe. »Verbeugt euch, Pack!« brüllte er. Vor seinem Mund wölkte die kalte Luft.

Die Kinder warfen sich zu Boden und huldigten ihm.

»Fremde, auch du bist gemeint.« Er zeigte mit der Schwertspitze auf Adeline.

Sie ging wortlos an ihm vorüber.

»Auf die Knie!«

Sie trat durch die Tür im Nordflügel, klopfte sich den Schnee von den Schuhen und stieg die Treppe hinauf. Aus dem Rittersaal drang Gelächter. Also war das Frühmahl noch nicht aufgehoben. Giselberga würde an ihrem gewohnten Platz an der Tafel sitzen und die Scherze der Damen und Edelleute mit strengem Stirnrunzeln beantworten.

Adeline schlüpfte in den Saal. Sie blieb neben der großen Flügeltür stehen. Im Kamin brannte Feuer und wärmte den Saal. Die Schüsseln waren schon abgeräumt, die Hofbeamten und Gäste des Kaisers saßen nur noch zum Wein zusammen. Diener schenkten aus großen Krügen nach. Besser, sie blieb hier und wartete auf ein Zeichen von Giselberga.

Was war mit der Gräfin los? Sie plauderte fröhlich mit der Dame neben ihr, lachte, stieß die andere mit der Hand an beim Reden, um ihre Aufmerksamkeit zu gewinnen. Als ein Diener ihr nachschenken wollte, nickte sie zerstreut, nahm den Becher auf und trank in großen Schlucken. Da bemerkte sie, den Becher noch am Mund, Adeline bei der Tür. Sie winkte sie heran.

Adeline trat näher und verneigte sich. »Herrin, Ihr habt nach mir geschickt.«

»Das ist sie«, sagte Giselberga zur Hofdame. »William Ockham hat recht, nicht wahr? Sie ist hübsch und bescheiden. Und fleißig zudem. Ich sage Euch, aus ihr wird einmal etwas. Dann werden sie sagen: Giselberga hat ihr die beste Erziehung angedeihen lassen.«

»Wann werdet Ihr den Spaziergang mit dem Engländer machen?« Die Hofdame hatte ihr Gesicht mit Salbe geweißt. Die Lippen waren rot bemalt und bewegten sich so flink wie Schlangen. »Ich beneide Euch, wirklich! Wüßte nicht, daß er schon einmal mit einer Dame spazierengegangen ist. Ist Euch bewußt, daß Ihr mit einem der größten Männer unserer Zeit reden werdet?«

»Ja, das weiß ich. Und ich lasse ihn mit seinem Versprechen nicht wegkommen, da könnt Ihr sicher sein. Ich werde ihn gleich nachher aufsuchen. In ein paar Tagen hat er sonst vergessen, was er versprochen hat.«

»Ihr müßt mir unbedingt berichten, gleich, wenn Ihr wiedergekehrt seid, Giselberga. Worüber werdet Ihr reden? Welche Weisheiten wird er verkünden? Man muß jedes Wort niederschreiben lassen, das dieser Mann sagt.«

William Ockham wollte mit der Gräfin spazierengehen? Es

erschien Adeline unglaubwürdig, es paßte nicht zu ihm. Was wollte er mit der Frau? Jeder am Hof wußte, daß er allein für seine Schriften lebte.

Die Gräfin faßte Adelines Arm. »Mädchen«, raunte sie, »William Ockham hat darum gebeten, daß ich dich wieder begünstige. Der Gelehrte macht sich Gedanken über dich, ein Kammermädchen, kannst du das begreifen? Lauf rasch hinüber und bedanke dich bei ihm.«

»Ja, Herrin.«

»Vorher gehst du an meine Truhe und nimmst das gute Handtuch, das bestickte. Du bringst es ihm als Geschenk. Falte es so, daß die kleinen Vögel oben liegen.«

»Wie Ihr wünscht.«

»Er ist in der Kanzlei, hat er gesagt. Wenn du wiederkommst, setzen wir uns ein wenig auf die Fensterbank und reden. Diese Marie, die mir in den letzten Wochen beim Ankleiden helfen sollte, ist ungeschickt und störrisch. Ich werde sie entlassen. Ich möchte, daß du wieder den Morgendienst übernimmst. Jetzt geh.«

Benommen verließ Adeline den Saal. Ihre Handflächen kribbelten. Wendete sich ihr Schicksal? William Ockham ging mit Giselberga spazieren, um ihr, Adeline, zu helfen. Die Gräfin nahm sie wieder auf. Wenn Gott ihr derart beistand, mußte es auch gelingen, Amiel zu vernichten.

Sie holte das Handtuch, faltete es wie aufgetragen und verließ den Nordflügel. Auf dem Hof schlug Prinz Wilhelm einem ungehorsamen Nachfolger gerade den Kopf ab. Wilhelm hob das Holzschwert in die Höhe und ließ es auf den Nacken eines kleinen Jungen niedersausen, der vor ihm im Schnee kniete. Der Junge kippte zur Seite und tat, als sei er tot. »Laß dir das eine Lehre sein«, sagte Wilhelm. »Man hat mir zu gehorchen.«

Adeline lief an ihnen vorüber. Da brüllte Wilhelm: »Die Ungehorsame! Holt sie her! Sie muß sterben.«

Die Kinder stürmten auf sie zu. Das Tuch! Adeline hob es in die Höhe. Sie war nicht in der Verfassung für Spiele. Laßt mich in Frieden, dachte sie. Sie sagte: »Laßt das.«

Die Kinder verharrten auf halbem Wege. Sie sahen sie zögerlich an.

Man hörte auf sie? Damit hatte sie nicht gerechnet. »Habt ihr verstanden?« setzte sie nach. »Laßt mich in Frieden.« Sie ging weiter.

William würde ihr unmöglich dabei helfen, Amiel zu töten. Er würde es ihr nicht zutrauen, und er würde nicht glauben, was sie wußte: daß Nemo tot war.

Sie betrat die Kanzlei im Südflügel. Leonhard, der begabte Kalligraph und Miniaturmaler des Kaisers, hatte sein Pult an das Fenster geschoben, um besseres Licht zu haben. Adeline warf einen Blick auf das Pergament, das darauf lag, von Steinen beschwert. Sie schluckte. Seine Ränder waren verziert mit grazilen Ornamenten, Ranken, Blüten, Wappen. Rings um den ersten, übergroßen Buchstaben kämpften ein Adler und ein Löwe. Der Schnabel des Adlers war geöffnet, der rechte Flügel angelegt, die linke Schwinge aufgefächert, sie bestand aus fünf Federn. Seine Fänge gruben sich in die Mähne eines zusammengekauerten Löwen. Der Schwanz des Löwen war steil in die Höhe gerichtet, er schien Schmerzen zu leiden, man konnte ihn förmlich brüllen hören.

»Ludwig wird frohlocken«, sagte Leonhard zu William. »Er freut sich jedesmal, wenn ich den Kampf eines Adlers gegen einen Löwen zeichne.«

»Natürlich. Solange der kaiserliche Adler das Wappentier der Welfen besiegt. Ist es nicht furchtbar, daß das Leben eines Kaisers rundweg aus dem Kampf gegen Feinde besteht? Geben die anderen Regenten einmal Frieden, dann machen ihm Feinde im eigenen Reich zu schaffen. Der Adler findet einfach keine Ruhe.«

»Wenn ich diese Urkunde abgeschlossen habe, kann ich mich wieder Eurem *Dialogus* widmen.« Er wendete sich Adeline zu. Seine feinen Locken schimmerten kastanienbraun im Licht, das durch die Tür auf sie fiel. »Kann ich dir helfen, Adeline?«

Er weiß meinen Namen! dachte sie. »Gräfin Giselberga schickt mich. Ich würde gern mit William Ockham sprechen.«

»Bitte. Er ist ganz dein.« Leonhard lächelte. »Ich muß sowieso diesen Erlaß fertigstellen.«

William hakte sich bei Adeline unter und führte sie aus der Kanzlei hinaus. »Hat sich die Gräfin entschieden, dich wieder aufzunehmen?« fragte er.

»Ja. Dafür danke ich Euch sehr.« Sie hielt ihm das Tuch hin, so, daß die kleinen Vögel ins Auge fielen. »Das soll ich Euch von der Gräfin geben. Sie hat es selbst bestickt.«

»Was ist es?«

»Ein Handtuch.«

Er faltete es auf und hielt es ins Sonnenlicht. Vor dem blauen Winterhimmel wirkten die Stickereien wie kleine bunte Flecken. »Sehr schön«, sagte er.

»Danke, daß Ihr Euch für mich eingesetzt habt.«

»Ich habe dich gestern über den Hof gehen gesehen. Dieses Unglück in deinem Gesicht, da mußte ich etwas unternehmen.«

»Darf ich Euch etwas fragen?«

»Gern.« Er rieb sich die Oberarme. »Es ist kalt. Begleite mich in die Studierstube.« Unter der großen Sonnenuhr betraten sie den Ostflügel. William stampfte mit den Füßen auf, um den Schnee abzuklopfen, und stieg vor Adeline die Treppe hinauf. »Was willst du wissen?«

»Könnte es sein, daß Amiel mich vergiftet?«

»Das glaube ich nicht. Schmeckt dir das Essen nicht mehr?«

»Wie müßte es schmecken, wenn es Gift enthält?«

»Das häufigste Mordgift ist der Blaue Eisenhut. Er schmeckt bitter. Du würdest es merken, wenn du Eisenhut in der Speise hättest. Andere haben es zumindest gemerkt und so ihr Leben gerettet.«

»Besteht das Gift aus Eisen?«

Er lachte. »Nein. Es ist eine Pflanze. Sie wird auch Teufelswurz genannt oder Wolfskraut. Man steckt die Knollen in rohes Fleisch und legt es im Wald aus, dann fressen es die Wölfe und verenden.«

»Was geschieht, wenn es ein Mensch ißt?«

»Ich glaube nicht, daß du vergiftet bist. Du würdest anders aussehen. Ein Mensch, der Eisenhut gegessen hat, seien es nun die Knollen oder ein anderer Teil der Pflanze, dem bricht der Schweiß aus. Er erbricht sich, die Gliedmaßen sterben ab, die Atmung verflacht. Er stirbt binnen weniger Stundenläufe. Zuvor leidet er stärkste Schmerzen. Hast du Schmerzen?«

»Nein.«

William schloß die Tür auf und trat ein. »Also bist du nicht vergiftet.«

»Kann denn jeder dieses Gift kaufen?«

»Im Grunde nicht. Der Apothekarius weiß ja, wie gefährlich es ist. Man müßte schon sehr gewieft sein und an die Eisenhutsalbe denken.«

»Also könnte er mich nicht nur über das Essen, sondern auch über eine Salbe vergiften, die er mir unbemerkt auf die Haut streicht?«

»Das habe ich nicht gesagt. In Form von Salbe verwendet man Eisenhut, um Schmerzen zu lindern oder Fieber zu senken. Die Wirkstoffe dringen durch die Haut ein. Sie sind aber nur giftig, wenn man sie verspeist, und das müßte dann ein ganzes Töpfchen Salbe auf einmal sein. Du solltest dich nicht ängstigen. Es würde Amiel auch nicht ähnlich sehen, Gift einzusetzen. Er ist verblendet, aber keiner, der sich an den Qualen anderer erfreut.«

Sie schloß die Tür hinter sich. »Ich glaube schon, daß er sich an Qualen anderer erfreut.«

»Nein, Adeline. Das sind andere Menschen. Amiel ist nicht von Anfang an böse gewesen.« William drehte sich um und sah sie an. »Jemand, der seine Gelüste, sein Wohl, sogar seine Sicherheit einem großen Anliegen unterordnet, ist ein großer Mensch. Verstehst du, was ich meine?«

Sie kniff die Augen zusammen. Was sagte er da? Amiel ein großer Mensch? Die Bestie?

»Bei diesen großen Menschen besteht wie bei den gewöhnlichen die Gefahr, daß sie an einer Weggabelung den falschen Pfad nehmen. Dann werden aus ihnen erbarmungslose Eiferer. Sie sind bereit, für eine Sache zu sterben; aber auch bereit, dafür zu töten.«

»Wollt Ihr sagen, daß der Perfectus nicht böse ist?« Ihre Stimme bebte. Warum sah niemand die häßliche Fratze dieses Dämons? Warum gelang es ihm, sie alle zu täuschen?

»Jeder Mensch hat zwei Seiten. Wie das Pergament! Sieh her.« Er nahm eines vom Pult. »Die Seite, die ursprünglich behaart war, ist rauh und dunkel. Deshalb bringt man die schönen Buchmalereien auf die Fleischseite auf, die heller und geschmeidiger ist. Jeder kann sich entscheiden, auf welche Seite des Pergaments er sein Leben aufträgt.«

Fleischseite. Sie mußte plötzlich daran denken, daß in den dicken Büchern, die hier lagen, ganze Schafherden enthalten waren, oder deren Häute, zumindest.

»Tag für Tag entscheidet man sich dafür, das Gute oder das Böse zu tun. Im Laufe der Zeit wird eine Gewöhnung daraus. Man gewöhnt sich an, gut zu sein. Oder man gewöhnt sich an, böse zu sein. Hinzu kommt, daß eine Tugend weitere Tugenden nach sich zieht, und einer häßlichen Begierde weitere Begierden folgen.«

War sie dabei, einer häßlichen Begierde zu folgen? Sie würde einen Menschen töten. So weit hatte er sie gebracht. Amiel hatte ihr die Unschuld genommen, den Gehorsam gegenüber Gottes Liebesgebot. Er hatte den Haß in sie gepflanzt.

Sie wußte, daß sie etwas Verbotenes tat, als sie das Geschäft des Apothekarius' betrat. Sie spürte es mit jeder Faser ihres Körpers. Das Herz pochte ihr im Hals, und sie fühlte ihre heißen Ohren. Er würde ihr ansehen, daß sie log. Glücklicherweise befand sich bereits jemand im Laden, eine Frau von großem Leibesumfang, und der Apotheker war abgelenkt.

»Mein Sohn hat wieder diese Krämpfe«, sagte die Frau, »und das Heilkraut ist aufgebraucht.«

»Hat es geholfen?« fragte der Apothekarius. Hinter ihm standen in langen Reihen beschriftete Krüge. Dosen lagen in den Regalen. Bronzene Fläschchen fanden sich, und Weidenkörbe. Auf dem Ladentisch stand eine feine, bronzene Waage. Durch die Tür hinter dem Apothekarius sah Adeline einen alten Mann, der am Tisch saß und mit einem Stößel etwas in einem Gefäß zerrieb.

Auf dem Ladentisch lockte Konfekt, daneben lagen in verschiedenen Schalen Gewürze. Es roch nach Kardamom, Muskat und Minze. Getrocknete Heilkräuter hingen von Schnüren, die durch den gesamten Raum verliefen, ebenso eine Reihe von Schwämmen.

»Ja, die Krämpfe sind schwächer geworden. Könnt Ihr mir außerdem einen dieser Schwämme mitgeben?«

Der Apothekarius zeigte auf die Schwämme, die an der Schnur hingen: »Diese meint Ihr?«

»Ja.«

»Verzeiht. Ihr täuscht Euch, was die Schwämme angeht.«

»Wieso?«

»Es sind Betäubungsmittel. Einige sind mit Alraun getränkt, andere mit Bilsenkraut oder Wasserschierling.«

»Was geschieht damit?«

»Sie betäuben den Schmerz, wenn jemand aufgeschnitten werden muß oder ein Glied vom Körper abgetrennt wird. Mancher muß eingeschläfert werden, bevor man ihn behandeln kann. Das ist gefährlich! Viele wachen nicht wieder auf, oder sie verlieren den Verstand. Ich kann Euch keinen der Schwämme verkaufen. Sie dienen den Ärzten als Werkzeug.«

»Naturlich, ich verstehe.« Die Frau legte einige Münzen auf den Tisch. »Habt Dank!«

Der Apothekarius strich das Geld ein. Er sah Adeline an, lächelte. »Was wünscht die Gräfin?«

»Wacholderöl.«

»Als Diuretikum, nehme ich an.« Er griff hinter sich und stellte ein Bronzefläschchen auf den Tisch.

»Und sie hat Fieber. Ich soll Blauen Eisenhut kaufen.« Ihre Hände zitterten. Sie nahm sie rasch hinter den Rücken.

Der Apothekarius kratzte sich den Nacken. »Das ist ein

sehr gefährliches Mittel. Ich gebe es nur an Heilkundige heraus.«

Sie biß sich auf die Zunge. Was sollte sie sagen? Wie konnte sie ihn überzeugen?

»Ihr müßt verstehen. Blauer Eisenhut ist tödlich, wenn man ihn falsch einsetzt.«

Wenn sie die Salbe verlangte, vielleicht klang das weniger gefährlich für ihn? »Die Salbe soll das Fieber senken, hat Marsiglio Raimondini gesagt.«

»Der berühmte Arzt von Padua hat Euch hergeschickt? Behandelt er die Gräfin?«

»Sie steht in der Gunst des Kaisers. Deshalb tut er ihr den Gefallen und hat ihr seinen Leibarzt zugewiesen.«

Er nahm eine Dose aus dem Regal. »Versprecht, diese Dose allein Marsiglio Raimondini zu geben, niemandem sonst. Und überbringt ihm meine ehrerbietigsten Grüße.«

22

Der Himmel, den Nemo durch die Fensterluke sehen konnte, war wolkenverhangen, die Sonne nicht zu sehen. Seinem Gefühl nach ging es auf Mittag zu. Kalte Luft zog herein. Er legte sich wieder auf das Bärenfell vor der Ofenöffnung. Sie war ganze zwei Ellen breit und eine Elle hoch, übergroß wie der silbergrau gekachelte Ofen in der Halle nebenan, zu dem sie führte. Nemo hatte den Ofen Stunde um Stunde mit Holz gefüttert, er war heiß, die Wärme spannte die Haut im Gesicht, die Wangen fühlten sich an, als glühten sie. Es zischte im Ofen. Von einem schwarzen, niedergebrannten Holz sprang wieder eine Flamme auf. Dann ein Krachen, ein Aufstieben von Feuerfunken. Das Holz rutschte zusammen, das Scheit brach. Der dunkle Ofenleib saugte die Funken in die Höhe und wirbelte sie durcheinander.

Nemo roch an seinen Händen. Die Haut klebte von Harz, und sie roch auch so. Das paßte nicht zu einem hohen Herrn. Er zog die weißen Handschuhe über. Es ging schwer, sie blieben an der Haut hängen.

Er sehnte sich plötzlich nach dem Hausrat, den er über der Goldschmiedewerkstatt zurückgelassen hatte: dem Krug, den Schüsseln, dem Holzlöffel, dem Bettlaken, dem Kissenbezug, den Wolldecken. Diese Dinge waren auf gewisse Weise ein Teil von ihm geworden. War das sein Schicksal, nie anzukommen, nie eine Heimat zu finden?

Wieso kam Amiel nicht? Hatte er ihn so sehr verunsichert? Sicher dachte er darüber nach, ob man diesem Judas trauen konnte. Sie taten so, als hätten sie ihn als Gast einquartiert im Nebenraum des Saals. Tatsächlich aber war er eingesperrt, die Nacht über und noch den ganzen Vormittag. Er hatte Amiel nicht überzeugt. Der Perfectus war mißtrauisch. Er, Nemo, mußte noch wagemutiger sein, er mußte Amiel vollends verblüffen.

Er holte den Gros Tournois hervor. Die Münze fühlte sich glatt und warm an, seine Brust hatte sie gewärmt. Die Burg, die zwölf Lilien. Als die Münze sein Spielzeug gewesen war, hatte er noch eine Familie gehabt. Wieso zählte sein Vater Geld? War er Kaufmann? Oder arbeitete er für ein italienisches Bankhaus? Das *Depositum* hatte von einer *Compagnia* aus Florenz gesprochen, irgendeinem Tommaso ... Tommaso di Arnolfo. Wenn er das Pergamentstück gestohlen hatte, sollte er dann nicht am besten nach Florenz reisen anstatt nach Paris? Welche Spur war sicherer, die des Gros Tournois oder die des versteckten halben Dokuments seines Vaters?

Stimmen vor der Tür. Jetzt kam es darauf an. Er steckte die Münze zurück, ordnete seine Kleider und kniete sich nieder. Er hob die Hände empor, wie er es bei Amiel gesehen hatte damals im Gasthaus zum Hirschen, und atmete ruhig. In diesem Augenblick wurde er der Abgesandte eines französischen Perfectus. Daß hinter ihm Männer den Raum betraten, störte ihn nicht. Er betete: Gott, danke, daß du meine Gebete erhörst, nicht aber die der sündigen anderen. Das Gefühl von Macht durchströmte ihn. Er war überlegen. Er folgte dem Licht, er allein. Empfand so Amiel?

»Er betet«, flüsterte jemand hinter ihm.

»Das sehe ich.« Es war Amiels Stimme.

Es blieb still. Sie wagten es nicht, ihn zu unterbrechen. Wenn er entlarvt wäre, hätten sie sich nicht gescheut. Es war also noch nichts verloren.

Nach einer Weile ließ er die Arme sinken, erhob sich und drehte sich um. »Ihr wünscht?« Erstaunlich, daß Amiel nicht allein gekommen war. Zwei der Jünger standen in ihren schwarzen Kutten hinter ihm wie Leibwächter. Fürchtete er ihn? Dann tat der Langdolch in der silberverzierten Scheide seinen Dienst, und Nemo hatte ihn nicht umsonst gekauft. Ein Adliger war im Umgang mit Waffen geübt, Amiel mußte damit rechnen, daß er bei einem Streit den kürzeren zog.

Der Perfectus musterte ihn kühl mit seinen grünen Augen. »Ihr versteht, daß ich kein Französisch mit Euch spreche. Es wäre unhöflich vor den anderen.«

»Natürlich.«

»Aber vielleicht seid Ihr auch froh darüber? Euer Deutsch ist erstaunlich gut.«

»Ich stamme von hier, aus Augsburg.« Amiel sprach nicht deshalb deutsch mit ihm, weil es unhöflich wäre, französisch zu reden. Nein. Er wollte sichergehen, daß es die anderen mitbekamen, wenn Nemo ihm drohte, wenn sich das Gespräch aus irgendeinem Grund zuspitzte.

»Judas nennt Ihr Euch, wie der Verräter.«

»Christus hat Judas unter seine Jünger aufgenommen. Er gab ihm Gelegenheit, sich zu bewähren.«

»Wie werdet Ihr Euch bewähren?«

Wenn diese Lüge nicht gelang, brach alles zusammen. Schweiß kitzelte ihn unter den Achseln. Es kostete ihn große Anstrengung, eine ruhige Miene zu bewahren, als sage er das Gewöhnlichste von der Welt. »Das habe ich bereits, Amiel. Ich habe Euch die zweite Hälfte des *Depositums* beschafft.«

Der Perfectus blinzelte. »Wie … Wie ist es Euch gelungen, es ihm abzunehmen?« Er starrte Nemo an wie einen Geist.

Wen könnte er meinen? Wer besaß die zweite Hälfte? »Wem?« fragte Nemo.

»Dem Dominikaner.«

Eine Lüge aus dem Stegreif mußte her. Eine gute. Offenbar war es schwer, diesen Dominikaner zu bestehlen. »Ich habe es nicht selbst getan.«

»So?«

»Ich habe einen Dieb beauftragt. Den erfahrensten Beutelschneider des Landes. Er ist dem Dominikaner nachgestiegen und hat ihm das Pergament entwendet.«

»Gebt es mir.«

»Ihr wißt selbst, welche Bedeutung das *Depositum* hat. Ich muß zuerst sichergehen, daß es in die richtigen Hände gerät.«

»Das wollt Ihr beurteilen, ein einfacher Abgesandter?«

»Mein Herr hat mich durch genaue Unterweisungen vorbereitet. Gebt mir einige Tage, ich möchte Eure Arbeit kennenlernen.«

Der Perfectus strich sich über den schwarzen Bart. »Ich weiß nicht, ob ich Euch trauen kann. Welche Seite des Pergaments besitzt Ihr?«

Nemo rief sich das halbe Pergament vor Augen, das im Hammerschaft gesteckt hatte. Es war die rechte Seite gewesen. »Die linke.«

»Wenn Ihr tatsächlich von einem Perfectus geschickt wurdet, solltet Ihr wissen, wie man sich einem Perfectus gegenüber verhält.«

»Ich weiß es wohl. Verzeiht. Euch gebührt das *melioramentum*.« Nemo kniete nieder. Er neigte dreimal den Kopf zu den Händen Amiels und küßte sie. Sie waren kalt. Er sagte: *»Benedicite, parcite nobis.«*

»Von Gott und von uns«, erwiderte Amiel zögerlich.

Das Land war weiß. Karrenspuren zogen sich die Straße entlang, krumm und unansehnlich. Der Schönheit des Winters konnte der Mensch mit seinen Fährten nichts abtrotzen. Krähen krächzten in den Baumwipfeln. Aus dem Geäst rieselte Schneestaub herab und glitzerte wie Diamantennebel.

»Ihr friert wirklich nicht?« fragte William. Seine Schritte knirschten im Schnee. Der Tasselmantel der Gräfin schleifte über die Schneedecke.

»Eure Fürsorge ehrt Euch, verehrter William, aber mir ist wohl, wirklich. Bitte, redet weiter von dem Guten und seiner moralischen Tiefe! Ich habe nie Klügeres gehört.«

»Es sind nicht alles meine eigenen Gedanken. In dieser Frage habe ich viel von Duns Scotus gelernt. Er hat mir beigebracht, daß es einen Unterschied gibt zwischen der ontologischen Güte einer Handlung und ihrer moralischen Güte. Wenn ich einem Bettler ein Almosen gebe, kann das ontologisch gut sein – es ist aber nicht notwendig auch moralisch gut. Denn wenn ich es tue, um dabei von einer Frau gesehen zu werden, die ich über meinen Geiz hinwegtäuschen will, dann ist es keine moralische Handlung.«

»Verfolgen wir nicht mit allem, was wir tun, ein Ziel? Ich meine, gibt es eine Güte ohne Hintergedanken?«

»Die Vernunft geht immer mit sich zu Rate, durch welches Mittel sie ihr Ziel am besten erreichen kann. Aber, wie Aristoteles sagte: Gerecht ist, wer gerechte Werke auf gerechte Weise tut.«

»Eure Briefe und Abhandlungen, schreibt Ihr sie nicht auch mit ein wenig Stolz? Bitte verzeiht, daß ich mich erdreiste, so etwas zu fragen. Aber wünscht Ihr nicht auch, recht zu behalten?«

Er warf einen raschen Blick auf sie. Nie hätte er geglaubt, daß dieser Spaziergang ihm derartiges Vergnügen bereiten würde. Gräfin Giselberga war eine kluge Frau. »Ich muß gestehen, daß ich mitunter Stolz empfinde, wenn ich eine Schrift abschließe. Und wenn ich gewisse Erkenntnisse verteidige, kämpfe ich nicht nur für die Sache, sondern auch für mich. Ihr habt also recht. Ich hoffe jedoch, daß die moralische Güte meines Handelns überwiegt.«

»Davon bin ich überzeugt.«

»Darf ich Euch meine Fäustlinge anbieten? Sie sind bedeutend wärmer als Eure dünnen Handschuhe, und es ist kalt.«

»Wenn es Euch Freude bereitet. Das ist doch Euer wahres Ziel!«

Sie lachten.

Er zog die Fäustlinge aus und reichte sie ihr. Dann hockte er sich nieder und griff etwas Schnee. Er stand auf, formte dabei den Schnee zu einem Ball. Er schleuderte ihn gegen einen Baum. Der Ball zerplatzte an der Rinde. Die Hälfte des Schnees blieb kleben. »Dort hinten befinden sich meine Bienenkörbe, mögt Ihr sie sehen?«

»Gern.«

Er führte sie hinunter vom Weg. Der Schnee reichte hier bis zu seinen Knien. Giselberga mußte ebenfalls in großen Schritten durch den Schnee steigen. Es gefiel ihm, die Hofdame der wilden Natur auszusetzen. »Ihr werdet nasse Füße bekommen«, sagte er.

»Es wäre nicht das erste Mal.«

Es sah entzückend aus, wie ungelenk sie sich voranbewegte.

Kurz bevor sie die Bienenkörbe erreichten, sah er die Löcher. »Nein! Nein!« Er hastete voran, blieb bei den Körben stehen. »Ausgerechnet das stärkste Volk!«

»Was meint Ihr?«

»Da, seht Ihr die Löcher? Ein Specht hat die Bienenbeute aufgehackt und die winterträgen Bienen gefressen.«

»Allesamt?«

»Sicher nicht, aber das Volk ist geschwächt. Es lohnt nicht mehr, die Löcher zu stopfen.«

»Also laßt Ihr die überlebenden Bienen sterben?«

»Ich weiß nicht, ob überhaupt noch welche am Leben sind.«

»Das tut mir leid.« Die Gräfin ließ die Fäustlinge sinken. »Es muß ein harter Verlust sein.«

»Ein trauriger, ja.«

»Aber seht einmal, die Eiszapfen an jenem Baum. Sind sie nicht wunderschön? Sie sehen aus wie bestes italienisches Glas.«

Er sah hin. »Tatsächlich, sie –« Er stockte. Etwas stimmte nicht mit dem Eis am Baum. Eine Hand war darin gefangen. Voller Grauen starrte er darauf. Er näherte sich vorsichtig. Der Wald erschien ihm auf einmal wie tot. Still war es, nur der Schnee knarrte unter seinen Sohlen.

Er ging um den Baum herum. Eine Eissäule war mit der Rinde verschmolzen, und in der glänzenden Säule steckte ein Mensch. Der Mensch war unbekleidet. Seine Finger, Zehen und die Nase waren blaurot verfärbt, die Nasenspitze schwarz. Grell stach davon die weiße Haut des restlichen Körpers ab. William meinte, den Mann zu kennen. Die Augen des Toten waren nur halb geschlossen, fast wirkte es, als sehe er William ins Gesicht.

Vizenz Paulstorffer. Es war der Inquisitor. Kein Zweifel. Vizenz Paulstorffer war auf bestialische Weise ermordet worden. »Ad Deum«, hatte er sich nach ihrem Gespräch verabschiedet. Er hatte ihn, den Gebannten, eines ehrlichen Gesprächs für würdig erachtet. »Ad Deum«, zu Gott hin, mit Gott, das hatte er zum Abschied gesagt.

William stiegen Tränen in die Augen. Seine eigenen Worte hallten ihm in den Ohren. »Es geht mir nicht um Amiel. Ich betrachte lediglich seine Aussagen. ... Ich sage doch nicht, daß ich mit ihm einer Meinung bin! Ich referiere nur seine Ansicht. Pelagius lehrte ... Augustin hat dagegengehalten ...« In diesem Augenblick haßte er sich selbst. Es ging ihm um Lehren und Theorien. Hatte er jemals Verantwortung übernommen, einem einzigen Menschen geholfen? Vizenz Paulstorffer kam gegen Amiel von Ax nicht an, das hatte er gemerkt. Warum hatte er ihn nicht unterstützt? Statt dessen hatte er referiert, eine kleine Lehrstunde gehalten hier im Wald. An dieser Stelle war es gewesen.

Ein Zeichen Amiels? William ballte die Fäuste.

Auch ich habe Fähigkeiten, dachte er. Einmal war es genug. Es wurde Zeit, daß dieser Amiel zur Strecke gebracht wurde. William rührte mit den Fingerspitzen an das gläserne Gefängnis des Inquisitors. »Ad Deum, Vizenz«, sagte er leise. »Ich bringe Euer Werk zu Ende.«

Es war, als hätte ein riesenhafter Specht die winterträge Stadt München aufgehackt und dabei das Bienenvolk geweckt. Zwischen den zwei Mauerringen und ihren hundert Türmen wogte das Volk durch die Straßen. Zehntausend Menschen waren auf den Beinen. »Der Inquisitor ist zur Eissäule erstarrt«, sagte einer dem anderen. »Die Strafe für das ungerechte Urteil«, flüsterten sie. »Der Heilige, den er verurteilt hat, wirkt Wunder!«

Im Wald tauten Stadtknechte und Priester das Eis mit Fackeln auf und legten den Inquisitor in einen Sarg. Er wurde in die Peterskirche gebracht, unter den Baugerüsten hindurch in das Kirchenschiff. Der Sarg war verschlossen. Man raunte:

»Die Leiche ist schwarz. Nachdem der Inquisitor aus dem Eis befreit war, ist sein Körper vollständig schwarz geworden!«

Die Menschen fürchteten sich vor Amiel. »Wen wird er als nächstes bestrafen?« fragten sie. »Amiel von Ax ist kein Heiliger«, hieß es hinter vorgehaltener Hand, »er ist ein Magier! Er hat den Inquisitor verflucht.«

Durch das Gedränge schob sich Adeline, in ihrem Almosenbeutel einen Batzen Lammfleisch und eine kleine Dose mit Salbe von Blauem Eisenhut. Sie bog zur Goldschmiedewerkstatt ab, stieg mutig die Außentreppe hinauf. Die Gänse reckten die Hälse und sahen ihr nach. Die Tür zum zweiten Obergeschoß war nur angelehnt. Drinnen waren die Stuben sauber ausgefegt und verlassen. Es roch nach Lavendel. Amiel war fort.

Adeline stieg die Treppe wieder hinunter. Er mußte in der Stadt sein. Er kostete den Triumph aus, ohne Zweifel. Sie klopfte an die Hintertür der Goldschmiedewerkstatt. Die Gänse drehten die Köpfe und schnatterten.

Eine Frau öffnete. »Was willst du?«

»Ich suche Amiel von Ax.«

Die Frau verzog den Mund. »War ihm nicht mehr fein genug bei uns«, antwortete sie. »Er ist ausgezogen. Suchst du ein Zimmer zum Mietzins? Ich habe alles fein ausgefegt und die Luft mit Kräutern gereinigt.«

»Ich werde es mir überlegen. Wo finde ich Amiel jetzt?«

»Er wohnt im Haus des Ratsherrn Pötschner. Ist größer, Glasfenster und alles. Das können wir nicht bieten. Aber Ruhe hat er gehabt bei uns! Die wird ihm fehlen, er wird bald bereuen, daß er die Leimgasse verlassen hat.« Aus der Werkstatt drang metallenes Hämmern und das Fauchen eines Blasebalgs. »Nicht diese Fuhrwerke andauernd, und die Viehtreiber, verstehst du?« beeilte sich die Frau zu sagen.

»Habt Dank.« Adeline kehrte zur Straße zurück. Ein Büttel! Er blickte streng über die Menschenmenge, die sich durch die Leimgasse wälzte. Wenn der Büttel das Gift bei ihr fand, würde man sie überführen.

Sie mordete doch nicht. Sie strafte nur, weil es niemand sonst vermochte. Vielleicht ehrte man sie sogar, wenn herauskam, daß sie den Dämon zur Strecke gebracht hatte. Sie trat hinter dem Mann hervor und kämpfte sich durch die Menge. Das Haus der Pötschner lag nicht weit von hier.

Die Leute um sie herum stritten über Amiel. »Wir müssen ihn fragen, was er verlangt.«

»Nicht einmal ein Inquisitor der Heiligen Kirche kommt gegen seine Kräfte an! Wer soll es mit diesem Amiel aufnehmen?«

»Er ist kein Magier, ich sage euch, er ist ein Heiliger. Vielleicht hat der Perfectus einfach Gott gebeten, den Inquisitor zu bestrafen?«

»Wenn ein ganzer Mensch zu Eis erstarrt und dann nach seinem Tod schwarz wird, das ist Magie, das muß Magie sein.«

Immer wieder dieses Wort. Amiel war kein Magier. Sie hatte gesehen, wie er tötete: mit einem Beil. Auch für die Eissäule gab es sicher eine Erklärung. Aber je geheimnisvoller Amiel in den Augen der Stadtbevölkerung wurde, desto mehr Macht besaß er.

Die zahllosen Berührungen in der Menschenmenge machten sie unruhig. Ein dicker Bauch, der sich weich an ihre Seite fügte, dann ein Ellenbogen, fremde Haare in ihrem Gesicht. Uringeruch stand in der Luft.

Das weißgetünchte Haus des Ratsherren war größer, als sie es in Erinnerung gehabt hatte. Es schien die benachbarten Häuser beseite zu schieben. Über dem Tor war der Pfeil auf rotem Grund abgebildet, das Wappen. Sie bog aus der Menge aus und klopfte an das Eingangstor. Es war mit Gold und roter Farbe verziert. Das schüchterte vielleicht Bittsteller ein. Eine Mörderin konnte es nicht beeindrucken. Sie klopfte erneut.

Hörten sie nichts, wegen des Lärms hier draußen? Sie schlug die Faust gegen das Holz, dreimal, viermal, fünfmal. Immer noch geschah nichts. Es war doch der richtige Name, die Frau des Goldschmieds hatte doch Pötschner gesagt?

Plötzlich wurde das Tor aufgerissen. Man packte ihre

Schultern und zog sie hinein. Hinter ihr krachten die Torflügel zu. Zwei Männer schleiften sie voran. »Ich will Amiel von Ax sprechen«, keuchte sie.

Die Männer hörten nicht darauf. Ihr Griff tat weh. Sie nahmen keine Rücksicht auf Adelines Schritte, sie zerrten sie unnachgiebig vorwärts. Warum trugen sie schwarze Kutten? Es ging in den Keller hinunter. Einer der Männer nahm eine Fackel aus der Halterung an der Wand.

Adeline wurde durch eine niedrige Tür gestoßen, dann zogen sie die Tür wieder zu. Ein Schlüssel knirschte im Schloß. Das Licht unter der Türritze wurde schwächer, und am Ende verschwand es völlig. Adeline stand auf. Finsternis umgab sie.

»Bitte, ich möchte Amiel von Ax sprechen!«

Ihre Stimme klang merkwürdig. Es war, als dröhne jemand tief zu jedem Ton. Sie drückte sich mit dem Rücken gegen die Tür und blickte in die Dunkelheit. Wer war hier? Sie hörte leises Flüstern aus vielen Kehlen.

Es ist nicht wirklich! sagte sie sich. Die Angst redete es ihr ein.

Das Flüstern kam näher. Von überallher kam es auf sie zugekrochen. Haben wir dich, flüsterten die Stimmen, diesmal entrinnst du nicht.

Dort, Gespensteraugen. Wabernde Hände. Schwarze Tentakel ringelten sich über den Boden und umwickelten ihre Fußknöchel. Weit hinten, kaum sichtbar, erschien ein Paar weißer Hauer. Das aufgesperrte Maul näherte sich. Über den Hauern winzige schwarze Äuglein, die sie anstarrten.

Sie dachte an das Gift. Wenn sie es aß, würden die Geister sie nicht bekommen. Sie grub ihre Hand in den Almosenbeutel und tastete am lederumwickelten Fleischbatzen vorbei. Da war die Dose, die rettende Dose.

Hinter ihr knirschte ein Schlüssel im Schloß. Das Maul schloß sich enttäuscht, die Hauer verschwanden. Auch die Gespenster zogen sich zurück. Sie wisperten wütend. Adeline wich zur Wand hin. Da war Licht unter der Tür. Die Tür öffnete sich.

Amiel von Ax trat ein, allein, mit einer Fackel in der Hand. Er setzte die Fackel in eine dafür vorgesehene Halterung an der Wand. Sein schwarzer Bart glänzte. Im Haupthaar schimmerten graue Strähnen. Er zog die Tür zu. »Du willst mich sprechen?« fragte er.

Sie sah in den Raum. Weinfässer lagerten unter einem gemauerten Gewölbe. Genügend Winkel für die Geister. »Ich habe es mir überlegt. Ich möchte Perfecta werden.« Sie sah ihn an. Wenn man einen Blick halten konnte, log man nicht, so hieß es.

Er schwieg.

»Ich kann für Euch sorgen.« Sie zog den Almosenbeutel von der Schulter. »Ich habe gutes Lammfleisch mitgebracht, ich würde es gern zubereiten für Euch.«

»Feresa!« Er sagte es abfällig.

»Und ich kann Kinder unterrichten, wie Ihr gesagt habt.«

»Gib mir den Beutel.«

Zögerlich gehorchte sie.

Er spähte hinein und verzog angewidert den Mund. »Ich kann es riechen, das Fleisch, und es würgt mich.« Er griff in den Beutel. Als er die Hand wieder herauszog, hielt er die Dose in der Hand. »Was ist das?«

»Eine Arznei für Gräfin Giselberga.«

Er hängte sich die Tasche über die Schulter und öffnete die Dose. Roch daran. Ein stechender grüner Blick traf sie. »Du wolltest mich umbringen? Mit Gift!« Er schloß die Dose und ließ sie in den Beutel fallen.

»Nein, es ist eine Salbe, Giselberga leidet unter einem schmerzhaften Nervenfieber, wenn man sie einreibt mit der Salbe, dann schwindet es.«

»Adeline.« Er trat auf sie zu. »Du bist eine über die Maßen schlechte Lügnerin. Ich sollte dich dein eigenes Gift essen lassen.«

»Bitte nicht«, würgte sie hervor. Sie wich zurück.

Er folgte ihr. Sein grüner Blick ließ sie nicht los. Sie stieß an ein Faß, konnte nicht weiter zurückweichen. Er trat nahe an sie heran, sehr nahe. Seine Hand rührte an ihren Bauch. Langsam fuhr sie an ihrem Körper hinauf. Die Hand erreichte den Kragen. Seine andere Hand kam hinzu. Die Hände rissen am Kleid. Der Stoff hielt, er wollte nicht nachgeben. Amiels Blick wurde weicher. Er begann, ihr Gesicht zu küssen.

»Nein«, wimmerte sie. »Nein. Bitte. Nein.«

Er löste sich von ihrem Gesicht. »Warum bist du zu mir gekommen?« raunte er. »Du hättest nicht kommen sollen. Du hättest wirklich nicht kommen sollen mit deinem Gift und deinem Fleisch und diesem duftenden Körper. Habe ich dir nicht gesagt, daß du mich in Frieden lassen sollst?« Während er sprach, faßte er wieder ihren Kragen. »Ich habe es dir gesagt, aber du wußtest es ja besser, du mußtest hierherkommen. Du legst es darauf an, mich zu Fall zu bringen. Das ist nicht gut.« Diesmal riß er so hart am Kragen, daß der Stoff nachgab. Es war Adeline, als würde ihre Haut zerreißen.

23

Nemo ächzte. Er hatte falsch gelegen. Seine Rippe schmerzte. Besserte sich das nie? Er setzte sich auf. Der Mond schien ihm durch die Fensterluke geradewegs ins Gesicht. Vorsichtig dehnte er den Rücken.

Im Mondlicht wirkte der Raum seltsam fahl. Alles sah aus wie mit Milch begossen: die zwei Truhen, die Ofenluke, das Fell, der Strohsack, die Decken. Er nahm einen Schürhaken und zog die Ofentür auf. Wärme strahlte heraus. In der Asche schimmerte Glut.

Er hielt den Atem an. War das ein Schnarchen drüben im Saal? Sie hatten Jakobus unter dem Vorwand im Saal einquartiert, daß er des Nachts keine Ruhe finde und die anderen dann mit seinem Umherwandern am Schlafen hindere. Solange sie die Dinge vor Nemo beschönigten, wußte er, daß Amiel ihn noch nicht durchschaut hatte.

Jakobus schlief also? Nemo stand auf. Er ging zur Tür und lauschte erneut. Deutlich hörte er den Mann schnarchen. Wenn er in Unterkleidern blieb, so, wie er war, dann konnte er sich herausreden, sollten sie ihn erwischen; er konnte sagen, daß ihm ein Bein taub geworden war und er umherging, damit es wieder durchblutet wurde. Er setzte sich nieder und zog die Schnabelschuhe an.

Er erhob sich. Vorsichtig drückte er die Tür auf. In einem der großen Glasfenster stand der Mond. Das weiße Rund spiegelte sich auf dem Tisch mit den Löwenpranken in der Mitte des Saals. Die zwölf Stühle standen leer und verwaist. Jakobus lag vor den Fenstern rücklings auf seinem Strohsack. Leise schloß Nemo die Tür hinter sich. Falls der Wächter später erwachte, wenn er, Nemo, fort war, dann sollte er keinen Verdacht schöpfen.

Jakobus richtete sich auf. Er starrte Nemo an mit schlaffem, schlaftrunkenem Gesicht. »Du kannst doch die kleinen Kätzchen nicht ersäufen, Mutter!« Er sank zurück auf sein Lager. Unruhig drehte er sich auf die Seite. Sicher würde er in Kürze wahrhaftig erwachen. Nemo schlich im Bogen um ihn herum, hin zur großen, mit Schnitzwerk verzierten Tür. Er öffnete sie um einen Spalt und schlüpfte hindurch.

Das letzte Zimmer im Gang gehörte Amiel von Ax. Das hatte er beobachtet, weil er genau darauf geachtet hatte, wohin Amiel ging, wenn er sich zurückzog. Eilig durchmaß er den Gang bis zum Ende und legte das Ohr oberhalb der Klinke an das Holz.

Nichts.

Womöglich lag der Perfectus wach. Oder er stand am Schreibpult und las. Nemo prüfte die Ritze unter der Tür. Es war kein Licht zu sehen. Er mußte es versuchen. Jetzt galt es! Er schob die Tür um einen Spalt auf und spähte hinein. Die Kammer war dunkel, sie lag auf der mondabgewandten Seite des Ritterhauses. Es war völlig still, kein Atemhauch war zu hören.

Nemo trat ein. Wie konnte der Perfectus derart lautlos atmen? Er blieb bei der Tür stehen und wartete darauf, daß sich die Augen an die Dunkelheit gewöhnten. Einen Augenblick lang glaubte er, den Perfectus vor sich zu sehen, die Hand mit einem Messer hoch erhoben. Dann verschwand das Trugbild. Er sah Umrisse, hellere und dunklere Flächen. Bald konnte er das Bettlager erkennen. Es war zerwühlt und leer. Wo war Amiel?

Wenn er auf dem Abritt war, blieb nicht viel Zeit. Zwar befand sich der Abort am anderen Ende des Hauses und ein Stockwerk über ihm, er hing als Ausbuchtung über der Gasse zwischen diesem und dem Nachbarhaus, das der Familie Mäusel gehörte. Aber womöglich war Amiel längst auf dem Rückweg.

Die Truhe war dieselbe wie im Haus des Goldschmieds, sie besaß einen hoch gewölbten Deckel. Er klappte sie auf. Der Hammer war nicht zu sehen. Nemo grub die Hand zwischen die Kleidungsstücke. In jedem Winkel versuchte er es, dann noch einmal in der Mitte. Endlich fühlte er den Hammerkopf. Er zog das Werkzeug heraus, löste den Griff ab. Das Pergament war da, wie erhofft. Er steckte es sich ins Hemd, setzte den Hammerkopf wieder an und schob das Werkzeug tief zwischen die Kleider. Rasch schloß er den Truhendeckel. Nichts wie raus hier!

Erst im Flur bemerkte er, daß ihn Atemnot peinigte und sein Herz pumpte, als sei er von Unseres Herrn Tor bis zum Isartor gerannt. Er sagte sich: Es ist nicht mehr schlimm, wenn sie mich jetzt erwischen. Das Herz hörte nicht darauf. Es schlug im Galopp gegen die Brust. Er mußte sich beruhigen! Für eine gelungene Täuschung mußte er sich im Griff haben. Er hatte das Pergament. Nun hieß es, das Haus zu verlassen, ohne dabei erwischt zu werden, Pferde zu besorgen, Adeline zu fragen, ob sie noch mit ihm gehen wollte, und dann aus der Stadt zu fliehen. All das vor dem Morgengrauen, möglichst bevor man bemerkte, daß er fehlte.

Ein Lichtschimmer von der Treppe. Stufenknarren. Amiel kehrte zurück! Er mußte verschwinden, sofort! Die Küche, er stand neben der Küche, und die Tür war nur angelehnt. Nemo sprang hinein. Er streckte in der Dunkelheit die Hand aus und lehnte die Tür wieder an. Blieb zu hoffen, daß Amiel noch nicht um die Treppenkehre gekommen war und so die Bewegung der Tür nicht gesehen hatte.

Es war warm in der Küche. Und es roch nach feuchter Asche, gerade so, als hätte jemand erst vor Augenblicken das Herdfeuer gelöscht. Außerdem lag die feine, angenehme Würze von Fleischbrühe in der Luft. Wie war das möglich? Das Licht kam näher. Nemo preßte sich neben der Tür gegen die Wand. Da öffnete sie sich plötzlich. Amiel betrat die Küche. Er ging an Nemo vorüber und stellte ein brennendes Talglicht auf den Tisch. Dann hob er am Herd den Deckel vom Topf. Es dampfte daraus.

Nemo ließ sich hinab. Er kauerte sich hinter die Mehlkiste. Es war eng, sein Rücken tat weh. Hände und Knie setzten auf eine dicke Staubschicht auf, er fühlte tote Fliegen und Käfer und etwas Klebriges. Vorsichtig spähte er am Rand der Kiste aus.

Amiel spießte mit einer zweiflügeligen Gabel ein Stück Fleisch aus dem Topf und legte es in eine Schüssel. Er trug Schuhe und ein Nachthemd. Das angegraute Haupthaar stand ungewohnt vom Kopf ab, ganz so, als habe er sich lange im Bett hin und her gewälzt. Er schnitt mit einem Messer etwas vom Fleisch ab, steckte es auf die Messerspitze und hielt es sich vor den Mund, um zu pusten. Wie weit wollte er die Selbstbeherrschungsprobe diesmal treiben?

Seine Hände zitterten, Nemo konnte sehen, wie er das Fleisch nur mit Mühe hielt. Er steckte den Batzen in den Mund und kaute. Er schluckte ihn hinunter. Dann saß er da und starrte vor sich hin. Er schnitt ein weiteres Stück ab. Er blies darauf, steckte es sich in den Mund, kaute. Immer schneller ging es. In einer Art Heißhunger aß er und aß. Dann begann er zu würgen, spie zerkautes Fleisch auf den Tisch, schob Messer und Schüssel von sich. Er fuhr sich mit den Händen durch die Haare. »Gott, ich versage«, flüsterte er. »Ich kann nicht perfekt sein! Es ist mir unmöglich!« Er atmete in Stößen.

Wie schutzlos der Perfectus war. Er war verletzlich und schwach. Nemo verlangte es plötzlich danach, diesem armen Mann zu helfen. Amiel hatte sich eine Aufgabe gestellt, die er nicht bewältigen konnte, und zerbrach daran. Er mußte ja scheitern, immer wieder scheiterte er, und wenn es in Gedanken war, welcher Mensch hatte schon vollkommen reine Gedanken?

»Gott, du grausamer«, schluchzte Amiel, »ich flehe dich an, hilf mir, von Adeline loszukommen! Die Aufgabe ist zu schwer. Ich schaffe das nicht!«

Adeline? Was sagte er da? Nemo schoß Hitze in den Kopf. Deshalb also der Rat, ihr nicht zu trauen? Er wollte sie für sich haben! Sie mußten die Stadt verlassen, noch in dieser Nacht. Hatte Adeline es nicht gesagt? Amiel von Ax wurde ihr gefährlich.

Der Perfectus nahm den zerkauten Fleischklumpen und warf ihn in die Asche. Genauso das gute Stück Fleisch aus der Schüssel. Er griff nach einem Lumpen und kniete sich mit der Schüssel vor die Feuerstelle. Er tunkte den Lumpen in die nasse Asche und begann, die Schüssel zu scheuern. Er scheuerte sie, als hinge sein Leben davon ab.

Würde er danach auch noch den Kessel reinigen? Das konnte dauern. Wenn der Morgen graute, wurde eine Flucht schwieriger. Und wenn er versuchte, jetzt zu entkommen, wo Amiel ihm den Rücken zudrehte und abgelenkt war? Nemo hob die Hände und schüttelte die Fliegenkadaver ab. Ohne den Blick vom Perfectus zu nehmen, kroch er hervor. Neben der Tür richtete er sich langsam auf. Er öffnete sie, Fingerbreit um Fingerbreit. Der Perfectus scheuerte mit unveränderter Kraft die Schüssel. Nemo schlüpfte hinaus.

Im Flur besann er sich. Wie würde er aus der Stadt gelangen? Es kam nur Zyfers Tor in Frage, aber selbst an der kleinen Nachtpforte könnten sie ihn und Adeline für flüchtige Straftäter halten und mißtrauisch werden. Man könnte sie festhalten und am nächsten Tag dem zuständigen Hauptmann vorführen.

Er brauchte seine Kleider. Wenn er sich als Adliger ausgab und mit Folgen drohte, würde man nicht wagen, ihn gefangenzusetzen. Womöglich vermutete man dann eine unerlaubte Liebschaft zwischen ihm und Adeline, die sie zwang, ihre Reise vor Morgengrauen anzutreten. So etwas kam vor.

Also mußte er noch einmal an Jakobus vorbeigelangen. Er schlich sich in den Saal. Der Mond schien unverändert auf den blankpolierten Tisch, er war nur ein Stück weitergewandert. Die weißen Kalksteinplatten glommen auf dem Boden, als seien sie aus Geisterknochen gemeißelt. Jakobus lag seitlich auf seinem Strohsack. Er schnarchte nicht. Nemo setzte vorsichtig Fuß vor Fuß. Er achtete darauf, daß kein Schatten in Jakobus' Gesicht fiel, als er ihn passierte. Neben dem Ofen öffnete er leise die Tür zu seinem Raum, trat hindurch und schloß sie hinter sich.

Nun durfte es keinen Verzug geben. Eilig zog er das Wams an, schlüpfte in die roten Beinlinge. Er setzte sich nieder aufs Bettlager und nestelte die Beinlinge am Wams fest. Anschließend zog er das goldbestickte Jaquette über. Es drückte das Pergament unter dem Hemd an seinen Bauch. Er band sich den Gürtel aus Silberplatten um, nahm die Ledertasche und legte sich zum Schluß den Pelzmantel über den Arm.

Wenn sie ihn so beim Verlassen des Hauses erwischten, gab es kein Herausreden mehr. Aber Amiel war in der Küche beschäftigt, Jakobus schlief, und die anderen Türen waren geschlossen. Es würde, es mußte gelingen.

Von nebenan drang Husten durch die Tür. Verdammt! War Jakobus wach? Nemo lauschte auf weiteres Husten. Er wartete lange. Es blieb still. Ein Mann, der im Schlaf redete, konnte der nicht auch im Schlaf husten?

Nemo trat leise in den Saal. Er schlich den gewohnten Weg an Jakobus vorüber. Da hörte er eine tiefe Stimme vom Bettlager her: »Ich wußte es. Ich habe Euch nie getraut.« Jakobus stand auf. »Wohin des Weges, verlogener Franzose?« Ein Dolch blitzte auf.

»Wie redet Ihr mit mir?«

»Wir wissen, daß Ihr ein Betrüger seid. Der Perfectus läßt Euch nur aus einem Grund am Leben: Er will in Erfahrung bringen, woher Ihr von dem Pergament wißt! Ihr habt die zweite Hälfte nicht, Ihr könnt sie gar nicht haben.«

Eiskalt lief es Nemo den Rücken hinunter. »Ach? Und warum ist das so?«

»Ihr habt es dem Weisen Weißen gestohlen, ja? Wer soll das glauben! Kein Dieb der Welt würde es wagen, dem Dominikaner zu Leibe zu rücken. Aber der Perfectus wird die zweite Hälfte erlangen, schon bald, und ohne Betrüger wie Euch.«

Nemo zog die Pergamenthälfte aus seinem Hemd hervor. Er hielt sie Jakobus im Mondlicht vor das Gesicht. »Was ist das, Eurer Meinung nach? Ich diene einem Perfectus, der Amiel von Ax an Bedeutung ebenbürtig, wenn nicht gar überlegen ist. Ihr solltet nicht vergessen, daß wir auf das gleiche

Ziel hinarbeiten. Amiel ist nicht der einzige, der an der neuen Kirche der Sündlosen arbeitet.«

Frische Winterluft zog durch das Fenster in den Raum. William trat an die Öffnung heran und sah hinaus. Vom Ankleidegemach des Kaisers aus konnte man weit in die Ferne blicken, über die Häuser und die Stadtmauer hinweg bis in die schneeweißen Isarauen. Krähen kreisten dort. Das Krächzen hallte über das Land wie Todesgrüße. »Ludwig, ich fürchte, Ihr versteht mich nicht. Dieser Mann ist kein Schurke, dem man einfach den Prozeß machen kann. Er ist wie eine Natter, und eine große Zahl Eurer Untertanen trägt bereits sein Bißmal. Das Volk ist vergiftet. Es genügt nicht, die Natter zu zertreten.«

»Zumindest wäre es ein Anfang. Ich lasse gleich meine Leibwache rufen. Sie werden ihn festsetzen und dem städtischen Henker übergeben. Der wird ihn aufs Rad flechten.«

»Das würde ihn zum Märtyrer machen.« William kehrte zurück zur Ankleidebank, auf deren Rand der Kaiser saß, im Unterhemd und stoppelbärtig. »Es gäbe einen Aufruhr in der Stadt!«

Der Kaiser winkte ab. »Den Aufruhr kann ich niederschlagen.«

»Denkt an die Verluste, auch für Euer Ansehen. Es ist wie mit verschimmeltem Brot: Schneidet man den Schimmel ab, ist es doch vergiftet, unsichtbar. Amiels Pilzfäden ziehen sich bereits durch die gesamte Stadtbevölkerung, vom Ratsherren bis zum Schuhflicker.«

»Natter, Schimmel – ich bitte Euch, William! Ich habe bis heute nichts von diesem Mann gehört. Ihr übertreibt. Was glaubt Ihr, wie oft ich es mit Männern zu tun habe, die meinen, sie könnten das Reich besser regieren als ich? Und hier geht es nur um diese Stadt.«

Ein Diener öffnete die Tür. »Euer Leibarzt, Majestät.« Hinter ihm trat Doktor Marsiglio Raimondini ins Gemach. Er trug auf einem Tablett einen mit Smaragden und Rubinen besetzten Silberbecher. Er, der Rektor der Sorbonne gewesen war und Medizin, Recht und Theologie beherrschte wie ein Spiel, hielt angespannt den Blick auf den Becher. »Euer Trank gegen Vergiftungen«, sagte Marsiglio und verneigte sich, wobei er das Tablett gleichzeitig vor dem Kaiser in die Höhe hob.

Ludwig nahm den Becher und trank ihn in einem Zug leer. Er schüttelte sich. »Abscheulich. Aber es wirkt Wunder, nicht wahr?«

Marsiglio verbeugte sich erneut, während Ludwig den leeren Becher wieder auf das Tablett stellte. »So ist es, Majestät.«

»Ich brauche Euren Rat.« Der Kaiser zog sich einen goldenen Ring vom Finger, steckte ihn wieder an, drehte ihn. »William Ockham war so freundlich, mich auf eine Verschwörung in der Stadt hinzuweisen. Aber er hält es für einen Fehler, mit Härte vorzugehen. Kopf der Verschwörer ist ein Ketzer aus Frankreich. Er steckt vermutlich hinter dem Mord an Inquisitor Paulstorffer.«

»Welchen Grund gibt es zu zögern? Bestraft ihn mit Härte.«

William löste sich vom Fenster. »Marsiglio«, sagte er, »es handelt sich um einen Perfectus. Und er hat schon einen guten Teil der Bevölkerung für die Lehren der Reinen gewonnen.«

»Die Reinen, in München?« Der Leibarzt ließ das Tablett sinken. »Seid Ihr sicher?«

William wendete sich wieder dem Kaiser zu. »Majestät, es geht nicht nur um diese Stadt. Die Reinen haben in Frankreich Anfang des Jahrhunderts einen wahren Flächenbrand ausgelöst, als man schon dachte, man habe sie ausgelöscht. Sie schätzen nicht das Leben, und darum fürchten sie nicht den Tod. Ihr meint, Ihr könnt Amiel mit dem Rad schrecken? Die Anhänger der Reinen hungern sich freiwillig zu Tode! Sie nennen das die *Endura*. Ein langsames, qualvolles Dahinsterben über zwölf oder mehr Tage.«

Ludwig zog die Stirn in Falten. »Wie kann so etwas dem Volk gefallen? Seit wann ist es versessen auf das Sterben?«

»Ich erwähne das nur, um Euch zu zeigen, mit wieviel Überzeugung sie für den Perfectus einstehen werden. Daß der Glaube der Reinen anziehend ist, leuchtet ein. Nach dem, was Christus uns lehrte, leben wir aus Gottes Gnade. Er gibt uns die Ewigkeit nicht für unsere Verdienste, sondern er schenkt sie uns, weil er uns liebt. Um das Geschenk möglich zu machen, starb Christus stellvertretend für unsere Schuld vor den Welten. Er hat uns freigekauft, so könnte man es nennen. Aber wir wollen nicht freigekauft werden! Wir wollen es selbst schaffen. Das lehren die Reinen: Daß wir es schaffen können, schaffen müssen. Sie behaupten, sich den Himmel durch ein Leben nach strengen Regeln verdienen zu können.«

»Jeder wird sehen, daß sie nicht perfekt sind«, sagte Ludwig.

»Nicht unbedingt. Im Vergleich mit einigen Priestern der katholischen Kirche wirken die Reinen ziemlich überzeugend.«

Der Kaiser seufzte. »Also, was schlagt Ihr vor?«

»Ich fordere ihn heraus. Lehnt er ab, verliert er Ansehen im Volk. Nimmt er an, muß ich ihn öffentlich besiegen. Wir müssen die Herzen der Münchner zurückgewinnen, indem wir ihnen zeigen, wer Amiel von Ax wirklich ist.«

Nemo lief über das zugeschneite Feld zurück zur Straße. Schnee rutschte ihm in den Schuh. Bei jedem Schritt knirschte er unter der Ferse und festigte sich allmählich zu einem harten Klumpen. Es waren die alten, kaputten Schuhe.

Was tue ich hier? dachte er. Er konnte doch schon auf halber Strecke nach Augsburg sein! Statt dessen war er auf dem Weg zurück in die Stadt. Amiel würde Jagd auf ihn machen, womöglich lief er ihm geradewegs in die Arme. Aber der Perfectus hatte gesagt, daß er von Adeline nicht lassen konnte. Sie war in Gefahr. Ohne Adeline floh er nicht. Sie hatten ihn im Stich gelassen, als er klein und wehrlos war. Er wußte, wie es war, im Stich gelassen zu werden. Adeline brauchte seine Hilfe.

Er drehte sich um. Wer wollte, konnte mühelos seinen Fußspuren zur Mühle folgen. Andererseits, woher sollten Amiels Jünger wissen, daß er ausgerechnet hier von der

Straße abgebogen war? Und selbst wenn sie die Mühle durchsuchten, sie würden das Versteck im Erdloch nicht finden. Die Schnabelschuhe und der falsche Bart waren sicher im Topf, und auch das Lederbündel mit der teuren Kleidung, das er daneben in das Loch gezwängt hatte, würde unentdeckt bleiben. Man würde den französischen Adligen und den Tagedieb nicht zusammenbringen.

Nemo ging an den Ochsenkarren und Handwagen vorüber, die sich vor dem Zöllnertisch am Stadttor aufreihten. Er passierte unbehelligt die stoppelbärtigen Wachposten. Im Kaiserhof hatte man ihm gesagt, Adelines Mutter lebe in einer Kate nahe der alten Stadtmauer, die Kate befinde sich in der Nähe der Seelfrauen von Sankt Christoph. Sicher war das Haus, in dem Adelines Familie lebte, keine Kate. Menschen, die in kaiserlichen Diensten standen, bezeichneten ein Haus schon als Hütte, wenn es nur über ein Stockwerk verfügte, mochte es auch noch so stattlich gemauert sein.

Eine Wechselstube! Er blieb stehen. Es würde nicht lange dauern. Er klopfte an und trat ein. Ein junger Mann saß vor einem Rechentisch. Er trug mit der Feder Zahlen in eine Liste ein, sah nur kurz auf, musterte Nemo und blickte dann zurück auf seine Rechenpfennige, deren angezeigten Betrag er notierte. »Guten Morgen, sei gegrüßt«, murmelte er, »wie kann ich helfen?«

»Ihr seid Geldverleiher?«

»Wir stellen Wechsel aus, unterstützen Kaufleute mit größeren Geldbeträgen, tauschen ausländische Währungen.« Der junge Mann sprach, ohne Nemo anzusehen. Er schob einige Rechenpfennige auf dem Strich nach links, der die Tausender bezeichnete. Offenbar rechnete er gerade einen hohen Betrag aus. »Du willst einen Kredit? Wende dich an die Juden am Marktplatz. Unsere Bank ist nicht der richtige Partner für dich.«

Noch vor einer Stunde hätte der Mann vor ihm gebuckelt. Aber die Schabelschuhe und das goldbestickte Jaquette lagen in der Mühle, er trug nur noch ein einfaches Hemd. Er mußte aufpassen. Wenn er nicht klug vorging, hielt ihn der Kerl für einen Dieb und hetzte ihm die Stadtbüttel auf den Leib. Eine Verwandlung mußte her, und zwar ohne Unterstützung durch Kleider.

Der Mann ritzte etwas in ein Wachstäfelchen und schob noch einige Rechenpfennige. Dann tunkte er die Feder ins Tintenfaß und schrieb eine weitere Zahl in die Liste. Er blickte auf. »Du bist noch hier?«

Nemo stellte sich innerlich um. Seine Schultern strafften sich, er richtete sich auf. Sein Gesichtsausdruck änderte sich, er lächelte herablassend. »Wie es scheint, tut meine Verkleidung ihren Dienst.« Seine Stimme klang voller, selbstsicherer. Die Verwandlung gelang. Er glühte innerlich.

»Verkleidung? Wie meinst du das?«

»Eine längere Geschichte, die Euch langweilen würde. Ich bin nicht hier, um Euch meine Reise und die Beweggründe darzulegen. Seid Ihr bereit, mir in bezug auf ein Bankdokument weiterzuhelfen, oder nicht?«

Der junge Mann sah ihn verwirrt an. »Selbstverständlich. Ich will gern sehen, was ich für Euch tun kann. Worum geht es?«

Da war es also, das Euch. Und er hatte noch nicht einmal das Pergament vorgelegt. Nemo griff sich unter das Hemd und zog das halbe Dokument hervor. Er legte es auf den Rechentisch.

Der Mann griff danach. »Ein *Depositum*.« Er las, schürzte die Unterlippe und nickte anerkennend. »Die *Compagnia* des Tommaso di Arnolfo aus Florenz. Sie hat einen ausgezeichneten Ruf. Unterhält Banken in vielen großen Städten Italiens, Frankreichs und des Kaiserreichs. Leider nicht in München. Aber in Frankfurt könnt Ihr einen Vertreter der *Compagnia* aufsuchen.«

»Mein Kämmerer ist auf der Reise verstorben. Könnt Ihr erkennen, um was es geht?«

»Nun, im Grunde ist dies eine Art Wechsel. Euer Kämmerer hat bei der *Compagnia* eine Summe eingezahlt, die gegen Vorlage dieses Dokuments zuzüglich der angefallenen Zinsen zurückerstattet wird.«

»Um welchen Betrag handelt es sich?«

»Das ist nicht zu erkennen. Das Dokument ist zweigeteilt. Euer Geschäftspartner, der die andere Hälfte besitzt, wird Euch sagen können, wieviel es genau ist. Aber wenn die *Compagnia* zwölf Prozent Zinsen gewährt, kann man von einer stattlichen Summe ausgehen. Natürlich benötigt Ihr die andere Hälfte, um Euch auszahlen zu lassen.«

Deshalb hatte er immer dieses wohlige Gefühl im Bauch gehabt, wenn er seine Münzen zählte und sie aufeinanderklicken lies. Der Vater mußte ein großer Kaufmann gewesen sein. Seinen Reichtum hatte er Nemo anvertraut. Allerdings nur zur Hälfte. Hatte er womöglich einen Bruder, der in einem anderen Kloster aufgewachsen war, und diesem Bruder hatten die Dominikaner die zweite Pergamenthälfte abgenommen? Er nahm das Pergament und steckte es weg. »Ihr habt mir sehr geholfen.« Es wurde naß in seinem Schuh. Der Schnee schmolz in der warmen Wechselstube.

»Es war mir eine Freude. Wenn Ihr hier in München Geldgeschäfte erledigen wollt, stehen wir gern zu Eurer Verfügung. Wir können Euch auch einen neuen Kämmerer anbieten und für Euch Buchhaltung und Geldanlage verwalten.«

»Ich lasse es mir durch den Kopf gehen. Gehabt Euch wohl.« Er ging nach draußen. Ein Rappen stand vor der Bank, die Zügel hielt ein kleiner Junge, stolz und angsterfüllt zugleich. »Mache ich es richtig?« fragte er den Reiter. Der Bewaffnete war ein Kaiserlicher, er trug den gelben Waffenrock mit dem Reichsadler. Der Bewaffnete achtete nicht auf den Jungen, sondern rief laut: »Bürger und Volk zu München! Euer Kaiser, Ludwig, tut Euch kund und zu wissen, daß sich heute zur Mittagsstunde William Ockham vom Orden der Minderen Brüder und Amiel von Ax zu einem öffentlichen Streitgespräch auf dem Marktplatz der Stadt München einfinden. Kommet zuhauf!« Dann sagte er leise: »Du hast es fabelhaft gemacht. Jetzt kannst du loslassen.«

Der Junge ließ die Zügel los. Er strahlte über das ganze Gesicht.

Ein Streitgespräch? War das eine neue Tücke Amiels? Wollte er einen Aufruhr anzetteln? Nemo sah dem Bewaffneten nach. Der kleine Junge rannte ihm hinterher, während der Bote auf dem Rappen zur nächsten Straßenkreuzung ritt.

Er hatte, was er brauchte. Sollten sie sich streiten auf dem Marktplatz. Er würde zu dieser Zeit längst mit Adeline auf dem Weg nach Frankreich sein. Nemo bog in die Straße ein, die außen an der alten Stadtmauer entlangführte. Kinder sprangen im braunen Schneematsch umher. Ein zerlöcherter Eimer lag auf der Straße. Hütten säumten die Straße, die Dächer waren mit Stroh gedeckt. Es gab keine Schornsteine, nur Ausbuchtungen am Dach, aus denen Rauch zog und um die ringsumher der Schnee geschmolzen war. Abfallhaufen lagen neben den Türen. Gab es hier keine Senkgruben? Sandte der Stadtrat die Verschuldeten, die sich mit Müllsammeln freiarbeiteten, nie in diese Straße? Es stank säuerlich.

Hier müßte man die Ratsherren hinschicken, die beharrlich die Beschwerden abwiesen wegen der Steuerfreiheit des Adels. Diese Straße bot den Beweis: Die Reichen wurden reicher, die Armen wurden ärmer. Vermutlich lebten sie hier, die Müllsammler, und die Bewohner dieser Straße hatten seit Jahren keine Steuern mehr bezahlt.

Das sollte die richtige Straße sein? Er fragte eines der Kinder: »Weißt du, wo die Mutter von Adeline wohnt? Adeline arbeitet im Kaiserhof als Kammermädchen. Ihre Mutter soll hier wohnen.«

Das Mädchen zeigte auf ein Haus, von dessen Strohdach verfaulte Stränge zu Boden hingen. Dann spielte es weiter: Es schob einen Knochen mit einem Stock im Schneematsch hin und her. Ein Junge trollte heran und trat nach dem Knochen. Sie begannen zu streiten.

Hatte sie wirklich verstanden, was er meinte? Er ging zum Haus und klopfte. Schritte. Ein Riegel knirschte. Die Tür öffnete sich. Welche Erleichterung! Es war nicht Adelines Mutter. Er war falsch hier. Diese Frau war zu alt. Sie trug ein ausgefranstes, graues Kopftuch über einem schiefen Scheitel.

Der Mund hing häßlich herab. Die Nase sah aus, als sei sie einmal gebrochen gewesen und nicht wieder gerade zusammengewachsen.

»Seid Ihr wegen der Kätzchen hier? Sie sind alle verkauft, bis auf eines.«

Nun sah er, weshalb der Mund so seltsam nach innen fiel: Die alte Vettel besaß nur noch drei Zähne. Er sagte: »Ich suche die Mutter eines Kammermädchens. Aber ich habe mich in der Straße geirrt.« Er lächelte. »Nichts für ungut.«

Da sagte die Frau: »Ich bin die Mutter eines Kammermädchens.«

»Eines kaiserlichen, meine ich.«

»Ist Adeline etwas zugestoßen?«

Das war Adelines Mutter? Er starrte sie an. »Ich … äh, ich muß sie sprechen. Sie ist nicht hier?«

»Kommt, tretet ein.« Sie hielt ihm die Tür auf.

Er betrat das Haus und sah sich um. Auf dem Tisch, der beinahe den ganzen Raum ausfüllte, lag ein flickenbesetztes Kleid, dazu Zwirnrollen und ein kleines Stück Holz, in dem Nadeln steckten. Ein Bord an der Wand trug Zinnschüsseln, und zwischen ihnen döste eine alte Katze. Da waren ein Bett und eine Kleidertruhe mit zerkratztem Deckel. Auf dem Boden spielte ein Kätzchen mit einer leeren Zwirnrolle. Das war alles.

»Warum so erstaunt? Dachtet Ihr, daß hübsche Mädchen nur in reichen Familien geboren werden?«

Tatsächlich. Das hatte er gedacht. Hier war Adeline aufgewachsen? Er hatte sich ihre Kindheit so sauber vorgestellt! Er hatte gedacht, sie sei von ihren Eltern umhegt und mit allem versorgt worden, was sie sich nur wünschen konnte, er hatte gedacht, sie hatte nie etwas Böses gesehen oder gehört. Er mußte sich auf dem Tisch abstützen. Unbändige Zuneigung zu Adeline erfüllte ihn, er liebte sie noch mehr, jetzt, da er wußte, wo sie herkam.

»Warum seid Ihr hier? Worüber wollt Ihr mit meiner Tochter sprechen?«

Er sah sie an. War sie doch jünger, als er zunächst gedacht hatte? Ihre Augen waren die einer jungen Frau. »Ein Mann namens Amiel von Ax stellt ihr nach. Er ist rücksichtslos.«

»Davon hat sie mir erzählt. Sie wollte die Stadt verlassen und nach Flandern oder England wandern. Da hab ich ihr geraten, zum Kaiser zu gehen und sich über diesen Mann zu beschweren. Sie hat auch gesagt, daß sie das tut.«

Sie wollte nach England wandern? Wie verzweifelt mußte sie gewesen sein! Er hatte zu lange gebraucht, er hätte viel früher in Amiels Kammer einbrechen sollen.

»Wer seid Ihr? Ihr habt Euch nicht vorgestellt.«

»Nemo heiße ich.« Er wollte diese Frau nicht belügen.

Sie legte ihm die Hand auf den Arm. »Ich bin froh, daß Ihr hergekommen seid, und glücklich, daß meine Tochter einen Freund hat wie Euch.«

»Ich war am Kaiserhof. Dort weiß man nichts von ihr. Sie ist verschwunden.« Hatte sie noch einen Vertrauten? Zu wem würde sie gehen? Wer konnte etwas über ihren Verbleib wissen? Die Gräfin vielleicht?

William Ockham! Er hatte ihr den Arm um die Schulter gelegt, wie um sie zu beschützen, damals, als Amiel von der Inquisition festgesetzt wurde. »Ich weiß einen Mann, den wir fragen können.«

24

Die erste Rede vor der Stadtbevölkerung stand bevor, sein Rückhalt im Volk würde auf die Probe gestellt werden, und alles, an das er denken konnte, war das Mädchen. Adeline ging ihm nicht aus dem Kopf. Er stellte sich vor, mit ihr im Bett zu liegen und zu flüstern bis in die Nacht. Er stellte sich vor, ihren Bauch zu streicheln. Er dachte an Küsse, lange Umarmungen, an Wollust. Solange sie dort im Keller lag, war da nicht alles möglich? Konnte sie ihn nicht lieben lernen mit der Zeit?

Er war verdorben. Der Weg seiner Seele in den Himmel war zerstört. Wie sollte er Perfectus sein, wenn er doch fortwährend an die Sünde dachte? Er war befleckt, unrein, unvollkommen! Es blieb nur eines: Zukünftig härter zu sich selbst zu sein. Diese unzüchtigen Gedanken, die wie Ratten an ihm nagten, mußte er erschlagen. Er mußte sie mit der Mistgabel aufspießen. Sie an die Wand schleudern und zerschmettern. Härte! Unnachgiebigkeit! Reinheit bis ins letzte!

Machte ihn nicht die Sünde stärker? Er erkannte, wie verabscheuenswürdig sie war, und deshalb wendete er sich angewidert von ihr ab. Er trat geläutert aus dem Feuer. Er war noch weiter auf festem Grund gewandert, für immer. Das gefiel ihm: für immer. Von nun an würde er nie wieder sündigen.

Sie gingen nicht den kürzesten Weg zum Marktplatz, nein, sie durchmaßen die Stadt, nahmen jede größere Straße. Man wich angstvoll zur Seite, wenn er sich mit seinen Kuttenträgern näherte. Manche baten um einen Segen. Heute kümmerte er sich nicht darum, er hörte niemanden an.

Venk von Pienzenau beugte sich im Gehen hinüber und näherte seine pockige Nase. »Perfectus, ich denke, es ist eine Falle. Das ist ein Schauprozeß. Sie wollen uns vor allem Volk zerreißen.«

Natürlich, es gefiel dem Ratsherrn nicht, daß aus der Geheimwissenschaft eine öffentliche Kirche wurde. Er mochte das Verborgene, das Dunkle. Er mochte das Gefühl, den anderen Mächtigen der Stadt etwas vorauszuhaben, ein Wissen, das sie nicht besaßen. Aber die Pläne waren andere, und Venk hatte sich zu fügen. »Die Zeit ist reif. Das Volk ist bereit. Heute gründen wir die reine Kirche.« Aus den Fenstern sahen sie ihm nach. Sie traten aus den Ladengeschäften, grüßten ihn, indem sie ehrerbietig die Köpfe neigten.

Venk fiel zurück zu den anderen Kuttenträgern. Dafür näherte sich von seiner Rechten Bartholomäus, der Schöne. »Sicher ist es eine gute Zeit, Perfectus. Der Bischof ist schwach, und der Inquisitor tot. Aber der Kaiser, meint Ihr, er wird stillhalten, wenn Ihr die Führerschaft übernehmt?«

»Der Kaiser liegt im Streit mit dem Papst. Er wird sehen, daß ich das Volk in meiner Hand habe und daß hier eine neue Kirche entsteht, die ebenso gegen den Papst gerichtet ist. Er wird eine Zusammenarbeit mit mir anstreben. Sobald ich München führe, suchen wir nach anderen verborgenen Perfecti überall im Reich, ebenso in Kroatien und in Frankreich, und wir gründen die weltweite reine Kirche.« Sie näherten sich dem Marktplatz. »Jetzt macht Euch bereit!«

Für eine Tribüne hatte die Zeit nicht gereicht. Er hatte auch keine Tribüne erwartet. Aber zwei plumpe Karren? William rieb sich den Nacken. Auf Ochsenkarren sollten Amiel von Ax und er steigen, um sich vor dem Volk zu streiten. Womöglich standen sie am Ende *beide* wie Trottel da. Vorausgesetzt, daß der Perfectus kam. Tauchte er nicht auf, stand nur er, William, wie einer, der den Verstand verloren hatte, auf einem Karren inmitten des Marktplatzes.

Er ging auf den linken Karren zu. Das Volk erkannte ihn nicht, sie machten nicht einmal Platz. Den Anblick brauner Franziskanerkutten waren sie gewöhnt. »Verzeihung«, sagte er und schob sich an zwei Frauen vorbei. Hatte Gott für ihn heute eine Demütigung vorgesehen? Ihm wurde plötzlich bewußt, daß es die Einwohner Münchens einen Dreck kümmerte, ob der nullte Längengrad westlich von Spanien lag oder mitten durch diese Stadt verlief, daß die wenigsten von ihnen überhaupt von der Ziffer Null gehört hatten, daß sie weder die Klimazonen der Erde kannten noch die zwölf Dialekte, die zur deutschen Sprache gehörten. Für sie zählte nur derjenige der Bayern. Alles, was er in seinem Leben durchdacht und niedergeschrieben hatte, war für sie vollkommen unwichtig. Sie interessierten sich nicht für äquivoke Zeichen, Obersatz und Untersatz oder die Bedeutung der Theologie. Wie sollte er sich ihnen verständlich machen?

Er war nie überheblich gewesen, aber er hatte sich durchaus für wichtig gehalten. Nun schob er sich durch eine Menschenmenge, die in ihm nichts sah als einen verschrobenen Gelehrten. Wie hatte er sich einbilden können, daß er sie von Amiel losreißen konnte, durch Argumente, durch Worte?

Es roch nach angebranntem Fleisch. Geschäftstüchtige Betreiber von Imbißbuden hatten ihre Eisenschalen mit glühenden Kohlen nahe der Karren aufgestellt. Männer und Frauen standen davor und aßen geschmorte Leber mit Apfelschnitzen. Andere drängten sich in die Nähe der Kohlenschalen, um sich zu wärmen.

Er stieg die Stufen einer Hühnerleiter hinauf, die man an den Karren gelehnt hatte. Es ist nur die Angst, sagte er sich. Er fühlte sich ins Jahr 1321 zurückversetzt, zu dem Augenblick, als er ans Lehrpult trat, um seine erste Philosophievorlesung zu halten im Rahmen des Studium Generale der Franziskaner in London. Damals war er dreiunddreißig Jahre alt gewesen. Hatte er seitdem nichts dazugelernt? Doch. Er wußte inzwischen, daß man durch die Vernunft den Anstieg des Blutes zum Herz senken konnte. Er bemühte sich, ruhig zu atmen. Er dachte an die Schafe und Hecken der Grafschaft Surrey. Er dachte daran, wie klein er war im Vergleich zu Gott. Wenn er scheiterte, wenn er bloßgestellt war, dann war da immer noch der Schöpfer, der ihn liebte und dem das Urteil dieser Menschenmenge nichts anhaben konnte.

Er betrat die Ladefläche des Karrens. Ringsum Hunderte. Sie plauderten miteinander, nur wenige sahen zu ihm herauf. Wie man Studenten gewann, das wußte er: Man brauchte eine interessante Quaestio, einen Beginn, der erstaunte und den Verstand herausforderte. Wie war es mit dieser Zuhörerschaft? Gütiger Gott, betete er, sei jetzt bei mir! Er holte tief Luft. Dann rief er: »Ihr seid des Todes!«

Köpfe wendeten sich. Gespräche verstummten.

Er rief noch einmal: »Ihr seid des Todes! Allesamt!«

Es wurde vollkommen still. Er hatte ihre Aufmerksamkeit.

»Ihr habt gelogen. Ihr habt gefälscht. Ihr wart ungerecht. Ihr habt gezecht und gehurt und gestohlen. Gott ist ein gerechter Richter, und seine Gesetze sind hart. Er verurteilt Euch zum ewigen Tod.«

Sie blickten ihn an, als rede er in englischer Sprache.

»Aber er möchte, daß Ihr lebt! Er liebt Euch. Deshalb rettet er jeden, der sich an Christus klammert. München ist eine Stadt, die zu Gott gehört. Ich weiß, daß Ihr Jesus Christus anbetet, daß Ihr ihm dankt für seine Rettungstat. Ihr seid des Todes, und doch seid Ihr gerettet.«

Das Schweigen zerbrach in einem Durcheinander von Stimmen. Am Rande des Marktplatzes gingen die ersten. Andere stritten, schüttelten die Köpfe.

»Ich bin William aus Ockham, ein Engländer, der am Hof Eures Kaisers Zuflucht gefunden hat. Die Kirche liebt mich nicht. Aber ich liebe sie. Ich betrachte mich nach wie vor als Minderen Bruder, als Franziskanermönch.«

Sie hörten ihm nicht zu. Sie sprachen, gestikulierten.

»Ein Mann versucht, Eure Stadt zu verderben«, rief er, »ein Mann namens Amiel von Ax.«

Schlagartig war es wieder ruhig.

»Ich bin hergekommen, um ihn herauszufordern. Aber er ist nicht erschienen. Urteilt selbst! Wer die Wahrheit spricht, kann offen und hörbar reden. Amiel hingegen versteckt seine Botschaft. Jesus sandte die Jünger aus, das Evangelium frei zu verkündigen; sie sollten seine gute Wahrheit über die Rettung in alle Lande tragen. Der Perfectus predigt im verborgenen. Seine Verschlagenheit, seine Geheimniskrämerei – zeigen sie nicht deutlich, daß er dem Pfad des Lichts mißtraut?«

Eine Gasse öffnete sich in der Menschenmenge, sie teilte sich wie ein Tuch. Am anderen Ende der Gasse stand Amiel von Ax. Er trug einen blauen Kapuzenmantel. Würdevoll schritt er die Gasse entlang, seine Bewegungen waren ein Fließen, und er hielt das Haupt gerade, den feinen schwarzen Bart, die angegraute Haarpracht. Er hatte keine Angst. Er kam mit der Ruhe des Siegers.

Hinter Amiel gingen Männer in schwarzen Kutten. Als die Prozession den rechten Karren fast erreicht hatte, erkannte William auf den Kutten eine seidene Taube. »Ist das nicht die Taube des Heilig-Geist-Ordens?« fragte eine Frau, die in der Volksmenge vorn stand. Andere Münchner nickten. »Die sind doch damals verschwunden, die Chorherren«, sagte jemand. »Umgekommen!« sagte die Frau. Ein Krüppel, der sich auf zwei Krücken stützte, krächzte: »Vielleicht kümmern sich jetzt die Männer des Perfectus um uns, so wie die Chorherren früher.« Der Perfectus stieg auf die Ladefläche des zweiten Karrens, und seine Diener stellten sich um den Karren herum auf.

Da erwachte in William eine Lust zu kämpfen. Dieser Unverschämte verbreitete Verderbnis und Lügen, und nun wagte er es, wie ein Rechtschaffener aufzutreten, würdevoll und selbstbewußt! Im Eckhaus warteten die Wachen des Kaisers auf sein Zeichen. Wenn er, William, meinte, daß er das Volk umgestimmt hatte, sollte er die Faust heben, und sie würden hervorbrechen und den Perfectus gefangensetzen. »Ich freue mich, daß Ihr gekommen seid«, sagte er, zu Amiel hingewandt, »denn ich muß Euch etwas fragen. Ihr lehrt, diese Welt sei von Satan geschaffen. Unsere Körper seien böse, sagt Ihr, Bäume und Gräser ebenfalls, und Tiere, Fische, Vögel. Die Heilige Schrift aber beginnt mit dem Bericht, wie Gott Bäume und Gräser schuf, Tiere, Vögel und uns. Sagt die Heilige Schrift nicht die Wahrheit? Oder hat Gott etwas Böses geschaffen?«

Der Perfectus lächelte. »Was Ihr zitiert habt, William, steht im Alten Testament. Das Alte Testament lehne ich ab. Für mich hat allein das Neue Testament Geltung.«

»So? Ich bin erstaunt, das zu hören. Nun, dann nehmen wir eine Aussage des Neuen Testaments. Paulus schreibt im Brief an die Kolosser: ›Alles ist in ihm geschaffen, was im Himmel und auf Erden ist, das Sichtbare und das Unsichtbare.‹«

»So ist es«, sagte der Perfectus. »Paulus meint damit natürlich nur das Gute, das nämlich, das sichtbar ist für das Herz und unsichtbar für die Augen des Fleisches. Alles, was wir sehen können, ist Teil dieser Welt, und diese Welt ist ein dämonisches Gefängnis.«

Er drehte ihm das Wort im Munde um. Er schämte sich nicht, die Heilige Schrift zu verfremden! William sagte laut: »Bei aller Verachtung für die Welt scheint Ihr ja zumindest dem bequemen Wohnen nicht abgeneigt zu sein. Wie ich hörte, habt Ihr das Haus des Ratsherrn Pötschner bezogen?«

Amiel rief: »Die Zeit des Wachsens im verborgenen ist vorbei. Die perfekte Kirche darf sich zeigen, sie muß offenbar werden!« Er drehte sich zum Volk hin und breitete die Arme aus. »Laßt Euch von der Liebeshudelei der Kirche nicht in die Irre führen. Nur mit äußerster Strenge gegen Euch selbst werdet Ihr den Himmel erreichen. Verachtet diese Welt! Liebt allein Gott und seine Reinheit!«

»Ich stimme Euch zu«, sagte William.

Der Perfectus sah ihn an. »Tatsächlich?«

»Er hat recht«, verkündete William dem Volk. »Die Erde befindet sich im Kriegszustand, der Böse wütet unter uns. Er, der Fürst der Finsternis, war ursprünglich gut, er war das herrlichste Geschöpf, das Gott je geschaffen hat. Aber das hat Satan nicht genügt. Er hat sich von Gott abgewendet und uns in seine Rebellion mit hineingezogen. Wie konnten wir Menschen uns ihm anschließen! Nun ist die Erde von Rebellen besetzt, von bösen Kräften und abtrünnigen Geschöpfen.«

Amiel wies auf ihn. »Seht Ihr, selbst ein Mönch sieht es ein!«

»Augenblick, ich war noch nicht fertig. Gottes Sohn, der rechtmäßige König aller Könige, hat unser Rebellenreich aufgesucht. Er hat im Untergrund gearbeitet und hat einen weltweiten Feldzug der Königstreuen begonnen. Denn die Erde ist gut, auch wenn sich viele Geschöpfe gegen Gott auflehnen. Paulus sagte in Athen auf dem Areopag: ›In ihm leben, weben und sind wir.‹ Diese Welt ist in Gott eingetaucht. Die Wirklichkeit, die wir sehen, ist kleiner als die wahre, unsichtbare Wirklichkeit, aber das Unsichtbare kommt an den Rändern hindurch, es flüstert im Wind, es erinnert uns daran, wo wir herkommen, und an Geheimnisse, die wir einst wußten, bevor wir rebelliert haben.«

»O nein, verderbter Engländer, so ist es nicht.« Amiel beugte sich über die Kante des Ochsenkarrens hin zur versammelten Volksmenge. »Ihr wißt es doch besser. Ihr spürt es, wenn Ihr Euch des Nachts mit einer Frau im Bett gewälzt habt, das Gewissen mahnt Euch dann, ist es nicht so? Wenn Ihr Fleisch verzehrt habt, sagt Euch Euer Gewissen nicht, welche Sünder Ihr seid? Warnt es Euch nicht vor den tückischen Schönheiten dieser Erde? Nichts ist von Bestand, die größte Freude ist in Wahrheit nur ein Abgrund.«

»Wenn Gott Glieder erschafft, die zueinander passen und zur Fortpflanzung dienen«, sagte William, »dann ist folglich auch die Fortpflanzung von Gott beabsichtigt. Das, was Natur ist, ist keine Sünde. Solange es nicht in ehebrecherischer Weise geschieht, ist der Akt der Zeugung etwas Gutes.«

»Da habt Ihr es wieder, der Mönch predigt Euch Aristoteles. Er denkt, daß die Seele und der Körper zusammengehören. Ich aber warne Euch, wie auch Platon warnte! Es besteht ein Widerstreit zwischen Seele und Körper. Der Körper ist verrucht, er ist ein dämonisches Gefängnis für unseren guten Geist. Euer Körper will Euch verführen, gebt ihm nicht nach, sage ich!«

»Hat nicht Gott die erste Ehe im Garten Eden angeleitet? Hat nicht Christus Wasser in Wein verwandelt auf einer Hochzeit? Er hat sie gutgeheißen! Den Körper als Gefängnis der Seele zu betrachten, das ist kein christliches Denken. Wir Christen wissen, daß Gott unseren Körper geschaffen hat. Wir sollen ihn pflegen, ihn lieben. In der Heiligen Schrift heißt es, der Körper ist der Tempel des Heiligen Geistes.«

Amiel sah William nicht mehr an. Er redete nur noch zur Volksmenge. »Wie oft betet Ihr, und nichts geschieht? Habt Ihr Euch nie gefragt, woran das liegt? Gott erhört keine Gebete von Schuldbefleckten! Eure Gebete sind nutzlos. Nur die Gebete eines Heiligen, eines sündlosen Perfectus können bis zu Gottes Thronsaal vordringen. Schließt Euch mir an! Ich werde für Euch beten.«

»Bitte für uns!« rief eine Frau. Andere fielen ein: »Ja, bitte für uns!«

Er verlor das Volk, er spürte es genau. Die Härte des Perfectus gefiel ihnen, sie wirkte überzeugender, weil sie Klarheit bedeutete. Was konnte er ihr entgegenhalten? Es mußte aus dem Neuen Testament sein, das Alte wischte der Perfectus mit einer Armbewegung fort.

Der Brief an die Römer fiel ihm ein, Kapitel sieben: *non enim quod volo bonum hoc facio sed quod nolo malum hoc ago.* Er sagte zur Menge hin: »Ihr wählt diesen, der ein Heiliger sein möchte, und werft alle anderen Heiligen über Bord, denen Ihr doch zeit Eures Lebens nachgefolgt seid? Was ist mit Paulus? Im Brief an die Römer schrieb er: ›Das Gute, das ich will, das tue ich nicht; sondern das Böse, das ich nicht will, das tue ich. Ich elender Mensch, wer wird mich erlösen?‹ Paulus kannte Eure Verzweiflung! Auch er hatte ein Gewissen, das ihn verurteilte, wieder und wieder. Wollt Ihr wissen, wie er Freiheit erlangt hat? Er schreibt im selben Brief: ›Wer will die Auserwählten Gottes beschuldigen? Gott ist hier, der gerecht macht. Wer will verdammen? Christus ist hier, der gestorben und wieder auferstanden ist.‹ Euer guter Gott hat die Strafe getragen, die Todesstrafe wurde an ihm selbst vollstreckt! Ihr seid freigekauft! Bleibt bei den Königstreuen.«

Amiel lachte lauthals. »Glaubt Ihr ihm?« fragte er. »Denkt einmal nach. Welcher Gott würde sterben, wenn er es doch viel leichter haben kann? Gott ist allmächtig, das wissen wir. Also kann er auch jeden von uns fähig machen, die Sünde abzustreifen und fehlerfrei zu leben. Warum sollte er das nicht tun? Er muß keine Strafe tragen, und schon gar nicht sterben. Er hilft Euch, jegliche Bosheit von Euch zu werfen und ein reines Kind zu werden, das den Weg zum Himmel allein schafft. Werdet wie die Kinder! Rein und frei!«

Die Münchner jubelten. Sie tanzten, jauchzten. Wie Meereswogen ging es über die Menschenmenge hinweg.

Sein Gegner demütigte ihn. Er mußte sich aufbäumen, er durfte nicht aufgeben! Eine Frage gab es, die Amiel womöglich zu Fall bringen konnte. Jede Antwort darauf kam ihn teuer zu stehen. »Amiel, habt Ihr den Inquisitor getötet?« William musterte den Großgewachsenen. Antwortete er mit Nein, dann verlor er den Nimbus, den ihm die Gerüchte verliehen, er habe Vizenz mit magischen Kräften in eine Eissäule und hinterher in einen schwarzen Leichnam verwandelt. Antwortete er mit Ja, dann bekannte er sich des Mords für schuldig.

Die Menschen wurden ruhig. Sie sahen gespannt auf den Perfectus und warteten.

»Mischt Euch nicht in Gottes Urteile ein«, sagte Amiel. Dann rief er: »Die Priester mit ihren Chorhemden und edelsteinbesetzten Goldringen, sie sind reißende Wölfe, die Euch verführen wollen. Manche von ihnen sind so unverfroren, daß sie öffentlich heiraten! Ihre Lieder und Gebete sind nur Blendwerk, die Messe soll den Gläubigen das Gold aus der Tasche ziehen, nichts weiter. Fortan sollt Ihr keinen Zehnten mehr an die Kirche Satans zahlen. Und wenn Euch Kirche oder Kaiser weismachen wollen, daß Ihr Euch der Macht des Bischofs und den alten Lehren unterwerfen müßt, dann bewaffnet Euch mit Zaunlatten, mit Sensen, mit Mistgabeln, und kämpft um Eure Seelen! Ich werde Euch anführen.«

Erneut brandete Jubel auf. »Der Perfectus führt uns!«

»Nie wieder Abgaben an die Kirche!«

»Vertreibt die Priester!«

»Gott segne den heiligen Amiel!«

Was versuchte er hier? Das war offener Aufruhr! William rief, so laut er konnte, um die Menge zu übertönen: »Niemals ist München mit Waffengewalt erstürmt worden. Friedrich konnte die Stadt vor achtzehn Jahren nicht erobern, Leopold von Österreich konnte sie mit seiner Belagerung vor fünfzehn Jahren nicht brechen, und das Heer Heinrichs von Niederbayern ist vor drei Jahren an unserem Widerstand gescheitert. Lassen wir uns jetzt von einer Irrlehre niederstrecken?«

Die Menge rannte gegen Amiels Karren an, Hände streckten sich nach ihm aus. »Segne uns! Segne uns!«

Und er segnete sie. »Gott befreie Eure Seelen, er helfe Euch, das Fleisch zu besiegen.« Dann rief er ihnen zu: »Gehorcht den Geboten Gottes und haßt diese Welt!«

William war sich plötzlich sicher, Donnergrollen zu hören. Aber der Himmel war nur zart bewölkt, es sah nicht nach einem Gewitter aus. Außerdem ebbte das Grollen nicht ab, wie es sonst bei einem Gewitter geschah. Statt dessen wurde es lauter, es klang wie das Heranrollen eines Heeres, wie eine Schlachtreihe schwerer Reiter, die sich über einen Hügelkamm ergoß.

Spitze Schreie wurden laut. Aus der Schwabinger Straße kamen Männer, Frauen und Kinder gerannt, sie schrien etwas, das er nicht verstand. Die Menschenmenge kam in Bewegung, sie strebte auf die Ausgänge des Marktplatzes zu, Sendlinger Straße, Rindermarkt, Augsburger Straße. Aber es waren zu viele, die Flüchtenden verstopften die Durchfahrten zwischen den Häuserzeilen. Menschen wurden erdrückt, umgestoßen, niedergetreten.

Das Grollen kam aus der Schwabinger Straße, unverkennbar. William sah angestrengt auf die Straßenmündung. Immer noch flohen Menschen heraus. Da strömten Ritter aus der Straße auf den Marktplatz, ein Heer von Rittern mit Fahnen. Kettenhemden blitzten, lange Schwerter gleißten, die Ritter trugen Lanzen mit farbigen Bändern, als zögen sie in den Krieg.

Inmitten der Gerüsteten ritt ein Mann in weißem Habit. Von den Schultern hing ein schwarzer Mantel herab, er reichte bis über die Kruppe des Pferdes. Das Gesicht des Mannes war zur Hälfte von rotem Narbenfleisch verformt. William begriff: Der Weise Weiße war gekommen, der unnachgiebigste, grausamste Inquisitor des Reichs.

Sommer 1356

»Er hat dich verurteilt.« Mathilde starrte in die Dunkelheit. »Diesen Mann haben sie geholt, um dich zu verurteilen.« Es war Nacht geworden, durch die Ritzen der Klappe drang kein Licht mehr in den Kellerraum. »Ist er noch in der Stadt?«

»Mit Sicherheit. Ich vermute, daß er hinter meiner Befreiung steckt.«

»Der Inquisitor, der dich in den Kerker werfen lassen hat, hat dich auch wieder herausgeholt? Das ergibt keinen Sinn.«

»Es ergibt durchaus Sinn. Ich werde es dir zeigen, noch heute nacht.«

»Woher weißt du, daß der Kerkermeister nicht zu Amiel gehört? Er kannte das geheime Handzeichen. Und er hat diesen grausigen Gruß gesprochen.«

Der Vater stützte sich auf Mathildes Schulter und erhob sich mühevoll. »Komm.«

Mit ihrer Hilfe stieg er die Treppe hinauf. Sie reckte die Hand nach oben, um die Klappe zu öffnen. Zögerte. »Meinst du, die Hatz nach dir ist schon zu Ende?«

»Es hat nie eine Hatz gegeben.«

Mathilde öffnete die Klappe, half ihm heraus. Mißtrauisch sah sie sich auf dem Hinterhof um. In den Hütten brannte kein Licht, die Knechte und Tagelöhner schliefen. Über der Sickergrube kreisten Fliegen, das häßliche Summen war in der Nacht noch lauter als am Tage. »Aber er mußte die anderen Wachen ablenken«, flüsterte sie, »wozu war das nötig, wenn du gar nicht verfolgt wirst? Wozu der Junge, der vorgegeben hat, Amiel gesehen zu haben?«

Vater drückte ihr die Hand auf den Mund. Er näherte sich ihrem Ohr und raunte: »Kein Wort mehr, bis wir aus der Stadt sind! Ich rede, du schweigst.« Er hakte sich bei ihr unter. »Los.«

Im vorderen Hof hing noch die Wäsche an der Leine. Vor dem Garten lag eine zurückgelassene Hacke. Sie traten unter den Torbogen. Es war finster, das Tor war geschlossen. Mathilde betastete es. Sie fand den Riegel. Das kühle Eisen war rauh von Rost. Sie zog den Riegel auf und öffnete das Tor. Leise quietschten die Angeln.

Vater setzte Fuß vor Fuß. Sie waren zu langsam, wenn man ihnen nachkam, würden die Verfolger sie mit Leichtigkeit einholen. Konnte sie ihn im Notfall tragen? Er wog nicht mehr viel. Trotzdem würde sie nicht rennen können.

Sie passierten eine Reihe von Krämerläden, Geschäfte, in denen sie Bürsten, Seife, Küchengerät gekauft hatte, auch Pergament und Daunenfedern für Kissen. »Zum Sendlinger Tor, richtig?« Sie konnte es nicht ertragen zu schweigen.

»Nimm Abschied, bis wir dort sind. Du wirst München nie wiedersehen.«

»Was wird aus den Zwillingen?«

»Laß das meine Sorge sein. Jetzt schweig.«

Vertraute sie dem Richtigen? Wenn er sich so oft verstellt hatte, wenn er sogar die Inquisition täuschen konnte, wie konnte sie wissen, daß der Vater sie nicht genauso für seine Zwecke benutzte? Er hatte sie ernährt, er hatte sie zwanzig Jahre lang auf das beste behandelt, mit ihr gesprochen, mit ihr gelacht, mit ihr geweint. Zugleich aber hatte er ihr die ganze Zeit verschwiegen, wer er wirklich war. »Vater, noch eine Frage, bitte.«

»Was?«

»Du hast mich in den Arm genommen, als ich klein war, und hast mich Schätzchen genannt. War das vorgetäuscht?«

Er blieb stehen. Er hob die Hand und strich ihr mit den dünnen, kalten Fingern über die Wange. »Mathilde, Töchterchen. Ich wünschte, du hättest einen besseren Vater gehabt. Aber glaub mir, ich werde tun, was ich kann, um alles wiedergutzumachen.« Er sah zu Boden. »Ich habe dich lieb. Das weißt du.«

Sie nickte.

Sie gingen weiter. Wie sollte sie Abschied nehmen, wenn sie nicht wußte, wohin die Reise führte? München war die einzige Stadt, die sie kannte. Sie konnte sich nicht vorstellen, die Krämerläden und die Gasse der Lederer nie wiederzusehen, durch die sie gerade liefen. Das Straßenpflaster – würden ihre Füße es nie wieder berühren? Würde sie nie wieder die Badestuben aufsuchen und mit Sieglinde scherzen? Würde sie nie wieder den Einarmigen ihren Lieblingsbettler nennen und ihm ein Brot zustecken? Nie wieder die Peterskirche betreten und in den kleinen Kapellen der Patrizierfamilien zwischen den Strebepfeilern beten? Würde sie nie sehen, wie die Kirchtürme fertiggestellt wurden?

Ein Käuzchen rief. Die Stadt war so still! Es war, als hielten Menschen und Tiere den Atem an. Die Nacht hatte etwas Unwirkliches, Alptraumhaftes an sich. Hatte die Stadt sie und Vater nicht längst verstoßen? Das Lagerhaus war doch ein Teil von ihr, wer sollte denn die Spinnweben entfernen und es ausfegen, wenn nicht sie? Wer sollte heimlich an die alte Kirchenglocke klopfen und ihrem Klang nachlauschen?

Aus dem Wirtshaus Krug drangen Männerstimmen. Warmes Licht fiel durch die Ochsenhautfenster auf die Straße. Dort gab es noch Leben. Sicher waren Männer in der Trinkstube, die Vater kannten, Männer, die vor einigen Wochen noch ohne mit der Wimper zu zucken angepackt hätten, wenn es galt, einen von Vaters schwerbeladenen Handelskarren aus dem Morast zu ziehen. Aber die Macht des fremden Inquisitors lähmte die Stadt. Niemand half Familie Neuhauser.

Sie bogen in die Sendlinger Straße ein. Menschenleer lag sie da. Ohne die Verkaufsstände wirkte sie geisterhaft. Am Tage gab es hier kaum ein Durchkommen, jetzt aber glänzte der Widerschein der Sterne auf dem Pflaster, und der Weg war frei, alles schien größer zu sein, die Nacht machte aus der Straße einen Palastweg.

Hundegebell. Mathilde schrak zusammen. Das Tor zu ihrer Rechten bebte, der Hund warf sich von innen dagegen. Er bellte zornig. Witterte er, daß sie einen Geflohenen aus der Stadt brachte? Vater beschleunigte seine Schritte. Er keuchte.

Erst als die mächtigen sechseckigen Flankentürme des Sendlinger Tors in Sichtweite kamen, gab der Hund hinter ihnen wieder Ruhe. Sie hatten es fast geschafft. Sie flüsterte: »Vater, ich hätte Pferde mieten sollen. Wie sollen wir weit genug kommen, bevor der Morgen graut? Man wird uns einholen!«

»Man hat uns noch gar nicht verloren.«

Sie drehte sich um. Niemand war zu sehen.

Sie traten auf das Stadttor zu. Es war hoch wie ein Turm, als sei es gebaut, damit Riesen hindurchgingen. In den Schießscharten der Flankentürme brannte Licht. Die Wächter waren auf der Hut. Waren die Tore nicht immer ein Schutz gewesen? Sie hinderten Räuberbanden daran, sich nachts in die Stadt zu schleichen, sie hielten im Winter die Wölfe fern und im Sommer die Diebe. Jetzt aber waren es Gefängnistore. In der Stadt war Vater des Todes. Dort draußen war die Welt, in der er weiterleben konnte.

»Heda«, rief Vater, »Wache!« Seine Stimme war dünn geworden, er klang wie ein alter Mann.

Ein Wächter trat mit einer Fackel aus dem rechten Turm. »Was habt Ihr zu vermelden? Ein Feuer?«

»Wir suchen einen Diener Amiels.«

Der Wächter nickte. »Ihr seid es. Kommt mit.« Er führte sie in den Turm. Steinerne Stufen ging es hinauf. Bald konnte der Vater nicht mehr. Er stützte sich an der Wand ab, tat so, als würde er aus einer der Schießscharten spähen. In Wahrheit aber mühte er sich, Atem zu schöpfen. Der Wächter wartete.

In der Ferne Hundebellen. War das derselbe Hund? Ihre Verfolger mußten an seinem Tor vorübergekommen sein. Der Wächter brachte sie durch eine Tür auf den Wehrgang hinaus. Mathilde blickte hinab in den Hof zwischen den zwei Stadttoren, es war tief, ein Fehltritt genügte, und sie stürzten in den Tod. Der Wächter ging nach vorn zum Haupttorturm. Dort gab er ihr die Fackel in die Hand. »Nehmt sie einen Augenblick.«

Mathilde hielt die Fackel. Sie roch nach Pech und Harz.

Der Wächter bückte sich neben einer hölzernen Kiste, die bis zum Rand mit Steinen gefüllt war, wohl um sie auf Belagerer herabzuschleudern. Er hob ein Seil auf. »Das Tor kann ich nicht öffnen für Euch. Aber ich knote ein Seil an diese Zinne, dann könnt Ihr daran runterklettern.«

»Vater schafft das nicht«, sagte Mathilde. »Seht Ihr nicht, wie schwach er auf den Beinen ist?«

Der Wächter rieb sich mit dem Unterarm das Kinn. »Dann knoten wir ihn fest und lassen ihn ab.« Er legte Vater das Seil um und machte einen Knoten.

»Hält der?« fragte sie. »Seid Ihr sicher?«

Der Wächter zog kräftig daran. Ein Ruck ging durch Vaters Körper. »Ja«, sagte er, »der Knoten hält. Nun ist es an Euch, Kaufmann Neuhauser.«

Vater nickte. »Helft mir«, sagte er und machte Anstalten, zwischen zwei Zinnen auf die Mauer zu klettern. Sie halfen ihm hoch. Er ging zwischen den Zinnen in die Hocke und sah hinab. Seine Fußknöchel glänzten, sie waren weiß von Eiter.

Der Wächter stemmte sich gegen die Mauer und faßte das Seil. Mathilde beugte sich neben Vater über die Mauer. Sie wollte sehen, was er sah. Es war grauenvoll. In diese Tiefe sollte er springen und auf den unbekannten Mann vertrauen? »Willst du das wirklich tun? Was, wenn er dich nicht halten kann? Oder wenn der Knoten sich öffnet?«

»Kind, ich bin aus dem feuchten Turmverlies entkommen. Lieber zerschelle ich am Fuß der Mauer, als daß ich in dieses finstere Loch zurückkehre. Haltet mich nur gut fest. Hilf dem Wächter.«

Sie gehorchte. Hinter dem Wächter griff sie das Seil und umklammerte es, so fest sie nur konnte. Vater setzte sich auf den Rand der Mauer. Dann ließ er sich hinunter. Augenblicklich rutschte das Seil an seinem Körper hoch, bis es in den Achseln hängenblieb. Kurz darauf war nur noch Vaters Kopf zu sehen über dem Mauerrand. Der Wächter ächzte. Er ließ ein wenig Seil nach, und Mathilde merkte, daß sie das Gewicht des Vaters allein nie und nimmer halten konnte. Was der Wächter nachließ, rutschte ihr sogleich zwischen den Fingern hindurch, sie war machtlos dagegen.

Bald begann sie zu schwitzen. Auch der Wächter keuchte. »Himmel und Hölle!« fluchte er. Sie sah hinter sich. Das Seil war beinahe aufgebraucht. Wenn Vater nicht bald auf dem Boden aufsetzte, was dann? »Jetzt haltet doch auch einmal ein wenig Gewicht, Herrgottnocheinmal!« schimpfte der Wächter. »Mir reißen gleich die Arme aus!«

»Ich – tue – was – ich kann«, ächzte sie. Da, endlich, ließ das Gewicht nach. »Ist er auf dem Boden?«

Der Wächter trat an die Mauer heran. »Ja, er ist unten. Hoffentlich ist er klug genug, sich loszubinden, sonst landet Ihr in seinem Gesicht.« Er nahm ihr den Rest des Seils aus der Hand und schlang es um eine Zinne.

»Ich weiß nicht, ob ich das jetzt noch kann«, sagte sie. Ihre Arme zitterten vor Überanstrengung, und die Hände waren schweißnaß. Wenn sie am Seil hing und sich nicht halten konnte, war das ihr Todesurteil.

»Wollt Ihr hier oben bleiben?«

Das wollte sie nicht. Sie mußte hinunter zu ihrem Vater. Mathilde kletterte zwischen den Zinnen auf den Mauersims und sah hinab. Ihre Fingerspitzen kribbelten. Im Bauch zog es flau. Es war, als würde die Tiefe sie hinabzwingen, als zöge sie an ihr, um sie hinunterzureißen. Hastig griff Mathilde nach dem Seil.

»Umklammert es mit den Beinen«, sagte der Wächter. »Schnell. Da ist Licht im Turm. Ich glaube, es kommt jemand.«

Sie faßte das Seil, so fest sie konnte, und rutschte über die Kante. Nun hing sie über dem Abgrund. Sie atmete in Stößen. Vorsichtig ließ sie sich ein Stück hinunter, packte sofort wieder zu. Ihre Arme bebten. Sie versuchte, das Seil mit den Füßen zu umfassen. Sie hörte Stimmen über sich. Sie mußte fort hier, nur fort!

In großen Schwüngen rutschte sie abwärts. Die Handflächen brannten. Auch die Ärmel ihre Kleides hitzten sich auf am Seil. Als sie fast unten war, sagte der Vater: »Vorsicht! Ich habe den Knoten nicht aufgekriegt. Tritt mir nicht in den Bauch.«

Sie ließ das Seil mit den Füßen los, trat kurz auf Vaters Schultern und sprang zu Boden. »Warte, ich helfe dir mit dem Knoten. Wir müssen weg. Oben ist jemand.« Es raschelte im Feld. Aus dem Augenwinkel sah sie, wie sich die Ähren teilten, wie etwas aus der Finsternis auf sie zukam, ein wildes Tier, ein Schatten. Sie sprang auf. »Achtung!«

Es war ein Kind. Der flachsblonde Junge war es. »Ich sollte hier auf Euch warten.«

»Wer hat das gesagt?« fuhr sie ihn an.

»Der Alte.«

Dieser verlogene Rotzbube. Er wollte sie ans Messer liefern! Mathilde schnellte vor und packte ihn im Genick. »Sag die Wahrheit!«

»Mathilde, laß ihn los.« Der Vater legte ihr die Hand auf die Schulter. »Es ist alles eingetroffen, was er gesagt hat. Ihm verdanken wir es, daß ich frei bin! Amiel von Ax schickt ihn, da bin ich sicher. Wir können ihm vertrauen.«

Was redete er da? Er hatte doch gesagt, daß Amiel von Ax nicht hinter ihrer Befreiung steckte? Er war erfahren im Spiel der Lügen. Womöglich hatte er etwas vor mit dem Kleinen. Sie ließ ihn los.

Vater sagte: »Sie ist sonst nicht so. Wir werden gut miteinander zurechtkommen auf der Reise. Du mußt fort, weil sie dein Gesicht gesehen haben, was?«

»In der Stadt kann ich mich nicht mehr blicken lassen, hat der alte Mann gesagt.«

»Da hat er recht.« Der Vater strich ihm über den hellen Schopf. »Lauf vor nach Haidhausen. Dort habe ich etwas bei der Kirche versteckt, das ich holen muß, bevor wir fortziehen können. Ich möchte, daß du in eine Scheune einbrichst und eine Schaufel stiehlst. Die verbirgst du an der Kirche, so daß ich sie finden kann. Dann schleichst du durch den Ort und prüfst die Wege. Ich muß sichergehen, daß man uns nicht auflauert. Tust du das?«

»Er fürchtet sich doch im Dunkeln«, wandte Mathilde ein.

»Ich fürchte mich nicht! Haidhausen? Das weiß ich, wo das ist. Eine Schaufel finde ich bestimmt!«

»Wir kommen nach.« sagte Vater.

Der Junge nickte und ging querfeldein davon. Mathilde wartete, bis er außer Hörweite war, dann sagte sie: »Tut mir leid, Vater.«

Er zog sie mit sich in das Feld hinein, auf der Spur des Jungen. »Komm ein Stück«, flüsterte er, »sie sollen uns von der Mauer nicht hören.« Nachdem sie eine Weile gelaufen waren, hielt er an und sagte: »Du mußt dich nicht entschuldigen. Du warst gut. Sie können ruhig erfahren, daß wir uns Sorgen machen und mißtrauisch sind. Das macht unseren Irrtum glaubwürdiger. Sie müssen glauben, daß wir in ihre Falle tappen.«

»Denkst du, der Junge arbeitet für den Weisen Weißen?«

»Er muß kein boshaftes Kind sein. Der Inquisitor weiß, wie man Menschen lenkt. Vielleicht hat er ihm versprochen, das nächste Jahr ein Schulgeld für ihn zu bezahlen, und ermöglicht ihm so, daß er Lesen und Schreiben lernt. Das Ruchlose kommt oft freundlich daher.« Er zog sie weiter. »Auf nach Haidhausen.«

»Du willst da wirklich hin?«

»Bisher läuft alles bestens, Töchterchen.«

Sie schlugen sich in das Feld. Es war schwer, über die Ackerfurchen zu laufen, immer wieder stolperte sie, weil der unebene Boden unerwartet nachgab oder sich vor ihren Fußspitzen aufgehäuft hatte. Grannen stachen sie. Spelzen fielen ihr in die Schuhe, sie spürte sie bei jedem Schritt. Die Spelzen blieben auch an ihrem Kleid hängen, an den Ärmeln, überall kitzelte es unangenehm. Vater bat sie, einen großen Bogen um die Stadt zu machen. Münchens Mauerwall blieb immer rechts von ihnen. Die kleinen Lichter auf der Mauer wirkten feindselig, als würde man nach ihnen ausspähen.

Endlich stießen sie auf das Isarufer. Es war eine Befreiung, auf Gras zu treten. Mathilde versuchte, mit den Händen die Spelzen abzustreifen.

»Weiter«, sagte der Vater. »Wir müssen rechtzeitig den Wald erreichen.«

Sie folgten dem Fluß. Hier kamen sie gut voran, trotz der Dunkelheit. Es gab keine Hindernisse. Schwarz glänzte neben ihnen die Wasserfläche. Der Fluß war still, nur ab und an schlug ein Fisch mit der Schwanzflosse das Oberflächenwasser auf, und es klatschte mitten in die Ruhe hinein.

Um die Brücke zu überqueren, mußten sie sich wieder der Stadt nähern. Sie schlichen am Isartor vorüber. Nie hatte Mathilde die Wölbung der Brücke so bewußt wahrgenommen. Sie stieg an bis zur Insel, die den Fluß in zwei Arme teilte, dann ging es wieder abwärts. Am Zollhaus kamen sie vorüber. Sie gingen den Weg am östlichen Isarufer hinauf, passierten das Leprosenhaus.

Mathilde sah zum Himmel hoch. Die Sterne – hatte Gott jeden von ihnen einzeln geschaffen und an seinen Platz gesetzt? Sie waren zum Großen Bären angeordnet, auch den Kleinen Bären konnte sie ausmachen. Dazwischen befand sich der Drache. Was, wenn Vater plötzlich starb? Er mutete sich eine Menge zu, selbst für sie, die Gesunde, war es anstrengend. Sie drehte sich nach der Stadt um. Da lag München, ein Schattenkoloß vor dem blauschwarzen Himmel. Gott anbefohlen, liebe Heimat, dachte sie. Es leuchteten nur wenige Funken auf den Mauern. Aber da kam etwas Helles aus dem Tor. »Vater!« sagte sie. Das Licht bewegte sich rasch, es kam den Weg entlang auf sie zu.

Er drehte sich um. »Reiter. Wir müssen uns beeilen.«

Sie hasteten voran, erreichten den Wald. Durch das Laub der Bäume drang kein Sternenlicht. Wilde Tiere machten nachts Jagd auf ihre Beute. Wer sagte ihr, daß sie nicht von Wolfspfoten umschlichen wurden in der Finsternis?

Vater blieb stehen. »Hier, zwischen die Bäume!«

Sie sah sich nach den Lichtern um. Sie waren so nahe gekommen, daß sie das Wabern der Fackeln erkennen konnte.

Es waren mehr als ein Dutzend Reiter. Eilig schlug sie sich ins Unterholz und zog Vater mit. Hinter einem dicken Baum kauerten sie sich nieder.

»Hier hatte William Ockham seine Bienen«, sagte Vater, »gleich dort.«

Sie sah wie gebannt auf den Weg. Die Reiter wurden langsamer, im Wald ließen sie die Pferde im Schritt gehen. Warum hörte man nichts? Die Tiere gingen lautlos, als sei es ein Gespensterheer.

Gerade vor ihrem Versteck hob der Anführer die Hand und sagte: »Absteigen! Löscht die Fackeln!« Die Hufe der Pferde waren unförmige Batzen. Hatten sie die Hufe mit Lumpen umwickelt?

»Hier im Wald?« fragte ein Reiter. »Wir sehen doch so schon kaum etwas.«

»Ihr habt mich gehört. Tut es.«

Die Reiter stiegen ab, drehten die Fackeln im Schmutz, bis sie erloschen. Einzig der Anführer hielt noch eine brennende Fackel. Er sah sich sorgfältig um. Als er ihr das Gesicht zuwendete, zuckte sie zusammen. Es war von rotem Narbenfleisch verunstaltet. Der Dominikaner. Er hielt den schwarzen Mantel vorn geschlossen, nur sein Gesicht wurde von der Fackel angestrahlt. Mit stechendem Blick spähte er in ihre Richtung. Hatte er sie entdeckt? Er bückte sich, drehte seine Fackel im Schmutz. Es wurde finster. »Weiter!« befahl er. »Führt die Pferde.«

Vater tastete nach ihr und nahm ihre Hand. Er drückte sie fest. So verharrten sie, lange. Sie blieben regungslos, obwohl sie nichts hörten. Schließlich löste der Vater seine Hand aus ihrer und sagte: »Es ist fast geschafft. Nur eine Aufgabe liegt noch vor uns.«

»Wovon sprichst du?«

»Ich habe nichts bei der Kirche in Haidhausen vergraben. Was der Weise Weiße zu erlangen sucht, ist hier im Wald versteckt.«

»Ist dir klar, wie lange wir brauchen in dieser Dunkelheit,

um irgendwo hinzugelangen? Wir laufen gegen Bäume, die Zweige stechen uns die Augen aus. Oder wir fallen über Wurzeln.«

»Ich kenne den Weg. Und wenn ich dir zu Ende berichte, während wir uns vorantasten, wirst du die Dunkelheit vergessen.«

25

Winter 1337

Der Dominikaner ritt mitten auf den Platz. »Hört her!« Seine Stimme war tief und voll. »Ich verkünde dieser Stadt eine Gnadenzeit von vier Wochen. Wer sich innerhalb der *tempus gratiae* selbst anzeigt oder andere Ketzer denunziert, soll nur milde bestraft werden. Von der fünften Woche an gilt die volle Härte des Gerichts. Geht in Euch! Kehrt Euch ab von Euren häretischen Irrwegen! Im Februar werden Scheiterhaufen brennen.«

Die Handwerker und Krämer, Knechte und Mägde entsetzten sich. Mütter hoben ihre Kinder auf den Arm und eilten davon. Andere hockten weinend bei Angehörigen, die von der Menge niedergetrampelt worden waren. Verletzte wurde vom Platz geschleppt.

»Wer sein Gewissen sogleich entlasten möchte, soll zu jenen Karren kommen.« Der Dominikaner bahnte sich mit seinem weißen Roß einen Weg durch das Volk. Wo er vorüberritt, verbeugten sich die Menschen oder sahen zu Boden.

»William Ockham!« rief er. »Ich habe so viele Eurer Briefe gelesen. Lernen wir uns endlich kennen!«

William sah neben sich. Der Perfectus und seine Jünger waren fort. Sie hatten das Durcheinander genutzt, um ungesehen zu verschwinden. War der Kaiser stark genug, ihn, William, jetzt zu beschützen? Der Dominikaner würde sicher nichts lieber tun, als ihn, den verhaßten Gelehrten, an einen Pfahl zu binden und anzuzünden.

»Was ist hier geschehen?« Der Inquisitor zügelte den Schimmel kurz vor Williams Karren.

»Ein öffentliches Streitgespräch mit Amiel von Ax. Ich hatte gehofft, das Volk gegen ihn stimmen zu können, und wollte ihn dann von den kaiserlichen Wachen festnehmen lassen.«

»Ihr, ein Gegner der Inquisition? Wenn ich mich recht entsinne, pflegt Ihr abscheulich zu schimpfen, wenn man Euch das Recht auf freie Rede nimmt.«

»Ich denke, es gibt Gründe, die ein Redeverbot rechtfertigen. Man muß betrachten, ob dadurch größere Übel und Gefahren abgewendet werden können.«

»Nichts anderes tue ich.«

Er sollte schweigen. Nein, er konnte es nicht. »Ihr, Herr Inquisitor, wollt nicht Gefahren abwenden, Ihr wollt eine Bekehrung zu den Lehren der Kirche erzwingen.«

Der Dominikaner verzog keine Miene. »Augustinus hat eine erzwungene Bekehrung befürwortet.«

»Dennoch sprach er sich gegen die Todesstrafe aus. Sie nimmt die Möglichkeit zur Buße, zum Neuanfang. Außerdem dürfen bei einem Inquisitionsprozeß die Namen der Zeugen nicht bekanntgegeben werden. Das wirkt sich immer zu Ungunsten der Angeklagten aus, denn sie können die Aussagen Unbekannter viel schwerer widerlegen. Es ist ein Unding, daß Ihr für alles verantwortlich seid: von den Untersuchungen bis hin zum abschließenden Urteil. Nicht einmal ein Verteidiger ist zugelassen, der für die Rechte des Angeklagten kämpft!«

»Warum sollte auch jemand für einen Menschen eintreten, der sich der Seite Satans angeschlossen hat? Abgesehen davon überseht Ihr, daß sehr wohl ein Rechtsberater die Urteilsfindung beobachtet. Bisher hat mir noch niemand einen ungerechten Beschluß nachgewiesen.« Der Dominikaner klopfte seinem Pferd auf den Hals.

»Was ist mit den Prozeßeinreden und Fristen? Sie sind alle außer Kraft gesetzt durch die Kurie. Wie kann es rechtens sein, bei Ketzerverfahren anders vorzugehen als bei der Anklage eines Diebes oder eines Verräters?«

»Nennt Ihr mich ungerecht?« Der Inquisitor kniff die Augen zusammen. »Damit stellt Ihr Euch auf die Seite Amiels von Ax.«

»Ich habe nie gesagt, daß es keine Häresie gibt. Es existieren Irrtümer, deren Ausbreitung verhindert werden muß.«

»Wer legt fest, welche das sind? Wer, wenn nicht der Papst und die Inquisition?«

»Ob nun Papst, Generalkonzil oder Inquisition, wer eine Behauptung als häretisch verurteilt, sollte sich auf die Heilige Schrift stützen. Auf dieser Grundlage fußten die ersten Generalkonzilien, als sie die Häresien des Arius, des Makedonius, des Nestorius und des Dioskur verurteilten. Isidor schrieb im sechsten Jahrhundert darüber: *Isti haereses condemnando pro fundamento sacras literas posuerunt.* Als sie die Häresien verurteilten, nahmen sie die Heilige Schrift zur Grundlage.« Seit der Flucht vom päpstlichen Hof in Avignon vor neun Jahren war er den kirchlichen Würdenträgern ausgewichen. Damals hatte er Angst gehabt vor der Theologenkommission des Papstes. Es tat ihm wohl, endlich das Versteckspielen aufzugeben. Er wollte diesem Vertreter des Papstes die Wahrheit entgegenschleudern. Es war ein Unterschied, ob man Dinge niederschrieb und verschickte, oder ob man sie einem Dominikanerbluthund ins Gesicht sagen konnte.

»In der päpstlichen Bulle *Unam Sanctam* wird erklärt«, sagte der Dominikaner, »daß kein Mensch gerettet werden kann, der sich nicht dem Papst unterordnet. Also kann er sehr wohl die verurteilen, die sich gegen ihn wenden.«

»Zeigt mir die Stelle der Heiligen Schrift, wo Christus dieses Unterordnen unter den Papst fordert, und ich befolge es. Solange Christus es nicht verlangt – ich bitte Euch, wie kann der Papst sich anmaßen zu wissen, was für unsere Erlösung notwendig ist und was nicht? Erlöst er uns?«

Der Schimmel des Großinquisitors legte die Ohren an und wich einige Schritte zurück. Offenbar spürte das Pferd dessen Wut. Der Dominikaner richtete sich hoch auf im Sattel. »Ihr stellt Euch gegen das sichtbare Haupt der christlichen Kirche!«

»Glaubt mir, ich bin diesen Schritt nicht leichtfertig gegangen. Vier Jahre lang habe ich am päpstlichen Hof gelebt, bis ich erkannt habe, wie häretisch, lächerlich und dumm sich unser Oberhaupt verhalten hat.«

»Engländer! Wollt Ihr leben? Hütet Eure Zunge!«

»Ihr sagt, der Papst sei niemals zu verurteilen. Was auch immer er tut, er ist in Euren Augen von jedem Fehler freigesprochen. Wie soll das möglich sein? Die Päpste widersprechen sich selbst! Als Sergius III. zum Papst erhoben wurde, erklärte er das Pontifikat und alle Weihehandlungen seines Vorgängers Formosus für ungültig. Wer von beiden war kein wahrer Papst? Nikolaus III. sagte, die Apostel hätten nichts besessen, sie hätten arm gelebt. Sein Nachfolger auf dem päpstlichen Thron sagte das Gegenteil. Nur einer von ihnen kann recht haben – der andere vertritt eine falsche Lehre. Dieser Irrende, Johannes XXII., hat zahlreiche weitere Irrlehren verbreitet. Und der jetzige Papst, Benedikt, distanziert sich nicht von ihm. Damit kann auch Benedikt kein Papst sein, dem ich mich unterwerfe.«

»Ihr als einzelner wollt Euch gegen die Meinung der Kirche Gottes stellen – merkt Ihr denn nicht, wie anmaßend und hochmütig das ist? Meint Ihr, daß sich Tausende irren, und Ihr seid im Recht? Meint Ihr, daß Gott es zulassen würde, daß die große Kirche in die Irre geht?«

William nickte. »*Ecclesia non errat.* Die Kirche irrt nicht. Gott bewahrt sie davor. Aber mitunter tut er es, indem er den rechten Glauben bei nur einem einzigen ihrer Glieder bewahrt. Als Christus gekreuzigt wurde, verstreuten sich da nicht die Jünger in alle Winde und zweifelten an ihm? Deshalb war noch längst nicht falsch, was er ihnen beigebracht hatte. Seine Botschaft überlebte in der Treue einiger weniger, und als er wieder auferstand und sich den Menschen zeigte, kehrten die Irregelaufenen zu ihm zurück. Ich verweigere diesem Pseudopapst den Gehorsam, ja. In meinen Augen ist er ein Häretiker und sollte exkommuniziert und abgesetzt werden.«

Der Inquisitor spannte die Kiefermuskeln an. Jeden Augenblick würde er seine Ritter auf ihn hetzen.

»Er ist ja schon verurteilt«, setzte William nach. »Treffen ihn nicht in seinem falschen Handeln die Urteile vorangegangener Konzilien und Päpste? Ich habe bereits vierundzwanzig Pergamentseiten vollgeschrieben und seine Irrtümer dargelegt, und ich werde noch zahllose weitere Seiten schreiben. Solange ich Hand, Pergament, Feder und Tinte zur Verfügung habe, werde ich nicht davon ablassen, gegen ihn zu kämpfen.«

Nemo war wütend auf William Ockham gewesen. Der englische Franziskaner war dafür verantwortlich gewesen, daß ihn die Wachen mißhandelten und einsperrten am Kaiserhof, und das nur, weil er einen Brief überbracht hatte. Er gestand sich ein, daß es auch ein wenig Eifersucht gewesen war auf das Zutrauen, das Adeline dem Gelehrten gegenüber hegte. Er hatte ihn im Verdacht, daß er versuchte, ihr die Freundschaft zu ihm, Nemo, auszureden. Jetzt aber, wo er ihn mit dem Dominikaner streiten sah, begriff er, wie er sich in diesem Mann getäuscht hatte. William Ockham war nicht nur Amiel von Ax mutig entgegengetreten vor allem Volk auf dem Marktplatz – nein, er wagte es auch, einem Dominikaner Dinge zu sagen, die ihn binnen Tagen auf den Scheiterhaufen bringen würden. Dem Engländer bedeutete es mehr, die Wahrheit auszusprechen, als sein eigenes Leben zu verschonen.

»Also bekämpft Ihr Christus!« rief der Dominikaner aus, und sein weißes Pferd tänzelte dabei zur Seite. »Christus sagte zu Petrus: ›Ich gebe dir die Schlüssel des Himmelreichs; was du auf Erden bindest, das wird auch im Himmel gebunden sein, und was du auf Erden löst, das wird auch im Himmel gelöst sein.‹ Damit hat er Petrus eine einzigartige Macht verliehen, und mit ihm seinen Nachfolgern, den Bischöfen von Rom. Sie sind Stellvertreter Christi auf Erden. Christus ist mächtig in geistlichen und in weltlichen Belangen, ist es nicht so? Jeder hat sich ihm unterzuordnen, und also auch dem Papst. Der Papst untersteht keinem Gesetz, er untersteht allein Christus. Wenn Ihr ihn angreift, Ockham, greift Ihr Christus an!«

William Ockham ballte die Hände zu Fäusten. »Was Ihr da sagt, ist nicht nur falsch, sondern auch noch eine Gefahr für alle Gläubigen. Es ist häretisch! Wenn der Papst eine solche Machtfülle hätte, könnte er ja Könige absetzen und ihr Territorium und ihre Regierungsgewalt seinen Verwandten und Freunden übergeben oder sie sogar selbst behalten! Daraus würden Kriege entstehen, die die gesamte Menschheit bedrohen.« Der Wind fuhr in die weißen Haare des Engländers. Er sah aus wie Merlin in den Sagen von König Artus' Tafelrunde.

»Nun rückt Ihr also auch noch von der Bibel ab, ja?« Der Dominikaner lachte. »Damit habt Ihr sämtlichen Boden unter den Füßen verloren. Es steht in der Heiligen Schrift, und Ihr wagt es, Euch dagegenzustellen?«

»Niemals wende ich mich von der Bibel ab«, erwiderte William Ockham. »Ich werde Euch sagen, was in der Heiligen Schrift steht. Als Christus dem Petrus seine Schafe anvertraute, wollte er nicht für Ehre, Vorteil, Ruhm und Nutzen des Petrus sorgen. Er wollte vor allem für die Schafe sorgen. Hat er denn zu Petrus gesagt: ›Herrsche über meine Schafe!‹ Hat er das getan? Nein. Er sagte vielmehr: ›Weide meine Schafe.‹ Das bedeutet: ›Tue, was ihrem Nutzen und ihren Bedürfnissen entspricht. Ich vertraue dir nicht um deinetwillen, sondern um ihretwillen die Leitung an.‹ Christus wollte nicht für Petrus sorgen, als er ihm die Schafe anvertraute, sondern für die Schafe. So ist es doch mit jeder Herrschaft, auch mit der weltlichen. Sie ist zum Nutzen der Untertanen da. Um wieviel mehr ist dann die geistliche Führung im Interesse des Allgemeinwohls und nicht um der Ehre eines Kirchenfürsten willen gestiftet!«

Der Inquisitor gab seinen Rittern ein Zeichen. »Und Ihr meint, Eure Hetzerei diene dem Allgemeinwohl, ja?« Die Ritter lenkten ihre Pferde zum Karren des Gelehrten hin. Sie kreisten ihn ein.

Nemo schob Adelines Mutter hinter sich und entfernte sich einige Schritte. Wenn hier gleich die Ritter losschlugen, war es besser, nicht in Reichweite ihrer Schwerter zu sein. Andere Münchner, die ebenfalls neugierig lauschten, sahen sein Zurückweichen und taten es ihm nach.

William Ockham sagte: »Ich hetze nicht. Ich sage nur: Man erkennt einen Hirten daran, daß er seine Schafe behütet und hegt.« Er hob die Faust. »Der Papst sollte nicht fragen, was seines ist, sondern was den anderen zugute kommt. Er sollte nicht rächen und verfolgen, sondern hüten.«

»Außer Euch scheinen sich nur wenige an ihm zu stören. Merkt Ihr nicht, daß Ihr allein gegen die ganze Kirche streitet? Nicht einmal Euer eigener Orden hält zu Euch.« Immer enger schlossen die Ritter den Kreis um Williams Karren. Zwei von ihnen stiegen ab und traten auf die Hühnerleiter zu.

Die von Altersflecken übersäte Stirn des Gelehrten begann zu glänzen. Er schwitzte trotz der kalten Windböen. »Auf dem Generalkapitel von Perugia haben die Franziskaner in Mut und Gewissenstreue beschlossen, daß ein Papst die Festlegung seines Vorgängers nicht rückgängig machen kann, indem er sie einfach für falsch erklärt. Wir haben den Beschluß von Nikolaus in Abschrift vorzuliegen, und daran halten wir uns. In *Exiit qui seminat* hat er festgelegt, daß Eigentum und einfacher Gebrauch von Gütern verschieden sind; daß wir Franziskaner also einen Acker bebauen dürfen, ohne ihn zu besitzen, und dabei besitzlos bleiben.«

»Ihr vergeßt da etwas, werter William. Die papsttreue Mehrheit Eures Ordens hat Geraldus Odonis zum neuen Generalminister gewählt und sich Johannes gebeugt.«

»Weil sie eingeschüchtert wurden. Weil sie von Feigheit und Habgier angetrieben waren. Ich vertraue eher der Heiligen Schrift als dem fehlerhaften Stottern eines Laien. Johannes war Jurist, nicht Theologe, und das merkte man ihm an. Beweist mir mit Hilfe der Heiligen Schrift, daß die häretischen Aussagen des Pseudopapstes wahr sind. Dann rücke ich von meiner Position ab und akzeptiere auch seinen Nachfolger Benedikt.«

Vom anderen Ende des Marktplatzes schritten kaiserliche Wachen heran. Immer mehr von ihnen strömten aus einem Eckhaus. Der Inquisitor bemerkte es. Er gab seinen Rittern einen warnenden Blick. »Warum sollte Gott wollen, daß ein

Papst seine Kirche anführt, der so verrucht und schlecht ist, wie Ihr meint? Gott würde das nicht zulassen.«

Die Kaiserlichen sammelten sich neben dem Karren William Ockhams. Ihr Anführer gab einen Befehl, und sie zogen die Schwerter. William Ockham sagte: »Es ist Gottes große Stärke, daß er imstande ist, aus den üblen Taten der Menschen etwas Gutes zu machen. Den Niedergang der Päpste hat er erlaubt, weil er uns Willensfreiheit zugesteht. Und er gebraucht die schlechte Lage für etwas Gutes. Die vermessenen Päpste bewirken, daß Männer ihre eigene Trägheit abschütteln und die Bibel durchforschen. So bringen sie verborgene Wahrheiten ans Licht, die der ganzen Menschheit nützen werden.«

»Ihr seid auf teuflische Art anmaßend, Ockham«, sagte der Dominikaner.

»Glücklicherweise kann mich die Kirche dafür nicht bestrafen. Gratian hat festgelegt, daß die Kirche sich geistlicher Strafen enthalten soll, wenn jemand nicht ohne Gefahr für den Frieden der Kirche zu bestrafen ist: *Quando multitudo est in scelere, nec salva pace ecclesiae mala puniri possunt, tolleranda sunt pocius, quam violata pace ecclesiae punienda.* Und dieser Fall besteht bei mir und beim Kaiser.«

»Ein unsicherer Boden, auf den Ihr Euch da verlaßt.« Der Großinquisitor wendete sein Pferd zum zweiten Karren hin und ließ es einige Schritte traben. Seine Ritter folgten ihm. Er warf über die Schulter: »Wir werden sehen, ob er nicht in Kürze zum Wanken kommt.« Drüben angekommen, sagte er: »Wer etwas zu gestehen hat, soll hier vor mich treten!«

Die Gnadeersuchenden reihten sich auf, eine lange Kette von Menschen wurde es, sie reichte über den halben Marktplatz. Bei den umgestoßenen Kohlenbecken bückten sich einige nach Leberstücken. Sie rieben den gröbsten Dreck ab, und steckten sich das gebratene Fleisch in den Mund. Am Boden lagen glühende Kohlen und rauchten. Auch ein Mensch lag da. Niemand kümmerte sich um ihn, bis einer der Ritter des Inquisitors vom Pferd stieg und sich zu ihm niederbeugte.

»Könnt Ihr mich hören?« Er rührte ihn an. Der Mensch lag still. Der Ritter drehte ihn um. Zuerst meinte Nemo, eine rote Halskette zu sehen. Dann wurde ihm klar, daß es eine Wunde war. Ein roter Strich führte die Kehle entlang.

»Schafft ihn vom Platz!« befahl der Dominikaner. »Er hat nichts mit der Ketzerei zu tun, gegen die ich hier angehe. Um Raubmorde müssen sich die Städtischen kümmern.«

Nemo sah genau hin. Am Gürtel des Toten hingen die Reste einer Geldkatze. Die Diebe hatten das Gedränge ausgenutzt, das entstanden war, als der Dominikaner auf den Platz ritt. Wie hatte er das so schnell erfaßt?

»Bringt ein Schreibpult für meinen Notar.« Der Dominikaner sah über die lange Kette von Münchnern, die ein Geständnis ablegen wollten. Er nickte zufrieden. »Du da«, sagte er zum Vordersten, »tritt heran.«

»Mein Name ist Jobst Ott, ich möchte mich schuldig bekennen, dem Ketzer gelauscht zu haben.« Bei jedem Wort verbeugte er sich, er vollführte ein Dutzend kleiner Verbeugungen. »Einmal habe ich ihm einen kleinen Geldbetrag gegeben, für mein Seelenheil. Ihr habt gesagt, daß Ihr gnädig urteilen werdet, wenn man geständig ist, Herr Inquisitor.« Nun wagte er, kurz den Kopf zu heben. »Ich gestehe alles.«

Der Dominikaner stieg vom Pferd. »Du kannst dein Geständnis gleich noch einmal vortragen, wenn der Notar bereit ist, es niederzuschreiben. Bis dahin habe ich eine andere Aufgabe für dich. Meine Schimmelstute ist müde von der Reise.« Er reichte ihm die Zügel. »Führe sie zu den Augustiner-Eremiten. Dann kommst du wieder hierher.« Er sah einen der Ritter an, einen bärtigen, stiernackigen Mann. »Gehe mit ihm, und nimm drei Männer mit dir. Die anderen bleiben bei mir. Du weißt, was du zu tun hast. Finde das Haus!«

William Ockham stieg die Hühnerleiter von seinem Karren hinunter. »Ich gehe zu ihm«, sagte Nemo zu Adelines Mutter.

Sie sah ihn nicht an. Unverwandt blickte sie zum Engländer. »Dieser Mann soll der Vertraute meiner Tochter sein? Das kann ich nicht glauben.«

»Seid dankbar.« Er ließ sie stehen und trat an William Ockham heran.

Der Franziskaner sagte: »Der Student.« Sein Gesicht zeigte keine Gemütsregung, nicht Freude, nicht Abscheu. Er winkte den Wachen. Sie gingen auf ihn zu, packten ihn, drehten ihm die Arme auf den Rücken.

Es fühlte sich an, als bohre jemand einen Dolch zwischen seine Schulterblätter. Die Rippe! Nemo schrie laut auf vor Schmerz. Marktplatz und Menschen verschwammen vor seinen Augen. Undeutlich sah er, daß der Engländer sich abwendete. »Es geht um Adeline!« heulte Nemo. »Sie ist verschwunden!«

William Ockham kehrte um. »Laßt ihn los«, sagt er.

Seine Arme wurden frei. Das Stechen im Rücken ließ nach, ganz allmählich. Er rang um Atem. Nach einigen Augenblicken konnte er wieder klar sehen.

Der Franziskanermönch sah ihn mitleidlos an. »Ich höre.«

»Adeline – wißt Ihr, wo sie ist?«

»Dir würde ich es zuletzt sagen. Rede mit dem Inquisitor. Er wird sicher gern hören, was du über deinen Freund Amiel zu berichten hast.«

»Ich habe mit ihm nichts mehr zu schaffen.«

»Meinst du, ich durchschaue dich nicht? Amiel fürchtet Adelines Aussage vor dem Dominikaner. Dich schickt er als seinen Strohmann, um herauszufinden, wo sie ist.«

Er wies hinter sich. »Das ist Adelines Mutter. Sie wird Euch bezeugen –«

»Was wird sie mir bezeugen?« fuhr William dazwischen. »Daß du auch sie getäuscht hast?« Er sah sie an. »Wie hat er sich Euch vorgestellt? Als Student Heinrich Pfanzelter?«

Er sagte: »Mein richtiger Name ist Nemo. Und ich bin hier, um Adeline zu helfen.«

»Nenne mir einen guten Grund, warum ich dir glauben sollte.«

Er war immer gut darin gewesen, völlig unvorbereitet eine glaubhafte Lügengeschichte zu erzählen. Jetzt aber war sein

Kopf leer. Er wollte sich dem Engländer als der zeigen, der er wirklich war. Nur fiel es ihm selbst schwer, die Wahrheit zu fassen. Und wie sollte er sie so vorbringen, daß man ihm glaubte?

Der Franziskaner winkte den Wachen. Sie traten wieder an Nemo heran und griffen nach seinen Armen.

Vielleicht bedeutete Ehrlichkeit, daß man nicht danach fragte, ob das Gesagte den gewünschten Eindruck beim Gegenüber hinterließ. Vielleicht bedeutete sie, nicht außerhalb zu forschen nach dem, was der andere hören wollte, sondern nur in sich selbst zu suchen. Warum bin ich hier? fragte er sich. Tränen stiegen ihm in die Augen. »Es gibt keinen Grund«, sagte er. Er schluckte. »Außer, daß ich sie liebe.«

Etwas geschah mit dem Gesicht des Engländers. Er sah überrascht aus. Neugierig blickte er Nemo an.

»Ja, ich liebe sie«, sagte Nemo. »Ich hätte längst aus der Stadt sein können. In Augsburg, und noch weiter fort. Meint Ihr, ich weiß nicht, daß es ein böses Ende nehmen muß mit Amiel, auf die eine oder andere Weise? Aber ich bin wiedergekommen, weil ich Adeline mitnehmen wollte. Ich habe es ihr versprochen, und ich bin hier. Ich werde nicht ohne sie gehen.«

»Ich glaube, du hast gerade das erste Mal die Wahrheit gesagt. Du liebst Adeline.« William Ockham strich sich nachdenklich über das Kinn.

»Helft mir, sie zu finden!«

Der Engländer sagte: »Laßt ab von ihm.« Er trat an Nemo heran. »Ich habe sie gestern vormittag zuletzt gesehen. Sie wollte sich bedanken, weil ich bei der Gräfin ein gutes Wort für sie eingelegt habe. Und sie hat gesagt, sie fürchte, daß Amiel sie vergiften will.«

»Glaubt Ihr, sie hat Gift geschluckt? Sie könnte noch im Hospital liegen!«

William schüttelte den Kopf. »Sie hat keine Anzeichen von Vergiftung gezeigt. Wenn ich jetzt darüber nachdenke, erscheint es mir eher so, als wollte sie sich danach erkundigen, wie man einen anderen Menschen mit Gift tötet.«

Nemo faßte sich an die Stirn. »Ich weiß, was geschehen ist. Der Perfectus hat sie bedrängt. Aus Verzweiflung hat sie versucht, ihn zu vergiften. Dieser Bastard!« Es kochte auf in ihm. »Er hat es spitzbekommen, und dann hat er sie aus dem Weg geschafft.« Nemo bremste sich. Das konnte nicht sein. »Das heißt, nein.« Er wischte sich die Tränen aus den Augenwinkeln. »Ich habe ihn heute nacht beten gehört. Er hat Gott um Hilfe angefleht, weil er es nicht schafft, von Adeline loszukommen.«

»Also ist sie am Leben.«

»Wir müssen ihn fragen, wo sie ist.«

»Mir wird er das nicht sagen. Wir müssen warten, bis der Inquisitor ihn faßt. So schwer es mir auch fällt, diesen Mann um etwas zu bitten, aber ich werde den Dominikaner zur Eile anhalten. Ist Amiel erst einmal von seinem Sockel gestoßen, wird er uns Rede und Antwort stehen.«

Adelines Mutter trat neben ihn. »Es geht ihr nicht gut. Nicht wahr?« Ihre Stimme bebte.

»Ich glaube, daß sie unsere Hilfe braucht«, sagte Nemo. »Aber Amiel gefangenzunehmen heißt noch nicht, daß er auch sprechen wird. Im Gegenteil. Unterschätzt nicht seinen Stolz! Ich werde mit ihm reden.«

»Tun wir beides. Ich beschleunige seine Festnahme, und Ihr geht hin und redet mit ihm.«

Nemo fror. Er war müde. »Welches Gift habt Ihr Adeline empfohlen?«

»Blauen Eisenhut.«

»Ihr kennt das Gift. Was geschieht, wenn man Blauen Eisenhut zu sich nimmt?«

»Schweiß bricht aus, und die Gliedmaßen sterben ab. Man übergibt sich. Die Atmung wird flacher, und man leidet starke Schmerzen.«

»Wieviel Zeit bleibt bis zum Tod?«

»Wenige Stunden.«

Wenige Stunden. »Wir müssen sie finden.«

Hinter ihm am Karren des Inquisitors sagte eine Frau: »Konrad Pregler hat ihn unterstützt. Und Martin Weitting, er hat ihm Schuhe geschenkt und einen Mantel.«

Der Dominikaner lobte sie. »Sehr gut. Nenne weitere Namen.«

Irgendwann würde jemand sagen: Nemo, der war sein Leibdiener.

26

Er schloß hinter sich die Tür. Die Flamme der Kerze flackerte im Luftzug. Dann wurde sie wieder ruhig. Ihr Licht beschien die ersten Weinfässer. Dahinter verlor es sich. »Ich bin es«, sagte Amiel. Er ging langsam vorwärts. Zwischen dem drittem und vierten Faß lag sie, so, wie er sie zurückgelassen hatte. Der Knebel steckte noch im Mund, Hände und Füße waren gefesselt. Es war Stoff von ihrem Kleid, auf diese Weise sahen die Fesseln aus, als gehörten sie zu ihr. Die Reste des Kleides bedeckten ihren Körper nur dürftig. Das Kerzenlicht spiegelte sich auf ihren nackten Beinen. Er legte die Decke auf den Boden, die er mitgebracht hatte, und hockte sich nieder. Das Gesicht war angeschwollen rings um ihre Augen, offenbar hatte sie geweint. Wie sie ihn ansah!

»Eine Decke, für dich«, sagte er. Er stellte den Kerzenhalter und den Wasserkrug auf den Boden, faltete die Decke auf und breitete sie über Adeline. Als er sich ihr näherte, um den Knebel abzunehmen, zuckte sie zurück. Sie stöhnte auf vor Angst.

»Ich tue dir nichts.« Er hielt die leeren Hände vor sich wie ein Friedensangebot. »Du brauchst keine Angst zu haben.« Er griff hinter ihren Kopf. Sie hielt still, ob aus Angst oder aus Zutrauen, das wußte er nicht zu sagen. Es kostete Mühe, den Knoten zu lösen, er hatte sich festgezogen. Endlich bekam er ihn auf und nahm ihr das Stoffbündel aus dem Mund.

Sie atmete, als habe sie den ganzen Tag die Luft angehalten. Dabei sah sie ihn nicht an. Sie blickte zu Boden. Auch in ihrem Leiden sah sie schön aus. Die langen blonden Haare hingen ihr wirr ins Gesicht. Diese kindlichen, friedfertigen Züge! Daß sie versucht hatte, ihn mit Gift zu töten, paßte nicht zu ihr.

Ich habe sie soweit gebracht, dachte er, ich bin schuld daran. Er dachte an seine Schwester. Plötzlich kam es ihm vor, als sei er mit Adeline im Bauch der Mutter gewesen, als sei Adeline seine Zwillingsschwester. Aber das war ja unmöglich, die Schwester war tot gewesen, als sie zur Welt kamen. Er hatte sie ausgehungert, weil er alle Speise für sich nahm, oder ihr mit der Nabelschnur die Luft abgedrückt, er wußte es nicht.

Er versagte darin, wiedergutzumachen, was er als Kind im Mutterbauch angerichtet hatte. Statt dessen lud er sich mehr und mehr Schuld auf das Gewissen. Es drückte schwer. Seinen Sohn hatte er getötet. Den Tod des Inquisitors befohlen. Er hatte gelogen. Er hatte Adeline Angst eingejagt. Warum tat er das, wo er doch das Gute wollte?

»Ich bin so nicht«, sagte er. »Ich möchte so nicht sein.« Er biß sich auf die Lippe. »Du denkst, ich bin ein Scheusal. Das denkst du, nicht wahr? Ich habe meinen eigenen Sohn umgebracht. Ich wollte ihm helfen, das mußt du mir glauben! Und Vizenz Paulstorffer habe ich sterben lassen. Ich habe meine Schwester ... Meine Schwester ist gestorben, weil ich mit ihr im Bauch der Mutter war. Und dir habe ich weh getan.« Er sah sie an. »Es tut mir leid. Es tut mir aufrichtig leid. Das ist die Wahrheit. Es ist nicht leicht, Amiel von Ax zu sein. Glaube mir, Mädchen, oft wünschte ich, ich wäre ein anderer.«

Sie schwieg.

»Du mußt mir nicht vergeben. Aber sprich mit mir. Ich ertrage das Schweigen nicht, es ist ein schlimmeres Urteil als ein Fluch.«

»Was habt Ihr Nemo angetan?« flüsterte sie.

»Nemo? Er ist abgehauen! Hat Angst bekommen vor der Inquisition, vermute ich. Ich habe ihm acht Silberpfennige gegeben, damit er Heilkräuter kauft beim Apothekarius. Seitdem habe ich ihn nicht mehr gesehen.« Er stutzte. Warum hatte sie das gefragt? »Deshalb wolltest du mich vergiften? Weil du dachtest, ich hätte Nemo getötet?«

Sie wendete das Gesicht ab.

Er beneidete den Streuner. Wie er ihn beneidete um ihre Zuneigung! Er nahm den Krug, führte ihn zu ihren Lippen. »Hier, trink. Du mußt durstig sein.« Er hob den Krug an.

Das Wasser lief ihr am Hals hinunter. Sie hielt die Lippen verschlossen.

»Es ist nicht vergiftet! Gutes Brunnenwasser. Du hast doch Durst! Warum sollte ich dich vergiften?« Er hob den Krug an seinen Mund und trank. »Siehst du? Ich trinke selbst. Adeline, wenn du wüßtest, wie es in mir drin aussieht, wie ich bereue, was ich dir angetan habe! Es gibt so vieles, das ich bereue. Ich wünschte, ich wäre ein Mensch, der Gutes tut, der anderen hilft, ihre Sünden loszuwerden, ihre Süchte, ihre bösen Gelüste. Aber ich komme nicht einmal mit meinen eigenen zurecht! Vermutlich bin ich ein größerer Sünder als die, die mich als Lehrmeister betrachten.«

Er versuchte es noch einmal, hielt ihr wieder den Krug an die Lippen und kippte ihn an. Diesmal trank sie. Sie sog in großen Zügen das Wasser ein und schluckte, schluckte.

»Warum hast du das Fleisch nicht gleich vergiftet und hast statt dessen das Gift in einer Dose mitgebracht?« Er nahm den Krug fort.

Sie sah ihn an. »Nur Ihr solltet sterben. Ich hatte Angst, Unschuldige mitzutreffen. Darum wollte ich zuerst die Speise zurichten und dann nur einen Teil davon vergiften.«

Es klopfte. »Perfectus, seid Ihr da drin?«

Er nahm den Knebel. »Tut mir leid, aber ich muß dir das wieder umbinden.«

Sie schüttelte den Kopf. »Bitte, ich werde nichts sagen! Nicht das Tuch, ich flehe Euch an! Ich bekomme keine Luft, ich habe Angst zu ersticken! Ich kann das nicht mehr.«

Er zögerte. Dann legte er den Knebel weg. Er nahm die Kerze und stand auf. »Versuche, gut von mir zu denken. Wirst du das tun?«

Sie schwieg. Dann nickte sie kaum merklich.

»Mehr verlange ich nicht.« Er ging zur Tür, öffnete sie.

Venk stand dort. Er hielt eine brennende Fackel in der Hand.

Amiel trat nach draußen und zog hinter sich die Tür zu. »Was gibt es, warum stört Ihr?«

»Es ist recht, wenn Ihr da drin Eure Selbstbeherrschung übt, Perfectus. Aber wir müssen wissen, was wir wegen dieses Großinquisitors tun sollen. Er ist zu allem entschlossen. Seine Ritter werden uns zusammentreiben und einkerkern! Ich möchte nicht auf dem Scheiterhaufen enden.«

»Deshalb ruft Ihr mich?« Er schloß die Augen und drückte mit der Rechten gegen seine Stirn. Konnten sie ihm nicht vertrauen? Wie sollten die kommenden wichtigen Tage zum Sieg führen, wenn seine Jünger an den Plänen zweifelten, anstatt sie gehorsam auszuführen? Er öffnete die Augen. »Was glaubt Ihr, warum der Dominikaner hier ist? Weil ich es so wollte!« Er steckte den Schlüssel ins Schloß, drehte ihn um und zog ihn ab. Dann betrat er die Treppe und schritt langsam hinauf.

Venk folgte ihm. »Wie meint Ihr das?«

Oben standen die anderen Jünger. Sie sahen ihm erwartungsvoll entgegen. Amiel sagte: »Ich wußte, Vizenz Paulstorffer würde seinem großen Vorbild schreiben, wenn er mit mir nicht zurande kommt. So hat er es damals schon gemacht, als wir den Heilig-Geist-Orden unterwandert hatten hier in seiner Stadt, er wußte nicht, wie er ihn beseitigen konnte, ohne die Kirche und die anderen Orden in Mißkredit zu bringen, also holte er den Dominikaner her. Es war zu erwarten, daß er es diesmal wieder tun würde. Der einzige Grund für die Anwesenheit des Großinquisitors ist, daß ich ihn hier haben will! Versteht Ihr? Also hört auf, Euch vor Angst zu benässen. Ich habe alles vorbereitet. Es geschieht nichts in dieser Stadt, das nicht meinen Plänen für den Aufbau der perfekten Kirche entspricht.«

Venk stotterte. »Ihr ... Ihr habt den Weisen Weißen hergeschafft? Ihr hattet das geplant, daß er hier auftaucht?« Der Ratsherr schluckte. »Ich dachte, Euch inzwischen zu kennen, aber Ihr seid noch größer, als ich für möglich gehalten hatte.«

»Es geht nicht um mich. Es geht um die neue Kirche. In vier Wochen und vier Tagen wird etwas geschehen, das uns unbesiegbar macht. Nach diesem Ereignis können weder Kaiser noch Papst uns etwas anhaben. Bis dahin –«

»Das ist der fünfte Februar«, unterbrach ihn Venk. »Wovon sprecht Ihr?«

Er wiederholte: »Bis dahin müssen wir auf der Hut sein.« Hatte er die richtigen Jünger auserwählt? Er sah ihnen in die Gesichter. »Vier Wochen und vier Tage darf uns nichts niederwerfen. Noch sind wir verwundbar. Ich will, daß Ihr hinausgeht. Geht in die Hinterhöfe, in die Kaufmannshäuser, in die Werkstätten. Sagt dem Volk, es soll sich bewaffnen. Der Dominikaner wird Beweise sammeln. In drei oder vier Tagen stehen seine Ritter hier vor der Tür, um mich abzuholen. Dann muß das Volk bereit sein.«

Die Männer nickten. Jakobus sagte: »Darauf habe ich gewartet, daß wir das Volk kampfbereit machen.« Er grinste. Jakobus war Anführer einer Räuberrotte gewesen, als er ihn anwarb.

»Endlich beginnt es«, sagte Bartholomäus, der Frankfurter.

Venk und der alte Pötschner sahen sich an. »Matthäus und ich werden sehen, wen von den Kaufleuten wir gewinnen können«, sagte der alte Pötschner. »Immerhin bedeutet die neue Kirche, daß sie keinen Zehnt mehr zu entrichten haben.«

»Seid weise.« Amiel ging voran in Richtung Empfangsraum und Tor. »Wenn Ihr Euch dem Falschen anvertraut, schleift man Euch zum Inquisitor. Eure Aufgabe ist ebenso wichtig wie gefährlich.« Er öffnete die Tür, die in den linken Torflügel eingelassen war. Einer nach dem anderen trat an ihm vorüber. Er legte jedem segnend die Hand auf den Scheitel, Andreas, Johannes und Philippus, Bartholomäus, Venk, den sie Matthäus nannten, dem alten Pötschner, Jakobus, dem Gnadenlosen, Thaddäus, Petrus, Thomas, Simon.

Er sah ihnen nach. Wie Raben schwärmten sie aus. Seit Jahren plante er, was in diesen Tagen geschah. Er hatte es sich vorgestellt, immer wieder, und bis hin zur Gestaltung der schwarzen Kutten vorbereitet. Nun wurden seine Pläne Wirklichkeit. Er konnte dabei zusehen, wie sich alles erfüllte. Die Wirklichkeit entsprach in verblüffender Weise dem, was er sich erträumt hatte. Da gingen sie hin, die elf Ergebenen, um das Volk restlos für ihn zu gewinnen. Immer wieder bogen einzelne in Seitengassen ab, bis nur noch drei auf der Straße dahinschritten, zwei, schließlich einer. Wie gering waren die Widerstände gewesen! Es war leichter als gedacht, den Menschen die Augen zu öffnen für ihre Widerwärtigkeit. Sie verlangten regelrecht danach, zu erfahren, wie verdorben sie in Wirklichkeit waren.

Wenn die alten Mächte ihren bevorstehenden Sturz ahnten, würde es bereits zu spät sein. Die reine Kirche erstarkte, wie er es geplant hatte. Amiel lächelte. Eines Tages würde seine Seele zu Gott heimgekehrt sein, und man würde hier auf Erden von ihm sprechen, dem Gründer, dem Urvater der weltweiten Kirche der Reinen.

Er schloß die Tür und verriegelte sie. Leise in sich hineinlächelnd, durchquerte er den Empfangsraum und betrat den Flur. Durch die offenstehende Tür zur Halle fiel Licht. Stäubchen schwebten im Lichtkegel wie kleine Sonnenfunken. Er trat in den Sonnenstrahl und griff mit der Hand nach dem Staub. Die Stäubchen wirbelten durcheinander.

Wer hatte die Tür offengelassen? Die Halle beheizten sie mit dem großen Ofen, weil hier die Mahlzeiten eingenommen wurden. Stand die Tür offen, entwich die Wärme in den Flur, und die Halle kühlte aus. Er seufzte. Es konnte nur einer der Hausknechte des alten Pötschner gewesen sein. Wahrscheinlich hatte er den weißen Kalksteinboden ausgefegt und vergessen, die Tür zu schließen.

Amiel trat in die Halle. Er erstarrte. Auf seinem Stuhl saß eine Erscheinung in Weiß, die Hände auf den prachtvollen runden Tisch gelegt. Ein Racheengel im weißen Dominikanerhabit. Das Gesicht bestand zur Hälfte aus Narbenfleisch. Gegen die weiße Kleidung wirkte das rote Fleisch wie ein übernatürliches Mal und das Auge mitten darin wie der Blick eines Engels. »Ich lasse eine Menge Menschen auf dem Marktplatz warten, nur um mit Euch zu reden«, sagte der Dominikaner. Er wies auf den Stuhl an seiner rechten Seite. »Kommt, setzt Euch. Wir müssen entscheiden, wann Ihr sterbt.«

Die Zunge war immer noch pelzig, und im Mund schmeckte es faulig. Aber sie bekam Luft. Und sie hatte getrunken. Sie zwang sich, an die Ferne denken, nicht an das, was geschehen war, nicht an ihren zerschundenen Körper. Kannte Gott sie, Adeline, mit Namen? Ein gläsernes Meer sollte es im Himmel geben und einen Baum, dessen Früchte unsterblich machten. Dort war es immer hell. Krankheiten gab es nicht mehr, keinen Keuchhusten, keine Zahnfäule, kein Nierenfieber. Jeder war gesund. Musik und Tanz prägten das Leben, Gott selbst war da, in einem Thronsaal empfing er Gesandtschaften, Gott, der sie geschaffen hatte, der den Einfall gehabt hatte, Ohren zu erschaffen und Finger und ein Herz, das schneller schlug, wenn es liebte.

Sie sang:

Wär er nicht erstanden
Wär die Welt vergangen
Seit daß er erstanden ist
Loben wir den Vater
Jesu Christ, Kyrieleis!

Sie brach ab und lauschte in die Dunkelheit. Lachten die Gespenster sie aus? Da war nichts, nur Stille, als würden die Geister ihr zuhören. Dann ein Rascheln. Kamen Ratten, um sie anzunagen? Sie zog die Füße unter die Decke. »Seit daß er erstanden ist, loben wir den Vater Jesu Christ, Kyrieleis!« sang sie erneut. Ratten waren häßliche Tiere. Es hieß, sie konnten den unschuldigen Gesang einer Jungfrau nicht ertragen.

Adelines Gedanken stockten. Ihre Haut brannte. Überall dort, wo er sie berührt hatte, war es wie Feuer. Sie wollte diese Stellen abschaben, das Fleisch wegschneiden. Sie wollte ihn los sein. Ihn aus der Erinnerung tilgen. Sie begann zu weinen.

Er saß an ihr, mit Widerhaken hatte er sich in ihren Bauch geschlagen und hielt sich fest. Amiel von Ax hatte sich ihr mit seinem kühlen Wasser eingeflößt, er drückte sie mit seiner Decke nieder wie mit Bleigewichten. Sie wälzte sich darunter hervor und stieß sie mit den Füßen fort.

Du bist selbst schuld, wisperte ein Stimmchen. Es übertönte ihr Schluchzen mit seinem beißenden, zischenden Geflüster. Hättest du ihn nicht in Frieden lassen können? Du mußtest ihn ja zu Fall bringen mit deinem Duft, mit deinem Haar. Er ist das Opfer, nicht du! Betört hast du ihn mit deinem Körper. Du hast ihn verhext. An körperlichen Vergehen sind immer die Frauen schuld, sie sind die Verführerinnen, die Ehebrecherinnen, die Huren. Ja, eine Hure bist du. Eine Hure!

Adelines Zunge verkrampfte sich. Sie würgte, hustete. Wasser kam ihr den Hals emporgeschossen, sie erbrach es, es spülte auf den Boden. Das Wasser drang durch Mund und Nase heraus. Sie fürchtete zu ersticken, versuchte, sich zu beruhigen. Es tropfte ihr vom Kinn und von der Nase.

Tränen rannen ihr über die Wangen und flossen in die Mundwinkel. Sie schmeckten salzig. Adeline kroch zur Wand. Wie eine Raupe krümmte sie sich und streckte sich wieder. Sie versuchte aufzustehen. Sie schrammte mit der Schulter am Mauerwerk hinauf, stemmte sich hoch. Endlich stand sie. »Er ist schuld«, sagte sie. »Er ist schuld, nicht ich. Er ist schuld. Er ist schuld. Er.« Sie hustete erneut.

Das Flüstern erlosch. Sie schöpfte Atem. Es war dieses Haus, sie war ja immer noch in seinem Haus, er war hier, er belebte es mit seinen Dämonen. Sie drehte sich zur Wand um und tastete die Steine ab. Wo das Gewölbe sich nach vorn neigte, um an der Decke kreuzförmig zusammenzulaufen, fand sie eine scharfe Steinkante. Sie schabte mit den Handfesseln darüber. Wenn sie die Hände freibekam, konnte sie die Füße losbinden. Dann würde sie einen Stein suchen, ein spitzes Stück Holz aus einem der Fässer brechen, irgend etwas, und sich hinter der Tür auf die Lauer legen.

Amiel sah sich um. Hinter ihm standen vier Ritter, zwei zu jeder Seite der Tür. Eine Flucht war ausgeschlossen.

»Die Tür«, sagte der Dominikaner. Einer der Ritter, ein stiernackiger, bärtiger Mann mit silbern blitzendem Prunkschwert am Gürtel, kehrte sich zur Tür um und schloß sie.

»Wie seid Ihr hier hereingelangt?« fragte Amiel.

»Ein Hausknecht war so freundlich, mich und die meinen über die Hofseite einzulassen. Er war es leid, für einen Ketzer zu arbeiten, und ich habe ihm Absolution erteilt.«

»Was wollt Ihr von mir?« Der Inquisitor konnte unmöglich jetzt schon den Prozeß beginnen wollen. Er war bekannt für seine Akribie. Er würde nicht die Anklage führen, ohne drei oder vier Tage Beweise zusammengetragen zu haben. »Ich werde nicht fliehen. Ich bleibe in der Stadt.«

»Wie ich schon sagte, wir müssen entscheiden, wann Ihr sterbt.«

Hatte er sich in ihm getäuscht? Das wäre ein fataler Fehler, einer, der ihn das Leben kosten konnte. Brachten sie ihn, Amiel, heute oder morgen auf den Scheiterhaufen, dann blieb nicht genügend Zeit, bis sich die Münchner bewaffnet hatten. »Wenn Ihr mich hinrichtet, macht Ihr mich zum Märtyrer. Die ganze Stadt wird in Aufruhr geraten.«

»Was kümmert mich diese Stadt?« Er wies erneut auf den Stuhl zu seiner Seite. »Kommt, setzt Euch.«

Hier stimmte etwas nicht. Einem Ketzer bot der Dominikaner keinen Sitzplatz an. Er war noch nicht fertig mit ihm. Was wollte er wissen? Was wollte er erlangen? Amiel schritt durch den Saal und trat an eines der Fenster heran. Er mußte sich beruhigen. Er mußte sicher auftreten.

Das Glas schimmerte golden im Sonnenlicht. Es warf einen gelben Schein auf die steinerne Bank, die darunter in die Wand eingelassen war. Amiel strich darüber, als wollte er prüfen, ob sie sauber genug war, um sich darauf niederzulassen. Dann drehte er sich zum Inquisitor um. »Ihr seid noch keine Stunde in der Stadt und meint, Ihr habt bereits die Überhand gewonnen? Ich fürchte, Ihr täuscht Euch. Zugegeben, Euer Auftritt hier ist beeindruckend. Ich hatte heute noch nicht damit gerechnet. Aber Ihr werdet herausfinden, daß ich gut vorgesorgt habe.«

Der Inquisitor hob die Hände. »Spart Euch das. Wir beide wissen, wie die nächsten Tage ablaufen werden und daß Ihr und die Euren auf dem Scheiterhaufen enden. Ich bin allerdings bereit, davon abzurücken. Wißt Ihr, daß Vizenz Paulstorffer mir geschrieben hat, kurz vor seinem Tod?«

»Ach?«

»Er war nicht der erste. Auch aus Frankreich habe ich über Euch so einiges vernommen. Und kaum bin ich in der Stadt eingetroffen, höre ich, daß Ihr den armen Vizenz Paulstorffer in Eis verwandelt habt.«

»Das sind Gerüchte, nichts weiter.«

»Ihr seid Jurist, ich weiß. Ich will im Augenblick auch nicht versuchen, Euch zu einem Geständnis zu bewegen. Es ist unnötig, Ihr habt genug anderes getan und gesagt, das sich nachweisen läßt. Vielmehr geht es mir darum, wie der Mord geschehen ist. Ohne Spuren, und doch mit einer Legende behaftet, die Euch Macht verleiht und Euch zugleich vor der Strafe schützt. Eine geschickte Tat.«

Erneut ergriff Erregung Besitz von ihm. Was wollte der Dominikaner erreichen? Er drohte. Er lobte. Er vollführte einen Totentanz der Worte. Auf welches Ziel strebte er hin? »Es steht einem Inquisitor der Heiligen Kirche nicht gut an, so zu reden, findet Ihr nicht?«

Der Dominikaner stand auf. Sein Blick war ernst. Er wendete die verunstaltete Gesichtshälfte den Fenstern zu. Sie glühte im Licht. »Ich möchte, daß Ihr es noch einmal tut, Amiel. Ihr sollt noch einmal töten, auf eine Weise, die es als Gottesstrafe aussehen läßt.«

Er stand da wie vom Donner gerührt. Der Dominikaner war hier, um ihn um einen Mord zu bitten? Seit Monaten lief alles nach seinen Plänen, die Stadtbevölkerung ließ sich von ihm leiten, er hatte Ratsherren auf seiner Seite, er hatte den berühmten Gelehrten des Kaisers besiegt, er, Amiel, erreichte, was dem großen Pierre Autier nicht gelungen war, er begründete die perfekte Kirche. Und nun sprang ihm ein hölzernes Zahnrad aus dem Hämmerwerk. Der Dominikaner wollte sich nicht einfügen, er wollte seiner Rolle nicht treu bleiben. »Ihr vergeßt, wer ich bin«, sagte er. »Ein Perfectus mordet nicht.«

»Ich gebe Euch freie Hand, solange Ihr nicht die Stadt verlaßt. Im Austausch für Eure Dienste werde ich im Prozeß Euer Leben schonen. Eure Nachfolger werde ich verbrennen, aber Euch soll kein Haar gekrümmt werden. Nach kurzer Kerkerhaft lasse ich Euch frei. Vorausgesetzt, daß Ihr mit dem Mord erfolgreich seid. München soll im Februar eine große Beerdigungszeremonie haben.«

Er dachte nach. War es nicht eine Möglichkeit, sich Zeit zu verschaffen? Schließlich sagte er: »Ich brauche vier Wochen, um alles vorzubereiten. Und ich will ein gewisses Beweisstück haben, das Ihr einem Freund von mir genommen habt. Wer ist es, den Ihr so unbedingt tot sehen wollt?«

»Nicht ich, Amiel. Die Kirche.«

»Also, wen will die Kirche tot sehen?«

»Ihr werdet den Kaiser töten.«

27

Durch die Stadt zog der Geruch von Angst: Urin, kalter Schweiß, Blut. Wie Ameisen über einen Eindringling einherkrabbelten, wie sie durcheinanderliefen und sich gegenseitig mit den Fühlern betasteten, wildgeworden von den Anzeichen der Gefahr, so taten es die Münchner an jenem 4. Januar 1337. Sie standen auf den Plätzen und redeten hin und her, sie strömten hilflos auf die Stadttore zu, dann wieder zurück zu Rindermarkt, Ratsturm, Roßmarkt. Sie zwängten sich durch die Judengasse, sie sammelten sich in ehrfürchtigem Abstand vom Kaiserhof und wagten dann doch nicht, am verschlossenen Tor um Einlaß zu bitten.

Die Geistlichen verkrochen sich in den Klöstern und Kirchen. Heute läutete keine Kirchglocke, niemand wagte es, in Gegenwart des Großinquisitors dem Bann des Papstes zuwiderzuhandeln. Das Schweigen der Kirchtürme war gespenstisch, es war, als entzöge Gott der Stadt Schutz und Hilfe.

Fünfzig Juden versammelten sich in der Synagoge und berieten ohne Ergebnis. Die vierhundert Beamten und Mägde und Knechte im Kaiserhof spürten die Unruhe, selbst die Tiere spürten sie, die Löwen brüllten kläglich heute.

Auf dem Marktplatz schoren die Gehilfen des Inquisitors die ersten Köpfe. Man zog den Büßern härene Kleider an. Grell prangten gelbe Kreuze darauf. Zwei reiche Kaufleute wurden zu Pilgerfahrten nach Rom verurteilt.

Die Mehrzahl der zehntausend Stadtbewohner bestritt, je dem Perfectus zugehört zu haben. Statt dessen gaben sie vor, der Inquisition zu helfen. Sie sahen prüfend ihren Nachbarn ins Gesicht und warnten: Man erkenne einen Häretiker an seiner blassen Haut. Sie erzählten, das Wort Ketzer komme vom lateinischen Cattus. Angeblich küßten die Ketzer nämlich in einem Ritual eine Katze auf das Hinterteil, um Satan die Ehre zu erweisen. Man dürfe Ketzern nicht helfen und auch nicht mit ihnen Handel treiben, sonst lade man einen Fluch auf seine Seele! Mißtrauisch beäugten sie die Menschen.

Unter denen aber, die nach wie vor auf der Seite des Perfectus standen, ging das Gerücht einer Namensliste um, einer Liste von Todgeweihten, die der Inquisitor angelegt habe. Als Nemo das Gasthaus betrat, gekleidet in das goldene Jaquette und die rubinroten Beinlinge, um sein Pferd einzufordern, da fragte ihn die Wirtin: »Haben Euch nicht die Lehrlinge des Perfectus abgeholt vorgestern? Seht Euch vor! Womöglich steht Ihr auf der Liste!«

»Auf welcher Liste?«

»Ihr steht darauf und wißt es gar nicht! Ob schuldig oder unschuldig, das spielt keine Rolle. Wessen Name einmal auf die Liste geraten ist, den erwischen sie, früher oder später.«

»Seid Ihr noch bei Verstand? Das ist doch haarsträubender Unsinn.«

»Nein, glaubt mir! Ein Gast aus Nürnberg hat erzählt, in seiner Heimatstadt wurde jemand zwanzig Jahre nach seiner Vernehmung von der Inquisition eingekerkert. Sie hatten seine Aussagen aufgehoben, und als ein Prozeß in Augsburg ihn als Lügner entlarvte, ist man der Sache erneut nachgegangen. Die schreiben jedes Wort auf, das wir sprechen! Und wem kommt nie ein falsches Wort über die Lippen? Man darf gar nicht erst auf ihre Liste geraten.«

Er brach das Gespräch ab, scheinbar erhaben über das Gerede der Wirtin. Wie ein Herr ritt er über den Rindermarkt, die Spitzen der Schnabelschuhe weit aus den Steigbügeln gestreckt, und machte ein strenges Gesicht. Im Inneren aber fürchtete er sich. Es gab zu viele Feinde, jede seiner Masken war verrutscht. Lief er als Tagelöhner Nemo durch die Straßen, so wußten ihn die Handlanger des Inquisitors zu fassen. Sicher war er ihnen inzwischen genannt worden, und es fanden sich genügend Münchner, die versuchen würden, das eigene Wams rein zu waschen, indem sie dem Inquisitor den

Leibdiener des Perfectus herbeischleppten. Zeigte er sich aber als französischer Adliger, so hatte er Amiel und seinen Getreuen zu erklären, warum er ohne Abschied entflohen war. Abgesehen davon, daß ihn einige Städter zusammen mit den Kuttenträgern gesehen hatten und wiederum vor den Inquisitor zerren konnten. Er mußte Amiel so rasch wie möglich finden und dann endgültig von hier verschwinden.

Er bog in die Sendlinger Straße ein. Das Pferd rutschte aus, es riß den Kopf hoch und setzte die Hufe neu, um Halt zu finden auf dem Eis. Erschrocken krampfte Nemo die Hände um die Zügel. Er hatte doch ein gutmütiges Pferd verlangt, um zu verbergen, daß er nicht reiten konnte. Die Schimmelstute ließ den Kopf wieder sinken und ging weiter, als sei nichts geschehen.

Weit vor sich, nahe dem Stadttor, das sich am Ende der Straße abzeichnete, konnte er einen Wagen ausmachen und Menschen, hier bei den vornehmen Ritterhäusern aber war die Straße still und leer. Offenbar wollte niemand in der Nähe des Perfectus gesehen werden.

Er passierte das Haus der Familie Freymanner, ein hohes Gebäude auf Steinfundament, die Nußholzfensterläden mit Ornamenten verziert. Davor stand ein Schneemann. Zwei Kohlen waren die Augen. Nase und Mund fehlten. Er blickte stumm vor sich hin, der Schneemann, wie ein Überbleibsel aus glücklichen Tagen, und darum um so mehr sichtbares Unglück. Sein Kopf war grau, auch der andere Schnee am Straßenrand war grau vom herabsinkenden Aschestaub.

Es roch nach Holzfeuer. Aus dem Schornstein des benachbarten Hauses Schrenk quoll dick der Rauch. Sie waren zu Hause, die Patrizier, und mit Sicherheit sprachen sie an ihren Kaminen von nichts anderem als vom Untergang Amiels und davon, welche Strafen der Dominikaner über Volk und Stadt verhängen würde.

Das Haus Mäusel überragte die anderen um ein halbes Stockwerk. Von der Traufe hingen lange Eiszapfen herab, gläserne Dolche, die auf Passanten zielten. Er hatte früher als

Kind beim Heilig-Geist-Orden gern einen Eiszapfen abgebrochen und ihn gegessen. Das glatte Eis an den Lippen zu spüren, verschaffte ihm damals Vergnügen, ebenso der kalte Trunk, wenn es im Mund schmolz, und der stumpfe Geschmack von Schneewasser.

Auch im Ritterhaus des alten Pötschner heizte man. Aus dem Schornstein qualmte es. Nemo stieg vom Pferd und band die Zügel an den Querbalken, der vorn an der weißgetünchten Mauer des Hauses befestigt war. Weshalb kam ein Reittier eigentlich nicht darauf, die Zügel durchzukauen? Es konnte so leicht entfliehen, wenn es nur etwas erfinderisch war.

Er setzte vorsichtig Fuß vor Fuß. Es war glatt, und die Schnabelschuhe hatten keine besonders gute Sohle. Kälte zog durch sie hindurch, die Füße vermeldeten es klagend. Unter dem roten Wappen mit dem Pfeil klopfte er an das Tor.

Ein Knecht öffnete die Sichtluke.

»Ich bin es, Judas. Mach gefälligst auf!«

Der Knecht öffnete die Tür und ließ ihn eintreten.

»Soll ich da draußen erfrieren?« Hohe Herren schimpften beständig mit der Dienerschaft, das hatte er beobachtet. Es mußte daran liegen, daß sie besorgt waren, den Respekt der Dienstboten zu verlieren. Oder fürchteten sie, die Knechte könnten bei freundlicher Behandlung faul werden? »Das nächste Mal öffnest du beim ersten Klopfen. Verstanden? Wo ist Amiel?«

Der Knecht verbeugte sich. »Verzeihung, Herr. Amiel ist in der Halle, Herr.«

»Sind die anderen bei ihm?«

»Nein, Herr, er ist allein.«

Eine gute Nachricht. Nemo rückte im Gehen den Dupsing zurecht, den Gürtel aus glänzend polierten Silberplatten, und trat im Flur vor die Tür zur Halle. Er legte die Hand auf das Schnitzwerk, verharrte. Wußte er, was zu sagen war? Er ordnete seine Gedanken, dann drückte er die Tür auf. Amiel saß am runden, blanken Tisch, das Kinn nachdenklich auf die Faust gestützt. Nemo ging zu ihm hin und kniete neben seinem Stuhl nieder. Er küßte ihm dreimal die rechte Hand und sagte: *»Benedicite, parcite nobis.«* Der Handrücken war kühl und weich wie Samt.

Was tat Amiels Linke da am Gürtel? Ein Dolch! Ehe Nemo fortspringen konnte, hatte er die Klinge unter dem Kieferknochen. »Ihr wollt Segen?«

»Was soll das!« stieß er hervor, ohne die Zähne auseinanderzunehmen. Eine falsche Bewegung, und die Klinge glitt ihm in den Mund, von unten durch die Kehle.

»Hat der französische Zweig entschieden, den Kirchenschatz wieder an sich zu reißen, ja?«

»Ich weiß nicht, wovon Ihr sprecht.« Er hatte den Diebstahl bemerkt.

Der Druck der Klinge wurde stärker. »Ihr habt mich belogen. Ihr habt den zweiten Teil des Dokuments nie besessen. Die Wahrheit ist, man hat Euch zu mir geschickt, um mir den ersten Teil zu stehlen!«

Die empfindliche Haut am Kiefer spannte sich, jeden Augenblick mußte sie reißen. »Ich besitze den zweiten Teil. Fragt Jakobus. Ich habe ihm das Pergament gezeigt.«

»Was Ihr Jakobus gezeigt habt, war mein Teil vom *Depositum*. Wo ist das Pergament?«

Er konnte aufgeben und das *Depositum* aus der Tasche ziehen. Das bedeutete aber nicht, daß ihn Amiel am Leben ließ. Mitunter war es klüger, hartnäckig bei seiner erfundenen Wahrheit zu bleiben. »Nein, es war der zweite Teil. Ich kann ihn holen, dann seht Ihr es. Man hat ihn dem Dominikaner gestohlen für mich.«

»Ach? Und wie kommt es, daß er ihn mir angeboten hat vor kaum einer Stunde?«

»Er hat Euch das *Depositum* angeboten?« Nemo schluckte.

»Stellt Euch vor, er will mir das Pergament aushändigen, sofern ich den Kaiser töte.«

»Er lügt. Ihr macht einen Fehler, Perfectus.«

»Ach ja?« Amiel packte Nemos Gurgel. Er nahm den Dolch vom Hals und richtete ihn auf die Stirn. »Ich hatte von Anfang an kein gutes Gefühl bei Eurem Auftauchen. Und nun finde ich mein Versteck leer, Ihr seid verschwunden, und man bietet mir –« Er stockte. Es schien, als betrachte er Nemos Stirn. Der Dolch sank bis zur Nasenspitze nieder, und Amiel betastete eine Stelle unter Nemos Haaransatz. »Diese Narbe«, flüsterte er. »Und die Augen …« Er betastete den falschen Bart, umfaßte ihn und riß ihn ab.

Die Haut brannte. »Ja, ich bin Nemo«, sagte er.

»Wie konnte ich so blind sein!«

»Euch geht es um Gold, um nichts anderes! Das ist Euer Ziel mit dieser Häretikerkirche, Ihr wollt Gold haben und Macht und Ansehen! Ihr seid widerwärtig, Amiel!« Es tat ihm wohl, er selbst zu sein. Die Wut, die er empfand, war echt, es war seine Wut.

Der Perfectus sah ihn immer noch an, als sehe er ein Wunder. »Wie konntet Ihr Euch derartig verwandeln?«

»Wer habgierig ist, sieht mitunter nur, was er sehen will.«

»So ist es nicht. Nicht einen Gulden nehme ich für mich.«

»Das könnt Ihr leicht behaupten.«

»Mit dem Gold muß die reine Kirche über München hinauswachsen in das ganze Kaiserreich. Das Gold ist das Transportmittel, nichts weiter. Du hast das *Depositum* an dich gebracht, um dich zu bereichern, und wagst es, mich zu verurteilen? Der Dieb bist du.«

»Ich will meinen Vater finden! Das ist alles!«

Amiel ließ die Hand mit dem Dolch sinken, hielt ihn nur noch beiläufig wie zur Sicherheit, sollte Nemo einen Angriff wagen. »Wo dein Vater ist, das kannst du von mir erfahren.«

»Wo ist er?«

»Wo ist das *Depositum*?«

Nemo öffnete den Lederbeutel und zog es heraus.

»Gib es mir.«

Er warf einen Blick auf den Dolch. Was, wenn er sich herumwarf und rannte?

Amiel schien seine Gedanken zu erraten. Er hob den Dolch wieder höher, zielte auf Nemos Hals. »Keine Dummheiten. Ein Ruck meiner Hand, und du liegst röchelnd am Boden.«

Widerstrebend reichte er Amiel das Pergament.

»Wenn du den Dominikaner um die zweite Hälfte des Dokuments erleichterst, sollst du deinen wahren Namen erfahren, und den Ort, an dem deine Eltern sich befinden.«

Eine schamlose Lüge. Er würde ihm eine weitere Aufgabe geben, und danach eine weitere, immer mit dem Versprechen, ihm anschließend das Geheimnis zu verraten. Dabei wußte er womöglich gar nicht, wohin die Eltern gegangen waren. Wenn er es wußte, hätte er sie fragen können, wo der Hammer vergraben liegt. »Warum soll ich den Dominikaner bestehlen, wo er Euch das *Depositum* doch selbst geben will?«

»Er wird es mir nie geben. Selbst wenn der Kaiser stirbt, wovor Gott uns bewahre. Nach dem Tod des Kaisers würde er mich auf dem Scheiterhaufen verbrennen, geknebelt, damit ich kein Wort sagen kann von seinem Mordauftrag.«

»Also soll ich es stehlen, und dann? Meint Ihr, der Inquisitor läßt Euch unbehelligt? Er wird Euch so oder so verbrennen.«

»Der Dominikaner muß glauben, daß ich seinen Wunsch zu erfüllen versuche. Es kommt ein Tag, an dem er mich nicht mehr besiegen kann.« Amiel sah Nemo erschrocken an. Er verkniff das Gesicht, streckte den Dolch nach Nemos Hals aus. Der Dolch näherte sich langsam, wie der Kopf einer Natter, die sich an ein Beutetier heranpirschte. »Warum bist du zurückgekehrt? Du hattest, was du wolltest. Hat dich der Dominikaner gefaßt und du sollst mich aushorchen, im Gegenzug für ein gnädiges Urteil für dich?«

»Ich bin hier wegen Adeline. Wo ist sie?«

Der Perfectus schwieg.

»Gebt mir Adeline, und ich besorge Euch das Pergament. Ihr wißt, wo sie ist, nicht wahr?«

»Das ist Liebe«, sagte der Perfectus mit einem bitteren Unterton in der Stimme. »Sie ist hier wegen dir, und du bist ebenso wegen ihr gekommen. Sie dachte, ich hätte dir etwas angetan, deshalb kam sie her und wollte mich vergiften. Aber ich bin nicht das Scheusal, für das ihr mich haltet. Hilf mir, an das Pergament zu gelangen, und ich lasse dich gehen, mit Adeline. Ihr sollt glücklich sein, solange das eben möglich ist, unbeständig wie die Liebe ist. Lange wird es nicht halten.«

Er mußte erfahren, wo sie war. »Woher weiß ich, daß Ihr die Wahrheit sagt? Beweist mir, daß Adeline lebt. Ich will sie sehen.«

Der Perfectus dachte nach. Schließlich nickte er. »Vielleicht spornt es dich an, wenn du sie gesehen hast. Sie ist ein Sold, für den sich ganzer Einsatz lohnt.« Er nickte zur Tür hin. »Geh voran.«

Nemo erhob sich. Er ging am runden Tisch vorüber, an den hölzernen Löwenpranken und an den Stühlen. Die Luft war dick hier im Saal, Ofenluft, die das Atmen erschwerte. Er öffnete die Tür und trat in den kühlen Flur. Amiel wollte etwas von ihm, er würde ihn nicht in eine Falle führen, sagte er sich. Wenn er ihn tot sehen wollte, hätte er ihn im Saal erstechen können. Trotzdem blickte er über die Schulter und sah nach der Dolchklinge.

»Neben der Treppe steht eine Kerze in der Wandnische. Zünde sie an.«

Nemo nahm Zunderstein und Stahl. In der Nische lag Werg. Er hielt den Stein dagegen und schlug mit dem Stahl darauf, bis ein Funke das Werg entzündet hatte. Dann hielt er den Kerzendocht in die Flamme. Die Kerze fing Feuer.

»Die Treppe hinunter. Nimm die Kerze mit.«

Die Kerzenflamme zuckte bei jedem Schritt, den er machte. Ihr Flackern brachte die steinernen Wände in Bewegung, die den Treppenabgang säumten. Er hatte Adeline in den Keller eingesperrt! Es schnürte ihm das Herz zusammen.

Unten zog Amiel einen Schlüssel aus einem kleinen Säckchen, das er um den Hals trug. Er sah Nemo an. »Deine Fähigkeit, dich zu verwandeln, ist erstaunlich. Wer sagt mir, daß du in Wirklichkeit Nemo, der Streuner bist? Immerhin wurdest du vom Meister des Heilig-Geist-Ordens erzogen, das macht einen nicht notgedrungen zum Tagelöhner. Wie bist du der Vernichtung durch den Dominikaner entgangen damals?«

»Ich kenne die Stadt.« Wie sah Adeline aus? Wie ging es ihr? Hatte er sie geschlagen? Hatte er sie möglicherweise mit dem Dolch verletzt wie ihn damals, daß ihr das Blut über das Gesicht lief?

»Du hast ihn einmal getäuscht. Es wird dir ein weiteres Mal gelingen.« Amiel steckte den Schlüssel ins Schloß und drehte ihn um. Das Schloß sprang auf. Er öffnete die Tür. »Nach dir.«

Nemo trat in den Weinkeller. Die Kerze beleuchtete große Fässer und ein gemauertes Gewölbe, die Decke setzte dicht über seinem Kopf an. Feuchtigkeit stand in der kühlen Luft. Adeline sah er nicht. Hatte sie sich zwischen den Fässern versteckt? Sie mußte furchtbare Angst haben vor Amiel. All die Zeit hatte sie sich davor gefürchtet, ihm in die Hände zu fallen. Was hatte sie hier durchzustehen! Er drehte sich um und sagte: »Sie ist hier drin?«

»Ja.«

»Bitte laßt uns einen Moment allein.«

Gewalt lag in Nemos Bitte. Adeline bevorzugte den Streuner, sie wollte nur ihn sehen, Nemo wußte das und forderte Stille für sie und sich. Ein Dritter hatte nichts dabei zu suchen, wenn sich die Liebenden begrüßten. Es versetzte Amiel einen Stich. Aber er verließ den Keller und schloß die Tür.

Was redeten sie da drin? fragte er sich auf der dunklen Treppe. Klagte Adeline Nemo ihr Leid? Verbündeten sie sich gegen ihn? Es war verständlich, daß sie Nemo wählte. Er war gekommen, sie zu retten. Was sollte diese Pein in seiner Brust? Hatte er nicht gelernt, daß Liebe immer in Trümmern endete? Begriff er nicht endlich, daß sie Leiden bedeutete, nichts als fortwährendes Leiden?

Er sah Josephine vor sich, als sei es gestern gewesen. Wie sie den Kopf zurückwarf und lachte, wie sie spielerisch nach ihm schlug. Er konnte spüren, wie sie ihm die Arme um den Hals legte und ihn küßte. Er konnte ihre zarte Hand fühlen beim Tanz und roch den Duft ihrer Haare. Mit ihr zusammen zu sein, es hatte ihm gut getan bis auf den Grund seiner Seele, es hatte ihn zutiefst beglückt. Sie wog seinen Ernst auf durch ihre Ungezwungenheit. Er hatte gelernt zu feiern, zu tanzen, zu lachen. Er hatte neue Seiten an sich entdeckt, und ihm hatte der neue Amiel gefallen. Er hatte sie geliebt. Oh, er hatte sie geliebt.

War es nicht ein Wintertag gewesen wie dieser, als sie ihn fallenließ? Grau und kalt war es gewesen, er war durch die Straßen gewandert und hatte versucht, die Angst niederzuringen, die in ihm aufstieg: Warum war sie nicht zu Hause? Was, wenn sie irgendwo tanzte, ohne ihn?

Dann sah er sie, im Arm des Frauenschwarms der Universität. Es stahl ihm den Atem, als hätte man ihm mit einer Eisenstange auf den Hals geschlagen. Sie gehen nur spazieren! sagte er sich. Da ist nichts! Aber warum lachte sie, warum warf sie den Kopf zurück dabei und strich sich durchs Haar, warum legte sie die Hände um seinen Hals, so, wie sie es immer bei ihm tat, und küßte ihn?

Er bog in eine Gasse ab, wollte um jeden Preis verhindern, daß sie ihn sah. Ihm war heiß, als stehe er in Flammen. Er hatte an diese Liebe geglaubt. Aus Angst, ihr langweilig zu werden, hatte er sich angestrengt, hatte für sie Südfrüchte aus fernen Ländern beschafft, hatte sich von einem Studienfreund das Tanzen beibringen lassen und war mit ihr feiern gegangen. Er hatte einen Sackpfeifer beauftragt, ihr ein Überraschungsständchen zu spielen. Aber er war nicht gut genug für sie, sie konnte Besseres haben, sie angelte sich den Brabanter.

Er wartete einen Tag, zwei Tage, hoffte, daß sie zu ihm kommen und ihn um Verzeihung bitten würde, daß sie ihm alles beichtete. Wenn sie es von sich aus erzählte, würde er ihr vergeben, das nahm er sich vor, er würde ihr dann wieder gut sein und alles vergessen. Diese Schmerzen war sie ihm wert. Sie würde jetzt erst merken, wie sehr er sie liebte. Er vernachlässigte die Studien, schlief nicht mehr, lief nur in seiner Kammer auf und ab und dachte an Josephine.

Sie kam nicht. Er machte lange Spaziergänge durch die

nächtlichen Straßen, fand keine Ruhe, war so zerrissen, zerfetzt. Er wollte alles zerstören, zertreten, wollte den Himmel anschreien, und doch schwieg er stumpf und peinigte seine Seele.

Nach einem dieser Spaziergänge fand er bei seiner Heimkehr einen Brief vor der Tür. Er hob ihn sich dicht vor die Augen, um ihn im Sternenlicht zu betrachten. *Amiel*, stand darauf. Ihre Handschrift. Das Herz jagte ihm in die Kehle herauf, pochte, pulste. Sie war hier bei ihm gewesen? Nach Mitternacht? Warum war er nicht daheim gewesen!

Zitternd schloß er auf, betrat die Kammer, machte Licht. Er konnte sich nicht setzen. Im Stehen faltete er den Brief auf und las.

Lieber, ich bin nicht gut genug für dich.
Ich würde dich unglücklich machen.
Verzeih. Josephine

Er las noch einmal. Wie konnte sie das sagen? Nicht gut genug für ihn? Er vergötterte sie doch, das wußte sie, sie mußte es wissen nach all den gemeinsamen Tagen! Er sank auf das Bett nieder. Hatte er bisher geglaubt, schon völlig zugrunde gerichtet zu sein, hatte er geglaubt, die Schmerzen seien am Ende der beißenden Höllenfahrt angekommen – jetzt begriff er mit Entsetzen, daß es noch tiefer hinabging mit ihm. Wie konnte sie ihm das antun, ihn verlassen, weil sie sich nicht gut genug fühlte? Ja, sie war flatterhaft und launisch. Aber er konnte damit umgehen!

Amiel sprang auf. Er rannte die Treppe hinunter. Wie eine Sturmbö fegte er um die Häuserecken, bis zu dem kleinen Verschlag, in dem sie mit ihrem Bruder lebte. Er schlug mit der Faust gegen die Tür, immer wieder. Endlich öffnete sie sich, der Bruder sah ihn an.

Amiel würgte hervor: »Josephine.«

Der Bruder nickte und verschwand. Dann kam sie: die Haare wirr, die Augenlider halb geschlossen. So schlief sie, während bei ihm dieser Brief lag? Er warf ihn ihr zu Füßen.

»Nach der guten Zeit verläßt du mich, mit solchem Unsinn? Du weißt, daß du gut genug für mich bist, daß ich dich liebe, daß ich dich endlos liebe!«

Sie wirkte seltsam kühl, stand da und hörte ihm zu, als berühre sie das alles nicht. »Amiel, du bist wütend. Laß uns später darüber reden.«

»Was soll später anders sein? Josephine, ich will dich, ich möchte mein Leben mit dir verbringen. Bitte, komm zurück zu mir.«

»Wir sind beide müde, Amiel. Wenn du morgen noch einmal nachdenkst, wirst du merken, daß es besser so ist, daß wir einfach nicht zusammengehören.«

So hatte sie nie zu ihm gesprochen. Sie behandelte ihn, als sei er ein Kind, als sei keine Verbindung mehr da zwischen ihnen. »Ist alles weg, was da zwischen uns war? Du warst doch glücklich!«

»Ja«, sagte sie, aber ihr Gesicht zeigte ihm, daß er ihr lästig war. Er hatte sie verloren.

Hier in München sollte ihm das gleiche passieren? Das willst du nicht, Amiel, sagte er sich. Nicht noch einmal. Er war doch darüber hinweg, er war jetzt Perfectus, mit Frauen hatte er abgeschlossen.

Nemo würde ihm das Pergament besorgen. Den Inquisitor würde er hinhalten, bald kam der große Tag. Er wollte dem Volk Gutes tun. Bei Nemo würde er anfangen. Er würde ihm Adeline geben und ihn ziehen lassen. Das nahm er sich vor.

28

»Adeline? Wo bist du?«

Er war es wirklich. Zuerst hatte sie die Stimme durch die Tür gehört, ein fauler Zauber des Perfectus, hatte sie gedacht, und war vorbereitet gewesen. Aber nun stand Nemo vor ihr und leuchtete in die Tiefen des Kellergewölbes. Sie ließ den Stein fallen. Er lebt, dachte sie. Arme, Beine, Kopf, nichts war verletzt, er blutete nicht, er war unversehrt.

Nemo wirbelte herum. »Adeline!« Er lächelte. Sein Blick fiel auf den Stein, der neben ihren Füßen lag. »Was wolltest du damit?« Er sagte leise: »Den Perfectus erschlagen?«

»Ich habe Angst vor ihm.«

Er sah an ihr hinunter. »War er das?«

Sie mußte ein furchtbarer Anblick sein. Das zerrissene, befleckte Kleid, die zerschrammten Handgelenke, das verweinte Gesicht. »Ich will hier raus.«

»Sieh mal, hier liegt eine Decke. Du frierst doch.« Er hob die Decke auf und wollte sie ihr reichen.

»Das ist die Decke von ihm.« Sie wich zurück. Auf wessen Seite stand Nemo? Warum wollte er dem Perfectus helfen, sie wieder einzufangen mit seiner verhaßten Fürsorge? Verstand er nicht, daß sie weg mußte, daß sie hier keine Luft bekam?

Er trat auf sie zu. »Das ist die Decke vom alten Pötschner. Amiel gehört nichts in diesem Haus. Er ist nur Gast. Pötschner ist ein Ratsherr, ein alter Mann, vor dem mußt du dich nicht fürchten. Komm, lege dir die Decke über die Schultern. Du holst dir den Tod in diesem Loch.«

»Dann sterbe ich eben.«

Er schluckte. »Was hat er mit dir gemacht?« Mitleid stand ihm ins Gesicht geschrieben. Er bückte sich, stellte die Kerze auf dem Boden ab und legte die Decke daneben. Er sah sie an.

Dann stellte er sich dicht vor Adeline. Zögerlich streckte er die Hand nach ihrem Arm aus.

Es war ihr gleichgültig. Sollte er sie berühren. Es gab da nichts mehr zu erobern. Es gab nichts mehr zu zerstören.

Nemo nahm auch ihren anderen Arm in die Hand und zog Adeline an sich. Er bettete ihren Kopf auf seine Schulter und hielt sie. »Es tut mir leid«, flüsterte er. »Bitte gib nicht auf.«

Ihr Körper erbebte. Sie konnte nicht mehr weinen, aber sie zitterte. Nemo hielt sie fest. Es war ihr unangenehm, daß ihr Körper sich so schüttelte. »Ich muß weg. Ich muß weg hier«, stieß sie hervor.

»Ich weiß.«

»Bitte hilf mir.« Stotterte sie? Sie hatte nie gestottert.

»Schhh. Es wird alles gut.« Er streichelte ihren Hinterkopf und ihren Nacken.

Aber sie war häßlich! Sie war kaputt, zerbrochen! Warum war er zärtlich zu ihr? »Weißt du nicht, was passiert ist?«

»Schhh.«

Er wollte, daß sie schwieg. Also stand sie da, und auf einmal kamen doch Tränen. Sie weinte sein Hemd naß. Sie spürte seine warme Brust durch das Hemd. Seine Hände streichelten ihren Nacken. Er war gut zu ihr.

Er sagte: »Der Psalm, den du im Heuschober aufgesagt hast, wie ging der?«

»Ich weiß nicht.«

»Es war etwas mit einem Hirten.«

»Der Herr ist mein Hirte.«

»Und weiter?«

»Nichts schadet mir.«

»Und dann?«

»Er hat mich an einen Platz mit frischem Gras geführt und gibt mir köstliches Wasser. Er hat meine Seele mit Gutem beschert. Er leitet mich auf der Straße des Rechtes, um seines Namens willen.« Es tat ihr wohl, den Psalm zu sprechen. Er erinnerte an gute Tage. Sie spürte, wie sie ruhiger wurde. Das Zittern verebbte.

»Dieser Psalm hat Kraft. Ich will ihn lernen. Bringst du ihn mir bei?«

»Ja.« Ohne sich aus der Umarmung zu lösen, sah sie auf, sie mußte seinen Blick sehen. Sie erschrak. Sein Gesicht war naß von Tränen, ebenso wie ihres.

An diesem Abend wurde es nicht dunkel in München. Aus allen Fenstern leuchtete es. Die Handwerker zündeten rußende Talglichter an, die Kaufleute Wachskerzen. In den Küchen saßen die Frauen zusammen und redeten und redeten und fanden keine angemessenen Worte für das Unglück, das über die Stadt hereingebrochen war. Männer standen mit Fackeln auf den Plätzen beieinander. Sie wollten gegen das Übel ankämpfen, nur wo sollten sie beginnen?

Schneeflocken senkten sich auf ihre Fackeln nieder. Die Männer zerstreuten sich, gingen nach Hause. Bald lag eine dicke Schneeschicht auf Feuerholzstapeln, Ochsenkarren, Brombeersträuchern. Regentonnen wurden zugeweht, Müllhaufen, an die Hauswand gelehnte Kiepen.

Der Dominikaner zog sich mit seinen Männern in das Augustinerkloster zurück. Sie wohnten im Gästehaus neben dem schneebehäuften Klostergarten. Man brachte ihnen Brot und Bier aus der klostereigenen Brauerei. Der Prior besuchte seine Gäste nicht.

Ein Färberlehrling stapfte die vom Fensterlicht beschienene Straße zum Kaiserhof hinauf. Unter seinen Stiefeln knirschte der frische Schnee. Die Unterarme und Hände des Färberlehrlings waren rot. Er hatte heute mehrere Wollhemden in Alaunbeize gekocht und sie dann mit Krappwurzelsud eingefärbt. Als er an das Tor des Kaiserhofs klopfte, erhoben sich in den Käfigen die Löwen und nahmen erwartungsvoll Witterung auf.

In der Wachstube saß nahe bei der Tür ein schmächtiger Wächter, den sie oft hänselten, weil ihm kein richtiger Bart wuchs. Schon beim ersten Klopfen sprang er auf. Er ging hinaus zum Tor und öffnete es. Der Färberlehrling legte die roten kleinen Finger aneinander. Der Wächter antwortete mit demselben Zeichen. Er empfing ein Lederbündel.

Er schob das Tor mit der Schulter zu und trug das Bündel über den Hof zum Küchenhaus. Der Jagdmeister kam ihm entgegen. Sein Blick war wäßrig, und er schwankte beim Gehen. Als er den Wächter passierte, hob er die Hand zum Gruß und lallte etwas. Der Wächter öffnete die Tür zum Küchenhaus. »Der Wolfsbarsch«, sagte er.

Die Köchin nahm ihm das Bündel aus der Hand. »Ich mache den Fisch«, sagte sie streng zu den Küchenjungen. »Kümmert ihr euch um den Mandelpudding und die Feigen.« Sie rollte das Bündel auf und beugte sich darüber. Der Fisch lag da, schwarzsilbrig, und glotzte sie an. Daneben befand sich eine kleine, gedrechselte, mit Rillen verzierte Dose.

Es klopfte erneut an das Tor. Der Wächter schrak zusammen. Er eilte zum Tor, öffnete es. Ein hoher Herr stand dort, und hielt sein Pferd am Zügel. Kein Gefolge war zu sehen, er war allein. Die golddurchwirkte Schecke aus Seidenbrokat war fleckig und naß. Irgendwoher kam ihm der Mann bekannt vor, aber er konnte sich nicht entsinnen, wann er ihn schon einmal gesehen hatte.

»Ich muß zu William Ockham«, sagte der Edle. Er reichte dem Wächter die Zügel. »Kümmere dich um mein Pferd.«

In der Studierstube des Engländers bollerte der kleine Ofen. Es war warm, und es roch nach Tinte und Staub. Nemo streckte die kältesteifen Finger. Sie kribbelten von der plötzlichen Wärme. Die Schnabelschuhe hinterließen auf dem Boden Wasserflecken, in denen Schneestückchen schwammen. William schob die Pergamente auf dem Tisch zu einem Stapel zusammen, dann nahm er einige dicke, ledergebundene Bücher von einer Truhe und legte sie auf die freigeräumte Stelle des Tischs. Er wies auf die Truhe: »Setzt Euch.«

Sagte er bewußt »Euch«? »Ich war bei Amiel. Habt Ihr beim Dominikaner vorgesprochen, damit er ihn gefangensetzt?«

Der Engländer blinzelte. Er fuhr sich mit Zeigefinger und Daumen über den Krötenmund. »Ich konnte nicht hingehen«, sagte er. »Zu gefährlich.«

»Ich verstehe nicht.«

»Mein Aufenthalt in München ist nicht in vollem Grade freiwillig, wißt Ihr das nicht? Er ähnelt in vielem einer Gefangenschaft. Ich bin exkommuniziert und im Unfrieden mit meinem eigenen Mönchsorden. Wo soll ich hingehen? Nur in der Nähe des Kaisers genieße ich Schutz. Wenn ich in ein Franziskanerkloster reise, weiß ich nicht, ob sie mich überhaupt aufnehmen, und wenn sie mich aufnehmen, liefern sie mich womöglich an den Papst aus. Ich habe als Exkommunizierter keine Rechte, die mich schützen.« Er seufzte und ließ die Hand sinken. »Ich weiß, daß ich Euch enttäusche. Aber ich bin sozusagen vogelfrei. Und der Dominikaner ist hier, um Menschen wie mich zu fangen.«

»Ihr wolltet doch dafür sorgen, daß Amiel rasch in Ketten gelegt wird!«

»Ich habe jemanden geschickt. Er hat meine Botschaft sicher wortgetreu übermittelt.«

Auf dem Marktplatz war ihm der Engländer groß vorgekommen, ein Recke in der Mönchskutte, aufrecht und durch nichts zu schrecken. Hier in seiner Schreibstube erschien er Nemo alt und schwach. Die weißen Haare hingen wie Flaumfedern um seinen Kopf, die nackte Stirn, die zu einem Buckel in der Mitte des Kopfes hinaufstrebte, und die abstehenden Augenbrauen gaben dem Gelehrten das Aussehen einer Krähe. »Heute nachmittag auf dem Marktplatz wart Ihr bemerkenswert mutig. Jeder hat über Eure Unerschrockenheit gestaunt. Ich bitte Euch, kämpft mit der gleichen Inbrunst um Adelines Leben!«

»Tapferkeit ist das rechte Maß zwischen Furcht und Übermut. Nochmals zum Inquisitor zu gehen, wäre unvernünftig gewesen, nach dem, was ich auf dem Marktplatz gesagt habe. Aber ich verspreche Euch, ich werde für Eure Geliebte alles tun, was in meiner Macht steht.«

»Ich weiß, daß Amiel eine Menge zuzutrauen ist.« Er faßte sich an den Hals, das Gefühl des kühlen Eisens war plötzlich wieder da. »Er hat mir einen Dolch an die Kehle gesetzt und war kurz davor zuzustoßen. Aber wir können nicht länger warten. Wir brauchen Bewaffnete, William. Helft Ihr mir, Adeline zu befreien?«

»Wo ist sie?«

»Im Haus des Ratsherrn Pötschner. Amiel hält sie dort im Weinkeller gefangen.«

»Wie konnte ich dem Mädchen nur von dem Gift erzählen!« Der Engländer preßte die Faust gegen seine Stirn. »Der Hauptmann der Leibgarde wird nicht leichtfertig Bewaffnete hergeben, bei dem, was heute geschehen ist. Sie werden gebraucht, um den Kaiser zu beschützen. Aber einen Teil der Garde müssen wir bekommen. Adeline soll keine Stunde länger in der Gewalt des Irren bleiben.«

Vier Wachen bekamen sie, Männer in schweren Stiefeln, die nach Bier rochen. Den ganzen Weg zum Haus des Ratsherrn Pötschner über belachten sie einen Scherz, den sie wohl noch in der Wachstube gerissen hatten. Nur der schmächtige Wachmann, den sie ganz hinten laufen ließen, lachte nicht. Er schien mit seinen Gedanken woanders zu sein. Auf Höhe des Hauses Schrenk blieb William stehen und funkelte die Männer böse an. »Euch scheint zu entgehen«, sagte er, »daß diese Stadt sich in schwerer Not befindet! Wann habt Ihr zuletzt einen Menschen erschlagen? Womöglich tut Ihr das in der nächsten Stunde. Das ist keine Zeit, die man mit Gelächter verbringen sollte.«

Die Männer duckten sich. Sie sahen ehrlich erschrocken aus. »Wie Ihr wünscht, Herr«, sagte der Bärtige, der seine beiden Kumpanen zuvor besonders hartnäckig zum Lachen angestachelt hatte. »Wir wußten nicht, wie ernst es ist.«

»Es ist todernst.« William ging weiter, und sie folgten ihm. Vor dem Haus der Familie Pötschner holte er den Bärtigen nach vorn und sagte: »Klopft auf Eure Weise an.«

Der Bärtige zog sein Schwert aus der Scheide. Die Klinge war geölt, ohne Geräusch fuhr sie heraus. Er umgriff die Schneide unterhalb der Parierstange. Daß er sich nicht schnitt! Die Handschuhe mußten von dickem Leder sein. Er holte aus und schlug Schwertknauf und Parierstange gegen die Tür. Seine Schläge krachten auf das Holz, als wollten sie es zerbrechen. »Im Namen des Kaisers«, rief er, »öffnet!« Er trat beiseite und nickte William zu.

Eine Weile geschah nichts, dann wurde die Tür von innen entriegelt und schwang auf. Ein Knecht sah sie an und schlug die Hand auf den Mund. Sein Blick blieb an den schwarzen, flügelbreitenden Adlern auf den gelben Waffenröcken der Wachen hängen. Kaiserwachen verhießen nichts Gutes.

»Zu Amiel von Ax«, sagte William.

Der Knecht schluckte. Er sah nun den Engländer an. »Er ist nicht da, Herr.«

William schob ihn beiseite und trat ein. »Das werden wir sehen. Durchsucht das Haus! Nemo, du kommst mit mir. Zeige mir den Keller.«

Sie durchquerten den Empfangsraum. Im Flur brannten Kerzen in den Wandnischen. Nemo nahm eine von ihnen und stieg die Treppe hinab. William folgte ihm. Sie traten vor die Kellertür. Nemo stutzte. Sie war nur angelehnt, und im Schloß steckte der Schlüssel. Er schob die Tür auf. Der Keller war dunkel. Kühle, feuchte Luft schlug ihm entgegen. Es roch nach nassem Stein und Holzfäule. William trat neben ihn. »Adeline?« rief er.

Das Kellergewölbe antwortete mit leisem Hall. Dann Stille.

Nemo setzte Schritte ins Dunkel. Er ging an der rechten Wand entlang, leuchtete zwischen die Fässer, lauschte. Die Kerzenflamme warf ihr zitterndes, schwaches Licht. Er hörte Williams Sohlen auf dem Steinstaub knirschen. William schritt mit einem zweiten Licht das Kellergewölbe von der anderen Seite her ab.

Zwischen zwei Fässern sah Nemo ein Stück Stoff auf dem Boden liegen. Er beugte sich hinunter. Es war blau, wie Adelines

Kleid. Er hob den Stoffstreifen auf. Er war weich und etwa eine Elle lang. In der Mitte war er zusammengeknotet, als habe er aus zwei Teilen bestanden, an den Enden aber war er ausgefranst, wie zerrieben. War das ein Zeichen? Hatte sie ihm ein Zeichen hinterlassen?

»Hier ist eine Wolldecke«, sagte William.

Nemo nickte. Er steckte den Stoffstreifen in die Ledertasche an seinem Gürtel und ging weiter. Sein Gefühl sagte ihm, daß sie hier waren. Verbargen sie sich zwischen zwei Fässern? Amiel konnte jeden Augenblick hervorschießen und ihm den Dolch in den Bauch rammen.

Er sah um das nächste Faß herum. Ein Fellbündel mit vier bleichen Pfoten lag dort. Das Maul war geöffnet und entblößte kleine scharfe Zähne. Von der Ratte zur Wand hin verlief eine schwarze, lautlose Ameisenstraße.

»Hier ist niemand.« William blieb neben ihm stehen. »Sie sind fort.«

»Nein. Sie sind hier. Im Haus.« Nemo ging rasch zur Tür. Die Öffnung war niedrig, er mußte sich bücken, um hinauszutreten. Eilig erklomm er die Treppe. Im Flur betrat er den schmalen Durchgang, der zur Hintertür führte. Er folgte dem Gang, bog vor der Vorratskammer um die Ecke – und prallte mit einem der Wächter zusammen. Die Kerze fiel ihm aus der Hand. Sie rollte über den Boden und verlosch.

»Ihr seid es«, sagte der Wächter. Er hielt schützend die Hand vor die eigene Kerze. Die Flamme warf einen hellen Schein auf den Waffenrock. Der gelbe Stoff umleuchtete das stumpfe Schwarz des Adlers.

»Wie lange steht Ihr schon hier?« fragte Nemo.

»Ich bin gleich hergegangen. Ich kenne diese Art von Ritterhaus. Sie haben immer einen Ausgang, durch den die Bediensteten Müllkübel hinaustragen können und Wasser hereinschaffen. Hier raus wäre man geflohen.«

»Ihr habt niemanden gesehen?«

»Niemanden. Die Tür war zu, als ich kam. Ich habe gleich auf den Hof geschaut. Da war keiner.«

Nemo bückte sich nach seiner Kerze und zündete sie an der Kerze an, die der Wächter in der Hand hielt. »Habt acht. Ich habe das Gefühl, sie sind noch hier.«

Er ging zurück zum Flur. Als er an der Treppe war, hörte er den Bärtigen in einiger Entfernung sagen: »William, kommt hierher, ich habe etwas gefunden!«

Nemo beeilte sich, der Stimme zu folgen. Da sah er schon den Bärtigen am Ende des Flurs stehen, im Türrahmen von Amiels Zimmer. Er hielt das rote Buch in den Händen. William ging an Nemo vorüber und nahm es entgegen. Er schlug es auf, las, blätterte einige Seiten weiter. Nemo erinnerte sich an die Bologneser Lettern, die den Text in blauer und zinnoberroter Tinte verzierten. Die *Interrogatio Johannis*, die vom Sturz Satans und von den Engelsseelen handelte.

William sagte: »Damit steht dem Prozeß nichts mehr im Weg. Wenn der Inquisitor dieses Buch erhält, ist Amiel des Todes. Kein langes Nachforschen mehr.«

»Hier ist noch ein weiteres«, hörten sie die Stimme des Bärtigen aus dem Zimmer.

William ging voran. Nemo folgte ihm. Die Decke auf Amiels Bettlager bedeckte es ordentlich zu allen vier Kanten hin. Auf dem Schreibpult lagen beschriebene Pergamente. Im Tintenfäßchen steckte die Feder. Sie hatte sich schwarz verfärbt. Nemo sagte: »Er hatte nicht einmal die Zeit, die Feder wegzulegen. William, ich glaube, sie sind noch im Haus.«

Der Engländer trat an das Pult heran. »Dieser Brief ist erst zur Hälfte fertiggestellt. Wem hat er geschrieben?«

Nemo kam neben ihn und blickte auf das Pergament. Es war übersät mit Buchstaben und Zahlen, klein nebeneinandergesetzt zu einem Teppichmuster. Er hatte das schon einmal gesehen. Es sah wie eine seltsame Art von Berechnung aus, oder wie ein Bild.

William fuhr gedankenverloren mit der Hand über das Pult, als würde er es streicheln. »Amiel ist nicht dumm. Er enthält uns den Inhalt des Briefs vor, durch einen geheimen Schlüssel.«

»Aber wie liest ihn der Empfänger?«

»Er kennt das Vorgehen. In der Regel läßt der Verschlüsselnde die Konsonanten unverändert, ersetzt aber die Vokale durch Ziffern oder durch die vorangehenden Konsonanten im Alphabet; beide Systeme abwechselnd, um den Lesenden in die Irre zu führen. So wird es auch an der päpstlichen Kurie oder hier am Kaiserhof betrieben, wenn man einem Spion an einem verfeindeten Fürstenhof schreibt. Dieser Brief sollte nach Frankreich gehen.«

»Woran seht Ihr das?«

William legte den Finger unter ein Wort. »Seht Ihr das? Welches Wort ist nur zwei Buchstaben lang und enthält ein X?«

»Ax.«

»So ist es. Er schreibt an seine Unterstützer. Oder seine Auftraggeber. Wie auch immer.«

»Hier ist noch etwas«, sagte der Bärtige und reichte William ein schwarzes Buch.

Der Engländer legte es auf das Pult. Er öffnete den schwarzen Buchdeckel und blätterte einige Seiten um. »Eine Vulgata, offenbar nur das Matthäus-Evangelium.« Er runzelte die Stirn. »Diese Zeile hat er unterstrichen: *beati mundo corde quoniam ipsi Deum videbunt.* Selig sind, die reines Herzens sind, denn sie werden Gott schauen. Natürlich, das paßt ihm gut.« Er blätterte um. »Und hier wieder: *estote ergo vos perfecti sicut et Pater vester caelestis perfectus est.* Darum sollt ihr vollkommen sein, gleichwie euer Vater im Himmel vollkommen ist. Aber was macht er mit dem Vaterunser? Es steht doch auf derselben Seite, wie wir Vollkommenheit erlangen, allein durch Vergebung, durch die Liebe unseres Schöpfers, der unsere Fehltritte verzeiht. Wartet.« Er fuhr mit dem Finger die Zeilen entlang und murmelte. Dann rief er aus: »Ha!« Er pochte mit dem Finger auf eine Zeile. »Er wagt es, das Vaterunser zu verändern! Da heißt es bei Matthäus sonst, unser *tägliches* Brot gib uns heute, er aber hat hier einfügen lassen, unser *geistliches* Brot gib uns heute. Und bei ›vergib uns unsere Schuld, wie wir vergeben unsern Schuldigern‹ steht eine

Anmerkung in griechischer Sprache, sinngemäß soviel wie: ›Gehorcht Gottes Geboten und haßt diese Welt!‹ Er will nicht begreifen, was Vergebung bedeutet. Wenn ich den Geboten ohne Fehler diene, brauche ich keine Vergebung. Wozu sollte Christus uns gelehrt haben, Gott um Vergebung zu bitten, wenn von uns erwartet wird, daß wir keine Fehler machen?«

»Da steht noch etwas.« Nemo zeigte auf ein kleines Wort, das mit feiner Kohle an den Seitenrand geschrieben war. »*Soror.* Was bedeutet es?«

»Wenn es Latein ist, heißt es Schwester. Den Sinn verstehe ich allerdings nicht. Hat er eine Schwester?«

»Davon weiß ich nichts.«

»Welche Dreistigkeit! Er schiebt der Heiligen Schrift eigene Worte unter, als hätte er Rang und Befugnis, Gottes Worte zu ersetzen. Einfach statt *tägliches* Brot *geistliches* Brot zu sagen! Seit Jahrhunderten schreiben die Mönche mit größter Sorgfalt die Bibel ab, wenn nur ein Buchstabe falsch ist, muß die ganze Seite neu geschrieben werden, und dann kommt einer wie Amiel daher und vergiftet das Wort Gottes nach Gutdünken.«

Gänsehaut überzog Nemos Arme. »William.«

»Ja?«

»Der Perfectus hat davon gesprochen, den Kaiser zu vergiften.«

William Ockham erbleichte. »Was sagt Ihr da?«

»Ich weiß nicht, wie ich das vergessen konnte. Als Ihr gerade ›vergiftet‹ sagtet, fiel es mir wieder ein. Er behauptete, man würde versuchen, ihn dazu zu zwingen. Wir sollten den Kaiser warnen.«

»Unverzüglich!« Der Gelehrte wendete sich an den Bärtigen. »Tragt die beiden Bücher und die Briefe zum Inquisitor in das Augustinerkloster. Geht nicht allein, nehmt alle drei Gefährten mit. Der Perfectus wird die Schriftstücke nicht gern in die Hände des Dominikaners gelangen lassen. Seid auf der Hut, womöglich greift er Euch an.« Zu Nemo sagte er: »Gehen wir, rasch.«

»Er ist noch hier im Haus«, sagte Nemo. »Wir sollten uns das obere Stockwerk ansehen, ich bin sicher, daß wir ihn dort finden. Ihn und Adeline.«

Im Flur begegnete ihnen der schmächtige, stille Wächter, er nahm gerade die letzten Treppenstufen. »Ich war im oberen Stockwerk«, sagte er. »Niemand ist dort.«

29

Die drei Spielleute vor dem Kamin bewegten sich beim Musizieren, als sei ihnen ein Funke in die Kleider geflogen. Ihre Füße standen nie still. Hüften und Schultern zuckten. Dabei warfen sie sich Blicke zu und spornten sich gegenseitig an. Das Trumscheit bildete den Grund des Liedes, Schalmei und Fiedel umtanzten es melodiös. Der Bogen des Fiedlers sauste über die Saiten. Die Wangen des Schalmeibläsers waren gerötet. Immer wieder schnappte er nach Luft, um daraufhin mit um so mehr Inbrunst weiterzuspielen. Ludwig schüttelte den Kopf. Derartig beflissene Musiker hatten sie lange nicht gehabt. Sie heiterten ihn auf. Sicher hatte Margarete sie gebeten, besonders fröhlich zu spielen heute abend. Sie hatte es an seinem Gesicht gesehen, daß die Delegation, die heute aus Avignon zurückgekehrt war, schlechte Nachrichten gebracht hatte.

Papst Benedikt wollte nicht einlenken. Wenn ein Robert Bruce exkommuniziert wurde, weil er den Lord von Badenoch in der Kirche von Dumfries getötet hatte, dann war das zu verstehen, das war ein Vergehen, das Gott mißachtete. Aber er, Ludwig? Womit hatte er den Zorn der Kirche verdient? Es ging um Macht, das war alles.

Was ihm Ulrich berichtet hatte aus Avignon! Es kehrte ihm vor Wut den Magen um. Papst Benedikt baute sich einen Palast neben der Kirche in Avignon. Ins Schlafgemach malten sie aufwendige Wandgemälde, blauen Grund und davor Eichhörnchen, Vögel, goldene Vogelkäfige, Weinblätter, verzierte Arabesken. Das angrenzende Arbeitszimmer war mit Teppichen ausgelegt, damit des Papstes Füße nie den kühlen Boden berührten. Von den Privatgemächern aus zeigte ein herrlicher Ausblick die zum Palast gehörenden Gärten und Obstplantagen im Osten, bei Sonnenaufgang mußte es eine Freude sein, an ein Fenster zu treten und hinauszuschauen.

Benedikt ließ es sich gutgehen. Kaum einer war so fett wie er. Kein Zweifel, er aß nur das Beste. Während er an seinen Pomeranzen kaute, machte er Ludwig das Leben schwer, ihm, der keine Mühen scheute.

Margarete lächelte ihn an. Als wollte sie ihn bitten, doch nicht diesen trüben Gedanken nachzuhängen. Die älteren Kinder waren allesamt an anderen Höfen, aber da saß sie, seine Gemahlin, umgeben von den Jüngsten: der achtjährigen Elisabeth, und Wilhelm, der dieses Jahr sieben wurde. Prinz Albrecht saß auf dem Schoß einer Amme, er zeigte mit seinem dicken Säuglingsfinger auf die Spielleute und versuchte, die Amme durch Auf- und Niederwerfen seines Gesäßes dazu zu bewegen, mit ihm zur Musik Hoppe-Hoppe-Reiter zu spielen. Die englische Prinzessin Johanna sagte: »Bumpety, bumpety, rider.« Sie liebte den kleinen Prinzen. Jedes Kind liebte es, mit Jüngeren zu spielen, die ihm vermittelten, daß es schon groß war.

Ludwig lächelte zurück. Sechs Kinder hatte Margarete ihm geschenkt. Zudem war sie für Stephan und für Mechthild, seine Ältesten, eine gute Stiefmutter. Diese Frau erwies sich als unerwarteter Segen. Es war eine politische Heirat gewesen, Margarete verband ihn über ihre Schwester mit König Eduard III. von England und war gleichzeitig die Nichte König Philipps von Frankreich. Und doch sang Hadamar von Laber zu Recht Minnegesänge über sie. Margarete erweckte in ihm, Ludwig, zugleich Gedanken der hohen wie der niederen, körperlichen, Minne. Ihre Augen strahlten immer noch, wie sie es vor zehn Jahren getan hatten. Wenn sie allein waren, wußte sie ihn durchaus mit ihrer Frechheit sprachlos zu machen.

Der Sänger hatte die Unterlippe vorgeschoben und musterte finster die Spielleute, als müsse er gründlich bedenken, ob ihm ihre Musik gefiel. Fürchtete er, er könne in Ungnade fallen, weil die drei dem Kaiser besser gefielen als seine neuen Lieder über Jagd und Minne? Auch Giselberga, die alte Gräfin, sah voller Mißfallen zum Kamin.

Auf der anderen Seite saß Reinhart von Westerburg, der Kriegsmann aus dem Rheinland. Er war ein loyaler Gefolgsmann, die Art, die ein Kaiser brauchte, um seine Herrschaft über Jahrzehnte aufrechtzuerhalten.

Dann Prior Konrad. Ludwig rechnete es ihm hoch an, daß er hier am Hof zum Abendessen erschienen war, obwohl der Großinquisitor in seinem Kloster weilte. Es war ein Zeichen der Treue, er zeigte, daß er auf seiner Seite stand und sich nicht von der Kirche einschüchtern ließ, obwohl sich das Augustinerkloster nicht mit dem Papst überworfen hatte. Seit mehr als zehn Jahren war er sein Beichtvater und oberster Hofgeistlicher, und er bewies heute erneut, wo sein Herz schlug.

Doktor Marsiglio Raimondini von Padua, der Leibarzt. Ebenso über zehn Jahre in seinem Gefolge. Es war wichtig, einen Arzt zu haben, dem man vertrauen konnte. Wie er ihn so betrachtete, fragte sich Ludwig, ob Häßlichkeit und Schläue irgendwie zusammenhingen. Marsiglios Gesicht war rund und klein, er hätte als Gnom in ein Märchen eingehen können. Dennoch war er nicht umsonst Rektor der Sorbonne gewesen.

Magister Heinrich von Thalheim, sein Hofkanzler seit zwölf Jahren, war ein schwieriger, aufbrausender Mensch. Aber er war auf Gedeih und Verderb mit Ludwig verbunden, seit er eine Schrift über die »Richtigkeit der Prozesse des Papstes Johann XXII. gegen Kaiser Ludwig« verfaßt hatte und mit dem Kirchenbann belegt worden war. Er verstand sich nicht besonders gut mit William Ockham, obwohl beide Franziskaner waren. Wo war der englische Gelehrte?

»Wann kommt der Mandelpudding, Mutter?« fragte Wilhelm. »Es sollte doch heute abend Mandelpudding geben!«

Margarete legte den Finger auf den Mund und schüttelte den Kopf. Wilhelm seufzte. Gelangweilt wendete er sich wieder den Spielleuten zu. Er hatte noch nie viel Geduld besessen. Johanna sah ihn streng an. Obwohl sie ein Jahr jünger war als er, spielte sich die kleine Engländerin auf wie eine Erzieherin.

Er konnte allen hier vertrauen. Ludwig entschloß sich, die heikle Frage zu stellen, die ihn bezüglich Englands beunruhigte. Lange genug hatte er auf die Rückkehr der Delegation und seines Englandkenners warten müssen. Er beugte sich über den Tisch hin zu Magister Ulrich Hofmaier. »Von den vierhunderttausend Florentiner Gulden, die mir König Eduard in Aussicht gestellt hat, wenn ich gegen Frankreich in den Krieg ziehe, wieviel wird er wirklich aufbringen können?«

Ulrich warf einen kurzen schmerzlichen Blick zu seiner Frau Mechtild, als wolle er ihr sagen, daß er es habe kommen sehen, und sagte dann: »Ich weiß es nicht, Majestät.«

»Ulrich, ziert Euch nicht. Ihr stammt aus berühmter Augsburger Kaufmannsfamilie. Ihr werdet doch eine wirtschaftliche Einschätzung geben können!«

Er wiegte den Kopf hin und her. »Bedaure«, sagte er schließlich, »Majestät, es ist mir nicht möglich.«

»Ich verlange es. Ihr wart Prokurator der englischen Nation! Und ich habe Euch nicht umsonst des öfteren an den englischen Hof geschickt, hoffe ich. Gebt mir Eure Einschätzung, oder ich kündige Eure Stellung als kaiserlicher Protonotar. Die Reichskanzlei bedeutete Euch nichts?«

Nun sah der Magister noch gequälter aus. »Doch, sie ist mir kostbar, Majestät. Es ist nur schwer zu erraten, was die Pläne des englischen Königs –«

»Eine Zahl, Ulrich!« Der Mann trieb ihn zur Weißglut.

»Sicher nicht die volle Summe, Majestät. Von den vierhunderttausend, nun, ich denke, er wird einhunderttausend aufbringen können.«

»Einhunderttausend nur!« Er hatte mit einer Ernüchterung gerechnet, aber nicht mit derart aufrüttelnden Neuigkeiten.

Diener setzten eine große dampfende Schale vor ihm ab. Der säuerliche Geruch von Fisch zog durch den Raum. Vor jeden an der Tafel wurde eine leere Schüssel gestellt, und die Diener teilten silberne Löffel aus.

»Wir reden später weiter«, sagte er. »Die Sache will gut erwogen sein. Ich weiß nicht, ob ich Eduard unter diesen Umständen zu Willen sein kann.«

»Schon wieder Fisch«, sagte Wilhelm. Er ließ sich so weit zusammensinken, daß sein Kopf kaum noch über die Tischkante reichte.

Ludwig befahl: »Du ißt!« Der Speisenmeister schöpfte ihm Fischsuppe in die Schüssel. Ein großes, graues Stück Fleisch schwamm darin. »Was ist das?« fragte er.

»Wolfsbarsch, Majestät.«

Ludwig sah über den Tisch zu seinem Sohn hinüber. »Weißt du, wie weit dieser Fisch gereist ist, um zu unserer Tafel zu gelangen? Er lebt im großen Meer! Der Herr schenkt die Speise nicht umsonst. Wir sollen sie dankbar annehmen und uns stärken.«

Die Diener schöpften auch für die anderen Fischsuppe. Ludwig nickte Prior Konrad zu.

Konrad sprach das Tischgebet: *»Benedic, Domine, nos et dona tua, quae de largitate tua sumus sumpturi, et concede, ut illis salubriter nutriti tibi debitum obsequium praestare valeamus, per Christum Dominum nostrum.«*

»Amen«, sagte Ludwig und ergänzte: »Schau her, die Suppe schmeckt hervorragend!« Er tauchte den Löffel ein, brach damit ein Stück vom Fisch ab, hob den Löffel vor den Mund und führte ihn ein. Er kaute. Der Fisch war furchtbar. Er war bitter. Ludwig runzelte die Stirn.

Der Speisenmeister sah ihn erschrocken an. »Stimmt etwas nicht?« hauchte er. »Ist die Suppe versalzen? Oder ist sie zu heiß?«

Ein Brennen zog durch seinen Mund. Im ganzen Körper kribbelte es, als liefen ihm Ameisen über Haut und Organe. Ihm brach Schweiß aus. Im selben Moment wurde ihm kalt. Er atmete, atmete, aber es genügte nicht, er mußte rascher atmen, er fühlte sich, als würde er ersticken. Er stand auf.

»Ludwig!« rief Margarete bestürzt. Sie eilte um den Tisch herum, um ihn zu stützen.

Im Vorzimmer zum kaiserlichen Schlafgemach flüsterten die Stadtärzte, die Gebrüder Tömlinger, aufgeregt miteinander. Abseits, am anderen Ende der Bank, saß der Wundarzt Perchtold. Nemo wurde es flau im Magen. Wenn sie selbst Perchtold geholt hatten, dann hieß das, daß sie aus Verzweiflung alles versuchten. Er galt in der Stadt als grobschlächtig und arbeitete hauptsächlich als Bader. Es stand offenbar nicht gut um den Kaiser.

Die ganze Nacht hatte er gebetet, Gott möge den Kaiser nicht sterben lassen. William Ockham hatte keinen Vorwurf ausgesprochen, schweigend hatte er neben ihm in der Kirche des heiligen Laurentius gekniet. Aber es war völlig klar, daß der Giftanschlag hätte vermieden werden können, hätte Nemo nur rechtzeitig von Amiels Plan erzählt.

Außer William wußte niemand von Nemos Schuld, nicht die Kammermädchen, Knechte und Notare, die rings um ihn knieten, nicht die Hofdamen und Ritter, die weiter vorn beim Altar beteten, nicht die Mönche, die ohne Unterlaß die Reichsinsignien bewachten. Nemo erlaubte sich, ab und an ein kurzes Gebet für Adeline einzuflechten, wo auch immer sie war, wohin auch immer der verruchte Amiel sie verschleppt hatte. Wieviel mußte sie noch erleiden?

Im Morgengrauen war er zur Mühle gelaufen und hatte seine alten Kleider geholt. Er hatte das gelbe Kreuz am Hemd befestigt. Nicht einem Wort des Perfectus wollte er mehr Folge leisten.

Und nun suchten sie den Kaiser auf. Wie sollte er ihm ins Gesicht sehen, er, der Mordgehilfe? Diener öffneten die Türflügel, und William trat ein. Nemo folgte ihm, hielt sich sorgfältig hinter dem Rücken des Gelehrten. Er hatte hier nichts zu suchen, er gehörte nicht zu den Dienstleuten des Kaisers. Er sollte nur dabeisein, für den Fall, daß der Kaiser eine Frage zum Hergang stellte, die William nicht beantworten konnte. Nemo hoffte inständig, daß sein Fehlverhalten in dieser Sache nicht zur Sprache kommen würde.

Die Decke des Gemachs war mit Reliefs verziert. Wandteppiche schmückten den Raum. In der Ecke stand ein hölzerner Hund, täuschend echt nachgeahmt in Gestalt und Fell. Die Kaiserin saß auf der Bank neben dem kaiserlichen Bett, bleichgesichtig, übernächtigt, daneben Prinz Wilhelm und Prinzessin Elisabeth. Doktor Marsiglio stand am Fenster. Er sah nicht glücklich aus.

Das Bett des Kaisers besaß ein überhohes Kopfteil aus dunklem Holz und vier schimmernde Messingsäulen, an denen grüne Stoffbahnen als Baldachin herabhingen. Der Kaiser winkte William näher. Sein rotblondes Haar ließ das Gesicht fahl erscheinen, und die Nase bog sich spitz in Richtung des Kinns herunter. Es roch nach Erbrochenem. Die Hände des Kaisers lagen auf einer seidenen Decke. Sie bedeckte den Berg von Kissen, unter dem er begraben war. Wieder hob er die Rechte und winkte.

William trat an das Bett heran. Er ging sogar die zwei Stufen hinauf, die zur Bettkante führten. »Majestät, ich bin untröstlich. Ich werde nicht aufhören, Gott um Hilfe anzuflehen, bis er Euch geheilt hat. Wie geht es Euch?«

Nemo sah hinüber zur Bank. Prinz Wilhelm blickte ihn mit weit aufgerissenen Augen an. Er hatte ihn erkannt. Wenn er jetzt nur nicht redete! In dieser Lage als französischer Spion bezeichnet zu werden war lebensgefährlich.

»Wie geht es mir?« fragte der Kaiser Doktor Marsiglio.

Der Leibarzt sah William ernst an. »Die Atmung ist flach und unregelmäßig. Er erleidet starke Schmerzen. Das Gift senkt seine Körperwärme, hinzu kommen Übelkeit und Erbrechen. Die Stadtärzte empfehlen Aderlaß. Aber er ist zu schwach dafür, ein Aderlaß in diesem Zustand –«

»Keinesfalls!« sagte William. »Wichtig ist, daß er viel trinkt.«

Der Leibarzt sagte: »Es ist eine Vergiftung durch Blauen Eisenhut, ohne Zweifel.«

»Ihr meint, der Inquisitor steckt hinter dem Anschlag?« Die Stimme des Kaisers war schwach. »Die Köchin ist verschwunden, wir können sie nicht befragen. Aber ich kann es mir nicht vorstellen, William, daß der Dominikaner mit dem

Anschlag zu tun hat. Ich vermute eher, daß es eine Intrige des Perfectus ist, mich zu vergiften und dann solche Gerüchte zu streuen. So will er erreichen, daß ihm der Dominikaner vom Hals geschafft wird. Er weiß, daß der Inquisitor ihn in Kürze verbrennt.«

William sagte: »Aber es käme der Kirche gut zupaß, wenn Ihr stürbet. Ein Kaiser, der seit zwölf, bald dreizehn Jahren exkommuniziert ist und unbeschadet weiterregiert, das muß ihr übel aufstoßen. Zudem Eure Kampfbriefe gegen den Papst!«

»*Eure* Kampfbriefe, William.«

»Ja, Majestät.«

»Der Inquisitor soll in seiner Arbeit nicht behindert werden, hört Ihr? Wenn er den Perfectus zur Strecke bringt, wendet sich der Haß der Münchner gegen die Kirche, nicht gegen mich. Es könnte mir sogar Sympathien zuspielen, schließlich liege auch ich im Widerstreit mit dem Papst.« Er verstummte und verzog das Gesicht. Mit geschlossenen Augen lag er da, seine Kiefer knirschten, und Furchen durchzogen seine Stirn.

Margarete stand auf. Sie beugte sich über das Bett und ergriff die Hand des Kaisers. »Ludwig«, flüsterte sie.

»Es geht.« Er öffnete die Augen und atmete flach. »Es geht.«

Sie drückte noch einmal seine Hand, dann setzte sie sich.

»William, wenn man auf dem Sterbebett liegt – nein, sagt nichts, ich weiß um meinen Zustand –, dann gehen die Gedanken ungewöhnliche Wege. Ich frage mich: Was, wenn Amiel recht hat? Ist es nicht tugendhaft, perfekt sein zu wollen?«

Der Engländer nickte. »Ich verstehe Eure Frage. Aber bedenkt, wahre Tugenden liegen jeweils in der Mitte zwischen zwei gegensätzlichen Neigungen. Tapferkeit ist das rechte Maß zwischen Furcht und Übermut. Liebe zu einer Frau ist das rechte Maß zwischen Gleichgültigkeit und Anklammerung. Damit ein Mensch tugendhaft handelt, genügt es nicht, eine Neigung auszuleben. Er muß es am rechten Ort und zur rechten Zeit tun. Aufgabe der Tugend ist es, Gemütsregungen anzustacheln, wo es sich gehört, und sie zu zügeln, wo sie an unpassender Stelle zu stark werden. Wir alle haben verkehrte Begierden. Auch ich, und auch Ihr, mit Verlaub, Majestät.« Er räusperte sich. »Es ist unsere Aufgabe, sie von den rechtmäßigen Begierden zu trennen und sie zu bezwingen. Vielleicht war der Perfectus ursprünglich auf einem guten Weg. Dann aber hat er sich geirrt. Es ist oft so, daß ein falscher Schluß viele falsche Schlüsse nach sich zieht. Ein kleiner Irrtum wächst sich mitunter am Ende zu einer Katastrophe aus.«

»Ihr weicht mir aus. Was, wenn wir rein und perfekt sein müssen, um in den Himmel zu gelangen?«

»Das müssen wir.«

»Also hat der Perfectus recht?«

»Nein. Er meint, wir müßten uns selbst reinigen, müßten so lange gegen unsere Verbogenheit ankämpfen, bis wir gerade geworden sind. In der Heiligen Schrift läßt uns Gott aber mitteilen, daß *er* dies tut. Wir bedürfen seiner Hilfe.«

»Natürlich, Gott tut es. Warum aber erst am Jüngsten Tag? Gott hat die Macht, uns jetzt schon von allen falschen Begierden zu befreien! Der Perfectus lehrt, so hörte ich, daß Gott uns zu Heiligen machen möchte, hier und jetzt, und daß nur solche Heiligen gerettet werden. Hat nicht Gott wirklich die Macht, uns von aller Sünde zu befreien?«

»Gott kann, gemäß dem Sentenzenmeister, erstes Buch, Distinctio dreiundvierzig, vieles tun, was er jedoch nicht tun will. Den Beweis liefert uns der Bericht des Johannes in Kapitel drei. Christus sagte: ›Wenn jemand nicht aus Wasser und aus Heiligem Geist wiedergeboren wird, kann er nicht in das Reich Gottes kommen.‹ Gottes Macht ist zu diesem Zeitpunkt dieselbe wie früher, bevor er Christus auf die Erde sandte, in früheren Zeiten aber wurden die Menschen von Gott angenommen auch ohne die Taufe. Er hat sich entschieden, daß die Taufe wichtig sein soll, ein Symbol, ein Zeichen für den Bund mit ihm. Und so fordert er sie ein.«

»Meinetwegen, er tut nicht alles, was er tun könnte. Aber warum sollte Gott uns nicht rein haben wollen? Er kann uns von jedem bösen Wollen befreien, kann uns ein Herz geben, das nur das Gute will. Warum sollte er das nicht tun?«

»Majestät, merkt Ihr nicht, wie tückisch dieses Argument ist? Schon Satan hat es angewandt bei der Versuchung des Herrn Jesus Christus. Er führte ihn auf die höchste Zinne des Tempels in Jerusalem und wollte ihn verlocken, sich hinabzustürzen, denn Gott könne ihn ja auffangen, so würde er sein Vertrauen in Gottes Kraft beweisen. Christus wies die Tücke von sich. Natürlich hätte Gott Engel senden können, um ihn aufzufangen und sanft zu Boden zu tragen. Nur darf man Gott nicht versuchen. Das sagte Jesus, Gottes Sohn. Wir Menschen, die als seine Geschöpfe weit unter ihm stehen, sollten schon gar nicht meinen, seinen Willen besser zu kennen als er selbst. Er hat entschieden, uns erst bei seiner Wiederkunft von den bösen Gelüsten zu reinigen, zuvor sollen wir, so gut wir es können, gegen sie ankämpfen und dadurch stärker werden. Die Fehltritte verzeiht er uns, das hat er versprochen. Mit welchem Recht ändert der Perfectus Gottes Plan?«

Der Kaiser richtete sich auf im Bett. Sogleich eilte ein Diener herbei und stopfte ihm einige Kissen in den Rücken, so daß er aufrecht sitzen konnte. »Das ist eine treffende Begründung«, sagte Kaiser Ludwig. »Es ist allerdings noch kein Beweis. Beweist mir, daß der Perfectus unrecht hat!«

»Ich kann das nicht beweisen. Würde Gott sich in voller Pracht zeigen, dann wäre jeder Mensch auf dieser Welt gezwungen, Christ zu werden, weil ihm die logischen Schlußfolgerungen keine andere Wahl ließen. Gott will diesen Zwang verhindern. Jeder, der ihn von Angesicht zu Angesicht sehen würde, würde in einen solchen Zustand des Glücks geraten, daß er sich nie wieder gegen ihn entscheiden würde. Er wäre nicht mehr frei. Gott aber möchte, daß wir uns frei für ihn entscheiden.«

»Aber wie sollen wir uns für ihn entscheiden, und vor allem, wie sollen wir ihn kennenlernen, wenn er sich uns nicht zeigt? Woher sollen wir wissen, wie er wirklich ist?«

»Auch wenn Gott sich nicht in voller Deutlichkeit zeigt, können wir ihn doch erkennen. Wir besitzen in diesem Leben zwei verschieden geartete Fähigkeiten, Dinge zu verstehen. Die eine ist die wissenschaftliche, abstraktive Fähigkeit der fünf Sinne und der aus ihnen folgenden Schlüsse. Die andere ist die intuitive Fähigkeit, die uns erlaubt, Schönheit zu erkennen, Tugenden auszubilden, zu lieben. Mit ihr gelingt es uns, Gottes Weisheiten zu verstehen. Mit Hilfe dieser Fähigkeit sind wir in der Lage, ihn zu finden.«

Der Kaiser drehte den Kopf zu einem Diener hin. »Der Wärmstein ist kalt. Sorge dafür, daß ein neuer erhitzt wird.«

»Wie Ihr wünscht, Majestät.« Der Diener verließ eilig den Raum.

»Einigen Menschen hat er sich auch sinnlich erfahrbar gezeigt«, sagte der Kaiser und strich eine Falte auf der Seidendecke glatt. »Es gibt Menschen, die ihn sehen durften. Manche sahen zudem seine Engel.«

»Ihr habt recht, er zeigt sich von Zeit zu Zeit wundersamerweise auch den Sinnen. Zwischen diesen Ereignissen aber können wir Gott nicht wissenschaftlich beweisen. Wir können ihn mit unserer Seele erspüren und in der Schöpfung seine Handschrift sehen, wie mit riesigen Buchstaben in Wald und Wiesen geschrieben, über Berge und Seen hinweg. Das ist alles.«

Prinz Wilhelm hielt seine Kinderhand vor den Bauch und winkte, kaum merklich, er ruckte nur die Fingerkuppen ein wenig. Dabei sah er Nemo an, als wollte er ihn mit seinen Blicken durchbohren. Nemo bewegte den Kopf um eine Winzigkeit nach rechts, dann nach links. Nein, sollte es bedeuten.

William sagte: »Daß Ihr an Gott glaubt, das könnt Ihr weder sehen, noch mit einem anderen Sinn wahrnehmen – und doch ist es wahr. Daß Ihr glücklich sein möchtet, daß Ihr nicht irren möchtet – all dies ist wahr, aber nur intuitiv zu erkennen.« Er rührte an die seidene Decke, als müsse er die Aufmerksamkeit des Kaisers erlangen, obwohl der ihm doch längst zuhörte. »Es läßt sich auch mit einem anderen Beispiel erklären: Wann immer jemand etwas ausspricht, hat er zuvor in seinem Inneren eine gedankliche Aussage gebildet. Sie gehört zu keinem Idiom, zu keiner Sprache. Das kann man daran sehen, daß wir oft in unserem Inneren Aussagen bilden, uns dann aber die Worte fehlen, sie auszudrücken. Ihr seht, es gibt Intuitives, das wir schwerlich messen können. Der Glaube gehört in diesen Bereich. Deshalb kann ich nicht beweisen, daß sich der Perfectus in seiner Sichtweise über Gott irrt.«

Der Kaiser sank wieder tiefer in die Kissen. »Nun, dann will ich hoffen, daß in meinem Fall die meßbaren Dinge und die nicht meßbaren Dinge zusammenwirken.«

»Ich verstehe nicht.«

Der Kaiser lächelte. »Habe ich Euch verwirrt? Ist mir das endlich einmal gelungen? Ich meinte die Medizin, die meßbar ist, und die Gebete zum gnädigen Gott, den wir nicht ermessen können. Der Schutztrank gegen Vergiftungen, den ich morgendlich trinke, wird seinen Teil tun, und Gott möge den Rest hinzugeben, damit ich überleben kann.«

»Amen«, hauchte Margarete. Alle anderen Anwesenden folgten ihr und sagten: »Amen.«

»Ich danke Euch, William«, sagte der Kaiser. »Ihr könnt gehen.«

William verneigte sich vor dem im Bett liegenden Kaiser, und wandte sich zur Tür hin. Nemo verneigte sich ebenfalls und folgte ihm. Unterwegs wurde er von einer kleinen Hand am Arm gegriffen und festgehalten. Der Prinz zischte: »Bleibt stehen!«

Erschüttert gehorchte Nemo. Er spürte, daß aller Augen auf ihm ruhten. Was sollte er tun? Wie konnte er das Unglück verhindern?

Der Prinz zog ihn hinunter und flüsterte in sein Ohr: »Steckt Ihr hinter diesem Anschlag?«

Nemo schluckte. »Nein.«

»Ich bin froh, das zu hören. Sonst müßte ich Euch köpfen lassen.«

»Ja.«

»Was passiert, wenn mein Vater stirbt?« Der Hauch wärmte Nemos Ohr, und kleine Speichelspritzer benetzten es. »Nehmt Ihr mich dann mit nach Frankreich?«

»Ja, vielleicht.«

»Versprecht es.«

Immer noch hielt die Hand des Prinzen seinen Hemdsärmel fest umklammert. »Ich verspreche es«, sagte Nemo.

»Gut.« Der Prinz ließ ihn los.

»Was sollte das?« fragte der Kaiser streng. »Was flüsterst du in meinem Gemach, Wilhelm? Weißt du nicht, daß sich das nicht gehört? Ich möchte von dir hören, worum es ging.«

Der Prinz sagte: »Es war etwas, das man nicht mit den Sinnen wahrnehmen kann, Vater, wofür die Worte fehlen, es auszudrücken, wie der Glaube.«

Da lachte der Kaiser. »Schaut Euch meinen klugen kleinen Sohn an.« Er nickte Nemo zu. »Geht. Eure Verschwörung könnt Ihr später fortsetzen.«

Sobald sich hinter ihnen die Türflügel geschlossen hatten, fragte William: »Was war das?«

»Nichts. Der Kleine verfolgt ein Spiel, das wir einmal unten auf dem Hof begonnen haben.«

»*Der Kleine* ist der kaiserliche Prinz, und Ihr spielt mit nichts Geringerem als mit Eurem Leben! Wißt Ihr nicht, daß es unter den Fürsten die Tradition gibt, wenn sie sich dem Tode nahe wähnen, Menschen übermäßig zu belohnen, andere hingegen hinrichten zu lassen? Und die Herrscher hassen nichts so sehr wie Geflüster und Geheimnisse in ihrer Umgebung. Ihr hättet seinen Sturz planen können!«

»Mit einem Sechsjährigen?«

»Sie fangen früh an, allen voran Wilhelm.«

Sie gingen schweigend den breiten Wandelgang entlang in Richtung der Treppe. Dann sagte der Engländer: »Mich wundert die Fischsuppe. Eine Suppe ist die ungünstigste Art, jemanden zu vergiften. Schon nach einem Löffel schmeckt er den bitteren Eisenhutanteil heraus. Dadurch nimmt das Opfer zu wenig zu sich. Wenn das Gift in einem Stück Fleisch gesammelt ist, ist die Vergiftung um etliches stärker.«

»Habe ich das nicht gesagt? Amiel wollte dem Dominikaner seine Ergebenheit beweisen, gleichzeitig will er ihn aber hinhalten.«

»Der Kaiser wird leben. Ich bin mir dessen sicher. Er lacht, und seine Augen blicken klar. Marsiglio muß die Dinge schwärzer malen, um am Ende als Wunderheiler dazustehen. Ich frage mich, warum der Perfectus so gehandelt hat. Worauf wartet er? Warum hält er den Inquisitor hin? Ich werde das Gefühl nicht los, daß ein Ereignis auf uns zukommt, das wir unterschätzen.«

30

William Ockham hatte den Einfall, daß der Hund, den Adeline so geliebt hatte, eine Spur zu ihr finden könnte. So sorgte er für einen kaiserlichen Befehl, Nemo das Tier zusammen mit einem Hundeführer zur Verfügung zu stellen.

Tag um Tag ließ Nemo die weiße Bracke am Stoffstreifen schnuppern, den er vom Keller mitgenommen hatte. Er hielt ihn ihr vor die Schnauze, die schwarze Hundenase weitete sich, und ein fragender Blick traf ihn aus den diensteifrigen Augen des Tiers. »Such«, sagte Nemo, und schon lief das Tier mit zum Boden gesenktem Kopf voran. Der Hundeführer wurde an der Leine hinterhergezogen, während die Bracke jeder Mauer folgte, an den Türen witterte, an den Brunnen, den Treppen und Krämerständen. Der federnde Gang des Hundes machte Mut, jeden Tag begann er die Suche mit Begeisterung, hielt den Kopf gleichmäßig über dem Boden, während die Läufe ihn vorantrugen.

Dennoch, Abend für Abend waren die Lefzen der Bracke und die braunen Hängeohren staubig geworden, ohne daß sie Adelines Duft aufgespürt hatte. Der Perfectus war verschwunden, und mit ihm das Kammermädchen. Welche Qualen mochte sie leiden! Er hatte ihr im Keller zum Abschied versprochen, daß sie binnen einer Stunde frei sein würde. Nun waren es Tage und Wochen.

Der Inquisitor setzte seine Befragungen fort. Jeden Sonntag feierte er eine Messe in der Frauenkirche. Die Kirche war dann so voll, daß die überzähligen Menschen in Trauben vor dem Eingang und den Fenstern standen, um wenigstens die Gesänge zu hören. Alle mußten zu ihm kommen, kein Priester wagte es, in Gegenwart des Großinquisitors das päpstliche Interdikt zu brechen und in der Stadt des Ketzerkaisers eine

Messe abzuhalten. Die Dominikaner aber besaßen vom Papst das besondere Recht, auch während des Interdikts Messen feiern zu dürfen.

Der Inquisitor machte guten Gebrauch davon. Jede Predigt leitete er mit dem Hinweis ein, daß er die päpstliche Vollmacht besitze, Exkommunikationen auszusprechen oder den Kirchenbann auf Förderer des Häretikers zu verhängen, daß er denen aber Ablaß gewähren werde, die dem bösen Treiben abschworen; alle anderen werde er nach Ablauf der Gnadenzeit in Zusammenarbeit mit dem Bischof und den weltlichen Amtsträgern durch Todesurteile läutern.

Die Warnungen bewirkten, daß immer mehr Münchner die Stadt verließen. Sie flohen aus Angst vor dem Urteil des Inquisitors, wollten lieber in einer fremden Stadt von vorn beginnen, als womöglich auf dem Münchner Marktplatz in Feuerflammen ihr Ende zu finden. Bald standen zahlreiche Häuser leer. Die Stadträte flehten den Inquisitor an, seine Strafandrohungen zu mäßigen, sie boten ihm Geld, sie boten ihm Stiftungen an die Kirche, aber er blieb hart.

Nemo zog es zu Adelines Mutter. In der Kate der gebrechlichen Frau hatte er das Gefühl, Adeline wenigstens auf eine gewisse Weise nah zu sein. Sie sprachen von ihr wie von einer Verstorbenen, schwärmten, lobten. Die meiste Zeit redete ihre Mutter, und Nemo hörte zu. Die Mutter ließ auch das Beschämende nicht aus, sie gestand Nemo, wie sie Adeline während der Kindheit behandelt hatte, und es verstärkte nur seine Sehnsucht nach ihr, weil er alles wiedergutmachen wollte, was sie durchlitten hatte. »Ich müßte ins Spital gehen«, sagte Adelines Mutter, »ich bin vor lauter Sorge zu schwach, um zu essen, dort helfen sie Menschen wie mir. Aber was, wenn ich gehe, und Adeline kommt nach Hause, und ich bin nicht da? Das darf auf keinen Fall passieren.«

Nemo erwiderte nichts. Wie wahrscheinlich war es, daß Adeline plötzlich auftauchte? Der Perfectus schien München aufgegeben zu haben, sie waren ihm zu nahe auf das Fell gerückt. Offenbar hatten die Torwachen versagt, und er war entkommen. Adeline hatte er mit sich genommen, vielleicht aus Rache für Nemos Verrat.

Drei Tage bevor die Gnadenzeit zu Ende sein sollte, ging plötzlich das Gerücht um, der Perfectus sei gefangen. Es hieß, die Ritter des Dominikaners hätten ihn bei einer verbotenen Versammlung der Bruderschaft der Lederer im Hackenviertel aufgetrieben und ihn in Ketten gelegt. Die Bevölkerung atmete auf. Viele, die öffentlich aufgeatmet hatten, besprachen anschließend im geheimen, wie das Turmverlies zu stürmen sei, um den Heiligen zu befreien.

Nemo platzte in die kaiserliche Schreibstube hinein. »Sie haben ihn!« rief er. »Helft mir, zu ihm vorzudringen! Er muß uns sagen, wo Adeline ist, bevor sie ihn hinrichten.«

Leonhard hob die tintenbefleckten Hände. »Beruhigt Euch, bitte!« Er wendete sich an William. »Schafft diesen Wilden hinaus, bevor er mir in seiner Aufregung grüne Tinte über die guten Seiten schüttet.«

William nickte trübe. Er war seit Wochen apathisch und müde. »Gehen wir«, sagte er.

»Freut Ihr Euch nicht?« Nemo hielt ihn draußen an der Mönchskutte fest. »Sie haben Amiel!«

»Das Gerücht ist falsch«, sagte der Engländer und streifte Nemos Hand ab. »Sie haben einen seiner Jünger. Er hat versucht, Unrast zu schüren bei den Lederern. Ein Mann, der behauptet, aus Frankfurt zu sein.«

»Es ist nicht der Perfectus?« Nemos Freude sackte in sich zusammen.

»Nein. Und der Mann weiß auch nicht, wo sich der Perfectus befindet. Sie haben ihm letzte Nacht die Beine gebrochen, die Daumen zerquetscht und die Augen ausgebrannt. Er weiß nichts.« William sah ihn mitleidig an. »Wir haben Adeline verloren, Nemo. Die einzige Hoffnung, die ich noch hege, ist, daß der Perfectus zurück in die Stadt kommt für die Hinrichtung seines Jüngers. Verkleidet, irgendwie versteckt. Wir sollten hingehen und die Augen offenhalten.«

Die Gnadenzeit endete, und der Zorn des Inquisitors brach wie eine Feuersbrunst über München herein. Im Morgengrauen hallten Schreie durch die Gassen. Ritter und Stadtbüttel schleppten Männer und Frauen aus den Häusern, solche, die so unvorsichtig gewesen waren, trotz Vorwarnungen in der Stadt zu bleiben, solche, die gehofft hatten, in der Masse nicht aufzufallen, von niemandem verraten zu werden. Die geheime Namensliste fand sie alle. Wer geweihtes Brot vom Perfectus angenommen hatte, wer dabei beobachtet worden war, wie er sich in der Nacht zu den Versammlungen schlich, wurde in den Gefängnisturm gebracht. Mitunter wurden Freunde oder Verwandte durch die Schreie der Verschleppten aufmerksam, und es gelang, sie den Kriegsknechten zu entreißen. Aber nicht selten mißglückte das, die Helfer wurden dabei gepackt, Blut floß. Die Häuser von verurteilten Häretikern wurden ausgeräuchert. Die Wirtsstube »Zum Löwen« wurde in ein zusätzliches Gefängnis verwandelt, nachdem der Gastwirt im Turm gelandet war.

Die Straßen waren nun leer, auch tagsüber. Viele verschlossen ihre Haustür und hielten auf dem Hinterhof Leitern bereit zur Flucht über die Mauern und die Dächer. Aber die Büttel waren klug. Sie postierten Wachen hinter dem Haus, dessen Bewohner sie gefangenzusetzen hatten, und wenn sie die Vordertür aufbrachen, liefen die Flüchtenden diesen Wachen geradewegs in die Arme.

Noch war niemand hingerichtet. Am vierten Tag fanden die Münchner den ersten Scheiterhaufen, hoch aufgetürmt inmitten des Marktplatzes. Voller Grauen kamen sie aus ihren Häusern, um zu sehen, wer den Tod finden würde. War es die Nachbarin, die man gefangengesetzt hatte? Waren es der Onkel, die Tante? Niemand wußte Genaues. Als das Volk den Platz gefüllt hatte, ritt der Inquisitor heran, gekleidet in das weiße Dominikanerhabit, umgeben von seinen Rittern. Hinter ihm brachte man einen Mann auf einem Karren herbei. Er war fürchterlich zugerichtet: Statt der Augen gähnten schwarze Löcher in seinem Gesicht. Die Haare waren ihm abgeschoren, und verkrustete Wunden bedeckten die Arme. Was das Büßerhemd an Mißhandlungen verbarg, ließ sich nur erahnen. Als die Büttel ihn vom Karren hoben, schleiften seine Beine ungelenk hinterher, und er brüllte vor Schmerzen. Ungnädig zerrten sie ihn eine breite Leiter hinauf zum Scheiterhaufen, setzten ihn an den Pfahl und banden die Hände daran fest. Seine Schreie verstummten. Er hob den Kopf. Es war, als könne er mit seinen schwarzen Augenhöhlen sehen und blicke durchdringend in die Menschenmenge.

Der Inquisitor saß ab. Er breitete die Hände aus. »Volk von München«, sagte er, »hört mein Urteil! Der Tod ereilt diesen Mann aus Frankfurt, da er dem Pseudo-Propheten, dem Verführer des Christenvolkes und hartnäckigen und unverbesserlichen Ketzer Amiel von Ax gedient hat, obwohl er wußte, daß er sich damit die Verdammnis zuzieht. Er hat als dessen Teufelsjünger übelschmeckende, leichtfertige, gotteslästerliche Worte verbreitet, die für fromme Ohren ebenso anmaßend wie anstoßerregend sind. Er sei verdammt und verworfen.« Er gab ein Zeichen.

Der Henker trat mit einer brennenden Fackel an den Scheiterhaufen heran. Nemo, der nahe dem Scheiterhaufen neben William Ockham in der Menge stand, fühlte körperliche Schmerzen beim Anblick der Flamme. Ihm war, als verbrenne er sich die Haut am Hals. »Es ist Bartholomäus«, sagte er. »Müßte nicht ich genauso dort stehen und verbrannt werden?«

»Seht Ihr Amiel irgendwo?« fragte William.

Nemo ließ seinen Blick über die Menge streifen. Gesichter über Gesichter, alte Frauen, junge Männer, Greise, Handwerkergesellen, Kinder, die auf die Ummauerung des Marktbrunnens geklettert waren, um besser sehen zu können. Amiel sah er nicht.

»Gnade!« schrie Bartholomäus plötzlich. Es klang unmenschlich, als hätte ein Tier geschrien. »Habt Erbarmen!« Er war heiser.

Der Henker blickte zurück zum Inquisitor, der aber wies

mit strenger Miene zum Scheiterhaufen hin. Die rote Gesichtshälfte gab ihm ein überirdisches Aussehen, als sei er kein Mensch, sondern Engel oder Dämon. Er entschied über Leben und Tod. Diese Macht schien ihm innezuwohnen, ihm, der nie geboren war, der aus dem Nichts kam und in das Nichts wieder gehen würde, sobald die Stadt geläutert war. Der Henker senkte die Fackel an das Holz. Er wartete, bis es Feuer gefangen hatte. Dann ging er zu einer weiteren Stelle und zündete sie an, bis er den Scheiterhaufen einmal umrundet hatte und das Holz an vielen Stellen brannte.

»Ich bereue«, rief Bartholomäus. »Ich will mich bekehren!« Es sah aus, als suche er mit seinen schwarzen Augenhöhlen ein Gesicht, einen Menschen, den er ansehen und um Gnade bitten könnte. Er versuchte, sich am Pfahl aufzurichten, sank aber unter Schmerzen und Wimmern wieder zusammen. Rauch wölkte zu ihm empor.

Der Inquisitor sagte: »Ebenso verbrennen wir diese Bücher und Schriften, die wir im Haus des sogenannten Perfectus fanden. Seine Ketzerlehren sollen ausgetilgt werden.« Er übergab dem Henker das rote und das schwarze Buch sowie einige Pergamente, und dieser schritt zurück zum Scheiterhaufen und warf sie in das Feuer.

Bartholomäus schrie aus Leibeskräften. »Wo seid Ihr?« schrie er. »Lieber Inquisitor, wo seid Ihr? Helft mir!«

»Du wirst gereinigt. Dann kannst du in den Himmel«, sagte der Dominikaner. Auf seiner roten, vernarbten Gesichtshälfte glänzte der Feuerschein.

»Ich möchte gern treu der Kirche dienen. Ich möchte leben und Gutes tun. Bitte, habt doch Erbarmen! Ihr seid ein freundlicher Mann, helft mir, ich bitte Euch!«

»Mach es dir nicht so schwer. Du mußt geläutert werden, verstehst du das nicht?«

Die Flammen ergriffen das Büßerhemd. Bartholomäus brüllte. Es waren keine verständlichen Worte mehr. Das Feuer ergriff ihn bis zum Kopf und sog seinen Körper ein, schwärzte ihn, ließ ihn sich aufbäumen.

Es wurde still. Nur noch das Feuer loderte, brauste. Der Pfahl knackte und stiebte Funken in den Himmel.

»Gott, sei ihm gnädig«, sagte William leise.

Der Wind drehte sich und blies Rauch und Asche über den Platz. Die Menschen hielten sich die Ärmel vor den Mund. Sie kniffen die Augen zusammen und husteten. Nemo duckte sich hinter den Vordermann und fragte: »Was vergibt Gott? Woher weiß ich, daß er mir vergeben hat? Warum hat ausgerechnet Bartholomäus Strafe und Läuterung verdient und nicht wir alle, die wir hier stehen? Jeder von uns hat gelogen, gestohlen, betrogen.«

»Und jeder hat die Todesstrafe verdient«, sagte William. »Gottes Gesetz unterscheidet nicht kleine Vergehen und große Vergehen, jeder Verstoß gegen sein Gebot trennt von ihm und bewirkt den Tod. Eine Pflanze braucht das Licht, und wir brauchen Gott. Wenn wir uns in den Schatten bewegen, verkümmern wir. Wir sterben. Der Tod ist die Folge unserer Auflehung gegen den lebenspendenden Gott.«

Nemo hustete. »Also sollten wir alle brennen?«

»Gott hat einen Weg gefunden, das Licht zu uns zu schikken. Er hat seinen Sohn auf die Erde gesandt. Der ist für uns gestorben.«

»Was ist mit Mördern? Die müssen doch trotzdem hingerichtet werden. Was ist mit Amiel?«

»Christus ist auch für die Mörder gestorben. Ja, das ist er. Der Schächer am Kreuz war ein Mörder, der, den sie neben Christus gekreuzigt haben. Christus hat ihm verziehen. Auf die Ehebrecherin wollte Christus keinen Stein werfen, obwohl alle sie verachteten. Vergebung, versteht Ihr, Nemo? Es ist das größte Wunder der Weltgeschichte – daß Gott uns untreuen Geschöpfen vergeben hat, daß er uns mehr liebt, als er unsere abscheulichen Taten haßt.«

Nemo sah auf den lohenden, qualmenden Scheiterhaufen und den schwarzen Körper am Pfahl. »Es sieht aber nicht wie Vergebung aus, was hier geschieht.« In der Luft lag der metallische, beißende Geruch von verbranntem Haar.

Jeder der neun Jünger hielt ein Schwert. Sie hatten die nackte Klinge mit der Spitze auf den Boden gestellt und stützten die Hände auf den Knauf. Ihre schwarzen Kutten mit der seidenen Taube auf der Brust einten sie. Drei mal drei Rächer waren es, und heute war der Tag.

Amiel wartete neben der Tür. »Kein Wort«, sagte er. »Ich spreche, Ihr schweigt.« Er ließ den Blick über den Halbkreis der Männer schweifen. Sie haßten den Inquisitor und die Kirche für das, was Bartholomäus angetan worden war. Nichts konnte sie mehr umwerfen. Allein Venk war gekippt, er war heute nachmittag verschwunden. Der Anblick des brennenden Gefährten mußte ihn verängstigt haben. Nun, er brauchte ihn nicht mehr. Von heute an war die reine Kirche stark genug, sich selbst zu verteidigen.

Schritte näherten sich. Die Tür schwang auf. Der Dominikaner betrat den Raum. Er blieb stehen. Das rote Narbenfleisch entfärbte sich. Er stand da in seinem weißen Habit und wußte nichts zu sagen. Litt er Todesangst, erfuhr er endlich, was das bedeutete?

Amiel schlug hinter ihm die Tür zu. »Willkommen, großer Inquisitor.«

Vom Grauen verlangsamt, drehte sich der Dominikaner Fingerbreit für Fingerbreit um, bis er Amiel ansah.

»Es erschüttert mich, was Ihr auf dem Marktplatz getan habt«, sagte er. »Dachtet Ihr, so könnt Ihr den Aufbau der reinen Kirche verhindern? Es ist zu spät für solche Verzweiflungstaten. Diese Nacht wird Euch zeigen, daß wir unbesiegbar sind. Bartholomäus' Tod ändert nichts daran. Er hat uns nur stärker gemacht.«

Es klopfte. »Wir möchten uns auch gern aufwärmen, Herr. Wieso habt Ihr die Tür zugeschlagen?« Draußen wieherte ein Pferd.

Die Jünger hoben ihre Schwerter und richteten die Spitzen auf den Inquisitor. Amiel raunte: »Ihr möchtet nicht gestört werden.«

Der Dominikaner schüttelte den Kopf. Er sagte: »Meine

Ritter werden Euch ohne Schonung niederstrecken. Ihr könnt mich töten. Aber auch Ihr werdet alle sterben. Der Frankfurter hat bereut. Er kann es vielleicht in den Himmel schaffen. Für Euch ist dieser Weg verbaut.«

»Was wißt Ihr schon vom Weg in den Himmel!«

Von draußen war wieder die Stimme zu hören. »Herr Inquisitor? Ist alles in Ordnung da drin?«

Amiel sagte leise: »Gebt mir den Schlüssel zu Eurer Truhe.«

Der Inquisitor band ein kleines Beutelchen auf, das er am Gürtel trug, und reichte Amiel einen Schlüssel.

Amiel kniete vor der Truhe nieder. Sie war von Eichenholz und an den Kanten mit Eisen beschlagen. Er führte den Schlüssel in das Schloß ein und drehte ihn um. Dann hob er den Deckel der Truhe an. Obenauf lagen Pergamente, mit Siegeln versehene Vollmachten und Geleitbriefe. Darunter befanden sich Lederbeutel. Er betastete sie. Münzen. Er fingerte die Pergamente durch. Das *Depositum* fand er nicht. »Wo ist es?«

»Unter den Geldsäcken.«

Er hob einen Geldsack an. Tatsächlich, da lag es, das Stück, das er noch nie gesehen hatte. Er zog es heraus. Es glich dem anderen, die feine schwarze Schrift von italienischer Hand, das besonders sauber enthaarte und weichgeklopfte Pergament. Nur war es an der rechten Seite abgeschnitten. Er verbarg es an seiner Brust.

»Am Ende entpuppt sich der heldenhafte Perfectus also als gemeiner Dieb«, sagte der Inquisitor.

»Dieb nennt man den, der etwas stiehlt. Ich hole nur zurück, was den Meinen gehört. Ihr habt es dem Meister des Spitalordens genommen.«

»Ihr hattet nie vor, den Kaiser wirklich zu vergiften, richtig? Ich habe Euch Zeit gegeben, damit Ihr Euer Versprechen einlösen könnt, aber Ihr habt gelogen und habt mein Vertrauen mißbraucht. Ihr werdet nichts erreichen.«

»Ihr irrt Euch. Ich erreiche alles.«

31

»Ein letztes Mal«, sagte Nemo.

Der Hundeführer nickte. Er reichte Nemo die Leine. »Paß auf, daß er dir nicht abhaut.«

Er war schon die letzten Tage immer allein mit dem Hund gegangen. Der Hund liebte seine Aufgabe, er dachte gar nicht daran, zu den Schlachtbänken zu laufen oder einer Katze nachzusetzen.

Die Bracke kam schwanzwedelnd heran und rührte mit ihrer kühlen, feuchten Nase an Nemos Hand. Er öffnete den Lederbeutel und zog das blaue Stück Stoff heraus. »Kennst du das?« Er hielt es dem Hund hin. Der schnupperte daran und blickte Nemo an, die Brauen leicht erhoben. »Such«, sagte Nemo.

Knochen reagierte nicht. Er öffnete das Maul und streckte die Zunge heraus, dann schloß er das Maul wieder. Dachte der Hund, daß es zwecklos war, daß sie die Stadt schon zu oft durchstreift hatten? Wußte er, daß Adeline nirgendwo in der Nähe war?

»Nur noch heute nacht, Knochen«, sagte Nemo. »Noch einmal. Ich muß mich verabschieden, verstehst du?«

Der Hund stieß einen Winselton aus. Nemo hielt ihm erneut den Stoffstreifen hin. »Such«, sagte er. Da zog die Bracke zur Seite, fiel in ihren federnden Schritt. Die Nase hing über dem Boden, der Kopf wandte sich nach rechts, nach links. So ging es am Wassergraben des Kaiserhofs entlang.

Es war eine frostige, sternenklare Nacht. Der Vollmond stand am Himmel wie eine kleine Sonne. Wenn er verblaßt war, würde Nemo aus Unseres Herrn Tor hinausreiten und München für immer den Rücken kehren. Er legte keinen Wert darauf, verbrannt zu werden wie Bartholomäus. Adeline war verloren, sie war fort, er hatte einen ganzen Monat alle Verstecke der Stadt nach ihr abgesucht, sie war nicht in den Gartenlauben, nicht unter den Brücken, nicht in den Hütten der Tagelöhner versteckt, vermutlich war sie tot, oder vom Perfectus in eine ferne Stadt verschleppt.

Warum suche ich noch einmal, fragte er sich, wenn ich doch weiß, daß ich sie nicht finden werde? Es war ein letzter Versuch, um mit der Hoffnung abzuschließen. William Ockham hatte ihn umarmt und anschließend einen Segen über ihn gesprochen. Die Suche nach Adeline war der Abschied, den er von ihr nahm.

In der neuen Stadt würde er keine Masken mehr aufsetzen. Er würde so lange Gelegenheitsarbeiten verrichten, bis er beim Rat der Stadt die Gebühr zahlen konnte, die für eine Aufnahme als Vollbürger Voraussetzung war. Dann würde er ein Handelsgeschäft aufbauen. Er würde eine brave Frau heiraten. Natürlich würde er sie nicht lieben wie Adeline, aber sie würde es gut haben bei ihm und würde im Gegenzug für ihn sorgen. Sie würden Kinder zeugen. Seine Söhne würden einmal von Geburt an Bürger sein, ohne Blut und Schweiß dafür opfern zu müssen. Sie würden sich niemals verstellen, nie eine Maske aufsetzen und ihren Namen verleugnen. Er würde sie zur Schule schicken, das Schulgeld würde er bezahlen und eine Familienleibrente einrichten, für den Fall, daß er und sein Weib starben. Die Kinder würden versorgt sein, sie würden sich geborgen und sicher fühlen. Sie würden wissen, woher sie kamen.

Zwei Frauen kamen ihm entgegen. Sie sprachen nicht. Schweigend gingen sie an ihm vorüber. Er drehte sich um, sah, daß sie sich ebenfalls nach ihm umdrehten. Ihr Blick barg ein Geheimnis. Indem sie nichts sagten, hüteten sie es, verhinderten, daß man ihnen ein Wort ablauschte.

Knochen bog in die Enggasse ein. Hier hatten die Tuchmacher und Gewandschneider ihre Geschäfte. Das Mondlicht schimmerte auf dem Schnee, der vor den Häusern zusammengekehrt war. Nur in der Mitte der Gasse war eine Schneise frei. Vor jedem Eingang war der Schneeberg durchbrochen, Gänge für die Kunden.

Die Stadt war leer ohne Adeline, sie hatte ihr Herz verloren. München, das ihm immer Heimat bedeutet hatte, war ihm nun gleichgültig. Er trat nach dem Schnee. Weiß spritzte es auf. Knochen blieb stehen, hob den Kopf. »Such«, sagte Nemo. Der Hund schüttelte sich. Er senkte die Schnauze zu den Schneebrocken hin, die vor ihm niedergefallen waren, und beschnüffelte sie. »Du weißt es, oder? Sie ist weg.«

Da standen sie, einsam. Nemo dachte an den Kuß im Heuschober. Adelines Lippen zu spüren, ihren warmen Körper – es war wie ein Donner in sein Innerstes gefahren. Er sah ihr Gesicht vor sich, die hohe, kindliche Stirn, das blonde Haar. Sie war seine Prinzessin gewesen, für sie hätte er alles getan, alles. Die Vorstellung, sie nie wiederzusehen, schlimmer noch, schuld daran zu sein, schnürte ihm den Hals zu. Der Perfectus hatte ihr das Kleid zerrissen. Er hatte ihr Gewalt angetan. Nemo hätte sie aus seinen Händen retten müssen. Er hätte verhindern müssen, daß sie überhaupt in seine Hände geriet! Aber er hatte zu lange gezögert. Statt München mit ihr zu verlassen, war er der Spur seiner Eltern nachgejagt, als bedeuteten sie für ihn das Lebensglück. Bedeutete die Suche nach den Eltern soviel? Er hatte Adeline dafür geopfert. Das war die bittere Wahrheit.

Er setzte sich auf den Schneeberg. Gott hatte ihm eine große Möglichkeit eröffnet, er hatte ihm angeboten, sein Leben um eine märchenhaft schöne Frau zu erweitern, und er war blind dafür gewesen, hatte nur auf das Pergament des Vaters gestarrt. Nun hatte er nichts mehr. Alles war ihm in den Händen zerronnen.

Kälte zog an seinem Gesäß herauf. Er konnte hier nicht sitzenbleiben. Seufzend stand er auf. Er sah zu Knochen hin. Der Hund hielt den Kopf hoch erhoben, er blickte die Straße hinunter. Alles an dem Tier war Wachheit, Aufmerksamkeit. Seine Muskelstränge waren angespannt, die Hinterläufe fest auf den Boden gestemmt.

»Was hast du?« fragte Nemo.

Die Bracke lief los. Unerwartet kräftig riß die Leine an Nemos Arm. Er stolperte, fing sich, folgte dem Hund. Bald verfiel er in Laufschritt. Einige Männer standen an der nächsten Hausecke. Stürmte Knochen zu ihnen hin? Sie sahen erschrocken auf, da fuhr der muskulöse Hund schon mitten zwischen sie. Die Männer sprangen zurück. Sie hielten Mistgabeln, Sensen, Dreschflegel in ihren Händen. Was wollten sie damit? Knochen schnüffelte an der Hausecke, dann bog er in die Sendlinger Straße ein und rannte weiter. Er zog Nemo mit sich. Hier war ebenfalls eine Gruppe von Menschen unterwegs. Sie gingen in Richtung des Marktplatzes.

Knochen verlangsamte seinen Lauf, richtete die Schnauze zu Boden und schnüffelte. Er rannte wieder los. Der Marktplatz öffnete sich vor ihnen. Menschen standen in kleinen Haufen zusammen. Schmiede hielten ihre Hämmer in der Hand, Fuhrmänner ihre Peitschen, einige Handwerksgesellen waren mit kurzen Schwertern bewaffnet, was bei höchsten Strafen verboten war. Bahnte sich ein Aufruhr an? Jemand trat an Nemo heran und sagte: »Haltet Euch bereit mit Eurem Hund. Diese Nacht gibt der Perfectus das Zeichen. Die neue Zeit bricht an.«

Nach kurzem Schnuppern verließ die Bracke den Marktplatz wieder. Sie hielt sich nun auf der Neuhauser Straße in Richtung des Augustinerklosters. Knochen zerrte, hechelte. Er war ganz Jäger, schien nur noch die Beute im Sinn zu haben. Dann ein Ruck im Arm. Die Bracke schlug sich seitwärts in eine kleinere Straße.

Wenige Schritte, nachdem er die Straße betreten hatte, blieb Nemo stehen. Er ließ die Leine los, Knochen stürmte voran und schleifte sie hinterher. Dort ging eine Frau. Über ihren groben Umhang fiel blondes Haar. Knochen holte sie ein, bellte, wedelte mit dem Schwanz. Die Frau drehte sich um.

Adeline.

Knochen duckte sich unter ihre Hand, ließ sich streicheln, rannte einige Schritte fort, kam zurück. Sein Schwanz peitschte die Straße. Er bellte. Er leckte Adeline die Hand. Er tobte, drehte sich auf der Stelle, schnüffelte an Adelines Füßen, als müsse er sich versichern, keinem Irrtum erlegen zu sein, dann winselte er freudig, sprang an ihr hoch, tänzelte auf den Hinterläufen, fiel wieder auf alle vier Pfoten.

Er kehrte zu Nemo zurück, wie um sich von ihm Lob zu holen. Aber Nemo stand reglos. Er sah Adeline auf sich zugehen. Tränen füllten seine Augen. Bald erkannte er die Geliebte nur noch durch einen Nebel.

»Nemo?« sagte sie.

Er blinzelte. »Ich wollte fort. Ich wollte mich nur verabschieden, ein letztes Mal auf die Suche gehen. Ich war mir sicher, daß du nicht mehr hier bist.«

»Er hat mich gehen lassen.«

»Amiel?«

»Ich wollte zum Kaiser. Ihn warnen. Etwas stimmt nicht. Amiel schaut schon den ganzen Abend voller Verzückung zum Himmel. All diese Menschen – was passiert hier?«

»Ich weiß es nicht. Aber inzwischen ist der Kaiser mit Sicherheit gewarnt. Wir sollten die Stadt verlassen. Kommst du mir mir?« Nun sah er endlich wieder klar. Ihr Gesicht war schmaler geworden. Die Hände, mit denen sie den Umhang vor der Brust zusammenhielt, waren fleckig. Aber sie lebte, und Knochen hatte sie gefunden. »Ja, Nemo. Ich gehe mit dir.« Sie trat an ihn heran, sehr nahe, und legte ihren Kopf an seine Brust. »Laß mich nie wieder allein.«

Er schluckte. »Ich verspreche es.«

Sie löste sich. »Ich habe noch etwas, das ich dir geben soll von Amiel.« Sie zog ein Pergament hervor. »Ich weiß nicht, was es ist.«

Er nahm das Pergament, es war dick, offenbar umschloß es einen Brief oder so etwas. Er faltete es auf. Zwei Pergamentstücke fielen heraus und landeten im Schnee. Er bückte sich danach. Es waren die beiden Teile des *Depositums*. Warum gab er sie ihm? Auf dem Pergament, das sie umschlossen hatte, stand:

Sie wird mir nicht vergeben können. Ich wünschte, ich hätte sie anders behandelt. Dein Name ist Gebuin. Dieses Vermögen sollte nicht ich erhalten, sondern du. Nimm es. Ich weiß, daß ich mich auf dem falschen Weg befinde. Es ist zu spät. Sei du klüger.

Amiel

»Ich heiße Gebuin«, sagte er. »Gebuin.« Er schmeckte das Wort im Mund. Es war das schönste Wort auf Erden. »Gebuin«, flüsterte er. In diesem Namen schien die Liebe seiner Eltern zu stecken. Sie mußten ihn geliebt haben. Sie hatten sich die Mühe gemacht, einen Namen für ihn auszuwählen! Er stellte sich vor, wie seine Mutter nach der Geburt zärtlich sagte: »Wir nennen ihn Gebuin.« Er stutzte. »Was ist mit ihm passiert? Warum gibt er dich plötzlich frei und sendet mir das, wonach er die ganze Zeit gejagt hat?« Er schüttelte den Kopf. Er verstand es nicht.

»Heute nacht geschieht etwas. Er hat gesagt, daß alles neu beginnt.«

»Komm.« Er nahm ihre Hand und zog sie mit sich. »Im Hundehaus wartet die Schimmelstute.« Hundehaus! Er sah sich um. Keine Spur von der Bracke. Der Hund war verschwunden.

Zwei Kerzen brannten auf dem Lesepult und ließen die Pergamentseiten warm leuchten. Der Duft von altem Leder stand in der Luft, ein Duft, der ihm das Gefühl gegeben hatte, zu Hause zu sein, wo immer auch er ein Buch aufschlug. William atmete den Ledergeruch ein und wartete. Der Duft wirkte nicht. Die Unruhe blieb. Er hatte sich den *Baum der Wissenschaft* des Raimundus Lullus von den Augustinern geliehen, Prior Konrad forderte das Buch sicher bald zurück, es war Zeit, daß er es las. Konnte das Lesen nicht helfen, ihm Frieden zu verschaffen? Er strich mit dem Daumen über das weiche Pergament und las ein Stück. Raimundus erklärte den Aufbau eines Baums, Wurzeln, Stamm, Äste, Blätter und Früchte, ein jedes mit ausführlichen Erläuterungen.

Er schloß die Augen. Der Dominikaner würde weitere Menschen verbrennen. Schon jetzt trieb die Münchner die Angst um. Sie hielten Gott für ein grausames, rachsüchtiges Wesen.

Was sollte er dagegen tun, ein exkommunizierter Franziskaner, der mit Mühe der lebenslangen Klosterhaft entkommen war, wie man sie Michael von Cesena auferlegt hatte?

Widerwillig kniete er sich vor sein Bettlager. Er faltete die Hände, atmete langsam aus. »Gott, mein Vater, ich fühle mich unfähig, etwas gegen das große Unglück zu unternehmen, das über diese Stadt hereingebrochen ist. Ich habe es versucht! Ich habe mich Amiel entgegengestellt. Ich habe sogar mit dem Dominikaner gestritten. Mehr kann ich nicht tun, oder? Wenn du dennoch eine Aufgabe für mich hast –« Er stockte. »Wenn du eine Aufgabe für mich hast, zeige sie mir.«

In diesem Augenblick klopfte es an die Tür. Er riß die Augen auf. Es war ihm, als habe Gott höchstpersönlich an seine Tür geklopft. William hielt den Atem an. Ihm rauschte das Blut in den Ohren. War das die Antwort, so rasch? Er erhob sich, es knirschte in den Knien dabei. Zögerlich ging er zur Tür. Was, wenn niemand dort stand? Oder wenn es ein Engel war? Er zog den Riegel beiseite, öffnete.

Venk von Pienzenau sah ihn an. Seine pockige Nase war gerötet, und der Mund mit den eingekniffenen Ecken war spröde geworden vom Frost. Er sagte: »Darf ich eintreten? Ich muß mit Euch sprechen.«

»Natürlich.« Er ließ ihn ein. »Ihr seht durchgefroren aus. Da, setzt Euch auf die Truhe und streckt die Füße zum kleinen Ofen hin, so mache ich das immer. Eure Zehen sind bald wieder warm.«

Venk blieb stehen. »William, ich habe einen großen Fehler gemacht.« Sein Blick war starr und leblos. »Die letzten Stunden bin ich durch die Stadt gelaufen und habe darüber nachgedacht, wem ich mich offenbaren kann, und es seid mir nur Ihr eingefallen. Wißt Ihr, was in den Straßen los ist?«

»Nein.«

»Die Münchner rotten sich zusammen. Amiel hat das von langer Hand vorbereitet. Er hat dafür gesorgt, daß sie sich bewaffnen und bereithalten. Heute nacht übernimmt er die Stadt.«

»Der Perfectus ist hier?«

»Er hatte sich in einer Köhlerhütte im Wald versteckt für einige Wochen. Seine Jünger haben weiter im Untergrund gearbeitet. Nun ist er nach München zurückgekehrt. Ich glaube, daß etwas Schreckliches geschehen wird. Er hat gesagt, daß die reine Kirche heute unbesiegbar wird.«

»Woher wißt Ihr all das?«

»Ich bin einer von seinen Jüngern.«

William holte tief Luft. Für einen Moment war ihm, als stünde alles still. »Damals, als Ihr diesen Studenten befreit habt – das war verdächtig. Aber ich hatte gehofft, Ihr findet mit der Zeit zur Vernunft.«

»Was haben sie mit dem armen Bartholomäus getan! Er hat bereut! Ich dachte, wenn man bereut, ist man wiederhergestellt.«

William musterte ihn. Venk trug goldene Ringe an den Fingern beider Hände, eine goldene Halskette und einen marderfellgefütterten Mantel. Darunter schimmerte feinster Atlasstoff hervor. Der Verlust seines Besitzes mußte für ihn beinahe genauso schwer wiegen wie der Tod. Beides in Aussicht zu haben, hatte ihn offenbar zur Einsicht gebracht. »Wie will der Perfectus die Stadt in seine Hand bringen?«

»Ich weiß es nicht. Aber was er tut, wird das Volk auf seine Seite bringen. Den Inquisitor hat er schon gefangen.«

William spürte, wie das Blut aus seinem Gesicht wich. Die Wangen wurden kalt. »Was sagt Ihr da?«

»Amiel ist im Augustinerkloster und hat den Großinquisitor in seiner Gewalt.«

»Wißt Ihr, was uns droht, wenn dem Dominikaner etwas zustößt? Der Thron des Kaisers hat noch nie so gewankt. Man wird Ludwig den Mord an zwei Inquisitoren in seiner Residenzstadt niemals vergeben. Das Kaiserreich bricht zusammen! Wenn Ludwig abgesetzt wird, erhebt der Franzose Anspruch auf die Kaiserkrone. Den Papst hat er schon in seiner Hand. Bekommt er dazu auch noch die Kaiserwürde, dann sei uns Gott gnädig. Wir müssen handeln, sofort!« William nahm seine Fellmütze vom Haken. Er hängte sich den schweren Wollmantel um. »Kommt!«

Sie stiegen die Treppen hinab, überquerten den Hof. Es war eine kalte Nacht, William verschlug es den Atem, seine Lunge wollte die eisige Luft nicht aufnehmen. Die Sterne funkelten friedlich, sie wußten nicht, was in München geschah. Er betrat die Wachstube. Ein Würfelbecher knallte auf den Tisch.

»Ich brauche sechs Männer«, sagte er, »der Rest von Euch rüstet sich und bewacht das Tor.«

»Aber es ist Nacht«, widersprach ein Wächter.

William sah ihm geradewegs in die Augen. »Ja, es ist Nacht. Und zwar die Nacht, in der zehntausend Münchner auf den Beinen sind, um Euren Kaiser vom Thron zu stürzen.« Er blickte in die Runde. »Ihr«, er zeigte auf einen Wachmann, »lauft rasch zum Hauptmann der *Sagitarii*, weckt ihn, sagt, er soll seine Männer zusammenholen, so viele wie möglich, verläßliche Männer, die sich nicht dem Aufruhr des Perfectus angeschlossen haben. Sie sollen mit ihren Armbrüsten zum Kaiserhof kommen.« Mit einer Geste umfaßte er sechs weitere Wachen. »Ihr kommt mit uns. Wir sind so schnell wie möglich wieder zurück. Öffnet dann rasch das Tor, es kann sein, daß wir von einer wütenden Meute verfolgt werden.«

Allmählich wurde den Männern klar, daß er es ernst meinte. Die ersten standen auf und schnallten sich ihre Schwertgurte um. Hinter ihm trat Venk in den Raum. Er sagte: »Wenn ihr euch in dieser Nacht als tapfer erweist, sollt ihr den doppelten Wochenlohn von mir erhalten, zusätzlich zu eurem üblichen Sold.«

In kurzer Zeit standen die sechs Männer gerüstet bereit. »Gehen wir«, sagte William.

Nemo führte die Schimmelstute am Zügel. Ihr warmer Atem blies ihm über die Hand. »Du willst wirklich nicht aufsitzen?« fragte er.

Adeline schüttelte den Kopf. »Wie gelangen wir aus der Stadt?«

»Zyfers Tor.«

»Ich habe mich nicht von meiner Mutter verabschiedet. Sie weiß nicht einmal, daß ich noch lebe! Können wir noch rasch bei meiner Mutter vorbeigehen?«

Sie sah nicht, was in Kürze geschehen würde. In jeder Straße sammelten sich Männer mit Fackeln und Waffen. »In Kürze bricht hier die Hölle los, Adeline.«

»Wir hatten nie ein besonders gutes Verhältnis zueinander. Wir brauchen diesen Abschied, Mutter braucht ihn, und ich brauche ihn. Eine Versöhnung, verstehst du?«

»Gut, gehen wir zu ihr.« Wie mußte es sein, wenn man sich mit seinen Eltern versöhnen konnte? Wenn man ihnen gegenüberstand und mit ihnen sprach, seine Enttäuschung, seine angestaute Liebe erklären konnte?

Ein kleiner Mann passierte sie. Er trug einen hellen Umhang und Handschuhe und setzte seine Schritte in großer Hast. Vor dem Haus des Bäckers Seyfried blieb er stehen und hämmerte mit der Faust gegen die Tür. »Sagitarius!« rief er. »Tretet an!«

Im zweiten Stock wurde ein Fensterladen aufgestoßen. Seyfried steckte den Kopf heraus. »Mein Sohn ist nicht da. Bedaure. Der unvernünftige Kerl zieht mit seinen Freunden um die Häuser.«

Der Mann an der Tür knurrte einen Fluch. »Wenn er heimkehrt, sagt ihm, daß er sich unverzüglich am Kaiserhof zu melden hat. Er soll seine Armbrust und seinen Waffenrock mitbringen.« Er eilte weiter. Nemo sah ihn einige Häuser die Straße hinunter wieder gegen eine Tür schlagen.

Es würde hochkochen in der Stadt, wie in einem Kessel, der lange genug über dem Feuer gehangen hatte. »Was hältst du davon, wenn wir nach München zurückkehren, sobald der Inquisitor fort ist und sich hier alles beruhigt hat? Bis dahin kannst du deiner Mutter Briefe schreiben.«

Adeline hörte nicht zu. Sie sah zum Himmel hinauf. »Was ist das?«

Er folgte ihrem Blick. Der Mond blutete.

32

»Das Zeichen!« Auf dem Marktplatz streckte Seyfrieds Sohn den Arm zum Himmel. Seine Freunde hoben die Köpfe. Er sagte: »Ich habe es gewußt. Der Perfectus ist ein Magier.« Sie bekreuzigten sich. Sie konnten den Blick nicht abwenden vom Mond, der sich kupferrot verfärbte. Schwärze fraß sich in ihn hinein.

Beim Brunnen hob ein Mann seine Mistgabel in die Höhe. »Er hat Wort gehalten! Die Inquisition wird uns nicht verknechten. Der Perfectus kämpft für uns!« Die Männer folgten seinem Beispiel und streckten ihre Waffen in die Höhe. Sie jubelten. Es war ein zorniger Jubel.

»Das ist nicht gut«, murmelte ein altes Mütterchen. »Jemand, der Blut an den Himmel bringt, kann kein Heiliger sein. Er ist ein Schwarzmagier. Oh, oh, oh, er verführt unsere Jugend.« Sie humpelte vom Platz. Jedem, den sie traf, tat sie ihre Erkenntnis kund. Aber man wollte es nicht hören.

»Schaut Euch an, welche Macht er hat«, rief Seyfrieds Sohn in die Runde seiner Freunde. »Niemand kann ihm widerstehen. Ein Magier wie er, welches Glück haben wir, daß er ausgerechnet nach München gekommen ist! Er weiß, daß er hier Unterstützung hat. Er wird den Kampf beginnen. Wir siegen gegen die raffgierige Kirche.« Er hob seine Armbrust auf die Schulter. »Kämpfen wir!«

»Und wie raffgierig die Kirche ist!« bestätigte eine Frau, die in einer benachbarten Gruppe von Menschen stand, sie rief es hinüber zu ihm. »Mein Mann wurde zu Kerkerhaft verurteilt und enteignet. Ich muß das Haus verkaufen. Ein Drittel des Geldes geht an den Inquisitor persönlich! Und die Haft darf ich auch bezahlen, vier Pfennige am Tag! Die Stadt zahlt nur einen Zuschuß zur Verpflegung.«

Eine andere Frau sagte: »Sogar die Hinrichtung müssen die Angehörigen bezahlen. Wenn meine Schwester verbrannt wird, wovor Gott uns bewahre, dann bezahle ich Opfergewand, Scheiterhaufen, Pfahl, Stricke und Gemeinschaftsgrab, insgesamt zwei Pfund und 36 Pfennige. Ist das nicht Grausamkeit? Ich soll meine geliebte Schwester verlieren und dafür auch noch Geld hergeben, als würde ich es so haben wollen!«

»Es gibt ja keine kirchlichen Begräbnisse mehr«, sagte ein alter Mann. »Seit der Inquisitor da ist, muß man die Toten in andere Städte schaffen, die Priester wagen es nicht mehr, sie zu begraben. Der Inquisitor hat den Bann erst wirklich in die Stadt gebracht.«

Überall in der Stadt traten die Einwohner aus ihren Häusern, neugierig gemacht durch die Rufe derer, die auf Amiel warteten. Sie blickten zum Himmel, sahen mit Entsetzen den roten Mond.

Dann ging es wie ein Lauffeuer durch die Stadt: Zum Augustinerkloster! Dort ist der Perfectus! Von überallher bewegten sich die Menschen zum Eremitenviertel hin. Eine Gesichtermenge, die von Fackeln beschienen wurde wie von Kometenfeuer. Über ihnen blutete der Mond.

Sie versammelten sich vor dem Klostertor und warteten. »Amiel, sprich zu uns!« »Ja, Heiliger, komm heraus!« Das Tor brach auf. Die Flügel öffneten sich bedächtig, und zwischen ihnen erschien Amiel von Ax. Großgewachsen und schlank war er. Sein Bart glänzte im Licht der Fackeln, das Haupthaar schien mit Silberfäden durchzogen zu sein. Er trug einen blauen Kapuzenmantel, der in edlen Falten fiel.

Segnend hob er die Hände über die Menge, und die Menschen verneigten sich unter der Geste. Dann trat er beiseite und machte Platz für den Inquisitor. Der Dominikaner trug immer noch das weiße Habit. Er blieb stehen und blickte schweigend in die Menge.

»Ihr haltet diesen Mann für stark, nicht wahr?« sagte Amiel. »Ihr habt Angst vor ihm. Aber er ist sterblich! Er ist fehlbar.

Seine Herrschaft des Schreckens hat ein Ende.« Er erhob die Stimme zu einem lauten Ruf. »Begründet mit mir die reine Kirche!«

Die Menge jubelte.

»Wollt Ihr den Inquisitor haben? Soll ich ihn euch ausliefern?«

Sie schrien durcheinander und hoben ihre Sensen, Hämmer, Mistgabeln. Der Inquisitor wich zurück zum Hof des Augustinerklosters. Hinter ihm aber traten neun Jünger des Perfectus aus den Schatten und richteten ihre Schwerter auf ihn. Flehend wandte er sich an den Perfectus: »Tut das nicht!«

»Wovor habt Ihr Angst? Ihr könnt sie doch alle in eine Liste eintragen und vor das Inquisitionsgericht zitieren.«

»Ich bitte Euch, seid gütig, setzt mich nicht dieser wütenden Horde aus!«

»Von Aussetzen kann keine Rede sein. Ich lasse Euch frei. Ich bitte Euch lediglich, das Augustinerkloster zu verlassen.«

»Los doch, kommt zu mir!« rief ein sehniger Mann, der in der ersten Reihe stand. Er holte mit der Sense aus, ließ sie durch die Luft sausen. Eine Frau kreischte: »Nein, ich will ihn haben! Ich kratze ihm die Augen aus!«

Der Inquisitor sagte: »Mein Blut kommt über Euch. Ich habe für Gottes Kirche gekämpft, ich habe versucht, sie zu schützen.«

Die Menge tobte vor Wut. Sie brüllte ihn nieder.

Amiel gab ein Zeichen. Die Jünger traten näher. Sie trieben den Inquisitor vor die Menschenlawine.

Da übertönte eine Stimme die anderen. »Im Namen des Kaisers!«

Köpfe wendeten sich. Nach und nach verebbten die wütenden Schreie. William Ockham trat von der Seite her auf den freien Platz vor dem Klostertor, gefolgt von sechs kaiserlichen Wachen. »Wißt Ihr nicht, daß die Erde eine Kugel ist?« Der Mönch trug eine braune Franziskanerkutte, die Wachen hielten Spieße und waren in gelbe Waffenröcke gekleidet, auf denen der Reichsadler prangte. »Um diese Kugel kreisen

Sonne und Mond. Warum nun färbt der Mond sich rot? Warum verfinstert er sich? Seht hoch zum Himmel! Der Schatten auf dem Mond ist ein Teil eines Kreises. Aristoteles hat es erklärt. Es ist der Schatten einer Kugel, der Schatten der Erde. Die Sonne befindet sich auf der einen Seite von uns und leuchtet den Mond an wie eine Talglampe. Der Mond ist auf unserer anderen Seite. Wir werfen einen Schatten auf ihn. Im Halblicht des Schattens entsteht die rote Farbe.«

Eine Weile war es still. Auf den Gesichtern zeigte sich Unsicherheit.

Da rief Seyfrieds Sohn: »Die Erde soll einen Schatten werfen? Das ist ja lachhaft! Der Perfectus hat dieses Wunder bewirkt. Ihr werdet uns nicht für dumm verkaufen!«

»Ihr seid doch Mönch«, sagte einer seiner Freunde. »Ihr gehört zur Kirche! Jahrelang habt Ihr Euch an uns bereichert. Damit ist jetzt Schluß!«

William erwiderte: »Ich bin Franziskaner. Ich besitze nichts außer ein paar Büchern. Und was Ihr dort am Himmel seht, ist kein Zeichen! Es ist erklärbar. Es geschieht auf natürliche Weise, weil Mond und Sonne den Gesetzen Gottes gehorchen.«

Eine Frau keifte: »Ach, und warum konnte der Perfectus dann vorhersagen, daß es passiert? Er hat uns das Zeichen für den fünften Februar angekündigt, und es ist der fünfte Februar. Ihr redet nur. Zeigt uns ein Wunder, wenn Gott auf Eurer Seite steht! Ihr könnt es nicht. Gott will die neue, reine Kirche. Die alte Kirche hat er verlassen.«

William winkte dem Inquisitor. Zögerlich kam der Dominikaner näher. Die Wachen nahmen ihn in ihre Mitte. »Vergreift Euch nicht an einem Mann Gottes«, sagte William Ockham. »Ihr zieht Euch sonst den himmlischen Zorn zu.« Er befahl etwas im Flüsterton. Sie bewegten sich an der Klostermauer entlang, versuchten, an der Menschenmenge vorbeizugelangen.

»Laßt sie gehen«, rief der Perfectus. »Sie können uns nicht mehr schaden.«

William fragte leise: »Wo sind Eure Ritter?«

»Gefesselt und geknebelt im Refektorium des Klosters.«

Sie trafen auf Venk von Pienzenau. William trat an ihn heran und sagte: »Das Kloster muß eine Hinterpforte haben. Holt Eure Hausknechte und dringt dort ein. Es gilt, einige Ritter zu befreien.« Den Dominikaner fragte er: »Was steht auf Gotteslästerung?«

»Die Zunge wird dem Lästerer herausgeschnitten, und die Augen werden ihm entfernt.«

»Ihr werdet Euch für Venk von Pienzenau eine mildere Strafe ausdenken, nicht wahr?«

»Wir mußten das Neuhauser Tor aufgeben, Majestät.« Die langen, lockigen Haare des Bewaffneten waren verschwitzt und filzig. Er trug rote Sprenkel im Gesicht, und eine Hand war mit Leinen verbunden. Blut drang hindurch. »Wir hatten keine Wahl. Ich habe die Männer auf das Sendlinger Tor und das Angertor verteilt, um wenigstens die zu halten.«

Ludwig streichelte den Affen, der sich am Fensterrahmen festhielt und ängstlich hinausstarrte. Der Mond stand kupferrot am Himmel, als sei ein Fluch über die Stadt gesprochen worden. Der Rittersaal war kalt, vier Schritt war die Gewölbedecke hoch, es war nahezu unmöglich, ihn zu beheizen. Aber es ging um das Reich. Er konnte in einer solchen Nacht nicht vom warmen Schlafgemach aus regieren. »Ulrich«, sagte er.

»Ja, Majestät?« Magister Ulrich stand vom leeren Tisch auf und kam herbei.

»Ich will vierhundert Ritter und schwere Reiter haben, und tausendfünfhundert Leute zu Fuß samt Bogenschützen. Setzt Schreiben an meine Lehnsleute auf.«

»Wie Ihr befehlt, Majestät.«

»Die Boten sollen das Neuhauser Tor meiden.«

Heinrich von Thalheim polterte: »Eure eigene Residenzstadt angreifen? Das ist der schiere Wahnsinn! Das ist, als würdet Ihr Euch selbst die Pulsadern aufschneiden!«

Ein Diener trat heran, verbeugte sich.

»Sprich«, sagte Ludwig.

»Neunzehn Armbrustschützen sind zu Eurem Schutz eingetroffen.«

»Neunzehn von fünfundvierzig? Jahrelang haben wir ihnen Sold gezahlt!«

»William Ockham ist ebenfalls da. Er hat den Inquisitor bei sich. Der Inquisitor läßt fragen, ob Ihr bereit seid, ihn unter Euren Schutz zu nehmen.«

Der Kaiser lachte bitter auf. »Hat er vergessen, daß über mich der Kirchenbann verhängt wurde? Es ist die Nacht der Nächte!« Er nickte. »Soll bleiben. Richtet ihm das Gästegemach her, das der englische Gesandte kürzlich bewohnt hat. Und William Ockham soll kommen, ich brauche seinen Rat.«

War der Dominikaner überhaupt einsichtig? William betrachtete ihn, wie er da stand und den Kaiserhof besah, die Löwen, die ruhelos in ihren Käfigen auf und ab liefen, das große Wappen an der Häuserwand. Er wirkte nicht gerade schuldbewußt. Er sah vielmehr wie ein Krieger aus, der nie daran zweifelte, daß er in der Schlacht auf der richtigen Seite stand. Unvorstellbar, daß dieser Mann sich in der Nacht auf dem Bettlager hin und her wälzte und sich selbst Vorwürfe machte. »Euch ist bewußt«, sagte William, »daß Ihr den Aufruhr mitverantwortet?«

Der Dominikaner ließ weiter seinen Blick schweifen. »Wie meint Ihr das?«

»Diese Menschen haben jahrelang treu zum Kaiser gestanden. Amiel von Ax kann sie nur deshalb zur Rebellion aufstacheln, weil Ihr Angst geschürt habt. Diese Angst zerstört das Vertrauen.«

»Es ist eine gesunde Angst. Sie führt zur Erkenntnis von Fehlern.« Der Dominikaner sah ihn an. »Ihr macht mir Vorwürfe? Bevor ich kam, hat sich niemand um diesen Erzketzer geschert. Ihr habt ihn stark werden lassen, und ich sollte anschließend für Euch die heißen Kohlen aus dem Feuer holen. Habt Ihr ihn nicht reden gehört vor dem Augustinerkloster? Er hält sich für Gott!«

»Diese ganze Lage, dieses Unglück, es ist nicht erst mit Amiel von Ax entstanden. Die Kirche stellt das Reich seit Jahren auf die Zerreißprobe. Erst ließ der Papst sieben Jahre lang zwei Königskandidaten gegeneinander zu Felde ziehen, ohne verlauten zu lassen, wen er favorisiert, und ohne schlichtend einzugreifen. Dann, als Ludwig den Wettstreit gewann und König wurde, was tat Papst Johannes? Er ließ verkünden, daß Ludwig nie rechtmäßig König gewesen sei, denn er, der Papst, habe die Wahl nicht bestätigt. Bald darauf unterwarf er ihn dem Kirchenbann. Ist Euch bewußt, daß das seit dreizehn Jahren der Zustand ist, in dem sich dieses Land befindet? Wir haben gehofft, als Papst Johannes starb, daß endlich Versöhnung mit der Kirche möglich werden würde. Aber Papst Benedikt ist an keiner Klärung interessiert.«

»Ich verstehe. Für Euch sind der Papst und die Kirche für alles Böse zuständig, das im Kaiserreich geschieht.«

»Die Kirche ist vom Wege abgeirrt.« Er faßte sich an die Stirn. »Es will mir nicht in den Sinn, wißt Ihr? Da gibt es Schulen in jedem Kloster, mehrere tausend Schulen, in denen täglich die Heilige Schrift erforscht wird – und trotzdem halten sich solche Dummheiten in den Köpfen der Menschen.«

»Wollt Ihr mich beleidigen? Ich muß mir von Euch keine Dummheit vorwerfen lassen.«

»Wir haben die Ehre von Gott erhalten, uns entscheiden zu dürfen. Die Tiere haben keine freie Wahlmöglichkeit, wie schon Johannes von Damascus in *De fide orthodoxa* schrieb, sie werden viel stärker als wir zum Tun getrieben, entsprechend ihren Substanzen. Wir aber sind frei. Wir können uns sogar dazu entscheiden, nicht glücklich sein zu wollen. Warum nehmt Ihr den Menschen diese Freiheit, warum wollt Ihr sie zum Guten zwingen?«

»Ihr täuscht Euch. Wir sind nicht frei. Wir können entscheiden, wann wir schlafen, ja, aber habt Ihr einmal versucht, gänzlich auf Schlaf zu verzichten oder ihn über Tage hinweg hinauszuschieben? Es ist uns nicht möglich. Und genauso brauchen wir Gott. Wenn Menschen das nicht einsehen wollen oder ihm nicht gehorsam sind, dann reißen sie ihre Mitmenschen mit sich ins Unglück, und das zu verhindern ist Aufgabe der Kirche.«

»Warum sollten wir Lob erhalten für eine gute Tat, wenn es gar nicht in unserer Macht lag, uns dafür zu entscheiden? Oder Schuld tragen an einer Untat, wenn wir sie zwangsläufig verüben mußten?«

»Niemand sagt das.«

»Aber Ihr denkt, Ihr rettet Menschen, wenn Ihr sie öffentlich verbrennt. Das meine ich mit Irrwegen. Die Kirche scheint in letzter Zeit öfter solche Narreteien zu erfinden. Statt daß sie danach fragt, wie Gott es eingerichtet hat, daß wir Vergebung erlangen von ihm und ihm allein, gibt es die Angstregentschaft der Inquisition, oder Dinge wie das Heilige Jahr, das Bonifatius zum vergangenen Jahrhundertwechsel ins Leben rief. Bedenkt das einmal! Den Gläubigen, die Rom besuchen, einen besonderen Ablaß zu gewähren! Vergebung ihrer Schuld, nicht wegen Christus, sondern wegen einer Reise. Und welchen Erfolg hatte Bonifatius! Dreißigtausend Menschen sind allein an den Hauptfeiertagen gekommen und haben die Basiliken des Heiligen Petrus und des Heiligen Paulus besucht. Der Menschenandrang soll so groß gewesen sein, daß die Amtsleute den Menschenstrom über die Tiberbrücke in zwei Spuren leiten mußten: eine Spur zum Kastell Sant'Angelo und zur Konstantinischen Basilika, die andere in Richtung Monte Giordano. Welchen Sinn hat das? Alle hundert Jahre ein solches Jahr zu gestalten, wo doch Christus unsere Schuld jeden Tag vergibt?« Ihm wurde warm vor Wut.

»Verzeiht.« Ein junger Bursche verneigte sich, ein Diener. Die Stimme war brüchig, sie sprang zwischen hohen und tiefen Lagen. »Der Kaiser begrüßt Euch als Gast.«

Der Inquisitor nickte leicht. Es sah aus, als hätte er nichts anderes erwartet.

»Und Ihr, Herr William, mögt bitte zu ihm heraufkommen in den Rittersaal. Er braucht Euren Rat.«

Der junge Diener brachte den Inquisitor zu den Gästegemächern, sie ließen William allein. Er ging auf den Nordflügel zu. Wie seltsam doch mein Leben verlaufen ist! ging es ihm durch den Kopf. Er sah sich zum erstenmal über diesen Platz gehen, voller Staunen über die Pracht des Kaiserhofs. Damals war er überzeugt gewesen, nur übergangsweise hier zu sein, er war sicher gewesen, der Streit mit dem Papst würde bald beigelegt sein, und auch mit seinem Orden wollte er sich versöhnen.

William stieg die breite Treppe zum Rittersaal hinauf. Er entsann sich, wie er sie zum erstenmal emporgestiegen war: Alles war hell erleuchtet gewesen von Kerzen und Fackeln, und durch die große Tür oben drangen Gelächter und Musik. Diener trugen neben ihm die erlesensten Speisen hinauf, gefüllten Schwan, Lammpastete, Konfekt, gezuckerte Früchte, Himbeereis, andere Diener brachten leere Platten wieder hinunter.

Er betrat den Saal. Da war keine Musik, kein Licht, keine Festtafeln. Es war dunkel, nur wenige Fackeln rußten die Wände an. Er fröstelte. Der Kaiser stand am geöffneten Fenster und ließ noch mehr Winterkälte hinein. Hinter ihm saßen seine wichtigsten Berater und Hofbeamten am Tisch, als warteten sie darauf, daß Speisen aufgetragen würden, aber es gab nicht einmal verdünnten Wein, kein Krug war in Sicht, der Tisch blieb leer. Niemand sprach.

»Majestät.« William deutete eine Verneigung an.

»Ihr habt mir den Inquisitor hergeholt?« Ein spöttisches Lächeln verzog den kaiserlichen Mund. »Haben wir nicht genug Ärger?«

»Man wollte ihn niedermachen, ihn hinmorden. Ein zweiter toter Inquisitor wäre eine Gefahr für den Thron.«

»Ja, ja. Ich weiß. Ich bin Euch dankbar. Ihr habt den roten Mond gesehen?«

»Ein natürliches Ereignis, das Euch nicht beunruhigen sollte.«

»Er hat ihn vorhergesagt. Wieso kann er das?«

»Er hat in Toulouse studiert, heißt es. Dort gibt es Gelehrte der Astronomie. Möglicherweise hat er schon damals geplant, nach München zu gehen. Eine Mondfinsternis läßt sich lange im voraus berechnen. Es sind komplizierte Rechenwege, aber in Toulouse sind sie sicher dazu in der Lage.«

»Mein Volk hält es für ein Wunder.«

»Ich habe versucht –«

»Sie halten ihn für einen Magier.«

Der Kaiser war in keiner guten Gemütsverfassung. Er war erst zu Beginn der Woche wieder für gesund erklärt worden, der Giftanschlag hatte ihn arg geschwächt. Diese Heimsuchung aber brauchte einen mutigen, weisen Herrscher. »Was habt Ihr vor?« fragte William.

»Noch heute nacht gehen Boten zu meinen Lehnsleuten. Die Kanzlei stellt gerade die Schreiben aus. Ich baue ein Heer auf und ziehe gegen die Aufrührer zu Felde.«

»Wenn Ihr München angreift, wird viel Blut fließen.«

»Was bleibt mir anderes übrig? Offener Aufruhr in meiner Residenzstadt – wenn das die anderen Städte hören, oder schlimmer noch, meine Feinde! Sie werden es als Schwäche werten und werden versuchen, ihren Nutzen daraus zu ziehen.«

»Wie lange dauert es, bis das Heer steht?«

»Dreißig Tage.«

»Es muß einen Weg geben, der nicht bedeutet, daß Ihr Eure Untertanen dahinschlachten laßt.«

»Wir haben diesen Amiel von Ax bereits zu lange gewähren lassen. Es ist die letzte Möglichkeit. Ich kann mich nicht der Gefahr des Scheiterns aussetzen. Es geht um meine Krone, es geht um das Wohl des ganzen Reichs! Ich stelle das Heer auf, daran gibt es nichts mehr zu rütteln, und ich ziehe die Aufständischen zur Rechenschaft. Wenn Euch vorher ein friedlicher Sieg gelingt, soll es mir recht sein. Dann löse ich den Heerhaufen wieder auf und schicke alle nach Hause. Aber ernsthaft, William, wie wollt Ihr das anfangen?«

33

Spatzen tschilpten. Etwas knisterte. Nemo öffnete die Augen. Er lag in einem Strohhaufen auf dem Boden. Sonnenlicht schien durch das Fenster in die Bauernstube. Neben ihm lag Adeline. Ihre Augen waren noch geschlossen. Bei jedem Atemzug weiteten sich leicht die zarten Nasenflügel. Der Anblick erfüllte ihn mit Glück.

Er dachte: Bin ich wirklich gut genug, ein sauberes, schönes Leben zu führen? Bin ich gut genug für Adeline? Er konnte sich nicht auf sich selbst verlassen. Er hatte nie wie ein guter Mensch gelebt. Und er wußte nicht, wer er sein mußte in ihrer Nähe. Was, wenn er nicht der Richtige war, nicht der, den sie brauchte oder sich erhoffte? Wie konnte er rechtzeitig herausfinden, was sie von ihm erwartete?

»Fang ruhig an, Mädchen«, sagte die Bäuerin. »Sie sind wach.«

Ihre Tochter begann, mit einem Holzhammer auf Bündeln von Hanfstengeln herumzuschlagen. Adelines Augen öffneten sich. Sie gähnte und hielt dabei die Hand vor den Mund wie eine Hofdame. Sie schrak hoch.

»Es ist gut«, sagte er. »Wir sind in Sicherheit.«

Sie sah zur Bäuerin. Er tat es ihr gleich. Die Bäuerin nahm ein Bündel Hanfstengel von ihrer Tochter, breitgehämmerte Streifen, die sie in der Mitte packte und mit dem oberen Ende um Handgelenk und Unterarm schlang. Die Linke breitete den herabhängenden Teil zwischen den Zähnen einer Hechel aus, eines Bretts mit vielen Zinken, das auf einem Bock befestigt war. Die Bäuerin zog kräftig an den Stengeln. Die Halme zerfaserten. Sie glänzten silberweiß im Morgenlicht, wie weicher Bast.

Eine Magd kam herein. »Nimm«, sagte die Bäuerin. Die

Magd nahm die Fasern und zupfte sie auseinander. Sie begann geschickt einen Faden daraus zu drehen und wickelte ihn auf eine Garnrolle auf. Währenddessen zupfte die Bäuerin den verbliebenen Werg aus den Zähnen der Hechel und warf ihn in eine Schale. Sie bekam neue Halme von ihrer Tochter.

Niemand scherte sich um Nemo und Adeline. Er sagte leise: »Wir haben es geschafft. Wir sind am Leben und frei.« Er hoffte, daß sie lächeln würde, aber sie tat es nicht.

Sie sagte: »Wir haben nichts zu essen. Was, wenn ich in Frankfurt keine Anstellung finde?«

»Sie nehmen dich mit Kußhand, überall, glaub mir.«

Adeline stand auf, klopfte sich die Strohhalme vom Kleid und versuchte, die Knitter aus dem Stoff zu streichen. Dann trat sie neben die Bäuerin. »Ich danke Euch. Ihr habt ein gutes Herz.«

»Ihr, Euch, das kannst du dir hier sparen. Da drüben steht ein Krug Milch und ein Becher. Trink etwas. Brot habe ich euch eingepackt und ein wenig Käse.«

Nun erhob sich auch Nemo. Er folgte Adeline zum Tisch. Sie goß Milch ein. Weiß schäumte sie in den Becher. Adeline bot ihm den Becher an. Er schüttelte den Kopf. »Du zuerst.«

Sie trank. Ein Milchrand blieb an ihrer Oberlippe haften. Sie reichte ihm den Becher, und er trank ebenfalls. Die Milch war warm und fett. Sie sättigte. Er wischte sich über den Mund. Nun lächelte sie und wischte sich ebenfalls über den Mund.

»Wie können wir Euch … wie können wir dir danken?« fragte er, zur Bäuerin hingewandt.

»Christus wird's mir danken, am Jüngsten Tag. Eine gute Weiterreise euch Turteltauben!«

»Der Herr segne Euch«, sagte Adeline. »Ich meine, er segne dich.«

Nun mußte auch die Bäuerin lächeln. »Schon gut. Er hat's verstanden.«

Sie nahmen den Proviantbeutel, öffneten die Tür des Bauernhauses. Sie kreischte in den Angeln. Draußen war das Tschilpen der Spatzen noch lauter. Ein ganzer Schwarm von ihnen saß im Gebüsch am Wegrand. Hühner pickten rings um die Schimmelstute im Schneematsch. Sie schienen sich vor dem Pferd nicht zu fürchten. Über den Winterwiesen stand Nebel. Die Sonne leuchtete golden hinein.

»Bereust du es?« fragte er. »Ich meine, mit mir.«

»Nur wenn du so weitermachst und ständig an dir zweifelst. Sei du selbst!«

Das war leicht gesagt. Je mehr er sich anstrengte, er selbst zu sein, desto verkrampfter und unsicherer wurde er. Er wußte kaum, wer Nemo war. Wie sollte er dann wissen, wie sich Gebuin verhalten sollte?

Er konnte sich einen Menschen ausdenken, und dann dessen Verhalten darstellen. Das war keine Schwierigkeit für ihn. Wie könnte Gebuin sein? Adeline wünschte sich einen selbstsicheren Mann, einen, der seine Stärken genau kannte und damit zufrieden war. Nun, den konnte sie haben. Er drückte ihr das Proviantbündel in die Hand, legte der Schimmelstute den Sattel über, gurtete ihn fest und stieg auf. »Du auch?« fragte er. Es klang herrlich selbstsicher. Sie würde ihn mögen.

Adeline sah grinsend zu ihm auf und schüttelte den Kopf. »Bitte, streng dich nicht gar so arg an.«

Die Kerze erlosch. Ein feiner Rauchfaden stieg auf von ihrem Docht. William sah zum Fenster. Er mußte keine neue Kerze anzünden, es war bereits Morgen. Sein Mund war entsetzlich trocken. Die Zunge rieb rauh am Gaumen. Sei es! Er mußte diese Denkaufgabe lösen, Wohl und Wehe der Stadt, des Kaisers und des Heiligen Römischen Reichs hingen daran.

Er legte das Astronomiebuch beiseite und schlug erneut die Tafeln von Toledo auf. Abaelard hatte die Aufzeichnungen des Arabers al-Khwarizmi vortrefflich ins Lateinische übersetzt, und doch verstand William die Rechenwege nicht. Er brauchte die Finsternistafeln, dazu die Elongationstafeln, die den Abstand zwischen Sonne und Mond ergaben. Dieser wurde in Winkeln angegeben, indem man von der Erde aus

Linien zu Mond und Sonne zog. Null Grad hieß, der Mond stand genau vor der Sonne. Das war bei Neumond so. Hundertachtzig Grad bedeuteten, daß die Sonne vor der Erde stand und hinter der Erde der Mond, oder umgekehrt. Man sah einen Vollmond.

Die Bahnen von Sonne und Mond liefen aber nicht auf einer Ebene. William rieb sich die Schläfen. Er war müde. Wie zäher Teig waren seine Gedanken, er formte sie mit Mühe. Die Mondbahn war gegenüber der Sonnenbahn um fünf Grad geneigt. Um nun herauszufinden, ob eine Mondfinsternis anstand, mußte man die Mondknotenlinie einbeziehen, mußte an den aufsteigenden oder den absteigenden Mond denken.

Er fuhr mit dem Finger die Tabellen entlang, ritzte einige Zahlen in ein Wachstäfelchen. Welche Berechnung hatte er auf diesem Pergamentfetzen festgehalten? Er kam allmählich durcheinander. Das fortlaufende Nachschlagen in den Listen, das Umherschieben von Zahlen, die mathematischen Formeln! Die Tafeln waren für den Breitengrad von Toledo aufgestellt. Er aber befand sich in München. Wie rechnete man das um?

Eine Finsternis, die von der Erde herrührte, war überall zu sehen, wo auch der Mond zu sehen war. Der Schatten der Erde, die sich zwischen Sonne und Mond schob, war riesig. Wenn allerdings der Mond den Schatten warf, mußte man genau den Ort berechnen, auf den er traf, denn er war klein, man sah ihn womöglich in Rom, in Oxford aber nicht.

Er nahm das gebogene kleine Messer und spitzte die Gänsefeder an. Kielstäubchen landeten auf dem Buch. Er blies sie fort. Die Berechnung, die er anstellen mußte, war eine Herausforderung. Ob es schon andere vor ihm versucht hatten? Womöglich saß er hier tagelang, und es gab am Ende kein brauchbares Ergebnis. Er kratzte sich den Kopf. An seine Grenzen zu stoßen, nicht mehr nachvollziehen zu können, was man eigentlich rechnete – es war eine Qual. Aber es war die Aufgabe, die ihm Gott gestellt hatte.

Amiel legte die Hand auf das wettergeprüfte Holz der Ballista. Er folgte mit dem Finger der Einkerbung, in die der Bolzen eingelegt wurde. Dann sah er zwischen den Mauerzinnen auf das freie Land hinaus. Er wollte mit diesem Kaiser zusammenarbeiten, nicht gegen ihn kämpfen. Aber es war deutlich, daß Ludwig auf ein Heer wartete. Er lehnte jedes Angebot zu Verhandlungen ab. Bald würden auf dieser Wiese deutsche Ritter ihren Schlachtruf »Rom!« brüllen, bevor sie gegen die Aufständischen anritten. Die Ritter betrachteten sich als Nachfolger des von Caesar und Augustus gegründeten Imperiums der Römer. Was konnten seine Rebellen dagegenhalten? Die Überzeugung, dem wahren Glauben zu folgen. Die Verzweiflung, mit der ein Mensch seine Heimatstadt verteidigte.

Er sah den Mauerring entlang. Einhundert Türme, acht Tore. »Wer bedient die Ballista?« fragte er. Zum Glück hatte er Ermenrich befreien können. Ohne den kriegserfahrenen Hauptmann waren sie verloren.

Ermenrich befühlte den Schwertknauf über dem silberbeschlagenen Gurt. Er warf einen strengen dunkeläugigen Blick auf die Ballista und sagte: »Ich habe mit den Zimmerleuten geübt, sie müßten das Laden und Abfeuern beherrschen.«

»Was heißt geübt?«

»Die Waffe wurde noch nie eingesetzt. Die Stadt hat sie erst nach der Abwehrschlacht gegen das Heer Heinrichs von Niederbayern angeschafft vor drei Jahren. «

»Werden die Zimmerleute nicht für die Wurfmaschinen gebraucht?« Er sah an der Mauer hinunter. Dort stand eine der gewaltigen Maschinen, mit denen man Steinblöcke schleuderte. Ein Ochsenkarren fuhr gerade Steine heran.

Ermenrich hob die schwarzen Brauen. »Und für die Windhaspeln der Standarmbrüste. Drei schwere Bolzen gleichzeitig, das dürfen wir uns nicht entgehen lassen. Ihr habt recht, wenn nach einem Pfeilregen die Hälfte von ihnen tot ist, sind wir unterbesetzt an den Geschützen, mitten in der Schlacht. Ich mache mich gleich daran. In zwei Wochen habe ich vierzig zusätzliche Männer für die Geschütze ausgebildet.« Der Hauptmann fuhr sich mit der Hand durch den Bart. »Ich lasse am besten eine Ballista vor der Stadt aufstellen, dort, wo sonst die *Sagitarii* üben.«

»Zwei Wochen? Soviel Zeit bleibt uns nicht. Haben wir genügend Pfeile und Bolzen?«

»Dreizehntausendeinhundert Pfeile. Siebentausend Bolzen.«

Ein junger Bursche kam die Treppe hinauf. Er trat an Amiel heran und reichte ihm einen Brief. »Für Amiel von Ax«, sagte er. Seine Stimme brach dabei.

Amiel faltete das Pergament auf. Eine Vorladung der Inquisition. Am 22. Februar bei Sonnenaufgang sollte er auf dem Marktplatz erscheinen, um seine Verteidigung vorzutragen. Das Schreiben erwähnte Zeugenaussagen, die schriftlich gegen ihn vorlagen. Was sollte das? Er regierte München, und der Inquisitor hatte sich auf dem Kaiserhof verkrochen.

In jedem Fall war das Dokument das bestgeschriebene, was er je erhalten hatte. Die Zeilen verliefen gerade, die Buchstaben glichen einander auf das genaueste. Der Notar, der das Dokument beglaubigt hatte, hatte ein aufwendiges Signum daruntergesetzt zum Beweis seiner Echtheit. In diesem Signum war die Anzahl der Zeilen verschlüsselt, und zwar so geschickt, daß niemand die Zeilenzahl verändern oder entfernen konnte, ohne das Echtheitszeichen zu beschädigen. Wollte der Inquisitor ihn warnen? Ihn einschüchtern?

Ihm stockte der Atem. Es mußte der Tag des Angriffs sein! So bald schon! Sie wollten ihn auf dem Marktplatz wissen und Tausende Schaulustige, und in dieser Zeit würde das Heer heranrücken.

Für einen Augenblick dachte er daran, alles hinzuwerfen und seinen Kopf auf juristische Weise zu retten. Er konnte an den Papst appellieren. Wenn dies vor der Verkündung des Endurteils geschah, war es rechtswirksam und hielt den Prozeß auf. Allerdings war die Anfrage an den Papst auch mit einer großen Bestechungssumme aussichtslos in seinem Fall.

»Worum geht es?« fragte Ermenrich.

»Sie werden am 22. Februar angreifen. Bereiten wir uns darauf vor.«

Nemo setzte sich im Bett auf. Eine Maus nagte irgendwo hinter den Truhen, das Knispeln setzte immer wieder aus, dann nagte sie weiter. Er konnte nicht schlafen. Irgend etwas ließ ihm keine Ruhe, es war nicht die Maus, es war etwas in ihm drin, und er konnte nicht sagen, was es war. Alles war gut. Und doch nicht.

Er hatte heute das Jaquette verkauft für einen Gulden, immerhin. Und er war mit Adeline in Sicherheit, sie hatten innerhalb weniger Tage Fuß gefaßt in Frankfurt. Adeline diente als Kammermädchen im Haushalt des Scholasters der Stiftsschule, er hatte sich einen kleinen Bauchladen zimmern lassen und verkaufte Kämme, bald würde er einen Wagen nehmen und außer Kämmen auch Bürsten und Seife und Schnüre verkaufen, er würde als reisender Krämer die umliegenden Ortschaften besuchen.

Sie waren reich! Der Vertreter der *Compagnia* des Tommaso di Arnolfo aus Florenz hatte kaum sein Erstaunen verbergen können über das *Depositum*. Dank der zwölf Prozent Zinsen war das Vermögen angewachsen auf viertausendachthundertsiebzig Gulden. Nemos Frage, woher das immense Vermögen rührte, konnte der Bankangestellte nicht beantworten, aber es war seines, er besaß das *Depositum* und war damit einer der wohlhabendsten Bürger der Stadt. Er hätte mühelos ein Haus am Römerberg damit kaufen können, das prächtige Haus mit drei Geschossen, das sie »Römer« nannten, oder den »Goldenen Schwan«, Häuser mit zahlreichen Gemächern, Hallen, Kammern. Er tat es nicht. Irgend etwas hielt ihn davon ab, das Geld einzusetzen. Er ließ den Angestellten der *Compagnia* Verschwiegenheit schwören und entschied sich, die Summe vorerst unangetastet zu lassen.

Woher die Unruhe? Woher das Wühlen in seinen Gedärmen, das Schieben und Saugen und Pochen im Bauch? Es war doch alles gut! Adeline lächelte ihn immer öfter an. Heute erst hatte sie ihm eine Blume geschenkt und seine Hand an sich gezogen und sie geküßt. Zu spüren, daß sie ihn liebte, machte es ihm immer leichter, er selbst zu sein. Mit jedem Kleidungsstück, das er verkaufte, verlor er einen Teil seiner Masken, und am Ende würde nur Gebuin übrigbleiben, Gebuin, der Händler.

Warum konnte er nicht schlafen? Woher rührte dieses Gefühl, einen großen Fehler zu begehen? Er starrte in die Dunkelheit seiner Kammer und versuchte, sich selbst zu verstehen. Er stand auf, lauschte an der Tür zu Adelines Kammer. Stille. Er schlich zu seiner Kleidertruhe, öffnete leise den Deckel. Das Knispeln der Maus verstummte. Er grub in den Kleidern, bis er das alte, zerschlissene Hemd gefunden hatte, das aus seinen Tagelöhnerzeiten stammte. Er hatte es nicht übers Herz gebracht, es fortzuwerfen. War es nicht gut, ein Andenken aufzubewahren, das an die schlechten Tage erinnerte? Er roch daran. Es stank nach Schweiß, Kohlenstaub und Schweinemist. Der Geruch stach in der Nase.

Er erinnerte an den Geruch verbrannten Haars.

Plötzlich war es da, das Gefühl, das ihn beunruhigte, nur hundertmal stärker und mit einem Bild verknüpft: Er sah Amiel an einen Pfahl gebunden, sah, wie der Henker den Berg von Holzscheiten entzündete, der unter dem Perfectus aufgeschichtet war, sah Amiel den Kopf zum Himmel richten.

Die Vorstellung tat ihm weh. Was, wenn es bereits geschehen war? Oder wenn es morgen geschah, während er hier in Frankfurt holzgeschnitzte Kämme verkaufte? Amiel und er waren einander ähnlich. War es nicht so? Auch Amiel trug eine Maske. Er war nicht er selbst, er spielte den Perfectus, meinte, ein sündloser Mensch sein zu müssen, um das Recht zu erlangen, zu leben und geliebt zu sein. Wer war er wirklich? Wer verbarg sich unter dieser Maske?

Der Brief, den er Adeline mitgegeben hatte – das war der wahre Amiel gewesen. Er hatte sich ihm offenbart. Womöglich war Nemo der einzige, dem sich Amiel gezeigt hatte, wie er wirklich war. Dann hatte er, Nemo, eine Verantwortung für diesen Mörder und Verführer der Massen. War der Brief nicht ein Hilferuf gewesen? Christus ist auch für die Mörder gestorben, hatte William Ockham gesagt. Vergebung sei das größte Wunder der Weltgeschichte.

Es gab einen Menschen, der Amiel liebte. Er war dieser Mensch. Was, wenn die Liebe Amiel half, die Maske abzunehmen? Womöglich konnte das München retten, den Kaiser, William.

Nemo stand auf. Er ging zur Tür, öffnete sie. Es war dunkel, er sah nichts, aber er wußte, wo Adelines Bettlager sich befand. Mit tastenden Schritten ging er dorthin, kniete sich vor ihr Bett. Er fand ihren Arm und strich sanft über die zarte Haut an der Innenseite.

Adeline sagte leise: »Gebuin?«

»Ja.«

»Hattest du Sehnsucht? Komm, leg dich zu mir. Es ist kalt.«

Mit Mühe widerstand er dem Verlangen, ihrer Einladung zu folgen. Sie fühlte sich warm an, und er roch ihr Haar, ihre Haut. Dennoch, es wäre nur eine Flucht. Er mußte dieser Unruhe folgen. »Ich bin hier, um dir etwas zu sagen.«

»Was ist es?« Sie klang müde.

»Ich reite morgen zurück nach München.«

Abrupt richtete sie sich auf. »Was? Gebuin, du verläßt mich doch nicht?«

»Nein, bitte glaube mir, ich komme wieder. Wenn ich zurückgekehrt bin, wollen wir uns dann einen Priester suchen und heiraten? Ich würde dich gern zu meiner Frau machen.«

»Heiraten …« Sie schwieg. »Ich möchte dich heiraten. Ich möchte deine Frau sein. Aber warum gehst du nach München? Es ist gefährlich. Und du hast versprochen, mich nie wieder allein zu lassen.«

»Ich muß mich von jemandem verabschieden, sonst finde ich keine Ruhe.«

34

Die Sonnenscheibe zeigte sich golden und gleißend über den Baumwipfeln. Die eisbedeckten Felder vor Münchens Mauerbrüstung glänzten. Raubvögel kreisten am Himmel. Angespannt blickte Amiel auf den Waldrand. Er wartete auf das Blitzen einer Rüstung, ein erstes Rumpeln von heranrollendem Belagerungsgerät, er wartete darauf, daß sich eine Kette von Reitern zeigte, daß sie Aufstellung nahmen gegen ihn und seine Stadt.

Die Bürger waren vorbereitet. Man hatte auf sein Geheiß die städtische Rüstkammer im Turm beim Weinwirt Krug ausgeräumt und Schwerter, Schilde und Brustpanzer verteilt. Wer nichts erhalten hatte, stand mit einem Dolch und einem Prügel, mit Dreschflegel oder Mistgabel auf der Mauer. Kleinere Heerhaufen warteten hinter den Stadttoren. An den Wurfmaschinen, Krapparmbrüsten und Spannbänken standen Zimmerleute und Ermenrichs neue Gehilfen bereit, auf sein Zeichen hin würden sie das Feld mit Geschossen bedecken.

Amiel legte die Hände auf die kalte Steinzinne. Warum ließ er heute Menschen sterben? War das die Aufgabe der reinen Kirche, Bürger zu bewaffnen, Steinblöcke auf Reiter zu schleudern, Armbrustbolzen zu schießen? Je mehr er die Gründung der neuen Kirche vorantrieb, desto ärger kam er vom Wege ab. Es war wie das Schwimmen in reißender Strömung, der Fluß riß ihn vom Ufer weg, er zog ihn mit sich. Würde Gott nicht das Blut der Menschen von seiner Hand fordern? Sie starben für ihn. Sie starben, weil sie glaubten, er habe Gott verstanden. Dabei hatte er seit Tagen kein Gebet mehr gesprochen.

Ein Wiehern im Wald. Amiels Körper spannte sich. Sie kamen. Also hatte er recht gehabt, der 22. Februar war ausgewählt worden für den Angriff, und die Vorladung war eine Finte gewesen, um ihn in den Stadtkern zu locken.

Ein Reiter löste sich aus dem Wald und hielt auf das Tor zu. Er ritt geruhsam im Schritt, ohne Furcht, als wisse er ein Heer hinter sich. Das Pferd war weiß, es setzte die Hufe selbstsicher in den Schnee. Warum trug der Reiter keinen Helm, keine Lanze mit einer Fahne? Ein seltsamer Unterhändler.

Als der Reiter den Mauerring fast erreicht hatte, sagte Amiel: »Öffnet das Tor.« Ermenrich gab den Befehl weiter. Bald knirschte es unter Amiels Füßen, der Wehrgang zitterte, während die großen Flügel von Unseres Herrn Tor aufschwangen. Amiel beugte sich über die Mauerbrüstung, um den Reiter zu betrachten. Er stutzte, sah genauer hin. Die gelockten Haare, das längliche Gesicht – das war Nemo! Was hatte Nemo beim feindlichen Heer zu suchen? Warum sandten sie ausgerechnet ihn als Unterhändler?

Er eilte zu den Treppen. »Ermenrich«, rief er über die Schulter, »kommt mit mir!« Während er noch im Turm abwärts hastete, hörte er schon das Hufgeklapper unter dem Torbogen. Vor der letzten Treppenflucht verlangsamte er und trat betont ruhig aus dem Turm. Die Torwachen hatten Nemo schon umringt und hielten den Schimmel am Zaumzeug fest. Die Menschen machten Amiel Platz. »Schließt das Tor!« rief er.

Nemo erblickte ihn. Er stieg vom Pferd.

»Wer schickt dich?« fragte Amiel.

Der Streuner sagte: »Niemand. Ich bin aus freien Stücken hier.«

Warum log er? »Berichte mir über das Heer. Wie viele Reiter, wieviel Fußvolk?«

»Ich weiß nicht, von welchem Heer Ihr sprecht, Amiel.«

»Da ist kein Heer im Wald?«

»Nein. Ich bin seit zehn Tagen unterwegs. Sechs Tagesreisen von hier habe ich einen kleinen Zug von Reitern gesehen und etwa zwanzig Bogenschützen, das ist alles. Seitdem bin ich keinem Heerhaufen begegnet.«

Es gab kein Heer. Das erklärte, warum die Späher, die er ins

Umland sandte, stets mit leeren Händen zurückkehrten. Zwei waren fortgeblieben, und er hatte geglaubt, daß man sie gefangen hatte oder daß sie zum Feind übergelaufen waren, er hatte ihr Verschwinden als Beweis dafür genommen, daß sich ein Heer nahte.

»Ich bin hier, um mit Euch zu sprechen«, sagte Nemo.

»Das hat Zeit bis später.« Er winkte Ermenrich zu sich. »Offensichtlich gibt es keinen Angriff«, sagte er leise. »Ziehe einen Teil der Leute ab, sie sollen sich vor dem Kaiserhof versammeln. Ihre Waffen sollen sie zurücklassen. Bewaffne dreißig Mann, deine besten, und laß sie sich unter das Volk mischen. Wenn der Dominikaner wirklich so dumm ist, das Tor des Kaiserhofs zu öffnen, um mir den Prozeß zu machen, dann laß die Menge hineinströmen, so daß es sich nicht wieder schließen läßt. Eine solche Gelegenheit, den Kaiser unblutig in die Hände zu bekommen, gibt es nie wieder. Aber sie dürfen keinen Verdacht schöpfen, man soll vor dem Tor keine Waffenträger sehen, sorgt dafür!«

Nemo beobachtete Amiel, wie er mit dem Hauptmann flüsterte. Auf der Reise nach München war seine Vorstellung des Wiedersehens mit Amiel immer freundlicher geworden, er hatte sich ausgemalt, einem verzweifelten, abgemagerten Perfectus zu begegnen, der dankbar war für jede Hilfe, der eigentlich selbst schon entdeckt hatte, daß er vor etwas auf der Flucht war und nun in ihm einen Bruder erkannte. Aber das war nicht Amiel. Offenbar war Nemos Erinnerung über die Wochen verblaßt. Amiel war engstirnig und, das mußte er sich eingestehen, mächtiger, als er es gedacht hatte. Die ganze Stadt war auf den Beinen, nur weil er es befahl.

Dennoch war es richtig gewesen zurückzukehren. Für einen kurzen Moment hatte Nemo den wahren Amiel gesehen. Als der Perfectus erfuhr, daß es kein feindliches Heer gab, war Erleichterung über sein Gesicht gezogen, beinahe Freude. Amiel wollte keine Schlacht. Nemo war sich sicher: Amiel wollte auch nicht mehr Perfectus sein.

Er würde ihn nicht aufgeben. Wenn er im Augenblick nicht zuhörte, dann würde er es später tun. Nemo würde zu ihm gehen und ihn um ein Gespräch unter vier Augen bitten. Bis dahin konnte er nach etwas suchen, das er Adeline mitbringen konnte. Wie konnte er ihr seine Liebe zeigen? Sie sprach oft von ihrer Mutter. Wenn er das schiefe kleine Haus an der alten Stadtmauer besuchte und ihr sagte, daß alles wohl war mit Adeline, daß sie eine gute Anstellung gefunden hatte und daß sie und er bald heiraten würden – und wenn er davon dann Adeline berichtete, würde es sie womöglich versöhnlich stimmen. Er konnte Adelines Mutter auch einen Gulden schenken. Aber das würde wie der Versuch anmuten, Adelines Gefühle zu bestechen. Nein, er würde zum Markt gehen und ihr einen Schinken kaufen. Der Einfall gefiel ihm. Ein Schinken drückte Fürsorge aus, er wirkte nicht wie Bestechung. Und wenn Adeline seine Frau wurde, dann war es doch, als habe sie selbst ihrer Mutter den Schinken gebracht.

Er zog die Schimmelstute am Zügel mit sich und lief die Sendlinger Straße hinunter in Richtung Markt. Wo waren die Kaufleute, die hier sonst am Straßenrand ihre Waren angepriesen hatten? Sie fehlten. Zudem waren die Fensterläden der prunkvollen Ritterhäuser geschlossen. Das Volk strömte mit ihm zum Stadtinneren hin. Was hatte Amiel Hauptmann Ermenrich zugeflüstert? Hatte es damit zu tun?

Die Menschenmenge ergoß sich auf den Marktplatz. Nemo stutzte. Es standen keine Weinfuhren in der Nordwestecke. Da waren keine Stände mit Häuten, Fellen, Balgen, niemand verkaufte an einem wackeligen Tischchen Kräuter, keine Fernhandelsgesellschaft pries Gewürze an. Wo waren die alten Mütterchen, die Lebkuchen feilboten und Rosenkränze? Wo waren die Verkaufstische der Tuchscherer, Seiler, Kürschner? Die überwölbten Bogengänge rings um den Platz gähnten leer, und vor der Ratstrinkstube standen keine Tische. In der Menge aber schien es niemanden zu wundern, sie strömte zum Kaiserhof hin.

Dort, der dicke kurzhaarige Mann, war das Trumm? Es

mußte Trumm sein, andere Flößer liefen an seiner Seite. Und gleich daneben der verrückte Krämer, der Dinge vor sich selbst versteckte, weil er sie so gern wiederfand. Da, bei den Frauen, war das nicht der Jagdgehilfe, der ihn so oft an das Fenster vorgelassen hatte, von dem aus er Adeline beobachten konnte? Wo gingen sie alle hin?

Nemo folgte ihnen. Kinderhände tätschelten seine Schimmelstute. Im zweiten Stockwerk eines Hauses bellte ein Hund aus dem Fenster heraus die Tauben an, die sich auf den Fensterläden plusterten.

Vor dem Kaiserhof kam die Menge ins Stocken. Man stand dichtgedrängt, es ging weder nach vorn noch zurück. Alle blickten auf das Tor, als würde jeden Augenblick der Kaiser daraus hervortreten, gekrönt und im Mantel von Hermelin und Scharlach. Dann kam noch einmal Bewegung auf, Nemo wurde zurückgeschoben, der Schimmel legte die Ohren an, er schnappte nach einer Schulter. Warum drängelten sie so? Sie machten Platz für Amiel.

Der Perfectus stellte sich vor das Tor des Kaiserhofs und rief: »Ich bin hier. Ihr wollt mir den Prozeß machen?«

Nichts geschah.

Er ging einige Schritte zurück, und rief erneut: »Hier bin ich! Ich fürchte mich nicht vor Euch! Sagt mir, was sind meine Sünden?«

Da lösten sich die beiden Torflügel voneinander, der Spalt wurde größer, und sie schwangen auf. Zwanzig kaiserliche Wachen standen dort, mit Helmen, Spießen, gelben Waffenröcken. Aus ihrer Mitte trat William Ockham. Er stellte sich vor den Torbogen und sah schweigend auf die Volksmenge.

Die Menschen begannen zu tuscheln. Ihnen war unwohl unter dem Blick des Franziskanermönchs.

»Ihr wolltet mich sehen?« Amiel breitete die Arme aus. »Hier bin ich.«

Es war, als hätte William Ockham es nicht gehört. Er stand schweigend und sah Amiel nicht einmal an, blickte nur über die Menschenmenge wie ein enttäuschter Vater über seine

Kinderschar. Dann, endlich, sagte er: »Ihr habt Euch gegen Euren Kaiser aufgelehnt. Schlimmer noch, Ihr habt Christus verspottet. Warum? Weil sich der Mond rot färbte. Ein Wunder hat Euch vom Glauben abgebracht. Nun, dann soll ein Wunder Euch wieder zum Glauben bringen.«

Die Menge raunte. Er würde ein Wunder wirken? Die Magier würden miteinander kämpfen, sie würden sich mit Blitzstrahlen verbrennen, Feuer aufeinander schleudern! Die Menschen wichen zurück.

»Ich wollte Euch eine Mondfinsternis zeigen, damit Ihr seht, daß dies natürlich geschieht und keiner Zauberkräfte bedarf. Aber es ist keine von Gott eingerichtet durch die Bahn des Mondes für diese Zeit. Darum zeige ich Euch etwas anderes.«

Nichts geschah.

Zeit verstrich. Die Menschen entspannten sich wieder. Es würde keinen Kampf geben. Der Franziskaner redete bloß. Die ersten lachten. »Ja, zeige es uns«, rief jemand. Ein anderer sagte: »Was ist es? Die Tauben dort drüben? Sind es die Wolken am Himmel? Oder der kleine Hund da vorn?« Gelächter war die Antwort.

William Ockham stand da, ungerührt von ihrem Spott. Seine Miene war ernst. Bald wanden sich die ersten unter dem Blick des Gelehrten. Etwas stimmte nicht. Es wurde dunkler. Es wurde kalt.

Das letzte Gelächter verstummte. Die Menschen spürten es, eine furchtbare Macht entfaltete sich. Noch bevor die ersten etwas sahen, weitete die Angst ihre Augen.

Wie machte er das? Nemo hielt den Atem an. Es wurde tatsächlich immer dunkler und kälter. Es war, als würde sich ein Schatten auf die Menge niedersenken, ein Fluch, der aus Williams Augen auf sie herniederfuhr.

Eine angsterfüllte Stimme rief: »Die Sonne!« Die Menschen sahen nach oben. Ein Schatten faserte in das Licht hinein, und der Himmel, der eben noch hell erleuchtet gewesen war, verdunkelte sich, als würde es Abend werden.

»Wer kann sagen, woher die Vögel wissen, wohin sie ziehen?« sagte William. »Wer weiß, was hinter den Sternen liegt? Wer kennt die Worte, die die ersten Menschen sprachen?«

Bei Nemo sagte ein Mann zu seinem Nebenmann: »Wir lassen die Sache. Mir ist das nicht geheuer. Amiel hat den Mond verfärbt. Der Engländer aber löscht die Sonne aus! Er ist mächtiger als Amiel.« Sie verbargen ihre Schwerter am Leib.

William rief: »Ein Wunder ist es, wenn Gott die Gesetze der Natur aufhebt, wenn er das Meer teilt und ein ganzes Volk im Trockenen hinübergehen läßt, oder wenn er fünf Brote und zwei Fische für Zehntausend reichen läßt, die Bevölkerung von ganz München. Ein Wunder ist es, wenn Gott einen Toten vom Leben wiedererweckt – so wie er uns alle wiedererwecken wird. Was ihr hier seht aber, das Mysterium der Sonnenverfinsterung, folgt den Gesetzen der Natur, und wir können es erkunden, wie Jäger den Spuren eines Hirschs folgen. Gott hat solche Spuren hinterlassen, auf daß wir weise werden aus seinen Taten.«

Es wurde immer schlimmer mit der Sonne. Bald war sie zur Hälfte erloschen. Dämmerung brach über die Stadt herein. Die Menschen fröstelten. Es war kalt wie in der Nacht. Niemand wagte es, auch nur einen Schritt fortzugehen. Womöglich überlebte man den Fluch nur in der Nähe des Franziskanermönchs, der ihn gewirkt hatte?

William sagte: »Wenn sich der Mond verfärbt oder die Sonne verschwindet, sind das gottgegebene Schauspiele, wie der Regenbogen. Sie sind nicht menschengemacht. Hört mich an! Ein Mysterium ist ein Geheimnis, aber keine Magie. Geheimnisse lassen sich lösen. Wir werden nie alle von Gottes Geheimnissen enträtseln. Diese jedoch haben wir gelöst. Deshalb konnte Amiel euch den roten Mond ankündigen, und ich konnte euch verkünden, daß die Sonne sich verdunkeln wird. Kehrt zu Gott zurück, dem Schöpfer, der Sonne und Mond gemacht hat!«

»Habt keine Angst!« rief Amiel. »Er kann euch nichts tun! Es gab einen Kreuzzug gegen die reine Kirche vor einhundert

Jahren. Damals jubelten unsere Feinde schon und dachten, sie hätten die Reinen ausgelöscht. Aber das haben sie nicht. Sie werden uns niemals auslöschen! Was er euch erzählt, ist klug, zugegeben. Schon immer hat die Kirche mit Schläue gegen die wahren Gläubigen angekämpft, gegen die Perfecti wie mich. Laßt euch davon nicht täuschen!«

William tat, als habe er es nicht gehört. Er sagte: »Seid weise und rettet eure Stadt. Der Kaiser ist enttäuscht von eurem Verrat. Er hat ein Heer zusammengerufen, dem ihr nie und nimmer standhalten könntet. Bekehrt euch, ehe es zu spät ist!« Er sagte etwas zu den Wachen hinter sich, dann schritt er langsam auf Amiel zu. Der Perfectus wich zurück. Die Menge teilte sich, machte ihm Platz, aber sie hinderte William nicht daran, ihm zu folgen. Furcht stand den Menschen ins Gesicht geschrieben. Sie waren blaß, und ihre Stirnen waren zerfurcht. Väter stellten sich vor ihre Familien. Mütter zogen ihre Kinder an sich.

»Es ist vorbei, Amiel«, sagte William.

»Gott wird eine Heuschreckenplage schicken!« Amiels Stimme war plötzlich hoch und kehlig. Er hatte die Augen weit aufgerissen. »Eine furchtbare Heuschreckenplage! Laßt nicht zu, daß die gefallene Kirche sich meiner bemächtigt! Wer soll euch dann zur Erlösung führen?«

Da war William heran. Er streckte die Hand aus. Voller Furcht hielt das Volk die Luft an. William nahm Amiel am Arm. Nichts geschah, kein Blitz erschlug ihn, er verbrannte sich auch nicht die Hand. Er zog Amiel ungehindert mit sich, ließ sich und ihn von den Wachen umringen. Der Perfectus wehrte sich nicht. Er ging mit. Nemo sah genauer hin. War da nicht etwas abgefallen von seinem Körper, eine Bürde, eine Last? Wie er dort zum Tor des Kaiserhofs geführt wurde, sah sein Gesicht verändert aus. Er wirkte plötzlich ruhig. Seine grünen Augen blickten voller Mitleid auf das Volk. Es war, als sei eine Maske von ihm abgefallen.

Oh, sie waren einander so ähnlich! Beide hatten sie gemeint, ein anderer sein zu müssen, um den Menschen zu gefallen. Welch verzweifelter Mensch mußte Amiel sein! Er, Nemo, hatte gestohlen und betrogen und gelogen. Amiel aber hatte Menschenleben auf dem Gewissen.

Über ihnen hing die Sonne wie eine riesenhafte goldene Sichel am blauschwarzen Himmel. Der Perfectus drehte sich ein letztes Mal zur Volksmenge um. Er sagte nichts.

35

Ein letztes Mal, sagte er sich. Danach tust du es nie wieder! Er griff an seiner Brust nach dem Dominikanerhabit und fühlte darunter den Gros Tournois. Vergiß nicht, wer du bist. Gebuin, Händler in Frankfurt, zukünftiger Ehemann der Adeline.

Warum hatten ihm die Eltern die Münze gegeben? War sie immer sein Spielzeug gewesen? Oder sollte sie ein Vorgeschmack auf den Schatz sein, den sie ihm vererbt hatten, wie ein Versprechen? Er verbot sich diese Gedanken. Er brauchte alle Sinne für das Wagnis, das vor ihm lag. In dieser Nacht zählte nicht die Vergangenheit. Er war hier, um einen Menschen zu retten. Am Bauch, den er sich mit Lumpen dick gestopft hatte, fühlte er die verborgenen Fesselseile, den Knebel, die Eisenfeile.

Die Straße vor dem Gefängnisturm lag verlassen da. Ein Käuzchen rief seinen Nachtschrei. Es war ganz nah, es mußte im Geäst des Baumes sitzen. Er sah hinauf. Es ließ sich nicht ausmachen. In seinem Versteck rief es leise: *Huh. Huh. Huh.*

Er ging in die Hocke. »Kleine Mieze, kommst du?« Die Katze ließ das Fleisch liegen und schnupperte an seiner Hand. Sie maunzte leise. »Du mußt still sein. Du bist doch jetzt satt. Keinen Laut, hast du verstanden?« Er kraulte ihr den Kopf. Dann nahm er sie hoch und schob sie in die verborgene Tasche unter dem Habit. Er hob auch den Lederlappen mit dem Kalbfleisch auf, wickelte es ein und schob sich den Lappen in die Lumpenpolster am Bauch. »Wenn du brav warst, bekommst du nachher noch ein wenig«, sagte er.

So viel konnte mißlingen. Und was gewann er, wenn sein Vorhaben glückte? Nichts. Er tat es nur für Amiel. Noch konnte er umkehren. Er fuhr sich mit der Hand über die frische Glatze. Nie hätte er gedacht, daß Haare so sehr wärmten. Der Kopf war kalt, allein vom Wind. Er trat hinter der Ecke des Jägerhauses hervor und ging mit raschen Schritten zum Gefängnisturm. Die schwere Eichentür war mit Eisen beschlagen. Da würde eine Axt nie etwas ausrichten. Er hämmerte mit der Faust dagegen.

Nichts geschah.

Er hämmerte erneut an die Tür. Endlich schabte ein schwerer Riegel, und die Tür öffnete sich. Eine Fackel blendete ihn. Die Hitze der Fackel strich fühlbar über sein Gesicht, während sich die Flamme vor ihm hin und her bewegte.

»Wer seid Ihr, was wollt Ihr?«

Vier Tage hatte der Schneider gebraucht, um die zwei Dominikanerhabite zu nähen. Er hatte die Zeit genutzt und das junge Kätzchen gezähmt. Nun würde sich erweisen, ob die Verwandlung geglückt war. »Ich bin Pater Eugenius. Der Inquisitor schickt mich. Amiel soll morgen verbrannt werden, und ich bin hier, um ihm eine letzte Gelegenheit zur Reue zu geben, so daß er als Erlöster verbrannt wird und nicht in die Hölle einfährt.«

»Das muß ein Irrtum sein. Es ist kein Scheiterhaufen errichtet.«

»Der Inquisitor hat es bewußt geheimgehalten, damit es keinen Aufruhr im Volk gibt. Morgen früh, wenn die ersten zum Markt kommen, wird der Ketzer bereits am Pfahl stehen. Bevor sie sich zusammenrotten können, brennt er.«

»Ich bin nicht unterrichtet. Ich kann Euch nicht zum Gefangenen vorlassen. Warum hat man niemanden geschickt, den ich kenne?«

»Seht Ihr nicht, daß ich Dominikaner bin?«

»Ja, natürlich. Aber Ihr müßt verstehen –«

»Nein, Ihr müßt eines verstehen: Wenn dieser Mann unversöhnt stirbt, und Ihr tragt die Schuld daran, wird Euch sein Geist heimsuchen. Ihr findet keine Ruhe mehr, bis zu Eurem Tod, es sei denn, wir helfen Euch.« Er wartete einen Augenblick. »Aber wie Ihr meint. Wir sehen uns dann wieder, wenn wir zum Exorzismus in Euer Haus kommen.« Er drehte sich um, stieg die zwei Stufen hinab, die zur Turmtür hinaufführten.

»Wartet! Ihr könnt zu ihm. Aber bleibt nicht zu lange.«

Er betrat den Turm. Sie gingen eine steinerne Treppe hinab. Im Raum über dem Kerker saßen drei weitere Wachen an einem Tisch, auf den mit Kreide ein Spiel aufgemalt war, das er nicht kannte. Kieselsteine lagen da und zwei Würfel aus Knochen. Die Wachen sahen ihn verwundert an.

»Für Amiels Seele«, sagte der Wächter, der ihn hereingelassen hatte, »der Perfectus wird morgen verbrannt.« Er steckte seine Fackel in eine schmiedeeiserne Halterung an der Wand und bückte sich zu einer Klappe im Boden. Ein Ring war daran befestigt, an diesem zog er und öffnete die Klappe. Die anderen holten einen Korb herbei. Ein Seil führte vom Korb zu einigen Rollen an der Decke und von dort wieder hinunter. Es lag lang aufgerollt am Boden, der Korb mußte wohl weit in die Tiefe herabgelassen werden. »Da hinein«, sagte der Wächter. Er nahm eine der anderen Fackeln von der Wand und gab sie ihm.

Nemo umfaßte fest die Fackel. Wollte er hinunter in den finsteren Kerker? Wenn die Wächter Verdacht schöpften und einer von ihnen zum Kaiserhof ging, um beim Inquisitor nachzufragen, dann kehrte er womöglich nie wieder ans Tageslicht zurück.

Er stieg in den Korb. Drei Männer faßten das Seil, der vierte schob ihn mit dem Korb zum Loch. Das Seil knarrte. Über ihm knirschten die Rollen. Steinstaub rieselte auf ihn nieder. Sie begannen ihn hinunterzulassen. Das Fackellicht beschien Mauern. Ihm war, als führe er in ein kaltes Grab hinab.

Nach langer Fahrt setzte der Korb auf dem Boden auf. Nemo stieg aus. Der Korb floh in die Höhe. Nemo leuchtete. Da lag Amiel. Er lehnte mit dem Rücken an der Wand. Neben ihm ein Kothaufen, er hatte sich nicht einmal die Mühe gemacht, zur anderen Seite des Kerkers zu gehen, wenn er sich erleichterte. Fliegen kreisten über dem Kot.

Es war kaum noch Leben in ihm. Die Augen hielt er halb geöffnet, aber er hatte offensichtlich kein Interesse an seinem Besucher. Seine Wangen waren eingefallen und schorfbedeckt. Auch das schwarze, angegraute Haar war blutverkrustet. Er hatte sich den Kopf zerkratzt.

»Wann habt Ihr zuletzt etwas gegessen?« fragte Nemo.

Langsam richtete Amiel den Blick auf ihn. »Ich esse nichts. Ich habe die *Endura* gewählt.«

»Was ist das?«

»Der Tod durch Hunger. Der Tod eines Perfectus.«

»Amiel, Ihr wißt, daß Ihr nicht perfekt seid.«

»Ihr verschwendet Eure Zeit. Geht zurück zum Inquisitor, sagt ihm, daß er mich nicht zum Widerrufen bringen wird.«

Er ging in die Hocke neben Amiel, hielt die Fackel so, daß sie ihrer beider Gesichter beschien. »Ich bin es.«

Die grünen Augen erwachten. »Du?«

Du. Er würde auch du sagen. Hier begegneten sie sich nicht als Herr und Diener, nicht als Kirchenführer und Tagelöhner. »Ich bin hier, um dir zu zeigen, was Liebe bedeutet.«

Amiel wendete den Blick ab. »Liebe ist ein anderes Wort für Enttäuschung.«

»Ich weiß, du bist leer und fühlst Kälte in dir. Ich kenne dich, weil ich mich kenne. Mein Leben lang habe ich mich verstellt. Ich bin nicht geliebt worden als der, der ich bin. Aber es gibt wirkliche Liebe. Es gibt Vergebung.«

Amiel schüttelte langsam den Kopf. »Ich habe gemordet. Ich habe meinen eigenen Sohn umgebracht. Sein Blut klebt mir immer noch an den Händen. Vater, hat er gesagt, und hat im Sterben den Kopf an mich gelehnt. Ich habe Adeline Gewalt angetan, Vizenz Paulstorffer habe ich töten lassen. Ich habe Hunderte ins Unglück gestürzt. Bartholomäus wurde wegen mir verbrannt, andere wurden enteignet, eingekerkert, gequält. Für mich gibt es keine Vergebung.«

»Warum willst du dich dann zu Tode hungern?«

»Es ist das einzige, was ich noch tun kann. Das einzige, das ich vor Gott in die Waagschale werfen kann.«

»Aber Gott liebt dich nicht, weil du etwas leistest. Er liebt dich, weil du sein Geschöpf bist, sein Kind. Er will dich retten.«

»Gott will mich nicht mehr haben. Ich war zornig auf ihn, verstehst du? Weil er mir nicht geholfen hat, meine Begierden zu bezähmen. Ich wollte sündlos sein! Warum konnte er mich nicht dabei unterstützen, warum hat er mich die Sünde nicht abwerfen lassen? Ich habe ihn dafür bestraft, indem ich den Begierden nachgegeben habe. Er sollte sehen, wohin es führt, daß er mich allein gelassen hat. Ich habe aus Wut nicht mehr gebetet. Und aus Scham, weil ich seine Gegenwart nicht ertragen konnte.«

»Mache einen neuen Anfang mit ihm, Amiel.«

»Das geht nicht. Er haßt mich. Zuerst muß ich mich bessern.«

Die Katze maunzte und drückte mit ihren Pfoten gegen seinen Bauch.

»Was ist das?« Amiel richtete sich auf.

Nemo zog das Kätzchen aus der versteckten Tasche. In der schmutzigen, kalten Kerkerzelle war das Tier ein Wunder. Es war sauber. In seinen kleinen Augen spiegelte sich der Fackelschein. Neugierig tapste es über Amiels Bauch und leckte mit der kleinen roten Zunge an seiner Hand.

Amiel lächelte. So hatte er ihn noch nie lächeln gesehen. Es war wie das Lächeln eines neuen, fremden Mannes.

Nemo sagte: »Gott liebt dich.«

Und Amiel nickte.

Er zog das Lederbündel mit dem Kalbfleisch hervor, nahm einen kleinen roten Batzen heraus und hielt ihn dem Kätzchen hin. Es fraß.

»Bitte gib mir von dem Fleisch«, sagte Amiel.

»Es ist roh.«

»Ich habe Hunger.«

Nemo reichte das Lederstück herüber, auf dem das Fleisch lag. Amiel steckte sich rohes Fleisch in den Mund und kaute. Er schluckte es herunter. »Das Fleisch schmeckt köstlich«, sagte er. Er aß, und die Katze aß, bis nichts mehr davon übrig war. Dann sah er Nemo an mit seinen grünen Augen. »Warum tust du das?«

»Weil du bist wie ich. Und weil ich möchte, daß du weißt, daß es für dich Liebe und Vergebung gibt.«

»Dein Vater … Willst du die Wahrheit wissen?«

Nemo nickte.

»Er war der Schatzmeister der reinen Kirche.«

Nemo versteinerte.

»Seine Aufgabe war das Sammeln und Verwalten von Geldgeschenken. Er verbarg die Rücklagen und tauschte kleinere Münzen in größeres Geld um. Die Diakone haben ihn überwacht. Unter ihrer Aufsicht sammelte er den Schatz der Kirche an.«

Er konnte nichts sagen, nicht einmal schlucken. Wenn der Vater in seiner Erinnerung Geld zählte, dann war es das Geld der reinen Kirche gewesen? Die Eltern hatten dazugehört, sie waren Verschwörer wie Amiel?

»Du denkst vielleicht, daß die reine Kirche nichts besitzt. Aber das ist nicht so. Sie verlangt keinen Zehnten. Wenn ihr jemand allerdings freiwillig etwas spendet, wird es für den Aufbau der Kirche aufbewahrt. In Frankreich wurde häufig auf dem Totenbett ein Erbe zu ihren Gunsten ausgesprochen.«

Das *Depositum*. Es war das Geld der reinen Kirche. Hafteten ihm damit nicht Irrtum und Irrglaube und Ketzerei an? Es war Geld, das Menschen von Gott fortlocken sollte, hin zu einem Götzen, der keine Fehler duldete, einem Götzen, der ohne Liebe bestrafte.

»Dein Vater gehört zu einem Zweig von Gläubigen, die der Auffassung sind, daß das *consolamentum* eines Perfectus seine Kraft und Gültigkeit verliert, sobald er eine große Sünde tut. Der Perfectus, der in seinem Heimatort die geheime Kirche leitete, wurde mit einer Geliebten erwischt. Dein Vater fürchtete, nun nicht erlöst werden zu können. Es gab damals großen Streit, überall in Okzitanien. Ich habe versucht, deinen Eltern ihre Angst auszureden, aber ohne Erfolg. Eines Tages waren sie verschwunden. Es hieß, sie seien nach Kroatien gereist. In Kroatien gibt es Perfecti, die als besonders streng gelten. Den Schatz der Kirche nahm dein Vater mit sich, vermutlich, um ihn der kroatischen Kirche zu geben, die er für besser hielt als die okzitanische.«

»Das *Depositum*?« Nemos Stimme klang ihm selbst fremd.

»Er hat es hier versteckt, für den Fall, daß er und deine Mutter auf der Reise zu Schaden kommen. Damit der Meister des Ordens vom Heiligen Geist, der zu uns gehörte, nicht in Versuchung geraten konnte, sich das Geld anzueignen, gab dein Vater ihm nur das halbe Pergament. Die Inquisition fand es bei ihm, kurz vor der Hinrichtung.«

»Warum haben sie mich vor die Klostertür gelegt, wenn doch der Meister ein Freund meiner Eltern war?«

»Es mußte den anderen Chorherren so erscheinen, als seist du ein Findelkind.«

»Ich bin als ein Findelkind aufgewachsen.«

Amiel nickte. »Da siehst du es. Wohin führt diese Lehre? Kinder werden verlassen. Ehen auseinandergerissen. Wir hassen die Welt und uns selbst. Ich möchte kein Perfectus mehr sein.«

»Warum haben meine Eltern mich verlassen? Ich meine, wie konnten sie ein kleines Kind in einer fremden Stadt aussetzen?«

»Ich weiß es nicht. Vielleicht war ihnen die Reise zu beschwerlich mit einem Kleinkind. Oder sie hatten vor, dich später nachzuholen mit dem Schatz. Sie sind nie zurückgekehrt.« Er holte tief Luft. »Ich möchte mich für das Böse entschuldigen, das ich getan habe. Aber die meisten, denen ich Leid angetan habe, werde ich nie wiedersehen. Ich bitte dich, verzeihst wenigstens du mir?«

»Schließe die Augen.« Er sagte: »Guter Gott, ich verstehe meine Eltern nicht. Ich bin wütend auf sie. Ihren Namen will ich nicht haben, ich will weiter Nemo heißen. Bitte hilf mir, sie eines Tages zu verstehen und ihnen zu verzeihen.«

Es war still.

»Jetzt du«, sagte er. »Bring einfach vor, was du auf dem Herzen hast.«

Stille. Ein bebender Atemzug.

Nemo sah nach.

Amiels Augen waren geschlossen. Unter den Lidern flossen Tränen hervor und liefen über das Gesicht. Er sagte: »Vergib mir, Gott!« Er preßte die Lippen aufeinander. Die Kiefermuskeln spannten sich an. Dann stieß er es erneut hervor: »Gott, vergib mir!« Er schöpfte zitternd Atem. »Ich habe alles falsch gemacht. Ich bin unter deinen Kindern das mißratenste, aber auch das unglücklichste. Haßt du mich? Bitte verzeih mir.« Er öffnete die Augen, wischte sich über das Gesicht. »Geh, Nemo, Adeline wartet auf dich.«

»Nein, ich bin noch nicht soweit. Du bist ein so kluger Mann, Amiel. Das hast du noch nicht gewußt? Was wir hier tun, das ist Vergebung. So wie Gott dir deine Schuld verzeiht, so verzeihe ich dir den kleinen Anteil, den ich tragen mußte.« Er zog die Fesseln hervor und den Knebel. Die Eisenfeile legte er fort. Die würde er nicht brauchen. Er stand auf und zog sich die Dominikanerkutte über den Kopf.

»Wenn es nicht gelingt, dann hast du dein Leben verspielt«, sagte Amiel leise.

Nemo nickte. »Ich weiß.«

»Warum tust du das für mich? Ich habe dir nur Böses angetan.«

»Das ist Liebe, Amiel. Zögere nicht länger.«

Er band die Fessel um Nemos Handgelenke. Anschließend verknotete er das zweite Seil an Nemos Füßen.

»Der Knebel.«

»Das muß doch nicht sein!«

»Sie fragen sonst später, warum ich nicht geschrien habe«, flüsterte Nemo. »Ich muß ihnen glaubwürdig sagen können, daß du mich überwältigt hast.«

Amiel legte ihm die Hand auf die Schulter und sah ihm ins

Gesicht. »Gott möge dich belohnen für diese Tat. Ich hatte nie einen Freund. Diese Nacht ist sogar jemand bereit, sein Leben für mich aufzugeben. Das kann ich nicht fassen. Ich werde jeden Tag an dich denken. Eines Tages werde ich es wiedergutmachen, an dir und all den anderen. Du wirst von mir hören.« Er trat hinter ihn und knebelte ihn.

Dann zog er sich das weiße Dominikanerhabit an. Er steckte die Katze in die Tasche, schlüpfte auch in den schwarzen Mantel und legte sich die Kapuze über den Kopf. Er nahm die Fackel.

Nemo krümmte sich in den dunkelsten Winkel der Zelle. Amiel bückte sich, hob ein wenig faules Stroh auf und streute es über die Fußfessel. Er drückte Nemos Fuß. Laut rief er: »Wir sind fertig! Die Gebete sind gesprochen!«

Weit über ihm öffnete sich die Klappe. Der Korb rauschte herab, pfeifend vom Seil verfolgt. Er schlug auf dem Boden auf. Amiel stieg hinein. Sie zogen ihn hinauf, Stück für Stück. Es dauerte lange, bis der steinerne Schacht schmaler wurde und Amiel am Ende durch die Klappenöffnung schwebte. Er hielt den Kopf gesenkt, damit der Schatten der Kapuze sein Gesicht bedeckte.

»Hat er Reue gezeigt?« fragte ein Wächter.

Amiel hob die Hand und murmelte: »Der Herr sei dir gnädig.« Danach reichte er ihm stumm die Fackel.

Der Wächter nahm sie entgegen. Er ging eine steinerne Treppe hinauf. Amiel folgte ihm. Als er die Tür schon sehen konnte, verlangsamte der Wächter seine Schritte. Amiel sah, wie seine Hand nach dem Schwert tastete. Schon zog er es, blitzschnell, und hielt es Amiel vor die Brust. »Wer seid Ihr wirklich, und was habt Ihr da unten gemacht?«

»Laßt mich gehen.«

»Das ist nicht die Stimme des Mönchs, den ich vorhin eingelassen habe. Nehmt die Kapuze ab! Ich will Euer Gesicht sehen.«

Er schlug die Kapuze zurück.

»Amiel!« entfuhr es dem Wächter. »Wir sollen größte Vorsicht walten lassen, haben sie uns gesagt, du bist gerissen wie eine Schlange. Nun, jetzt sehe ich es selbst.«

Amiel sah ihn schweigend an. Er zwang sich zur Ruhe. Er sagte: »War es gerissen, mir aus feuchtem Stroh ein Dominikanerhabit zu erschaffen?«

»Du hast es nicht erschaffen. Es ist das Habit des Mönchs, der zu dir gekommen ist.«

»War es gerissen, den Mond bluten zu lassen? Oder Vizenz Paulstorffer in eine Eissäule zu verwandeln? Nein, guter Wachmann.« Er lächelte. »Es ist das Beherrschen der Elemente. Es ist Magie.«

Der Wachmann schluckte. Seine Augen weiteten sich.

»Du hast die Wahl«, sagte Amiel. »Entweder, du nimmst das Schwert herunter und läßt mich gehen.« Er faßte vorn in die Mantelöffnung und hob die Katze heraus. Sie maunzte verstört und versuchte, das winzige Dominikanerhabit abzustreifen, in das sie eingezwängt war. »Oder du endest wie der Dominikaner. Wobei ich dich in eine Maus verwandeln würde. Die Katze ist hungrig.«

Sommer 1356

Der neue Tag begann. Die Baumstämme schillerten von Tautropfen. Zwischen den Farnen glitzerten Spinnennetze. Buchfinken stießen ihr spitzes *pink! pink!* aus. Gimpel flöteten sanft und schlossen ihren Gesang mit Pfeifen und Knarren. Von den Nadelbäumen am gegenüberliegenden Seeufer scholl das gleichförmige *size! size! size! size!* der Tannenmeisen herüber.

Sie standen unter einem wilden Birnbaum. Winzige Birnchen hingen in seinen Zweigen, kaum größer als ein Fingernagel. Sie waren mit silbrigem Fell bedeckt. Auf den kleinen Härchen schimmerte ebenfalls der Tau. Die Farben des neuen Tages waren noch zart und frisch.

Mathilde blickte über die Fläche des Sees. Morgenrot spiegelte sich darin. Einige Enten schwammen darüber. Sie sagte: »Deswegen ist Mutter wütend auf dich. Du hast Amiel zur Flucht verholfen.«

»Wenn du ältere Münchner fragst, dann wirst du hören, daß er wirklich ein Magier war. Sie glauben bis heute daran. Und ich kann es verstehen. Adelines Mutter ging es nicht gut, sie lag im Sterben in jenem Frühjahr. Deshalb sind wir nach München zurückgekehrt. Du weißt doch, die zwei Türmer, die auf dem Petersturm Tag und Nacht Wache halten über die Stadt, immer pünktlich die Stunde schlagen und im Falle, daß ein Feuer ausbricht, das Hüfthorn blasen? Drei Monate nach Amiels Verschwinden, auf den Tag genau, blies das Hüfthorn. Aber es war kein Feuer und kein Feind, den es meldete. Es war eine Wolke, die den ganzen Horizont bedeckte. Heuschrecken. Die Warnung, die er vor dem Kaiserhof ausgesprochen hatte, traf ein. Die Heuschrecken kamen über uns, wie die Plagen Gottes über die Ägypter gekommen waren. Sie fraßen alles. In diesem Frühjahr kostete ein Viertel Korn zwei Goldgulden. Viele sind verhungert, zuerst die, die schon in guten Erntejahren am Rande des Hungertods lebten. Sie konnten die hohen Preise nicht bezahlen.«

»Warum hast du mich belogen? Warum hast du mir nicht gesagt, wer du bist?«

»Ich bin nicht als Nemo nach München zurückgekehrt, sondern als Kaufmann Neuhauser. Aus gutem Grund. Die Inquisition vergißt nie.«

»Hat dir das Schweigen genützt? Nein. Sie haben dich doch entlarvt.«

»Allein durch Amiels Rückkehr. Sein Auftauchen hat mir die Maske vom Gesicht gerissen. Davor gab es nur zwei Menschen, die von der Wahrheit wußten. Anders wäre es nicht gegangen. Ich hätte uns alle gefährdet.«

»Mutter wußte es. Wer noch?«

Er wies am Seeufer entlang.

Was meinte er? »Ich sehe niemanden.«

»Schau genauer hin. Dort, zwischen den Bäumen.«

Mathilde blickte angestrengt von Strauch zu Stamm. War das …? Da stand eine Hütte! Sie war kaum auszumachen inmitten des Gesträuchs. »Wer lebt dort?«

Ohne ein Wort setzte sich Vater in Bewegung. Er ging auf die Hütte zu. Mörder verbargen sich im Wald, Ausgestoßene, Männer, die das Tageslicht scheuten. Wer lebte hier?

Als sie sich der Hütte näherten, hörte sie das Summen von Bienen. Auf der dem See abgewandten Seite standen vier Bienenkörbe neben dem schiefen Holzhäuschen. Von den Eingangslöchern dreier Körbe flogen immer wieder Bienen auf. Der vierte Korb war verwaist. Sein Geflecht war zerlöchert.

Die Tür der Hütte öffnete sich. Ein Mann trat ins Freie. Er trug einen grauen Bauernkittel. Seine Nase war pockig, aber den Mund umgab ein friedlicher, weicher Zug. Er sah Vater an. »Ist es soweit?«

Vater nickte. »Es ist soweit.«

Der Mann ging zurück in die Hütte. Er kehrte wieder mit

etwas Weißem in den Händen. Handschuhe waren es, Handschuhe aus glänzender Seide. Er zog sie an.

Vater schmunzelte. »Die habt Ihr Euch aufgehoben?«

»Für den heutigen Tag.« Der Eremit wandte sich dem verlassenen Bienenkorb zu.

»Wartet«, sagte Vater, »ich möchte, daß meine Tochter es versteht.« Er zeigte auf den Mann. »Darf ich dir Venk von Pienzenau vorstellen? Er kannte zwanzig Jahre lang mein Geheimnis und hat es treu gehütet.«

Venk von Pienzenau deutete lächelnd eine Verbeugung an. »So wie Ihr das meine.«

Vater richtete den Arm auf den stillen Bienenkorb. »Hier ruht das Vermächtnis von William Ockham. In diesem Bienenhaus liegt die Zukunft der Kirche der Liebe.«

»Ich verstehe nicht.« Mathilde starrte auf die Hütte, den Mann, die Bienen.

»Ich habe auf Amiels Zeichen gewartet«, sagte der Vater. »Ich konnte nicht glauben, daß Gott ihn umsonst mit einer solchen Ausstrahlung beschenkt hat und mit solchem Talent, auf Menschen einzuwirken. Ich wußte, eines Tages würde uns ein Zeichen von ihm erreichen. Wenn er nicht selbst zurückkehrte, dachte ich, dann würde einmal seine Bewegung nach München kommen, sein Werk, das Werk Gottes.«

Ein Eichelhäher flog zeternd auf. Mathilde spähte in den Wald. »Vater, versteckt Euch!« Sie duckte sich hinter das Gebüsch. Hatten sie so deutliche Spuren hinterlassen? Oder wußte jemand, wo sie waren?

Eine Stimme rief: »Mathilde? Nemo?«

Mathilde stand auf.

»Adeline«, sagte Vater und trat auf die Mutter zu. Sie fielen sich in die Arme. Mathilde sah genau hin. Mutter schloß die Augen und preßte beide Hände auf seinen Rücken. Sie war froh, ihn zu sehen, und nicht mehr wütend. Die Liebe der Eltern schien keinen Schaden genommen zu haben.

Vater löste sich aus der Umarmung. »Bist du dir sicher, daß dir niemand gefolgt ist?«

»Du meinst, ein Spitzel der Inquisition? Mir ist keiner gefolgt. Aber sie suchen dich. Als ich die Bewaffneten gesehen habe, wußte ich, du bist geflohen, und bin hierhergekommen.«

Eine brüchige Stimme sagte: »Es tut mir leid.«

Sie wendeten die Köpfe. Der Greis trat hinter der Hütte hervor. Das weiße Haar fiel ihm lang über die Schultern. Seine grünen Augen blickten ernst. Er stand aufrecht, trotz seines hohen Alters, und sah Adeline an. »Kannst du mir vergeben?«

Mutter sagte kein Wort. Sie wurde totenblaß.

»Ich habe große Schuld auf mich geladen. Ich weiß, ich habe dir sehr weh getan. Bitte vergib mir.«

Mutter wisperte: »Nemo, mußte er kommen? Mußte das sein? Du weißt, ich liebe dich. Du hast meinen Peiniger damals befreit, das habe ich nun begriffen, und auch wenn es schmerzt, ich habe es dir verziehen. Aber muß er mich heute wieder quälen?«

Der Greis senkte den Blick. »Du glaubst nicht, daß ich ein anderer geworden bin. Aber ich habe mich verändert. Ich weiß jetzt, was Vergebung ist. Ich habe zwanzig Jahre in Kroatien zugebracht, um Schaden abzuwenden und aus der reinen Kirche eine Kirche der Liebe zu machen.«

Sie wendete sich ab.

»Du glaubst es mir nicht?« Er nickte. »Das ist dein Recht, Adeline.«

Sie schwieg.

Nun blickte der Greis zum Vater. Er sagte: »Ich habe die Gräber deiner Eltern gefunden. Ich habe weiße und rote Rosen darauf gepflanzt.«

Vater sagte nichts, er schöpfte Atem, und sein Kinn zitterte dabei.

Mathilde schrak zusammen. Der Greis trat auf sie zu! Warum sah er sie so durchdringend an? Was wollte er von ihr? »Ihr wollt reden«, sagte sie und wich zurück. »Meinetwegen. Diese ganze Geschichte ist eure Sache. Ich gehe nach dort drüben, zum anderen Ufer, und lasse euch allein.«

Vater sagte: »Bleib. Verstehst du nicht?« Seine Stimme bebte. Er trat neben den Greis und legte die Hand auf seine Schulter, eine Begrüßung unter Vertrauten. »Ich habe dir versprochen, daß ich dir die wahre Geschichte deines Vaters erzähle, Mathilde. Nun, da du seine Geschichte kennst, willst du ihn gleich wieder verlassen?«

Sie starrte den Greis an.

»Ich bin nicht gekommen, um etwas für mich zu erlangen«, sagte Amiel. »Ich bin gekommen, um weiterzusagen, was ich als das wahre Mysterium erkennen durfte. Das Gottesgeheimnis, das Wunder, das Gott auf dieser Erde eingepflanzt hat: Es ist die Liebe. Es ist die Vergebung.« Er stellte sich vor den Bienenkorb und rührte an das zerlöcherte Geflecht.

Vater sagte: »Der Herr ist mein Hirte, nichts schadet mir.«

»Er hat mich an einen Platz mit frischem Gras geführt«, sagte Venk.

Amiel sagte: »Und gibt mir köstliches Wasser.«

Da trat Mutter neben den Greis. »Er hat meine Seele mit Gutem beschert.«

Amiel wendete sich ihr zu. Er biß sich auf die Lippen, und sein altes Gesicht verzog sich. Auch sie sah ihn an.

Etwas geschah mit Amiel, während die Mutter ihn anblickte. Er wurde ruhig. Seine Wangen glühten, zugleich aber entspannte sich sein Mund. Er lächelte zaghaft, und in seinen Greisenaugen sammelten sich Tränen.

Amiel hatte Vergebung erfahren.

Der wahre Kern der Geschichte

Als ich Kind war, haben meine Eltern eine Puppenbühne gebaut. Meine Mutter malte dazu Szenenhintergründe, die man während des Stücks austauschen konnte, und nähte eigene Puppen, an die ich mich heute noch erinnere. Die Eltern führten vor Horden von Kindern Puppenstücke auf. Die Puppen waren für mich lebendig. Sie waren nicht erfunden, ihre Probleme waren nicht erfunden. Sie waren echt.

War ein Stück vorüber, bin ich mitunter zur Bühne gerannt und habe hinter die Kulissen geschaut. Ich wollte aus dem Traum aufwachen und staunen. Wenn Sie hinter die Bühne dieses Romans schauen wollen – herzlich willkommen im Nachwort. Seien Sie gewarnt: Die Puppen hängen hier leblos über Hilfsstangen, und Sie sehen die Pinselstriche auf den Hintergrundbildern. Es ist völlig in Ordnung, das Buch an dieser Stelle zuzuklappen und sich für das ausdauernde Lesen mit einem Spaziergang in der Sonne zu belohnen.

Was die Magier so taten

Sie wollen es wissen? 1337 fielen tatsächlich Heuschrecken über Süddeutschland her und sorgten für eine verheerende Hungersnot. Am 5. Februar 1337 färbte sich aufgrund einer Mondfinsternis der Mond blutrot, und am 22. Februar 1337 verdunkelte eine große partielle Sonnenfinsternis die Erde. Im Mittelalter konnte man so etwas vorhersagen, wenn man sehr gebildet war und die richtigen Bücher zur Verfügung hatte. Wollen Sie es nachprüfen? In Oxford gibt es noch heute Originale der Tafeln von Toledo in der Übersetzung des Abaelardus.

William Ockham
William Ockham stellte das Vorbild für William von Baskerville in Umberto Ecos Roman *Der Name der Rose* dar. Er wurde in jungen Jahren Franziskanermönch und studierte Theologie in Oxford. Weil die theologische Fakultät ihm Ketzerei vorwarf, konnte er nicht den Magistertitel erwerben. Er wurde für ein Verfahren an den päpstlichen Hof in Avignon geladen und verbrachte dort vier Jahre in einer Art »Untersuchungshaft«. (Die Akten des Verfahrens sind bis heute erhalten geblieben.) Ein Vorwurf, den man ihm machte, war beispielsweise seine Aussage, Gott hätte uns nicht annehmen *müssen*, er wäre auch frei gewesen, uns aufzugeben – aber er habe sich dazu entschieden, uns zu retten.

Als zwischen den Franziskanern und der päpstlichen Kurie Streit darüber aufkam, ob die Kirche weltliche Güter besitzen solle oder nicht, entschied der Ordensgeneral Michael von Cesena, Armut sei ein Gebot. Der Papst und die Mehrheit des Klerus hingegen waren anderer Ansicht und sahen ihre Interessen durch die Lehren der Franziskaner bedroht. Michael von Cesena bat William Ockham, dem Papst zu antworten. William beschuldigte in seinem Schreiben den Papst der Häresie und floh mit Michael von Cesena 1328 nach Pisa. Wegen ihrer Opposition zum Papst wurden sie mit dem Kirchenbann belegt.

In Pisa trafen die Franziskaner auf Kaiser Ludwig IV., der ihnen dort und später in München Exil bot. William Ockham lebte bis zu seinem Tod in München. Seine Schriften sorgten immer wieder für großes Aufsehen. Sie wurden in Paris vom Bischof öffentlich verbrannt und doch über die Jahrhunderte von vielen abgeschrieben, gelesen und diskutiert.

Der Aufenthalt in München war die längste Phase in Williams Leben, die er an einem Ort verbrachte: Achtzehn Jahre, bis zu seinem Tod 1348, wohnte er dort. William Ockham erhielt ein Ehrengrab im Chor vor dem Hochaltar des Franziskanerklosters. Später wurde sein Schädel der Bayerischen Akademie der Künste übergeben. Das Grab wurde 1802 im Zuge der Säkularisierung des Klosters zerstört.

Ich muß zugeben, daß ich zuerst Scheu empfand, in meinem Roman einen derart berühmten Mann zu schildern. Jeder Mittelalterkenner wird Bereiche entdecken, dachte ich, in denen ich William Ockham seiner Auffassung nach nicht korrekt geschildert habe. Dann las ich Williams Schriften und hatte solches Vergnügen dabei, daß ich – auf die verwirrende Art, wie emotionale Leute funktionieren – mehr und mehr zu der Vorstellung gelangte, William Ockham gebe mir augenzwinkernd die Genehmigung, ihn mit ein wenig Freiheit in meiner Geschichte zu schildern. Vieles von dem, was er im Roman sagt, hat er geschrieben und nicht ich.

Kaiser Ludwig IV.
»Er war von schlanker hoher Gestalt, hatte spärliches rotblondes Haar, lebhafte Farben, schien immer zu lächeln, seine Augen waren groß und klar, seine spitze Nase bog sich zum Munde nieder. Seine Wangen waren voll, sein Kinn schlank, sein Hals, der Nacken und die Schultern wohlgebaut, die Arme, Schenkel und Füße proportioniert. Er war in den Waffen geübt und trat jeder Gefahr kühn entgegen. Aber er überlegte nicht genügend im voraus, änderte rasch seine Entschlüsse und verlor im Unglück leicht den Kopf. Von Manieren war er zum Scherz aufgelegt und leutselig, sein Gang war rasch, auf keinem Sitz, an keinem Platz hielt es ihn lange.« – So wird Ludwig der Bayer 1329/30 von dem Paduaner Albertino Mussato beschrieben, einem glühenden Anhänger von Papst Johannes XXII., der einer der größten Gegner Ludwigs war.

Ludwig wurde 1282 in München geboren. Seine Königsherrschaft mußte er sich erst jahrelang auf dem Schlachtfeld erstreiten, und es war tatsächlich so: Während dieser Zeit sagte der Papst kein Wort, das zum Schlichten des Problems beigetragen hätte. Am Vorabend der Schlacht von Mühlheim bei Ampfing 1322, bei der er mit großem Aufgebot aus den Städten des Landes gegen Friedrich den Schönen, seinen Jugendfreund, ins Feld ziehen mußte, hatte König Ludwig nur noch elf Pfund Haller Pfennige in der Kriegskasse. Das entspricht dreizehn Florentiner Gulden. Ludwig siegte, und bald darauf verstieß ihn der Papst aus der Kirche und behauptete, er sei nie rechtmäßig König gewesen.

Ludwig setzte einen Gegenpapst ein und ließ sich 1328 von ihm zum Kaiser krönen. (Dieser Gegenpapst gab zwei Jahre später auf und unterwarf sich dem regulär gewählten Papst.) Die Farben des Reiches hielten Einzug in Ludwigs Amtssitz München: Gold und Schwarz. München blieb bis zu seinem Tod 1347 kaiserliche Residenzstadt.

1337 stellte König Eduard III. von England Ludwig 400.000 Florentiner Gulden in Aussicht, wenn er gegen Frankreich in den Krieg zöge. Am Ende konnten nur 100.000 Gulden aufgebracht werden. Kenner wissen: 1337 begann der Hundertjährige Krieg.

Kaiser Ludwig ließ sich jeden Morgen durch Marsiglio Raimondini von Padua, seinen Leibarzt, einen Trank gegen Vergiftung reichen, den er nüchtern einnahm. Vieles, was im Roman über die Hofbeamten erwähnt wird, ist wahr. Es gab sie alle: den erwähnten Leibarzt; Prior Konrad, den Beichtvater; Hofkanzler Heinrich von Thalheim; Magister Ulrich Hofmaier, den kaiserlichen Protonotar in der Reichskanzlei; Hadamar von Laber, den Minnesänger; selbst die drei Spielleute sind überliefert. Leonhard von München erstellte als Schreiber und hochbegabter Miniaturmaler nach 1329 mehr als dreihundert Diplome. Das im Roman beschriebene ist eine Kaiserurkunde vom 28. Oktober 1336, die man sich heute noch anschauen kann.

Amiel von Ax

Nachdem sie im 13. Jahrhundert eigentlich ausgerottet waren, flammten zu Beginn des 14. Jahrhunderts die Lehren der Katharer wieder auf und die Kirche der »Vollendeten« gründete sich neu. Die Inquisition ging hart gegen sie vor. Der letzte Katharer wurde 1330 in Carcassonne verbrannt. Die fiktive Romanfigur des Amiel von Ax stellt einen Katharer dar, der noch vor dem Tod des letzten »Vollendeten« zum *Perfectus* geweiht wurde und nach München zog, um dort die geheime Lehre zu predigen. Der Glaube der Katharer kreiste um die Wiederherstellung gefallener Engelsseelen, Christus als Erlöser spielte keine Rolle. Sie kannten die *Endura*, das Fasten bis zum Tod, und verabscheuten die geschlechtliche Liebe, da ein neugeborener Mensch für sie bedeutete, daß wieder eine Seele in einen bösen Körper eingesperrt wurde.

Nach dem Glauben der Katharer war nur die Seele von Gott geschaffen. Den Körper schuf Satan, um sie darin einzusperren wie in ein Gefängnis. Sie wurde ihrer Überzeugung nach wiedergeboren in zahllosen Körpern, bis sie in einem *Perfectus* geboren wurde, der die Seele am Ende in die Freiheit entließ und zu Gott zurückbrachte. Ein *Perfectus* aß nichts, das durch Zeugung auf die Welt kam, und rührte keine Frau an.

Ihnen ist sicher aufgefallen, daß sich Amiel von Ax alles andere als perfekt verhält. Schauen Sie sich mal die Perfektionisten in Ihrer Umgebung an. Verhalten die sich perfekt? Der verzweifelte Versuch, keinen Fehler zu machen, führt oft genau dazu, einen zu begehen. Wenn ich die Treppe hinuntergehe und mich bemühe, nicht zu stolpern – probieren Sie es besser nicht aus. Ich bin froh, daß der christliche Glaube anders funktioniert: Gott vergibt, und aus lauter Dankbarkeit achten wir seine Lebensgebote. Ich habe mich mit einigen Perfecti des 14. Jahrhunderts beschäftigt und sehe den Lebensweg Amiels durchaus bestätigt.

Nemo

Man nannte im Mittelalter Findelkinder Nemo, lateinisch für niemand. Es ist sicher nicht gerade förderlich für ein gesundes Selbstverständnis, »Niemand« zu heißen. Nemo verstellt sich zu Beginn des Romans als »Habnit«, wie sie in den mittelalterlichen Steuerbüchern auftauchen, als Habenichts, der von der Hand in den Mund lebt. Daß er das nicht ist, nun, das haben Sie ja längst bemerkt.

Das Urteil im Roman zitiert einen wirklichen Urteilsspruch aus dem 14. Jahrhundert: »... beschließen wir, daß Ihr in strenger Haft einzuschließen seid, in einem sehr engen Raum, in Fesseln und Ketten, auf ewig.«

Adeline
Bitte glauben Sie nicht, meine Eltern hätten mir früher auf brutale Weise Eisenkämme durchs Haar gezogen. Wenn sie das taten, dann hatte ich mir im Kindergarten Läuse geholt und es war nötig. Ich hatte eine tolle Kindheit und habe liebevolle Eltern. Aber ich war ein sensibles, verletzliches Kind. Ich habe bei jeder Gelegenheit geheult. Es konnte passieren, daß wir als Familie beim Essen saßen, und plötzlich brach ich in Tränen aus, nicht, weil etwas Schlimmes passiert war, sondern nur, weil mir ein trauriger Gedanke gekommen war. Ich kann mir gut vorstellen, wie es einem derart zarten Kind im Mittelalter ergangen wäre.

Menschen, die heute leben
Ich bedanke mich bei Bruno Waldvogel-Frei für den Blick eines Filmemachers. Sein Hinweis zum Mangel an Widescreen-Aufnahmen hat mir enorm geholfen. Haben Sie es gemerkt? Jetzt gibt es mehr davon im Roman.

Ich danke Kathrin und Stefan Lange. Die Idee für diesen Roman entstand während eines Gesprächs in ihrem Wohnzimmer. Danke auch für die Hilfe, was die mittelalterliche Astronomie angeht, und für eure Freundschaft!

Mein Agent Michael Gaeb und mein Lektor Gunnar Cynybulk sind großartige Menschen. Es ist eine Freude, mit ihnen zusammenzuarbeiten. Sie durchschauen die inneren Gesetzmäßigkeiten von Geschichten oft besser als ich. Danke für eure Unterstützung und für die Geduld, als der Roman sich partout nicht einreiten lassen wollte, als er buckelte, biß, den Kopf hochwarf. Es ist nicht zuletzt eurer klugen Mischung aus Zuckerbrot und Peitsche zu verdanken, daß er jetzt gestriegelt im Stall steht.

Und endlich mal ein Dankeschön an meine Brüder, Julian und Claudius. Wer soll all die Geschichten zählen, die wir uns gemeinsam ausgedacht haben? Ob mit Lego, Tierfiguren, unserem selbstgebastelten reichbevölkerten Aquarium aus Papier oder kleinen Filmdosen, in denen Puderzucker als »Droge« versteckt war (ja, liebe Eltern, wir haben tatsächlich Drogendealer gespielt – dafür mußten wir es nicht in realiter ausprobieren), die Kindheit mit euch war ein Geschenk. Wollen wir nicht mal im Gebüsch nachschauen, ob die Äste, unsere hölzernen »Schwerter«, da noch versteckt sind?

Titus Müller
Weserbergland, Mai 2007

Tim Willocks
Das Sakrament
Roman
Aus dem Amerikanischen
von Ulrike Seeberger
761 Seiten. Gebunden
ISBN 3-352-00739-X

Liebe, Krieg & Glaube

Malta wird von den Türken belagert. Nur ein Mann, so scheint es, kann den Christen noch helfen: Der Deutsche Mattias Tannhäuser wurde als Kind von den Türken entführt und ist bei ihnen aufgewachsen. Er kennt ihre Kultur und ihre Waffen. Um ihn auf die Insel zu locken, schickt der Großmeister des Malteser Ordens die schöne Contessa Clara nach Sizilien, wo Tannhäuser mit einem jüdischen Freund erfolgreich Handel treibt. Schafft die Contessa es, Tannhäuser nach Malta zu locken, darf sie ihn auf die Insel begleiten, auf der ihr verlorener Sohn lebt. Doch kaum hat sich Tannhäuser entschieden, den Christen zu helfen, wird sein Haus zerstört, sein Freund gefoltert – die Inquisition ist ihm auf den Fersen. Der Inquisitor Ludovico versucht mit aller Macht, ihn von seinem Vorhaben abzubringen. Was Tannhäuser auf Malta finden könnte, würde den Untergang der Inquisition bedeuten. Ein raffiniert konstruierter historischer Roman, der alle Dimensionen sprengt.

»Willocks erzählt packend, und es gelingt ihm, Malta anno 1565 zum Leben zu erwecken.« TANJA KINKEL

Mehr Informationen erhalten Sie unter
www.aufbauverlagsgruppe.de oder in Ihrer Buchhandlung

rütten & loening
AUFBAU VERLAGSGRUPPE

Susanne Tschirner
Lasra und das Lied der Steine
Roman
618 Seiten. Gebunden
ISBN 978-3-352-00728-6

Der große Zyklus aus der Welt des Adlerclans

Orkney-Inseln im 3. Jahrtausend vor Christus: Lasra, die zukünftige Heilerin der Adlerleute, macht eine Entdeckung, die das scheinbar friedliche Leben auf den Inseln grundlegend verändert. Sie findet den Leichnam von Sihrus mit eingeschlagenem Schädel und soll den Mörder finden. Es stellt sich heraus, dass Sihrus viele Neider und heimliche Liebhaberinnen hatte. Und dass er auf Reisen vom Geheimnis der Bronze erfuhr. So wurde er zur Gefahr – sowohl für den Häuptling als auch für den sanften, mythischen Glauben auf der Insel. Mit dem sagenumwobenen Metall scheint ein neuer Geist eingekehrt, der auf Macht und Kampf beruht. Zusammen mit einem Schamanen versucht Lasra, ihre bedrohte Welt zu retten. Eine spannende Saga und eine phantastische Zeitreise in die Steinzeit, wo Erdfrauen ihre Göttin beschwören, wo Schamanen die Sterne lesen – und wo das Verbrechen keinen Platz haben darf.

Mehr von Susanne Tschirner:
Lasra und der Herr der Inseln. Roman. ISBN 978-3-352-00749
Lasra und das Lied der Steine. Als Taschenbuch: AtV 2371

Mehr Informationen erhalten Sie unter
www.aufbauverlagsgruppe.de oder in Ihrer Buchhandlung

rütten & loening
AUFBAU VERLAGSGRUPPE

Unsereshern Tor
St. Laurentius
Kaiserhof
Talburgtor
St. Peter
Marktplatz
Frauenkirche
Rindermarkt
Schoener Turm
Zyfers Tor
Augustinerkloster
Krautaecker
Neuhauser Tor
Anger
Angertor
Sendlinger Tor